U0930911

崔世召集校箋

[明]崔世召 撰　陳仕玲 校箋

致謝　寧德市蕉城區秋谷書院文化促進會

圖書在版編目（CIP）數據

崔世召集校箋/（明）崔世召撰；陳仕玲校箋．--福州：福建人民出版社，2020.11

ISBN 978-7-211-08533-0

Ⅰ.①崔…　Ⅱ.①崔…　②陳…　Ⅲ.①中國文學－古典文學－作品綜合集－明代　Ⅳ.①I214.82

中國版本圖書館CIP數據核字（2020）第206151號

崔世召集校箋

CUISHIZHAO JI JIAOJIAN

作　　者：［明］崔世召　撰　陳仕玲　校箋
責任編輯：林　頂
出版發行：福建人民出版社　　**電　　話：**0591-87533169（發行部）
網　　址：http://www.fjpph.com　　**電子郵箱：**fjpph7211@126.com
地　　址：福州市東水路76號　　**郵政編碼：**350001
經　　銷：福建新華發行（集團）有限責任公司
印　　刷：福州統濟印務有限公司
地　　址：福州市晋安區新店鎮湯斜工業小區
開　　本：889毫米×1194毫米　1/32
印　　張：25.25
字　　數：459千字
版　　次：2020年11月第1版　2020年11月第1次印刷
書　　號：ISBN 978-7-211-08533-0
定　　價：118.00元

問月樓在寧德老城區的位置

秋谷集上

霍童徵仲崔世召著

關中仲詔米萬鍾較

古樂府

擬鐃歌曲十二篇

朱鷺

朱鷺于飛謎謎兒皮皇武張兮羽林馳魚鹿紛披疾不可支勗哉如虎如貔漸于逵

思悲翁

何思何思矍躒是翁吾爲之伐建鼓撾神鐘抉浮雲扶桑東憤發其爲天下雄昔周渭水漢先零悲哉悲哉將無同

艾如張

林有翳有鳥招之雄來求雌羅斯張使我五步之內不得飛翔唶福兮禍所伏慎爾戈矛生釁殺

《秋谷集》書影，明崇禎年間刻本，中國科學院圖書館藏

問月樓詩集

霍童崔世召徵仲甫著

晉安商家梅孟和甫校

古體四言五言

三月三日集溪雲社分得對字

遵彼郊谿春雲晻曖睠言勝遊穿芳逐隊危檻鄰霄倚樓寄慨千古蘭亭風流如在把臂入林正須我輩天運不積佳辰難再當筵喧歌鳥聲交碎我則嘿然抗心玄對

駘蕩晨光浮出郭少塵礙飛閣一何敞清溪抱蒼藹隅檻數橋横開牖羣峰對西堂發我夢池草生蓊蔓况值艷嘉天禊事步前代有客來信信遠棹懷訪戴風期洽投驩贈我以蘭佩因之酬宿盟結社集時華鮮雲幕綺筵香霧散花隊觥籌款交馳巾舄媚生態豈無竹與絲玄賞溢濁穢永言德不孤所欽舌尚在四座足千秋片

《問月樓集》書影，明萬曆四十八年刻本，日本宮內廳書陵部藏

崔世召墓，位於寧德市區西山戚繼光公園附近

崔世召祖居（崔鑒故居），位於寧德城區下井堂

湖南桂東縣中洞天崖世召題刻

民國《寧德東井崔氏族譜》，崔世召一族世系

“枕流”石刻，崔世召手書，位於秋谷别業遺址内

序

去歲，予作《又讀〈蕉堞紀聞〉呈仕玲兄》，其詞曰：

還家始訝少郎年，未識君顏君賜篇。
志續鶴場鳴九野，珠聯官井映重天。
紛紛繡出蒿萊像，一一拾來載籍賢。
自是潁川多異士，汝南豈亦敢爭先。

庚寅春月，余旋鄉里，蒙鄭貽雄師代賜《蕉堞紀聞》，得一睹為快，既驚且慚。芭蕉之城，吾生斯長斯故土也，白鶴為巖、海潮傾聲，霍霞而仙居、靈龜以賜寺，鍾靈毓秀之地，然自少耳不充聞、目囿井觀，舉凡風土人情、鄉都古跡、奇趣之事、高逸之人，於是書始一一得聞，故為驚歎焉；余雖喜文史，後唐長興四年置吾邑以來，千百年間，已然文獻典冊之淵藪，凡如王宗傳《童溪易傳》、楊復《儀禮圖》、林駉《源流至論》、陳實《大藏一覽集》、陳普《石堂先生遺集》、韓信同《三禮圖說》諸皇皇巨著，竟茫然無所知而於是書無可措一詞，又甚慚焉。後讀邑訓導劉家謀《鶴場漫志》，始悟《紀聞》

踵之，駢列雙珠，蓋詩中所謂『志續鶴場鳴九野，珠聊官井映重天』。也。先時訝陳君少年老成，欲面不得，復八歲始晤，其年稍壯而心益少，愈發勤於吾鄉文獻。崔徵仲世召為吾鄉第一詩筆，《問月樓集》，世幸存孤本也，覩其集而箋其文，陳君平生願也。戊戌年，幸寧德時代總裁曾先生貺資影印以歸，陳君遂鳩《秋谷集》都為一部，兼蒐羅補綴它集散篇佚句，晝懸壺市以謀生，夜則達旦筆耕，奮常人不及之功而速殺青，命余序。觀其書，長於考索，多所創獲，尤於《問月啓集》之人物發微探跡，余深服之又何能以言？戊戌槐月，嘗跋影本《問月樓集》後，今移之聊為陳君大作之引云爾：

《問月樓集》四冊，《詩》二冊、《文》《啓》各一，不分卷，日本宮內廳藏本，明崔世召撰。

世召字徵仲，號霍霞，別號西叟，寧德一都人，萬曆三十七年舉人，官至浙江鹽運副使、連州知州，事蹟具乾隆《寧德縣志·人物志》。

蓋世召嘗築問月樓，因以名集。《文集》載《辟支巖募墾香燈疏》云『於是（道源）上人乃謀於半囈居士，居士曰：「吾責也。邑有名山，山有名師，而令其徒眾日托鉢餬其口於四方，居士恥之。」』《募修金溪橋疏》云『余小子者，佞佛髮僧者也』，又有詩《半囈窩》，知『半囈』亦其號。集前有徐興公序，署萬曆庚申（四十八年），嚴紹璗

《日藏漢籍善本書録》云：『《問月樓集》四卷，明崔世召撰，明萬曆八年（1580）刊本。』興公時方十歲，何可能序？蓋誤『庚申』為『庚辰』也。然《詩集》載《辛酉天啓改元正月四日》《癸亥秋余入三山》云云，癸亥為天啓三年，其刊在萬曆後，明矣！《日藏漢籍善本書録》又云：『此本係江戸時代德山藩三代主毛利元次廣收「天下秘籍」之一。東山天皇寶永三年（1706）《御書物目録》著録此本，明治二十九年（1896）男爵毛利元功獻贈宮内省圖書寮（即今宮内廳書陵部）。卷中有「德藩藏書」等印記。』則康熙四十五年前，是本已航舶至東矣。是書冊一冊二詩集每韻下標圓，又排律《重遊桃源洞》『人豈新知洽，山因舊貫仍』，引《論語·先進篇》為注，當日中土主人，誠寶愛讀之。

《謫仙樓集》，明应天御史駱駸曾編，《四庫》存目，殘本今存黄山市博物館，集後有太平知府胡爾慥萬曆丙辰序，今檢世召《太白樓詩序》，隻字不差，赫然在目，蓋爾慥前為福寧知州，已與世召識，時世召遊采石磯、登白下樓，遂代筆，猶與駱駸曾等相唱和焉。又《文苑英華》，南宋刊後惟隆慶間重刻，萬曆時僅遞修，事頗不詳，檢世召《重刻文苑英華序》，乃三山知府黄州孫大壯不煩公帑捐鐫親校也。此文壇重事，皆賴是集以明。崔世聘九月初二初度充家譜之闕載，陳雲鶴《燕遊紀日》補邑志之不足，區日振、李時榮、曾受益歷官定州乘之訛誤，至若夜讀鍾伯敬之隱軒、篋藏朱文豹之蘭畫、和葉相公之雨中四韻、送王無功之眼光牛背，尋往事之舊跡，睹斯人之遐蹤，又皆歷歷在焉。

昔人言『秘笈在握，則思過半矣』。是集雖非人家必讀之書，實吾寧陽隨寶也，幸日本國皇家宮内廳書陵部藏。彼邦孤本在世，不喪斯文，非上蒼渥惠，何能如此？夫珍本逃兵燹家變之厄難，雖存世而求一睹亦不易。丁酉夏，鄉邦『蕉城文化保護小組群』言紛紛然，思欲訪得，余感衆誠，然亦不能。適得學友房瑞麗博士告訪學東瀛，遂委託焉。先是女史於福岡赴東京，值書陵部整飭，乃不果獲而歸期定，衆聞而扼腕。女史感衆心華發，轉囑趙素文博士再電子函詢，而宮内廳執舊禮回以紙，空懸多日訪期殆誤，徒留空歎焉。《易》曰：『無往不復，無陂不平。』夫事不可以已，『道阻且長』，再三可得，臘月忽報趙博士攜日籍研究生已入宮内廳影得全集，時白鶴嶺下梅花沖寒放也。

庚子首夏佛誕節後一日寧陽楊鑑生謹識於白鶴峰麓

校箋凡例

一、本書共收録崔世召傳世著作兩種，《問月樓集》四卷、《秋谷集》二卷，定名為《崔世召集》。《問月樓集》為萬曆四十八年（1620）刻本，藏日本宮内廳書陵部，本次箋校以此為底本。《秋谷集》為崇禎年間刻本，藏中國科學院圖書館，本次箋校以《四庫未收書輯刊》（第六輯，第二十三冊）1998 年影印本為底本。

二、對於顯著的版刻錯誤，根據上下文可以斷定是非者，不論有無其他版本依據，逕改並做校記。

三、校記中凡同時多次引用同一種古籍，除第一次外，其餘均用簡稱。

四、原文若有注文，屬作者自注者，無論夾註或者尾註，概按原貌予以保留，以小於正文的字體排印。屬他人批註者，加入校記中。

五、本書校箋力求詳明，舉凡人物、地名、史實、名物等，均加以箋釋，所引書籍一律注出篇名。

六、由於崔世召存世著作不足半數，今將散佚於地方志乘、私家文集、家族譜牒中之詩文加以整理，列為『輯佚』部分。

七、附録五種：傳記評論、唱酬贈答、家族文獻、子孫遺玉、年表。

八、崔世召曾祖崔俌現存詩作一首，胞兄崔世聘存詩一首，列入附録之『家族文獻』；子崔嵸遺有詩作二十二首、文三篇，孫崔衍湄存詩作四首，孫媳余尊玉存詩四首，外孫女陳海嵩存詩六首，列入附録之『子孫遺玉』。另崔嵸於《閩頌彙編》有序及頌詩若干，以其阿諛之詞，不足録。

目録

問月樓詩二集

古體　五言

排律　五言

絶句　五言

問月樓文集

秋谷集

輯佚

附録

前言

福寧地區是指清代福寧府所轄霞浦、福安、寧德、壽寧、福鼎五縣，轄區大致就是現今寧德市不包括古田、屏南（原屬福州府）在内的廣袤區域。這片熱土，東南際海，西北依山，開發歷史悠久，秦為閩中地，漢屬閩越國；兩晉南北朝時期，分屬晉安郡溫麻、羅江兩縣，唐時屬長溪縣。建置已歷千餘年，雖說地理環境特殊，既有沿海特性，又具有山區縣的特徵，經濟文化遠遜於福泉莆漳這些發達地區，但也絶非蠻荒之地。山海的阻隔，造成文化傳播相對閉塞，長期以來形成了自己的發展進程與特色。舉詩歌創作而言，在福寧地區的漫長歲月中，也湧現出了一批在省内甚至國内享譽盛名的詩人，如唐薛令之、林嵩，南宋末謝翱、陳普，元初韓信同。到了明代，最具有影響力者當屬霞浦張大光、福安劉中藻，以及蕉城崔世召。

一、崔世召生平梗概

崔世召（1567—1639），字徵仲，號霍霞。寧德縣一都東井（今屬寧德市蕉城區蕉北街道）人。北宋明道元年（1032），遠祖崔某以監寧德縣鹽倉，由閩北崇安縣（今武夷山市）始遷寧德縣城東井，經十餘代繁衍，蔚為宁川大族，列『崔彭陳林左』五大姓之首。明隆慶九年（1434），東井崔氏十三世崔鑒充為歲貢生，官至鎮江府同知，是為世召五世祖。曾祖崔倆，嘉靖二十五年（1546）貢生，授江西吉安州學正。祖父崔廷益以授例入監，除本縣醫學訓術。其父崔允元一介秀才，飽讀儒家經典，在縣城一帶享有很高威望。再加上崔家累世書香，家境殷實，崔世召從小就受到了良好的家庭教育。由於早慧，父母以及伯叔輩對他另眼看待，九歲粗通舉子業，十歲時跟隨本縣名儒阮鑛學習古文辭。憑着過人的資質，再加上後天的勤奮，未及弱冠就補為縣學弟子員（秀才），名聲大噪於邑。

按照『洞房花燭夜，金榜題名時』的傳統，崔世召考取秀才後不久，即娶妻本縣水漈黃氏。萬曆十五年（1587），生長子崔崑，此後命運多舛，屢應鄉試不第。一直到了二十二年後的萬曆三十七年（1609），始得榜上有名，考中舉人。從萬曆三十八年（1610）至萬曆四十四年（1616），三應會試不售。此時已是知天命之年的崔世召，在寫給同時落第的好友吳仲聲的詩句中說：『年來怪事傷心甚，耐得貂裘季子貧』（《丙辰下第用吳仲聲韻感賦》），屢次遭受沉重打擊，詩人心中充滿着難以排遣的憤懣。

萬曆四十五年（1617）之後，崔世召的豪情壯志已漸漸懈怠，『半簾斜日黃庭帖，一曲薰風白墮家』（《對月有懷》），此時的他更熱衷追求安逸的家居生活，不久在住宅東面新建問月樓，埋頭文字，並且廣交詩友，不僅與王玉生、張大光、蔡世寓等人結社溪雲閣，又與三山謝肇淛、曹學佺、徐興公等文壇領袖來往頻繁。在天啓元年（1621）以後的幾年間，數度出遊，足跡遍佈延平、汀州、興化諸府縣，結識了許多達官名士，同時也奠定了自己在閩省文壇的地位。

天啓五年（1625），崔世召遇上了一生中最重要的轉折點，這年八月蒙朝廷謁選，銓授江西崇仁知縣。崔世召懷揣着兼濟天下的大志，開始了他的宦海生涯。初涉仕途，他展露了出色的才幹，僅僅幾個月時間，捐俸倡士民大修崇仁北城，又於養濟院對面增造『嘘春所』，安插其衆。次年，輯《華蓋山志》八卷，刊行於世。這些政績得到了崇仁士民的推崇，與湯顯祖齊名的文人丘兆麟在《崇仁縣重修城垣記》中倍加稱賞：『善乎，邑侯崔公之能為崇也。』

明熹宗在位時期，宦官魏忠賢擅政，權傾朝野。天啓六年（1626）六月，浙江巡撫潘汝禎巴結閹黨，遂以機戶之請，在杭州西湖為魏忠賢造祠。清人趙翼《二十二史劄記》卷三十五《魏閹生祠》中說：『魏忠賢生祠之建，始于浙撫潘汝禎。』『自是諸方效尤，遂遍天下。』從此一發不可收拾。天啓七年（1627），江西巡撫楊邦憲、巡按劉述祖聯名上奏朝廷，請求在江西南昌為魏忠賢建造生祠，有官員獻媚，持尺幅請求崔世召題詩，遭到嚴詞拒絕。由此得罪閹黨，強加以『充運遼糧不饜』的罪狀，被逮至撫州，又至南昌。九月九日，押赴淮上。幸而吉人天相，恰值熹宗駕崩，胞弟信王登基，大赦天下，得以生還。

崇禎元年（1628）六月，決意歸隱的崔世召再次接到了朝廷詔令，重出秋谷，赴京謁選。在京師，崔世召不僅遇到了仰慕已久的明末著名文學家王思任，拜謁了在朝堂擔任要職的同鄉蔣德璟、顔繼祖，同時也認識了幾位後來引為至交的朋友，這些人包括位列『晚明四家』的書法名家米萬鍾，嗜吟詠喜交遊的詩人葛一龍，太湖蓴菜的最早種植者鄒舜五。在京師逗留了將近一年時間，身處異鄉的崔世召並沒有太多的孤獨感，終日與文友詩酒往來，這一時期他創作了不少的詩篇。

崇禎二年（1629）秋，六十三歲的崔世召補授湖廣桂東知縣。桂東『地處萬山之中，土沃而豐厚』（民國版《桂東縣志》引明劉華邦序）。身處炎荒瘴癘之鄉，他毫無悲觀畏懼之心態，『持身清白，疏通明敏，勤于治理。培植士子，撫字黎民，以實心行實政。』（同治版《桂東縣志》卷之十四《名宦》），所修八面山官道，士民感恩豎碑路旁，稱為『崔公路』。歷經三百七十多個春秋，雖說碑碣早已不存，但尚有高齡老人對其事跡娓娓道之。

崇禎四年（1631），崔世召離開桂東，升任浙江鹽運副使。在杭州，他在富商汪然明、畫家藍瑛等朋友的幫助下，重修西湖放鶴亭、湖心亭及水仙王廟，並與復社名士陳子龍、方以智相唱和。十錦塘凹，符夢閣畔，湖光山色中留下了他瀟灑倜儻瀟脱的身影。

崇禎六年（1633），六十六歲的崔世召再次調任，轉廣東連州知州。年邁的老人經歷了他宦海生涯最後一處任所，三年之後終於告老而歸。在連州期間，崔世召不改初衷，依然大扇仁風，造福百姓，『州多猺寇，世召恩威並施，州俗以熙』（乾隆版《寧德縣志》卷之七《人物》）。連州北山寺畔，他組織官民開浚天澤泉，去官之日，老百姓在泉旁建造亭子，立碑曰『崔公清德泉』，並祀於名宦祠、四賢祠。至今在連州燕喜亭風景區，天澤泉猶存，泉邊的文保碑尚鐫刻着崔世召當年的豐功偉績。

從連州歸來，崔世召過着隱居生活，恬淡地走完了人生中的最後四年時間。在秋谷別業，他含飴弄孫，整理晚年詩稿。並多次到福州拜會徐興公、曹學佺、邵捷春等老友，還應邀加入曹學佺倡立的耆社。

崇禎十二年（1639）春，崔世召病逝，年七十三，葬於秋谷西北，墳塚為其生前自營。同年四月，徐興公在寫給崔崑兄弟的信函中深表哀悼，並對崔世召的歸終做了恰當的評價：『尊公壽不滿德，然尼山聖人、考亭夫子皆年七十三而化，以大聖大賢，但符此算。』三年之後的崇禎十五年（1642）十二月，崔世召的三個兒子崔崑、崔嶤、崔岑立碑於墓。又過了兩年，李自成起義軍攻佔北京，崇禎帝自經於煤山，明亡。

二、崔世召與友人交往補述

年輕時期的崔世召就懷有匡世之志，他關心時局，廣交各地豪俊，在明代文學史上享有地位者如復社陳子龍、方以智、周之夔，東林黨熊明遇，晉安派『閩中七子』之徐熥、謝肇淛、曹學佺，竟陵派鍾惺、商家梅、葛一龍，豫章彭曾，桂東黃素翁，以及同鄉的蔡世寓、崔世棠等人，皆與他有過交往。崔世召一生中，與他引為至交者，尚有『與余結社瑤華』二十年的莆田老友黃光，『會於莆陽廿年別』的龍溪人吳兆聖，『廿年交好』的新安何海若，但詩文涉及達到十首以上的人物，除了彭曾，似乎只有戴吉甫、蕭太真二人，還有一位葉機仲，也達到了八首，這三人與崔世召意氣相投，可稱莫逆。

（一）與戴吉甫的交往

戴吉甫為莆田人，在《問月樓詩集》《秋谷集》中，崔世召與他來往的詩章共有十首，時間跨度達十餘年。戴氏為莆田大族，累世簪纓，明末的吏科給事中戴士衡，鉛山知縣戴震亨皆其中佼佼者。有詩名的戴氏族人，見於清人鄭王臣《莆風清籟集》的有戴嘉祉（叔薦）、戴因之（叔環）、戴嘉璜（叔夏）、戴貞會（叔中）等人，他們屬於同一家族，皆有功名，並且有詩作傳世，我們認為很有可能就包括崔世召詩中所提到的『戴吉甫、戴昭甫、戴綽甫』昆仲，就好比崔世召三個兒子玉生、坦生、殿生，地方志以及家譜都不作記載，如果不是通過私家文集，我們很可能將其忽略。

崔世召一生中曾三次遊歷莆田，這是除了京師之外，留下足跡最多的地方。三过莆中的時間分別是在萬曆三十年（1602）、天啓元年（1622）、天啓三年（1624），而最後這一次是為戴母拜壽之行。《問月樓詩二集》有一首七律《過戴吉甫宅賦贈》，就是作於此時：

姑水雞盟憶昔年，登臺拍掌荔支天。剡溪有興應難盡，徐榻何人得共懸。
問世半生驚似夢，感時雙淚湧如泉。只今宵旰需才急，讓爾揚鑣著祖鞭。

在荔子初丹的季節，詩人滿懷欣喜拜訪老友，促膝交談。九年前首次入莆，好友陪同自己遊歷汀州府，情景歷歷在目，使得作者感慨萬千。詩中用了王子猷雪夜訪戴安道、陳蕃設榻待徐稚子兩個典故，追昔撫今，雙淚如泉，二人之間的深情厚誼盡在筆端。崔、戴的文字來往，目前所知者以這首七律為最早。最遲一首七古《送戴吉甫還里》，見於《秋谷集》上卷，作於天啓六年（1616）與七年（1617）間。戴吉甫到崇仁拜訪崔世召，盤桓甚久，二人談詩論文，共敘別情，『故人猶子劇相憐，割得俸錢佐巵酒』。終因戴家有年邁老母『腸斷倚閭如霜首』，使之歸心似箭。同樣是在初夏，老家有着同樣風景：『此時荔子參差殷，孤月夢香明家山。』二人匆匆別去，此後再未相見。在崔世召贈送戴吉甫的詩篇中，送別詩占了很大一部分，見於《問月樓詩二集》的《戴吉甫往三水暫憩洪江走價說別漫成二絕送之》：

春雨弄新晴，春泥午滑滑。為君祝祖觴，梱載歸東粵。

隔浦望行舟，烟深不知處。願將夢中魂，隨爾洪江去。

春雨新晴，春泥滑滑，此時的離別，較於其他季節似乎更具詩情畫意，但是詩人無心欣賞洪塘江上雨後的美景，載着朋友的船隻在烟波深處漸漸消失，『願將夢中魂，隨爾洪江去』，結句使意境得以延伸，給人以無限的傷感。

(二) 與蕭太真的交往

崔世召與蕭太真的結交，應該始於天啓二年（1622）重遊莆田之際。這次行程，自初春動身，七月返程，長達半年之久，与蕭太真有很長一段友誼。崔世召幾度出遊，或有長達七八個月者，但只在一處逗留，以此次最久，由此可見他與莆田這幾位詩友感情之融洽。崔世召與蕭太真的交往雖然晚於戴吉甫，但陳雷膠漆，似有過之而無不及，他稱戴吉甫為『素友』，足見親昵，存見於《問月樓詩集》《秋谷集》中有關他們之間來往的詩作共達十一首，《問月樓二集》有《初秋哉生明過蕭太真寶琴齋賦》：

江筆無花托隱淪，五湖烟雨領閑身。彈來綠綺真為寶，擲盡黄金不道貧。郢雪譜將中散曲，松風吹老上皇人。莫愁世外無鍾子，坐對秋空夜月新。

蕭太真擅鼓琴，詩中借『高山流水』的典故，以鍾子期自況，喻對方為俞伯牙，同時也藉以對應『寶琴』，嘆服於對方精湛琴技的同時，也是對知己之交的肯定。

天啓七年（1627），戴吉甫跋山涉水，前往崇仁拜訪崔世召。崔世召對好友的癖性了如指掌，隨即安置於崇仁北門外道堂嶺的景雲觀。這是一處極其清幽的場所，蕭太真很是滿意，回贈七律二首表示感激。崔世召步韻也作了兩首，《蕭太真客居景雲觀，相傳蕭子雲曾過此書『景雲』二字，太真因作二律見貽用韻和之》：

慣客耽幽境，繩床宿冷雲。筆搖玄草膩，琴擁猗蘭芬。瘦鶴眠壇畔，孤蟬咽夜分。風埃愁冉冉，呼酒夕陽曛。椽筆歸蕭氏，遺書昔所聞。何來身後蛻，重判景中雲。

吏隱能知我，仙遊孰似君。瘿魚敲夜月，檀鼎爇氤氲。

當年的夏天，蕭太真離開崇仁，動身返家。崔世召賦七律贈別《送蕭太真還莆》（見《秋谷集下》）。蕭太真很看重友情，他對崔世召景雲觀贈詩中『瘿魚敲夜月，檀鼎爇氤氲』兩句記憶深刻，臨行解瘿木魚相贈。崔世召從此隨身攜帶，從崇仁到秋谷，又一路帶到桂東。崔蓰到桂東探望父親的時候，對此物愛不釋手。崔世召還借題發揮，作了一首五言古風，對兒子進行了勉勵。

（三）與葉樞的交往

葉樞，字機仲，松溪（今屬南平）人。才兼文武，慷慨有大志，天啓元年（1621）鄉試武舉人。天啓三年（1623），紅毛夷出沒海島，东南數省被害甚劇，福建巡撫商周祚不能靖，朝廷遂以右副都御史南居益代之。葉樞諳悉兵法，被招致幕府。南居益素有愛才之名，崔世召受好友徐興公推薦，成為座上客，二人因此結識。葉樞以詞賦受知於曹學佺，又與徐興公、張燮、商梅結為好友，龔懋壂（克廣）、陳一元（泰始）結南園社時，葉樞曾應邀加入。由此可見，葉樞在福州期間，活躍於詩壇，甚得閩中文人器重。

在《秋谷集》中我們可以找到八首與葉樞有關的詩作，創作的時間都是在崇禎元年

（1628）冬至崇禎二年（1629）初春。這時期崔世召謁選赴京，葉樞參加武會試也來到京師。葉樞隨身帶有一軸《雙節卷》，是為了紀念祖母、母親兩代守節的德行，遍求海内名流題記，崔世召受邀作七言古風《雙節卷短歌為葉機仲題》。在京期間，葉樞與崔世召交往頻繁，並一同在京師度過春節。崇禎二年（1629）正月初八，大雪初晴，北京城裏銀裝素裹，崔世召邀葉樞到皇宮西面的太液池遊玩，萬頃烟波此時已是堅冰如鏡，來自南方的崔世召對這種『榜人以緪系木板，牽行冰上』的遊戲（北方人常見的『冰嬉』，又稱『冰戲』），既感稀奇又感興趣，當即邀葉樞一同乘坐。隱隱約約的皇家宮苑，金碧輝煌，宛如身臨海上蓬萊。『車』行上下，二人遍觀虎城諸處勝景，再加上新皇登基，春風浩蕩，此時的崔世召心情無比暢快。

葉樞於天啓五年（1625）、崇禎元年（1628）兩度赴京應試，均名落孫山。崔世召兩次都以詩相贈，深加撫慰，『莫愁岐路孤鴻冷，老去雄心對月添』，是對好友整裝再戰的勉勵；『自識虎頭投寸管，誰能駿骨市千金』，是對好友懷才不遇的痛惜與悲憤；『笑爾敝貂風雪冷，對人白眼只孤吟』，是對好友遭遇的同情，也是對他自己昔年冷遇的感歎。

三、崔世召詩歌的思想內容

縱觀崔世召的一生，正處於民族矛盾十分尖鋭的時代，滿洲人在遼東白山黑水之間崛起，虎視眈眈。自天啓七年（1627）開始，陝西發生王二起義，陸續又有高迎祥、李自成、張獻忠等部農民軍接踵而起，如火如荼，大明王朝江河日下，百姓不堪重負。再加上接連幾次的會試落第，鬱鬱不得志的心態，給崔世召詩詞創作以深刻的影響。在諸多的作品中，有憂國傷時的激憤，有壯志難酬的慨歎，也有對大好河山的歌詠。作為食朝廷俸禄的地方官員，受所處時代與家世的影響，他的作品極具文人士大夫忠君思想。崔世召詩歌的思想內容主要有以下三個特點：

（一）感時憂國

崔世召生於中下級官員家庭，自九歲習舉子業，與《儒林外史》中的范進一樣，大半生消耗在應試和科場上，但范進迂腐而不知世故，崔世召卻有着淵博的學識，而且善於觀察事物，具有精明應變的能力，對國家大事時時關注，這在他的詩作中，我們能深刻感受到。

萬曆四十六年（1618）四月，建州左衛都督僉事努爾哈赤以『七大恨』告天，起兵反明，明軍接連敗北，朝野震驚。同年九月，建州兵五千騎自撫順關（今遼寧省撫順市東十里）入，總兵李如柏率部拒卻之，未幾，復從撫順入會安堡（在今撫順市順城區），殺掠千餘而去。形勢的岌岌可危，也讓身為讀書人的崔世召感到焦慮不安。恰恰這個時候，寧德縣城東南面出現大片白色雲氣，對於這種奇異天象，老百姓普遍認為是『刀兵之象』，崔世召更覺憂慮，遂作古風《戊午九月有氣勃於東南時方有遼東之警，對酒不樂賦志杞憂》以抒懷，詩中對遼東戰事進行了生動描寫：『傳來殺氣滿遼海，胡兒跳躍長城側。羽書飛遞赤白奔，長袖將軍面無色。』敵強我弱，潰不成軍。所謂『肉食者鄙，未能遠謀』，而自己一介書生，卻不能為國分憂，『草莽微臣夜不眠，仰看明河淚沾臆』。最後只能寄希望於朝廷，『聞道君王新御朝，誓將禡旗奄戮力。安得長矢射天狼，姑剪滅此後朝食。』展現出一個讀書人與國家命運休戚與共的複雜心情。次年中秋，崔世召應福州曹學佺之邀，雅集石倉園，晚宿夜光堂，主客十四人再次談論遼東兵事，又留下一首《中秋曹能始招集石倉池泛舟，因憩聽泉閣分得從字七言律》。

崔世召一生棄個人安危於不顧，渴望沒落的政權能夠再次出現聖明的君王，特別是對明思宗，因為崇禎清除閹黨，重振朝綱，使他看到一綫生機，也對其寄予了無限厚望。在七絕《淮上喜接新詔》中，大難不死的崔世召欣喜若狂，『沿街傳寫升平詔，聞道希夷笑墜驢』，借用宋代陳摶墮驢的典故，盼望天下從此太平。陳摶墮驢，見於元人辛文房《唐才子傳》卷十：

（陳摶）乘驢游華陰市，見鄆傳甚急，問知宋祖登基，摶抵掌長笑曰：『天下自此定矣。』

足見他對崇禎的推崇。

崇禎元年（1628），崔世召謁選京師，在京期間，他與米萬鍾、葛一龍等士大夫多有文字交往，所作詩文也處處透露着對新朝勵精圖治的期盼，以及對太平盛世的憧憬。如『神廟己酉，元旦立春，四之日交夏，七夕逢秋，十旬值冬，每節日月並應，四序皆晴。今上御極改元，亦復如是。新安黃成象有紀瑞詩，用韻和四首：神孫繩祖武，又作太平人。』《己巳元旦朝罷集飲馬達生給諫宅看梅花賦》：『共慶彈冠逢聖主，袖中封事許頻頻。』《正月春前八日同葉機仲觀西海，榜人以絙系木板牽行冰上，遍觀虎城諸處，心甚樂之，賦得四首》：『西連豐鎬同文圃，北委腥膻陋宋朝。』『台沼固宜賢者樂，山川偏麗聖明時。』『身際升平何以頌，聊書寓目畫中詩。』『頌聖德，歌太平』成為他詩作的主旋律。

但是此時的大明江山，內憂外患，千瘡百孔，崇禎帝縱有救國之心，也已回天乏力。明末持續的疾疫、干旱、饑荒，呈逐年惡化之勢，再加上遼東連年用兵，開銷巨大，這一切加速了政權的滅亡，宛如風中之燭搖曳掙扎。《秋谷集》有一首古風《弋陽途中口號》，這是天啓五年（1625）世召赴任崇仁，路經廣信府弋陽縣時所作。晚上借宿山寺，偏遠山村有着這樣的一幕：『山空薄暮鳥聲絶，遠梢早掛如鉤月。小吹村烟獵隊昏，山犬嗷嗷半掩門。』山區的秋天，夜晚已覺清冷，一隊獵戶踏著月色，遲遲歸來，很容易讓人想起唐人劉長卿《逢雪宿芙蓉山主人》的詩句：『柴門聞犬吠，風雪夜歸人。』詩中含蓄地體現為了生計而日夜奔波。崔世召心中十分清楚，遼東戰事進一步惡化，所需糧餉也逐年增加，各州府連年積欠，徵收不易，作為一縣之主，壓力沉重，且自己年近花甲，官職卑微，躊躇不前，『頭上進賢小如豆，十夜不眠沈腰瘦。僧舍遽廬五更醒，臥聽寒鐘心骨冷。』這些詩句真實地描述出了明末山河飄搖的淒涼景象，氛圍令人傷感。

盡管在崇仁任上，崔世召大展才能，造福一方，但他所擔心的事情，也恰恰在此時發生。因為不阿附魏忠賢，被宦官崔文升強加以『充運遼糧未完』的罪狀押解淮上，『崔在巴陵得民也，遇謗出城，江上民望而哭之。』（商梅《江水十章》）正因為他同情勞苦百姓，才會有這樣感人至深的場面。

（二）歌風頌物

崔世召平生喜遊歷，足跡半天下，關於他一生的行走路線大致可以分為三個階段：

萬曆五年至萬曆三十七年（1577—1609），為諸生時期，先後至福州府城、福州府連江縣、興化府仙遊縣九鯉湖、福寧太姥山。

萬曆三十七年至天啓五年（1609—1625），中舉之後，先後至京師、南京、山東聊城張秋鎮、武清縣河西務、當塗采石磯、浙江嘉興、杭州府城、福寧州城、福安縣、興化府莆田縣、仙遊縣，汀州府歸化縣、清流縣，建寧府建陽縣，延平府永安縣，江西鄱陽縣、建寧府崇安縣武夷山。

天啓五年至崇禎十二年（1625—1639），入仕之後，先後至延平府順昌縣、直隸河間府、山東東平縣、江西弋陽縣、崇仁縣、南昌府、直隸淮安府、揚州府、鎮江府、常州府無錫縣，湖廣桂東縣、衡州府，湖廣郴州府，廣東連州。

福建省內，至明朝後期共設有福州、興化、泉州、漳州、汀州、延平、邵武、建寧八府，加上一個福寧直隸州，共為八府一州。除了漳泉二郡，崔世召足跡遍及；當時明朝疆域共有兩京十三省，除了廣西、四川、河南、陝西、山西五省，其他地域他也一一涉足。『夫人重山川，山川亦重人。』（崔世召《謝在杭太姥山志跋》）面對宇內錦绣河山，崔世召既開拓了視野，又陶冶了性情，胸中丘壑，化為筆底波瀾，寫景狀物，信手拈來。如《溪行》：

芙蓉兩岸媚深秋，小艇橫烟自在流。
卻歎勞勞亭畔客，紅塵堆裏不曾休。

這首詩是詩人在延平府城化劍閣下所作。化劍閣，又名雷從事祠，一名靈應祠，西晉雷煥雙劍於此化龍，後人建祠於城北鯉魚山以紀念。閣下為三水匯流之處，時近九月，秋意闌珊，兩岸的荷花漸已凋謝，烟波深處，白帆點點，一片靜謐的深秋景象。看到溪上奔忙的小艇，詩人浮想聯翩，第三句借用宋人楊備《勞勞亭》詩意：

柳風飛絮自征袍，望遠樓中望眼高。
幾許江南名利客，灰塵滿面日勞勞。

聯想自己功名未競，卻仍然奔波紅塵，情由景發，情景交融，別有韻味。

崔世召的歌詠景物詩，尤以律詩見長，如遊歷太姥山、支提山之作，描述景物細膩生動，對仗精巧，其中好句可圈可点。如《由墜星洞入竹園》：

怪石穿雲一徑通，洞門長日午陰濃。
天開別界斜拖白，星墜虛巖暗度紅。

寒玉萬竿摇谷口，水簾萬道瀉園東。

從來塵足希遊地，倚竹高歌興轉雄。

《同樊别駕區明府游支提》：

石門古路晝冥冥，萬壑松笙絶可聽。

仙掌斜擎秋露白，佛頭爭向晚峰青。

鐘虛樓影雲生袂，偈落簷花水在瓶。

詞客勝遊原有數，題詩應以答山靈。

用字貼切工整，描寫細緻，使人心馳神往。尤其是頷、頸兩聯，健筆雄聲，技巧運用爐火純青，難怪徐興公在《筆精》中對其大加讚譽：『鍛煉工巧，詞壇之射雕手也。』

三、贈友懷人

崔世召縱情吟詠，廣結詩友，平生自謂『吾交半天下』，有姓名可考者不下二百餘人，引為知己者亦有十餘人。朋友之間的唱酬，不乏精品，寫出了真摯的感情，讀來令人心傷。如《旅中朱願良見過小飲促别二首》：

與爾論交誼，通家自考亭。十年星漢邈，雙鬢雪霜經。

短褐辜懷玉，藏書富殺青。近來知厭世，長醉不須醒。
乍逢相勞苦，嗚咽不能言。季子貧愈劇，狂奴態尚存。
一杯留把袂，兩字囑加餐。但約歸帆日，新詩細共繙。

久別重逢，卻只能匆匆一晤，世態的墮落，讓詩人倍覺無語，自身如同戰國時期的蘇季子，雖身處困境，狂放不羈的性情依然未改。離別之際，嗚咽無語，只能相互道一聲珍重，而後各奔前程。崔世召仗義疏財，樂於扶持患難朋友，品行與素有『窮孟嘗』之稱的徐熥、徐𤊹兄弟相仿佛，徐𤊹在給崔世召的信函中曾說：『兄素有夆望於詞壇，一行作吏，人人皆思就食。』十多年的為官生涯，他對貧寒的友人多有接濟，商梅、戴吉甫、蕭太真等人遠道來訪，崔世召總會慷慨施助，毫不吝嗇。同鄉秀才蔡世寓就曾經得到他的饋贈，感而賦詩：『應知貴後無忘賤，遠謝廉金剩酒錢。』（《寄候崔崇仁明府兼謝所與》）

而對於少數不講情誼的友人，崔世召也是投以鄙視的目光，激烈抨擊，這與他剛毅自強的性格大有關係。如七古《賣車行》，講述了天啓二年（1622）八月，訪同年友於鄱陽，受到冷落，賣車而歸的親身經歷。全詩長達四百多字，意境淺白有味，通過與老僕的對話，描述了自己一路上的艱辛，結尾對同年進行辛辣嘲諷，下筆犀利，假如這位友人讀到這篇作品，或許會像曹孟德讀陳孔璋之檄一樣，驚出一身冷汗來。

四、崔世召詩文的地域文化研究

《問月樓集》四卷、《秋谷集》兩卷，所收詩文大致起於萬曆三十四年（1606），止於崇禎四年（1631），跨度長達二十六年之久，再加上散佚作品的搜集，對研究崔世召生平思想與文學創作具有極其重要的價值，另一方面也為福寧地方文史研究提供了不可多得的史料。

（一）有助於研究明末福寧地區文人群體活動

元朝統治時期，隨著政治中心的北移，福寧地區結束了南宋時期科舉的輝煌，此時雖有王積翁家族、陳天賜家族若干人在朝為官，但大部分讀書人以氣節自矜，不願入仕，或設帳授徒，或漁樵躬耕，隱居山野，終身不出。到了明代初期，福寧州降為福寧縣，地位在全省仍顯滯後，因為讀書人的復出，科舉方面稍有起色，截至天順朝將近一百年的時間裡，福寧地區共有進士二十二人，舉人八十二人，其中林聰官至刑部尚書，謝霖、林文迪入翰林，盛仕春、鄭憲、林文獻、林保童、林文迪、龔道在閩中文壇嶄露頭角，他們也多有詩文著述傳世。

成化九年（1473），福寧升縣為直隸州，這也給地方經濟文化的復蘇帶來了契機。文學家屠隆在《重建福寧州治記》中說：『福寧閩東北奧區，阻山帶海，夷舶乘風，一帆數點，烟巒縹緲間，瞬息及岸。洵瀛壖重鎮，浙閩門戶。』由於瀕臨海域，與浙江接壤，故自明初開始，頻頻受到倭寇侵擾。特別從明世宗嘉靖三十八年（1559）開始，福安、寧德兩縣遭倭寇淪陷，福寧州城也飽受蹂躪，直至嘉靖四十三年（1564）才逐漸平息。福寧地區遭此數百年未有之大變，官府夷為平地，城鄉化為廢墟，地方文獻遭受重大摧毀，幾將蕩然無存。這也羈絆了地域文學的前進發展，導致明朝中後期遠遠落後於本省其他州府。

崔世召所生活的時期，前後七子的『復古』理論與思想餘響未絕，在文壇依然占主導地位，稍後的鍾惺、譚元春則獨樹一幟，主張『獨抒性靈』，乘勢而上，風靡海內。這一時期文壇群雄並峙，以鍾惺、譚元春為首的『竟陵派』、夏允彝、陳子龍為首的『雲間派』、茅坤、歸有光為首的『唐宋派』、張采、張溥為首的『婁東派』，各佔一席之地。在福建地區可與之分庭抗禮者，惟有福州『閩中詩派』（晉安派），以鄧原岳、謝肇淛、曹學佺、徐熥、徐𤊹等『閩中七子』為代表。崔世召詩宗唐人，『詩則大曆、貞元間，文擅蘇柳之致。』（熊明遇《問月樓集序》）也深深受到復古運動的影響，而且與福州文人來往親密，所以他的作品歸屬晉安派範疇。

除了崔世召，同時的霞浦張大光（叔弢）、寧德陳希舜（伯禹）、陳希珍（倚玉）、薛大志（當世），支提僧超宗，福安劉中藻（薦叔）、郭鳴琳（時鏘）、繆仲萸（醇之）、郭時序，還有崔世召的三個兒子崔崑、崔堯、崔嵸，在福寧文壇都有一定的影響，與『閩中七子』也多有文字交往，特別是張大光、劉中藻二人，在曹學佺、徐熥、徐𤊹著作中被頻頻提及。因此明末的福寧，以崔世召、張大光、劉中藻三人為代表，再加上以寧德『溪雲詩社』為代表的文人組織，構成了一個完整的文化群體，對後世產生了深遠的影響。

張大光，字叔弢，號太玉洞天教主（見梁章鉅《浪跡續談》卷二）。乾隆《福寧府志》有傳：

> 張大光，字叔弢。萬曆乙酉領順天鄉薦，授廣東長樂縣，尋判饒州。以忤權璫，遷知普安州，逾年乞休，父老饋贐，謝以詩，有『陶潛有酒開三徑，劉寵何功受一錢』之句。歸隱南山，將卒，作詩馳告親友，及期，衣冠兀坐而逝。

張大光一生著作豐贍，僅舉志書，據黃虞稷《千頃堂書目》卷七記載《地理類中》，就有《長樂縣志》十二卷、《福寧州新志》十六卷，其他著作未見記載，多已散佚。張大光中舉之後，與福州同調互有唱酬，特別與徐熥徐𤊹兄弟，洵推摯友。《幔亭集》為徐熥傳世重要著作，其中贈給張大光的作品共有六首，徐𤊹《紅雨樓文集》《鰲峰文集》抄本中，與張大光的書信往來也多達七通。張大光還與侯官陳鳴鶴、龍溪張燮、東甌何白、常州蔣一葵為文友，現藏於北京圖書館的六卷本《泡庵詩選》，為陳鳴鶴所著，張大光在溫州任學官時出資刊刻。蔣一葵有《堯山堂外紀》一百卷，現存於美國國會圖書館，卷首保存張大光所作序言。

萬曆四十四年（1616）春，應試在京的崔世召寄詩給張大光，其中有兩句『愛殺吟春三十首，春來倍見故人情』（《長安寄懷張叔弢二首》），既稱之『故人』，可見相識之早。這一年，張大光已解組在家，擇州城南山築廬歸隱。同年冬，崔世召到州城拜訪張大光，又通過張大光引薦，認識了閩海北路參將何斌臣，三人同遊州城水雲亭、彼岸閣，留下了詩作。天啓元年（1621），張大光卒，崔世召悲痛不已，作詩六首以哭之，字裏行間，飽含深情，讀之使人淚下。

劉中藻（1605—1649），字薦叔，號洞山，又號五峰主人。福安蘇陽人。據清翁洲老民《海東逸史》卷五：

> 劉中藻，字薦叔，福安人。崇禎十三年進士，官行人。賊陷京師，剃髮被擄

掠。賊敗，南還。唐王時，官兵科給事中。奉命頒詔浙東，為張國維、熊汝霖等所拒，廢然而返。至金華，朱大典薦之，召對稱旨，擢右僉都御史，巡撫金衢。取苧獠、菁獠諸種人練之為卒，時稱能軍。閩中陷，魯王召拜兵部尚書，尋兼武英殿大學士。

劉中藻受命危難之際，為挽救大明殘局而竭忠盡力，其氣節素為郡人所景仰。同時這些也掩蓋了他的過人才氣，明末計六奇在《明季北略》中稱其『素有文名』，十五歲即名滿邑中，中進士後又與黃道周、曹學佺、祁彪佳、方以智等人頻繁來往，深得這些海內名士的賞識。泰昌元年（1620），十五歲的劉中藻娶穆陽繆氏大姓女子為妻，在附近洞山五峰庵讀書。就在此時，徐𤊹應陳鳴鶴之邀，到福安參加修志。十月的一天，徐𤊹聲聞洞山三潭之勝，遂與知縣張蔚然、諸生郭時序、繆仲薁同遊，在山中遇見了劉中藻。對於這位相貌奇異、談吐不凡的年輕人，徐𤊹此時的心情不亞于當年韓愈遇到了李賀，驚詫之余結為好友，親撰《洞山記》以及七律、七古各一首相贈。同行的郭時序、繆仲薁也各有題詠，皆載於《洞山九潭志》。

崔世召年長劉中藻三十九歲，距離崔世召最近的一次福安之遊，是在萬曆四十六年（1618），此時劉中藻尚是舞勺之年，不為人所知，他們之間也不可能認識，更沒有文字交往。天啓元年（1621）以後，劉中藻到國子監讀書，崔世召出外作官，没有見面機會。直到崇禎十七年（1644），李自成攻佔北京，思宗自縊煤山，劉中藻才逃難回到家鄉，這時已是崔世召死後四年。在他們的朋友圈裡，有着徐㶿、曹學佺、方以智、張蔚然，以及跟隨劉中藻隱居的山木上人，有着這些共同的文友，又是同鄉，雖不相識，必定各知其名。值得一提的是，崔世召修造秋谷，有石懶和尚築閬庵為伴；劉中藻結廬九潭，有山木上人結生生庵共隱，或是巧合，或有借鑒，已不得而知。

從神宗萬曆時期開始，經光宗、熹宗至思宗，將近一百年時間，大致與崔世召的一生相貫穿。這一時期，任職福寧的士大夫諸如熊明遇、方孔炤、胡爾慥、殷之輅、郭用賓、張維城、吴光卿，皆有文名，大多也參加了地方士人的詩社集會，唱和不斷。流寓境内的方以智、夏完淳、商梅，特别是謝肇淛、徐㶿兩人，在境内逗留最久，不仅留下數量不菲的詩文，前者還著有《太姥山志》《寧德支提寺圖志》《長溪瑣語》，後者協助修纂《福安縣志》（今佚）。這些名士都與崔世召親密交往，可以說他們對地方文學的貢獻，與崔世召或多或少都存在關係。

（二）有助於填補地方志空缺

福寧建縣雖早，但相比全省，經濟文化相對滯後，福寧知府額爾金泰在《福寧府志》序中說：『福寧地轄五縣，山海奧區。宋元明以來，人文代起。』但自明中葉以來，寧德知志乘久未議修，『其舊本所紀，散漫荒略，不足征信。』乾隆四十六年（1781），寧德知縣盧建其在重修《寧德縣志》時，也不無感慨：『惜明季海氛屢熾，邑鮮藏書，剝蝕缺殘者不知凡幾矣。』特別是歷任的職官，疏漏訛誤，不在少數，這也成為地方文史工作者棘手難題，這次對於崔世召詩文集的整理，很大程度上起到了填補作用。

据萬曆《福寧州志》卷八《歷官》，福寧自成化九年（1473）升縣為州，至萬曆四十一年（1613），前後百四十一年，歷知州四十三任。乾隆《福寧府志》卷之十五《秩官志》，至崇禎朝為止，又續補八人。作為一州最高行政長官，大部分記録姓名以及任期、籍貫，一部分僅僅留下姓名，其他資料欠缺。崔世召詩文中所涉及者，按其任職先後為洪翼聖、胡爾慥、王所用、方孔炤、王運昌，其中內容涉及最多的是桐城人方孔炤，也就是『明末四公子』之一方以智的父親。關於方孔炤在任時間，說法不一，乾隆府志《循吏》作『萬曆四十八年任』，『甫二年，以員外郎遷去』，當代方書文編著《方以智先生年譜》作『泰昌元年』，任道斌《方以智年譜》則作『萬曆四十七年』。《問月樓詩二集》有五古《題支雲戀別圖送方潛夫職方之京》，作於天啓二年（1622）秋，時方孔炤升任兵部主事，崔世召以詩送別。按此，則『甫二年』是在萬曆四十八年

（1620），以《福寧府志》與方書文年譜為準確，萬曆四十八年與泰昌元年為同一年，以八月為界限，《問月樓啓集》有《迎方州尊啓》，大致作於當年春月，則又以《福寧府志》記載最為可信。至於去職之年，方書文、任道斌年譜均作『天啓三年』，舊時官員升遷多為遠途，長途跋涉，需耗費一定時間，從福寧到京師，走走停停，大約在三四個月左右，所以方、任年譜所載也算正確。

知州王運昌，乾隆府志僅標姓名，沒有其他任何文字。我們依託《問月樓詩二集》七古《題王刺史海邦永賴卷》、七律《壽王旭泰刺史誕日》《題王刺史卷》，進行考證後知悉，王運昌，字旭泰，一字乾符，江陰（今屬江蘇）人。萬曆四十七年（1619）進士。天啓初，任福寧知州。按照推算，應該是在『天啓二年』左右，正好接替方孔炤，而乾隆《福寧府志》卷之十五《秩官志》誤作『萬曆年任』。崔世召在詩句中多次提到王運昌治理水利的事蹟，按照『秦溪水濺古壕冷』『石淈建瓴淘遠磧』『龍津橋頭水南下』『東入松山海波赭』等詩句來推測，所指水利應是福寧州城著名的『西山三壩』，又稱為『長溪河源』，清代福寧知府李拔曾經重加修整，並稱之『古跡』。若非《問月樓詩二集》提供的信息，三壩修造的這段歷史也就很容易被我們所遺忘。

在萬曆二十九年至三十四年間，寧德縣共歷曾耀、李時榮、曾受益、區日振四任知縣，關於他們的先後排序，乾隆《寧德縣志》卷之三《秩官志》、乾隆《福寧府志》卷十五《秩官》說法各有不同。縣志依次為曾耀、李時榮、曾受益、區日振，府志依次為區日振、曾耀、李時榮、曾受益。再看更早《福寧州志》的記載，則與府志相同。《問月樓文集》有《張三尹擢陝西幕序》，其中有這么一段記載：『蓋前後佐三大令，靡不得當其歡心者，先區江門，次李雲間，最後為今令增城曾公也。』說明乾隆縣志記載有誤，萬曆州志與乾隆府志的說法準確。此外李時榮的到任時間，縣志作『萬曆三十一年』，按照上文來看，正確的是萬曆三十五年（1607），這從萬曆州志以及同治《上海縣志》卷十五《選舉表上》，可以得到確證。至於『曾耀』，也應該以州志為準，崔文之所以沒有記載，應與曾耀任期較短有關。

此外，像《邑東洋里造士紀德碑記》《募修金溪橋疏》《辟支巖募塈香燈疏》這幾篇文章，對地方行政區劃的演變、大金溪流域的歷史變遷，以及明清時期支提山佛教的發展，都具有很高的研究價值。

五、問月樓與秋谷

崔世召一生著作等身，而留給世人的僅剩《問月樓集》《秋谷集》兩種，今人在展讀這些作品的同时，不免會產生疑問，崔世召親手修建的問月樓、秋谷，究竟位於何處，今天又是怎樣一種狀況。崔世召距離我們這個時代已將近四百年，陵谷變遷，我們試着通過對其詩文的解讀，以及地方文獻的考證，尋找湮沒在歷史深處的那些蹤跡。

（一）問月樓

明代的寧德縣城，面積狹小，城內望族有東井崔、後埸彭、道頭陳、橫路林、學山左五大姓，其中又以東井崔氏位列其首。所謂東井，東則取其方位，以水井為地標（今存），舊時有東井堂，崔氏族譜稱為『鶴峰東井境』。崔氏祖居後改為崔氏大廳，現已淪為他姓房屋。北宋明道元年（1032），崔氏始祖提舉公遷居寧邑之時，以此作為首居地。元至正二十四年（1364），十世祖崔麟別創新居於祖居附近，地處東井堂之右。到了十三世崔鎔、崔鑒、崔鐸兄弟，家族逐漸興盛，在家族財力豐裕的前提下，將老宅進行擴建，形成一定規模。三兄弟之中，最著者為崔鑒，宣德間選為貢生，官至鎮江府同知，東井崔氏尊之為中興始祖。崔鑒生有五子，次子崔昱，民國《東井崔氏族譜》稱之『賦性剛毅，天資明敏』，因為父親與弟弟崔昌宦遊在外，遂棄舉子業，苦心持家，先後購置田產五百餘畝。兄弟分爨之後，崔昱在故居東南另建新屋，供崔傅、崔俌兩個兒子居住，兩房枝繁葉茂，後世也多有在外為官者。崔氏族人將崔鑒故居、崔昱新居合稱為

『崔氏十三座』，這也是東井崔氏最古老也是最重要的一處聚居地。

崔備，字希弼，嘉靖二十五年（1546）貢生，官至江西吉安州學正。是為崔世召曾祖。

清朝初年，由於崔昱子孫曾一度資助過南明唐王的抗清軍隊，清軍平定福建之後，崔氏子孫外遷避難，家道逐漸衰落。順治五年（1648），寧德縣設立武備專營，崔昱新居被地方官府徵用。這在乾隆《寧德縣志》卷之二《建置志》有記載：

遊擊署，在北門內，原系崔家房屋。自國朝順治五年設立專營，買置為署。

遊擊署又被稱為『總爺署』，寧德民間則稱作『大纛衙門』，民間把這片地域稱為『總爺前』『大纛衙門前』。總爺，原是清前期對總兵官的俗稱，後來則泛指綠營武職人員。

為了確定遊擊署就是崔世召故居，我們翻閱了乾隆《寧德縣志》，在卷之二《建置志》『民居』條找到答案：

（一都，北曰）總爺下，知州崔世召居焉。

記載很明確，『總爺下』這座『遊擊署』的前身就是『崔家房屋』，也就是崔世召故居，我們在劉家謀《鶴場漫志》也找到了相關記載：『刺史家遵化門外內，問月樓在焉。』

乾隆縣志中還詳細記録了遊擊署的規模佈局：

（乾隆）十四年，遊擊潘公改建三堂，並修葺頭門、大堂、二堂、三堂、東廳，西留餘堂，照廳冰履堂等處，規模一新。

通過以上文字，我們可以大致勾勒崔世召故居原有格局。主體建築坐西南朝東北，背依鶴峰，面朝三都海域，前後共四進，依次為大門、大廳、二廳、三廳，大廳部分面積最大，正對大門照廳，南北還有跨院。

遊擊署歷經變遷，據民國續修《寧德縣志》稿本记載，『民国光复，缺裁，曠為閑地，今漸頽廢矣』，此後『改為公共體操場』。1949年以後，又將原址設為縣級看守所，建造樓房，舊跡蕩然無存。我們根據建築方位，又以周邊古街區作為對照，認定乾隆縣誌提到的『東廳』有可能就是問月樓原址，主要依據是崔世召《問月樓集自敘》中的這段文字：

先是策有《問月樓集》行世，時家方四壁立，安能樓蓋。隔二十年餘，始得結數楹為小樓，於所居城角東向，恰受月。

『東廳』顧名思義，位於崔世召故居東面，也就是『于所居城角東向』的位置。我們經過實地走訪，發現從這個角落再往西南方向延伸，隔着一座老房子（現屬林姓），可與崔鑒故居連接。據附近老街民及崔氏後人口述，這座老房子原為崔家所建佛堂，堂內供奉一尊石佛，為溪雲閣舊物（見《問月樓詩一集》之《立秋後一日集古佛庵分賦限七言律得歌字二首》）。這座佛堂，《民國崔氏族譜》稱之『蔡公祠』，譜中記載如下：

蔡公祠一小座，坐落總爺前右邊，前至官街。後丈二尺五寸，深七丈三尺五寸。右連店。

按此，佛堂應屬於『崔氏十三座』範圍，那我們也可以這樣推論，所謂『蔡公』應該是『菜公』，寧德民間稱出家吃長齋的男女居士為『菜公菜婆』，這也證明崔氏後人口述的正確性。但話又說回來，崔氏族譜稱之『蔡公』而不是『菜公』，稱為『祠』而不是『庵』或者『堂』，似乎又不與佛教沾邊，這都有待進一步考證。

『蔡公祠』正對面是一條幽深的古巷，向外可達環城北路，也就是舊時寧德縣城的北城角，往北不遠處即是『遵化門』（北門），往東五百米則抵東門『鎮靜門』（縣城原有五城門，嘉靖辛酉倭亂之後，離崔世召故居最近的小東門被堵塞）。關於門口這條小巷，在福州友人商梅《至崔徵仲家》一詩中有提及：

衡門臨小巷，知子善幽居。入徑寒松老，橫窗野竹疏。

山光來枕席，海物當園蔬。若使身能隱，棲遲事有餘。

當然明代縣城格局與清代可能存在差異，我們從萬曆版《寧德縣志》找到一張《縣城之圖》，按圖中所示，北門、南門各有一條官街，兩街匯合於縣衙大門，這兩條大街就是現今的北門老街（崇文路）與南門老街（大華路）；北門官街在靠近縣衙的部位，另辟一條道路直通東門，這條道路就是現在的下井堂路，也就是崔氏聚居地『東井境』。由此可見，現今的寧德老城，包括『問月樓』下的這條小巷，依然保留着嘉靖四十五年（1566）重建後的格局，沒有太大的變動。

通過商梅詩句，我們可以認為問月樓屬單進獨立院落，大門直接開在街口，西南方與崔氏大宅以長廊相連。樓下空地種植青松、紫竹，形成小園林，幽雅清净，更適合於主人讀書隱居。崔世召也有《新種紫竹數竿》，可與商梅詩作互為印證：

便覺入門好，翛然一徑幽。蕭森堪辟俗，疏遠更宜樓。
紫氣分函谷，清朋過子猷。從茲閑倚詠，長伴此君遊。

至於問月樓，當是二層閣樓，徐興公在《問月樓集序》有提到它的局部造型：

徵仲所居在寧陽城東，後扆鶴峰而前際鯨海，皓魄初上，委波如金，徵仲構一樓，洞開八闥，坐臥其中，每抽毫賦詠，輒把酒問月，大類李謫仙豪舉。

『洞開八闥』，也就是四面都有窗戶，光線充足；『山光來枕席』，西面可以看到巍峨的白鶴嶺；東臨大海，氣勢更為恢弘。『海中諸島嶼若蒼兕玄龍之飛伏，隨潮汐靈氣動盪光景，徵仲以一樓收之，雲日烟雨無不奇者。而尤奇於夜潮得月，白波瀲照，浩然有萬里之意。』（熊明遇《問月樓集序》）

問月樓大概修造於萬曆四十五年（1517）左右，距離詩人第三次會試落第不久。科場的接連失意，使他灰心喪氣，在步入知天命之年後，開始為自己營造修養之所。此後『凡騷人墨客過寧陽，無不邀登斯樓而賡和焉』（徐𤊹《問月樓集序》）。就在落成第二年的九月十四，來了一位不速之客，福州名士徐𤊹在寧德詩友陳希舜的陪同下，登樓拜訪。老友重逢，格外高興，三人舉杯暢飲，半夜始散。這次聚會，徐𤊹留有《望夜過崔徵仲問月樓次韻》七律：

度嶺入鄰封，尋君策短筇。城低環似雉，樹古矯於龍。
肅客開三徑，推窗納眾峰。把杯同問月，露坐及晨鐘。

『問月樓』的匾額也是出於徐𤊹之手，據清代寧德訓導劉家謀《鶴場漫志》：

問月樓匾，為徐𤊹八分書。後樓毀，匾歸葉氏，今歸王氏。

這也說明問月樓匾在清道光時期，依然保存於王姓人家。至於『王氏』，與前一任主人『葉氏』，《鶴場漫志》沒有明言，無從知曉。至今看守所範圍内仍有一座葉姓大宅，作為當時的工作人員宿舍，舊貌猶存。葉氏原居寧德白鶴嶺頭，清初遷居縣城北門街，世代書香，科名鼎盛，或許所指『葉氏』就是他們這個家族。而這座房子，據説原來也屬於『崔氏十三座』的一部分，後來才轉賣給葉家的。

（二）秋谷

天啓五年（1625）冬，剛剛抵達崇仁任上的崔世召，就迫不及待地寫信給兒子崔崑等人，讓他們買下城西的一塊山地，為自己營造終老歸隱之所。崔世召之所以看中這片地域，理由有二：首先這裡山水兼具，適於造園。兩山峽谷之間，形成一個小山坳，清流激湍，映帶左右，而且視野開闊，後有鶴峰千仞，面朝碧波萬頃，瀑流淙淙，松風謖謖，居高臨下，整個縣城都在視野之中；另一個原因，此處古名『白鶴巖』，為縣城勝跡，與始建於北宋的名剎靈溪寺一牆之隔，格外清幽，自五代以來就有隱士在此築廬隱居，宋明時期還辟為書院，崔世召上輩多有人深造於此。據南宋梁克家《三山志》卷三十七《寺觀類五》記載：

> 靈溪寺，金溪里。大觀二年置。白鶴巖，雷震巖下，容數十人，中通清泉。

乾隆《寧德縣志》卷一《輿地志》：

白鶴山下懸崖峭壁，架閣如削，崆峒幽深，可容數十人。泉水清冽。舊為靈溪書院。

明清兩代，是我國私家園林建設最為輝煌的時期。幾乎每個文人都夢想擁有自己的園林，有財力的不惜傾家建園。特別到了晚明時期，時局動盪，權臣當道，那些不得志的士大夫轉而熱衷於歸隱山林，建造園子以自適。崔氏祖上原本就有造園傳統，崔世召曾祖崔俌辭官歸里，『構亭於小東門外，悠游林下廿餘年。』（民國《東井崔氏族譜》）父親允元亦建有『四望樓』。（見附録蔡景榕贈詩）在崔世召朋友之中，比較著名的就有米萬鍾『勺園』、曹學佺『石倉園』、謝肇淛『泊台』，同鄉的則有張大光『南山敝廬』、蔡世寓『西園』、崔世棠『溪雲閣』。

造園的地址終於選好，崔世召聞訊欣喜若狂，作《聞買西山喜賦》：

聞道西垌已買山，小溪危石曲潺湲。
古雲碧拖半巖影，朝海青分眾壑顔。
地亦有緣知己遇，天將留意放人閑。
菟裘老足千秋事，好種桃花待我還。

從天啓六年（1626）開始至次年冬天整整兩年時間，崔崑等人按照父親的設計，開始營造，漸成規模。『蓋秋屬西，又取秋成之義』，所以取園名為『秋谷』，又稱『西谷』。

通過崔世召的一篇《秋谷乞言》，我們對這座園子有了初步了解，文中提到天成景觀有四處：

聽松石，在谷口，鐫刻李開芳『聽松』二篆字。

雲扃，卓峙如門。

懸虹，瀑布淙淙，如松濤爭響。

鶴巖，即白鶴巖。

五處亭台建築：

泉屋，位於峽谷之左，有巨石苔蘚甚古，架亭于石頂。

嘯閣，位於峽谷之右，東向面大海。

鶴巢，在嘯閣之下，後扆鶴峰。

煮石齋，在鶴巢之旁。

醉香谷，在泉屋之下，廣種千葉荷，樓臨水面。

天啓七年（1627）臘月，崔世召由西江返閩，他沒有直接回鄉，而是在福州徐𤊹家中过年，並去石倉園拜訪曹學佺。拜訪曹學佺目的有二，一是請曹學佺為自己歸隱秋谷寫序。其次，借鑒福州的造園手法，對秋谷進行一番佈置。

從《秋谷集》可以看出，崔世召第一次歸隱，距離第二次出仕，時間僅為半年，就在這短短的時期裡，秋谷相繼建成鶴巢與閬庵。閬庵為社友石懶和尚所建，崔世召有句『買山一半與僧分』，可見石懶也是秋谷的主人。首次的歸隱，崔世召把幼子崔嵸接到谷中讀書，並邀請舊日老友蔡世寓、崔世棠、趙子卿等人重結詩社，佳辰令節皆有集會。這時期，建安人翁壽承也曾來訪，盤桓達月餘。

由於投入了大量財力物力，經過逐年精心修整，在崇禎八年（1635），崔世召由連州歸來之時，秋谷就已初具規模。蔡世寓曾寄詩給連州任上的崔世召，『官清剩得買山錢，秋谷今成小洞天。』（《訪秋谷寄聲崔連州》）精緻程度可見一斑。

作為寧德歷史上兩大私家園林之一（另一處為陳宇五真園），西山林壑幽美，山環水抱，本身就如同一個花園錦簇的大園林，再加上秋谷獨具匠心的人工建築，在一個小縣城很容易引起轟動，也讓後世津津樂道。劉家謀《鶴場漫志》、民國《東井崔氏族譜》，都不惜筆墨對其中景致做了詳盡描繪。《鶴場漫志》引乾隆四十六年（1781）縣誌採訪稿：

世召墓在西山，有『秋谷十景』。又有鶴巢亭、秋谷亭、醉香亭、浮鷗亭、媚樵亭、沽酒處、鐵崖亭、泉屋、閬庵、嘯閣、腋齋、煮石齋、懸虹亭，名目與此稍異。

《東井崔氏族譜·世召公傳》：

（世召公）自營生壙於西山秋谷，構亭其間，有鶴巢亭一名鶴巢軒、秋谷亭、醉香亭、浮鷗亭、媚樵亭、沽酒處、鐵崖亭、雲扃、泉屋、嘯閣、閬庵、腋齋、煮石齋、懸虹亭一名懸虹峽，景甲寧城。外郡騷人詞客多題詠，以紀其勝。

結合二者，除了崔世召《秋谷乞言》以及《秋谷集》提到的景物之外，尚多秋谷亭、浮鷗亭、媚樵亭、沽酒處、鐵崖亭、腋齋六處，估計不會有太多的遺漏。

崇禎十二年（1639），崔世召去世，此後伴隨着崔氏子孫的星散流離，秋谷也漸趨衰敗。到了乾隆時期，崔氏後人崔文錫在《靈溪寺募修引》中，講述了順治年間教諭蘇之琨開闢白鶴巖景點的軼事，但對祖上的秋谷居然隻字不提，可見久已湮沒。1986年，寧德人民為了紀念明代抗倭名將戚繼光，由蕉城鎮繼光大隊將西山開闢為戚繼光公園，進行了景觀建設，靈溪寺也經過重修，周邊又陸續建起了清音閣、經靈寺。但經過幾次實地探查，我們還是可以從石罅溪澗中覓得秋谷的少許遺跡。我們結合文獻記載，初步認定秋谷大致範圍，起於東南谷口（今戚繼光公園大門附近），止於西北小澗，整體為一南北走向的狹長地帶，面積大約在四十畝以上。在靈溪寺旁西側，有一天然磐石，中間劈開一條縫隙，兩石危傾，中開一巷，仰視天光，如同太姥一線天。內有三方南宋時期摩崖石刻，這應該就是《秋谷乞言》所指『沼澗數十武有石，卓峙如門』之『雲扃』，而『入門瀑布淙淙』，指的是石門左邊這條小澗，澗水曲折東流，有『古松數十章』之谷口即在下方。澗中水勢雖大不如舊時湍急，但每到雨季來臨之際，還是可以感受到崔世召《水樂》中的情景：

隱隱空中韻，疏柃側耳聞。暗流通地肺，清響過溪雲。

由小澗左折，矗立一面巨石，今人新題『泉屋』二字，這應該就是秋谷『泉屋』所在。

在經靈寺之右，也有一條小澗，秋谷北面以此為界。溪澗邊完好保存四方摩崖石刻，均為秋谷遺物。楷書『枕流』，落款『崇禎丙子新秋西叟勒石』，『丙子新秋』為崇禎九年（1636）七月，此時崔世召已辭官歸家，很可能是他本人的手跡。『枕流』不見於記載，估計與『浮鷗亭』有關。『鐵崖』行書在『枕流』石刻對面，即秋谷『鐵崖亭』原址，崖壁下方尚有幾處小凹槽，應是連接木結構的榫卯部分。

『鐵崖』與元末著名詩人楊維楨有關，明末遺民余懷《東山談苑》：『楊廉夫居鐵崖山，山百丈，有綠萼梅數百株。』遂自號鐵崖道人。昆山名士顧阿瑛對之仰慕萬分，在自己的玉山草堂設『鐵崖亭』『鐵崖榻』以處之。這在楊維楨《東維子文集》卷七《玉山草堂雅集序》有詳細記載。

拾階而上，可以看到另外兩方石刻『蟾蜍』『虎跡巖』，《秋谷集》中有一首《過靈溪寺》，其中有兩句『曉徑乍驚過虎跡，晴天只合悠鴻冥』，或許與第二方題刻有關。『枕流』出自《晉書·孫楚傳》，與文人歸隱有關，後代的隱士也經常會引用這個典故，藉以自勵。《問月樓詩二集》有一首《枕流石》絕句，是詩人流寓韓陽（福安縣城）時的作品，所吟詠者為富春溪風光。

值得一提的是，《鶴場漫志》與民國《東井崔氏族譜》都有記載的崔世召長眠之處，至今也保存完好。崔世召墓位於『枕流』石刻西北面，為其生前自營，是迄今蕉城城區發現規模最大的古代墓葬，現已列為第九批區級文物保護單位。它雖與秋谷相隔尚有一段距離，但也屬於秋谷重要組成部分，這種家居與墓葬相結合的園林建築，在歷史上似乎不太多見。在崔世召墓區附近，尚有其子孫附葬墓多處。除了崔堯之子神童崔海麒，近年來還發現了崔世召四世孫崔清齋、八世孫崔允英（景雄）墓葬，很可能崔嵸死後也歸葬於此。

歲次庚子元春寧川陳仕玲鶴林氏自識於白鶴山下蝸居

問月樓集四卷

崔徵仲《問月樓集》序

豫章熊明遇題

《問月樓集》者，集崔生徵仲之詩文也。徵仲居治東下縣，介兩甌間，山水深莽，海中諸島嶼若蒼兕玄龍之飛伏，隨潮汐靈氣動盪光景，徵仲以一樓收之，雲日烟雨無不奇者。而尤奇於夜潮得月，白波瀲照，浩然有萬里之意，故其詩文之備美，一似乎其樓之觀也。詩則大曆、貞元間，文擅蘇柳之致，而擬於今之，當家直五霸中桓、文焉。

嗟乎，徵仲豈不魁然名下哉，而必問序於余者何？蓋余嘗與徵仲言詩文之體矣。人之有是四體，自首領、股肱至於手拇、毛脈，各載其神氣，於質貌變掉而動，天或冶之。若夫塑者、偶者、俑者，和合水土而漫堊焉、戕賊桃梗而機械焉、純束蒭槁而衣冠焉，其貌似是也。南方祼壤之民，表龍章而紆紳弁之列焉；北方髽首之豪，襲簪笏而朝禮樂之堂焉；西方深目畫革之人，附鞮譯而登言語之科焉，其質亦似是也，顧其神氣安在哉？

詩之為體，自《三百篇》以至於唐；文之為體，自《尚書》《檀弓》《考功》，以至

《西京》，體具矣。然世代循環，不必一體，而必各載其神氣以成其一體，擇而取之而已矣。仲尼有言曰：『述而不作，信而好古。』又曰：『蓋有不知而作之者，我無是也。』書契興，爻象畫，咸韶鳴，迄今垂五千餘年，有其可作，古人已先作之，仲尼之不作，無可作也，吾深懼夫今作者之眾也。載以月喻，月不能自成其體，以日為體，日萬古長圓，月之朒朓朏魄，不必長圓，而其虛盈弦望之數，必不能舍日光遠近焉為圭黍之異，故天下人皆仰之，使其能舍日光之遠近為圭黍之異，而別見像影不亦為怪月耶？日月，天下之大文章也，徵仲試精心以問之，其境政未可窮矣。

箋◯熊明遇，見《問月樓詩一集》七言律《己未六月熊良孺觀察游支提寺風雨大作留詩一章，亦復響遏林木用韻恭和》。

校◯

【徵仲居冶東下縣】熊明遇《文直行書詩文集》文卷四《崔徵仲問月樓集序》作『生居冶東下縣』。

【徵仲以一樓收之】熊序作『生以一樓收之』。

【自《尚書》《檀弓》《考功》】考功，熊序作『考工』，通假，皆可。

【必不能舍日光遠近焉】熊序無『焉』字。

【徵仲試精心以問之】熊序作『生試精心以問之』。

《問月樓集》序

徐 焮

蓋徵仲已三行其詩若文矣。當其為諸生時，名大噪，與予結瑶華社於三山，詩筒往還無虚歲。既而舉孝廉，益工古文辭。又有《半嚳集》行於世，海内爭傳誦之。徵仲所居在寧陽城東，後扆鶴峰而前際鯨海，皓魄初上，委波如金。徵仲構一樓，洞開八闥，坐臥其中，每抽毫賦詠，輒把酒問月，大類李謫仙豪舉。凡騷人墨客過寧陽，無不邀登斯樓而賡和焉。

昔人品第宇内三十六洞天，而霍童之山居首。仙靈窟宅，自古記之，雲霞吞吐，實鍾偉人。徵仲乃以霍霞自號，筆端奇麗，直與山川互相映發。古稱仙人好樓居，君豈今之謫仙也耶！

憶予丁巳一過徵仲，在季秋望後；今歲再一相訪，又當季秋望前，樓頭對酒，桂影婆娑，照人襟袖。兩度過從，與月巧值。徵仲句云：『似與月同到，疑添山數峰。』真境逸情，溢於毫素，且《問月》新集殺青甫竣，遂出相訂，予即就月影中披誦之，不待濯魄冰壺，而心神俱爽矣。因弁簡端。

萬曆庚申杪秋望前一夕，社弟徐𤊹興公撰。

箋〇作於萬曆四十八年（泰昌元年，1620）九月十四，時值徐𤊹修志福安。徐𤊹，見下五言古《飲高景倩席上賦得「浮雲如車蓋」，同曹能始、張維誠、陳汝翔、王粹夫、徐興公、陳叔度分韻得八齊》。

【蓋徵仲已三行其詩若文矣】崔世召在《半囈窩集》與《問月樓集》四卷付梓之前尚有策論集一種行世，見自敘。

《問月樓集》自敘

先是策有《問月樓集》行世，時家方四壁立，安能樓蓋。隔二十年餘，始得結數楹為小樓於所居城角，東向恰受月，無夕不佳，因以問月，踐之湊趣，亦巧矣。居恒取酒相勞，明窗四射，恍如坐水晶宮，倚七尺琉璃屏風，與月姊問答也。嗟夫，廿年間明月如故，而搔首顛毛已種種不堪問，恐月亦羞之。所賴詩腸文心，不肯自甘委頓，覺筆酣墨飽之暇，海畔清光，猶戀人意，一二三有韻少年，奉余為戲。強鐫醬瓿上物，不能效也。第試呼月而問之，二十年後之業較曩日，手腕離合若何？胸次生熟若何？不知月何以置對哉！書時月正在望。

箋◯【先是策有《問月樓集》行世】大致在萬曆二十五年（1599）左右，崔世召《問月樓集》的第一部分《策集》刊印面世，是集現無存。

問月樓詩集

霍童崔世召徵仲甫著
晉安商家梅孟和甫校

古體四言五言

三月三日集溪雲社分得對字

遵彼郊谿，春雲晻曖。睠言勝遊，穿芳逐隊。危檻鄰霄，倚樓寄慨。千古蘭亭，風流如在。把臂入林，正須我輩。天運不積，佳辰難再。當筵喧歌，鳥聲交碎。我則嘿然，抗心玄對。

駘蕩晨光浮，出郭少塵礙。飛閣一何敞，清溪抱蒼藹。隔檻數橋横，開牖群峰對。西堂發我夢，池草生蓊薆。況值豔嘉天，禊事步前代。有客來信信，遠棹懷訪戴。風期洽投歡，贈我以蘭佩。因之酬宿盟，結社集時輩。鮮雲幕綺筵，香霧散花隊。觥籌款交馳，巾舄媚生態。豈無竹與絲，玄賞蕩濁穢。永言德不孤，所欽舌尚在。四座足千秋，片語入三昧。燒鐙夜何其，鬮題詩賡載。短腔慚續貂，頹焉忽自廢。但得長逍遥，成虧任大塊。抱琴以為期，芳樽莫辭再。

箋〇作於萬曆四十七年（1619）三月初三，時年崔世召五十三歲。

【溪雲社】以結於溪雲閣而得名。在寧德縣城東門外（在今蕉城區署前路金龍大廈附近），為世召堂弟世棠别墅，去城濠僅百武。見乾隆《寧德縣志》卷九《藝文志》録陳大經《溪雲社修禊記》、劉家謀《鶴場漫志》卷下。

校〇

【風期洽投歡】洽，乾隆《寧德縣志》卷九《藝文志》作「合」。

【鬮題詩賡載】鬮，乾隆縣志作「分」。

【頹焉忽自廢】焉，乾隆縣志作「然」。

【芳樽莫辭再】芳，乾隆縣志作「清」。

古意二首

長安車馬喧，甲第紛馳道。連甍曲水房，疏綺浣花澳。纓緌爛輝光，七貴相加勞。彼美俠少年，結駟備賓佐。哀箏激銀璫，芳橑壓花帽。一以度千秋，不復譏息耗。寧念大化遷，世態轉糠莝。三月咸陽烟，烏衣燕西播。豪華安在哉，午夢殊未課。躑躅遊子心，悠悠寫悲號。山水有餘情，絲竹藴清操。撫之不盈握，飄然出網邏。沉景詎足揮，潛情洵可寶。豈不畏拙嗤，聊以從吾好。守此右座銘，寄於南窗傲。逝者已如斯，曲高彌寡和。

其　二

雲物緬含姿，關山阻且修。長河邈靈駕，孤淚零女牛。中閨怨何極，宛轉牽鳴啾。妾身非車轍，安得隨驅輈。眷此白髮心，夜夜枕中游。所憂在無衣，歲晏懍嚴飈。欲寄不敢擣，恐生藁砧愁。明月照蕙帳，歸雁嘹芳洲。豈伊千里别，棄擲不可求。終爾返輪鞅，臨風眡高樓。

贈張維城明府誕日三首

憶昔遠行邁，馳志結玄賞。朝聽東海潮，夕蕩西湖槳。吴峰何鬱蔥，神秀鍾吾黨。有美文在兹，矯矯松溪長。鞭弭走中原，玄黄抽罔象。廣輪有餘暉，高山激崇仰。何當抱素弦，對之發清響。

其　二

一棹長溪水，湛湛東南遵。瀼瀾清且漪，餘波來照人。君令扆之陽，我家鶴海濱。河潤及九里，締好亦相因。澹交酬宿夢，奇論破垢塵。加餐各努力，行樂當芳辰。仰視扶桑巔，為君賦大椿。

其　三

钜株有春秋，一萬六千歲。物理渺難參，精芒神所衛。至人亦若斯，生天縱靈慧。烝自淩罡濛，根豈儕柔脆。金風扇平楚，玉魄轉寒砌。仙吏宴佳時，皇覽初度世。采茲耕鑿歌，譜作岡陵偈。搖手但無言，不朽以為契。

箋〇【張維城】名蔚然，號青林，維城其字。仁和（今浙江杭州）人。萬曆二十五年（1597）舉人。萬曆四十四年（1619）任福安知縣，祀名宦。見光緒《福安縣志》卷十六《職官》、乾隆《杭州府志》卷六十九《選舉》。

為張伺予大行二尊人壽

扶輿結靈炁，神界棲至人。幔亭虹為梁，千載墟猶新。大澤產龍蛇，周郊遊鳳麐。誓行日月揭，掃筆風雷震。小戰無前轍，奇蹤誰後塵。既號冠軍勇，將為大廷賓。有子揚其烈，早致青霄身。白雲天際橫，淼淼建水濱。冬日洵可愛，霞觴流遠神。南極一何爛，北萱復長蓁。海籌子無限，天樂世所珍。睠彼黃華峰，紫氣相嶙峋。願言飽玄液，八千以為春。王事正靡盬，仙齡茲始晨。寄語輶軒使，努力馳天津。

箋○【張伺予】誤，應作張伺如。張伺如，名素養，字存孺，號伺如。建安（今福建建甌）人。萬曆四十一年（1613）進士，時任行人司行人。見民國《建甌縣志》卷十《選舉》。

送郭于王明府入覲

十月天氣枯，風雪滿林薄。置酒北郊垌，攀條感蕭索。悠悠行者心，臨岐訴今昨。神君有奇聲，下士空落魄。君病為蒼生，余貧泣白璞。所貴相知音，騷壇交酬錯。君唱余能賡，病瘥貧亦樂。計吏無違程，征車一何速。前路多風塵，握袂重躑躅。贈遠欽謏言，而余獨諾諾。獻最豈不珍，駐顏在靈藥。更盡杯中酒，請看頭上髮。仰視棠之陰，悲歌為君作。

箋〇【郭于王】名用賓，龍門（今屬廣東）人。萬曆二十二年（1594）舉人。萬曆四十三年（1615）任寧德知縣，四十六年（1618）調任。見道光《龍門縣志》卷十三《人物列傳》。按此當作於萬曆四十六年十月。

飲高景倩席上賦得『浮雲如車蓋』，同曹能始、張維誠、陳汝翔、王粹夫、徐興公、陳叔度分韻得八齊

秋氣肅林薄，碧空淨玻璃。客懷曠以嘉，積眺萬感齊。上淩群峰巔，下瞰千仞谿。高深匪所憚，物情虞乖睽。仰視天河末，靉靆白日迷。亭亭蓋垂幰，蔽虧聳復低。素衣與蒼狗，倏欻難端倪。三復蜀道篇，之子慎攀躋。曲肱樂在中，聖言良足稽。達化既無礙，幻影安所棲。但得酒盈樽，坐令醉如泥。短劍吼中夜，長腔唱大堤。寢食聊復爾，浮雲任東西。傾蓋誰同論，悠悠姍醯雞。

箋〇作於萬曆四十七年（1619）仲秋。

【高景倩】名景，字景倩。侯官（今屬福州）人。萬曆間諸生，著有《木山齋詩》。所居名松雲館，見清鄭傑《閩中録》。

【曹能始】名學佺，字能始，號石倉。侯官洪塘（今屬福州）人。萬曆二十三年（1595）進士，官至廣西布政司副使。南明隆武朝，進禮部尚書。為詩得晉唐風尚，居明末閩中十子之首。見《明史》列傳第一百七十六《文苑四》。

【張維誠】見上《贈張維城明府誕日》。張維城與閩省名流多有來往，曾作《游鼓山白雲洞記》，自謂：『閩友陳惟秦、徐興公，雅與予稱烟霞交。』見《鼓山藝文志》。

【陳汝翔】名鳴鶴，字汝翔，號雪樓。閩縣（今屬福州）人。棄舉子業。著有《東越文苑》六卷。見乾隆《福州府志》卷之六十《人物·十二·文苑》。

【王粹夫】名毓德，字粹夫。侯官（今屬福州）人。王應山子。萬曆間布衣。見乾隆《福州府志》卷之六十《人物十二·文苑》。

【徐興公】名𤊹，字惟起，一字興公。閩縣（今屬福州）人。萬曆十六年（1588）舉人。萬曆間，與曹學佺狎主閩中詞盟，後進皆稱興公詩派。見謝肇淛《小草齋詩話》卷三、錢謙益《列朝詩集小傳》丁集下。

【陳叔度】名鴻，字叔度。侯官（今屬福州）人。有詩名，著有《秋室篇》。見周亮工《書影》卷四。

博陵橋感賦

棲烏戀故林，老婦悲亡簪。撫景傷我懷，紆郁居者心。青陽匪停軌，白日忽西沉。逝理暌宿夢，物候亦難諶。驅杖出東門，延睇春谿陰。垂虹半危側，古樹空蕭森。頽墻埒蓧根，茀徑翳水潯。何以寄所思，踉蹌讀遺音。先澤邈以晞，形影在層岑。寂歷散疇想，陟高復履深。豈不畏多露，噫咽良吞瘖。營魄勞遠運，我生嗟滯淫。淙淙橋西瀑，對爾成孤吟。櫛髮任造物，曠焉忘昨今。

箋○【博陵橋】博陵為崔氏郡望，始設於東漢質帝本初元年（146），其故址在今河北博野、蠡縣一帶。延熙元年（158），又分中山置博陵郡；三國魏元帝咸熙元年（264），原博陵郡被罷，在安平另置博陵國。歷代均有變更，今河北蠡縣、博野、安平、深州、定州等地皆屬博陵，故所指者，現已無從考證。

古體 七言

河西務舟中觀施長孺農部古卣賦贈

風雨颼颼河西口，龍不得眠夜深吼。司農帳裏寶氣浮，攜來三代古花卣。古花陸離五色文，塵埋未識何年久。雕鏤精巧臥宗彝，款識微茫辯科斗。世間靈物合有緣，千劫應落張華手。摩挲忽訝光怪生，措大乍觀驚狂走。見慣司農雙青瞳，笑殺眼孔小如藕。所幸雄心老未灰，對之擊劍呼秦缶。劍兮亦是千年之精靈，羞澀腰中胡不偶。今日新磨持向君，願君酹以中樽酒。中樽酒盡歌復賡，旦暮升沉竟何有。請看斗畔妖魂青，長嘯一聲君知否。

箋〇作於萬曆四十四年（1516），会试不第，南返途中。

【河西務】在武清縣（今屬天津轄區）東北三十里。自元以來為漕運要途。元至元二十五年（1288）置漕運司，領接海運事。明設户部分司駐焉。見康熙《畿輔通志》卷四十《關津》。

【施長孺】施鵬，字祖鯤，一字長孺，號雲逸。福唐（今福建福清）人。萬曆三十八年（1610）進士。萬曆四十四年（1616），以户部主事監河西鈔關。見乾隆《福清縣志》卷十四《循良》。陳宏已有五古《冒雨復憩飲虹澗，上古仙巖遂由間道至聚星巖訪施民部長孺隱處懷之》，見葉向高《福廬靈巖志》卷二。

憶昔行送龔爾敬之東粤陳明府幕中

憶昔逢君長安市，貂帽籠頭雪花墜。君今別我各之南，廣陌燒天炎風熾。吁嗟光陰疾轉轅，烟沙滿眼送朝昏。癡纏汗漫遊人夢，消盡豪華壯七魂。夢魂半逐王孫草，有客淒涼向余道。十年落落馬頭芒，兩鬢蕭蕭鏡中老。曾驅短策入羅浮，曾曳長裾遊中州。馮鋏齊竽不可遇，野鶴孤雲何處留。以茲飄萍空垂橐，仰天大笑眼雙白。羞殺依人王仲宣，誰其知己郭翁伯。嗚呼，乾坤偪仄行路難，前有猛虎後有萬仞之危湍。漂母淮陰嗅不起，步兵窮途涕未殘。勸君出門莫於邑，勸君且下陳蕃榻。毗居既屬枌榆歡，好友況作芝蘭合。從此龍門試一登，幕中曲檻隨所憑。不問分俸薄於水，但願有酒醉如澠。世間況味如此耳，世路行行休且止。頭顱那能再化青，斗牛豈復遙占紫。吁嗟君家有妻孥，亦有半畝不葺之荒廬。粗食賦詩固足樂，浪跡長往胡為乎。君不見，隙駒駃駃寒復暑，感此流光淚如雨。送子唏噓不能言，記取憶昔長安語。

箋〇【龔爾敬】當爲崔世召堂舅父，寧德一都龍首境人。參見1995年修《寧德龍首龔氏族譜》。

曉起几上鼠跡作梅花狀見而樂之戲賦鼠跡行

夜來研朱點奇字，剔盡銀釭不肯寐。稚子怕寒趣主眠，報導城頭更已四。强脱寒衣掩卷闌，一片殘朱研猶漬。蒙頭擁被稍稍酣，黠鼠跳躍相尾至。翻床弄几何憑陵，似惜硯中朱色媚。齊將亂趾印紅鮮，點點案頭琥珀碎。呼童逐鼠鼠不驚，鼠兮何意驕縱横。曉起開窗拂淨几，繽紛忽訝梅花生。風前萬點真錯落，雨中五瓣殊分明。物類能知氣先候，歲晏翻憐春有情。爲我貌成春色好，酒與詩腸當與並。我聞會心不在遠，恍惚梅花手可撚。合是奇香物亦猜，不然消息憑誰見。從兹囑鼠莫機心，愛爾風流偏婉孌。今夜滿研朱一池，飽取爾曹共遊衍。

殷刺史稚堅以先大人行略見示為賦敬亭山長歌

敬亭山，何崱嶧。宛水東回，萬松如櫛。烟霞捷木相蔽虧，上有雲封現其霱。雲意漫山疑有神，精靈往往化為人。殷夫子，洵國珍，胸盤元氣於掌上，筆走河漢於天津。雙幡五馬照青春，寶婺之墟澤四屯。帝命嘉哉社稷臣，一朝焚魚同灰塵。君不見，敬亭山前倦飛鳥，謝公台畔雲矯矯。拂衣綠野安所營，惟有左史右圖青縈與白繚。倚杖閑吟亂峰曉，六一居士益將三五千玄言發其妙。只今遺書家誦而戶傳，猶聞令威歸華表。吁嗟乎！敬亭山，何壘壘。南有橋，北有梓。漢室風高萬石君，墨莊佳氣鬱隆起。秦川擁傳東諸侯，一派清白源從瀫陽水。部民家住秦川傍，親領浩蕩無垠之波光。美人贈我枕中寶，讀君先略當羹牆。仿佛與敬亭雲鳥相翺翔，我歌欲罷意慨慷。敬亭之山猶有極，君家世德高且長。安得不令到處歌甘棠，嗚呼！請聽到處歌甘棠。

箋◯【殷刺史稚堅】名之輅，宣城（今屬安徽）人。萬曆四十一年（1614）進士，授福寧知州。在任多善政，治績冠八閩，擢刑部主事。見光緒《宣城縣志》卷十五《宦業》。

【先大人】指殷登瀛，字子登，號少莊，自號九一居士。殷之輅父。嘉靖四十一年

（1562）進士，南京吏部郎中，終金華知府。見明過庭訓《本朝分省人物考》三十八卷《寧國府》。

壽郭于王明府誕日

去年臘月都門客，寒風如刀雪花白。今年還家臘正中，暖氣烘烘滿阡陌。小兒攔街笑啞啞，我有神君飽玄液。趙家冬日藹可親，漢室歲星仙再謫。歲星斗大炯日邊，十九佳辰弧正懸。騎來五羊分紫氣，飛上雙鳧淩蒼烟。蒼烟紫氣鬱蔥起，八百仙班祝華祉。敞筵跪進麟脯餐，瓊漿新剪鷺江水。君不見人倫師表漢林宗，高潔仙舟孰與同。又不見二十四考中書令，千古汾陽何太盛。由來郭氏產至人，清光散作江城春。以茲秘枕窺鴻寶，單父聲中天地老。請看河陽一片霞，滿城都種蟠桃花。

箋〇作於萬曆四十四年（1516）十二月十九。郭于王，見上五古《送郭于王明府入覲》。

出都門留別鍾伯敬

炎風簸沙罩平楚，僦居如藕舌如煮。何堪臨岐別故人，握手依依那得語。故人況建詩中麾，大巫恢張小巫沮。濟南公安去不靈，楚些唐音調誰許。千秋復生鍾子期，天下文章屬機杼。我今抱鼓雷門撾，八韻既成手仍叉。但有袖中三尺之莫邪，君其許我謬見嘉。感此知音行路睼，欲別不別空咨嗟。聽我短歌眾莫嘩，人生聚散如飛花，明朝分袂在天涯。天涯惜別洵超忽，潞水東奔子規歇。流光冉冉春事闌，赤日偏銷離人骨。嗚呼，當今詩道辛苦如夏畦，對君新聲清風發。吾舌尚存安能瘖，驪駒在門歌喉滑。八千里外戀故人，我心則否有如月。

箋〇作於萬曆四十四年（1516）初夏，時崔世召三應會試不第，南返。

【何堪臨岐別故人】萬曆四十年（1612）閏十一月，鍾惺與舉人商家梅北上返京。次年崔世召北上應試，在好友商家梅引薦下，結識鍾惺，因此稱『故人』。參見鍾惺《隱秀軒集》（李先耕、崔重慶標校）附録二《年表》。

【鍾伯敬】名惺，號退谷，伯敬其字。湖廣竟陵（今湖北天門縣）人。萬曆三十八年（1610）進士，授行人，官至福建提學僉事。與同里譚元春齊名，世稱『鍾譚』，為

『竟陵派』領軍人物。見《明史》列傳第一百七十六《文苑四》。

題曾元贊太史贈公卷

蘭陂高湧壺山碧，大峰峨峨小峰岝，八面雲霞常五色。中有仙人坐愛之，六十餘年飽玄液。横吹鐵笛雲間眠，何氏九君相對奕。望氣遥占嶽降神，夜半麟生胞其觡。麟觡漸叉春漸綺，膝下憑陵筆花紫。春秋獻賦等笑譚，一朝貴卻長安紙。木蘭水勢濺天明，壺公山光拔地起。此時仙人去不還，九原拍掌歌麟趾。瞻翁遺像宛矍鑠，讀翁素狀殊磊落。但看手植三槐堂，金馬詞臣儲巖閣。我歌一曲雲氣清，華表欲下令威鶴。

箋〇【曾元贊】名楚卿，字元贊，號喬雲。莆田平海衛（今秀嶼區）人。萬曆四十一年（1613）進士，授翰林院庶吉士，升翰林院檢討。見雍正《福建通志》卷四十四《人物二·興化府》。劉康祉有五古《為曾喬雲太史題其尊人像》，見清曾唯《東甌詩存》卷二十七，應作於同時。

為程民章太學題椿萱卷

齊雲峰高碧霞繞，仙人東度騎青鳥。一雙彩幢拂天門，日華浮動扶桑杪。我聞莊生紀大椿，八千為秋八千春。又聞樹萱堂之背，掀風餐露看蓁蓁。安得人生有如此，待河之清能幾許。有客大笑揮雲箋，繪圖頌其父若母。程君之父東木公，坐對金母居瑤宮。仙椿盤菌萱華紫，階前玉樹明菁葱。或言親授仙人訣，鼉鼓催花鼎光凸。或言能訓惟永年，海屋有籌輿有舌。之子挾圖走四方，丐言持贈媚高堂。我醉縱橫寫其尾，恍如瞻拜神飛揚。請看朝陽正杲杲，當門三尺金光草。瀝酒酹向齊雲神，共爾崧高天地老。

箋○【程民章】疑即程行己，崇安上梅（今武夷山市）人。以吏例出身，授裕陵衛經歷。見民國《崇安縣新志》第十七卷《選舉》。

戊午九月有氣勃於東南時方有遼東之警對酒不樂賦志杞憂

凍雲翳日海波黑，蝦蟆夜走天河泐。歲在敦牂月無射，酸風發發掃枯魄。四更起視天東南，一道妖魂十丈直。銀刀出室白練橫，天雞喔喔方避匿。白頭老翁相對驚，怪事殘年何偪仄。屈指龍飛初紀元，欃槍西現殊孔棘。爾時天子尚垂裳，下詔傳呼退熒惑。

天驕北遁海東恬，四十餘年游化國。走馬深宮樂事多，九閽茫茫無消息。客星太白歲經天，天若不聞黯嘿嘿。傳來殺氣滿遼海，胡兒跳躍長城側。羽書飛遞赤白奔，長袖將軍面無色。草莽微臣夜不眠，仰看明河淚沾臆。長星勸爾一杯酒，角宿將旦莫相逼。聞道君王新御朝，誓將禡旗奄戮力。安得長矢射天狼，姑剪滅此後朝食。

箋○作於萬曆四十六年（1618）九月，時年崔世召五十二歲。

【遼東之警】萬曆四十六年（1618）四月，建州左衛都督僉事努爾哈赤以『七大恨』告天，起兵反明，明軍接連敗北，舉朝震驚。同年九月，建州兵五千騎自撫順關（今遼寧省撫順市東十里）入，總兵李如柏率部拒卻之。未幾，復從撫順入會安堡（在今撫順市順城區），殺掠千餘而去。見清谷應泰《明史紀事本末補遺》卷一《遼左兵端》。

題陳伯恒《一樂圖》

十年聚飲孟公宅，主人投轄苛留客。有客大醉甕裏眠，丙夜糟檀盡一石。爾時珠履歌聲款，堂南堂北風光滿。侍兒行炙賓初筵，琥珀深黄流玉瓚。經今更閱幾星霜，巋然長峙魯靈光。爐頭豈有神仙九轉藥，天邊只見極婺雙寒芒。阿翁胸中抱丘壑，扶鳩市肆亦行樂。阿母西度瑤池雲，時呼青鳥伴玄鶴。羨爾年年領物華，春風爛漫蟠桃花。行追夸父鞭前影，手劈安期海上瓜。人間樂事孰如此，快煞佳兒祝遐祉。親剪雲霞作舞衣，更裁月露明雕几。君莫歆，東家累累多黄金。金多不買椿萱老，樹古其如霜雪侵。君莫歎，四壁蕭蕭空扼腕。簞壺菽水歡有餘，一日寧許三公换。余也年來失所天，披圖對爾重淒然。白日西奔無返理，拭淚題緘一樂篇。請君且辦雕龍手，唾取金章大如斗。板輿鳳誥百齡新，座客高獻長生酒。君不見，十年投轄應記否。

箋〇按詩中所示，當作於萬曆四十六年（1618）至四十七年（1619）間，是時世召守制家居。陳伯恒，邑人，工繪畫，爲溪雲社員。

三友墓有序

三山徐振聲、吴叔厚、林世和，成化間隱君子也。三人盟死友，徐、林先歿，叔厚鳩金買山城東桑溪，乃闢越王流觴故址。共營宅兆，同穴而葬，時呼『三友墓』云。徐公之曾孫興公索詩於余，援筆率爾賦此。

海雲抱樹桑溪口，越王輦路舊行酒。莎草茸茸曲水枯，烏鴉亂叫狐狸走。聞説當年三友墳，模糊碧血埋秋原。髑髏夜半作人語，淅瀝空山白日昏。道旁樵叟步蹴踖，自言猶能記其略。三人刎頸盟鬼神，生共一心死一壑。生前尚恐有別離，死後應慰於生時。

人生骨肉不得聚，吾儕含笑當勝之。吁嗟千古奇公案，一片烈腸薄霄漢。歲寒化作竹松梅，九死精靈長不散。至今春秋薦蘭茝，招魂黯黯陰風起。聞孫羅拜滿墳頭，誰其譜者南州士。南州高士好奇服，世態波瀾悲反覆。論交擊築髮指冠，手持先狀向人哭。大哭秋原烟草深，淒酸鬼火明空林。人間舊事翻新話，三友傳奇説到今。嗚呼，富貴繁華空嚷嚷，越王行宮已榛莽。惟有石交心不灰，萬歲千秋堪抵掌。我今吊古重徘徊，楚些一闋天風來。請看夜夜桑溪月，獨照孤墳土一堆。

箋○三友墓，在會城城東桑溪（今福州市登雲水庫一帶），徐𤊹《鼇峰集》卷三有《謁曾王父三友墓誌感》四言古風。福建師範大學圖書館藏明鈔本《荆山徐氏譜》亦收録有《三友墓祭掃約言序》，附《三友墓詩集詞文》，得作者八十三人，崔世召詩在列。劉家謀《鶴場漫志》卷下録其序。

【徐公之曾孫興公】指徐𤊹，見上五言古风《飲高景倩席上賦得『浮雲如車蓋』，同曹能始、張維誠、陳汝翔、王粹夫、徐興公、陳叔度分韻得八齊》。

醉歌行

坐愛城東雲水鄉，回波截溆開竹房。青山為榻雲為床，幽棲何必輞川莊。倦來隻合臥羲皇，客至便與倒壺漿。爛醉大叫酒壚旁，吁嗟坐客且停觴。聽我歌罷爭彷徨，人生回首總茫茫。君不見，亂鴉叫斷北山邙，西風慘慘飛白楊。古來英雄誰存亡，達者惟有籍與康。何不朝朝貰酒喚我嘗，醉呼天地真秕糠。我身事業難斗量，掀天動地一笑埸。生不顧黄金垂千箱，但願五斗供徜徉。乾坤吾意在滄浪，恰有一池白水堪洋洋。相期清秋孤月光，買舟載酒夜鳴榔，與爾沉醉眠中央，嗚呼！安得沉醉眠中央。

律詩　五言

問　月

無山無有月，對爾獨超然。為問林端照，何如樓際懸。孤高誰並者，神理或存焉。相約幽光到，當窗夜夜先。

代月答

山能供點綴，余亦愛清真。正好開雙眼，何曾著一塵。無言參疊理，有魄傍吟身。除卻升沉影，君其問水濱。

再集白元升山雨樓得鹽字

秋水白於鹽，樓頭暮色纖。月浮林影換，風罥野帆黏。雜謔杯無算，鬮題筆屢拈。但須長命醉，吾興豈能厭。

箋○作於萬曆四十四年（1616）八月，時客采石磯。

北途遇雪賦呈劉汝立、任惟虛二丈

風塵嗟遠道，匹馬又黄昏。地苦林先皓，天低柳盡髡。鄉愁寒意湊，野色晚烟渾。賴有同心者，詩成共一尊。

箋○作於萬曆四十年（1615）冬，赴京應會試途中。

客中紀悶二首

可可春前意，梅花欲發生。剛來一百日，怕算八千程。夜怪更添閏，朝驚雪數莖。惱人何等物，月色與雞聲。

其　二

不無悲作客，聊且過經冬。夢與雲俱遠，愁看月亦慵。天遙鴻到晚，歲晏酒呼重。所戀家中事，門前有老松。

箋〇作於萬曆四十年（1612）閏十一月，二次赴京應會試。

夜讀鍾伯敬隱秀軒詩卻寄

新樣攻吾短，癡狂為爾降。忽聞歌郢雪，所見愧吳江。把玩翻成癖，微吟或改腔。一燈忘索枕，殘月上疏窗。

箋〇作於萬曆四十一年（1613）春，見上《出都門留別鍾伯敬》。

都門送張賓竹入閩三首

麇聚經三序，星分忽一時。似嫌交太密，轉覺恨難支。亂柳藏鶯老，炎風逐馬疲。所嗟留滯者，揮淚數行詩。

其二

風波沉世眼，垂橐為君愁。作祟將無俠，銜恩未必酬。客程來往夢，生計短長謀。俗話聊敦復，重逢更晚秋。

其三

以茲方落魄，惜別倍傷心。況復遊吾土，因之想故林。燕台榆月迥，鶴嶺樹雲沉。無限斜陽思，勞君一寄音。

箋○作於萬曆四十一年（1613）初夏，時將离京。

【張賓竹】疑即張正節，一字竹野，休寧（今屬安徽）人，萬曆三十三年（1605）任寧德縣主簿。見萬曆《寧德縣志》卷八《官政志》，乾隆《寧德縣志》卷之三《秩官志》作『萬曆三十五年（1607）』，誤。另見《問月樓文集》之《張三尹擢陜西幕序》。此時張正節以謁選再度入閩，遇崔世召於京師。

送程民章

岸幘曳長裾，臨風玉不如。看花迷楚袖，擲果滿潘車。磊落懷難寫，低回意有餘。亦知茲別後，何日可烹魚。

箋○程民章，見上《為程民章太學題椿萱卷》。

用韻送吴仲聲之永春廣文

握手雄心在，行藏未可悲。憑將千古意，且聽一官為。署對青山好，詩稱白雪宜。春來還憶我，應寄隴頭枝。

箋○【吴仲聲】名爾施，仲聲其字，侯官（今屬福州）人。萬曆三十一年（1603）舉人，江西瑞州府同知。曹學佺《桂林集》有《雨中吴仲聲過署齋小飲》。吴爾施任永春教諭，當在萬曆後期，見乾隆《永春州志》卷之八《職官》。

送翁壽承之通河

不謂分携暫，其如去住難。余交存古淡，君意薄慳酸。漢篆通侯印，燕歌壯士冠。潞河衣帶水，悵望遠漫漫。

箋〇【翁壽承】翁壽如胞兄，建安（今建甌市）人。参見《秋谷集》上五言律詩《喜從兒偕石懶入秋谷讀書用翁壽如韻》。

用韻答林茂之並留別

憐余愁拓落，對子倍酸辛。大雅推知己，高情見古人。士如能自貴，天豈必私貧。易水遺風在，悲歌意可申。

箋〇【林茂之】名古度，號那子，茂之其字。福唐（今福清市）人。少以《撾鼓行》受知屠隆。後寄寓南京，與鍾惺、譚元春、王士禛皆有交往。見《清史列傳》卷七十。

蛛網

絡婦當窗盡，遊絲挾雨微。壁文高下落，簷影有無飛。巧掇蠅頭綠，忙分蝎子肥。轉愁人世網，何物可忘機。

箋〇【絡婦】蜘蛛，一名絡新婦。見南宋曾慥《類説》卷三十四。

題黄山人山水清音卷

斯世多懷土，而君慣遠遊。青山歸指顧，赤水費冥搜。夜雨狂呼劍，寒霜醉典裘。拈來清妙旨，絲竹任西樓。

王景聖廣文招同郭環洲、沈中如、戴吉甫、陶汝觀集龍山草堂得長字

曲浦圍姑水，遙波迸女牆。人烟低夾岸，棹影亂斜陽。柳亦傷秋暮，風應趁客狂。一尊澆俗恨，嘯詠意何長。

箋〇【龍山草堂】應指龍山學舍，在汀州府城卧龍山麓，長汀縣學左，明知府萬振

孫建。見乾隆《汀州府志》卷之十二《學校》。

【王景聖廣文】應指王廷選，仙遊（今屬莆田）人，萬曆間貢生，時任長汀訓導。見乾隆《汀州府志》卷之十六《職官一》。

【郭環洲】名時鳴，字子謙，號環洲。直隸宣城（今屬安徽）人。萬曆十九年（1591）舉人，長汀知縣。見道光《福建通志》卷百之一《明職官·長汀縣》、乾隆《汀州府志》卷之四十二《藝文二》引明黃槐開《修寧化城記》。明郭化肩輯《蘇長公表啓尺牘選》，前有引言，題曰『環洲居士郭時鳴題』，亦一證。

【戴吉甫】興化莆田（今屬莆田市）人，生平不詳。與崔世召交情篤厚。

【姑水】姑尤，齊東界也。姑水、尤水皆在城陽郡東南入海。見清高士奇《春秋地名攷畧》卷三引杜注。汀江流向亦從北向南，故有此說。

同李五雲廣文南還用馬季聲扇頭韻

浮天新水漲，計日片帆歸。野色佻鄉夢，波光浣客衣。神駒超乘早，老驥放歌微。傍爾官吾土，春風共樂饑。

箋〇【李五雲】疑即李一豸，閩縣（今屬福州）貢生，萬曆間任寧德訓導。見乾隆

《寧德縣志》卷之三《秩官志》。

【馬季聲】名欻，字季聲。懷安（今福州市區）人。户部尚書馬森次子。萬曆間貢生，授湖廣興國州（今湖北陽新縣）判官。見乾隆《福州府志》卷之四十一《選舉》六。清郭柏蒼、楊浚《全閩詩録》卷三十二《萬曆朝三》作『萬曆中諸生』，誤。

有感

說俠何容易，當求之古人。時危防蜮鬼，士賤聽錢神。道豈才名合，交誰臭味真。英雄須睜眼，未便發悲嗔。

發白下同王元直舟中賦

君行真孟浪，而我亦淹留。九月菊花候，一江蘆荻秋。尊前悲笑换，天外髪膚愁。好友能朝暮，寧勞歎敝裘。

箋〇作於萬曆四十四年（1516）季秋。

【王元直】名繼皋，字元直。閩縣（今福州市區）人。以庠生入國學。林章《林初文全集》有七言律詩《寄王元直上舍》。

客壽陽黄道孝廣文過訪投贈余詩和答是日余初度也

秋風欺短鬢，古刹冷繩床。雲懶黏低渚，霞殘逗夕陽。弧懸天外樹，酒典客中裳。詩興因君發，頻添故態狂。

箋○【壽陽】指壽寧縣，為福寧州屬縣，明景泰六年（1455）置。【黄道孝】應指黄棟，侯官（今福州市區）人。萬曆三十八年（1610）以歲貢任壽寧縣學教諭。見明馮夢龍《壽寧待志》卷下《官司》。

建溪贈王息父山人

知君長作客，建水寄棲遲。雷煥龍為劍，王維畫有詩。逢人雙白眼，玩世一攢眉。學得全身法，狂來但酒卮。

箋○【王息父山人】徐興公《鰲峰集》卷二十有七律《寄王息父》，中有句『梨嶺月高窺酒舫，芝城雲暝入書樓』，按此或為建甌（今屬南平市）人，或久居建州者。

又和息父扇頭詩

我愛王猷子，超超世外人。江湖供短屐，烟水滯修鱗。揮灑衆山響，酣歌千仞振。北來猶可語，莫問鬢間塵。

夜　泊

盡日風波競，黄昏薄古塍。電光窺鷁彩，泡影雜漁燈。欹枕魂難定，敲詩氣轉增。雞鳴披劍起，恍惚有霜棱。

箋〇同上，應作於建州客中。

喜徐興公至小樓

一徑緑苔封，高朋過短笻。榻惟懸孺子，樓豈傲元龍。似約月同到，疑添山數峰。燒燈翻近草，不管暮烟鐘。

箋〇萬曆四十八年（泰昌元年，1620）庚申九月十四，徐𤊹應邀往福安修志，過崖世召問月樓，崔世召贈以五律，徐興公依韻答之。詩見《鰲峰集》卷之十一，題曰《望夜過崔徵仲問月樓次韻》。

秋日同龔武陵、趙宗卿、陳延祖、月浪上人遊瑞跡寺賦二首用月浪韻

秋色望霏微，山山盡逗機。鳥拖花氣人，蟬亂磬聲飛。落日淒清恨，寒房信宿依。所欣支遁侶，拍掌虎溪歸。

其二

我輩俗情微，誰拈第二機。半崖容鶴老，雙袂逐雲飛。詩料峰紋掇，愁魂樹影依。同參功課罷，真可澹忘歸。

箋○龔武陵，寧德縣城人，溪雲社員。疑即龔存裕，蔡世寓《西園集》有《龔存裕書樓》七律。

【陳延祖】寧德人，溪雲社員。蔡世寓《西園集》有《雨中望海分韻，同社崔玉生、崔坦生、陳士登、陳延祖、阮元宰》。

【月浪上人】生平無可考。清初僧達最編《月幢了禪師語録》卷第二有《示月浪禪

人》，似為同一人。

【瑞跡寺】在寧德縣四都瑞跡山，五代後梁乾化二年（912）建。見嘉靖《寧德縣志》卷二《寺觀》。

新種紫竹數竿

便覺入門好，翛然一徑幽。蕭森堪辟俗，疏遠更宜樓。紫氣分函谷，清朋過子猷。從茲閑倚詠，長伴此君遊。

箋〇商孟和《至崔徵仲家》有句『入徑寒松老，横窗野竹疏』。記其事。見附録。

送林子攀年兄北上

何堪作寂寂，送爾倍淒然。名恥居王後，鞭應著祖先。凍梅官路放，春柳御河鮮。好事還吾黨，臨岐囑勉旃。

箋〇【林子攀】名桂，字子攀。寧德七都（今蕉城區七都鎮）人，居縣城南門。萬曆三十七年（1609），與崔世召同科中舉。初授浙江溫州府推官，轉刑部主事。見乾隆

《寧德縣志》卷之七《人物志》。

送陳子教北上

搖落驚時序，悲歌送所親。誰憐和氏璞，偏積漢庭薪。雪滿黄河路，天回紫陌春。為君遙瀝酒，走馬帝京塵。

箋○【陳子教】名邦校，字子教。寧德一都縣城人。崇禎元年（1628）進士，官至刑部主事。南明唐王朝，再起，授禮部員外郎。傳見乾隆《寧德縣志》卷之七《人物志·宦哲》。

送李念慈北上

射策宜年少，淵源況一家。行行避驄馬，隱隱合龍沙。春隊人如玉，晴軒筆有花。南山橋百尺，藉爾重溫麻。

箋○李念慈，福寧州城（今霞浦縣）人。

寄都下安公

記索長安米，銜恩說到今。有如談俠骨，無乃累禪心。雁帛隔年杳，燕雲何處吟。但將天外夢，飛越遠公岑。

箋○安公，京師僧人，為世召应會試所識。

送潘尉入覲

何必論官況，清高在所為。酒澆三尺律，判引數行詩。鶴岫關情處，螭班奏最時。沙頭雙瑞鳥，藉此慰相思。

箋○【潘尉】指潘郢，南海（今屬廣東佛山）人。萬曆末，任寧德典史。見乾隆《寧德縣志》卷之三《秩官志》。

寄曹能始

苦憶浮山月，銜杯已隔年。舟行林影裏，客嘯水聲邊。雨屐虛殘醉，春吟趁假眠。

知君多韻事，歷亂養花天。

箋〇曹能始，見上《飲高景倩席上賦得『浮雲如車蓋』，同曹能始、張維誠、陳汝翔、王粹夫、徐興公、陳叔度分韻得八齊》。

寄商孟和

十載秦淮水，雞盟事亦豪。只為情所累，未免夢相勞。吳楚君雙足，星霜我二毛。樓居聊近況，花竹自周遭。

箋〇【商孟和】名家梅，字孟和。閩縣（今福州市區）諸生。與鍾惺、湯顯祖交好。崇禎中，自閩入吳，後客死太倉。福建提學馮元飂愛其才，親為返葬。並刻其詩稿。傳見乾隆《福州府志》卷之六十《人物十二・文苑》。

鄭廷載武試

以子工柔翰，而能挽壯弓。陰符分尚父，真烝老壺公。馬躍晴空外，雕鳴碧海中。請纓吾黨志，握別意何雄。

箋○鄭廷載，寧德人。

陳永烈文學北郭亭

愛爾林園勝，招歡喜暫過。綠堆三徑竹，香醉一池荷。露杪窺翻鳥，晴沙浴鬥鵝。登樓無限興，徒倚嘯當歌。

箋○陳永烈，寧德人。

中秋陳永烈亭中待月

塵羅飛滾滾，出郭便能清。張我彌天口，同君待月明。打魚供酒品，移席就花棚。即此微光好，闌跚踏草行。

題林元舉可亭

地靳數弓小，亭標一字奇。避喧斯可矣，結伴欲從之。屋貯霞千片，花圍月半規。客懷殊懶散，為汝乍留詩。

箋〇林元舉，寧德人。

律詩七言

暮春同諸詞客遊天壇分得花字

莽蕩圓丘覆彩霞，古壇香冷上清家。淒淒圃露溥薟草，寂寂堤風散柳花。天聽九閽高仗馬，春容千樹亂宮鴉。猶聞三十年前事，六蹕曾來駐翠華。

箋〇作於萬曆四十一年（1613）三月，時客京師。

郭星陽明府小集家弟叔絅涵影亭和韻二首

飄然仙棹到山陰，一徑炎歊晝不侵。踏遍綠苔深淺屐，敲來紅雨短長吟。令疑九轉成勾漏，人在千秋擬竹林。從此西堂芳草滿，夢回松月正當襟。

其二

孤亭掠盡萬峰陰，竹色霞蹤每見侵。天畔忽驚雙舄下，尊前應對一池吟。憐才有客欣留轄，把臂何人更入林。願借山南千丈瀑，笑將浮世洗塵襟。

箋〇作於萬曆四十三年（1615）夏。郭星陽，即郭用賓。見上《送郭于王明府入覲》。

【家弟叔絅】名世錦，字叔絅，號支雲。崔世召堂叔允綬子。以子峑貴，贈奉政大夫。見民國《寧德東井崔氏族譜》。

張叔弢南山敝廬

天然靈瀨與奇峰，布置如為悅己容。花塢月明驕老鶴，石床雲懶臥癡龍。紅泉細繞三珠洞，翠壁斜撐五粒松。我亦烟霞成痼疾，願隨杖履賞心濃。

箋〇作於萬曆四十四年（1516）冬。

【張叔弢】名大光，叔弢其字。福寧州城（今霞浦縣）人。萬曆十三年（1585）舉人，授長樂（今廣東五華縣）知縣，官至貴州普安（今貴州普安縣）知州。萬曆四十七年（1619），應邀入溪雲社。乾隆《福寧府志》卷之二十一《人物志·宦哲》有傳。

【南山敝廬】張大光由普安知州歸，築室於州城南峰山（今屬霞浦松城街道），自署『南山敝廬』。見熊明遇《綠雪樓集·屐草》之《弢園記》、《文直行書》文卷十六《南峰》。南山敝廬，取自唐孟浩然《歲暮歸南山》詩意。

臘月何和陽將軍招同張叔弢集宴水雲亭分得開字時將軍有瓊海之命

危亭寒色水中開，歲晏元戎載酒來。寶馬行穿深岸竹，玉箏吹透古株梅。千秋詞賦名堪老，四海兵戈首重回。鎖鑰東南公等在，請纓何自附長才。

箋○同上。

【何和陽】名斌臣，山陰（今浙江紹興）人。萬曆二十九年（1601）武進士，時以閩海北路參軍，駐守福寧。見乾隆《福寧府志》卷之十六《秩官志·武職》。王思任有七律《寄贈何和陽總戎定海》，見《爾爾集》（不分卷）。

客中紀懷

轉眼浮雲刻刻更，風前乾鵲意難明。呼來麯友澆長恨，猜得詩魔罥遠程。野水天低孤雁杳，暮山烟暝亂蟬鳴。等閒亦復關何事，癡客顛狂忒有情。

箋○作於萬曆四十三年（1615）秋冬之際，時年四十九歲。

題王封君卷封君合州人為廣文，其子若孫皆進士

巴水東縈世德門，天風寒護一池鯤。文行絕域南金重，道在千秋北斗尊。絳帳傳經多弟子，青箱纘業有兒孫。到來未了弓箕事，鐘鼎勳名待爾論。

箋○【王封君】名遠臣，字衷赤，合州（今屬重慶）人。以貢生官教授，以子祚昌貴，贈文林郎、山西道監察御史。子祚昌，萬曆四十一年（1613）進士；孫任傑，萬曆四十四年（1616）進士。見民國《合川縣志》卷之八《士族》。

對月有懷

途窮莫效步兵嗟，醉裏陶然度歲華。自分卑飛同鴳鴳，敢言大道在龍蛇。半簾斜日黄庭帖，一曲薰風白墮家。今夜月明加倍好，不妨呼伴倚琵琶。

王蓋卿再舉子

朝雲如綺撲西窗，坐客喧闐羯鼓跭。搗盡玄霜原得偶，捧來明月本成雙。青箱辟蠹傳堪永，寶氣連牛夜不降。醉裏鬮題詩欲遍，莫辭呼酒倒千缸。

箋○徐興公《徐氏筆精》卷四録其頷聯二句。

題戴吉甫母氏節卷

蘭陂水滿柏為舟，逆浪孤撑到盡頭。鳳侶已摧難比翼，萱花雖老不忘憂。淒涼茹蘗丁年淚，辛苦和丸丙夜謀。勉矣佳兒將母意，碧桃花下板輿遊。

箋○戴吉甫，莆陽人。見上《王景聖廣文招同郭環洲、沈中如、戴吉甫、陶汝觀集龍山草堂得長字》。

為李澮陽司馬封君壽

中嵩山下碧霞鮮，分外催花鬧綺筵。後裔當如唐亞子，前身合是老聃仙。千秋洛社齊名老，一榻羲皇自在年。鐃曲椎牛司馬宅，因風遥送白雲邊。

箋〇【李澮陽】名支揚，字公遠，號澮陽。歸德府永城縣（今屬河南）人。萬曆三十五年（1607）進士，時任兵部武選司郎中。見光緒《歸德府志》卷二十四《人物略三·鄉賢》。

【封君】指李支揚父李楫，以子貴贈奉直大夫、兵部武選司員外郎。

丙辰下第用吳仲聲韻感賦

雙足勞勞廣陌塵，厭看世態逐時新。霜蹄未必能千里，天意何曾誤一人。好酒名香消送日，濃花淡柳可憐春。年來怪事傷心甚，耐得貂裘季子貧。

箋〇作於萬曆四十四年（1616）二月，時三應會試不第。

【吴仲聲】即吴爾施，見上五律《用韻送吴仲聲之永春廣文》。

北途遇雪

同雲故故媚征韁，馬上微吟興可償。舞絮乍疑春色滿，飛花偏逐客衣忙。裁成世界千山玉，壓淨沙塵萬里黄。寒骨不勞嗟蹭蹬，狂來正好佐清觴。

箋〇作於萬曆四十四年（1616）春，赴京應試途中。

郭明府集溪雲閣適海倭捷至用韻賦

連天梅雨閉塵羅，絶代風流領碧蘿。新水橋通花縣邇，亂峰雲護草堂多。樓頭噴玉聞仙樂，海上飛濤挾凱歌。誰傍宓琴翻擊壤，半簾斜月卧山阿。

箋〇萬曆四十四年（1616）五月，倭人明石道友艤船羅源外海東湧島，省城震動。次年四月，水標參將沈有容平之。按此當作於萬曆四十五年（1617）四月。見朱國禎《湧幢小史》卷之三十《東湧偵倭》。徐興公有《避倭行》古風，見《鰲峰集》卷之八。

題家侄二室培萱所

一榻蕭森水石憨，不栽凡草重宜男。編籬未許霜侵砌，對檻閑看月到龕。座客填詞供半部，侍兒傳酒進雙柑。白雲聞奏瑤池曲，歲歲花壇綠影毿。

箋○【二室】指崔嵩，字二室。世召堂兄世榮長子。見民國《東井崔氏族譜》。

采石磯題李太白祠二首

何年鯨背此高騫，天際真人采石存。拖雨老松描酒態，濕雲衰草帶詩魂。荒台暝合疏鐘寺，遠水秋連落葉村。自古英雄多坎壈，對君長嘯坐黃昏。

其二

深秋兩岸草淒淒，日落青蓮古廟低。朗月不歸華表鶴，澄江猶照太真犀。山為韻客增聲價，屐滿遊人怯品題。賦得招魂慚宋玉，因風吹送夜郎西。

箋○作於萬曆四十四年（1616）八月，見《問月樓文集》之《太白樓詩序》。

又和駱侍御韻二首

尋真何必訪蓬萊，瀝酒空林薦一杯。埋玉青山曾否在，乘鯨白浪有無回。長江滾滾通靈氣，驄馬行行吊異才。一曲浩歌纖月冷，仙魂如迓夜深來。

其二

雲閉空祠半草萊，西風吹鬢且銜杯。蟬聲暮咽吟魂醒，犀影寒推素魄回。丘壑生前宜置子，汨羅騷後豈無才。清時休說投荒事，會有仙人擁節來。

箋〇【駱侍御】駱駸曾，字象先，號沆瀣。武康（今屬浙江）人。萬曆二十六年（1598）進士，時由甌寧令遷南直隸監察御史。傳見乾隆版《武康縣志》卷第五。

送舒德先還新安

才說將歸慘不歡，柳條何計系征鞍。雞壇皎日交情老，馬首炎風客路難。夢裏能無疑捉臂，尊前惟有勸加餐。齊雲南望天如赭，一片飛霞托羽翰。

箋○应作於萬曆四十四年（1616）四月。

【舒德先】名慎，徽州府黟縣屏山村（今屬安徽黄山市）人。世業醫，屢試不第。入成均，隨名士黄汝亨遊。見黄汝亨《寓林集》卷之十四《醫隱爐峰舒先生墓誌銘》。

【齊雲南望天如赭】齊雲山，一名白岳山，在休寧县西四十里。高三百仞，周三十五里。奇峰四起，石壁五彩，狀若樓台。見乾隆《欽定大清一统志》卷七十八《徽州府》。

翁壽承尊人六十寄贈

家在黄華雲水鄉，半生雙屐寄清狂。杯盤樂地常中聖，弧矢懸天是小陽。九曲仙班丹欲就，一函女史意偏長。憑君北梓通新誼，遥進流霞第幾觴。

箋○翁壽承，建安（今建甌市）人。見上五律《送翁壽承之通河》。

客采石同張彦先文學、仲和白元升山人集山雨樓分得華字七言律

危樓寂寂掩青霞，忽漫開窗系漢槎。萬里風塵悲失路，一時騷雅擅當家。樽前客袂生雲氣，松際秋空試月華。只恐謫仙驚夢醒，微吟輕剔燭光斜。

九日何玉長招同郭聖僕、畢撝之、王元直、畢康侯集雨花臺同得山字

客裏萸觴一破顔，短笻呼伴豈辭艱。臺空花雨何年跡，人踏秋烟第幾灣。亂吹濃鋪高下幕，殘陽淡抹有無山。浮蹤去住應難定，莫厭留連醉月還。

箋○作於萬曆四十四年（1616）重陽。

【何玉長】名璧，號渤海逋客，玉長其字。福唐（今福清市）人。萬曆四十一年（1613），入遼東巡撫張濤幕。萬曆四十四年（1616），校刻《北西廂記》二卷。見錢謙益《列朝詩集小傳》。

【郭聖僕】名中天，莆陽（今莆田市）人。萬曆中布衣。見清鄭王臣《莆風清籟集》卷三十一。

【畢康侯】生平不詳，明金陵畫家魏之璜有《冬夜同陳康侯秦京集畢康侯樓共用寒字》，按此，當為久居南京之文士，畢撝之亦其宗人。

【雨花臺】在江寧縣（今屬南京）城南三里聚寶山上。俯矚城闕，萬家烟火，與遠近雲峰相亂。梁武帝時雲光法師講經於此，天雨花，故名。見乾隆《江南通志》卷三十《輿地志·古跡》。

同安仲逸采石舟中賦

牛渚磯頭秋色慳，扁舟風雨共君還。江濤鷁首魂雙斷，客路羊腸鬢俱斑。吟罷恣情呼白墮，狂來隨筆貌青山。不須更說幹時策，往事淒涼盡可删。

集陶嗣養嗣哲繡玉齋同王息父、劉心太、黄爾瞻、翁壽昇分賦得雕字

寒霜高館對逍遥，滿座清狂酒態驕。花下草玄人繡玉，竹邊呼白客吹簫。鳥留書法皆成篆，龍是文心不用雕。更上層樓山色好，溪頭涼月正含橋。

箋〇徐興公《徐氏筆精》卷四録其頸聯二句。

【陶嗣養】名光庠，嗣養其字。建安（今建甌市）人。徐興公《紅雨樓集·鰲峰文集》第七册尺牘有《答陶嗣養》。

【王息父】見上五言律詩《建溪贈王息父山人》。

【翁壽昇】應為翁壽承一族，建安人。

冬至前一日陶重父先生席中賦得『山意沖寒欲放梅』

三徑蕭騷夜雨扃，擁爐呼酒看前汀。幽香似傍葭灰動，寒色應隨雪瓣靈。庾嶺馬蹄春漸透，孤山鶴影夢初醒。明朝況是新陽候，對爾疏枝眼倍青。

箋○【陶重父】名宗器，號衍泉，又號紫芝山人，重父其字。陶嗣養之父。萬曆三十七年（1609），以歲貢生任寧德訓導。理明學粹，樂就人材。見乾隆《寧德縣志》卷之三《秩官志》、民國《建甌縣志》卷二十六《列傳》、蔡景榕《海國生還集》序。

贈嚴汝擎

生事差池奈爾何，雲山強半客中過。寒花滿眼勞清夢，芳草明春又綠波。玩世且携三尺律，度關休唱五噫歌。胡琴博得詩名起，到處歡場醉叵羅。

淮陰別張光祿先歸永陽

秋風滯棹路三千，對局探鬮度小年。人自尚方分玉食，舟從淮口隔蒼烟。稱觴好理培萱圃，課酒多耕種秫田。待得雪飛新釀熟，鯤湖應結剡溪緣。

箋〇應作於萬曆四十四年（1616），三試禮闈不第。

【張光祿】疑即張世梁，字興擎，永福（今福州永泰）人。萬曆四十三年（1615）舉人。時同試南宮下第。見乾隆《福州府志》卷之四十《選舉五》。

【永陽】指福州府永福縣。唐永泰二年（766）建縣，以年號名之。宋避哲宗陵諱，改名永福縣。民國三年（1914），又恢復舊名永泰。見明李賢等撰《大明一統志》卷七十三。

【鯤湖】又名鯤潭，在永泰縣十二都（今城峰鎮、嶺路鄉一帶）。見乾隆《福州府志》卷之六《山川二》。

賦得出自北門

閑呼藤杖踏郊坰，野意山情處處靈。石溜雲淙成懶癖，樹搖風杪作顛形。詩窮欲罷屠龍技，世混誰工相馬經。一派湖光環目送，無勞俗眼笑伶仃。

箋〇北門，當指寧德县城北門，名曰『遵化』。見乾隆《寧德縣志》卷之二《建置志》。

齋頭梅花用袁石公韻三首

霜落幽齋老幹斜，方池纖水坐高華。半簾香度孤山月，乍眼光眩六出花。抹殺穠芳俱後輩，分明逸韻屬仙家。對君事事成佳況，展卷燒燈自煮茶。

其　二

天然清絶並枝斜，瘦骨粼粼傲歲華。露竹霜松呼老友，青溪白月照疏花。巡簷先寫宜春帖，湊趣惟應賦雪家。一段豐神差得似，玉蘭香畔雨前茶。

其　三

標格飄然倚月斜，主人幽意共清華。天其命爾開春令，雪亦憐予放晚花。縱使膻情迷俗眼，更無清品賽當家。小樓乍醒羅浮夢，八韻詩成七碗茶。

箋〇【袁石公】即袁宏道，字中郎，號石公。公安（今屬湖北）人。萬曆二十年（1592）進士，歷官至國子博士。與兄宗道、弟中道並有才名，稱『公安三袁』。《明史》卷二百八十八《文苑四》有傳。

【袁石公韻】袁宏道《梅花》：『空階綠淨影疏斜，戲把清枝壓鬢華。老去已無兒女態，春來猶愛典刑花。蒼雲白石長相對，明月寒塘自作家。擯卻壚香與尊酒，幅巾聊試武夷茶。』見《袁中郎全集》卷之七《七言律》。

送劉之罘將軍還東嘉

春山無色鳥聲悲，世路蹣跚夢亦危。射虎功高偏不賞，雕龍才老竟如斯。歸帆好泛江心月，公論差存峴首碑。擊罷唾壺詩欲就，送君且盡掌中巵。

箋○頷聯兩句見於徐興公《筆精》卷四。

【劉之罘】名思祖，字長孫，號之罘。以父懋功任溫州衛指揮使，遂籍東嘉（今浙江溫州）。萬曆《福寧州志》、雍正《江西通志》俱作『藤縣人』。萬曆四十三年（1615），任福寧北路參將。才兼文武，著有《之罘山房集》。見萬曆《福寧州志》卷之六《兵戎志下》。徐興公《鰲峰集》卷之十九有七律《劉之罘以江右都閫擢福寧參戎攜豫章郁儀宗侯書見訪賦贈》。

贈王九臯郡丞誕日二月十六

相看意氣總橫秋，春雨深杯破客愁。笑我無魚歌幸舍，憐君有蟹領監州。懸弧日近花朝豔，憑軾風和柳陌柔。可是歲星明夜夜，藍溪東指海霞流。

箋○頷聯兩句見於徐興公《筆精》卷四。

【王九臯】生平不詳，萬曆間任福寧同知。萬曆《福寧州志》卷八《歷官》、乾隆《福寧府志》卷十五《秩官》缺。

吴光卿廣文招同張維誠明府宴集陳氏園亭分得樓字

小橋曲沼野雲稠，竹裹燒燈散客愁。苜蓿一樽呼勝伴，芙蓉千樹媚高秋。霞黏几几王喬舄，月到層層庾亮樓。滿座清狂歡不住，人生能得幾回遊。

箋○作於萬曆四十六年（1618），時客韓陽（福安）。

【吴光卿廣文】名仕訓，字光卿。潮陽（今屬廣東）人。萬曆二十五年（1597）舉人。萬曆四十三年（1615），任福安教諭。見雍正《廣東通志》卷三十三《選舉志三》，光緒《福安縣志》卷十八《名宦》有傳。

【張維誠明府】張蔚然，見上五古《贈張維城明府誕日》。

張明府龜湖書院用前樓字山中發之皆花紋石，奇甚

憑陵飛構控高丘，之子橫經最上頭。勾漏當年成九轉，皋比吾道屬千秋。山藏寶氣朝霞起，樹擁湖光夜月流。遂有老人來乞火，滿城分焰讀書樓。

箋○【龜湖書院】當指龜湖寺，又名三寶寺。在福安城西龜湖山頂。宋淳祐五年（1245）創縣學於此。元皇慶元年（1312）遷建重金山麓，舊址改為寺。正德十五年（1520）復為儒學，嘉靖十四年（1535）再遷金山，復為寺。張蔚然任職期間，或短期改為書院，邑志未見記載。徐興公《鰲峰集》卷之二十一有七律《張維誠携觴過龜湖寺聽歌者侑觴觀武士擊劍，同虎林陳以寧宴集次維誠韻》。

朝旭堂謁薛明月先生二首

補闕清班翰墨林，蕭蕭苜蓿想遺音。唐家舊事傳猶昨，韓坂高風說到今。對爾只堪明月夜，何人能識歲寒心。請看故里廉溪畔，山自孤懸水自深。

其二

草滿空階露色纖，千秋靈爽斗山瞻。堂因朝旭長留照，村為先生亦賜廉。精舍近依幽泮址，祠壇高並遠峰尖。臨風憑弔思無限，寂寂寒花護短簷。

箋○第一首亦見於乾隆《福寧府志》卷之四十一《藝文志》、乾隆《寧德縣志》卷之九《藝文志》。

【朝旭堂】在福安縣學教諭宅前，以薛令之「朝旭上團團，照見先生盤」詩句名之。萬曆四十三年（1615），教諭吴仕訓建，親撰《朝旭堂記》。見萬曆《福寧州志》卷十四、光緒《福安縣志》卷之八《學校》上。

【薛明月先生】薛令之，字君珍，號明月先生。長溪（今福安溪潭）人，唐神龍二年（706）進士。開元中，授左補闕，兼東宮侍講。見五代王定保《唐摭言》卷十五《雜記》。

校○

【朝旭堂謁薛明月先生】薛明月先生，乾隆《福寧府志》「藝文」、《寧德縣志》「藝文」俱作「薛明月故里」。

【山自孤懸水自深】孤懸，《福寧府志》《寧德縣志》『藝文』俱作『孤高』。

讀謝皐羽集二首

俠骨奇蹤世所稀，遺編讀罷淚沾衣。魂隨宋寢冬青樹，墓傍嚴陵古釣磯。天地只餘身可漆，江湖何處髮堪晞。寄言精衛休填海，一哭西臺事已非。

其二

生平一劍許難忘，慟哭高原夢未央。姓字短碑題百粵，悲歌長恨寄三湘。文拈太姥金光草，詩逼奚奴古錦囊。南國騷人君獨唱，少微千古拜寒芒。

箋○作於萬曆四十六年（1618），時客韓陽。

【讀謝皐羽集】謝皐羽，名翺，字皐羽，號晞髮子，福安人。參見《問月樓文集》之《謝皐羽〈晞髮集〉序》。

重陽前一日留別張明府

短劍飄零客鬢羞，百年知己對淹留。神仙作令花為縣，國士銜恩麥一舟。衰草連天催去路，丹楓夾岸照歸裘。明朝況是登高會，風雨懷人獨上樓。

箋〇作於萬曆四十六年（1618）九月初八，時將返家。

送殷太滌州守入覲並寄懷唐君淳、湯季主、郭環洲諸盟兄

連翩五馬漢循良，捧玉隨鐘入建章。東海政成天外最，西山朝罷雪中望。囊携藍水半溪月，傳擁蒼熊一路霜。過里若逢知己問，為言憔悴老長楊。

箋〇殷太滌州守，即殷之輅。見上七古《殷刺史稚堅以先大人行略見示為賦敬亭山長歌》。

【郭環洲】宣城人，見上五律《王景聖廣文招同郭環洲、沈中如、戴吉甫、陶汝觀集龍山草堂得長字》。

【湯季主】宣城人，生平不詳。

【唐君淳】宣城人，見《問月樓啓集》之《殷郡守奏最貤封序》。

送吳光卿北上春試

莫為行藏發永歎，擔頭霜擁一氈寒。十年賦草青箱重，滿路梅花錦轡看。易水風高聞擊筑，盧溝春曉慶彈冠。兵戈眼底勞宵旰，好向承明策治安。

箋〇作於萬曆四十七年（1619）。

【春試】即會試。明清兩代科舉會試在春季舉行，故稱「春試」。

題黃碧潭翁萬花谷

野橋花塢水平畦，紅藿當門路轉迷。寒影壓池看處處，細香飛蓋故低低。鶴鳴華表仙魂返，鳳起河東壯翮齊。度曲吹笙無不可，結居何必在青泥。

箋〇【黃碧潭翁】名烘，字季煥，號碧潭。寧邑水潨（今屬寧德蕉城區八都鎮）人。舉耆賓，榮授冠帶。見同治《水潨黃氏族譜》。黃碧潭與崔世召岳祖父黃熜為堂兄弟，同時又是世召族侄崔應鵬（長房鎔公裔）之岳父。

【萬花谷】在水漈村東北，為黃碧潭所建。辟為講學之所，有雪洞、荷亭諸勝。今廢。見同治《水漈黃氏族譜》。

己未清明日同張叔弢、陳伯禹、延祖、倚玉、趙宗卿集飲靈谿寺分得虞韻

勝伴探春興不孤，獨憐吾道屬艱虞。行隨勸駕烏藤杖，坐歎當筵玉唾壺。石左懶雲團藉草，僧廚新火出鑽榆。南阡北塚關愁恨，破涕長吟到日晡。

箋○作於萬曆四十七年（1619）。

【靈谿寺】在寧德城西一里，始建於北宋大觀二年（1108），嘉靖二十二年（1543）改為書院。萬曆十四年（1586）復為寺。見乾隆《寧德縣志》卷之二《建置志》。

【陳伯禹】疑即陳希舜，寧德一都（今蕉城市區）人。與閩縣徐興公、福安劉中藻友善。劉氏《洞山九潭志》存其詩二首。伯禹，一作伯雨。

【陳倚玉】名希珍，寧德人，溪雲社社員。著有《桐庵集》行於世。詩見於曹學佺《石倉十二代詩選》。蔡世寓《西園集》有七絕《擬天宮詞二首同社趙子卿、陳倚玉、彭牧仲、崔五竺》。

立秋後一日集古佛庵分賦限七言律得歌字二首有序

古佛者，石像善財童子也。款制工古，座有『淳熙四年四明』數字，餘俱漫滅不可讀，當是落伽山中物。相傳世廟年，從海上漂至，鄉人群奉祭賽，香火甚盛。余弟仲愛航而得之，於溪雲閣後壘石為山，結龕其上。己未立秋後一日，為善財降辰，迎入庵中。是日社集，各頂禮畢，遂分賦焉。

春來禊事恣歡歌，轉眼流光歎逝波。忽報新秋飄夜葉，行參古佛入烟蘿。靈傳泛海鐫題舊，賦就登臺感慨多。願得從君皈大士，相將丈室老維摩。

其　二

海上何年別補陀，溪雲擁爾住巖阿。佛容酒伴參蓮社，天設星龕擬鳥窠。十笏浮來香作霧，四聲拈去偈當歌。炎涼人代須臾事，不管金風試井柯。

箋〇作於萬曆四十七年（1619）立秋後一日。

【於溪雲閣後壘石為山，結龕其上】據劉家謀《鶴場漫志》卷下『（溪雲）閣後有廢庵』，恐即此。

寄莆郡守張海老座師

十年函丈夢差池，愁對寒潮舞柘枝。雪棹久虚長水夜，星槎閑望曲江湄。雙熊刺史褰帷至，九鯉仙人擁彗隨。河潤終焉濡涸鮒，臨風先寄數行詩。

箋○【張海老座師】名南翀，字鯤修，號海東。秀水（今屬浙江）人。萬曆二十九年（1601）進士，四十年（1612）任興化府知府。見雍正《浙江通志》卷一百三十三《選舉十一》。

中秋曹能始招集石倉池泛舟因憩聽泉閣分得從字七言律

佳節追歡客興濃，碧天秋水浸芙蓉。但逢選石波光媚，到處移舟月影從。佛火半林明露棹，泉聲雙耳答昏鐘。拍浮此夜還搔首，坐愛淒清一壑松。

箋○作於萬曆四十七年（1619），時年五十三歲。是日，集曹學佺山池，主客共十四人，夜宿夜光堂。社集，談遼事。見陳慶元《晚明閩海文獻梳理·曹學佺年表》。曹學佺《夜光堂近稿》有《中秋夜招集諸子泛舟山池因宿夜光堂，分得五言排律四豪韻》，李時成《白湖集》卷四有《中秋曹能始觀察燕集石倉池，同張維城明府、崔徵仲孝廉、陳汝翔、陳振狂、王粹夫、徐興公、陳軒伯、趙子含、吴明遠山人，張粤肱、高景倩秀才，圓宗上人，得落字限五言古》。

再集高景倩松雲齋席上談遼左事分得八齊

松窗雲榻足幽棲，詞客清尊共品題。毛竹烟深秋月澹，羽書風急暮山低。席前有客諳籌箸，海上何時罷鼓鼙。見説聖明將耀武，不妨暫醉白銅鞮。

箋〇高景倩，見上五言古體《飲高景倩席上賦得『浮雲如車蓋』，同曹能始、張維誠、陳汝翔、王粹夫、徐興公、陳叔度分韻得八齊》。

【遼左事】見上七言古體《戊午九月有氣勃於東南時方有遼東之警，對酒不樂賦志杞憂》。

己未六月熊良孺觀察遊支提寺風雨大作留詩一章，亦復響遏林木用韻恭和

亂峰擁傳扣空王，急雨隨車灑夕陽。勝地千秋歸嘯詠，炎天一夜變清涼。猶疑青瑣披霜簡，似挾緇衣過雪堂。壁上新題紗罩處，罡風長帶水聲香。

箋〇萬曆四十七年（1619）六月六日，熊明遇遊支提寺。是夜颶風猛雨，因題詩於壁，有『龍嘘海氣朝成雨，虎嘯天風晚作涼』之句。見熊明遇《文直行書》文卷十六之《登支提山記》、崔嵸《寧德支提寺圖志》卷之五。

【熊良孺觀察】熊明遇，字良孺，號壇石。豫章（今江西進賢縣）人。萬曆二十九年（1601）進士。萬曆四十五年（1617），遭禮部給事中亓詩教彈劾，由兵部給事中遷福建兵備僉事，治兵福寧道。泰昌元年（1620）十月，升陝西布政使司右參議兼提督學政，駐寧夏。見《明神宗實録》卷之五百五十八、《明熹宗實録》卷之二。

喜鄒明府初莅邑

鱣堂久兆漢真儒，新握山城百里符。汝水三春過彩鷁，郎星五夜照飛鳧。家傳碣石談天事，衙近滄溟浴日圖。豈曰無衣還好我，對君攜手坐冰壺。

箋〇作於萬曆四十六年（1618）春。

【鄒明府】指鄒用章，字體素，撫州宜黄（今屬江西）人。萬曆二十八年（1600）舉人，以永新教諭擢寧德知縣。道光《宜黄縣志》卷二十二《人物》、乾隆《寧德縣志》卷之三《秩官》有傳。

吴朝彬大行出使趙藩還家

皇華萬里使星明，水繞中都錦纜輕。四牡寒沖飛雪去，雙魚天杳素書烹。關心漆室烟塵滿，蒿目朱藩感慨生。恰喜還家春事好，細君傳酒坐更深。

箋〇【吴朝彬】名國華，號愛日，朝彬其字。寧德一都人。萬曆四十四年（1616）進士，授行人司行人，奉使趙、魯。見乾隆《寧德縣志》卷之七《人物志·忠義》。

排律 五言

袁中丞清德詒謀卷三十韻

澤國開申浦，君山爽氣妍。風華吾党盛，鼎族汝南先。通德門堪並，詒謀世共延。張眉談往事，俠骨壯當年。瘞玉曾清異，遺金屢棄捐。東園揮不顧，西舍識依然。天日知肝膽，江河濯穢膻。掃雲看越石，掬露笑貪泉。五月披裘叟，千齡蛻骨仙。德憑毛穎頌，名入口碑傳。橋梓撑南北，弓箕美後前。千金輕布地，一醮重彌天。琴瑟盟初願，冰霜擬半緣。自從悲破鏡，不復讀膠弦。夜月帷空掩，秋檠影獨憐。參乎標令節，駿也媲前賢。孤鶴清無極，寒松老更堅。堂虛深泛白，蛩靜細談玄。危行應難兩，真功已滿千。閉門高臥雪，教子早淩烟。碧海虬須動，丹丘鳳翮騫。風雲雙戟擁，貔虎渡河遷。士挾荊王纊，波恬越客船。十年勞指畫，一味種心田。到處輿人誦，傳來講德篇。瑤章爭摛旎，疊鼓喜喧填。清範歸三世，徵歌敞四筵。請賡將進酒，慚乏筆如椽。

箋〇約作於萬曆四十三年（1615）。

【袁中丞】名一驥，字德良，一字希我。南直隸江陰（今屬江蘇）人。萬曆十一年（1583）進士，時以右僉都御史巡撫福建。傳見乾隆《福州府志》卷之四十六《名宦一》。張燮有七律《題袁中丞清貞世德卷》二首，見於《霏雲居續集》卷之十五，應作於同時。

【申浦】在江陰縣西三十里，以戰國春申君開浦置田為屯而得名。見明董說《七國考·卷二·食貨》。這裡以申浦指代江陰。

【君山】在江陰澄江門外二里，以春申君而名，為一郡之勝概。見崇禎《江陰縣志》卷一《山川》。

丙辰仲春重游張叔弢南山敝廬賦得一先二十四韻

岸幘追遊地，回頭數載前。韶光隨手擲，風景引眸穿。鳥認曾來客，花迎逐隊仙。蓬蒿依古澮，水石倍清鮮。種樹龍鱗老，攀崖鳳翅懸。晴沙魚屋現，露卉槿籬編。萬圍青士，孤雲學散禪。半規池化墨，繞徑草成玄。輕彈藏鶯柳，平鋪浴鴨田。花棚因勢結，果實算時遷。香澗拖藍出，蒼巖刻秀聯。有亭皆傍竹，無地不栽蓮。入景漸逾好，當春最可憐。鶴窺千嶂月，蝶亂一溪烟。處處標名目，行行步昔賢。杖藜呼瘦石，煮茗汲新泉。據檻舒孫嘯，登高捷祖鞭。名喧星是歲，山靜日為年。問字過奇客，揮毫逼草顛。憐余投臭味，卜夜恣流連。雜謔皆詩話，沖愁藉酒權。松如欣稷稷，石亦對翩翩。共訂千秋業，聊參一日緣。欲裁方内史，待爾霍童巔。

箋〇作於萬曆四十四年（1616）。見上七言律詩《張叔弢南山敝廬》。

張維誠明府招遊潛𡷊洞二十四韻

到處青山好，惟逢賞鑒難。搜奇須快士，湊趣必層巒。十里溪光冷，孤村野放酸。品題仙令口，合沓勝朋觀。公暇乘秋爽，幽探播客歡。雙鳧開徑路，半憩卸韉鞍。有景但稱絶，逢場俱發歎。墨渾池靚樹，釣靜石臨湍。蝸篆浮烟出，龍舟掛壁攢。星巖含歷落，月桂擁團欒。玉立屏風嶂，流懸枕畔灘。披榛林轉密，揮袂眼逾寬。洞古雲藏竅，巖虚蘚積瘢。似聞山鬼嘯，乍擬蟄龍蟠。訛辨潛𡷊字，奇傳戴勝冠。狂呼興不淺，小立魄粗安。幕地青蓮坐，淩空碧漢端。松風吹酒醒，蘿月上衣寒。引酌頻搔首，敲詩各嘔肝。千秋歸笑傲，竟日恣盤桓。勝伴歡何極，遊魂夢未殘。風流吾黨事，勉矣勸加餐。

箋〇潛𡷊洞，疑即青林洞，在福安縣三十六都黄崎鎮（今屬福安市下白石鎮）。明泰昌元年（1620），知縣張蔚然開鑿。以故里西湖飛來峰有青林洞，取而名山。見乾隆《福寧府志》卷之四上《地理志·山川》。

絶句 五言

塞上曲

白雪鳴雕地，黄昏鼓角時。欲歸身已老，十萬有孤兒。

留 春

晚風吹銀瓶，垂楊緑楚楚。莫聽鵾鴂聲，浪作柘枝舞。

蠶婦吟二首

新繭未堪抽，單衣往陌頭。柴門聞犬吠，征吏已登樓。

其二

西壟漫持筐，桑條葉未長。妾饑寧自忍，夜半為蠶忙。

箋○其二亦見於劉家謀《鶴場漫志》卷下。

題南山舒嘯台二首

石韻具蟠菌，松理自丘壑。長嘯據石眠，松忽生其腹。

其二

倚石弄松風，嘯歌聲瑟瑟。欲知嘯者心，豈在松與石。

採蓮曲二首

南塘花事繁，輕橈亂烟塢。對對入花深，不記歸舟路。

其　二

瀲灩湖水清，花枝嬌旖旎。妾貌與蓮花，兩兩映空水。

宮人斜

一片香魂盡，鴉飛花欲燃。西陵寒隔壟，生死主恩偏。

飲拂石齋

泉眼雖已枯，石頭尚堪語。拂拭坐蒼苔，櫧葉落如雨。

絳桃花

誰捻一堆紅，深酬濁酒中。慵來舒倦眼，霞起小樓東。

碧桃花

玉質臨風立，香肌與雪宜。玄都千萬樹，妙在不能淄。

聽雨懷人

十年懷楚客，夜雨拂長荊。泉聲到處是，同聽不同情。

徐隱君山居

橋西風雨多，空山落松子。抱膝誰高眠，云是南州士。

過竹林寺訪瑞公作

開士說中興，潭影抱山綠。把臂當入林，團團都種竹。

箋○【竹林寺】又名竹林院，在寧德四都（今屬金涵鄉）。唐咸通三年（862）建。見嘉靖《寧德縣志》卷二《寺觀》。

絶句 七言

春 興

雲籠淡月影流蘇，新水橋邊問酒胡。惟有桃花解人意，暗香飛入玉瓶孤。

相思曲

桃葉搖風渡口斜，隔林何處美人家。郎舟蕩槳天涯末，愁向春流認落花。

古戰場

日落悲風舞白榆，龍沙漠漠野磷呼。請君試問前朝事，年少從軍白首無。

為二室侄題葡萄四首

風

少女枝頭弄錦天，落霞拂地亦嫣然。夜來釀得金莖露，便是功成果滿年。

晴

長空如紙漢宫清，舞鳳蟠龍學得成。最喜團團朝日好，一株仙乳露輕盈。

烟

十丈花綃護草龍，江邊顆顆玉鬖鬆。秋高不放雲棚老，摘向瑶台宴上逢。

月

白銀盤裏水晶寒，玉幹斜横遠黛山。我有明珠三百粒，樓頭問月許同看。

箋〇二室侄，見上七律《題家侄二室培萱所》。

月浪和尚僑居廣霍山年餘忽別去遊太姥，詩以送之

荒廬難系住山心，行腳空瓢費遠吟。太姥也聞春寂寂，思君多只在東林。

箋〇太姥山，舊名才山。在福寧州城十都（今福鼎太姥山鎮），去城東北百里。《力牧録》云：『容成先生嘗棲之。』見南宋梁克家《三山志》卷第三十五《寺觀類三》、萬曆《福寧州志》卷一《山川》。

【月浪和尚】即月浪上人，見上五律《秋日同龔武陵、趙宗卿、陳延祖、月浪上人遊瑞跡寺賦二首用月浪韻》。

重陽過江郎山

天削芙蓉片片開，看雲此度已三回。憑君夢破生花筆，滿酌茱萸酒數杯。

箋〇江郎山，在衢州江山縣（今浙江江山市）南五十里，俗傳有江姓兄弟三人登其巔化為石，因名山。見雍正《浙江通志》卷十八《山川》十『衢州府』。江郎山所在之江山縣，為閩人北出仙霞關必經之路，此詩應作於萬曆四十三年（1613）重陽，崔世召

第三次北上應試途中。

桐廬阻風

萬里迢迢帝國遊，長風吹浪逗孤舟。壯心擊楫桐廬水，薄暮終須到上頭。

箋〇作於萬曆四十年（1612），赴京途中。

【桐廬】三國吳黃武四年（225）置縣，舊屬嚴州府，今屬杭州。嚴子陵釣台在焉。見清楊守敬《水經注疏》卷四十。

江口聽潮

短棹靈潮聽晚喧，浪花如雪石如翻。舟師休説胥門事，怪底波濤起北鯤。

為王念初題葵花

一片丹心耿不灰，肯隨凡卉托蒿萊。擕來海國七千里，移向長安近日栽。

雪中樹同劉汝立任惟虛賦二首

開門一帶曉天新，玉樹菁葱解照人。浪說梅花降不住，暗香妒殺隴頭春。

其　二

與君並轡玉山行，片片瓊瑤木杪生。若使上林同賜札，添來詩料不勝清。

箋〇作於萬曆四十年（1612）冬，見上五律《北途遇雪賦呈劉汝立、任惟虛二丈》。

題阮元宰扇頭鷺鷥

蘆洲風雨潤毛衣，玉立秋高點點微。莫訝孤騫低貼水，西雍終是看于飛。

箋〇阮元宰，邑人，溪雲社員。蔡世寓《西園集》有《雨中望海分韻，同社崔玉生、崔坦生、陳士登、陳延祖、阮元宰》。

象意卷四首

亂瀑當空冷照衣，檞頭風軟坐熹微。蒼陰滿徑攜琴過，無數鳧鷗浪裏飛。

其　二

一帶山容澹欲無，隔江亭子夕陽孤。耽遊莫怪歸帆晚，明日還當出五湖。

其　三

空洲野艇樹烟屯，細雨霏霏江上村。拾得一肩寒榾柮，千山沽酒自黄昏。

其　四

一夜寒威白滿山，灞陵驢背耐開顔。呼童早覓當壚醉，莫遣霜飛入鬢斑。

暮行道中

秋山寂寂暝雲深，立馬斜陽澤畔吟。歸鳥似知行客恨，數聲殘響落空林。

校〇

【歸鳥似知行客恨】清劉家謀《鶴場漫志》卷下「似」作「不」。

贈張麗人二首

當年草草不通名，忽漫重逢半喜驚。瘦骨伶仃君莫訝，多情端的是癡生。

其二

郎身如葉妾如花，飄落東風不記家。只恐葉殘花又老，一回相見一回嗟。

九月八日懷黃大誕辰

故人此日正懸弧，綠酒黃花定不孤。積翠堂中今夜月，清光得似昔年無。

詠瓶中折枝杜鵑

爛漫千山叫杜鵑，寒齋孤影共淒然。年來空負看花酌，對爾一枝殊可憐。

長安寄懷張叔弢二首

半生四韻擅長城，陸續看山筆興生。愛殺吟春三十首，春來倍見故人情。

其二

南山日日杖仙鳩，雪裏何人共酒籌。乞得買山錢數貫，又添妝點一灣丘。

箋○作於萬曆四十四年（1516）春，應試在京。

觀　潮

八月潮高水打城，野塘空白浪花清。何人拍浪弄秋色，一曲滄浪自古情。

送月浪訪續燈卻寄

團焦高閣坐青棱，誰續西江一派燈。珍重封題煩月浪，曹溪灘畔拜盧能。

箋○【盧能】指禪宗六祖慧能，俗家姓盧。清僧果性《佛祖正傳古今捷録·五祖黄梅弘忍大師》：『於是得法，化道黄梅。咸亨中，傳法盧能。』

王克章山人工畫蘆雁歸贈以詩

為君亂掃雁行詩，别我愁當雁去時。一幅蘆花光忽赭，小窗呼酒寄相思。

花朝之二日題一壺春為王九皋使君誕辰壽

綺景中分九十春，衆香收入膽瓶新。蕊珠道客栽花令，並作吹笙會裏人。

箋〇王九皋，見上七言律詩《贈王九皋郡丞誕日二月十六》。

與張叔弢刺史、何九鯉將軍坐談續燈上人彼岸閣

茶熟瓷瓶戰水酣，高僧詞客半生談。潮音彼岸微鐘歇，月影溪光共一龕。

箋〇作於萬曆四十四年（1516）臘月，訪張大光於州城。

【何九鯉將軍】即何和陽。見上七言律詩《臘月何和陽將軍招同張叔弢集宴水雲亭分得『開』字，時將軍有瓊海之命》。

【續燈上人】見上《送月浪訪續燈卻寄》。
【彼岸閣】在福寧州城南關外，跨兩岸。明萬曆三十一年（1603）建。見民國《霞浦縣志》卷之二十四《祠祀志》。

春宫怨

春陽杲杲曉當樓，花壓重簷水滿溝。鸎鵲聲聲喚紅杏，夢中驚迓六龍遊。

夏宫怨

一簟炎飆午未央，遥聞清蹕過昭陽。慵來半脱輕綃臥，空負迎風素質香。

秋宫怨

涼夜星星漏暗催，君王何處宴歌回。分明一片空山月，偏帶孤愁入枕來。

冬宫怨

愁煞蘭膏别殿香，隱囊斜倚怯支床。瘦顔不待寒冬候，一入長門冷似霜。

問月樓詩二集

霍童崔世召徵仲甫著
三山陳一元泰始甫校

古體 五言

遊將樂玉華洞

大塊何欽奇，鬼匠費巧繕。往往六合間，聖人論不辯。我聞三華峰，邑地亦小腆。胡然鐃礫砢，閟洞辟深巘。土人導我行，燃炬破蒼蘚。空冷枵其中，倒懸敞神巘。漸入愈以佳，幻形非一件。或凹而孤沉，或捫而斗踡。應接匪暇眸，片片玉堪剪。數里恣盤旋，興乃復不淺。似聽天雞鳴，洞口露微晛。爝火寒無光，披衣而定喘。如彼邯鄲翁，黃粱熟少選。造物洵遊戲，逢場聊一演。大士勤津梁，與世解塵鍵。人生泡影耳，無為歎偃蹇。智多道彌晦，賢者恐不免。但寤五更天，夜氣忽焉展。留連紀此遊，異乎人之撰。

箋〇作於天啓元年（1621）十一月。

【玉華洞】在將樂縣天階山。相傳赤松子采藥於此。由洞門而入，將二里許。見萬曆《將樂縣志》一卷《輿地志·山川》。

臘月立春社集木山齋以『江春入舊年』分韻得舊字，限六韻五言古體

青皇促鑾馳，玄臘侵其候。蘚徑試苔紋，似領春先透。羈懷良以嘉，坐對木山瘦。清言當剪勝，四壁烟雲逗。撫景知新理，勿哂年華舊。澹焉欲忘歸，為君銘座右。

箋〇當作於天啓元年（1621）冬，遊汀州歸，過三山。

【木山齋】侯官高景倩別業，商梅《那庵詩選》卷三十四有《三月三日豔集高景倩木山齋》。高景倩，見《問月樓詩一集》五言古《飲高景倩席上，賦得「浮雲如車蓋」，同曹能始、張維誠、陳汝翔、王粹夫、徐興公、陳叔度分韻得八齊》。

題支雲巒別圖送方潛夫職方之京

至人挾奇蹤，神靈控窟穴。擁傳層雲生，一接與之狎。乘雲恣眺詠，誕施廣長舌。天冠護勝遊，四韻勒豐碣。政成甘露瀼，所嗟忽言別。霍童臥車轅，雲亦戀使節。山下

有居士，攀雲共蘊結。離緒圖匪窮，愛此林光凸。長安渺天際，雲鴻願勿絕。

箋〇作於天啓二年（1622）九月，時方潛夫由福寧知州升任兵部主事。方書文《方以智先生年譜》、任道斌《方以智年譜》作『萬曆三年』調任。

【方潛夫】名孔炤，號仁植，潛夫其字。桐城（今屬安徽）人，方以智父。萬曆四十四年（1616）進士，萬曆四十八年（泰昌元年，1620）由嘉定州任上遷福寧知州。乾隆《福寧府志》卷之十七《秩官志·循吏》有傳。任道斌《方以智年譜》作『萬曆四十七年』到任。

超宗和尚建六度社說法臺

支寺有空臺，榛薛久蒙翳。昔聞灌頂師，華嚴演其際。依微留天香，風輪播千歲。超公衍南宗，結廬而善繼。廣設方便門，為說六度偈。知爾發弘願，憐余呼狂慧。松柄機鋒生，而能轉一切。提唱皆津梁，在世與出世。臺畔忍草滋，山月下荒砌。六者歸圓空，龍象乃得勢。問師復何言，究竟無所係。

箋〇天啓二年（1622），僧人超宗得侯官商家梅佈施，在支提山說法臺下結廬清修，取名六度社。商梅《那庵詩選》卷二十六有《送僧還說法臺》。曹學佺《石倉文稿》『森軒卷』有《支提山說法臺超宗上人募建六度堂引》，《石倉詩稿》卷二十七《森軒詩稿》亦有五古《超宗上人建六度堂于支提之說法臺，欲招同志入社，頃予與去塵、孟和、仙客、一甫，共上人正滿其數，欣然有合。因作五言古風送之還山，予得『社』字》。

饒州客永福寺觀塔氣紀異感賦

古郡倚芝湖，寒波抱危郭。客意遇秋零，維舟暮雲薄。孤鋏暫憩懸，觸景輒作惡。勝概何寥寥，空門亦剝落。荒殿自齊梁，黍離悲寂寞。獨有古浮屠，巋然拂雲腳。暝鴉巢其巔，鳴鸛愁水涸。晨暮無爽懷，但覺慘不樂。忽訝異氣生，塔頂噓靈熇。一縷濃於烟，月明彌氛錯。怪哉土人言，休咎勝龜灼。邑長有賢聲，此氣乃不作。神者先告之，蒙兆發其鑰。往驗固有徵，方言太穿鑿。余乃以意推，至理庚可託。我聞斗牛間，龍劍氣雙躍。千丈紫光浮，佳話傳今昨。嗟余與番君，師門原同學。雙袂結眈和，片語撐寥廓。干將忽飛蟠，莫邪乃屈蠖。千里相呼求，胡為峻見卻。叩閽帝不靈，門鬼恣欺虐。踉蹌賣車歸，出門足盤躩。緬憶平生歡，令人發狂愕。黯氣茲縱橫，無乃感脈絡。物理洵有然，我心則相若。自哂還自寬，世情都渝薄。戴笠與乘車，不獨君高蹻。飲我以冷冰，答君以良藥。願言策明德，吏胥絶索摸。收此浮屠烟，無為市所噱。夫君雖我捐，閱世得大略。規瑱良實歸，詎敢怨空槖。勉旃以為報，華陰礪劍鍔。良晤圖再期，燕歌共薄酌。

箋〇作於天啓二年（1622）八月，訪同年友于鄱陽，不禮。見下《責車行》七古。

【永福寺】在饒州（今江西鄱陽縣）城東，相傳梁鄱陽王蕭恢舍宅為寺，原名顯明。見嘉慶《大清一統志》卷三百十二《饒州府二》。

寄曹能始誕日兼送之西粤

嶓峰有奇樹，丹穴無凡翮。鶱舉淩倒景，樾蔭飽靈液。矧伊神仙姿，清邈天所值。西歸鳴響如喈喈，棲梧餐竹實。子建八斗才，君乃富一石。緗編窮太始，揮袂掃奎璧。懷好音，結廬水邊宅。臺澗備曾陰，漣漪昏曉辟。有餘但施僧，無筵不醉客。豪濫北海尊，剝琢東山屐。玩世心如冰，憐貧腸可炙。久矣宦情疏，繁華虛一擲。徵書忽日至，愕然折雙屐。愍茲多艱秋，四郊飛赤白。五嶺薄黔川，震鄰孔虢虢。當如蒼生何，甲兵諮石畫。君年方彊壯，大衍半其百。蘧玉洵知非，宣尼猶學易。世末厭君平，烟霞胡痼疾。烈士感唾壺，聞言面發赤。且理山水緣，優遊緩其舄。殘臘逼青陽，今夕云何夕。

笙歌遏行雲，蓬瀛宕瑤席。悠悠隔世心，一歌度一拍。夜抱仙子骨，朝捧君王檄。長揖石君去，勉旃邁行役。

箋〇作於天啓二年（1622）十二月十五，時曹學佺奉詔起復廣西布政司右參議，分守桂平道。見陳慶元《晚明閩海文獻梳理·曹學佺年表》。另據許建崑《曹學佺與晚明文學史》引《曹學佺〈湘西紀行〉的探究》，曹於天啓二年九月五日除命，次年四月十二日始赴任。

林伯珪贈詩和答

浪跡僵危轍，春霜猶滯寒。寺門隔市塵，壺公遞層巒。山下有奇士，氣魄淩巑岏。綜秘發金匱，壯骨躍銀鞍。胡乃睠衰叟，掙眼青相看。投我以琅玕，咄咄和者難。片語托寥廓，斗室蒸旃檀。矯矯青雲姿，遊戲登詞壇。臭味良不孤，雙袂紉芝蘭。春華如逝波，非子誰障瀾。千秋業在茲，豈但締宿歡。

箋〇作於天啓三年（1623）初春，時寓莆中。

【林伯珪】名元霖，號雪竺，莆陽（今莆田市）人。崇禎九年（1636）鄉試副榜，精草隸，與譚元春為友。見鄭王臣《莆風清籟集》卷三十六。

【壺公】指壺公山，在興化府（今莆田市）城南二十里，為郡之朝山。見乾隆《興化府莆田縣志》卷一《輿地》。

秋杪集飲龍津館有賦

秋氣肅以深，郊坰綣遊賞。溪流何漪漪，浚排亦豪爽。禹功莫與諼，臨河共俯仰。崇館莅通軌，周道平如掌。悠悠征客心，但擊康衢壤。偕尊恣朋歡，浩歌眾山響。橋畔有甘棠，勿剪寄遐想。玄霜漸淒零，蔽芾渺孤敞。龍首睇鬱蔥，問津在川上。君子錫嘉名，所欽屬吾黨。酹以大斗漿，龍津誓奔往。㪚帚笑陳人，徒為千金享。

箋○應作於天啓元年（1621）秋，受福寧知州方孔炤之邀。

【龍首睇鬱蔥】龍首指龍首山，在福寧州治（今霞浦縣）後峰，為州城主山。見嘉靖《福寧州志》卷之二《山川》。

【問津在川上】問津應指州城龍津橋，在州城西門外。龍津館亦在附近。見乾隆《福寧府志》卷之九《建置志·津梁》。

吴相如豹園同邵見心大行小集即事用韻

客意適幽寂，應與雲林居。危石矗含姿，片片勞顛書。豹霧隱何年，一朝為君舒。彈絲吹洞簫，婆娑良自如。長醉不願醒，巾舄生清虛。松風隔山吼，罨畫歸指餘。地主罄交歡，寧復煩歌魚。

箋○【邵見心大行】名捷春，字肇復，一字見心。號劍津。侯官（今屬福州）人。萬曆四十七年（1619）進士。累官至都察院右僉都御史。傳見《明史》列傳第一百四十八。

【大行】明時對行人司官員的尊稱。邵捷春登進士之初，授行人，見清郭柏蒼、楊浚《全閩明詩傳》卷四十二《萬曆朝十三》。

【吴相如】吴士冠，字相如，吴縣（今屬江蘇蘇州）人。工書善畫，嘗參預校胡正言《十竹齋書畫譜》。名見於清徐沁《明畫録》四四。然按詩中所示，似閩省土著，恐非同一人。

【豹園】在福州烏石山麓，為吴相如別墅。園廢，僅存楷書『豹園』二字。見清郭柏蒼《烏石山志》卷之六《石刻》。

題福盧山和周章甫韻二首

神皋本天縱，瀛壖隱仙閬。出世洵靡偶，搜討從所向。披圖宿駭眩，抵掌疑誕妄。崖駁五千紋，種種無盡藏。茲焉臥安石，屐齒着駘蕩。徧山皆經濟，慮澹道不喪。作意注地肺，擁石強名狀。吾亦愛吾盧，霍童附豪壯。

其二

曾聞東海市，老蜃蓄潺彩。冥心測山理，點綴賴元宰。繡壑役鬼工，培塿忽然改。渴虹飲漉潤，繁星飛宿海。縹緲三天門，異香蕩皚皚。倒景既可攀，神芝亦堪采。誰為褰裳者，吾舌捫尚在。

箋〇【周章甫】名之夔，閩縣（今福州市）人。崇禎四年（1631）進士，授蘇州府推官，忤當道，棄官歸。為復社成員，名見於清陸世儀《復社紀略》卷之一。傳見道光《福建通志》卷二百二十三《明外傳》。周之夔《福盧山》古風二首，見《棄草詩集》卷之二。

【福盧山】在福清縣南時和里（今屬福清市龍田鎮），去縣三十里，舊名郭盧山，明邑人葉向高更今名。見乾隆《福州府志》卷之六《山川二》。

苦　暑

貧驅邁行役，赤帝祖車塵。童崗絶片樾，破腦喉無津。澀趾不得停，鳩雞午方嗔。黄沙罩茅旅，欲歇誰相親。勞勞酷吏心，焚烈徒苦人。憤世腸既熱，眷言輾冰輪。冷眼脱糾纏，匪獨為謀身。寄語褦襶子，白日胡侁侁。

古體七言

行路難

吁嗟乎！行路難，莫難于蠶叢九折之絶坂，吕梁千仞之飛湍。魚鱉不得遊，猿玃不敢攀。談之安得不令人，雙股栗栗而生寒。有客摇脣匿笑不止，鼓聲逢逢行且紀里。君不見漢家王刺史，叱馭危梯何太駛。又不聞孔子觀于梁洪之上沚，披髮丈夫善游水。崩崖日暗愁閉門，司空見慣渾閑耳。吁嗟乎！行路難，莫難於五父通闤九衢陌，禿頂老翁長太惜。遙指陰風骨量澤，前有南山長牙之猛獸，怒入城門攫人食。後有毒虺搏沙如老鏃，舐烟驕射于白日。長安猰犬獰迎門，溝洫寸波翻一夕，歷陽之湖摩天濕。公但無渡河，前頭行不得。抱首徒聞車馬聲，感時淚濺風塵客。嗚呼！行路之難有如此，路上行人訴悲苦。吾將奔叩九閶告上帝，速驅六丁辟下土。填平蒼海沙，格殺白額虎。朔洛無喧南北無部，使我夜得長眠朝得起舞。赤日不燃天下雨，一時收靜漁陽鼓。

箋〇【骨量澤】又作『澤量骨』，明歐懷瑞《官墻鬼哭行》：『雲夢之間澤量骨，渠血遂與滄浪平。』

贈潘公理別駕著有《竹里集》

六丁藏書竹里子，鸊鵜淬花斬龍伎。海濤萬丈供怒毫，錦囊無色昌黎死。我家黃鶴何足奇，捶殺高樓九原恥。晉代安仁善種桃，壺公康海歌初起。青鳳朝餐竹實垂，鋤烟貯滿琅玕里。從君乞取一丸泥，障斷流沙西弱水。

箋〇【潘公理】福州府通判，道光版《福建通志》卷九十七《明職官》、乾隆《福州府志》卷之三十一《職官四》缺之。明鄭邦祥有七律《李郡丞招同潘公理別駕集西園》，見於清郭柏蒼《烏石山志》卷之五。

徐玉如以扇索題值風雨大作立草驟雨行送其北上

獰龍怒鬣翻秋潦，黑雲壓山山欲倒。須臾殿角簸狂濤，一斗簷花迸浩浩。攔街小兒抱首奔，癡僧吐舌驚撓門。有客大叫招詩魂，無乃北溟忽徙之神鯤。我聞鯤大幾千里，一化摩空擊空水。帝命風雨幫頭角，九萬南天轉眄爾。彼美之子南州徐，骨法臨風玉不如。丈夫昂藏七尺軀，況有袖中萬斛明珠光茹藘。君不見，積薪後來本居上，爛醉送君拍雙掌。眼見剪雨騎長風，鬼莫揶揄笑技癢。

箋〇作於天啓元年（1621），時寓莆田。

【徐玉如】名人玉，字玉如。興化府莆田（今屬莆田市）人。萬曆四十六年（1618）舉人，官至兗州同知。見乾隆《福建通志》卷三十八《選舉六》、鄭王臣《莆風清籟集》卷三十二。

臨汀邸中待郭子謙明府

九龍山下客星老，夜砌寒蛩泣秋草。城頭漏板淋霜花，長鬚老奴嗆中惱。遊魂超忽返茅宅，露壓芭蕉月光澀。丈夫何事輕拋家，麻衫冷面無顏色。鴉啼凍沙蘼蕪死，鄞波帶澌向丁駛。官橋梅花古驛齊，長憶短憶淚如水。主人原是祝雞翁，姑溪口血灌君耳。但言倩剪翠華之輕雲，石苔滑滑油車根。莫將千斛舟中麥，不及一飯淮陰息。

箋〇作於天啓元年（1621）十二月，時作汀州（府治在今長汀縣）之遊。曹學佺有五律贈別，見《森軒詩稿》。

【臨汀】唐開元二十六年（738），開福、撫二州山洞置汀州。天寶元年（742），改為臨汀郡。乾元元年（758），復為汀州。見南宋胡太初、趙與沐《臨汀志·建置沿革》。後遂以臨汀作為汀州府之別稱。

【九龍山】即臥龍山，在汀州府治後，為郡之主山。見明黄仲昭《八閩通志》卷之八《地理》。

【郭子謙明府】名時鳴，字子謙。宣州（今安徽宣城）人。時任長汀知縣。見《問月樓詩一集》五言律《王景聖廣文招同郭環洲、沈中如、戴吉甫、陶汝觀集龍山草堂，得『長』字》。

聞鄰妓歌

黄昏漉簌寒街雨，抛書假寐撓雙戶。誰家嘈嘈醉淺紅，二十五弦推雁柱。鶯雛澀舌學囀聲，弄釧含羞弱如縷。幽窗細竹鳴寒蜩，風鈴帶雨搖烟塢。座客歡呼何太狂，江州司馬聞獨苦。儂家十五嫁王昌，山城花瘦春無主。為郎卸卻碧玉簪，半倚流蘇訴悲緒。鴛鴦雙棲夢不成，亂鴉叫破霜天曙。報道新知賈客又登樓，忙抱琵琶上馬去。

箋〇見上，當為遊汀不禮假託之作。

題烏石山圖

何人貌得青山老，懶石粘雲臥秋草。渡鵲橋危星欲流，浴鴉池寒烟不掃。無諸三山稱鼎立，我欲編題誰第一。遙看北麓等嶁嵧，俯視平臺亦卷石。平臺北麓遊蹤滿，寥寥不入丹青腕。筆底淩霄淡墨描，客來踏月深更返。描成片幅逼真境，臥遊且莫笑宗炳。野色都隨俗子過，山情獨許畫師領。吁嗟！此山閲人亦已久，車馬衣冠俱塵朽。摩崖今古數行詩，湊趣烟霞一杯酒。對君披圖重拂塵，吟魂忽欲穿花去。眼前敗意何茫茫，惟有烏石堪共語。

箋〇烏石山，在福州府城西南隅。唐天寶八年（749），敕名閩山。又名道山，為會城三山之一。有三十六奇，皆古跡。見乾隆《福州府志》卷之五《山川一》。

賣車行有序

壬戌秋仲後，訪鄱陽令。令、余同房年友，又至歡好也。至未兩日，輒鬻小輿而歸。因傷人情變態，作《賣車行》以資奇笑。

無諸八月秋光滿，杖屐追歡氣蕭散。登山無日不騷壇，待月有時呼酒伴。騷壇酒伴盡豪華，刻燭深更鼓再撾。但使旅懷長酩酊，不論秋氣冷蒹葭。蒹葭一夜秋霜白，飄零忽念遠遊客。攜將橐子薄于雲，買得車兒大如屐。小小車兒雙玉鉤，問君載得幾多愁。盤灘澀雨摩肩上，古驛寒雲馱醉遊。老奴叩車君何往，憑軸大笑指蒼莽。訪舊應同剡水船，浪遊詎學盧敖杖。此行遙出大江西，水滿芝岷路不迷。丹砂覓去尋仙令，賦草歸來背小奚。自嘲意興太狂謔，奴輩聞之欣跳躍。桃李同門信百年，鮑管分金准盈橐。誰識分金事已非，春風吹折桃李枝。齊門冷落吹竽客，杜老悲歌按劍詩。相知按劍疑白首，向日肝腸竟何有。寺裡徒飡卓錫泉，樽前亂擊唾壺口。人生失意亦可哀，欲歸不歸空徘徊。沈樓八詠悲無限，馮鋏三彈夢已灰。老奴勸我莫濡滯，不如賣車索歸計。丈夫各自有鬚眉，么么何事動睚眦。余聞奴言轉自吁，車兮往返當與俱。秋紈中道輕棄擲，歸篋從人問有無。嗟嗟小車安足惜，翻覆交情堪歎息。厭世君平悔已遲，依人王粲總非策。依人失路漫悲酸，人世行行蜀道難。雄心但看腰邊劍，短髮猶沖頭上冠。我今舍車返茅徑，白社何妨嘯歌興。請君試聽賣車行，酒伴清狂添笑柄。

箋〇作於天啓二年（1622）八月，時年崔世召五十六歲。

【鄱陽令】指孫伯清，與崔世召同科舉人。見下七律《順昌送孫伯清年兄令鄱陽》。

摩霄丹氣圖為方潛夫使君誕日壽

神山下拂海雲濕，刻秀堆藍插天立。秦嫗一去一千年，玉爐丹氣香堪浥。山頭老樹作龍吼，溪畔藍烟醮南斗。使君坐對崗陵清，海屋累累算遐壽。雙幡高擁秦嶼月，五馬曾踏峨眉雪。為政風流不可當，似比摩霄更孤絶。今日何日春風腆，試問蓬萊幾清淺。鯉背輕扶太姥軿，幔亭疑設曾孫宴。堂上神君眾父父，赤子歡歌慶初度。聞道丹成熟九還，百歲願為酡頭駐。

職方之京》。

箋○作於天啓二年（1622）春。方潛夫，即方孔炤，見上《題支雲巒別圖送方潛夫

山木上人來住薜荔園數月仲夏別余之溫州訪施刺史將為武夷結茆，詩以送之

溪頭柳暗午烟起，炎風蒸熟一池水。薜荔垂垂鳥聲死，君看車塵撲天地。去去行將欲何止，雁蕩峰連太姥山。雲鞋雨杖隨往還，故人況復神仙班。拈花對語且破顔，自言生身本閩浦。鐵山盈盈一莖草，煞手應歸幔亭老。乞得給孤檀修好，九曲殘霞為君掃。吁嗟君身長不滿五尺，揮麈談空髯如戟，世途踉蹌莫飛錫。何日虹橋駕雙翮，與爾了此一枰弈。

箋○作於天啓二年（1622）五月。

【山木上人】法名如融，南浦（今浦城縣）人。與福安劉中藻過從甚密，曾結生生庵於穆陽九潭，數年乃去。劉氏所輯《洞山九潭志》為其手訂。徐興公《紅雨樓集鰲峰文集》冊五有《寄山木上人》，曾異撰《紡授堂集》卷之五有七律《秋深送山木和尚還江山萬竹庵》。

【施刺史】施鵬，福唐（今福建福清）人。天啓間，任温州知府。見民國《温州府志》卷十七《職官·駐府》。《問月樓詩一集》有七言古《河西務舟中觀施長孺農部古卣賦贈》。同治、民國府志俱作『天啓五年（1625）任』，有誤。據《明熹宗實録》卷之五十九所載，天啓五年，施鵬以浙江温州府知府升廣東按察司副使、高肇兵備道。

題林仲復蘭露軒

東方星轉琉璃井，繞砌水痕弄柔影。入步暗香粘紗衣，主人看山騎馬歸。累累滿腦明珠垂，十洲九畹酣烟姿。碧簾古韻濕朝日，瘦梅團酥林逋宅。鶴唳三更細月天，滴露研朱點霞編。濯濯亂葉迸新鉤，有酒如澠潤吟喉。長篇短篇呼幽魂，爛醉高齋閑閉門。金聲墜地露華老，莫受俗物妒空妥。

箋〇【林仲復】會城（今福州市）人。陳薦夫亦有七古《題林仲復蘭露軒》，見《水明樓集》卷二。

題王刺史海邦永賴卷

秦溪水濺古壕冷，夜港潮喧縠秋影。女垣棲烏日腳昏，輪蹄愁斷山腰嶺。石淈建瓴淘遠磧，千年老沙噀海日。山雲欲墮麗譙災，五夜淹淹鼓聲寂。忽然地脈轉陽九，仙人伸出補天手。驅石平鋪十里堤，浦烟曉護玉龍走。龍津橋頭水南下，匏子河邊沉白馬。野湟瀰瀰奏玄圭，東入松山海波赭。海宫夜半月如畫，鐘鼓俄傳新刻漏。千尋樓閣抗柏梁，星斗當窗拂雲岫。有客獨馬踏莎路，長河水光馬頭注。登樓萬井低揭衣，茱萸盈尊供作賦。君看碧落夢天外，誰斷鰲足盤礪帶。神雀下游南陌洲，瀨鶒灘前歌永賴。方今靡盬多王事，河清孰比秦溪水。漏板沉沉點升平，社稷之臣合如此。

箋◯王刺史應指王運昌，天啓間任福寧知州。見下七律《壽王旭泰刺史誕日》。邵捷春亦有《題海邦永賴卷》五古，見《劍津集》詩卷之二。

鄒明府禱雨有應詩

君不見，孤洋石廣潭千尺，老龍水宫鼾白日。又不見，平麓開山古佛骨，十丈毫光護靈魄。往往上司雷雨施，下普蒸民紓震虩。歲在陽九火西流，夸父騎鰍吸泉脈。南山短鬼三尺驕，帝遣赤蛇焚草澤。尪巫仰天鼻息枯，小兒狂走呼蜥蜴。使君天縱神龍姿，道迎生佛歡嘖嘖。公來何暮徯其蘇，行部周循阡與陌。憫農大發淮陽倉，賑饑盡活翳桑瘠。以兹虔禱朝斗皇，親向空潭祈太液。叩佛寧辭跋涉勞，撤蓋屏騶遍幽僻。芒鞋路踏濃烟生，雲花滿地沾巾舄。亭午馬鬣灑洪濤，處處龜田抽甲圻。嗚呼！泥龍蜿蜒詎真神，佛骨千年訝來格。桑林六事總精誠，惟月從星俾離畢。呼龍為龍佛再生，補天手煉女媧石。漫說當春一縣花，即看滿野三岐麥。只今萬寓望商霖，直挽銀河劍光碧。

箋○【鄒明府】指鄒用章，宜黄（今屬江西）人。見《問月樓詩一集》七言律《喜鄒明府初蒞邑》。

【孤洋石廣潭千尺】指百丈龍潭，在寧德縣四都孤（菰）洋（今屬蕉城區金涵鄉）。潭有三井，上井險絶不可到，緣崖攀藤，僅到中井，禱雨有應。潭長百丈，故名。見嘉靖版《寧德縣志》卷一《山川》。

【平麓開山古佛骨】指周墩（今周寧縣）方廣寺平麓祖師。俗姓黄，寧德二十都梅溪（今屬蕉城區）人。從釋，法名平麓，歲旱，禱雨輒應。又稱方廣佛。見嘉靖版《寧德縣志》卷四《仙釋》、乾隆版《寧德縣志》卷二《建置志》。

南中丞公家有瀑園四十六景自製一記文境雙絶命予作賦，聊檃括若此

烏鼠山前水南迸，太華千巖秀爭競。中藏奇勝瀑為園，天與南公供嘯詠。瀑園之奇奇處處，登堂爽氣時來去。山川點綴亦經綸，總借留侯一雙箸。曰亭曰臺樓與閣，長廊窅徑難測度。桐松竹柏蔭川原，花實離離堪喜悅。柿葉庵前楊丫灣，芙蓉堤畔芍藥欄。池沼度橋穿塢嶼，山泉界道下岡巒。四時瞑霽分醒醉，菊英蘭露香幽邃。卻步獨吟坐息機，晞髮濯纓隨所至。霞畦烟渚雉澤深，鶯谷枳柴九折尋。多少精思勞位置，肯教俗物來氛侵。有時巖壑一懷古，坐與古人迭賓主。秦女峰頭攬玉奩，胡公陂上拖松麈。多情問圃復問農，千古周南賡豳風。山莊石澗娛春飲，樵牧牛羊落日同。此中玄韻孰與許，藻潔池痕紫光貯。綏山桃發杳欲仙，古洞雲生堪共語。行吟載入郎公村，贏得半日閑掩門。曼殊十笏停龕火，居士三生離垢園。日日開襟延真理，心即澄潭任起止。玉林清磬偶然聲，拜向蒲團證如是。可見南公天上人，功名蓋世逸其身。早知鐘鼎尋常事，別有山川不老春。自慚草茅沐明德，何時追步瀑園側。題詩醉挩南渭流，玄鶴叫破青天色。

箋○【南中丞】指南居益，字思受，號二太。渭南（今屬陝西）人。萬曆二十九年

（1601）進士。天啓三年（1623）二月，以都察院右副都御史巡撫福建。乾隆《福州府志》卷之四十六《名宦一》有傳。

【瀑園四十六景】天啓元年（1621），南居益以山西左布政使告歸，得瀑於老家沈川之西原，愛而買之，遂建瀑園，並撰《瀑園記》。見雍正《陝西通志》卷七十二《古跡第二·園林》。

律詩　五言

浮山堂和福唐葉相公雨中眺詠四韻

江湖懸闕意，出處總關愁。雨擁東山屐，風牽剡水舟。地形隨軸轉，林影入杯浮。

千載洪陂上，瓊題紀壯遊。

其二

石君如戀別，因倩雨為留。觀漲迷前路，排雲獨上樓。徵書連日急，烽火幾時休。莽莽江波惡，全憑傅說舟。

其三

好雨清車腳，名園暫解愁。非君饒道骨，誰與共仙舟。樹翠渾疑沐，山空果欲浮。憂時俱有淚，抵掌在斯遊。

其四

雲臥何曾穩，星馳亦暫留。彌天多黯氣，直北有高樓。五餌供談笑，三朝寄戚休。淋漓風雨夜，若個不同舟。

箋〇作於天啓元年（1621）十一月，將發臨汀，過石倉園。

【浮山堂】在侯官縣（今屬福州）洪塘妙峰山下，為曹學佺石倉園勝景之一，曹學佺有《自題浮山堂》五絶。見乾隆《福州府志》卷之二十一《第宅園亭一》。

【福唐葉相公】指葉向高，字進卿，號臺山。福唐（今福清市）人。萬曆十一年（1583）進士，歷任南京國子監司業、左中允。萬曆三十五年（1607），升禮部尚書兼東閣大學士。《明史》列傳卷一百二十八有傳。

【雲臥何曾穩，星馳亦暫留】天啓元年（1621）十月，葉向高家居七年後被朝廷重新起用，晉中極殿大學士，第三次出任首輔。見《明熹宗實録》卷之十五。

將發臨汀過森軒與曹能始話别

到此日雲夕，相過未掩關。雲深揚子宅，烟亂米家山。去棹丁流急，殘燈丙夜還。

困江明發夢，應伴水鷗閑。

箋〇見上。

【森軒】在石倉園，萬曆四十八年（1620）構建。

校〇

【應伴水鷗閑】水鷗，曹學佺《森軒詩稿》作『白鷗』。

又用前韻

野徑雲常懶，柴門晝不關。亭開三面水，澗隔兩條山。飽墨從人乞，輕舠送客還。能無生妒你，林下忒清閒。

校○

【飽墨從人乞】從人乞，曹學佺《淼軒詩稿》作『供人乞』。

過建陽訪江仲謩不遇

去秋雖把臂，翻恨識荊遲。筆羨花生夜，詩慚楓落時。薄遊空剝琢，佳會竟差池。寂寂霜潭月，愁心寄與知。

箋○【江仲謩】名左玄，建陽（今屬南平市）人。著有《筆花樓集》《波餘草》《火後稿》，後者閩縣陳勳、徐兴公為序。曹學佺《石倉歷代詩選》收其作品。徐氏《筆精》另有『江仲漁』者，為崇安（今武夷山市）諸生。郭柏蒼以其非同一人，見《全閩詩録》卷三十八《萬曆朝九》。

旅中朱顒良見過小飲促别二首

與爾論交誼，通家自考亭。十年星漢邈，雙鬢雪霜經。短褐辜懷玉，藏書富殺青。近來知厭世，長醉不須醒。

其二

乍逢相勞苦，嗚咽不能言。季子貧愈劇，狂奴態尚存。一杯留把袂，兩字囑加餐。但約歸韜日，新詩細共繙。

箋○【朱顒良】名弘衍，建陽（今屬南平）人。江仲漁有《懷朱漁父》七律，或同指一人。見郭柏蒼《全閩詩録》卷三十八《萬曆朝九》。

喜商孟和至余小樓將訪史羽明别駕兼與超宗上人有支提之行，詩以送之

約我已云久，茲來慰所懷。交情何太淡，月色問誰佳。詩貯奚奴背，山遊老衲偕。前途有知己，不費兩芒鞋。

箋○作於天啓二年（1622）四月。商孟和、超宗上人，見上《超宗和尚建六度社説法臺》。

【史羽明別駕】疑即史伸，時任福寧州通判。見乾隆《福宁府志》卷之十五《秩官志》。商梅《那庵詩選》卷二十六有五律《五日客壽山僧房柬史羽明》三首。

過徐二綠玉齋

從來高士榻，應對此君居。真不令人俗，能無與世疏。幽雲香徑宿，碎月夜窗虚。安得頻看竹，巡簷檢異書。

箋○徐二，指徐𤊹。綠玉齋，在會城鰲峰坊，為徐氏藏書樓。見乾隆《福州府志》卷之二十一《第宅園亭一》。

陳叔度鄭孟麟二社丈旅中小集

與君同作客，竟日恣盤桓。話許千秋合，詩嚴片字彈。絡頭牛馬夢，捫腹黍雞餐。莫怪尊前戀，交盟世易寒。

箋〇作於天啓元年（1621），重遊九鯉湖，遇陳、鄭於途。【陳叔度】名鴻，侯官（今屬福州）人。見《問月樓詩一集》五言古《飲高景倩席上，賦得「浮雲如車蓋」，同曹能始、張維誠、陳汝翔、王粹夫、徐興公、陳叔度分韻得八齊》。【鄭孟麟】名邦祥，初名紱，字孟麟。閩縣（今屬福州）人。萬曆間副舉人。為謝在杭妹婿。見郭柏蒼《全閩詩録》卷四十一《萬曆朝十二》。

林諮伯大司成年伯招集南溪賦得四韻

昔人開此地，若為謝公留。雙屐高前齒，千溪迸上頭。崩濤循石轉，危嶂曳花幽。隱約橋西路，嵐烟貯一樓。

其二

絶壑幽棲處，閑窩日上遲。人依龍樹老，溪學鯉湖奇。竹裡詩朋滿，蓮邊淨侶隨。天門舒一嘯，肯許世情知。

其　三

文章高斗北，風景占溪南。納納穿雲入，層層得月含。樓橫孤鶴舍，臺近懶龍潭。眼底神仙是，何勞費口談。

其　四

鳳凰山下路，翡翠水中天。得此才經歲，悠然足百年。傳杯喧晉謔，臨水注唐箋。無限滄浪興，惟應選石眠。

箋〇作於天啓元年（1621），時林堯俞以丁內外艱，守服家居。見泰昌官修《禮部志稿》卷四十二《歷官表》。

【林諮伯】名堯俞，字諮伯，號兼宇。莆陽（今莆田市）人。萬曆十七年（1589）進士，授庶吉士，時以國子監祭酒家居。見雍正《福建通志》卷四十四《人物二・興化府》。

【南溪】又稱南溪草堂，在莆田廣化寺後三里，爲林堯俞所建別業。見乾隆《興化府莆田縣志》卷一《輿地志》。清鄭王臣《莆風清籟集》卷二十九引《蘭陔詩話》：『吾鄉前賢歸田後，多築郊野，如郭尚書之鍾潭，曾侍郎之棠坡，彭侍郎之柳橋，林尚書之南溪。』

鄭廷占病足以詩見貽用韻答之

別爾經年久，惟餘意氣親。馬蹄南北走，魚腹往來頻。彩筆虛知己，藍輿學古人。新詩如滿楮，莫厭鬢成銀。

箋〇鄭廷占，寧德人。疑即謝肇淛《太姥山志》所記之『鄭世魁』，有文名，《太姥山志》存詩四首。著有《洞天外史》詩畫冊，胞兄世良（字廷介，泉州訓導）持以示南大宗伯黄鳳翔，得其序歸。鄭世良，民國《東井崔氏族譜》作縣城『小東門』人。

叔度孟麟先歸三山各以詩為別用韻送之

聞說先歸去，銷魂坐夕陰。回帆遊子夢，分袂故人心。九漈緣何淺，三秋恨轉深。從兹君別後，若個是知音。送陳叔度，時叔度以病瘍未遊九鯉。

烟水蒲中路，來遊第幾遭。情知同客好，翻恨別魂勞。拓落看龍劍，悲歌付馬槽。惟餘佳句好，傳誦鷓鴣高。送鄭孟麟。

箋○作於天啓元年（1621）秋。鄭邦祥有七律《同陳叔度游九潹初宿吴山》，當紀此行。見清郭柏蒼《全閩明詩傳》卷四十一《萬曆朝十二》。

夢游九鯉鯉湖余至兩度矣，兹頗倦遊而每每夢及，詩以紀之

寺門圍翠靄，只尺近仙家。枕度三更月，魂摇九潹霞。長房疑縮地，漢使訝乘槎。浪説迷津口，桃源事可誇。

箋○【鯉湖余至兩度矣】崔世召于萬曆三十年（1602）初遊九鯉湖，徐興公以詩送歸，見《鼇峰集》卷之十。另見附録。

送陳俊侯王君燦歸吴興

天涯欣聚首，野刹洽論心。不淺客緣好，其如秋氣陰。哀蟬愁遠樹，倦鳥憶歸林。老我支山麓，思君霅水潯。

箋○作於天啓元年（1621）秋。

【霅水】湖州别稱。以境内有霅水，故名。見唐李吉甫《元和郡縣志》卷二十六

《江南道·湖州吳興上》。

八月九日觀傀儡憶棘闈初試時天啓元年也

沖聖開科日，群英射策秋。川雲皆作畫，海月倍含樓。鮑老當筵舞，霓裳昔日遊。人間總戲局，對酒不成愁。

囦關阻舟待閘訪商孟和不遇

扁舟維水口，待閘泊山腰。思急難飛渡，顏頹任見譙。始知津吏貴，翻恨故人遙。世路行行是，題詩破寂寥。

箋〇作於天啓元年（1621）十二月。

【囦關】即水口關，在古田縣一都（今古田縣水口鎮）。上下舟楫，恒泊於此，為北上出省之噤喉。見乾隆《福州府志》卷之六《山川二》。

同吴去塵、陳惟秦、鄭吉甫、徐興公、高景倩集陳叔度秋室賦

僻巷秋為室，孤吟雪是詩。多君豪爽處，對客醉喧時。貧豈能投轄，狂來盡倒卮。座中詞賦滿，誰不解人頤。

箋〇【吴去塵】名拭，號古雪道人。休寧（今屬安徽）人。性豪縱，為詩清古澹雋，工書畫，尤以制墨名聞天下。見錢謙益《列朝詩集小傳》丁集下、雍正《江南通志》卷一百六十九《人物志·隱逸二》。

【陳惟秦】名仲溱，懷安（今屬福州）人。萬曆中布衣。見乾隆《福州府志》卷之六十《人物十二·文苑》。

【鄭吉甫】名憲，吉甫其字，閩縣（今福州市區）人。萬曆十九年（1591）進士，歷任臨江府教授，鎮遠知縣。見乾隆《福州府志》卷之四十《選舉五》。與徐興公交厚，《鰲峰集》卷之七有七言古體《為鄭吉甫題風木遐思圖》，卷之八有《送鄭吉甫北上》。

校〇

【解人頤】底本原有原批註：使人矣曰『解頤』。漢匡衡好學。注：匡衡家貧，前漢元帝時為相。諸儒語曰：『無說詩，匡鼎來。』注：鼎，鐺也。方也謂：『無人說

詩，則匡衡當來也。』當此之際，匡衡尤未為相，『匡說詩，解人頤。』

舟次劍浦不寐

劍浦維舟夜，羈愁度小年。未能成蝶夢，但覺伴龍眠。候火喧津口，灘聲戀枕邊。推篷翻作惡，卯色五更天。

箋○作於天啓元年（1621）腊月二十三，时客延平。

【劍浦】在延平府（今南平市）。西晉張華、雷煥所佩名劍於延平津合而化龍，故而得名。五代南唐設劍州，宋改南劍。後作為南平之雅稱。見民國《南平縣志》附録《歷代沿革表第二》。

舟中夜雪和廖淳之韻

密地迷天夜，頹沙峭石邊。風粘一葉棹，雪攬五更眠。剪絮飄來亂，敲篷聽處偏。贏將詩滿篋，得似米家船。

箋○【廖淳之】名淳，字淳之。清流（今屬三明市）人。縣學諸生。工詞賦，交遊半天下。民國《清流縣志》卷之二十一《文苑》有傳。

陳彥質文學以扇頭詩見貽次和時余將子赴試故及之

敢說解人頤，行藏只自知。歡場逢好友，公事了癡兒。乍吸金莖露，因憐玉樹枝。月明秋正滿，披拂影離離。

箋〇【陳彥質】名人文，字彥質。莆陽（今莆田市）人。萬曆中諸生。見清鄭王臣《莆風清籟集》卷二十九。明陳子壯有五律《贈陳彥質歸閩》，見《陳文忠公遺集》卷之三。

中秋前五日王永啓、鄭汝交、林異卿，招同臧幼偓、徐興公集野意亭，時幼偓次日有九鯉之行

去歲傳杯地，茲焉復勝遊。如何頻結社，未有不逢秋。漸與松風狎，還為桂魄留。鯉湖山色好，同向月明收。

箋〇作於天啓二年（1622）八月十六。

【王永啓】名宇，字永啓。閩縣（今屬福州）人。萬曆三十八年（1610）進士，歷

官南京兵部武選司員外郎，擢山東提學參議。乾隆《福州府志》卷之六十《人物十二・文苑》有傳。

【鄭汝交】名邦泰，汝（與）交其字。閩縣（今屬福州）人。萬曆四十六年（1618）舉人，曾任江西瑞州府、廣西郁林知州。見乾隆《福州府志》卷之四十《選舉五》、雍正《廣西通志》卷五十五《秩官》。陳一元有《曹能始觀察、徐惟起山人、鄭汝交孝廉、鄭夢麟文學芋江話別賦謝》，徐興公有《鄭汝交五十九初度》（首句『身是行春五馬侯，郁林奇石載歸舟』），見清郭柏蒼《全閩明詩傳》卷三十七、卷四十。

【林異卿】名寵，字異卿。縣學生員。閩縣（今屬福州）人。工楷書，福州題榜多出其手，寸紙片字，人爭重之。乾隆《福州府志》卷之六十三《人物十六・藝術》有傳。崔世召孫崔神童墓誌即出其手。

【臧幼惺】名煦如，湖州長興（今屬浙江）人。廣西按察僉事臧懋中幼子，南京國子博士臧懋循堂侄。以恩蔭授上林苑監正。見嘉慶《長興縣志》卷十八《選舉》。曹學佺《林亭集》有《除夕同范穆其、吳去塵、臧幼惺、孟嘉孔表二兒守歲》。

【野意亭】在福州府城九仙山（今于山風景區）之南。建炎四年（1130），建州范汝為叛，為參政孟庾、少師韓世忠所蕩平。閩人德之，立像於其亭。見南宋梁克家《三山志》卷第三十三《寺觀類一》。

陳長源招同商孟和、陳叔全集飲據梧齋待月，時長源病新愈

陳遵原愛客，卜夜倒清酤。病起猶驚座，吟成但據梧。簾含雲氣重，花引月痕孤。此處堪逃俗，吾將伴酒徒。

箋○作於天啓二年（1622）中秋前後。

【陳長源】名玔，侯官（今屬福州）人，布衣。工於集句，有《宫閨組韻》。見清梁章鉅《楹聯叢話全編·巧對補録》。商梅《那庵全集》卷三十四有五古《秋日過陳長源齋中寫西國紙並題》。

【陳叔全】生平不詳。曹學佺《石倉詩稿》卷二十八《林亭詩稿》有五律《吴兆聖、陳叔全同余元遇寓芝山將行作此送之》。

哭張叔弢六首俱用十五刪韻

秦川遺一老，未説淚先潸。屋月存顔色，溪雲斷往還。憑誰追北海，不忍過南山。或恐成仙去，弢園蜕影閑。叔弢與余結溪雲社。

其二

雖然丘壑裏，點綴未曾閑。玩世何時足，辭家驟爾還。薄田歸宿債，弱子戀遺顔。所喜詩篇滿，臨池手自删。

其三

解骰原了語，胡乃為庵顔。一字遂成讖，十年長夢閑。赤松通世誼，白馬赴幽關。對爾烏烏恨，人琴兩可潸。

其四

生來有異骨，到老不酸慳。醉草摹顛米，穿花戲小蠻。溘然朝露盡，幸卻水雲閑。青士藹邊竹，為君淚染斑。

其五

宦情何拓落，黑鬢早投閑。旭聖前身似，坡仙若是班。草荒清嘯石，水咽曲池灣。

山半松風響，猶疑鶴夜還。

其　六

學道晚愈透，全歸氣自閑。冥冥皆治命，語語入禪關。論許蓋棺定，神應載筆還。敝廬歸計好，撒手是南山。

箋○作於天啓元年（1621）。張叔弢卒年見徐𤊹《紅雨樓集·鰲峰文集》冊七《寄張公子》。張叔弢，即張大光，見《問月樓詩一集》七言律《張叔弢南山敝廬》。

寄葉元善五十壽

想到西溪水，鸞棲願不違。彩毫供判牘，黑鬢遂初衣。百歲藏春半，千山醉月歸。平生多快事，安用說知非。

箋○【葉元善】生平不詳。首句「西溪」應指壽寧西溪（犀溪），葉氏為該鄉大姓，則元善當為壽寧人，查民國《北浦葉氏族譜》，未見記載。

送屠少伯明府之任黔中三首

高才胡不偶，一宦滯山城。感爾哦松意，添余折柳情。飛凫仙舄遠，叱馭鬼方行。何物關離恨，春山杜宇鳴。

其　二

烽塵愁滿眼，萬里入黔天。人意爭為惜，余言殊不然。古來循吏傳，功在治安篇。躍馬從茲去，長纓系左賢。

其　三

薄俗交堪絶，深心世外論。千秋逢鮑叔，一飯重王孫。雨咽征車澀，愁凝別酒渾。壯游臨遠道，不敢說銷魂。

箋〇【屠少伯】名明弼，號繡虎。秀水（今屬浙江）人。萬曆間貢生。萬曆末，任寧德縣丞，升貴州湄潭知縣。見道光《嘉興府志》卷二十二《選舉志二》、康熙《貴州通志》卷十七《秩官》。

仲春蕭太真、柯無瑕鳳山小集得方字

有客貪春事，攜閑到上方。階痕凝暝淨，塔影靠雲蒼。鼎足雄分壘，壚頭醉共觴。羈棲何所累，詩債逼人忙。

箋○作於天啓三年（1623）二月，应戴吉甫之邀，寓莆田。

【蕭太真】莆田人，生平不詳。

【柯無瑕】名士璜，無瑕其字。莆陽（今莆田市）人。萬曆中布衣。善畫花鳥，見清鄭王臣《莆風清籟集》卷三十一。

【鳳山】在興化府城左廂（今莆田城區），由梅峰分脈。明學士豐熙與邑人方良永、鄭岳、林茂達曾共作山澤之遊。見乾隆《興化府莆田縣志》卷一《輿地》。

題翁壽如小影送還建安兼懷壽承

作意看眉宇，清狂過爾兄。千山隨筆滿，一笠御風輕。傲骨應難貌，橫江不可行。武夷丘壑好，盡足了平生。

箋○翁壽如、壽承，見《問月樓詩一集》五言律《送翁壽承之通河》。

集吉甫齋頭同黄若木、蘇犓英、林伯珪、戴昭甫、綽甫分賦得周字限五言律

雅集當春好，翛然散旅愁。片帆寒剡泛，五斗夜髡留。野獻疏花嫩，溪圍古樹周。眼前詩料富，隨意點滄洲。

箋○【黄若木】名光，字若木，莆陽（今莆田市）人。天啓七年（1627）舉人，授來安知縣。見鄭王臣《莆風清籟集》卷三十四。《問月樓啓集》為其所校。

【蘇犓英】疑即蘇叔雋，莆田巖泚（今屬莆田涵江區）人，新會知縣蘇眉山次子。天啓間，以歲貢授寶坻訓導。見乾隆《莆田縣志》卷十四《選舉》，另見謝肇淛《小草齋文集》卷之十八《新會令蘇公暨配盧孺人合葬墓誌銘》。《小草齋集》卷之二十二有《蘇漢英太學手狀索其先公志銘賦答》，漢英當指叔雋胞兄元雋，則犓英為叔雋無疑。

仲夏既望雨集踏潮橋得生字

豈有淩空足，乘潮踏浪行。雨深炎欲去，月暗魄將生。照水疑楂影，呼瓊近柝聲。夜闌渾不覺，坐待溜痕平。

箋〇作於天啓三年（1623）五月十六。

夏日同陳倚玉、歌者時秀過林雲麓山居看楊梅值主人先匿詩以嘲之

此地憑誰到，相將襬襶俱。扣門雲不閉，倚竹暑如無。啞鳥驚歌扇，酸梅送酒壺。避人君莫笑，處士本名逋。

箋〇陳倚玉，寧德人，見《問月樓詩一集》七言律《己未清明日同張叔弢、陳伯禹、延祖、倚玉、趙宗卿集飲靈溪寺分得虞韻》。

燃犀圖為鄒體素明府題

危石俯江流，寒濤樹樹秋。神犀傳昔焰，鬼府至今愁。夜月磨金鏡，霜天射鐵鏃。

臣心清似水，不與察淵侔。

箋〇鄒體素，即鄒用章。見《問月樓詩一集》七言律《喜鄒明府初涖邑》。

送姚玄叔歸武林

世路艱如棘，君胡南北奔。一莊荒陸氏，雙鋏咽齊門。棹澀寒空返，囊輕日易昏。六橋春草綠，莫待憶王孫。

箋〇姚玄叔，武林（今浙江杭州）人。與山陰祁彪佳友善，《祁彪佳日記》多處提及。

為普陀僧湛如題像

渡海何年到，禪宗信手拈。胡然留色相，以此現莊嚴。錫掛三千界，函懸八萬簽。為君參了理，一味黑中甜。

箋〇湛如，生平不詳。徐𤊹《慢亭集》卷六有五律《都門逢湛如和尚》，似同一人。

同張紹和、陳泰始、張凱甫集徐興公綠玉齋共得平字限五言近體

忽然離溽暑，復此慰交盟。倩得一林綠，談消十載情。風翻書幌富，雲擁石床平。了不關人事，茶功戰水聲。

箋〇作於天啓四年（1624）五月十七，見張燮《群玉樓集》卷之十《徐興公招同崔徵仲、陳泰始集綠玉齋，壘兒偕，賦共用平字》。

【張紹和】名燮，號汰沃，紹和其字。龍溪（今龍海市）人。萬曆二十二年（1594）舉人。結社芝山之麓，與蔣孟育、高克正、林茂桂等稱七才子。著有《東西洋考》。道光《福建通志》卷二百之六《人物》有傳，附伯父廷棟後。

【陳泰始】名一元，字泰始。侯官（今福州市區）人。萬曆二十九年（1601）進士，知四會縣，歷官至應天府丞。民國《福建通志》列傳卷二十八有傳。《問月樓詩二集》為一元所校。

【張凱甫】名于壘，字凱甫，張燮四子。七歲能詩，時號神童。年二十二而歿，郡人為立幼清祠。道光《福建通志》附其傳于父後。

再集馬季聲醉書軒共得開簧二字限五言律

小徑穿花暗，芳筵倚石開。知君沉醉意，攜我宿酲來。細草皆書帶，幽雲泊酒杯。詩篇太狼藉，未免木為災。

其　二

為官嗟偃蹇，愛客倍尋常。賦久傳鸚鵡，貧應典驌霜。清言高舉屐，韻事足浮觴。咄咄休書字，新蟬到晚簧。

箋〇作於天啓四年（1624）五月，見張燮《群玉樓集》卷之十《馬季聲招飲醉書軒，同徐興公、崔徵仲、陳泰始、鄭與交、陳叔度、高景倩及壘兒在坐，同用開簧二字》。

題呂潛中小像

潛見個中理，藏鉤任所探。霞容圖未展，香韻鼻先參。品許今人古，名空北斗南。博山樓上月，兩兩對清酣。

箋○呂潛中，生平不詳。張燮《群玉樓集》卷之十三有《呂潛中招同袁稺圭、鄭方叔、王子謨宴集山房，分得從字》，徐興公《鰲峰集》卷十九有《為呂潛中悼亡》。

客三山初度七月廿七日也，先一日為南中丞壽辰招飲，時余將北上

浮生何落落，強半客中經。慚並中丞日，欣占太史星。蒹葭秋漸冷，筆研老逾靈。借取尊前意，逢人放眼青。

箋○作於天啓四年（1624）七月二十七日，時年五十七歲。

【客三山初度】崔世召生辰另有七月二十八一說，見附録謝肇淛撰《崔徵仲像贊》。

律詩　七言

辛酉天啓改元正月四日貴竹紀廣文同諸社友集知魚檻時紅梅盛開分賦，分得一東韻

危欄徙倚女牆東，分外恩波到霍童。天子元符雙闕始，夜郎詞客一樽同。月當獻歲

生明後，人在濠梁樂趣中。又是一回春色鬧，梅花作賦許誰工。

箋○作於天啓元年（1621）正月初四。蔡世寓《西園集》亦有七言律詩《天啓改元之四日，與紀庠師集崔仲愛知魚檻分得生字》。

【貴竹紀廣文】紀嘉諫，雲南烏撒衛（今貴州畢節、芒部一帶）人。萬曆間任寧德訓導。見乾隆《寧德縣志》卷之三《秩官志》。

題支提圖為熊良孺觀察七月誕辰壽

名山深擁翠微重，誰占秋烟七十峰。一自輶軒留好句，祇今幽壑紀仙蹤。星聯南極長生籙，雲供東瀛不老松。況復清時籌海靜，月明應進紫霞鐘。

箋○應作於天啓元年（1621）七月。

方潛夫刺史招飲東庵賦詩扇頭見贈，用韻奉和二首

野刹蕭森翠一圈，松崗高控萬峰巔。傳杯坐愛無雙地，傾蓋欣逢有二天。斜日荒臺誰是主，百年空谷此蛩然。夜闌歸暝騶聲靜，嚴柝城頭散暮烟。

其二

傍郭空林萬樹愁，使君文彩媚清秋。專符獨冠諸侯望，愛客能分眾壑幽。共識家聲行避馬，怪來寶氣夜連牛。披雲夢繞藍溪水，尚擬春明十日留。

箋〇作於天啓元年（1621），應知州方孔炤邀，赴州城。

【東庵】即龍首庵，一名石澗堂，在州城北門外（今霞浦城區）。正德十六年（1521）建。舊有亭，勒朱晦翁『白雲深處』四字。見民國《霞浦縣志》卷之八《名勝志》。

蔡達卿為其祖崇德令遺事求詩卷用原韻賦

語兒涇口暝烟寒，惆悵孤城保障難。百雉艱危傳父老，千秋香火祝郎官。令威華表魂應返，峴首豐碑淚未殘。賴有神駒能步武，夕陽吟罷夢粗安。

箋〇**【蔡達卿】**名可升，閩縣（今屬福州）人。萬曆四十年（1612）舉人，授平陰知縣。見乾隆《福州府志》卷之四十《選舉五》。

【其祖崇德令】蔡可升祖父本端，字幼貞，嘉靖三十二年（1553）進士，授崇德（今浙江桐鄉）知縣。見乾隆《福州府志》卷之三十九《選舉四》。

東皋芝隱卷為陶重父老師題

萋萋草滿不其城，高足相呼愧此情。千里鰲湖勞夢寐，百年象郡頌神明。東皋結伴惟王績，西漢傳經有伏生。但得駐顏靈藥就，坐聽梅嶺紫簫聲。

箋○陶重父，指陶宗器。見《問月樓詩一集》七言律《冬至前一日陶重父先生席中賦得「山意沖寒欲放梅」》。

送熊觀察移鎮建南

牙旗閑控古秦州，海日山雲共一樓。太姥朝驚鋃不律，將軍夜臥鐵兜鍪。方縈國士千秋夢，又拍仙人九曲游。到日黄華高處望，隔溪春樹思悠悠。

箋○建南，指建寧府（今閩北建陽、建甌一帶）。泰昌元年（1620）九月，熊明遇由福寧移署建寧道。見熊明遇《文直行書·卷之前》引章士鴻撰《文直先生傳》。

吴光卿之任柳城過余問月樓言別用韻贈送

黄花開近小春陽，送子驅車過故鄉。六印淹來官舍冷，雙鳧飛去粤山長。交情只問樓頭月，壯志休論鬢上霜。況是柳侯弦誦地，才名千古遠相望。

箋〇應作於泰昌元年（1620）十月。

【吴光卿】名仕訓，時由福安教諭升柳城知縣。見《問月樓詩一集》七言律《吴光卿廣文招同張維誠明府宴集陳氏園亭分得樓字》。

暮春送盧熙民還劍浦時余初讀禮

崔盧原屬並家聲，與爾烟霞早結盟。囊挾鼎文皆鳥篆，劍攜延水本龍精。山中白石歌中爛，筆裏青山醉裏生。淚眼不堪添別恨，明朝腸斷子規聲。

箋〇作於天啓元年（1621）三月，時母龔氏方卒。參看徐興公《紅雨樓集·鰲峰文集》册十《祭寧德崔太母文》。

【盧熙民】順昌（今屬南平市）人，工繪畫，久客榕城。後因事往福安，得徐興公薦，與世召相識。見附録《徐興公尺牘》。商梅有五律《阻雨溪上尋盧熙民若木兄弟》，見《那庵詩選》卷三十五。

校○首尾兩句重韻。

客莆陽喜逢陳叔度鄭孟麟

十載遊蹤夢杳然，重來長揖九何仙。蒯緱笑我烟雲老，萍梗逢君夜雨聯。病骨難銷湖海氣，新詩爭誦鷓鴣篇。炎天僧舍涼如水，且把行藏付醉眠。

箋○作於天啓元年（1621）夏，見上五言律詩《陳叔度鄭孟麟二社丈旅中小集》。

夏過葉翼堂年丈靜者居

何來簾外逆風薰，消息惟應靜者聞。吏隱半林驅襏襫，禪棲斗室領氤氲。月華欲湊花間韻，雲氣能生石上紋。許我追隨清課否，芙蓉舌本總輸君。

箋○【葉翼堂年丈】指葉九節，莆陽人，以納粟入監授光祿署丞。子天陛，與崔世召同科舉人。見乾隆《興化府莆田縣志》卷十四《選舉》之『例監』『封贈』條。

送林懋進省試

少年握筆擅才華，十丈紅綃護夢花。寶匣自鳴雙劍雨，丹砂應飽九仙霞。秋高桂影香輪輾，街暝榕陰細樂嘩。好擘側生閑對酒，七閩簪組半君家。

箋○【林懋進】莆田人。

七夕同趙十五集蕭太真齋頭步月城上分賦得妝字

花竹蒙茸覆曲房，琴書潦倒醉秋光。欣逢素友開新社，正值黃姑度晚妝。天鼓河邊星不夜，瓦鈴城畔月如霜。年年此夕尋常會，翻笑人間作客忙。莆俗家家搖瓦鈴以招織女。

箋○【趙十五】名珣，字枝斯，又名之璧，十五其字。莆陽人。萬曆中布衣。晚年客死三山，與陳鴻俱葬郡城西郊。見鄭王臣《莆風清籟集》卷二十八。

【莆俗家家搖瓦鈴以招織女】莆田風俗，每歲七夕稚子爭擊瓦缶於庭。見乾隆《興化莆田縣志》卷二《輿地·風俗》。

王嶠海司李見示太姥山記賦贈

當年豪氣逼秋冥，黑髮歸來斷酒腥。濟勝祇餘雙隻屐，隨身惟有一函經。敲雲叫月新功課，判水批山舊典型。裁罷赤書寄仙媪，萬峰俱作佛頭青。

箋○【王嶠海】名錫侯，字康國，嶠海其號。福唐（今福清市）人，萬曆十七年（1589）進士，廣東順德府推官。傳見乾隆《福清縣志》卷之十四《人物・循良》。【太姥山記】指萬曆間福寧知州史起欽所修《太姥山志》，一卷本，已佚。見清永瑢、紀昀編《四庫全書總目提要》。黄虞稷《千頃堂書目》卷八《地理類下》作三卷。

至崇安求先族杳無知者愀焉志感

遙遙家傍武夷宫，有宋鹽官住霍童。先乘三朝傳故梓，聞孫千里拜遺弓。雲迷荒壟無人識，路隔仙源祇夢通。今古興衰何足恨，吾儕誰許亢門風。

箋○作於天啓二年（1622）秋。

【有宋鹽官住霍童】北宋明道元年（1032），崔氏始祖提舉公，由崇安（今武夷山市）來任寧德鹽官，後卜居縣城東井境。見民國《東井崔氏族譜》所載十五世祖侹公譜序。

校〇

【遥遥家傍武夷宫】民國二十二年（1933）癸酉霍童黄以褒主修《東井崔氏族譜》引《問月樓集》，『家』作『來』。

【有宋鹽官住霍童】民國族譜，『住』作『任』。

徵伯兄來年六旬茲九月初二其誕辰也，客中憶及詩以寄懷

鶺鴒原上草如苔，遊子離魂黯不回。仲智火攻慚下策，田家荊聚比同胎。他鄉檢曆初周甲，此日懸弧正舉杯。祇恐黄花佳節近，莫將衰骨强登臺。

箋〇作於天啓二年（1622）九月初二。

【徵伯兄】指崔世召胞兄世聘，字徵伯，號衡嶽。邑庠生。生於嘉靖四十三年（1564）甲子歲，見民國《東井崔氏族譜》。

聞張老師罷官惻焉有賦

去年縞服過師門，馮鋏三彈不忍言。九㴽何君虛紀夢，千秋國士總銜恩。素絲正重清時節，薏苡誰明白日冤。見說循良搜實録，史官直筆可能存。

箋〇張老師，指張南翀，時以興化知府罷官。見《問月樓詩集之一》七言律《寄莆郡守張海老座師》。

自　嘲

羞將星運問神咸，十載依然著布衫。薄命馬蹄長碌簇，餐書魚腹久枵饞。胸横憤世愁千斛，袖挾干人疏一函。鬢髮星星顔作繭，怕聞奴輩語詀諵。

解　嘲

且向風前按阮咸，秋光如練照征衫。戈矛變態交情薄，簞豆慳貪世口饞。路過丹臺成舊夢，書藏石室發新函。小樓歸卧芭蕉月，淺酌圍爐笑語喃。

過戴吉甫宅賦贈

姑水雞盟憶昔年，登臺拍掌荔支天。剡溪有興應難盡，徐榻何人得共懸。問世半生驚似夢，感時雙淚湧如泉。只今宵旰需才急，讓爾揚鑣着祖鞭。

箋○【姑水】見上《王景聖廣文招同郭環洲、沈中如、戴吉甫、陶汝觀集龍山草堂，得長字》。

同黃若木集吉甫齋頭贈若木與余結社瑤華二十年往

落落顛毛世上塵，相逢把酒各沾巾。名傳江夏無雙士，交歷星霜有幾人。斜月横山歸路暝，中霄欹枕夢魂親。與君記取悲歌意，吾舌猶存定不貧。

箋○【黃若木】名光，莆陽（今莆田）人。見上《集吉甫齋頭，同黃若木、蘇雉英、林伯珪、戴昭甫、綽甫分賦，得周字限五言律》。

【結社瑤華】指瑤華社，結于萬曆三十一年（1603）中元節前後，由趙世顯、曹學佺等主盟，全閩詞客四十餘人皆來會。見趙世顯《芝園稿》卷之四七言古詩《瑤華社集》。

題葉懋緡明府拜石壇

風流載石自何年，片片摩挲費手編。如此峆岈當得拜，忽然傾倒任呼顛。峰危似倩雲扶起，徑窄應招月到先。愛煞海棠花歷亂，蔓金苔繡古壇前。

箋○【葉懋緡明府】名天陛，字懋緡，九節子。萬曆三十七年（1609）與崔世召同科中舉。萬曆四十四年（1616）進士，授廣信知府。見乾隆《興化莆田縣志》卷十三《選舉》。另見上七言律詩《夏過葉翼堂年丈靜者居》。

壽莆田令君徐君義誕日二首

天外雙飛化舄鳧，應知仙令領仙都。輪山舊種河陽錦，蘭水新還合浦珠。制府烟樓開節鉞，蓬瀛雲島掛桑弧。不須更獻崗陵頌，嵩祝遙聞遍海隅。

其　二

殷勤更進紱麟編，百里歡聲鬧綺筵。大痦四時應在夏，生申一日永如年。爛柯局裏南風競，乘鯉湖邊北斗懸。早晚聖明需補袞，政成誰似使君賢。

箋○【莆田令君徐君義】名應秋，號雲林，君義其字。西安（今浙江衢州）人。萬曆四十四年（1616）進士，天啓初授莆田知縣。見乾隆《興化莆田縣志》卷七《職官》。

立秋日同蕭太真集懋縉齋頭

亂石堆巖蘚徑幽，招邀有客過羊求。樽前荷醉千莖月，井畔梧飄一日秋。琴辯古紋皆夔下，書藏奇字半之罘。酒闌石鼎爐香燼，猶囑重來卜夜遊。

初秋哉生明過蕭太真寶琴齋賦

江筆無花托隱淪，五湖烟雨領閑身。彈來綠綺真為寶，擲盡黃金不道貧。郢雪譜將中散曲，松風吹老上皇人。莫愁世外無鍾子，坐對秋空夜月新。

箋○作於天啓元年（1621）七月初三。

【哉生明】指陰曆每月初三日。見《尚書·武成》孔安國傳。

寄壽鄒明府七月六日誕辰

自從九潦濯清泠，極月瑤雲度遠汀。彈鋏我虚過一月，懸弧君喜近雙星。滿城棠樹環堪蔽，此日琴聲倍可聽。欲向何仙乞靈藥，因風遙寄祝千齡。

箋○作於天啓元年（1621）七月初六。

【鄒明府】指鄒用章，見上《問月樓詩一集》七言律《喜鄒明府初莅邑》。

趙十五過訪鳳山寺時將有遠遊詩以贈之

蘭若逢君蓋正傾，團焦相對話生平。玄心直渺三千界，聲價誰當十五城。瘦石寒林都湊趣，詞場俠隊半知名。但遊好景須圖記，到底芒鞋伴爾行。

箋○趙十五，見上七言律詩《七夕同趙十五集蕭太真齋頭，步月城上分賦得妝字》。

【鳳山寺】又名萬安永福禪寺，在興化府城左廂鳳山（今莆田市區東大路）。原名敔善，唐開元間改名萬安水陸院。洪武三十一年（1398）置僧綱司於此。見乾隆《興化莆田縣志》卷四《建置》。

綿亭道中

一道炎風送客忙，蟬聲淒斷樹蒼蒼。亭名㔶栝追綿上，碑字摩挲拜紫陽。人踏山腰茅店外，浪喧沙嘴野橋旁。迢遙冒暑誰驅使，得似王猷雪後航。

箋○作於天啓元年（1621）七月，由莆返家。

【綿亭】即綿亭嶺，在福清縣安香里（今福清市新厝鎮），朱晦翁大書『綿亭』二字於道。見乾隆《福清縣志》卷二《地輿》。

重過梅峰寺訪悟玄上人

年來多難步迍邅，轉不如君穩睡眠。十載梅花成老樹，一函貝葉伴枯禪。鐘聲月散虛無地，講席秋深小有天。記得銜杯題舊句，松堂寒影尚依然。

箋○【梅峰寺】又名報恩光孝寺，在興化府城右廂梅峰（今莆田城廂區勝利路）。

北宋元豐八年（1085），李制幹母黃太安人舍地百餘畝建為寺。萬曆六年（1578）重建。見《興化莆田縣志》卷四《建置》。

潘公理別駕以扇頭七夕詩見貽因步韻和別

愁來獨上仲宣樓，露泣秋聲古殿頭。失路巢空歸去燕，依人鋏短拙如鳩。披雲有客淩班馬，踏月同僧看女牛。寂寂明河關別恨，斷腸何處按箜篌。

箋〇作於天啓元年（1621）七月初七，時經三山。

【潘公理】福州通判。見上七言古體《贈潘公理別駕》。

再集拜石壇與葉懋縉、蕭太真話別是夜期人不至

庭花似笑客頻來，倒盡壚頭一石醅。觴政嚴過金谷罰，清緣夢斷玉人回。年華苒荏雲泥隔，驛路蕭條雨棹催。別後片緘能憶我，好憑赤鯉夢中裁。

留別林大司成年伯

閩天赤幟老詞臣，桂樹叢叢罥葛巾。水到南溪雲作幻，樽開北海月為鄰。忘年喜結仙壇侶，落日驚飛客路塵。明發離人愁去馬，夢魂長繞鯉湖濱。

箋○【林大司成年伯】指林堯俞，見上五言律詩《林諮伯大司成年伯招集南溪賦得四韻》。

留別陳季琳祠部

風塵誰分識芝眉，握手談天事事奇。蘇晉愛逃禪是酒，王維雅負畫中詩。烟霞口角聞雞舌，湖海豪心寄鹿皮。客夢飄零留不住，臨岐何以慰相思。

箋○【陳季琳祠部】名元藻，字爾鑒，季琳其號。興化府城雷山巷（今屬荔城區鎮）人。萬曆三十八年（1610）韓敬榜進士，時以行人升禮部主事。見雍正《福建通志》卷四十四《人物二·興化府》。

讀余德先司理棄餘草賦呈

神仙片字落人間，丹鼎爐邊熟九還。棄去殘珠遺赤水，傳來副墨在青山。法星午夜明公署，朗月秋空照客顏。誰道龍門千仞峻，風塵遊子許躋攀。

箋○【余德先】生平不詳，時任福州府推官，乾隆《福州府志》卷之三十一《職官四》缺之。明孫傳庭《白谷集》卷五有七律《送余德先之任閩中取道雲中省覲》，按此似為雲中（今山西大同）人，查道光《大同縣志》卷十二《選舉》無之。

商孟和、鄭孟麟招集野意亭時莆口柯爾珍、滄漁廖淳之初至余自莆回將歸家，分賦得十一侵七言律二首

短屐蕭然歎滯淫，躋攀此地愜幽尋。當杯秋意全歸野，把臂風流共入林。萍梗客來南北路，蒹葭余動別離心。空山一倍關愁恨，處處寒烟急暮砧。

其二

荒台徙倚俯層岑，品水編山到夕陰。亭敞恰宜題野意，秋回漸喜近鄉音。詼諧滿座松風起，去住明朝屐雨深。笑煞疏慵無好興，筍輿歸暝湊孤吟。

箋〇作於天啓元年（1621）秋，將返家。

【野意亭】在福州，見上五律《中秋前五日，王永啓、鄭汝交、林異卿，招同臧幼惺、徐興公集野意亭，時幼惺次日有九鯉之行》。

【莆口柯爾珍】柯憲世，字爾珍。莆陽人。萬曆中，以諸生授翰林院待詔。與陳爾鑒、林伯珪、柯無瑕、郭聖胎等人結頤社。見鄭王臣《莆風清籟集》卷三十一。

【滄漁廖淳之】見上五言律詩《舟中夜雪和廖淳之韻》。

送謝在杭總憲之粤西二首

別來烟水滯雙魚，目極滇池萬里餘。南國幾年勞保障，西窗重晤語居諸。烏飛臯府驚霜重，馬入蠻鄉近歲除。計日王程須叱馭，樽前分手莫躊躇。

其二

樓船簫鼓發江濆，獨客悲歌遠送君。桂嶺渺連銅柱月，柏臺高切鐵冠雲。威行羽檄殊方震，香散桄榔夾路聞。謝傅風流知不淺，山川到處借靈文。

箋○作於天啓元年（1621）九月，謝肇淛以雲南布政司參政擢廣西按察使。見陳慶元《晚明閩海文獻梳理·謝肇淛年譜》。

【謝在杭】名肇淛，字在杭，號武林。吴航（今福州長樂區）人。萬曆二十年（1592）進士，官至廣西右布政使。《明史》卷二百八十六《文苑二》有傳。

陳泰始侍御招飲未赴時謝在杭將之西粤吴去塵至自新安

閑齋一夜聚星芒，漂泊何緣共醉鄉。有客驪歌將在道，憐余雞骨久支床。風塵虚老十年夢，歲晏驚飛百粤霜。為問齊雲誰是主，好題山色佐離觴。

箋○作於天啓元年（1621）九月，謝肇淛《小草齋續集》卷三亦有《陳泰始侍御□同社雨集兼喜吴去塵自新安至，時余將之粤西得花字》。

【陈泰始】侯官人，見上五律《同張紹和、陳泰始、張凱甫集徐興公綠玉齋共得平字限五言近體》。

【吴去塵】名拭，見上五言律詩《同吴去塵、陳惟秦、鄭吉甫、徐興公、高景倩集陳叔度秋室賦》。

石門舟中暮雨有懷

歲晏行嗟蜀道難，顛危身入碧溪湍。五更殘夢三更雨，十里移舟九里灘。人似蝸牛低縮首，歌同衰鳳滯飛翰。多情卻笑山陰棹，才到中流怕雪寒。

箋〇【石門】即石門驛，在浙江石門縣（今屬桐鄉），設于唐代。春秋時吴越相争，置石門為限，故名。為京杭運河之咽喉要地。見雍正《浙江通志》卷八十八《驛傳上》。

順昌送孫伯清年兄令鄱陽

十年同醉鹿鳴觴，轉眼風塵路短長。延水雙龍欣再合，關西一鶴兆高翔。金聲賦就天臺手，丹鼎功成勾漏鄉。對爾不堪論世套，即看清譽起鄱陽。

箋〇作於天啓元年（1621）。

【孫伯清】名鍾元（何喬遠《閩書》作元若），伯清其字。晉江（今屬泉州市）人。萬曆三十七年（1609），與崔世召同科中舉。時授鄱陽知縣。見康熙《鄱陽縣志》五卷《有司》、道光《晉江縣志》卷之三十一《選舉志》。

長至過歸化訪王子樂年兄時已北上悵然有賦

叩門淒冷廣文氈，滴水巖邊片月懸。君上公車春五度，我如宮柳晝三眠。麻衣路澀沖寒雨，葭管灰飛記小年。客裏憑誰添彩線，但將愁緒引綿綿。

箋〇作於天啓元年（1621）十一月初九，是日冬至。

【歸化】設于明成化六年（1470），屬汀州府，清代仍之。民國二十二年（1933）四月，因縣名與綏遠省歸化城同名而改為明溪縣，原屬南平地區，現隸屬三明市。見乾隆《汀州府志》卷之一《星野》。

【王子樂年兄】名九韶，字子樂。福安人。與崔世召同科中舉，時任歸化教諭。見道光《福建通志》卷百之一《明職官・歸化縣》。

【滴水巖】又名玉虛洞，在歸化縣北峨眉山。亢旱不竭，中有洞約闊數丈，明提學宗臣曾遊，撰有記。見乾隆《福建通志》卷四《山川·汀州府》。

重遊霹靂巖

怪石幽雲滴翠凝，摩崖十載記吾曾。火寒丹灶春常在，苔剥鐫碑杖屢憑。華表夜深鳴露鶴，浮屠天半卷風鵬。羈愁醉裏舒春嘯，乘興何妨日日登。

箋○霹靂巖，在汀州府治東拜相山隈（今辟為公園）。宋元祐間，白晝迅雷，巖洞劃開，中有丹竈、丹井。見乾隆《汀州府志》卷之二《建置》。

道中聞郭子謙政聲喜賦

貧驅匹馬入鄞州，道路爭傳郭細侯。尸祝一方同畏壘，謳歌三異出中牟。萍蹤笑我呼藤杖，苦次何人解麥舟。獨有采風遊子意，蘧廬瀝酒且淹留。

箋○郭子謙，見《問月樓詩一集》五言律《王景聖廣文招同郭環洲、沈中如、戴吉甫、陶汝觀集龍山草堂，得長字》。

臘月朔日和李惺初贈韻

棲遲幸舍五旬餘，地老天荒客夢虚。玩世數行孤憤淚，感時再廣絶交書。詩逢同調來何暮，曆檢殘書臘正初。便欲從君吟野望，北風香墮嶺梅舒。

箋〇作於天啓元年（1621）十二月初一。

同廖淳之泛九龍和韻

青崖怒水擊崢嶸，十載重游白髮生。短鋏憐予盤嶺度，扁舟壯爾掣雲行。人情九折驚相似，客淚千行恨不輕。薄暮布帆呼酒共，一溪寒響若為情。

箋〇廖淳之，清流人。見上五言律詩《舟中夜雪和廖淳之韻》。

【九龍】指九龍灘，在清流縣東南百里，與永安縣（今永安市）為界。以縣境止有六龍，亦名六龍灘。兩崖石峽逼窄如關隘，險峻為七閩最。見清顧祖禹《讀史方輿紀要》卷九十八《福建四》。

題清流縣玉華洞

名山到處屬仙家，一路探奇兩玉華。秉燭向疑游卜夜，開窗今喜送飛霞。地移蓬島峰峰突，天削芙蓉片片賖。只此塵胎渾欲脫，駐顔何用醉丹砂。

【箋】〇【玉華洞】以別于將樂玉華洞，故又名玉華西洞。在清流縣東北六十里。南宋乾道間，道人晏榮聖始開闢，創為佛盧。見南宋胡太初《臨汀志·山川》。

宿白蓮驛懷社中諸友

三華津口舍舟行，古驛蕭蕭第一程。寂寞偏隨玄草客，淒涼羞署白蓮名。異鄉孤夢深宵斷，同社朋尊何處傾。觸景偶焉成短句，爨前村叟漫猜驚。

【箋】〇【白蓮驛】又名白蓮花驛，在將樂縣西南六十里（今白蓮鎮）。宋為將安館，明初改為驛。見《讀史方輿紀要》卷九十七《福建三》。

【三華津口】即三華驛，在將樂縣西。上接白蓮驛。見《讀史方輿紀要》卷九十七《福建三》。

贈郝孟孺應歲薦孟孺著有治安書

才子棲遲鄞水濱，秋高差喜破沉淪。文推繡虎無雙士，里薦飛龍第一春。汲黯孤忠先代烈，洛陽太息幾時申。羽書滿眼遼西恨，三策勞君上紫宸。

箋○【郝孟孺】名華箕，字孟孺。汀州（今長汀縣）人。天啓間充歲貢，授湖廣興山（今屬湖北）知縣。著有《蹠林集》《警語》《平遼十》。見乾隆《汀州府志》卷之二十二《選舉二》。《平遼十（策）》應即詩中所說《治安書》。

同淳之再遊桃源洞

危峰欲墮倚亭台，寒溜新滋一徑苔。竹杖喜隨知己後，桃花如訝故人來。雲根結屋疑秦代，天畔乘槎有漢才。似較昔年遊轉劇，招招舟子莫相催。

箋○【桃源洞】在永安縣北栟櫚山中，明萬曆間邑人陳源湛辟。中有鎖洞橋、閬風台、一線天諸景。見道光《福建通志》卷之十《山川》。

水口阻風後二日春

短劍孤帆願已違，石尤何事苦相依。白頭浪裏歌無渡，衰草灘邊怨式微。春信漸催殘臘去，旅魂先繞故園飛。逢人莫笑奚囊薄，剩有寒愁滿載歸。

箋○作於天啓元年（1621）殘冬，時由汀州旋里。

【水口】古田水口驛，見上五言律詩《困關阻舟待閘訪商孟和不遇》。

遊羅川聖水寺

獨杖看山處處春，蓮花峰頂踏嶙峋。水噓靈氣因呼聖，路入幽雲漸可人。烟火滿城羈思亂，蒲伊一飯野情親。逢僧何必皆支遁，才到空門便不塵。

箋○作於天啓二年（1621）春，由福州返里。

【羅川聖水寺】在羅源縣城南一里蓮花山下，北宋紹聖三年（1096），諫二頭陀建，後毀。正德間復建。見萬曆《羅源縣志》卷之八《雜事志》。

陳泰始五月初三日誕辰值有內召之報社中各為詩以壽余以遠道未赴，茲小集四遊草堂命續貂焉，時十有四日也

簷風乾鵲報參差，岸幘疏簾宴客時。竹徑乍醒前日醉，蓂階新長夾旬枝。賜環有詔丹霄遠，解珮無緣白髮知。倩得小蠻腰力軟，舞衫重戲紫霞卮。

箋〇作於天啓二年（1622）夏，時寓福州。

【陳泰始五月初三日誕辰，值有內召之報】天啓初，陳一元得朝廷起復，補授應天府丞。見乾隆《福州府志》卷之五十《人物二・列傳》。

芝山送余元遇典客謁選

鐃雲拭劍氣憑陵，時事關心感慨增。燕塞羽書存外患，漢家綿蕝正中興。青山筆底成三絶，芝寺吟邊對一僧。萬里趨朝鵷序貴，何人臚唱待君升。

箋〇作於天啓二年（1622）夏，時寓福州。

【芝山】又名櫂山，在福州府城東北隅（今鼓樓區經院巷）。所謂『三山見，三山

藏』者，此一藏山。山為開元寺所包，寺建于南朝梁太清三年（549）。見清鄭方坤《全閩詩話》卷十二《鐵佛殿石槽》。此處芝山即指開元寺。

【余元遇典客】曹學佺《石倉詩稿》卷二十八《林亭詩稿》有七律《送余元遇鴻臚北上》、五律《吴兆聖、陳叔全同余元遇寓芝山將行作此送之》，作於同時。曹氏詩中有『夢斷樵溪繞故園』，當為邵武人；再按『典客』『鴻臚』，可知曾在鴻臚寺任職。

裴翰卿客三山病中以詩見貽和答

飄然仙品似裴航，雙足從來遍四方。偶以病魔羈勝具，肯教風雅厄他鄉。秋高共訂杯中月，老至羞看鬢上霜。記得九龍分手處，勞勞空憶隔年忙。

箋○【裴翰卿】名汝申，汀州清流（今屬三明）人。吏部尚書裴應章子。乾隆《汀州府志》卷之三十三《文苑》有傳。徐興公《紅雨樓集·鰲峰文集》第八冊有《復裴翰卿》，《鰲峰集》卷之十八有七言律詩《送裴翰卿之白門》。

用韻答吴兆聖與余會于莆陽廿年別也

客懷寥亂仲秋前，落葉蕭蕭到鬢邊。九鯉昔遊真是夢，雙魚遥斷幾多年。袖中江筆花無恙，腰畔吴钩俠自懸。玩世不須嗟老大，看君舌本吐青蓮。

箋〇作於天啓二年（1622）八月。

【吴兆聖】據明人何望海《滄浪集序》，稱之『綏安吴兆聖』，則籍漳州龍溪縣（今屬龍海市）。另據徐興公《鰲峰集》卷之十一有《逢吴兆聖即別》，首句有『濉陽交籍廣』，似久居建寧（今屬南平市）。

張範之北回賦贈

神物由來產渥窪，清漳有客富才華。兩都曾誦張衡賦，八月初歸漢使槎。滿眼烽烟勞草莽，悲秋涼露下蒹葭。棲遲共詫雄心在，為爾狂吟聽莫嘩。

箋〇【張範之】名廷範，一名作範，字範之。詔安（今屬漳州）人。萬曆四十六年（1618）舉人。見康熙《詔安縣志》卷之十《選舉》。明湯賓尹《睡庵稿詩》卷之九有七律《張範之孝廉北征》，何喬遠《鏡山全集》卷十五有七古《紹和、範之來集京邸，放筆為長句》。

十四日洪汝含烏石山房觀塔賦得九佳

借得名園散旅懷，對君何似拍洪崖。尊邀素魄秋將滿，境隔紅塵雨亦佳。寶塔光懸雙串影，霓裳寒舞一場俳。深更醉客尋常事，不管簪花溜玉釵。

箋〇作於天啓二年（1622）八月十四。

【洪汝含】閩縣（今屬福州）人。明陸雲龍《翠娛閣評選十六名家小品》卷一有曹學佺撰《洪汝含鼓山游紀序》。郭柏蒼《全閩明詩傳》卷四十二《萬曆朝十三》有『洪士玉』，字汝如，萬曆末布衣，以為同一人。福清石竹山紫雲洞有葉向高題刻，中有『洪汝含中舍』數字，則汝含似非布衣終老。

【烏石山房】又名半嶺亭，在烏石山（今福州市烏山風景區）麓。陳一元有《過洪汝含半嶺園》。

中秋陳泰始漱石山房落成社集分得十三覃

一丘贏得傍精藍，新引林鐘到石龕。秋半可能閑夜色，雨中偏喜足烟嵐。家傳觴政原投轄，客是詞壇舊盍簪。莫唱淋鈴辜好景，驪珠如月手中探。

箋○作於天啓二年（1622）中秋。【漱石山房】在烏石山麓，為陳一元別業。多巖石，有杏樹大可十圍。見清林楓《榕城考古略》。

三山喜遇施顒昆太史

相逢何必問頭顱，閱世猶存七尺軀。散木已甘莊氏棄，積薪端與漢廷俱。靈巖竹徑雲生袂，上苑花磚月滿衢。同學少年君獨貴，誰憐海畔有潛夫。

箋○【施顒昆太史】名兆昂，福唐（今福清市）人。萬曆四十七年（1619）進士，選庶吉士。見乾隆《福州府志》卷之六十《人物十二·文苑》。

讀鄭汝交木筆堂集

原是江淹夢裏花，何年移種鄭玄家。祥聯帶草深更月，春壓緋桃萬樹霞。二酉山為開秘笈，六丁天遣護精華。故園亦有辛夷塢，抱卷愁看日欲斜。

箋〇鄭汝交，名邦泰，閩縣人。見上五律《中秋前五日，王永啓、鄭汝交、林異卿，招同臧纫惺、徐興公集野意亭，時纫惺次日有九鯉之行》。【木筆堂集】見於曹學佺《石倉十二代詩選》『社集』二十九卷。【辛夷塢】唐王維別墅，在輞川，有辛夷塢。見《康熙字典》丑集中『土字部』。此處以之呼應『木筆堂』。

饒江九日丁伯康招飲寶姬家席中賦贈

孤劍飄零任世緣，江雲撩亂夕陽邊。為誰冷落過重九，有客招邀倒十千。人比黃花嬌解語，歌如白苧度輕弦。檀郎醉後尤多韻，滿袖萸香拂枕眠。

箋〇作於天啓二年（1622）重九。

【饒江】為江西信州（今上饒市）之別稱。見南宋潘自牧《記纂淵海》卷十。

武夷宮謁徐仙阻雨不果登山

尋真步入碧虛宮，鳥語蟬聲亦不同。灌木秋深雲寂寂，丹臺草滿雨濛濛。龕留香蜕仙如在，橋斷垂虹路不通。天上人間應會少，憑樓呼起大王風。

箋◎作於天啓二年（1622）秋。

【武夷宮】即沖佑觀，又名沖佑萬年宮，在武夷山一曲上溪北。唐天寶年間建，内有持正等五院、止善等十三堂。見明黃仲昭《八閩通志》卷之七十七《寺觀》。

【徐仙】名熙春，邵武（今屬南平市）人。宋熙寧間，得異人傳授，隱于武夷金身院。後坐化于大王峰，遺蜕猶存。見清董天工《武夷山志》卷十八《方外》。

寄壽王翼敬比部誕日

誰勸東風臘裏來，一時申甫降嵩台。鳳毛正滿秦川頌，雞舌遥含漢署杯。萬里法星明午夜，千齡帝朔近春臺。人間多少懸弧日，得似青箱濟世才。

箋○【王翼敬比部】疑即王良臣，字忠亮，福寧知州王旭泰（見下）之父。萬曆三十八年（1610）進士，時任刑部河南清吏司主事。見錢謙益《牧齋初學集》卷九十五《外制五》。比部，即刑部。

壽王旭泰刺史誕日

東方千騎古諸侯，半領烟霞坐十洲。月到嘉平春欲透，山臨太姥壽同悠。扶桑曉掛天邊矢，蓂莢寒添海上籌。賦就梅花官閣靜，迎年簫鼓萬家謳。

箋○【王旭泰刺史】疑即王運昌，字乾符，江陰（今屬江蘇）人。萬曆四十七年（1619）進士。天啓初，任福寧知州。見道光《江陰縣志》卷十三《選舉一》、道光《福建通志》卷百之五《職官·福寧州》。乾隆《福寧府志》卷之十五《秩官志》誤作『萬曆年任』。見上七古《題王刺史海邦永賴卷》。

社集蕭太真齋頭待寅郎至賦得「隔牆花影動」同翁壽如、陳師蕃、柯無瑕賦

芳魂無計惹春愁，搖曳東鄰萬樹幽。暗蕊參差雲乍放，並枝妖嫋月初浮。傍誰醉暈窺窗近，待爾清緣入座收。彈罷素琴聞剝琢，深宵莫惜酒如流。

箋○作於天啓三年（1623）春。

【柯無瑕】莆陽（今莆田市）人，見上五律《仲春蕭太真、柯無瑕鳳山小集，得方字》。

花朝前五日同諸子登鳳山寺塔有賦分得二東，時師藩為余圖小影

處處春烟媚客筇，一尊香積且從容。花鄰京兆無多日，杖倚浮屠第幾重。雙睫雲低江口樹，半空潮撼蓼南峰。勞君貌我鬚眉古，倩取風前野色濃。

校○

【師藩】即陳師蕃，參看前詩。

林玉鉉年兄招集園亭同柯爾珍、林弘伯分賦得雲字

名園春事翠紛紛，醉客深杯卜夜勤。彩蜃似攜東海市，銀魚暫狎北山文。花流素箔篩寒月，石湊空巖抱宿雲。轉怪世情殊不爾，百年肝膽盡輸君。

箋○【林玉鉉】名銘鼎，號自名，玉鉉其字。林堯俞子。與崔世召同科舉人，萬曆三十八年（1610）成進士，官至浙江右布政使。福王立，入為光祿寺少卿。道光《福建通志》卷之二百《明列傳》附父後。

【柯爾珍】名憲世，莆陽人。見上七律《商孟和、鄭孟麟招集野意亭，時莆口柯爾珍、滄漁廖淳之初至，余自莆回將歸家，分賦得十一侵七言律二首》。

拜戴母壽因留吉甫齋頭同蘇雉英、黃若木、林伯珪、戴昭甫、綽甫宴集分得周字

芳塘雨歇翠平疇，寶婺中宵爛不收。壽母有緣通子姓，呼朋因喜足春遊。花容柳眼看初媚，酒德文心話未周。此會清歡良湊意，百年何地更淹留。

挽趙十五母

蘭水城邊落日昏，酸風吹墮一池萱。白頭已到稀齡老，青史應書苦節存。千里有兒能負米，九泉無計可招魂。但看吊客苦居滿，不道三河劇孟門。

送鄭孟麟同曹能始之粵西訪謝在杭

楊花兩岸草萋萋，馬首沖雲指粵西。三月殘春催去夢，七星好景待新題。長途知己驪駒共，短鋏依人杜宇啼。我亦風塵行役倦，送君愁合暮山低。

箋〇天啓三年（1623）四月，曹學佺往湘桂訪謝肇淛，鄭邦祥、吴拭同行。謝肇淛《小草齋續集》卷三有《喜能始至》《癸亥初度答曹能始、鄭孟麟》。

送曹能始之任兼懷謝在杭先生

去年曾作送君詩，留滯春光欲盡時。可見出山非有意，亦知行路本無期。天邊夜月看銅柱，筆底烟霞戀石池。到日紫薇花正麗，好同謝傅解雙頤。

箋〇天啓三年（1623）四月，曹學佺赴任廣西，六月訪謝肇淛于桂林，七月抵任所，參見上五言古《寄曹能始誕日兼送之西粤》。另見陳慶元《晚明閩海文獻梳理·曹學佺年表》。

寄懷何和陽將軍用韻

烟雨春山鳥亂呼，何來飛羽慰窮途。空移雀舫難思戴，莫問貂裘已敝蘇。彩筆封題天共遠，碧幢籌海夜同孤。猶餘太姥峰前月，傍爾清光到鑒湖。

箋〇【何和陽】名斌臣，山陰（今浙江紹興）人。見《問月樓詩一集》七言律《臘月何和陽將軍招同張叔弢集宴水雲亭分得開字，時將軍有瓊海之命》。

林伯珪以詩見投和韻卻寄並嘲之

瓦缸新酒釀荼蘼，殘醉關心片月知。春老夢隨雙屐雨，秋悲聲落一枰棋。龍涎水碧供攤紙，雁字天青佐舉卮。寄語文豪須放膽，小窗淡寫遠山時。

箋〇林伯珪，莆陽人。見上五古《林伯珪贈詩和答》。

詠蘭題贈徐郡丞

誰寫幽叢綺石濱，亭亭莖露玉如人。仙壇衣浣藍溪水，官閣簾分皂蓋春。風度細香臨鳥篆，月流清影迸龍津。與君臭味看相似，約略微吟寄遠神。

箋○【徐郡丞】名號無考，時任福寧州同知。

題王刺史卷

神雀循良出漢廷，爭看新績重山靈。瓊樓遠策籌邊略，金簡親傳治水經。九曲春流雲外度，五更寒漏月中聽。只今周道平如砥，萬樹甘棠夾路青。

箋○王刺史，应即王旭昌。見上七古《題王刺史海邦永賴卷》、七律《壽王旭泰刺史誕日》。『治水經』等语亦与七古詩意略同。

臘月十七日立春月浪上人以詩見投用韻和答

誰家行樂駐雕欄，恰恰芳心試韭盤。似勸東風來臘裡，早教春信逼年殘。月才生魄看前夕，花盡招魂點數巒。知爾結跏香爐冷，也敲寒磬紀清歡。

箋○作於天啓三年（1623）十二月。

送王無功歸武林

無功原署醉鄉侯，獨醒如君姓字優。佳句萬山殘照裏，歸心三竺懶雲頭。潮迎強弩春應暮，雪度支提夢亦幽。相送眼光牛背發，逢人且漫說交遊。

社集陳泰始漱玉齋頭各分賦一景得崔公井限七言律

幽深泓水鑿何年，刺史清名此共傳。素綆夜沉千古月，轆轤寒鎖一山烟。魂窺鶴影歸華表，地轉龍淵屬潁川。憑弔先公呼不起，酒酣惟漱石邊泉。

箋○作於天啓四年（1624）七八月間。

【崔公井】在烏石山尊勝真堂，為『烏山三十六奇』之一。唐觀察使崔幹賞其甘美，故名。見清郭柏蒼《烏石山志》卷之二《古跡》。張燮有《集陳泰始烏石山房賦得園中四景》七律四首，亦作於同時，見《群玉樓集》卷之十八。

壽大中丞南二太翁誕辰有引

神仙骨法，受帝命以度人寰；伊吕勳名，掃妖氛而清世宙。乾龍夾日，天許長生；兑德正秋，星臨初度。時維念六，慶滿呼三。瞻嵩台南極之輝煌，正小子北徵之逼仄。知篚筐不腆，仰無當於高深；或追琢其章，俯有懷乎讚頌。粗裁二律，庸祝千齡。

貔貅百萬擁崇班，棨戟如霜控制間。閱世歲星天上老，駐顏仙藥海中還。南流渭水饒汪澤，東近蓬萊作壽山。最喜騷壇招赤幟，龍門千尺許躋攀。

其二

海氣初溥玉露莖，瑤天爭拜極星明。中秋月應生申甫，甲帳人傳富甲兵。絶島紅鯢驚遁逸，雄圖白澤識威名。稱觴好獻尚書履，早晚君王聽此聲。

留别徐若水

征衣不染客中塵，君是徐卿第二麟。家難臥薪湖海夢，天涯浮梗弟兄親。茘奴香度烏山月，杏子寒催紫陌春。到底雙龍終躍去，歸時珍重過延津。

箋○徐若水，生平不詳。清姜紹書《韻石齋筆談》卷下《瘞鶴銘》條有『友人徐若水有唐摹本』云云，似為一人。明阮大鋮有《贈徐若水》二首，中有『晚年孤尚將何托，擬就郭山百尺松』，見《詠懷堂詩集》辛巳詩卷下。清陳撰《書畫涉筆》亦有『新安徐若水』云云，按此則為新安人。

泰始先生園有四景余業拈其一覆命賦其三，爰續殘馥用紀勝遊梁朝杏

名園絕勝午橋莊，古杏離離倚石旁。仙島疑分千歲實，虯枝傳自六朝梁。輕烟着色龍鱗紫，落日含姿鴨腳黃。地主風流呼客共，婆娑樹影數飛觴。

箋○【梁朝杏】在烏石山南麓，有古杏大可十圍，參天蔽日，後萎。人遂呼其地為『杏台里』，中有井曰『杏井』。見清郭柏蒼《烏石山志》卷之二《古跡》。

天香台

繁陰吹墮樹尖紋，坐對西風擁鼻聞。金粟夜降蟾兔冷，露華朝剪木犀薰。台鄰天闕香初度，鼎伴栴林爇不分。寄語淮南莫招隱，主人袖裏有彈文。

箋〇【天香台】在烏石山南，石壁高聳，有楷書『天香台』三字。為三十六奇之一。見《烏石山志》卷之一《名勝》。

掛月蘭若

空山素魄若先窺，龕火初明茗熟時。乍湧玉輪簷外輾，誰揮金屑樹中篩。珠林無恙含光地，白社兼傳叫月詩。千載蟾蜍解人意，長依淨土到今奇。

箋〇【掛月蘭若】在烏石山神光寺樸頭石旁，不知創建年代，萬曆間作小庵於寺後山麓，仍舊名『掛月蘭若』。見《烏石山志》卷之三《寺觀》。

排律　五言

重游桃源洞和廖淳之韻

風流開此境，應並武陵稱。孤賞誰能續，重遊記昔曾。雲邊雙勝具，世外一詩朋。人豈新知洽，山因舊貫仍。奇鐫輸鬼匠，棲隱擬禪僧。洞納千霞暝，溪含片月澄。天窮通一線，地忽湧千層。磴亂疑無路，崖懸急欲崩。嶺梅催臘盡，筇竹破烟憑。客興依瓢笠，鄉愁斷葛藤。桃花春不住，蠟屐老堪乘。峰頂吹笙者，他年訂一登。

箋〇見上七律《同淳之再遊桃源洞》。

校〇

【山因舊貫仍】底本批註云：仍貫事如舊，語仍賞。《（論）語・先進篇》：『魯人為長府』，注，長府藏名，藏貨財曰府焉，蓋改作之。閔子騫曰：『仍舊如之，何必改作？』注，仍，因也；貫，事也。閔子騫欲魯人仍因舊事，不必改作。

仲春游金粟寺十六韻

客興閑來懶，春郊散寂寥。避人尋竹院，算日近花朝。渡口孤舟遄，嵐容十里遥。江堤連雉埒，海業播蟶苗。路險沖泥滑，山空認野燒。寺標金粟古，塢貯水雲饒。蒼蘚藏幽洞，奇榕亢碧霄。抱香烟樹亂，送翠霽峰嬌。白袷春無主，蒼虬老不雕。心燈傳聖女，木碣記前朝。吊古愁何限，參禪意盡銷。糠粃侵佛面，米汁沃僧寮。浮拍從吾適，顛狂趁爾招。游魂闌夢覺，澀句費推敲。世態悲長鋏，生涯寄短瓢。頹焉歸路暝，一任馬蹄驕。

箋〇作於天啓二年（1622）二月。

【金粟寺】在羅源縣臨濟里（今鳳山鎮方厝村）金粟山下。五代後唐清泰二年（935），僧了一建。見萬曆《羅源縣志》卷之八《雜事記》。

校〇

【客興閑來懶】道光版《羅源縣志》卷二十六《寺觀志》閑作『寒』。

【渡口孤舟遄】遄为平音，疑有误，道光志作『疾』。

【江堤連雉埒】埒，道光志作『堞』。

【奇榕亢碧霄】榕，道光志作「容」。
【蒼虬老不雕】雕，道光志作「凋」。
【糠粃侵佛面】糠粃，道光志作「粃糠」。
【浮拍從吾適】浮拍，道光志作「浮泊」。
【澀句費推敲】推敲，道光志作「和調」。
【頹焉歸路暝】頹焉，道光志作「悠然」。

中秋集鎖瀾橋觀潮得九佳

爽節年年是，寒蟾處處佳。遊蹤紛酒榼，夜隊雜笄釵。皓魄輪輕霽，終風讓且霾。浮拍溪沿花作徑，橋跨水為涯。秋老銀生海，潮翻綠上階。清緣誰是主，勝賞屬吾儕。浮拍雲侵袂，敲推月入懷。齊庚供奉句，暫輟太常齋。巡酒攻愁壘，鬮詩揭韻牌。人爭歌楚郢，地擬泛秦淮。送浪痕愈湧，深更興未乖。圍屏呼短燭，行灶爇枯柴。但覺缸難倒，何論醉即埋。眼驕河伯望，宴集幔亭偕。泮渙歸雙屐，囂塵任六街。叮嚀同調者，後會莫參差。

箋〇蔡世寓《西園集》有《中秋集鎖瀾橋和崔徵仲韻》，作於同時。

【鎖瀾橋】其地不詳，或即金鰲橋，一名跨鰲，在縣城東門外，下接海潮，北宋紹聖三年（1096）建。架木為梁，上有亭。見乾隆《寧德縣志》卷之二《建置志》。

冬至後一日為馬福安明府誕辰壽章

一邑臨溪小，千山負扆居。何人推畏壘，有令引華胥。問俗征三異，聞歌奏九如。堂懸孤影豔，節届琯灰虛。壽彩添宵線，奇雲點曉裾。白眉誇閥閱，黔首舞階除。獻酒霞流斝，褰帷月上車。梅花寒欲放，蓂莢歲頻舒。海國鳧飛健，霜天鶴夢蘧。文高吞鳳句，瑞葉紱麟初。銅冠華簪媚，龜湖渥澤瀦。童謠翻擊壤，嵩祝滿充閭。趙日烘堪愛，蘇天覆有餘。丹成令是葛，榻下客為徐。設醴逡巡醉，憐才禮數疏。平原欣聚鹿，幸舍免歌魚。舐鼎嘗靈藥，磨嵐薦道書。南山應有頌，去住戀躊躇。

箋◎【馬福安明府】馬良，直隸太倉州（今屬江蘇）人。萬曆三十四年（1606）舉人，天啓二年（1622）任福安知縣。見光緒《福安縣志》卷十八《名宦》。

潘刺史禱雨冊

澤國如焚日，秋原欲暮天。炎蒸褦襶匿，澗渴桔槔懸。十字田皆圻，三農眼盡穿。神君勤隱瘼，赤子解顛連。步禱經旬久，焦勞萬口傳。雨如分涕淚，天亦報精虔。魃避淵中照，龍噓睡裏烟。慈風和亢暵，甘澍滿平田。夜月占離畢，春秋紀有年。餘波鄰壤潤，嘉績帝廷宣。為問漁陽守，高名孰後先。

箋〇【潘刺史】名師道，字太乙，興國州（今湖北陽新縣）人。萬曆四十一年（1613）進士。天啓三年（1623），以吏部福建清吏司員外郎升福州知府。傳見道光《福建通志》卷百三十一《明宦績·福州府》。禱雨事亦見於道光省志本傳。

南大中丞七月初度承招同張紹和、凱甫、徐興公、鄭與交、汪明生宴集衙齋賜扇頭因步韻賦

乍乘秋爽至，恰喜拜佳辰。蓂莢輪千紀，扶桑曜兩櫙。海明鯨浪息，嵩祝蟻杯親。下榻淹詞客，當筵答戲賓。奇書充虎帳，老樹舞龍鱗。世套都忘貴，形神一味新。觴籌編卦氣，釭蠟逗陽春。宴擬蓬山侶，才橫渭水綸。椎牛閑合樂，放鶴較溫馴。穆醴歡中聖，巴吟愧賞神。素紈頒拂拭，朱履覺清真。化日烘三島，賢星溷八荀。漫賡生甫頌，疑近上皇人。豐績何能罄，鐃歌遍海垠。

箋〇作於天啓四年（1624）七月，值南居益生辰，招飲署中。張燮《群玉樓集》卷

二十三有《南中丞初度招飲衙齋，同汪明生、徐興公、崔徵仲、鄭以交及壘兒在座，用中丞韻》。

【張紹和、凱甫】即張燮、張于壘父子，見上《同張紹和、陳泰始、張凱甫集徐興公綠玉齋，共得平字限五言近體》。

【汪明生】名元範，字明生。休寧（今屬安徽）人，居臨清州（今屬山東）。著有《借研齋草》二十四卷。見清初黄虞稷《千頃堂書目》卷二十六。

絶句　五言

過分水關

山勢中天斷，溪流兩地分。遥看蒼靄處，只隔一重雲。

箋〇作於天啓二年（1622）秋。

【分水關】在崇安縣（今武夷山市）西北分水嶺上，接江西鉛山縣界，為江閩之襟要。見乾隆《大清一統志》卷三百三十一。詩亦見於劉家謀《鶴場漫志》卷下。

霜降日憶内誕辰

驛路霜初降，家幃帨正懸。藁砧天外夢，閨怨自年年。

箋○作於天啓二年（1622）九月十九，是日霜降。

為蕭太真題柯無瑕扇頭畫石

石丈誰呼來，云家住靈璧。出入君袖中，何如米顛癖。

戴吉甫往三水暫憩洪江走價説别漫成二絶送之

春雨弄新晴，春泥午滑滑。為君祝祖觴，梱載歸東粤。

其　二

隔浦望行舟，烟深不知處。願將夢中魂，隨爾洪江去。

箋○【三水】指三水縣（今廣東佛山市三水區）。明嘉靖五年（1526），析南海縣北境，高要縣之東境設置，屬廣州府。以涯、翁、陶三水流經境内而得名。見清顧祖禹《讀史方輿紀要》卷一百一《廣東二》。

【洪江】應指郡城洪江，即洪塘浦，在侯官縣（今福州市區）。其浦口亦名萬安山口，有洪山橋。明成化中，建石樑二十餘門，為津梁要會。見清顧祖禹《讀史方輿紀要》卷九十六《福建二》。

韓陽十詠

釣鰲磯

清溪抱危石，把釣者誰家。雙眼傲滄溟，垂綸三千尺。

校〇

【清溪抱危石，把釣者誰家】底本有误，应作『把釣者誰家，清溪抱危石。』押十一陌韻。

月桂峰

一陣木犀香，天風吹發發。恍惚八公來，峰頭弄明月。

龍　舟

海上神驅來，雲深罥其處。夜半風撼林，只愁破浪去。

玉屏風

翠壁平如掌，孤撐障水濱。欲將移處處，隔斷世間塵。

青蓮座

虎踞千人石，獅容八萬天。共君捫舌本，趺坐吐青蓮。

墨　池

鑿破端溪眼，松脂注一池。急呼毛穎子，亂掃半崖詩。

浮印

誰解肘後懸，砥卻流中怒。忽訝化鼂趺，浮沉皆左顧。

枕流石

洗耳巢父心，濯纓孺子意。我來拂石眠，但看川上逝。

懸蘿壁

紫邏山椒合，流雲水曲粘。最憐明月夜，天外掛青簾。

潛蜚洞俗呼鬼洞，張令維城改今名

洞僻樵蹤險，山空木客啼。未須論怪石，疑近武陵溪。

箋〇潛蜚洞，即青林洞，在福安黃崎（今屬下白石鎮）。見《問月樓詩集之一》五言排律《張維誠明府招遊潛蜚洞二十四韻》。『十詠』應指石洞周邊景物，詩中多有提及。

朝曦館

若木高千丈，朝暾故相向。我欲往從之，長弓掛其上。

藕　居

結廬傍幽池，貪香不知暑。夜半月明中，荷花作人語。

雉　軒

推窗見女牆，山暈亦盈几。只隔一條溪，市塵飛不起。

箋〇雉軒，應在崔世棠溪雲別業。

半囈窩

囈理本無言，我乃得其半。不聞圖南公，憨憨古巖畔。

箋〇崔世召早年自號半囈居士，居室名半囈窩。有《半囈窩集》四卷。

絶句 七言

憩裴川

裴溪何自喚名村，疑是裴航舊跡存。千古幔亭如再宴，應呼廝輩作曾孫。

箋〇作於天啓二年（1622）秋。

【裴川】即裴村，在崇安縣（今武夷山市）。明時設有裴村驛，並有公館。見乾隆《欽定大清會典則例》卷一百二十一《兵部·車駕清吏司·郵政下》。

望武夷山三首

仙人着意結丹梯，惹得山雲踏作泥。遥指虹橋何處度，桃源只隔一重溪。

其二

貪看山色坐斜曛，只尺仙香夾路聞。浮水胡麻歸索取，因風先寄武夷君。

其三

新堤未過已神遊，始信人間更十洲。我有宿緣終着了，亂峰四百一時收。

箋○見上。

河口開舟暮至貴溪

南風如箭逐輕帆，一刻飛過十里巖。才聽弋陽聲未了，貴溪山影半斜嵌。

箋○【河口】河口鎮，在鉛山縣（今屬江西）。地處要衝，為江西四大古鎮之一。【貴溪】貴溪縣，隋為弋陽縣地，唐永泰初置貴溪縣。以縣在須溪口，故名。見天順《大明一統志》卷五十一。

校〇【貴溪山影半斜嵌】半，清劉家謀《鶴場漫志》卷下作『已』。

鉛山道中季秋朔日有懷

長途遊子授衣初，分水西流繞素車。秋意漸過家漸遠，傷心誰復倚空閭。

望三兒小試音耗有賦

五十臨戎歎阿翁，當年曾號冠軍雄。諸郎總乏封侯骨，若個能標小戰功。

箋〇崔世召三子名嶢，字爾平，號鷲嶺。見民國《東井崔氏族譜》。商梅《那庵詩選》卷三十六有七律《題畫與崔坦公》，應即一人；一作『坦生』，蔡世寓《西園集》有《雨中望海分韻，同社崔玉生、崔坦生、陳士登、陳延祖、阮元宰》。

舟謠舟子相傳『三月三、九月九，諸船不要江邊守』

佳辰上巳與重陽，禊水登高到處觴。何事波臣偏作惡，年年驅咽拗舟航。土人呼『逆風』為『咽風』。

箋○作於天啓二年（1622）重陽。

至延津郊外驟雨

灘聲十里喊如雷，昏黑荒郊急雨催。莫是懶龍眠乍覺，腰邊一劍恐飛回。

箋○【延津】在延平府城（今南平市東南），故稱之。又名劍津，晉時有寶劍躍入潭，化為龍，故名。見民國《南平縣志》卷三《山川志》。這里指代延平府。

化劍閣二首

夜夜龍腥濕冷香，溪頭殘月逼秋粱。自從拭卻華陰土，猶帶豐城獄裏光。

其　二

晉室風流口角明，雙瞳獨辯斗牛精。當年未學猿公術，空負司空博物名。

箋○【化劍閣】又名劍歸閣，在延平府治北鯉魚山尾，下即延津古渡。見民國《南平縣志》卷四《城市志第五》。

題松雪馬圖

苕溪老人筆墨鮮，雙鉤叱撥玉連錢。世上千金都買骨，按圖誰識九方歅。

箋○松雪，指元書畫家趙孟頫，號松雪道人。

溪　行

芙蓉兩岸媚深秋，小艇横烟自在流。卻歎勞勞亭畔客，紅塵堆裏不曾休。

過石門灘

水淺崖空一葉欺，巑岏兩扇石爭奇。舟師笑道春流漲，便是黄昏掩戶時。

題蘭卷懷朱文豹有序

華亭朱文豹為余寫蘭卷于燕邸，蓋丙辰春筆也。文豹以武進士參戎西粵，尋免官，改選西曹。時已皤然，有據鞍顧眄之意，予悲其志而賦焉。

一卷芳蘭手自揮，交情墨意十年違。知君臭味宜幽谷，何日還山解鐵衣。

箋〇【朱文豹】名蔚，文豹其字。華亭（今上海市松江區）人。萬曆二十九年（1601）武進士。善畫蘭，董其昌曾云：『吾鄉朱文豹以韜鈐為冠軍，常待詔闕下，仰畫蘭以自給，畫蘭深得文太史風韻。』見康熙《御定佩文齋書畫譜》第五十七卷《畫家傳十三》。

癸亥秋余入三山忽報文豹蒞任都閫喜出意外偶檢行篋中蘭卷依然似有神會者，爰筆賦此

攤卷婆娑墨未幹，尊前忽喜合芝蘭。清時未許還山老，傍爾微香倚玉看。

箋〇作於天啓三年（1623）秋。是年朱蔚任福建都指揮僉事，見道光《福建通志》卷百之六《明武職》。

題王玉生山水二首

閱盡青山七十秋，亂烟斜瀑筆頭收。峰嵐亦自磨年月，一半濃施一半愁。

其二

米老呼顛王大癡，興來墨醉筆酣時。奇情不許畫工識，每個山頭撰首詩。

箋〇【王玉生】名昆仲，閩縣（今屬福州）人。萬曆中禮部儒士。工詩畫，郭柏蒼《柳湄詩傳》亟稱之。與曹學佺、謝肇淛、徐興公友善。崔世召倡溪雲社，為創社十七子之一。徐熥《幔亭集》卷三有七言古風《題王昆仲畫障》，卷十四有七絶《為屠田叔題王玉生山水冊》八首。

題秋海棠

半酣檀暈淺朱唇，冷砌嬌開八月春。正好秋光卿莫睡，沉香亭畔喚真真。

問月樓文集

霍童崔世召徵仲甫著
晉安曹學佺能始甫校

謝皋羽《晞髮集》序

余少小弄韻語，即喜誦謝皋羽詩，輒大叫稱佳。已而得繆丁陽公所刻，卒業之，然不無西河三豕之訝。已而郭時鏘再校鍥以行，則武林張維誠、三山徐興公所訂善本也。戊午秋，余刺棹入韓陽訪張令公，客時鏘齋頭，相與探討今古。隨意抽庋上帙，日翻閱一過，每朗誦罷，呼童浮一大白賞之。庶幾簷花砌草、淡月微飆之餘，恍惚若見謝遺民仙仙歸來，因賦短章二律，以寄憑弔焉。

嗟夫，先生生於吾長溪，而屐跡滿四方。或于鐔津，或於建浦，或于婺水；于臨安，其從信國也。又或于漳泉，於粵洲五坡間，而結局埋玉則在釣台白雲之壑。即使死者有知，其遊魂淼宕，何處可招。而千載而下，徒想先生之哭聲，謂其唏嘘知己，一腔熱血直為文山傾灑。嘻，亦甚矣！當先生散資赴難，伏劍入信國之門，是時信國已東西竄落，計畫半無復之。先生廁身參軍記曹中，碌碌溷雞群，不聞其用一謀試一策。而終信國之身，未嘗片語及先生姓名者。其國士衆人之報稱受恩之淺深，可知也。不識先生此一點淚，胡為乎來哉！即不然信公稍稍引重，未幾散去，遂以為不世之遇。激烈號呼以從之，亦不過田横島上七十客之流，小丈夫行徑耳。

余謂宋季之秋，不周山崩，四維盡圻，茫茫宇宙，為向來呰窳之氣，誤成奇變。到末僅一文丞相以握觚書生，憑其義膽，奮不顧身，累累然如一木之支大廈。先生已偷眼拊心久矣，一朝挾策勤王，相將發憤，其為天下雄，豈區區備記曹落人後者。至大事既去，齎志流離，猶四顧低回，屬意再舉。如詠《冬青樹》云：『願君此心無所移，此樹終有開花時。』又豈須臾忘宋哉！其曰：『願效太史公著《季漢月表》，如秦漢之際，後人必有知予心者。』嗟嗟，後即有知先生，知其哭丞相已耳。秦楚之際，誰為馬上翁？誰為留侯？天不祚宋，何必生渠。悲夫，故愚以為哭魯公，哭開府，皆寓言也。又曰：『阮步兵死後，空山無哭聲。』壯哉斯言！大丈夫用則為虎，不用則為鼠，不大笑則大哭，總以發舒英雄之氣而已。想當日慟哭西台數斗之淚，撼林之聲，此時眼光雙白，作何面孔？非惟不知邏舟，且不知有同輩旁觀，並不知有人間世意。蓋私許羊裘老子，知吾心下，此白雲隱君亦未易測識耳。夫天下已定，則子陵抗不仕之高；天下已亡，則先生灑不歇之淚。治亂不同，英雄之齎志則一，此惟富春一片石，差可與對語而說者，以為慕嚴光清隱，亦非也。

今讀其《鐃歌》《騎吹》諸曲，追慨宗國盛時，真可驅風鞭電，及種種詩文，皆有吞吐世界之魄。千百歲其言若新，而史稱所著編目尚多，轉恨方鳳輩名為莫逆，乃盡殉之殘烟蔓草中，與其骨俱朽，安所稱知心者。雖然猶有斯集在，使人誦《西台》《冬青》之篇，知空山哭聲、錢塘靈氣常存天地間，不亦幸乎！大抵吾斗大長溪，其山川磥砢多奇，其人往往有俠烈豪爽之氣，不可磨滅。先生信地靈所鍾，亙天忠憤，照耀今昔，尚矣！後此數百年復有傾資捍賊如郭君大科者，竟以死難祀，其志行略相埒，豈慕先生而起也。與抑亦山川所倎值也。郭君者，時鏘大父，蓋嘗向余鳴咽述其事云。

箋○作於萬曆四十六年（1618）戊午，時客韓陽。萬曆刻本《晞髮集》序末署『萬曆戊午九日郡人崔世召徵仲父書于東皋草堂』，可知作於是年重陽。郭鳴琳重刊《晞髮集》之時，除崔世召外，尚有張維誠、徐興公、吳世訓、陳鳴鶴為之序。

【張令公】即張維誠（城），見《問月樓詩一集》五言古《贈張維城明府誕日》。

【繆丁陽公】名一鳳，字朝雍，丁陽其號。福安人。嘉靖三十一年（1553）舉人，江西寧都知縣。萬曆《福安縣志》第七卷《人物》有傳。

【郭時鏘】名鳴琳，字時鏘，號鳳起。福安鹿斗人。天啓年間（1621—1627）貢生，廣西靖江王府長史。歸家三閲月，卒。曹學佺為之撰墓誌銘，稱之『生平尤尊宋謝皋羽之為人，為刻其集。』見光緒《福安縣志》卷十九《選舉上》。

【郭君大科】字德漸，邑生員。郭鳴琳曾祖。嘉靖三十八年（1559）三月，倭寇侵犯福安縣城，郭大科捐金募死士，裹糧督戰。城陷遇害，祀於本邑忠節祠。見光緒《福安縣志》卷二十三《孝義》。

校〇

【西河三豖之訏】訏，光緒十年版《福安縣志》卷三十五《藝文三》作『訛』。

【隨意抽度上帙】帙，光緒志作『軸』。

【而屐跡滿四方】屐，光緒志作『蹤』。

【於粵洲五坡間】洲，光緒志作『州』。

【即不然信國稍稍引重】即，光緒志作『既』。

【激烈號呼以從之】號呼，光緒志作『呼號』。

【余謂宋季之秋】余，光緒《福安縣志》作『予』。

【四維盡圻】盡，光緒志作『地』。

【為向來呰窳之氣】呰窳之氣，光緒志作『風流佻蕩』。

【齎志流離】流離，光緒志作『流連』。
【而史稱所著編目尚多】史，光緒志作『世』。
【錢塘靈氣常存天地間】存，光緒志作『在』。
【亙天忠憤，照耀今昔】亙天，光緒志作『亙古』；今昔，作『今古』。
【與抑亦山川所佹值也】佹值，光緒志作『詭遇』。

溪雲閣修禊序

吾黨之講社，盟也，蓋不佞實慫恿之。居恒語諸君：『無諸以東，仙靈窟宅在焉。則以我洞天為第一，副本可藏，當無落第二義，負此名山而可？』於是起而倡和者，得十數人。余仲氏溪雲閣成，時時喚酒結伴，徙倚嘯詠其中，相顧歡甚。去年余讀禮，逼仄家居，無心復理韻語。諸君強捉余臂，破涕拈弄，夫慫恿不佞者，亦吾黨也。

今春明，秦川張叔弢先生策杖游支提，便過吾里。先生騷雅典型，於此興復不淺，而會當上巳修禊之辰，乃屬余檄諸同社，聚醵申前盟焉。叔弢操牛耳，據首座；諸君手挾不律，賈勇而前。命題鬮韻畢，各賦詩。詩成，參差列坐，熱腸薄霄，冷譃入玄，投壺角弈，浮白無算。意會稽曲水之樂，亦復如是。

是日，雖無天朗氣清，然霏霏一溪烟雨，簷花錯落觴斝間，殊覺佳致。客有朗誦『山色空蒙雨亦奇』者，余笑謂不如『山雨欲來風滿樓』，與此地此景轉貼耳，一坐絶倒。漏四鼓，酒罷，踉蹌穿竹間歸，秉燭煌煌，明星有爛，放歌互答，不知天壤何樂可以易此。

余嘗閲蘭亭圖卷，想王謝諸賢，鬚眉標格，浮動于水石樽勺之餘。又嘗一至山陰，覓所以修禊流觴之跡，已化為殘烟蔓草，了不可得。獨遐吊當年風流，隱隱九原，猶可作者，豈非世界之陵谷易改，而英雄之氣韻難磨哉。叔弢續有詩云：『揮毫誰仿王摩詰，畫出今朝修禊圖。』

居數日，而三山王玉生至。玉生之詩之畫雙絶海內，當是摩詰後身耶？蓋先是余以書招玉生，叔弢不知也，斯為詩讖矣。叔弢既別去秦川，玉生久滯吾邑，迭為溪雲長，其稱詩皆不落第二義，茲編成，他日當為余譜而圖之，以識吾党一時壇坫之雅，庶幾無負名山者以此。

箋○作於萬曆四十七年（1619）上巳，時年五十三歲。乾隆版《寧德縣志》卷之九《藝文志》録陳大經《溪雲閣修禊記》，參見附録。

【三山王玉生】見《問月樓詩二集》七言絶《題王玉生山水》。

《太白樓詩》序

姑溪春曉，碧合江流；采石雲屯，青歸野色。維舟吊古，千山銷望帝之魂；擊築懷人，一壑臥謫仙之魄。樓角上窮碧落，玉楹與彩筆齊高；天邊西有長庚，夜色共潭光不滅。摳衣薦藻，興回剡曲之帆；吮墨磨崖，響入山陽之笛。固已遊窮今古，韻滿珠璣者矣。

於是，侍御駱公建節上遊，采風下里。劃長江而東指，雙旌拂牛渚之霞；思美人于西方，八韻吊蛾眉之月。靈心出世，寥寥和白雪於誰人；仙品超凡，隱隱作青蓮之知己。爾乃遐搜故帙，遍察邇言。收之殘蠹之餘，合為千狐之腋。長風短詠，盡入清函；春屐秋觴，咸歸綺府。豈非續國風於二雅，披至寶于群沙者乎？某潦倒塵胸，坌埃俗品。覽一片江山之勝，愧授簡之未能；結八公雞犬之緣，或舐鼎而已足。爰陳數語，用側餘編。嗟乎！付歲月於豪吟，笑破三萬六千之局；疑神仙之謫世，應存七十二化之身。文不在茲乎，何必歎清才於異代；後當有作者，亦將追逸響于斯時。

箋〇萬曆四十四年（1616）八月，監察御史駱騴曾以舊存酈文博《謫仙樓集》為藍本，復加編輯，編成《謫仙樓集》六卷，此系崔世召代時任太平府知府胡爾慥所作跋文。胡爾愷，見《問月樓啓集》之《請胡州尊啓》。

【太白樓】原名謫仙樓，在安徽當塗縣采石磯。地處翠螺山南麓，面臨長江。唐元和年間建，北宋天聖年間重修。詳見民國《當塗縣志·輿地志》。

【侍御駱公】見《問月樓詩一集》七言律《又和駱侍御韻》。

校〇

【擊築懷人，一鑿臥謫仙之魄】《謫仙樓集》胡爾愷跋尚多『騎鯨化去，怪稗說之傳訛；泛月忘歸，紀風流之壯事。』兩句。

【侍御駱公建節上流】建，胡跋作『按』。

【坌埃俗品】品，胡跋作『吏』。

【覽一片江山之勝】覽，胡跋作『領』。

【後當有作者】當，胡跋作『如』。

重刻《文苑英華》序

夫文之關於天地亦大矣，文士傳心，筆中有舌，業取大道而寄之。菁華之苑，人自有致，代自有法，百齡影徂，千載心在，無論秦漢，人語呫呫，藝林即昭明所選抑何？

富麗鴻苑也。迨有宋雍熙二三君子，嗣文選之統輯，次《文苑英華》一書。世代肇梁陳以迄唐季，凡欲裁諸體，自外典瑣言，靡不畢登。諸簡部系匯分，星稠綺合，斯窮天地灝淼矣。

嘉、隆間，姚江胡直指來按閩，爰購繕本，授鍥於閩郡，於是都人士始獲讀秘中書也。寢沿歲久，梨梓漶滅，典畫差舛，幾令金根疑誤于蒼文，玄珠遺恨於赤水。嗟夫！宋蘭臺之肥囊飽札，胡姚江之綴玉傳薪，能無抱殘馥而長唏噓也哉。

三山太守孫公，楚黃奇士，夙耽書淫，自公多暇日，手是編，窮力校仇，一切紕訛斷漏，翻所未備。隨捐餼重鐫，不煩公賦一緡，舊籍蔚然改觀。卓哉孫公，吏道文心可稱雙絶矣。

余竊念漆書既蠹，而後宇宙載籍，不啻婁厄。非特兵燹煨燼之無幾，抑亦汗簡湮沒之已甚，有如使君嘉惠斯集，補綻庚新。事雖為述功，則倍創其自六代以下，諸文人李承旨、宋中書諸君子，實拍掌茲舉。而或者驚怖其言若河漢無極，曰：『道在知止，多識何為？』余謂否否，天地間精英，湛為道德，郁為文章，辟之月印於川，百川皆月也。

夫學者惟不講於知止也，學者而講于知止也，乾坤大矣，何書不可克腹笥。閱斯集也，攄房杜王魏之忠而陶其氣，摽燕許沈宋之鋒而軼其綺，發陰何元白之秀而嗇其靡；擷李杜之雅，詮韓柳之變，而一綜于性靈，富有日新，鎔鏐成液，安在英華非道德哉。抑宋自太平興國摛文苑以詔來茲，卒肇濂洛關閩之統，吾道大尊，不可謂非崇文之報。繄明詎遜宋也，日月經天，至寶不匿，文不在茲乎！願使君率都人士共勉之。

箋〇萬曆三十六年（1608），福州知府孫大壯重刻嘉靖本《文苑英華》，這篇序文當為崔世召代他人而作。

【胡直指】指胡維新，字文化，號雲屏。余姚（今屬浙江）人。嘉靖三十八年（1559）進士。四十五年（1566），任福建道監察御史。任上招募福、泉兩府刻工開雕《文苑英華》，親自督校。並得到巡撫涂澤民、總兵戚繼光支持，于隆慶元年（1567）付梓刊印。

【三山太守孫公】孫大壯，字心易，黄岡（今屬湖北）人。萬曆二十三年（1595）進士，初授福州知府，終陝西苑馬寺卿。有詩集，深得袁宏道推崇。傳見光緒《黄州府志》卷之二十《宦績》。

《適適吟》詩序

人亦有言詩，道之不尊也。一屈於青衿之經生業，再厄於進賢冠之簿書，其說以為經生業如繭絲明水，著一點詩腸不得政，猶玉屑雖貴，不堪入眼，而一行作吏，世法勞人，重以憂讒誨妒，向來烟霞丘壑之懷遁去，都盡以此爭諱言詩。

嗟夫！其為詩，冤也。余嘗於命觴拈韻之餘，隨意臨文，覺勃勃欲舞者，何故？而南海郭于王出宰寧川，風流賦詠，十七料理案牘，十三領水雲。每弁哦，篇章輒盈篋，則是集俱在，當為此道解嘲矣。于王之言曰：『吾非喜談詩者，聊取適吾適而已。』以故平生目之所閱，臂之所交，車塵馬足之所到，以至鳥性山光，壚頭籬畔之所指顧，莫不落筆為詩，無往不得其適者。頃於公餘暇日，屏騶從，單軺雙屐，直躡霍童峰頂，振衣長嘯，葛公雞犬隱隱如在雲中。已乃入支提古道場，禮千天冠。復逾五龍潭，覓金燈、化城諸淨室，取道說法臺，信宿辟支、陀羅，挾滿袖翠微而歸。無論所題，叶令山靈吐氣，即其幨帷巾舄，出入於胡麻碧澗之間，翩翩乎仙令哉！借非于王神情暇整，遊刃有餘，何以及此。

因信古來英雄，眉頭舌本，須具格外騷人之韻，便覺風神開朗，以之臨文則靈，作吏則不俗。若潘于河陽，陶于彭澤，謝於永嘉，香山、眉山之於西湖，皆以流水了公事，青山作宦情。千載而下，想見風流，猶有生氣，繇斯以談詩，亦何負於進賢冠也。蓋余嘗持此論目中，久不得一當此人，幸而得于王，于王亦幸臭味。余春郊秋樹，相與把酒問青天，揚搉風雅，此外不知其他，所謂各適其適者耶！夫崔生之必不諛于王亦明矣。而崔生者，寧川令部民也。法尚稱侯，稱神明使君，如世俗一切頌語，而獨稱于王，崔生不知有令，知有于王耳。有如于王儼然以貴臨部民，崔生復效陽鱎求媚於上，則亦尋常冠蓋交接，了無臭味，于王何必屬余序其詩，余亦安能序于王詩哉！

箋〇見《問月樓詩一集》之五言古《送郭于王明府入覲》。

《桂洞閑吟》序

人世間得趣之境，莫過佳山水，而得佳山水之趣，莫過名僧羽士，及我墨客騷人。第名僧羽士之為趣得之幽闃，而墨客騷人之為趣，得之閑曠。是以千秋有韻之語，往往能抉川雲之隱，與巖壑競傳不朽。

蓋巖桂洞之辟，自謝藎卿始，而藎卿之詩自辟桂洞始也。往余扣藎卿于山居，猶憶其墜馬沙頭，聽鶯谷口，捧腹十年前之事，時藎卿吟懷已咄咄逼人，攜杖偕余歷歷指中景，相與醉無塵樓上，各賦短長韻而散自別去，而藎卿之為詩括目可知也。今春再過山中，桂影婆娑，淩風欲舞，粟留語桃花並枝，似迎舊識。加以流觴之勝，掩映蘭亭，此時恨無右軍諸賢，把臂入林。然讀藎卿《桂洞閑吟》，則居然賞謝朓青山矣。

嗟夫！人代撲面，風埃俗物，敗意者不淺，獨賴天壤間一幅佳山水，可對可歌。昔淮南叢桂，原以高隱為招，夫佐藎卿之趣者，桂洞；而使千秋萬歲知桂洞者，藎卿也。即不藎卿詩而得藎卿趣，其為藎卿自若也，況其詩堪敵此山者乎。雖然，世間尚有一種非譽恩怨之事，可以罥清士之腸，而令山川黯色，此名僧羽士之所急抽身結淨而歸大道者。藎卿勉之以閑曠之懷，濯以幽閒之想，則謂此山叢桂，為八公結局可也，是又所貴乎，得藎卿趣者。

箋○桂洞，又名巖桂洞，在連江縣太平鄉安仁里（今連江縣蓼沿鄉白沙村）。山中多景致，題刻琳琅。始開闢者謝懷忠，字藎卿，為白沙望族。今山中尚有萬曆乙酉（十三年，1585）連江知縣劉焿題詩石刻。見民國《連江縣志》第七卷《名勝志》。

【無塵樓】劉焿有詩：『遂憩白沙塢，遐想無塵樓。』

《燕遊紀日》敘

不佞與于明追隨筆研者十餘年，時余癖殊厭薄舉子業，旁竊為韻言古文詞，於明獨下一樓，枯坐帷中，搰搰舉子業之，是工也；蓋最後而于於明稱詩、古文詞矣，而興復不淺。境之所搗，心目之所造，輒手一編，相挑賡答，應接不暇。名士殆不可測如此。

去歲北行，則所著《燕遊紀日》，予得受而讀之，而轉愧余昨遊之草草也。燕都士宦輻輳之地，輪蹄如織，閩人望長安遠於日，霜蓬雨柁，凡五舍舟而始登陸。驢背風埃蔽天，行昏黑，稅駕委頓土床中，爾時欲下一語那可得。于明情超乎境耶！境生乎情耶！夫人肝腸不甚相遠，而胸眼之解政，自有淺深。子長登禹穴、浮湘沅後，飽泄而為文章；謝宣城搖筆興到，謂江山來助人。嗟夫，亦惟子長、宣城能領江山個中趣耳！

今于明結一廬碧山之濱，春潮繞門，鶴屏當戶，誰非景，誰非趣者。文心酒德，視昔枯坐下帷時更活潑。自賞意固不令他人解，人亦不解也，每一觴予耳熱擊節，驕誦前句，只尺之地，覺萬里為遙。予笑以六橋、三竺之遊敵之，時于明為烟雨短興，撾回帆也，良久謂余曰：『寧虛吾不借，毋虛吾不律，續遊在邇。他日過虎林，當買方舟，鼓吹詩腸，訪孤山主人于梅花塢口矣。』

箋○作於萬曆三十九年（1611）春。

【于明】陳雲鷺，字于明，號雪齋。寧德一都東門（今蕉城市區）人。會同知縣陳琯次子。萬曆三十八年（1610）貢生（又作萬曆甲午鄉試副榜），延平訓導。詳見乾隆《寧德縣志》卷之七《人物志》。

《柳塘詩草》引

詩，清物也，斷不入俗士肺腸，俗士亦有詩，自不清耳。世途黄埃中邂逅，視其人瀟灑有致，未有不能詩者。即不遇其人，讀其詩，落落穆穆，霞飛而露澄，不問知為清士眉宇也。余嘗以此射覆文人，十不失一，而詩更甚。

余初未識仲聲面，而識仲聲詩，已神遊柳塘上下矣。歲辛亥，仲聲挾杖作太姥、霍童之遊，扣余山下，握手若平時。呼盧泛白，各盡數斗，狂歌散譃，連曙不休。爾時神氣上亢千古，恨不使嵇中散諸人知於仲聲詩，何似怪哉？

詩之工於寫照也，而仲聲有别業曰柳塘，麗越王山之麓，為墅中一勝。老松萬個，能挾風雨作龍吟，水竹蕭森，芙蕖掩映，細臨曉檻種種，詩腸鼓吹也。而獨取柳塘，何居不見春明堤上景乎？馬首鶯笙，風前玉屑，若猋若舞，點點撲人衣裾，欲就手，捉摸不得，當是百卉中最無染清品。迨其綠膩條長，一片翠香，帷幙天地，炎氛不侵，即深霜告嚴，眉黛盡斂，而寒瘦之枝猶堪披拂，六花為黯淡吐氣，是以謝閨之雪賦，張緒之風流，皆取其標格清韻而肖之故。

夫柳者，亦化工之韻也。仲聲詩草，遊覽者十五，贈答者十三，居柳塘賦者十之一二，而以柳塘名編，蓋仲聲寄意微矣。惟其有之，是以似之，向以詩知仲聲，又不若以柳喻仲聲之真也。先是仲聲屬余序，久未應也。

癸丑，同上春官，而同不售。是日強收魂魄，不作攢眉斂黛，亟呼毛穎子、褚先生，與俱勞苦相慰。僦居之南有柳數本，新柔欲語，取酒對之，為立草十行。弁柳塘編之首，尋自笑咄咄崔生，雖復冷落寒瘦，亦有披拂意耶。而崔生之詩，乃似沾泥絮，不及仲聲遠甚。豈射覆其人之法，有驗有不驗乎？解之者曰：『絮則沾泥矣，而柳不以貶清。』仲聲其以為然否？

箋○【仲聲】即吳爾施，見《問月樓詩一集》五言律《用韻送吳仲聲之永春廣文》。

【越王山】即屏山，位於福州城區北端，閩都三山之一。以閩越王無諸所都，故名。見乾隆《福州府志》卷之五《山川一》。

《印品》序

古自有印章，而無其印章。古人之才不盡於印章，而以墨跡掩也。然古人墨跡若尺帖幅畫，非印章則不傳，猶之人楚楚衣冠，不可徒跣也。而賞鑒家閱古法書名畫，具正法眼者，必先辨印章，以廉得其真，贗則弗收焉。是古人之印章，又未始以墨跡掩也。自《印藪》出，而世乃有以印章孤行當家者矣，若吳中文三橋、新安何雪漁俱精絶一時，時至李弄丸所鎸玉章，尤稱獨擅。余習見長安市一二能事者，皆足以傾動名公卿，與文人韻客爭高聲價。始信天地間一節當行，便有精義入神之妙，其命腕之柔脆，運刀之緩疾，取態之妍拙，位置之疏密，作者如林，升堂入室之科，亦未易輕着品題也。

蓋陳伯子延祖之為《印品》也，伯子非以印品者也，得品于印而為印品者也。其言曰：『吾不能以數寸之鐵，一尺之腕，奪石鼓之罘之幟，安所取印章而孤行之。吾第取其品之不入俗、不落板者，斯已耳。』伯子實未有所傳述，而逼欲分陳惟玉、李陽冰半席，勢誠不可以參之長安能事之場，庶幾駸駸望而至之，伯子殆異品也。余嘗服其慧性天賦，諸能事一過眼，了了精辨，其於古法書名畫，無所不窺，亦將無所不肖，固非以印章孤行，而何曾以墨跡掩也。且曰：『吾時時獲閱古今名家巨人姓字里氏，若通刺往來，一生知交，隱隱傾盡清品名流，吾甚樂焉。』王右軍不云乎，後之視今，猶今之視昔。千秋百歲之下，必有品伯子者矣。然則伯子之才雖不盡於印章，而欲無其印章不可得也。

箋○【印藪】明羅王常撰，六卷。是編搜羅古印，摹刻成譜。見清永瑢、紀昀《四庫全書總目提要》卷一百十四。

【吳中文三橋】名彭，字壽承，蘇州人。文征明長子，南京國子監博士。工詩文書畫，精篆刻，猶以篆刻名世。參見清倪濤《六藝之一録》卷三百六十六。

【新安何雪漁】名震，字主臣，婺源人。深究古籀，時人譽稱『近代名手，海內第一』。與文彭齊名。見清趙吉士《寄園寄所寄》卷十一。

【李弄丸】鍾惺譽之：『善玉章，可媲美鎬臣。』見清葉為銘《廣印人傳》。

【陳惟玉】荊州人，高宗咸亨間在世。工篆書。所書《碧落碑》筆法奇古，為世所稱。參見北宋歐陽修《歐陽修集》卷一三七《集古録跋尾》卷四。

【陳伯子延祖】邑人，溪雲社成員。見《問月樓詩一集》五言絶《秋日同龔武陵、趙宗卿、陳延祖、月浪上人遊瑞跡寺賦二首用月浪韻》。

班荊社序

趙子潢孫結社班荊，蓋取楚聲子事也。所往返共語者，則陳子伯恒、仕登都君二程，暨余侄爾冠、二室也。夫虬松兔絲，龍精牛斗，氣類相狎，人胡不然草野之間，忽焉如風遭水，握手定交，二三語合藉草茵花，其決非錦幕氍毹中人所得參明矣。

今夫大則豪炎勢利，小則羶穢厖雜，樂則巨觿斗酒，悲則擁腫堆燐，皆氍毹中人，自受自說，豈班荊社一片地可許同時語也。我輩眼中著一副好山水，胸中藏一副好懷抱，自然超絶世氛，不落卑瑣。人生有此致，況何减擁百城為南面王哉？

今試列荊分坐，與諸子語。或以詩，或以畫，或為籀篆古章，或拈弄絲竹，漸近自然種種，各成其致。況此時放白眼看世人，政不必索世間人解耳。諸子獨余阿咸最癡，而學畫又最先，余嘗以作文生動之法喻畫中趣。諸君其精於文者，幸為余罕譬傳曉之，但須生動活活，不作俗臆筆腕，自貴持此，作畫作文都無不可。吾不知諸君後來所精進變化若何？知其今日結社之意如此，珍重諸君，此番世界爾曹好為之。不佞顛毛如許矣，無勞招元亮入社也。

箋○【趙子潢孫】寧德人，溪雲社成員。疑即趙子卿，蔡世寓《西園集》有《和趙子卿梅花九首》。另《問月樓詩一集》有提及『趙宗卿』者，未知孰是。

【陈子伯恒】見《問月樓詩一集》七言古《題陳伯恒一樂圖》。

【陳子仕登】即陳士登，伯恒之弟，見前之『陳伯子延祖』條。

【爾冠、二室】爾冠指崔峨，字爾冠，世召胞侄。見民國《東井崔氏族譜》。二室，見《問月樓詩一集》七言律《題家侄二室培萱所》。崔世榮長子。見《問月樓詩一集》七言律《題家侄二室培萱所》。

《谷口集》序

史稱鄭子真躬耕谷口，名震京師。當子真躬耕時，短畚長鑱，寒簑自擁，了不知有人間世，豈為名哉？使子真無所為人知，而有其為人知之心，則亦老農本色。當時即有名千秋，後定以子真為何如品？然則世之張皇嗷名者，皆子真之所不許者也。

今去子真數千餘年，尚有慕谷口之名名其居者。蓋去余邑五十里許，亦有谷口云，則鄭廷占之先人菟裘地也，而廷占因以名其集。廷占生負骯髒骨，弱冠遊庠，尋棄其業，談兵曾上策叩轅門，脱其父于兵戈洶亂之衝。間發為詩，狂嘯自放，晚年耽情山水，著述日富。使廷占而噉名也者，曩時青衿之業，棄若敝帚，即開府油幢、將軍虎帳中，立草檄，飛露布，何所不得名；即不然而如今世詞人清客，挾片韻望門投薦刺，寄其屐于四方，吾恐廷占將逃名不密耳。

余與廷占交三十年，熟察其意，無不可為人知，而無其為人知之心。若厭世而逃於詩者，人偶睹其貌，古老宿也。巾裾落落，不逐時樣，對人言若不出口，而微露少年風流語。家貧賣藥自給，與子真荷鑱擁箕之致，夫豈相遠，而後先令吾邑者皆聞其賢，過廬而式焉。

今龍門郭使君喜談風雅，折節好士，輒交廷占歡。人謂廷占得登龍門，而廷占澹然無他謁也。以廷占骯髒之氣作此舉止，千秋萬歲別有以定廷占品矣。廷占七十時，余既為著《鶴山高士傳》，不具論。今年八十，余不能買牛酒從世俗後為壽，而為之敘其《谷口集》，若此使後世知谷口，復有我輩人如廷占者，夫廷占無為人知之心，而令人有身後名，則亦我輩之過也。

箋〇【谷口】即寧德福首，今稱福口。萬曆《福寧州志》記為『卜口』。舊屬九都，今劃屬八都。北宋提刑鄭南居焉。

【鄭廷占】見《問月樓詩二集》之五言律《鄭廷占病足以詩見貽用韻答之》。

【龍門郭使君】指郭用賓，見《問月樓詩一集》之七言古《送郭于王明府入覲》。

《豆花園詩》序

眼前之景，尋常厭慣之物，一經高人拈出，皆成佳話。金陵豪華勝場，韻氣少年冶情自適，穠英豔蕊，奇卉名株，何所不可取給。叔嗣結廬青谿，澹無他嗜，獨編籬種豆，看花開落，怡然樂之。邇復移居鷲峰之西，攜一斗豆自隨，種花如故。

蓋叔嗣之趣有難喻人者，然當其箕踞籬邊，繁紫累累，綠陰成幕，月光微碎，好風乍來，新茗正熟，時與花香迭送，此時即錦棚金谷，弗與易矣。咄咄豆花，千載而下，幾與孤山之梅，彭澤之菊，共入人齒牙，亦幸哉。

余與叔嗣往返數載，深識其人，了無今世詩人叫囂之癖，而委蛇靜好，絶似豆花風味。抑其詩之溫夷澹雅，亦似之。叔嗣詩益工，而家益貧，叔嗣殊不屑也。雖然叔嗣亦幸而貧耳，叔嗣而不貧也者，彼人世間穠英豔蕊，奇卉名株，將進而與豆花爭寵，余亦不敢過而問之矣。

箋◯【叔嗣結廬青谿】高叔嗣，生平不詳。青溪在金陵府（今江蘇南京），發源于鍾山，流入前湖（今名燕雀湖）。東吴大帝赤烏四年（241）開鑿，一名東渠。見南宋周應合《景定建康志》卷十八《山川志二》。

【逥復移居鷲峰之西】鷲峰即鷲峰寺，在南京府城鈔庫街，青谿之曲。明天順間，宦官進保擇南梁江總宅址創建寺廟，英宗賜額『鷲峰』。見乾隆《江南通志》卷四十三《輿地志·寺觀一》。

《塵餘清玩卷》序

聞之有清品者，必有清心；有清心者，必有清癖。天生吾儕一片肝腸，不許一絲塵溷，凡花前快友，几上名花，眼邊奇玩，種種皆吾神明消受之福，政復以得癖為佳耳。然則世之癖，於利癖，於世態癖，於粉黛癖與悠悠不成一癖者，皆非清品者也。陶伯子嗣養雅有物外之癖，意若不可一世，捉鼻穢濁，杜門索居。居後結一樓，貯古今書若干種，牙籤秩秩，法帖名畫如之。樓下布置花石，綽有小致，時爇沉水香，四壁氤氳，昕夕不散。伯子或登樓看山，或倚檻攤書，棲托飄然。復取殘箋尺幅及扇頭詩畫，彙成卷，題曰《塵餘清玩》。時時披展，大叫稱佳。

嗟嗟，伯子信以斯帙為吉光片羽乎哉！此伯子癖也。吾師衍泉先生督伯子舉子業且急，數呵止之，勿以此不切嬲兒神明。余曰：『無傷也，古人臨池之妙，點染之神，往往與文章通正。謂作者不癖不工玩者，不會心，不癖安在不相為用者，夫世未有俗肝腸能發為大文字者也。伯子第廣之經術家，一段澹遠之靈氣，揮灑變化之機，將於此卷取則焉。爾時吾師猶恨伯子不癖也。伯子真清品也與哉！』

箋○【陶伯子嗣養】寧德教諭陶宗器子，建安人。見《問月樓詩一集》七言律《集陶嗣養嗣哲繡玉齋，同王息父、劉心太、黃爾瞻、翁壽昇分賦得雕字》。

《筆講》後序

閩都東漸之墟，往往於不意中得異常之人。于今山川草木，饒有景色，則天實假赤城之標于諸君子，為一方卿雲也。

金壇周君食，雲中白鶴，暫賁秦川，落落穆穆，不惹風塵。時以公餘，進諸生談討，清言妙緒，亹亹逼人不寧。獻酬群心，翼經諦聖，於是乎在命曰《筆講》。信夫三寸不律，可通千百祀精靈，賈其玄心，流為韻語，當是舌本有芙蓉爾。

不腆秦川以霍童為諸洞天第一，復得使君第一人對之，應令司馬撫掌，長庚解頤。大抵古今豪傑之士，吞吐江山，搖筆則稱工匠，綰符則稱神君，文章政事兩耶？一耶？余何足以知使君第對公瑾心，醉時覺筆舌隱隱不枯，乃以數語砂礫其後。夫條風時至，候蟲應鳴，然則使君之造我亦大矣。

箋〇【金壇周君】周廷侍，字君食，金壇（今屬江蘇常州）人。吏部尚書迎秋弟。萬曆十三年（1585）進士。三十八年（1610，乾隆《福寧府志》作『三十九年』），以德清知縣謫任福寧州判官。見萬曆《福寧州志》卷八《官政志》、光緒《金壇縣志》卷八《進士》。

屠繡虎《制義》序

聞之吾師，時藝雖小伎，然天生文士舌本筆端，自是山川一種靈氣所寄。如吳浙多水，其文膚清；閩地多山，其文肉厚；楚多藪澤，其文氣宕。大都以意廣之，良然吾師者，張鯤修先生也。

丙辰之役，余謁先生于檇李，不遇。艤舟城畔，樂其湖水漪漣回環如繡，低回久之，不能去。因思茲土文章佳美，當如蜃吞水氣，幻作五彩樓臺耶！而是時檇李鄉薦士得三屠，其一繡虎氏年最少，則屠少伯先生伯子也。少伯負詞壇宿譽，名播海內，與吾師及今譚督學皆聯婭，結筆硯交。余常誦其歷試草，輒斂顔折服。

今歲，來佐吾寧，庭接款，握手若平生。無何，出伯子《六息齋稿》見示。讀之體氣鮮令，藻思泓渟，恍如朝旭揚瀫，春澌浮飆，駕方舟而遊於鸁湖之滸也。笑語少伯，如許千尺烟樓亦堪撞破耶！而吾邑多士問藝屠侯之門者，人乞一帙，願得一片清冷之氣，以當閩文砭鍼。于是重付剞劂，廣示弟子員，而命余弁言。顧余掩淚風木，廢管久矣，何足以知繡虎抑有説於此？吾寧西去支提山中，五龍潭水懸湫萬仞，馳波跳沫，俯首而東望，則圓淵飛澇，崩雲屑雪，合之長水漪漣，斯亦可謂盡水之變已。伯子他日定省之暇，試一寓目焉，當無更進乎技否？詩不云乎，『他山之石，可以攻玉』。繡虎亟勿忘遊閩哉！

箋〇屠少伯，名明弼。見《問月樓詩二集》五言律《送屠少伯明府之任黔中》。

【檇李】嘉興之雅稱。因其地產佳李，故名。見清许鸿盘《方舆考证》卷七十四《浙江二・嘉兴府古迹》。

【譚督學】名昌言，字聖俞。嘉興（今屬浙江）人。萬曆二十九年（1601）進士，以福建按察司僉事領提學道，祀福州名宦祠。詳見道光《福建通志》卷百三十《明宦績》。

張粤肱《制義》序

己未之秋，張仲子粤肱從其尊人韓陽令維誠先生考最入三山，會余亦返棹囦關，於是有洪江之盟。能始曹觀察為主社，是時明月可中，相與連袂，載酒蕩槳石倉池。拍弄波光，因聽泉松崗，鬮題賦詩。座中明府詩先來，粤肱聯得十絶，驪珠在手，一時南橋北梓之氣，亹亹來逼人。

明日，粤肱復袖其《制義》至余客舍，促膝披示，則閩遊篋中草也。夫粤肱遠攜天目翠微而來，六橋三竺之烟雲收入筆端，篋中幾滿，豈以遊閩而貶為閩文乎哉！韓陽左跨太姥，右挾霍童，長溪之水匯龜湖而浮六印，盡取以供粤肱之睫，當不益高深。及睹粤肱之文，命意踔絶，詞峰嶙峋，則兩名山之靈佐其運驅。而文中金波玉濤，春天滿碧，則更長於溪也。且無遐論，若夜來浮山水月之澹漾，紅泉潺湲之響，粤肱之詩之文殆將迫肖之異哉！其先得吾閩山川之同然者耶！

秦越人以醫遊列國，其名屢遷，刀圭逾神，即謂粤肱遊閩而遷為閩文也。亦可譬之雲物，韓如布，趙如牛，越如行人，魯如馬，宋如車輪，齊如縫衣，其於點繪乾坤景色一也。

不佞童學一先生之言，抵于遲暮，遊跡半天下，而落筆不知所化，對粵肱長笑老婦柘枝矣。而維誠明府今海内宗工也，粵肱胡舍趨庭而下問，不佞倘亦有師馬得途之意乎？嘗竊評粵肱之文，往往逗洩六橋三竺烟雲，宿具吴音，而傀變閩操，謳者一喉，鼓者一手，亦受音之耳，自作分别想耳。雖然世有伯牙，必有子期，東西南北之人當有賞識粵肱，於世界丘里之外者。如人盡閩也，遊閩盡文也，烏知粵肱哉？粵肱疑吾言，則君家子期有曹觀察在，其試問之。

箋〇作於萬曆四十七年（1619），時年五十三歲。

【張粵肱】福安知縣張蔚然之子。光緒《福安縣志》卷之二十五《流寓》有『張光球』，字㮨青，為張蔚然長子，萬曆二十五年（1597）丁酉科舉人。另穆陽獅子巖有張蔚然題刻，中有『次兒堯翼』者。序中稱之『仲子』，則粵肱為張堯翼無疑。傳世《俞允文和吴虎臣詩》手卷，有『西湖張琇幼青』跋文，下鈐『張堯翼印』『幼青（白）』二章，亦即此人。

【曹觀察】觀察，明清時期對按察使的别稱。曹學佺曾任四川按察使。

【洪江之盟】是年八月，崔世召與張維誠父子集于曹學佺洪塘山池，主客共十四人，夜宿夜光堂。見陳慶元《晚明閩海文獻梳理·曹學佺年表》。

【匯龜湖而浮六印】龜湖六印俱福安名勝，見萬曆《福安縣志》第一卷《輿地志》。

《存心俗語》跋

勾曲印山成君，為人通爽，好棲托，余友張賓王曾對余道及，夫夫可語也。陸沉韓陽數載，深為金壇周君食使君、建武毛漫生大令所器，委署捕務者三，大有局陳即之，類不俗者。乃撰為俗語，而弁以存心，何居？君之言曰：『語之有雅俗也，自文章家強分之，世有會心人當不作是想。試使聽鳥吟蛙吹，水淙木籟，與夫村叟野豎之談，種種天機，吾儕本色，住世人為本色，涉世語足矣，有如心之弗存，文於何有。』

今其篇驪驪數千言，皆俗情砭鍼眼前話柄，闒門散吏，銜冷如水，益以廚傳驅馳之繁，何緣發此清興。政如卿家幼文『風皺一池春水』，聊不免闗心耳。

余往來秦川，道經六印江，每扣君空署中。寒潮打門，蒼嶼對榻，殆白香山所謂『雲從棟生，水與階平』者。余留與樂之，笑語成君安得縮此地，為君鄉三茅襟帶乎？君惠好我，為炊脫粟飯，只雞斗醅，輒觴余醉。余輒至醉，燒炬對譃之餘，更出其書讀之，竟至自嘲一段，不覺捧腹失笑。人生戲場，信如公言，那得不醉。因各舉大觥相持，丙夜狂歌數闋，汀頭鳬鷗，潮心款乃，隱隱相答，此時不復知人世有雅俗之分矣。

酒罷，遂汗漫書數語於篇末而別。

箋○【勾曲】即茅山，又稱地肺山。在江蘇句容市東南。此處指代句容。

【印山成君】名孟椿，句容（今屬江蘇鎮江）人。萬曆四十年（1612）任福安典史。見光緒《福安縣志》卷十六《職官》。

【張賓王】張賓王指张榜，字賓王。句容人。萬曆三十一年（1603）舉人，著有《五經正解》《肺山稿》等。乾隆《江南通志》卷一百六十五《人物志·文苑一》有傳。

【金壇周君食使君】即周廷侍，見本卷《〈筆講〉後序》。

【建武毛漫生大令】毛漫生，名萬匯，廣昌（今屬江西）人。萬曆二十二年（1594）舉人。三十八年（1610），任福安知縣。見萬曆《續修建昌府志》卷之十二《選舉》、光緒《福安縣志》卷十六《職官》。

【卿家幼文】成幼文，南唐大理卿。作《謁金門》云：『風乍起，吹皺一池春水。』中主李璟召曰：『職在典刑，一池春水關渠甚事？』見清王弈清《歷代詞話》卷三《五代十國》。

#《九如圖》序

思平劉先生者，不佞召父行也。自不佞偃蹇困諸生間，先生常客吾家，攜一琴一不律，與俱往來烟水，遇泉石佳處，輒箕踞其上，鼓水龍吟一闋而後去。所過名山古刹，必研麋隃數斗，掃壁大書，以紀勝遊。飄然有人外之致。

是時先生已甲子一周，顧不自老，孤心獨賞為偷閒少年，私甚壯之。隔十星霜，不佞始與計偕頭顱如許，而先生髮皤皤七十老矣。嗟夫！壯夫白首相逢之感，良可以叵羅澆之。

先生獨愛余言為壽，數移書切責崔生，奈何以懶僻嫚父行。余謝唯唯，乃合弟兄謀繪《九如圖》，令猶子峨司繪事，圖成因為草其巔末。

夫世之所稱善祝者，莫辨於詩，天保數語，而後人豔傳之，至尋常村叟，潦倒張筵，輒舉以佐杯斝，斯為套談矣。語曰：『惟其有之，是以似之。』先生風流蘊藉，海嶽盤胸，瓢笠所到，凡青山碧阜，崇崗茂陵，無不飽拾。翠微千頃，雲霞沁蕩，玄宰安得不壽。而讀先生《孝友傳芳録》，則昭然揭日月而行矣。南山如黛，丹顏如渥，試浮太白，對之陶陶然，與虬松翳柏岳挺於寒蕪積雪之間，甚矣九者之似先生也。是日也，條風正柔，新桐初引，先生當奏一曲，浩歌天地，老壽安可量夫。按圖套談，烏足重先生哉。

箋○【不律】筆。《爾雅·釋器》：『不律謂之筆。郭璞注：「蜀人呼筆爲不律也」，語之變轉。』

【麋隃】應作隃麋，又作隃麋。古縣名，漢置，故地在今陝西千陽東，因隃麋澤而得名。隃麋以産墨著稱，後世因借指墨或墨跡。

【猶子峨】即崔爾冠，見前《班荆社序》。

【崇崗茂陵】『茂陵』應作『茂林』，語出王羲之《蘭亭集序》：『此地有崇山峻嶺，茂林修竹。』

殷郡守奏最貤封序

不佞縱論今昔名卿巨人，往往出自鴻龐世德、砰隱開先，若萬石君家傳醇謹，陳太丘之後代有公卿，此類何可勝指。而吾聞之唐君淳嘗言其宣城先輩，有稱九一殷先生者，行甚高，清風穆如，當屬三代以上人品，其世德必茂且遠。余私識之，厥後而始得其令子大滌大夫出守吾秦川云。

大夫風期濯濯，大克振其家聲，守秦川僅逾年，入計長安。余與君淳同計偕，得一再握手，歡甚。而是時，天官已列大夫治行第一矣。其明年，以三歲秩滿，奏上最。先後御史薦剡交至，主者以例請得以其貤典，贈其父進階中憲大夫，暨厥母如秩，賜誥有差於都哉！天子嘉命煌煌，其於報勞臣，隆施世及恩數，可不謂深厚哉！

不佞嘗考貤封之典，三代未有，雖有賢勞之子，三寵三賜不以及親；而漢室地節、五鳳間，循吏輩出，天子至賜璽書，齎金帛，未聞推恩其先者。則獨歎國家何獨奓于報臣勞，吾儕之食報於國家者，亦太不稱也。

顧不佞讀《九一先生傳》，知贈公之三令巖邑及守金華者，亦既不愛股肱之力為上，子元元謳歌至今不絕。復從秦川父老得誦大夫所以為秦川者種種，稱廉明卓異，語在兩御史露章，大都家法相繩，原本贈公之成。事而輕重，布之若揉輈於軸，而發刃於型也。惟是一介之州，越在東海，往歲波臣稍警，卒以鎖鑰海島，晏然大夫是賴；惟州有乘，載筆聿修，以裨來者，大夫是衷；學宫不利，易地鼎新，墨食其兆，大夫是宅。以至錢穀聽斷，淩雜米鹽，能吏之所勉，大夫之所旁及，不具論。論其軼者，萬里之外有守臣若此，於國家之恩數豈有愛焉。

制若曰：『天祚王室，九廟靈長。爾父其從與享之，惟爾世濟其勞，以有此役也。』

我是以有今日之命，大夫亦稽首以答王，休曰海濱微臣，奉職無狀，亦用修紹會於前人，應於數載，罔有不恭，敢對揚天子之徽言。當斯時也，上賁其惠，臣益其廑；父引其轡，子乘其轍，此三代之隆，地節、五鳳所不敢望者，大夫當無引滿而更進也耶！今主上久道化成，海以東南，鯨沉虎渡，亦惟二三紹裘之臣柱石方士，有詔舉良二千石入為公卿，當首大夫。其世世明德，與休命無極，然則大夫之食報於國家者，豈惟今日哉。詩不云乎『樂只君子，天子葵之』，願以是復二令君之請。

箋◯殷郡守指殷之輅，字稚堅，號大滌，見《問月樓詩一集》七言古《殷刺史稚堅以先大人行略見示，為賦敬亭山長歌》。

【九一殷先生】指殷登瀛，見《問月樓詩一集》七古《殷刺史稚堅以先大人行略見示，為賦敬亭山長歌》。

【惟州有乘，載筆聿修】萬曆四十四年（1616），殷之輅延請州人張大光、陳朝策重修《福寧州志》，計十六卷，今存。

【墨食其兆】『墨食』應作『食墨』，龜卜術語。出自《尚書·周書·洛誥》孔傳：『卜必先墨畫龜，然後灼之，兆順食墨。』

郭邑尹獎勵序

今風雅之士自許清流，輒嗤長吏簿書為俗，此夫不工為詩者耳。夫聲音之道與政通，《三百篇》歌風貢俗，言言殊，觸類而長之，安在授政不達也。

余嘗與社中抵掌，我輩賦才華騷腸，吏腕斷無兩截理。今邑令君郭侯獨擅此道，其治寧又多頌聲，則取《適適吟》讀之，美哉！贍而不穢，沖而雋，若卿雲爛而和風飀。執此以往，其于平易親民何疑。

於是侯令寧邑三年，政成，直指使者以報命行下檄，褒美詞甚都，而邑之佐貳某某輩紹介索予以言。夫郭令君寬然淵靜，長者也。親民之長，將用安之，不欲以矜踔右寬和，明矣。矧寧土風醇厚，正與侯性相宜。侯固曰：『此吾河陽、虞城地也。』而安仁萬桃，太白三柳，不聞以吏務妨嘯歌，繄詎異人任哉。

當侯莅境時，遍諮利病，下教與諸僚佐約，若職司馬，毋簸尺籍而白市于路；若職勾稽，毋先鷹鸇後鸞鳳；若職捕，毋為瑣瑣黕點乃操。則皆唯唯，受指而退。故閱侯三年，所吏習民安，堂皇晏然，二三有司，咸秩成命。孰使厲海禁，而穰穰滿家，征科不擾，而民爭先樂輸。兩造厭情，忭舞而肺石下虛無人。學宮弟子員喜得師帥，聽輿人之隆而途於歌，巷於頌也，謂非寬然淵靜之效哉！而侯乃時時褰帷行春，從容於選勝飛觴之事，所至賦草淋漓，自覺筆酣墨醉，玄風穆如。故夫論郭侯者，在詩道通，不在宦道通也。

善夫夫子之言政也，曰：『安身取譽為難夫，不上獲者不下觀。不安身惡以取譽，今世所嗤為俗者。正謂簿書咄咄勞人耳，惟詩家一種和平沖雋之旨，令人神遠氣恬，可以安身，可以近民，於直指嘉獎何有。余且與諸君涉論之世俗之所謂譽者，不過蛾眉取妍，得一當于上官。至從旁張皇其事，動引漢家循吏，賜黃金璽書，入為公卿，一切故套已耳。吾之所謂譽者，决在此，不在彼，何也？漢自用漢法，我自用我法。』今使侯晉秩三賜，非久致身于蘭台青瑣之間，一時之遇也。使侯高韻瀟騷，遠擷菁華，近播神明，聲則千秋之壯業也。

今天下風雅之盛，首推東粵。而策名展采為卓異良吏者，亦復不乏，意羅浮山川之勝實鍾靈焉。侯家于羅浮，而作吏于霍童洞天之區，惟是支頤拄笏，朝來爽氣，更與雅道相宜。當以擬之古人請為勾漏令者，河陽虞城又不足言矣。蓋余所以豔慕郭侯者，以此斯，亦吏治清濁之原也。

箋〇郭邑尹，指郭用賓。見《問月樓詩一集》五言古《送郭于王明府入覲》。本文作于萬曆四十六年（1618），時將調任。

蔣壽寧誕日序

全州八桂之墟，山川奇秀，湘漓建瓴而抱清波如沘，粵以西才藪也。往余識灌陽蔣侯於淮口舟次，片語投分，各各放一雙青眼於風塵之表。已復賞鑒其文，超神遠韻，肖其人，時心卜何物，此君咄咄作金華殿中語，次亦不失經濟局陳。

居久之，余買舟而南，而蔣侯鰲陽之命下矣。鰲陽去余邑信宿程，土風之相埒，歲時事之遷，長吏之賢聲，朝於途而夕於郵也。蓋侯之蒞鰲陽，數閱月而稱大治云，而于嘉惠學校尤甚。甫下車，即揖多士，而廷訓之，已而校之，拔其尤。又分課之月程之三，親品題焉，則謂博士君都人士，皆嫻然者也。

十步之內，必有茂草，緊豈世耕也而不獲，匪直人事，蓋亦地脈焉。按形家言得水者與天，今學宮南襟梅溪未數武，而下斗洩智枯無色法，不利。於是首條陳于諸當道，荒度城東南郊，築巨堰，下流受水，匯於泮。抑城隅之缺，橋下水瀦，則盜不得宵行。此兩利之策也，事上，娓娓語甚辨。而旁及積儲捄荒，祀鄉賢諸議，皆千秋重典，前令所未舉者。諸當道深擊節其言，下檄褒美。侯一往舉行，自是黌宮有瀲灩之觀，士操不律，人人勇可賈也。民安於闤闠，鄉大夫誦于室，且恨得侯晚也。

而會秋仲某日，屬侯初度之辰。邑多士聞之，爭獻牛酒，庭請為侯壽。小人何知嚮利為有德，吾儕生於父母，而成於使君，天幸及此日也，其以不腆托諸華封之舌。而可侯南向數辭，多士請益堅。侯曰：『固也，抑余有八十母在，朝夕奉卮洗，腆不暇，其若諸生何。』蓋侯之事太夫人純孝，其天性也。太夫人且老，念子舍相距閩粵萬里餘，私心不願就養，侯固請：『兒寧偃蹇板輿以望歡心，母寧白雲刺吾眼也。』遂奉以行。至之日，侯具冠服長跪道旁，迓而入邸，觀者環堵，感激去。晨起輒焚香，謁問溫凊，始出視事；日高春放衙，所蒞事事必告太夫人，而後即安。大都侯之所以造福鰲陽士若民者，皆惟太夫人教也。

私察侯之意在不自壽，而斤斤古人斑斕之舞，是樂若爾，雖然此正侯之所以為壽也。夫孝之道與慈通，而忠則孝慈之報也，且侯之報太夫人，與士若民之所以報侯親疎不同，其於罔極之恩一也。侯以不自壽之心，斤斤壽母，是樂浸假而化孝為慈，厝士若民于仁壽之域，《詩》不云乎『孝思不匱』，又曰『壽考作人』，然則侯之食報于鰲陽，亦奓矣。

昔諸葛武侯之目蔣公琰也，社稷之器，非百里才，卒如其言，為尚書令。侯或者其後耶！而妙齡為文而文名，一行為令而治辦，雖壯之年而饒有黃髮之心。其視古人局陳殆將過之，鰲陽如斗，豈侯稅駕地哉。

是日也，天朗氣清，南望翠屏，雲物紺碧，映帶梅溪。侯入，擁潘輿出，鳴宓瑟，半治簿書，半領水雲，從客而受士大夫之觴，是真侯自壽時也。於是因多士之遠索余言也，而為之詮次得士之故，與夫士大夫稱觴之意。若此且知余曩之識蔣侯者，別有世外玄賞，又不獨以風塵吏治為也。

箋〇【蔣壽寧】蔣誥，字攄赤，灌陽（今屬廣西）人。萬曆二十八年（1600）舉人。萬曆四十一年（1613）年任壽寧知縣，四十三年（1615）年十月以丁艱歸。見馮夢龍《壽寧待志》卷下《官司》、蔣氏門人呂鍾陽撰《文林郎蔣公攄赤墓誌》。

【淮口】在今淮安市盱眙縣城北之淮河北岸，古為大運河入淮之口，故名。

【鰲陽】壽寧縣城所在地，後世多作為壽寧之別稱。

張三尹擢陝西幕序

寧，閩東孔邑，薄海而城，其治袤東南而西北延，去百里外為東洋鄉，其民谷居而邃，聚三家五蔀，村墟落落如甌脫。俗習慓獷，又越縣治遠，有司莫能詰，而田賦居邑十之三。善逋負，聞追責至，則鳥獸散耳。故事議以一簿督，填之簿半；佐邑勾稽，而所轄鄉地亦約割邑之半。故夫寧簿之職劇於丞，而其權侔於令。

乙巳歲，新安竹野張侯來蒞茲職。甫下車，而邑之邇遠，利若弊，若明火爇而熟路駕也。居一稔，而邑以西北道路之舌，累累有誦聲矣。

於是張侯之佐寧者數閱紀，無論邑中民腹鼓醇酒，背負暄日，人人恨得君侯晚。即東洋一鄉谷居邃處之氓，曩患獷而今于于，曩喜斗而快訟，今相勸以化；曩磽山瘠野，今汙邪滿篝而家穰穰；曩稱越縣遠，今若戶比櫛，弦歌相聞；曩善逋賦，今禾未登畝而當先，輸恐後也。

蓋前後佐三大令，靡不得當其歡心者，先區江門，次李雲間，最後為今令增城曾公也。區尚嚴，李尚寬，而今令處乎兩者之間。侯佐嚴則以烹鮮，佐寬則以張弦，浸假而不競絿，何施不可。而數載之內，行部藩臬諸使者勞書相繼下，承委盤錯之寄相繼至。至午酉秋，從事棘圍者凡兩，即沙埕司搉，未嘗不數數也。

傳曰：『不獲乎上，難與治民。』善夫侯之以民獲上也。且夫夫子經言之，而侯化用之矣。今侯之擢陝西幕長也，天官或用外使臣，最課循格當遷，然按以品秩之恒，殆超典也。而是時，上方眷西顧雍州故地，戎馬蹶張之政，舉制之衛從事，是從事為國家鎖鑰臣，比於簿為親民吏，又相懸甚，夫天官之超侯，豈尋常啓事也哉。而侯之先有為華陰簿者，居負淩雲之志，而以刺促矮屋為恨。嗟夫！誠卑棲以致其澤於民，而遠到以明，量此亦丈夫信眉搔首時也。抑侯為寧，誦滿邑以西，而其參衛事，控北塵也，亦西其轍。然則張侯遠到之業，端自上游起矣。

箋〇【张三尹】指張正節，字竹野，休寧（今屬安徽）人。萬曆三十三年（1605）任寧德主簿。乾隆《寧德縣志》作萬曆三十五年（1607）任，誤。三尹為縣主簿之尊稱。

【東洋鄉】即東洋里，在今周寧縣一帶。舊屬寧德，宋時設。明時轄六都十二圖，屬青田鄉，設巡檢司駐焉。清雍正間，設周墩分縣，派縣丞治理之。參見清杜臻《粵閩巡視紀略》卷第五。

【甌脱】古代少數民族屯戍或守望的土室。《史記・匈奴列傳》：『東胡与匈奴間，中有弃地，莫居，千餘里。各居其边为甌脱。』

【腹鼓】即『鼓腹』，形容太平時代人們過着安樂的生活。典出莊周《莊子・馬蹄》：『夫赫胥氏之時，民居不知所為，行不知所之，含哺而熙，鼓腹而遊，民能以此矣。』

【至午酉秋】午酉，有誤，應作『己酉』。

【今汙邪滿篝而家穰穰】語出西漢司馬遷《史記·淳于髡傳》：『甌窶滿篝，汙邪滿車，五穀蕃熟，穰穰滿家。』

【區尚嚴】區指區日振，見《問月樓啓集》之《候區郡丞老師啓》。

【李尚寬】李指李時榮，見《問月樓啓集》之《上李邑尹求制義啓》。乾隆邑志以李于萬曆三十一年（1603）在任，有誤。據萬曆《福寧州志》、乾隆《福寧府志》、道光《福建通志》，及本文之所述，當在區日振後。

【今令】指曾受益，字而吉，增城（今屬廣東）人。萬曆十六年（1588）舉人。萬曆三十八年（1610）任。見萬曆《福寧州志》卷八《歷官》。

蔣少尹膺獎序

蔣侯之佐寧也，實用光祿郎移秩云。蔣侯為光祿三年，奉大官禁臠稱貴臣，而性豪爽好交，其所知遊傾海內名士大夫，日費長安酒醉客，客無不人人口蔣郎賢者。其所料理饈膳淩雜之職，亦無不事事精好。居恒歎：『日使余得調天下，有如此調鼎爾。』居無何，遷寧邑丞。走馬出都門，襆被而之海濱，去尚方清貫，俯而為親民吏。骯髒之氣柔其骨而為傴僂，人意若邑邑，侯殊不爾。夫哦松者，而負丞也乎哉！自下車清理軍籍之外，惟虛懷諮民利病，與法應刊落不便者，時時佐長令為驅除而已。

有間延接博士諸生及諸縉紳，抵掌傾倒，意氣歡洽若平生。其言曰：『吾束髮治舉業，弱冠補弟子員，即不慧而試，輒糟粃也。憶昔受知褚督學，將餼矣，卒棄去，而以資遊成均，三戰而竟不第。丞何負余，廳事蕭蕭，以四知自顏也，何居？嗟夫，使君輩知吾心耳。』諸當道廉其賢，委摧稅沙埕者凡兩，蓋侯之後先捧檄，冰操自禔，頌聲若一口云，於是當道大嘉獎焉，其詞甚都，人意若怏怏，侯又殊不爾當侯。

居恒自負，時一片熱腸，遇事勃發，志豈須臾忘調鼎之思者。至虛心下諮利病，泫然若急痤疼，趣驅除難，此時遑知有譽無譽，獲上與弗獲上，惟知有民耳。而寧之病民者，莫若太平倉穀，侯旦呼父老策便宜，百為慫恿，條陳當革之故，舌幾為枯。縣大夫力請將一洗數十年之粃，民鼓舞若更生惜也，竟革不行，然其心既已肉骨生死矣，此又當道之所未盡悉者也。

余聞侯之大父曾尹廣昌，晉芝城郡丞；父為寶雞令，並著循良聲。此其世德，則然而漢有朱仲卿者，亦古舒里人也，其初桐鄉嗇夫長耳，至使其民奉祠，過子孫由是觀之，苟利於民，何必尊顯哉。昔陳太丘之後，代有顯者，而時且為之目公卿慚長，余固於博士縉紳之請，知侯之佐寧，端無色慚于其祖若父也。異時倘終賴寵靈積穀之害，為民新出湯火，其寧之赤子世世尸祝之，何啻桐鄉侯之賢，當不藉今日之獎始重明矣。

箋○【蔣少尹】蔣延康，休寧（今屬安徽）人。萬曆三十七年（1609），以光祿寺丞左遷寧德縣丞。見萬曆《福寧州志》卷八《歷官》、民國《懷寧縣志》卷十六《選舉表·薦辟》。少尹為縣丞之雅稱。

【侯之大父】指蔣健，嘉靖三十四年（1555）舉人，曾任建昌知縣、饒州府同知。見民國《懷寧縣志》卷十八《仕業》。

彭文泉先生九十序

以予論彼蒼於人，其亦大，近私昵矣。今夫郡邑比廬之廣，必偏擇一族焉，俾熾俾昌，渠渠勿替；而一族之內，又偏厚於一人之身，如貴富福澤，壽考多算，子孫之蕃且賢，貪者不能掠，佹得者未必兼，此一人者，獨從容全享之而不犯造物之忌，謂非天之所私不可也。

吾邑蓋有文泉彭先生者，生於鼎族，崖州守塚孫也。身既以令貴，上應郎宿，而又饒田園亭台之樂，其子孫蕃衍且賢，今年復躋九十，稱上壽焉。所謂一族一人之盛，偏得於造化。若此先生殆天之私人也與哉！

余則聞先生往事于連川吳司馬也，當司馬公建牙兩廣時，先生為封川令。封川民尸祝之三祀，治聲大振。司馬屢下檄褒美，非久行露草矣。先生慨然曰：『吾家有負郭田數畝，可以供饘粥；青山一區，可以卜菟裘。四男兒粗足了公事，天將與我，何可多取，吾其休矣。』遂投劾致其事歸，司馬不能奪也。以先生勇退，意留不盡，以詒來茲斯有足多者。

居久之，而先生之季子汝和君出判景州，尋攝篆事者再，余從三輔民喜得季子，治狀庶幾不正隤珠崖封川之聲。是時封川公已八十，強飯無恙，而季子迎睇白雲，趣乞歸。及還家，膢臘屠蘇，傳杯怡怡。先生喜，而後可知也？

蓋先生伯子鴻臚君，厥孫六人；仲子太學君，即一孫，尤豪爽有祖風；叔子擁素封，孫四人。其長者已籍黌中，弁多士矣。而景州君孫亦六人，甫及齠，俱能誦華山詩，對日朗朗。先生鬢髮如銀，日進甘好，飲食衎衎，群孫繞膝，嘻弄一堂之上。玉映金鋪，人間世勝事有能逾此者乎？

夫古之有位而壽者，首衛武公九十六，好學不歇，至今淇竹菁華尚可想見。後數千年，乃有洛社九老，夷考其時，惟懷州胡司馬年近九十，而香山祈宴中以九十稱者，獨裴賓客一人而已。然則造物于上壽之年，亦吝甚矣。計先生從封川歸林下，冉冉春光三十年許，季子自弱冠遊成均，補執金吾，旋改判沅江，復判廣川，始投簪，以至今日。而先生如魯靈光，巋然獨存。且也三十婆娑田園亭台之樂，佳兒佳孫，庭階玉樹之歡。一生福澤，所謂貪者不能掠，得者未必兼，先生皆儷有之。

余曰先生者，天之私人也。或者謂先生裔出錢鏗後，其于善壽，世類則然。而余觀先生猶矍鑠步履，不扶不杖，碧眼炯炯如杜祁公。時入市看盤伶傀儡，丙夜不倦，以此思壽，殆不可量也。請與景州君約，去此十年，余出山了世法歸，當載牛酒登堂，親進先生百歲之觴，先生其加餐自愛哉。

箋○【彭文泉】名道南，字明卿，文泉其號。寧德一都後場（今蕉城城区）人。萬曆四年（1576）貢生。萬曆十三年（1585），任廣東封川知縣。生平傳略見乾隆《寧德縣志》卷之七《人物志·宦哲》。

【崖州守塚孫】彭道南祖父彭寧，宣德八年（1433）貢生，曾任廣東崖州知州。塚孫，嫡長孫。

【連川吳司馬】吳文華，號小江，溫麻（今福州連江）人。南京兵部尚書。萬曆三年（1575），以右副都御史巡撫廣西。萬曆十四年（1586），總督兩廣。見雍正《廣東通志》卷二十六《職官志》。連川，連江縣之別稱。

【汝和君】名時奮，彭道南四子。以例貢授景州通判。

【鴻臚君】名時行，彭道南長子。以例貢候補鴻臚寺序班。

【太學君】名時陳，彭道南次子。由例貢入太學。以上諸彭俱見於乾隆《寧德縣志》卷之七《人物志》。

【叔子擁素封】彭道南三子名時鳴，邑諸生，未仕。

從大母阮孺人九十敘

阮太孺人者，余從大父鶴峰公之元配，而博士雲塘公之女也。余家於邑中，聚族而指繁，如唐之稱崔盧。博士公謂孺人少賢淑，宜婦巨族，則以女鶴峰。而崔氏世以詩書起家，獨叔祖數奇，業儒不就，習功曹家言。中歲為散吏槜李間，稱廉辨最稱職。會以小怒抗上官，輒拂袖歸。母與偕往返，並載笨犢車，篋無一錢，怡然不屑也。謂散吏有無，何害，第得相夫子稱廉能，為子若孫地可耳。叔祖素病肺，年六十，母稱未亡人。獨舉一叔氏，望含飴之景且遙，甫得一孫，呱呱兩歲，叔氏復見背。蓋數年間，母之顛沛備人間苦，眉無一日揚也。

無何，母登古稀，余從子姓儕奉屈卮為壽。母意殊不樂，而母之弟德興令者，修詞進曰：『姊不聞劉氏之于李令伯乎？而孫頭角魁然，弟無慮也。』母色稍解。是時弟叔綱已髪覆額，讀書成句讀，越茲二十年，漸入蔗境。叔綱有聲青衿間，三舉曾孫，母春秋九十高矣。

己酉，余舉於鄉，歸里，母不杖不扶，矍𨆷過，撫余背曰：『兒登賢書，幸甚，亦有九十老姥之及見者乎。』蓋余少小，為母最憐愛，云叔祖故抱憒業儒不就也，督子姓讀書甚。而余為童，稍慧可喜，猶憶母時時著余膝上，啖果為弄。叔祖試占對，立就微巧，則私謂母：『是兒必大吾家。』今笑語如昨，而余毦氉不肯舞，良愧母憐愛也。又試逆指而數之，余去童而弁冠，去脂面而皴髭鬌如許，而母之聰明之根無恙，頭顱不凋也。余度其步履之健，神明之王，恐百歲未艾，豈不奇哉！

從古養生家，言輒稱黄白導引之說，其術類不驗，而母之壽又不以術驗也，抑嘗習其素矣。坤道無為，而母慈且靜，巧婦多長舌，而母諾諾不出口；人喜華而母衣三浣，珥不重，人啖利如嗜甘，而母不問鈞石也。母亦有言為子若孫地，此語似大見解者，人必壽，則謂之不奇也亦宜。而余每觀天道否太之數，慨歎於人事消息，貧富壽夭之期，脉脉如掌上指。當母顛沛備人間苦，時皮骨皆冷，始願豈及此，今及此謂非天哉！叔綱勉之吾家詩書之業，如農獲而賈息，所以振先人之數奇，而為母壽者，端不但在植殷累阜、奉漿修瀡之為亢宗已也，老兄當讓出頭地以待。

箋○崔世召四世祖崔昱生有二子，崔傳、崔俻。崔傳有三子，廷復、廷巽、廷豐；崔俻一子，廷益。崔廷益為崔世召祖父，廷巽即文中所述『鶴峰公』，阮孺人為其妻室。阮氏生於嘉靖癸未二年（1523），按此則壽敘作于萬曆四十年（1612），時年崔世召四十六歲。

【鶴峰公】名廷巽，字自中，號鶴峰。以人材除授嘉興府西路場大使。見民國《東井崔氏族譜》。

【雲塘公】阮瑠，字應聘，號雲塘。寧德五都漳灣人。嘉靖三十一年（1552）貢生，星子訓導，升衡府教授。見乾隆《寧德縣志》卷之七《人物志》。

【母之弟德興令者】阮鑛，字國聲，號金溪。阮瑠子。萬曆元年（1573）癸酉科舉人，萬曆十四年（1586），授江西德興知縣。乾隆《寧德縣志》卷之七《人物志》有傳。為游朴《游參知藏山集》卷之十有《寧德陳一巖、阮金溪、林新城諸公攜酒至司署》。為崔世召授業師。

【是時弟叔綗】指崔世錦，字叔綗，號支雲。邑庠生。見民國《東井崔氏族譜》。

甘翁暨葉孺人七十序

人生自有一味快心之事，延齡之術而人不必享也。莊生謂一月之內，開口為難，夫有開口笑者矣。世間塵海囂崖，逐逐名利之藪，盡足以攢豪傑之眉宇，而陰耗其居諸。獨達者不然，形與神之接，而神弗受也。即使百歲中長舒嘯傲，其為清福，逾於千秋萬歲多矣。

余嘗持此說以砭俗情，甘叔子廷瑞聞而悅之。叔子高懷濯濯，類不俗者，交余歡有年，因得以父行謁其尊人如泉公，豐頯健履，擇冠方袍，一見知其達者也。既與語，寄情瀟散，混混有致。少焉行觴，杯斝相錯，雅謔生風，徵歌遏雲，則陶然為忘年主客矣。

甘氏三山以南甲族，世以賈著。公修先業而息之身，累不貲，度其所處皆世情所稱，逐逐攢眉之場，而余聞公神明澹如也。無寧[illegible]石牙籌，行所無事，即里中有緩急，不惜倒橐賑之，公殆以散為積者耶。

而公常南浮粵海，西歷楚越，登姑蘇台，箕踞燕子磯，西湖春烟，虎丘秋夕，二十四橋之月，窮舟車杖履，所到莫不流覽宕襟，慷慨懷古。眼孔如炬，彼見人代興衰，世界浮游，只可供開口之一粲，歸而臥小窗，持螯把酒，樂吾餘年足矣。

夫治生之道，未始不與養生通。陶朱公霸於賈者也，三致千金而三散之，至以善導引久在人間，列於仙籍，惟其神無所受故也。今公春秋七十矣，有丈夫子五，廷瑞其四郎也。諸子皆善承志，以德為賈，雅類父風。長孫體元君治舉子業，韶令有雋聲。曾孫數人，牽裾戲庭前，含飴為樂，快心之境，公可謂饒享之，其於延齡乎何有？

吳航陳司馬輒好從公遊，諸縉紳偕結社盟，公以隱，衣冠杖策同往返烟林水石間，人望之仙仙乎香山也。余猶記往歲，公挾余登釣龍臺上，酒後耳熱，天風飄衣，溪光四合，龍氣欲湧，公起浩歌，余退而賡九如之章，相顧樂甚。

蓋是時，孺人葉母業先公稱古稀云，於是公懸弧之辰，諸子修百歲之觴，進孺人而合壽焉。而廷瑞請言于余，夫如泉公千秋意氣，五湖胸襟，安得取尋常祝頌之詞，而喀喀稱之。第舉人世快心之事，似有當於達者，正使人豔慕清福不能已已。公試引滿吾言，能無輾然加浮一大白也耶！

箋〇【莊生謂一月之內，開口為難，夫有開口笑者矣】出自《庄子·杂篇·盗跖第二十九》，原文如下：『寿百岁，中寿八十，下寿六十，除病瘦、死丧、忧患，其中开口而笑者，一月之中，不过四五日而已矣。』

【吴航陳司馬】陳省，字孔震，號幼溪。吴航（今福州長樂區）人。嘉靖三十八年（1559）進士，官至兵部右侍郎兼都察院右僉都御史。見民國《長樂縣志》卷二十三《列傳三·名臣》。

【釣龍台】在福州南台大廟山，相傳閩越王余善釣得白龍處。見南宋梁克家《三山志》卷第三十三《寺觀類一》。

從母黄孺人七十序

國有才臣，家有才助，内外軒輊不同，其於需時之用一也。余嘗扼腕當世事，幸無見端，亦均默而忘其喑者耳，萬一緩急，置容容此輩何地。譬之使太任為君，敬姜秉政，陶母治田賦，曹大家掌記，木蘭女子從戎，天下事何所不可為者。故貞士亢國，貞女亢家，未可以無非無儀，猥云名不出閫也。余家諸母一時皆慈賢孝有閫内聲，至拮据多才，宜無出黄母右者。

黄氏余邑軒冕族，母生而慧過諸女郎，洴澼米鹽，粗見大意。洎適余從父聯雲公，又斤斤修婦道，至孝也。從父業受縣官餼，名籍籍，大噪黌中，而余方髫覆額，非久亦補邑弟子員。尚記從從父課經生業，娓娓夜分，母從旁出酒膳，勞苦謂兒無倦。即余困壁立，時時贊從父稱貸不已。余之受知叔氏，可不謂家中鮑管哉！

逮從父齎志捐館舍，嗣宗廣陵散已不復傳而後，余悲可知也。是時，仲愛弟甫七歲，先人遺產頗不訾，藐孤顧安所飽齮齕，母奮然仰天拊膺『是誠在我』，日持葳蕤鑰，問東西產，課諸童婢，種種稽勾無失也。蓋自從父見背之後，齧柏茹荼數十春秋，治女嫁事者三，易新居者再；為大父母移卜吉葬，為黃氏父母畢理窀穸，皆手自擘畫，不苦支吾。而家復益饒，諸齮齕者益辟易，此豈尋常丈夫子所易辦也哉！

邑先達冏卿陳公聞母內則賢，可事也，遂擇仲愛弟而婿焉。母納采迎婚，楚楚中禮，即冏卿女入吾門，母殊嚴待之，壺政肅如，而仲愛又具雋才，麾霍豪舉，諸所建創，悉匪夷所思，不落措大眼孔，謂非得之母教不可也。

於是歲丁巳，母年七十，而余方驅款段北歸，沙塵滿面。仲愛亟問余索言為壽，顧轉憶受知叔氏之年，冉冉少壯已不勝，大懼迄今三上公車，歸時困壁立如故。力不能展一籌之奇，廣半畝之產，以視從母多才，幾虛此一副鬚眉，即余言安足當母歡者。雖然闔以內士女為政，闔以外吾儕為政，家之需，助與國之需，才亦湊其時可為耳。母不幸早背從父，會有天幸，而終始得行其才於家，以余所許其敬姜、陶母之並乎。而古之人亦有不肯掃除一室者，丈夫子豈信，相讓母固言之勞苦，兒無倦也。余第願母無忘往昔之教，願母愈加匕箸，以受百年之觴。歲月如許，或者兒輩之不至隕墜家聲，母猶可及見也。若夫以才需時，請以揮霍豪舉，如弟仲愛者當之，余則何敢。

箋〇作於萬曆四十五年（1617），時年崔世召五十一歲，三上公車不售。

【從母黃孺人】崔世召「從父聯雲公」嫡配。聯雲名允維，字行持，號聯雲，廷巽次子。邑庠生。獨子世棠，見《問月樓詩一集》四言、五言古《三月三日集溪雲社分得對字》。

【邑先達冏卿陳公】《尚書·冏命序》：「穆王命伯冏為周太僕正。」後世遂稱太僕寺卿為「冏卿」。陳公指陳勖，字世勉，一都南門人。萬曆二年（1574）進士，累官廣西按察副使、監軍參政，卒贈太僕寺卿。見乾隆《寧德縣志》卷之七《人物志》。

鍾處士七十序

余嘗禮玄岳于紫金峰，倚杖杭川，曙其土風雄厚，人篤意氣，知搯水之濱有隱君子焉，則肖古鍾君業以質行祭酒於鄉矣。而鍾君復慕余霍林洞天之勝，托賈以遊，入其地而樂之，遂結廬僑居山下。無何，即山下人亦輒奉君為祭酒也。

先是，霅溪吳懋人先生來教寧庠，至則趣物色，鍾君執手勞慰，竟日夕。蓋君與先生兩尊人同宦同地，各以故謀弟昆禮歡甚。而吳先生雅稱任俠豪爽，自喜與肖古深相臭味也。

時余方困青衿在坐中，鍾君數目余，語先生：『此子眼光如許，不久當脫去。』三人舉觴大醉，以為白日何速，青天何遲。語間，髯髪盡豎，咄咄，鍾君可不謂知我哉！居二年，余始舉于鄉，實應君言。嗣是肖古往來余大叔典客家，歲時氤密。每拊余背勉旃：『崔郎無負知己』，不謂余不武，再屈于戰，及此寒喧太駛，念之若飛若墮。不佞顛毛種種，而鍾君來年七十矣。君之所最知好者陳君北台，亦復持高義，相慕用不衰，伻來以肖古之壽告余，且屬余祝言，余謂唯唯吾責也。

夫鍾君方汗漫，辭家作江湖壯遊，五官益王，健飯進匕筯益骯髒。着屐峰頭，采藥溪畔，走磴道如騖，百歲之未央，何所豔稀年而沾沾。余言為雖然必有所以觴君者，天道遠人道邇，請言其人。鍾君詩書世胄，父若伯兄俱後先貴顯，身為烏衣子弟，而性不喜紈絝，常葛巾布袍，雜處村叟中，意況蕭然自適也。內高曠任達，而口吶吶向人不輕吐一語。

君即賈遊乎三泖五湖、雲林烟水，何所不寄眼足，而叩之若袁閎土室。自障賈中奇贏，即牙籌，手送納，而善息而藏，善貸而施，卒不以此府怨也。凡此皆老氏守雌，嗇養天和之旨，君之於人道極矣，何得不壽。

獨恨余此時風塵促人，復走長安道，不獲奉一卮，從諸賀客後，云胡稱平生歡。顧憶曩者吴先生坐中語，誓必奮飛報知己。恐君之醉吾一卮，不若醉吾片言也，惟是君家子期有千秋之法耳。在余願援琴而鼓之曰：『峨峨壽只若山不圮乎？』再賡曰：『洋洋壽甫若水不腐乎？』君其知余音否？自茲以往，其紫金搊水之靈，實引考無已時，豈徒汗漫七十年，為霍林嘈嘈老客星哉。陳君曰善，遂次其語以當霞笈祝言。

箋〇鍾肖古，上杭（今屬龍巖市）來蘇里人，僑居霍童。

【紫金峰】即紫金山，又名金山。在上杭縣北四十里，古稱『杭川第一名勝』。見同治《上杭縣志》卷之一《區域志》。

【搊水】汀江經上杭縣城凡三搊，故名。『搊水春濤』為古『杭川十景』之一。一名大溪。見同治《上杭縣志》卷之一《區域志》。

【雪溪吴懋人先生】名志仁，字懋人，號春嶼。萬曆二十年（1592）貢生，三十年（1692）任寧德教諭。乾隆《寧德縣志》卷之三《秩官志》有傳。

【余大叔典客家】應指崔允紳，字從龍，號海雲，廷巽長子，世召從叔。萬曆十年（1582），以捐粟任光祿寺監事。見民國《東井崔氏族譜》。此處稱光祿寺為典客，有誤。

典客置於秦，漢代改為大鴻臚，明清時期為鴻臚寺，非光祿寺之別稱。光祿寺即秦漢時期之郎中令。

【鍾君詩書世胄，父若伯兄俱後先貴顯】肖古父文紀，嘉靖三十七年（1558）貢生，湖廣荊門州學正。見同治《上杭縣志》卷之八《選舉》。

陳母七十序

余不慧之，交知吾陳君，歡也，實締盟其尊人仰峰公云。

不慧齠齒入塾，九歲粗通舉子業，十一就試縣有司，謬糠秕多士。家大人挈去三山，道經丹陽里，午炊，先至，群兒擁而戲，猶記仰峰公批兒輩，摩余頂，抱而入西舍。著膝上，啖以梨果。頃之，家大人至，則亟稱謝：『何物風塵中作此，奇賞吾兒若兒也。』請盟蓋自是得，與知吾弟兄講世好不休耳。

是時，仰峰公身隱酒壚，而意氣逼逼，慕古人任俠自雄，內則孺人佐之相勉，為德於鄉，不減伯通偕隱。孺人者，謝藎卿姊也。藎卿豪舉饒山水，結屋巖桂洞，風規甚遠，與余詩酒往來。余嘗信宿洞中，藎卿輒語及阿姊豪爽類余，而方正有嚴丈夫氣。督其二子治經術，而手洴澼紡為之先，即二子移而讀法家言乎，俱都雅能文，有儒風，則皆孺人咽丸以也。

嗟夫，余幸而得父事仰峰公，孺人遂得子。余回首三十年冉冉寒燠如許換，仰峰公既捐館舍，二君猶時時修世好不休，則又皆孺人以也。丙辰之役，不慧三刖其足歸。母聞之，慘不歡。

丁巳，母且七十。敕二子勿為壽，匿避藎卿家，絕不通珠履。仲春，余客連川，趣問母安否，二君告以故。余曰：『百年之內，為壽幾何？母幸七十強飯，神明無恙，不壽何待。今長君克修乃父俠節，方且開田門，置鄭驛，名震嶺以北，次君亦不隤其聲。而長君之子惟鵬風致，日上詩書之業，不於其子，幸于其孫大張之。母不壽，誰當壽者。』二君以余言告孺人，孺人色稍解。

於是五月十九日為孺人懸帨之辰，先是余訂二君於是日也，再抵連水百拜稱觴。至是力不能裹糧費輿夫，乃走一介，以不腆之詞，遠當卮斝。噫！崔生甘為大耳兒也與哉！念往者丹陽市中，仰峰公摩頂之恩，真不啻淮口一飯，丈夫肝腸何日忘之。乃不能以千金報公，而僅以片言奉其母，抑豈人情所安也。雖然不慧追啖梨果時已老矣，使之睜眼運臂，持三寸管，報千秋義，猶稚之年也。從茲至百齡稱觴之期，母尚未艾，不慧當於異日登堂一了茲，訂二君幸無移書讓我。

箋○作於萬曆四十五年（1617）五月初九，時年作者五十有一。陳母謝氏，為白沙謝藎卿胞姐，見本卷《〈桂洞閑吟〉序》。

【丹陽里】今連江縣丹陽鎮，舊時為寧德往來福州必經之路。

孫南洪七十序

余少小籍邑諸生，即聞古長溪有篤行儒者孫先生云。長溪古治出州以南，奇峰迢亙，葛洪丹房在焉，而先生遂以南洪自號。嘉靖海訌，喬遷之州治隅西，往余以就試，謁先生于廬。登堂問字，私快吾儕得典型也。

冉冉十餘年，先生以明經遊成均，魚腹雙杳。客秋余與計偕之京師，而先生業驅車柏鄉，領少尹事矣。柏鄉，春秋鄗地，土瘠而民好俠，最稱難治。先生恬然安之：『吾奉一命為天子分治民，了書生業。意故不問吾橐，瘠土何病？』蓋居數月，而清明之頌滿柏鄉也。

顧令子啓宸君念先生甚，北地苦寒，將無問溫是慮。而會明年先生七秩，不得聚家人飲屠蘇，躬觴稱壽。乃與余謀求不腆之詞，從萬里外，寄將望風遙祝。美哉啓宸君之是舉也，昔唐梁公登太行巔，望南陽之白雲，低回親舍不能去，人子之孝思誠篤，即觸眼雲霞可與神俱往，其視千萬里猶一堂也。假使先生垂老，家食潦倒稱古稀。是日也，啓宸必窮珍饈，奉甘髓，親獻引滿之觴；必撾鼓，奏雲和，祝頤耋，百歲無已。必命長孫司翰文學修詞，司屏、司垣行炙，率子婦羅拜膝下，豈不為人間快事。然余揣先生意，殊不許也。

當先生倡學州南時，倭奴正訌，里中保室廬不暇，遑問舉子業。先生獨建赤幟，門牆如雲，高足弟子如鄭玉沙、歐董庵，後先領賢書，而先生竟不第，僅得與明經之列；謁選天官，當超矣，僅得丞，丞而僅得萬里外，士林多為扼腕！先生之所以恬然者，何其意，以為：『寧儉吾官，無儉吾志；寧髮短于謀，毋自老也。吾奉一命為天子佐元元，同是親民吏，令與丞等耳。道苟可行，吾何負丞。』壺口之歌，壯心不已，誠千秋烈士語。倘得嘉與柏鄉民臻仁壽之域，何必聚家慶屠蘇，效世俗歡適為。

蓋啓宸君以先生為壽，而先生以壽國壽民者自為壽，今君之所以壽先生者未艾，而先生之自為壽者，庚無窮期。以此托於白雲之望，不亦雙美乎。夫先生固葛洪山下人也，而稚川嘗請為勾漏令，丹成而入仙録，異日哦弁之暇，九轉可就，七十春秋安可量也。余不佞，願歌樂只壽考之章，因風而送曼聲矣。

箋〇【孫南洪】孫日宣，號南洪，福寧州城（今霞浦縣）人。萬曆間以廩膳生納貢入太學，授直隸柏鄉縣丞。見萬曆《福寧州志》卷九《例貢》、民國《柏鄉縣志》卷七。

【葛洪丹房】葛洪山，在霞浦沙江鎮，晉溫麻縣治在其下。相傳葛洪於此煉丹，故名。一名高平山，又名洪山。見民國《霞浦縣志》卷之四《山川志》。

【高足弟子如鄭玉沙、歐董庵領賢書】鄭玉沙，名洪圖，州城竹江人。萬曆十九年（1591）舉人，江西都昌知縣。歐董庵名廷試，字子薦，萬曆二十五年（1597）舉人。並見民國《霞浦縣志》卷之十五《選舉志》。

李邑侯去思生祠記

寧之有遺愛祠也，蓋始于吳興韓公云。越此三十餘年，而東粵江門區公來宰寧，大播卓異聲，去乃民思之，祠於郊門之北。於是代區江門者，雲間李公也。公蒞寧，才未浹歲，百姓式歌且舞之，不知區之去吾邑也。居無何，陳中丞疏薦於朝，遷公之莆中，邑士民狂走疾呼。嗟夫！當事者洵以寧為不足煩令耶？令誠才不稱邑，且夫寧民猶莆民也，奈何奪此，所天以與，彼則相與懇留。借恂不可得，而修故事，卜地祠之。

乃屬邑人操觚者，次第治狀，以請余言。其略曰，不腆寧邑雕𤸇痌瘝之遺氓，公實生我，其靡有極也。《周官》計弊群吏，亦弁以廉。公素心雅慕楊關西，叩天自矢，毋寧苞苴不賓即徵收，羨餘末，減鍰金，殊不以點操世俗，武健取愉快耳。公生無刺棘腸，事事寬然長者，旦坐堂皇，聽斷祈得民情，必盡暮放衙，然摘伏奸罪，魁宿神明肅如也。舞文掾虎而冠者，重繭辟易，無暇肉吾民，里甲歲一踐更，廚傳供億之煩，則有故額，秋毫不擾。

邑當孔道，輶軒冠蓋往來，率役之村居細民，公為關白，設養贍輿夫，疏為禁，民用堪命。鄉約保甲往事如塗羹，亟下教敕民間，無視虛文，時時揭六諭褰帷，行部督核之不倦也。

學宮更始，百舉未飭，下車即偕博士先生商便宜，自出俸錢佐之。間以時延見諸生，品題月課，業揚榷心印，士爭效為李先生文，如波赴水。己酉之役，賢書楚楚，謂非其明化與。

顧不佞前聞之父老言，知區江門之政且稔，然亦閱數載政成，始聽輿人之誦，去而祠之有以也。侯為寧非久，而民信又非久，遷去，而民戀戀猶乳褓也。是遵何德以處此，語有之善作者不若善成，乘風而呼，其應加疾，然則公之為德于寧亦大矣。大都公為政近類江門，而其機遘遠類吳興。方韓公以進士令寧，旋移吳航，而是時癸酉領鄉薦者兩人焉。余考公起家之顯，遷莆之命，與夫西科得士之數，何其奇合也。抑聞之活及千人者，必昌其後，今巍然大魁庚戌者，非吳興胤耶！天道不爽，其以報韓者報公，余願借華封之舌，為寧士若民儀圖矣。若夫七尺之碑，則次第語業有成言，惟是數十年間，三芳祠猶接踵也，余請得氓之以見得民之難如此。

箋〇當作於萬曆三十八年（1610）或三十九年（1611）。

【李邑侯】指李時榮，見《問月樓啓集》之《上李邑尹求制義啓》，另見本卷《張三尹擢陝西幕序》。

【吳興韓公】韓紹，字景先，號懷愚，湖州歸安（今屬浙江）人。隆慶五年（1571）進士。萬曆二年（1574）任寧德知縣，調長樂。終太僕寺卿。乾隆《寧德縣志·職官》有傳。

【區江門】即區日振，見《問月樓啓集》之《候區郡丞老師啓》。

【陳中丞疏薦于朝】陳中丞指陳子貞，見《問月樓啓集》之《迎陳撫台啓》。

【《周官》計弊群吏，亦弁以廉】《周禮·天官·小宰》原文為：『以聽官府之六計，弊群吏之治。』另見宋費樞《廉吏傳》卷上：『嘗觀《周官》以六計弊群吏之治，皆以廉為言夫。』

【今蔚然大魁庚戌者】指韓紹之子韓敬。韓敬，字簡與，號求仲，生於長樂縣署。萬曆三十八年（1610）庚戌，聯捷會元、狀元。與崔世召交往頗深，曾作《重修湖心亭記》以贈。《秋谷集》序言亦出於其手。

邑東洋里造士紀德碑記

寧德海澨小腆耳，出邑北一枝，逾青田鄉，越崇嶺，綿亙延袤，為東洋里。既去治所遠，世廟末，寧中倭，艽萑不逞，因而揭竿，語難亦復，擾擾數載，豈袵兵喜嘯處其性哉！詩書之教不興，而上漫不倡耳。

先是部使者議設縣治，割學宮弟子員之半，與邑中分魯，會以他格寢。而是時，卒用其便宜，里中列子衿者數人，于以解劍論道，造邦化俗，其賢者澤於詩禮弦歌之樂，不肖者亦退而相語，毋狎於不順。法甚善，承平日久，此指稍緩。諸子衿既老去，其業上莫為鼓，下莫之踵，即有二三儒家子，輒視經術之途，如太行蜀道，峻不可捫。坐是數十年寥落不競，嗟嗟！東洋里將為甌脫之墟乎哉。

邇者邑三尹王侯往轄其地，揖里長老，而進之爾胡逡逡木強少文，胡衣裾落落而儒冠是溺，則俱以故事對。遂謀於令君郭侯，搜摭舊，便宜慨然關白，願比於北之遼東，歲得籍弟子員一人以為倡先。議上，州大夫殷公深嘉其舉，亟條請于督學使者。報曰可，卒獲如議，定為額。

於是里中父兄子弟私喜若狂，相慶也：『吾儕憧憧跼蹐四體，以迄今日。是役也，如披雲霧而睹青天，而引亡子於故道也。』乃僉伐石以志諸永永，而問言于余。余則竊歎古今人才廢興，地脈隆替，其系於在上，顧不重哉。昔西蜀魚鳧獓國，文翁以教化從事，髦俊軼興；即吾閩初亦篁竹之區，常觀察一興學校，人文爛焉，至今以此滲，談之若無。自嗤東洋為僻陋也，十步之內，必有茂草；三家之市，有吾伊弦誦之音，猶輻輳也。故地靡論通原丘壑，人靡論豪傑顓蒙，業靡論筆硯耕鑿，惟在上人鼓舞推挽何如耳。若不見鄞溪之崖破為出礦耶，鉤扢黝深之洞，發而視之，塊然石也。及其淘之汰之，螭蛟捧爐，山靈裝炭，享之三日，乃始化白鏹朱提，不可勝用矣。且夫金石之精，天之所生，亦人之所成也，大塊生人，豈私於闤闠，而嗇於丘野哉。爾其以詩書為鑱錐，以禮義為爐冶，以良師好友為鍛煉，使人爭寶為白鏹朱提，斯固諸上官陶鑄至意也非？然使若奉成例，鱗次而上，因而登枝忘本，因而宕湎，因而憑陵作車上舞，青青子衿，何利賴之。與有醫費人，書費紙，躍冶之金其費在上之陶鑄，嘻，亦甚矣！後之摩挲六尺之碑，而慨然思諸上官造士之旨，其尚以余言為不佞哉。

箋○【世廟末】明世宗朱厚熜在位後期。

【鄞溪之崖】鄞溪即芹溪，指寶豐銀場。設於北宋元佑年間，爲明初全國官辦大型銀場之一。見民國《周墩區志》卷一《物產·坑冶》。

募修金溪橋疏

邑之環左脊而下東匯者，金溪也。其駕中流若長虹者，橋也。厥兆幾先，有宋首唱橋之識也。車塵轟轟，過而通甌越，西折長安，橋之要竅也。春雨滿澤，秋川灌河，白鶴金峰之源，建瓴而下，合鬥中沖，怒湍如馬。於焉利涉，倚檻神搖，橋之利即橋之害也。

橋成者屢矣，未幾數年，或遠而十餘年亦屢就圮者，橋之址不堪受敵而齧于水也。當事者不策於紆而策於睫，董役者抱甕搰搰，徒糜金錢取悅，不日事竣，則相與伐石爹頌功德，皇顧其他。是以數大令之舉，數千緡之費，與敵也。

歲在作噩，波神豗薄摧傾，兩年前勳莫續，橋數厄也。於是令公曾侯過之喟然，合謀興復。爰令小子饒舌以告首事，從侯命也。

小子曰：噫！是余意也，人亦有言。領挈衣，張明宰在上，厥命煌煌，小子贊之。

載舞載揚，二三父老趨廷蹌蹌，人和協也。時維旱乾，水淺石出，迄於天根，大得斯秩，父老誓事也。今夫徒杠輿梁，百務是先者，王政也。鎖地脈於中流，覘天機於再識，形家言也。孔道維沖，輪蹄往來，不得不修復者，勢也。布金施地，檀那橋梁以種福田遺孫子者，因果也。今邑大夫計其大急，先務也。吾儕行大夫之令，而致之民，為形勢也。小人何知饗其利為有德，銖錢尺帛，咸願爭輸，六度津梁，則百室之智，而優婆夷塞之所勉也。故夫因果者，亦助王政，壯形勢之一機也。余小子者，佞佛髮僧者也。乃合掌和南而作偈言：

我觀眾生中，各各種妙果。佛說疲澤梁，擅修如是道。云何方眼塵，而有慳癡想。此身非汝有，何況金與鏹。明明宰官身，發此慈悲願。爾曹利涉川，子來急相勸。溪流駛且長，行人憫心惻。如造寶浮屠，是種自功德。遍告諸給孤，因果作者是。讚歎觀厥成，以待題柱者。

箋〇【金溪橋】一名東大橋。南宋淳熙二年（1175），由縣令趙善悉始建，故又得名趙公橋。隆慶六年（1572），庠生彭瀾、薛孔洵等重建，萬曆九年（1581）毀於洪水。萬曆十五年（1587），耆民崔元修等募造。見乾隆《寧德縣志》卷之二《建置志》。

【有宋首唱橋之讖也】相傳初造橋時，有扶鸞者讖曰：『趙公橋未成，狀元何處生。

趙公橋既成，余復何言。』不久邑人余復果中狀元。見乾隆《寧德縣志》卷之二《建置志》。

【令公曾侯過之喟然】曾侯指曾受益，見本卷《張三尹擢陝西幕序》。

辟支巖募墾香燈疏

爾時樵雲禪師自清漳東來，攜錫鉢入支提山。蓋聞今上御賜經藏，遂留山中，翻誦三年。願滿，爰卜于辟支巖，結廬住焉。

師曰：『此吾維摩十笏地，安在不可容數萬獅子座。』居久之，四方頂禮者雲從，遊客問道，趾相錯也。而師之白足道源上人出大智力，斫雲掃翳，拓興其精舍。成不日矣，門前松忽東指，師從曹溪歸，笑指新廬：『芥子化為須彌耶！』道源跪而請：『吾儕苾蒭行將盛滿，抑過客接待之繁，恐乞食不足以支。山中饒水益，土雖瘠，可墾而田也。盍謀諸檀那長者，以黃金布此淨地如何？』師弗許：『吾往與李叔玄太常參止觀之義，甚了了，未可以浩費不止累十方子，休矣。』

於是上人乃謀于半囈居士。居士曰：『吾責也。邑有名山，山有名師。而令其徒眾日托鉢糊其口于四方居士，恥之。且夫師意在止觀，上人意在利濟，要以相助佛法，結種種緣，其有功于辟支一也。上人第挾短疏，以余言遍告諸檀那，必有捐慳癡以嚮應者。』豈特辟支佛破顏微笑，其支提千灌頂大師實式臨之。

箋○【辟支巖】地屬寧德二十四都（今虎貝鎮），相傳唐黃涅僧居此清修。明萬曆間，樵雲律師重開，建『辟支蘭若』。周匝多名勝。詳見康熙《支提寺圖志》卷之一。

【樵雲禪師】法名真常，俗姓周，漳州府海澄（今龍海市一帶）人。少時祝髮漳州開元寺，黃道周曾贈詩：『賢徒多解石，不畏講堂虛。』萬曆二十七年（1599）、萬曆四十年（1612），兩度至支提山。見釋蕅益撰《樵雲律師塔志銘》。

【李叔玄太常】李開藻，字叔玄，號鵬岳先生。永春州（今泉州永春縣）人。萬曆十一年（1583）進士，授户曹榷關，終太常寺卿。見乾隆《永春州志》卷之十《人物一・宦業》。

【半蠻居士】崔世召自號，見《問月樓詩二集》五言絕《半蠻窩》。

問月樓啓集

霍童崔世召徵仲甫著
莆中黄　光若木甫校

迎熊宗師按臨啓

泰山道重，招搖握斗柄之移；幽谷春回，躑躅望朝暾之影。歡騰寮采，慶洽章縫。恭惟化補乾坤，名喧宇宙。奪龍頭而鼓餘勇，昔曾空冀北之群；執牛耳而主華壇，今見推斗南之一。雙瞳如炯，得人妙牝牡驪黄；太極無言，施教在露雷風雨。蓋海邦兆東漸之化，知吾道之將行；而多士切北面之心，歌公來之何暮。

某逖蔭熒煌，夙陶坱軋。薄言不腆之邑，業奉明教以戴星；同冒無私之天，將曁輿情以就日。獨憐僻壤，久遲台光。雖道路之云遙，去聖人居不數百里；即儒生之弗類，望車塵至何啻一心。茲者校館告成，杏壇高設。臯比控座，神馳關西夫子之風；紫氣横天，目極函谷真人之駕。敬陳荒牘，奉迓仙旌，戒役代肅於臺端，祇躬候迎於道左。伏願龍光早賁，鳳翅高翔。斗大秦川，沐化雨春風之浩蕩；天高北極，增霍童太姥之岧嶢。

箋○【熊宗師】熊尚文，字益中，號思城。撫州豐城（今屬江西）人。萬曆二十三年（1595）進士。萬曆三十四年（1606）十一月，以禮部員外郎升福建提學僉事。見《明神宗實録》卷之四百二十七、道光《福建通志》卷九十六《明職官》。

上李邑尹求制義啓

帝重絲綸，美錦發天孫之手；道先知覺，雄篇印尼父之傳。行看氣脈之將回，允藉文心以丕式。恭惟東吴靈寶，北斗儒宗。地望窮華，秀拔九峰三泖之色；天材敏邵，文驚兩都七發之名。遙聞紙貴長安，當代共論乎才子；何幸星占太史，海濱偏度乎真人。白鶴峰明，若迓奎光而飛舞；青鰲波靜，盡成風渙之文章。草木更新，川雲吐氣。竊念寧邑僻在陬壖，科目遜前修，久歎南風之不競；章縫森後覺，或緣道統之無傳。士處困囊之中，人在甄陶之外。欣逢哲匠，幸際昌時。千百年僅見祥麟，天豈無意；二三子齊稱賀燕，道將大行。敬率多士以庭趨，爰請雄文而戶誦。永傳剞劂，用比韋弦。徇木鐸於遒人，呼醒群聾之耳；擲金聲於地上，追還大雅之音。匪徒為捷徑之階梯，抑且為傳心之衣鉢。伏願奉無私以造物，希出秘草於中郎；倘有道以殿邦，再見關西之夫子。公門如許，永培三千化雨之春；副本可藏，恰在第一洞天之籍。

箋〇【李邑尹】李時榮，字元敷，華亭（今上海市松江區）人。萬曆三十五年（1607）進士，同年任寧德知縣。見萬曆《福寧州志》卷八《歷官》、同治《上海縣志》卷十五《選舉表上》。

賀王參戎令子遊泮啓

虎帳霜明，歲晏雙鐃翻度曲；鳳毛天杳，雲霄六翮試高翔。江南馳驛使之梅，歡傳跨灶；泮沼樂魯侯之藻，預擬登瀛。蓋由穀郤詩書，詒義方於武事之外；何如謝安賭墅，折屐齒於奏捷之餘。軍中合樂以椎牛，膝下舞斑而賀燕。某屢蒙河潤，素切嵩呼。自識將軍禮數之寬，接頻年之虛左；遙聞令子箕裘之業，幸指日以圖南。肅獻蕪詞，告申賀悃。羨北山之有梓，終漱芳潤於清源；趁東海之無波，願酹升平於濁酒。

箋〇【王參戎】王守魁，萬曆間授福寧北路參將。見道光《福建通志》卷百之六《職官》。徐興公《鰲峰集》卷八有七古《王用立參戎自秦川汎歸同社宴集賦得醉歌行》，似同指一人。

候區郡丞老師啓

程風噓畏景，各天縈褦襶之思；杜月繞高梁，丙夜破氍毹之夢。歎居諸之如駛，憂鄙吝之復萌。其為瞻依，曷可名狀。

恭惟胸盤海嶽，手握爐錘。遊刃有餘，解千牛之肯綮；輕車就熟，空萬馬之躊躇。惟是七尺之碑，儼然寧海；轉使五袴之頌，籍甚鄞江。帝曰往欽，鎖鑰非公不可；士兮樂只，斗山到處攸尊。試問滿路之謳歌，竟屬誰家之桃李。某學既拙疏，法當憔悴。一貧如洗，值雷轟薦福之碑；三獻無功，徒雨沒陵陽之璞。黑貂自愧，黃卷相憐。苟非台臺如天，孰與鯫生為地。狺狺尨吠，頻懷再白之冤；擾擾塵紛，獨放雙青之眼。感深雪涕，慚極霞顏。今墮孤雲落照之邊，誰復高山流水之賞。雖士更三日，猶然作吳下之蒙；顧我有二天，悵矣隔前汀之路。臨風心折，溯望神馳。遙聞五馬之言旋，聊托雙魚以通悃。無從報德，惟勸加餐。幸冀步趨，奉依綦履。夜猶未艾，屢回十年國士之魂；秋以為期，渴慰千里投公之想。

箋○【區郡丞】指區日振，新會（今屬廣東）人，萬曆十九年（1591）舉人。授寧德知縣，在任六載。見乾隆《寧德縣志》卷之三《秩官》、康熙《新會縣志》卷之七

《選舉》。時升任汀州同知，故稱『郡丞』。歐任寧德時間説法不一，萬曆《福寧州志》作『萬曆二十九年（1601）任』，乾隆《寧德縣志》作『萬曆三十四年（1606）任』，又作『萬曆二十五年（1597）』，當以萬曆州志為可信。

請胡州尊啓

春透江皋，過化識東風之面；花明棨戟，躋攀覲北斗之尊。雅稱積腔，綣言懷德。恭惟台下斯文宗匠，當世羽儀。天間氣而生偉人，少年奪浮玉萬魁之選；史援筆而書循吏，太和在神爵五鳳之間。洵一方之帡幪，作百寮之師帥。茲逢台駕，俯蒞山城。載路福星，竹馬雜朱輪之從；行春黼景，林鶯鬧紅杏之枝。薄紓悃於荒筵，冀傳心於片晷。念鄙情何以明信，只溪毛澗藻之微；邀太守無限行歌，趁烟柳暖梅之候。效車前之擁鵲，願鑒蠢忱；仰日下以停鑾，不我遐棄。

箋○【胡州尊】指胡爾慥，字孟修，號厚庵。德清（今屬浙江）人。萬曆三十二年（1604）進士，次年任福寧知州。見萬曆《福寧州志》卷八《歷官》。

請區邑尹遊瑞跡寺啓

恭惟台下元氣鈞衡，斯文正印。花種河陽，滿縣不言而桃李蹊成；馬因伯樂，空群一顧而駑駘價倍。恩均覆冒，寵溢儒紳。某自分樗材，謬叨冶鑄。登堂問字，片言辱華衮之褒；掃榻分藜，十里借嶙峋之色。洎埋頭於瑞跡，長拭目乎祥光。惟兹兑秋氣屆之期，正值閶闔風開之景。一池鉤月，荷容映秋水以猶芳；滿路德星，蘭若放毫光而先兆。敢陳桂醑，用薦芹悰。借杯酒以論文，冀衣鉢親傳几席；臨高臺以作賦，邀旌旆俯重溪山。律迎南呂之初，座仰北斗之重。心同雀躍，神悚鳧飛。

箋〇區邑尹，見上《候區郡丞老師啓》。

【瑞跡寺】見《問月樓詩一集》五律《秋日同龔武陵、趙宗卿、陳延祖、月浪上人遊瑞跡寺賦二首用月浪韻》。

洪太尊再舉子啓

恭惟台下政成民譽，德協天符。輿頌藹黄堂，下里快多男之祝；臺光干紫氣，中宵詫聯璧之奇。一片冰心，瀉入玉壺增沆瀣；十分秋色，生逢蘭桂護勾萌。名門遙高吳會之風，慧質實擁秦川之秀。雲移太姥，崧高太嶽之精；瑞繞藍溪，掩映藍田之玉。祥符開五馬，渥窪天產名駒；吉夢葉非熊，襆被日臨畫軾。共信毓靈之有種，固宜襲慶於無疆。德星動太史之占，難兄難弟；槐影應于門之瑞，愈出愈奇。捧來明月兩團，始信珠還合浦；慣識鳳毛殊種種，寧論雀下潁川。色豔閨幃，歡騰栟櫚。某卑棲下邑，恍聞載道訏聲；遙望神州，想見克開佳氣。生平悟抱嬰之愛，感激慈風；此日頌宜男之章，忻逢盛事。用馳下役，代肅涼儀。兼申遙祝之詞，行副珍隆之願。旦暮岐嶷之茂質，日與俱新；南北橋梓之清華，世濟其美。

箋〇【洪太尊】名翼聖，字季鄰，歙縣（今屬黄山市）人。萬曆二十六年（1598）進士，次年任福寧知州。見萬曆《福寧州志》卷八《歷官》。

請曾邑尹誕日啓

千齡度索花開，趁潘令點綴河陽之景；午夜長庚星爛，正魯侯戴披單父之期。赤舄輝騰，青氈喜溢。恭惟台下東粤人豪，南豐衣缽。孕羅浮之秀氣，從來沆瀣饔餐；攬霍洞之精華，幾度蓬瀛清淺。時維修火，節屆懸弧。大令行春，庶僚就日。芳菲綺景，忻逢誕世之奇；潦倒荒尊，敢擬稱觴之慶。借春光以代華燭，朱顏醉勾漏之丹；擷泮藻以實蔬筵，綠酒照冰壺之影。先期躍雀，仰賚和鸞。

箋〇【曾邑尹】指曾受益，見《問月樓文集》之《張三尹擢陝西幕序》。

代畫師千進啓

巨海汪洋，納細流而能下；少微隱約，依台宿以為光。肆投分在形神之先，斯甄陶超能事之表。恭惟象表文章，道通元化。麟千年而一角，居然命世之奇；鳳五彩而九苞，卓矣德輝之著。妙豐神於阿堵，洵金相玉質之有加；羅俊彥於彀中，雖木屑竹頭而靡棄。蓋德彌盛而心彌下，故近者悅而遠者來。某九潫遺氓，八閩賤品。少操鉛槧，羞學劍之無成；長事丹青，笑屠龍之何用。居心孰如吳道子，竊附清流；擅技不若顧虎頭，祇餘癡絕。風塵馳馬，走徒糊口於四方；歲月老龍，眠或甘心於一遇。所幸重茵好士，堂前混東郭之吹竽；以故千里投公，門外效正平之懷刺。何日射上林之棗，亟呼朔來；聞道築黃金之臺，請自隗始。願陳末伎，期覿高儀。不獨為盤礴解衣，虛擬莊生真史之譽；行將代傅巖圖像，上應高後夢齎之符。棲鷦鷯於一枝，差堪鼓翼；收駑駘於千乘，敢復悲鳴。

箋○【九潫遺珉】按此，畫師當為仙遊人。

吴師尊誕日啓

一年好景，正橙黄橘綠之時；百歲芳辰，尚髮黑顔丹之日。金錢滿地，悠然喜見南山；紫氣干霄，卓爾推尊北斗。皋比上座，旦暮饘飛；撲遨諸生，步趨燕賀。慶桑弧之清樾，樂詠未央；睹庭實之繽紛，羞稱不腆。是用溯生鱗於秋水，用備婁鯖；薄言寫素秋於雲箋，聊傳顧堵。深慚輶褻，上瀆高華。

箋○【吴師尊】指吴志仁，見《問月樓文集》之《鍾處士七十序》。

校○【是用溯生鱗於秋水，用備婁鯖】句中『用』字重復，不符文體要求，且第一個『用』字刊刻時又是斷筆，難以分辨，疑有誤。

候熊轉運啓

清時策九府之輸，秩隆鹽政；巨節擁八閩之寄，美暢冰壺。春光波及於儒紳，雲樹望盈於台斗。恭惟台下渥窪神產，閶闔仙姿。秀毓厭原，餐梅嶺蕭壇之沆瀣；居臨滕閣，焕落霞秋水之文章。仰八座於箕裘，共羡謝階玉樹；發重熙於昆璧，允稱王氏青箱。人望攸歸，帝心簡在。閩荒司計，行邁夷吾煮海之勳；運府分猷，聊試傅説鹽梅之用。擬膚功於佇日，切輿望於瞻雲。某散櫟餘生，章縫賤品。才非夢鳥，自憐短翮於枋榆；心激登龍，仰溯長風於喬嶽。幸棠棣之韡韡，侍廁几筵；迨駑骨之累累，榮叨顧盻。鸞旌臨下里，欣披滿座春風；鰲首戴中臺，偏灑一門雨露。心知銜結，口莫揄揚。謹布尺函，奉候台祉。伏願光先業於有赫，朝端待調鼎之猷；擴大造於無私，堂下款吹塤之響。

箋〇【熊轉運】應指熊維膏，南昌（今屬江西）人。任福建鹽運司副使，見道光《福建通志》卷九十六《明職官》。按福清瑞巖山玉虚洞有熊氏詩刻，則為萬曆三十六年（1608）前後任。

請李新尹啓

五雲佳麗，新明大令之銀章；半壁波光，樂媚魯侯之彩從。遇合稱奇於千載，山川增重於一時。恭惟台下背負天風，筆摇海嶽。摩空獻賦，超東南之寶於機雲；遊刃發硎，擅銅墨之良於卓魯。褰行帷以拊恤，望而知為神君；執玄冶以爐錘，衆咸依乎大造。士兮樂只，願耳提以接几席之光；公曰休哉，豈奔軼而廢步趨之教。謹諏吉旦，薄潔荒筵。言采其芹，擬溪澗之毛以明信；亟稱斯水，借泮宮之沼以流觴。況沙堤新築之時，行車發軔；又山意沖寒之會，佳息先春。伏冀早賁鸞和，遙儀鳳彩。赫赫師尹，座中瞻泰山北斗之尊；青青子衿，眼底樂霽月光風之景。

箋〇作於萬曆三十五年（1607），時李時榮初任寧德。

送胡太尊中秋節啓

銀漢秋澄，碧島沐澄清之化；冰壺月滿，黄堂欣滿最之符。雲既淨而天高，治行共摩霄第一；露初凝而氣爽，玄心對藍水雙清。荷屬照臨，敢忘吟弄。難窮樂事，深宵想高興於庾樓；正可中庭，下邑寫清風於宓韻。粗陳俗物，遠布荒忱。借素影而引虔，望玉扉而遙祝。問夜未艾，永齊八千歲之仙秋；如月斯恒，佇翼五百年之泰運。

箋〇胡太尊，即胡爾慥。見上《請胡州尊啓》。

送州尊重陽啓

一陣金風，撫景入黄花之令；九陽玉節，褰帷呈皂蓋之華。對爽氣而開樽，掩映長溪瑞色；美大夫之作賦，憑陵太姥高峰。候届佳辰，歡同下士。茱萸醉眼，叨青盼之頻分。蟋蟀孤吟，喜素秋之鼎茂。肅修荒啓，薄布芹悰。助詩力於籬邊，聊效江州之剝啄；領陽秋於皮裹，共推渤海之循良。

箋○州尊，即胡爾愷，見上。

候項水部啓代作

花重秣陵，曉日蘸緋袍之影；香飄蘭省，清時冠玉佩之班。翘注為勞，銘鏤曷極。恭惟台下大越英靈，留都柱石。蒼淵龍種，嘘雲霧而跨烟樓；丹穴鳳毛，聽箾韶而儀天闕。壁經推赤幟，邁大小夏侯氏之陳言；花縣綰銀章，增東西漢循吏之列傳。兩地賢聲籍甚，九天寵命申重。雞舌口中，馨香入杜陵之句；蓬山頂上，清白齊貢禹之風。快瞻成績於三年，行羨躋登於八座。某散櫟微生，守株下吏。家居三泖，夙被松蘿鄰政之波；誼結二天，喜續橋梓清華之庇。登堂問字，時時傾家學於皋比；把酒臨風，夜夜拜台光於斗極。顧一官癡了公事，戴星未遑；而萬里曠絶私函，披雲久缺。反勞飛簡，不棄遺簪。長跪捧雙魚，如見芝宇春風之面；遐情窺半豹，曷深屋樑明月之思。口莫揄揚，心知銜結。敬裁片楮，仰候崇臺。伏願棨戟日新，箕裘世茂。趁此椿盤，仙島可從容調粉署之和；聞道沙漲，海壇將旦暮應金甌之讖。

箋〇應作於萬曆三十一年（1603）至三十三年（1605），代知縣李時榮作。

【項水部】名應祥，字汝和，號東鰲，遂昌（今屬浙江）人。萬曆八年（1580）進士。萬曆中知華亭縣，後升任工科給事中。見雍正《浙江通志》卷一百三十三《選舉十一》。

區郡伯考滿啓代作

麥秋新霽，漁陽成三稔之歌；棠蔭長春，宓邑仰千齡之範。光生望日，喜暢臨風。恭惟台下紫水龍媒，黄雲鳳表。剛誠百煉，試之而所向無前；器受萬鐘，用也而尚虚其半。賢聲冠列郡，問龔黄卓魯以誰先；惠績寄豐碑，真尸祝壇壝之共永。風清五馬，如熟路之駕輕車；雨洽九龍，又竿頭之更進步。惟兹上最，允屬中台。鹿轂熊幡，正旖旎昭成功之象；鸞坡鶴嶺，亦岧嶢增舊治之高。某粥粥無能，兢兢自守。典刑在望，忻承漢官之威儀；意氣相期，強學邯鄲之蹩躠。顧風流讓潘岳，兩春虛度桃花；羨絕伎若由基，百步竟穿楊葉。遙瞻佳氣，鬱葱起朝斗之巖；不淺歡容，瀲灩溢流丁之水。謹修荒牘，遠賀崇勳。伏冀台臺，益光明德。雄飛旦暮，即二千石真拜之符；仰止春秋，為億萬年芳祠之重。

箋○區郡伯指汀州同知區日振，見上《候區郡丞老師啓》。

請張座師啓

秋高海國，露華灑寒偃之枝；香滿桂庭，斗柄仰河魁之瑞。戴窮旻而溯睇，鏤骨難銘；借寸晷以通忱，傾葵無已。恭惟台下道涵真宰，象表文昌。發醉李青華，湖色蘸鴛鴦之水；渥生花彩筆，賢書纘龍鳳之文。樹幟經壇，孔壁之金聲再振；持衡漳海，于庭之槐影高團。天意道將大行，乃挈來洙泗關閩之統；吾儕會其豈偶，偏恰逢風雲龍虎之期。皮裏陽秋，因物妙栽培之篤；胸中水鑒，得人忘牝牡之形。絢赫高標，輪囷奧識。某等有生落匏，無賴處囊。委頓牛溲，何意備藥籠之一物；疏零蠹簡，不圖享敝帚以千金。鼓暢奇緣，歡欣盛際。成我夫子，真天高地厚之無窮；藐爾諸生，詎毛印楊環之可報。謹涓吉旦，敬設皋比。薄紓悃於荒筵，效承歡於片刻。齊趨擁雀，仰絆停鸞。此時萬里橋邊，酌水寄知源之遠思；何日五雲多處，拔茅湊連茹之奇逢。

箋〇張座師，指張南翀。見《問月樓詩一集》七律《寄莆郡守張海老座師》。

請李邑尊啓

春滿龍門，眼底點三千之雨化；雲彌鶴海，年來轉百六之陽和。鼓暢有天，鏤恩無地。恭惟台下豈弟作人，文章司命。雲間威鳳，葳蕤揚千仞之輝；袖裏神犀，閃爍入九淵之照。爐錘屬大匠，鼎無躍冶之金；奎壁聚中台，光映圜橋之水。日如冬而可愛，喚回百千萬姓之歡聲；道與運而俱亨，振起三十七年之黯氣。如某樸遬，謬入陶鈞。登雲信藉扶搖，酌水敢忘源本。況寇帷難借，將悵悵於壺山蘭水之邦；正王舄高騫，又戀戀於龍甸燕臺之別。謹諏吉日，敬迓台旌。借片晷之清輝，敘半生之積悃。願言齎趾，曷切扳轅。蹊徑無言，擁彗掃蓬蒿之跡；門牆孔邇，臨風慶几席之歡。

箋〇作於萬曆三十八年（1610），時李時榮由寧德調任興化府莆田知縣。見乾隆《興化府莆田縣志》卷七《職官》。

送州尊年禮啓

玉臘收寒，海島春回百里；朱幡閱歲，嵩呼風動三陽。瞻佳氣於雲中，將兆西漢公卿之詔；吸太和於宇下，頻藉東君律管之噓。感集蚊山，歡騰鶴海。一回歲盡，聊傾竹葉以慶遐齡；七尺恩深，徒對椒花而獻短頌。粗陳俗物，敬布微忱。合神州赤縣之歡心，共將芹曝；借太姥藍溪之新影，漫擬崗陵。

箋〇州尊疑指胡爾愷，見上《請胡州尊啓》。

賀陳道尊移鎮福寧兼誕子啓

薇垣星紫，東閩借靖海之籌；蘭室風清，午夜葉克間之瑞。威德先敷於下里，嘉祥畢集於中閨。戩穀自天，傳歡無地。恭惟台下大越精靈，清朝柱礎。文章屬一家司命，邁兩蘇二宋之奇；韜略壯八郡藩屏，藹五雨十風之化。勳昭魏闕，日邊雲接於蓬萊；天眷秦川，海島星移於節鉞。澤隨車以如澍，平看石燕之狂掀；道與時而偕亨，忽報飛熊之入夢。盈門佳氣，桑弧誇閥閱之懸；繞室異香，竹箭孕東南之美。從來百里聚德，光團潁川之庭；合是三祝多男，願滿華封之口。吏民快睹，川嶽增輝。某披拂慈風，賡歌盛際。矚彤雲於天表，欣迎玉節之遙臨；占飛昴於夜分，喜效金錢之入賀。用馳下役，代肅微悰。兼申遙祝之詞，行慰珍隆之願。滄溟鯨浪息，中國慶司馬之當朝；丹穴鳳毛新，奕世羨令狐之有後。

箋○作於萬曆三十五年（1607），時年崔世召四十一歲。

【陳道尊】應指陳治本，餘姚（今屬浙江）人。萬曆二十年（1592）進士，三十四年（1606）十二月以山西按察司僉事升福建右參議，分巡興泉道。萬曆三十五年（1607），轉福寧道。見《明神宗實録》卷之四百二十八、道光《福建通志》卷九十六《明職官·總轄》、乾隆《福寧府志》卷之三十七《雜誌·宅墓》。道光通志作『福建布政使左參議』。

李邑尹端午啓

蒲風解愠，宓城響入冰弦；梅雨為霖，嶰谷歌横鐵笛。望雲間之鳧舄，朱明照萬戶之符；溯海上之龍門，彩鷁競群標之渡。五陽道長，趁榴裀柳幕之芳菲；百里恩覃，盡玉醑金菰之樂利。矧叨教育，曷極瞻依。把酒問丁年，落落驚希毛之候；看雲逢午節，時時懷刻骨之恩。快長養之有天，風薰自醉；恨棲遲之隔地，日澹忘歸。遐心對蒲跸以孤飛，寸腸系縷絲而若結。謹憑素楮，用寫丹誠。愧無不腆之儀，徒抱未央之祝。借鸞江之霞氣，佐成九還勾漏之緣；拶蝶夢於雲天，長傍數仞宫牆之側。

箋○【李邑尹】即李時榮，見上《上李邑尹求制義啓》。

柬友小啓

邇聞台馭，矯發三山；獨恨孤蹤，癡纏接水。客中送客，難免路鬼揶揄；愁裡添愁，頓覺詩神羞澀。一腔若此，八韻可知。業荷嗜痂，敢云藏拙。何以報之青玉案，吾甚慚焉；願言正於郢人斤，君其惠我。

寄溫郡守啓

閩天施澤，久七峰之山斗長明；粤海系思，濃千里之樹雲不遠。感恩莫報，翹首為勞。恭惟台下天材敏卲，地望窮華。萃羊城之氣，一人落筆等飛卿之捷；試牛刀於茲，數載燃犀驚太真之神。爰贊刺於三山，洎專符於五嶺。顧循良到處，行歌皂蓋之清風；然慈愛滿腔，竟屬紫金之赤子。士樂采藻，民戀甘棠，去此百年有如一日。某夙陶坱軋，逖蔭熒煌。雖云小草在山，曾備藥籠一物。教猶在耳，程門之雪跡依依；念不去心，杜屋之月痕隱隱。第伶仃注仄，十年虛青眼之恩；而縹緲宮牆，雙鯉絶素書之寄。其為瞻企，曷可名言。遥聞南海之珠，老去更堪照乘；懸知北山之梓，從來必善為箕。固種種別後之洪庥，亦款款寸中之私祝。敬馳荒牘，遠候清居。臨楮魂搖，披雲目極。所憑畫史，聊托書郵。蓋某者閬閥名家，丹青妙手。風流染翰，或庶幾盤礴之真詮；湖海壯遊，當不在尋常之阿堵。兹慕羅浮之勝，言探海國之奇。不揣借此舌為曹丘，願得依名邦為市隱。倘識春風之面，何啻勝從事十人使；傳秋水之神，便可當伯樂一顧矣。

箋〇【溫郡守】溫景明，字永叔，廣東順德（今廣東省佛山市順德區）人。隆慶元年（1567）舉人。萬曆間，任福州知府。見康熙《南海縣志》卷之五《選舉》、乾隆《福州府志》卷之三十一《職官四》。

迎董劍南道尊啓代作

帝諮賢以紓南顧，清霜飛烏府之威；天垂象以兆東行，紫氣滿虹橋之嶠。光生草木，喜溢枌榆。恭惟台下背負天風，胸盤海日。九峰山長，千齡萃光嶽之精；三策家聲，一日貴長安之紙。羨才名之楚楚，洵為明時麟鳳之祥；數風雅之翩翩，合在故里機雲之上。方瞳碧眼，既典命於洪都；木鐸金聲，隨取材於維楚。大江以西，多士盡收桃李之三千；北斗以南，一人真吞雲夢之八九。從來東方玩世，付萬事於醉眼之中；已而司馬倦遊，發一笑於塵容之外。顧公年正健，雖暫尋白社之盟；而帝眷方殷，竟強為蒼生而起。春回閩海，爰借干城；節鎮上游，遙操鎖鑰。雲間鳳羽，將朝騫九曲之坡；腰畔龍精，恰夜渡雙鐔之水。地因人重，道與時行。某夙藉鈞陶，仰懸繾綣。笑葭莩之徒倚，辱顏挹偶大之慚；賴桑梓之維親，驥尾附絕塵之影。一行作吏，只深戴星案牘之勞；千載奇逢，竊有得月樓臺之喜。得檄久拼心醉，望塵曷極魂搖。謹走鄙詞，遙迎台宿。六傳驅馳，風雨行行，壯樽俎之金城；八閩指頭，江山處處，借縱橫之彩筆。

箋〇【董道尊】指董其昌，字玄宰，號思白。華亭（今上海市松江區）人。萬曆十七年（1589）進士。萬曆三十七年（1609），補福建按察司副使，分巡建南道（下轄建汀延邵四府），駐節延津（今南平市）。見道光《福建通志》卷九十六《職官》。

候陶大司成啓代作

東山道峻，鴻儀關漢闕之春；北斗神懸，蝶夢窮程門之雪。戀依曷極，銘佩有懷。恭惟台下大智超凡，上根出世。聲齊金石，水天映奎璧之輝；世掌絲綸，竹箭擅東南之美。帝覽相如上林之賦，恨不同時；士珍歐陽夫子之文，訝何處得。洵受天之間氣，爰為世之宗工。懸鑒金陵，萬馬無留良於一顧；推鋒寶苑，千牛只游刃之有餘。晉陟仙階，峨登師席。圜橋壁水，旋增瀲灩之波光；梓里青山，忽動逍遥之野趣。家居鄰宛委，行探金匱玉簡之藏；骨法本瀛洲，豈無紅藥花磚之夢。天方為五百年生名，世當思戀闕之江湖；公業為三千士育英，才須念滿門之桃李。某樗櫟散材，自捐匠石；菰蘆末品，誤入藥籠。依然吳下阿蒙，敢云品題一經便佳士；藐兹海濱小吏，只覺州縣之職徒勞人。第十載星霜，久悵鱣堂之迴絶；而一尊夜雨，深慚魚腹之疏零。想雅況於精廬，目斷石帆之影；費遙魂於函丈，舟横剡水之灣。謹修荒緘，聊通積悃。加餐兩字，珍重片心。

箋○【陶大司成】陶望齡，字周望，號石簣，會稽（今浙江紹興）人。萬曆十七年（1589）會元，廷試第三人。萬曆三十三年（1605），以左諭德遷國子監祭酒。見張德信

《明代職官年表》第一冊。

賀熊文宗誕日啓

碧海搖光，化雨溉關西之澤；紫雲介壽，瞻星當南極之尊。士願長生，天符多祉。恭惟台下至人出世，造物生身。豫章之虬幹，參霄蔭垂萬頃；豐水之龍光，犯斗型發三山。道通洙泗之淵源，貌合神仙之骨法。時逢盛夏，瑞葉生申。夢賜帝齡，喬壽應梓昌而共紀；揆留皇覽，椿枝齊柏府以高蟠。永日薰風撫景，合雲和之樂；夭桃濃李滿門，填嵩祝之聲。凡屬蚦幪，咸深舞蹈。某欣游壽域，快睹神弧。把筆圖麟，摹像鬚眉于函谷；開籠放鴿，言頌歲月於君山。千里莫遂鳧趨，寸衷徒切燕賀。肅陳雲楮，代薦霞觴。念下士居傍第一洞天，敢獻仙都之火棗；願明公壽添四百甲子，長擎霄漢之金莖。

箋○見上《迎熊宗師按臨啓》。

周節推端午啓

綺景嘘朱明之火，化日舒長；祥符持紫甸之平，法星炳耀。八閩胥慶，六合咸熙。恭惟台下氣吞雲夢，背負天風。握三尺於海邦，合衰盾趙家之日；調一陰於太運，正唐虞午位之天。令節厥届端陽，繁祉畢歸台座。清泓挹楚澤，披襟滁萬姓之炎氛；壽域啓閩邦，續命懸千門之彩縷。某步塵芳躅，竊潤鄰封。我有二天翹首，曾荷於蔭樾；時當五日傾心，更切於丹葵。謹布芳忱，遥賀佳節。恨蒲觴未遑親倒，魂摇公瑾之醇醪；願金鏡此日發型，誼切嵇康之鍛煉。

箋〇【周節推】周廷侍，直隸金壇（今屬江蘇）人，時任福寧州判官。見《問月樓文集》之《〈筆講〉後序》。

迎方州尊啓

天子乃眷南顧，秦川重保障之符；真人報導東行，皖水耀襜帷之彩。士類欣瞻乎山斗，海濱望激乎雲霓。恭惟當代偉人，斯文宗匠。惟良弓冶行行，避驄馬於當年；有美嶙峋楚楚，振鳳毛於奕世。作賦貴長安之紙，爭傳價重三都；檄書馳西蜀之文，曾試風清五馬。于焉王命，再賜臨軒，諮牧伯于閩邦；遂爾使節，遥掀襆被，播陽春于幽谷。山靈齊擁彗，歡呼趁太姥以先驅；海若不揚波，望氣知聖人之將至。矧叨絣宇，更切逢迎。某大塊散材，小邾末品。十年學屠龍之技，無所用諸；誰人熟相馬之經，只自恧耳。向事大夫之賢者，若貴鄉阮刺史，曾叨結社於瑤華；故聞伯夷之風乎，以下邑魯諸生，亟思親炙乎清範。謹裁荒牘，遠迓芝車。蚤策鸞駢，高翔鳳翮。上方欲澄清，海島飛熊，借鎖鑰之長材；公請無厭薄，淮陽竹馬，慰兒童之渴望。

箋○【方州尊】指福寧知州方孔炤，見《問月樓詩一集》五言古《題支雲戀別圖送方潛夫職方之京》。【若貴鄉阮刺史，曾叨結社於瑤華】阮刺史指阮自華，曾與崔世召同入瑤華社，見《秋谷集》卷下七律《過樵川與阮堅之刺史》。

答嵇司理啓

貫城星煥龍文，重海國之光；梓里雲深雁帛，寵巴人之賜。捫心知愧，戴誼難名。恭惟台下望挺巨靈，道涵真宰。千秋國寶，聲華並天目嵩高；一片壺冰，秀色餐幔亭沆瀣。惟持平於數年法署，爰冠美乎八郡循良。遥聞理國如家，暑月揮稚圭之汗；共識居心若水，暮庭抱伯起之知。肺石興歌，芝城增重。某落莫堅瓠，棲遲半萕。微生同一地，辟諸蔦蘿，欣附喬木之施；良遇獲二天，波及鄰封，亦竊江河之潤。嗟傳經於白首，學劍無成；屢翹望於青眸，擁氈自愧。乃勞飛羽，不棄顛毛。長跪焚香，捧陸離之五色；永懷佩玉，拜珍重之百朋。口莫揄揚，心知銜結。敬裁短楮，遠布私忱。仰冀台原，俯塵斗仰。采葑及菲，頓忘下體之猥微；惟梓與桑，終賴化工之煦育。

箋◯【嵇司理】名汝沐，字仲新，德清（今屬浙江）人。萬曆十三年（1585）舉人。時任建寧府推官。見道光《福建通志》卷百三十三《明宦績》。

賀汪别駕元旦時攝閩縣

紀換龍星，佳氣溢黄堂之頌；春歸雞朔，祥符卜赤縣之光。三山綺景烟浮，萬井濃歡漏曉。某幸逢上節，恭挹下風。媚大造之栽培，先度向榮苜蓿；對東風而飛越，徒懷入頌椒花。謹試筆於八行，藉稱觴於四始。遙瞻宜春勝帖，滿城歌令德之宜民；佇看新歲延禧，拭目拜自天之新命。

箋◯【汪别駕】名學海，寧國（今屬安徽）人。萬曆二十五年（1597）舉人，時任福州府通判。見乾隆《福州府志》卷之三十一《職官四》。康熙《江南通志》卷一百二十九《選舉志·舉人五》作「旌德人」。

候趙太史請告啓代作

九苞鳳彩葳蕤，韜漢苑之春；七尺鯫軀跰累，跂程門之雪。戴天莫報，瞻斗為勞。恭惟台下青海鍾靈，黃麻儲品。天心開物色，聞臚傳第一，卿雲正横；帝命重絲綸，訝字對三千，紅日未晷。遥望斗山楚楚，真當代有數文章；竭來桃李翩翩，盡吾儕無言蹊徑。名已入於金甌之覆，跡暫違乎玉峙之榮。長憐影倦花磚，北海款星軿之詠；未許鴻飛草澤，東山養時望之尊。矧在宇幪，猶深鼎仰。某自分樗散，濫荷栽培。鄙人何知，惟向利為有德；君子樂只，真怙冒之如天。顧萬里雲停，愧芹衷未紓悃愫；而一州斗大，念菲才尚困紛拏。坐是積愆，久疏荒牘。敬馳介役，肅候台禧。伏願鑒其藿誠，未盻藉一雙青眼；膺斯遐嘏，加餐為億兆蒼生。

箋〇【趙太史】疑指趙師尹，字任甫，號瀛松。九江德安（今屬江西）人。萬曆四十一年（1613）殿試一甲第三名，授翰林院編修。居官僅一年，以疾病告歸，尋卒。見雍正《江西通志》卷五十五《選舉七》。

請李邑尊啓臘春時也，代作

天下楷模，到處屬龍門之頌；海濱鄒魯，揭來瞻鴻漸之儀。蓋自仙令行春，幽谷頓成瑞靄；會見明侯樂泮，寒氈倏爾溫生。歌化日於不知，萬戶同鶴舞鸞飛之趣；試期月而已可，一時鼓菁莪樸棫之風。某苕水微生，芹宮散吏。飄零凡骨，有緣舐丹鼎之砂；紼纚孤帆，何幸托仙舟之楫。已負暄於冬日，更鼓暢於春風。敢卜良辰，仰扳芳從。願言魯藻，克將半蓿之空盤；傾耳宓琴，彈徹小梅之豔景。喜雲行雨施之會，借上交以攄下情；趁春回臘盡之宵，洗舊觴而聆新語。先期掃彗，延佇脂車。

箋〇【李邑尊】即李時榮，見上《上李邑尹求制義啓》。

迎陳撫台啓

日轡澄清海島，全閩領五玉之衡；雲旗上拂河魁，前蹕捧三珠之駕。庶官引頸，多士傾心。恭惟台下儒道斗山，朝家柱礎。五百載篤生名世，祥光起翼軫之墟；十九年若發新型，方略撐東南之壁。烟籠麟閣，久繪威名；天眷閩邦，重臨節鉞。快千秋之際遇，共識道將大行；聞萬姓之歡歌，且訝公來何暮。某矧叨化雨，曷極依雲。燕雀捲簾，更傍誰家之門戶；鶯鳩控地，長瞻六息之扶搖。報紫氣于函關，信宿下幔亭之宴；愛青陰於召茇，風塵驅弩矢之迎。謹盥手而陳詞，只盈眸而仰駕。城郭人民如昨，入關饒攬轡之深情；門牆桃李何私，擁彗掃成蹊之舊徑。

箋〇【陳撫台】名子貞，字以正，號懷雲。南昌（今屬江西）人。萬曆八年（1580）進士。萬曆間以右都御史巡撫福建。見道光《福建通志》卷九十六《明職官》、民國《南昌縣志》卷三十二《人物三》。

候徐撫台啓

波靜東溟，永日按紫芝之節；光纏北斗，高風撐古柏之枝。久荷蒸陶，曷勝瞻戀。恭惟台下靈鍾寶婺，略重金城。雷動日喧，笑隨陸之無武；陽開陰翕，兼衮盾以迭施。籌密運掌握之中，閩海賀升平者數載；情自得江山之外，幔亭享宴樂於千年。願借寇公款款，愛營前之細柳；勿剪召茇陰陰，滿陌上之甘棠。某稽首崇台，輸情下乘。累累散櫟，何當大造之栽培；嘒嘒小星，幸傍台光之焚灼。魂搖棨戟，神戀階除。肅布荒詞，聊通候悃。九天楓陛，終須諮借箸之前籌；戀日葵心，珍重上加餐之兩字。

箋〇【徐撫台】名學聚，字敬輿，號石樓。蘭溪（今屬浙江）人。萬曆八年（1580）進士。萬曆三十年（1602），任福建左布政使。三十二年（1604），以都察院右僉都御史升巡撫（先陳子貞一任）。見道光《福建通志》卷百二十九《明宦績之十》、《神宗實録》卷之三百九十八。

送沈方伯入賀啓

璚宿澄霞，金闕應龍飛之瑞；薇垣近日，玉階齊虎拜之儀。睹劍佩之考祥，瞻袞衣之伊邇。恭惟台下柱石元功，文昌神蛻。才華鍾霅水，平吞萬頃之湖光；袍笏鼎朝恩，何啻十腰之銀艾。領文衡之司命，栽培春意居多；總憲臬之紀綱，震疊霜棱不試。以故荷天之寵，秩茂藩垣；大都飲人以和，恩深蔀屋。十年閩海，南天垂鎖鑰之洪猷；萬里雲霄，丙夜戀京華之舊夢。爰陳金鑒，榮捧黄封。趁懸闕之方殷，擬率鷺鴛而祝鳳曆；況趨庭之正便，好同橋梓以拜楓宸。忠孝雙修，地天交泰。某欣逢盛事，激切趨承。瞻日月於天邊，一片葵心共遠；望旌旗於馬首，千山樹色重遮。曷任神馳，無限臆戀。敬遣下役，代衛前驅。聊具護導之私，少展追隨之悰。帝城百千餘里，行行叩閶闔之門；太微二十五星，隱隱握河魁之柄。

箋○【沈方伯】名儆炌，字叔永，號泰垣，歸安（今屬浙江湖州）人。萬曆十七年（1589）進士。萬曆三十年（1602）前後授福建提學副使，尋遷建寧道，升本省右布政使。見乾隆《福州府志》卷之四十六《名宦一》。

迎唐師尊署邑啓

鱣堂孔邇，五雲兆花邑之祥；梟舄高騫，百里借芹宮之重。惟大材兼成政教，洎衆匯並屬鈞陶。士籍傾心，儒紳動色。恭惟台下青藜分焰，粹然家學之傳；寶婺凝輝，籍甚士林之仰。西京麗藻，毫端擅韓柳之文章；北斗儒宗，門下盡蘇湖之子弟。方開馬帳，暫試牛刀。惟成蹊於無言，乃殿邦乎有道。攜來雙袖，壺公一片清霞；挈下五弦，單父半囊明月。蘭陂鶴岫，望實倍於高深；松影兔絲，化遂神於遠邇。某吾伊末品，落莫棄人。日影下闌干，僅照焦枯之色；春風迎旆節，欣逢噓拂之期。都騎鼎來，擬遂披乎樂霧；門牆如許，幸謬托於蘇天。謹致遙函，預迓台從。伏冀翩翩鸞馭，無令歌來暮之謠；庶幾泛泛蔦蘿，或可藉榮施之澤。

箋○【唐師尊】疑即唐廷修，蘭溪（今屬浙江）人。萬曆間以莆田教諭署本邑。見乾隆《興化府莆田縣志》卷七《職官》。乾隆《寧德縣志》卷之三《秩官志》缺之。

送方兵道入賀啓

絳雲護日馭之祥，嵩呼聖世；丹旆拂霜台之影，星拱天樞。擁衛有懷，瞻依無極。恭惟台下代天雨露，信手風雷。漳海秦川，隨處沛春波之淡蕩；金章玉節，從來紓帝命之疇諮。胸中莫知幾萬甲兵，筆下不私一毫賞罰。蓋自星臨行部，草木亦熟其威名；少焉日麗幨帷，山川忽新於俄頃。懸知姓字，已入玉屏之親書；遙望星辰，喜偕彤墀之率賀。千花仙仗，曉歌賡天保之章；五夜漏聲，催衣惹爐香之細。朝家盛事，海宇歡心。某猥廁後塵，幸竊喬施之庇；未遑前弩，徒深匏繫之慚。肅布俚詞，聊脂台策。行矣泛星槎於天表，共陳千齡金鑒之文；願言乞露莖於掌中，早慰八郡玄黄之望。

箋〇【方兵道】名學龍，字叔允，號望山。淳安（今屬浙江）人。萬曆十七年（1589）進士。萬曆三十六年（1608）八月，以漳州府知府升本省按察副使，分巡福寧兵備。見《明神宗實録》卷之四百四十九、道光《福建通志》卷九十六《明職官·總轄》。

賀王太尊誕日啓

東方千騎，專城領濱海之侯邦；南極一星，降嶽自中嵩之秀氣。慶符新政，願洽昌期。恭惟台下上智超凡，文昌蛻象。雄文如黄河九曲，居抱太行王屋之精華；峻望等紫氣千尋，生負洞府神樓之道骨。屬垂旒之南顧，幸叱馭之西臨。不腆秦川，漫勞漢節。公來何暮，將拯民水火之中；士得所依，真決聖斗山之重。人生五馬，貴朱轓高閃雙飛；宦跡八閩，奇弧矢遥懸萬里。惟兹小春之候，恰逢長壽之期。良辰與好景齊妍，正緑橘黄橙之佳節；太姥共神君不老，結丹山碧水之清緣。盡道此日如年，且喜對歲星而獻酒；莫訝一州似斗，猶堪試寒雪以敲詩。某半暮餘生，一寒賤士。豈有高才誨妒，久作棄人；將無同調相憐，乍伸知己。方步趨於師席，更舞忭乎仙齡。脱虎口而逢慈，共效斑衣之子姓；紱麟角而初度，願同嵩祝之歡呼。謹綴荒詞，遥通賀悃。愛趙家之日，陶然附珠履於三千；坐程門之風，漸爾借扶搖於九萬。伏願椿齡日茂，飛熊臨壽域之優；梅閣天高，揮麈作騷壇之長。

箋◎【王太尊】名所用，河内（今河南沁陽）人。萬曆三十九年（1611）任福寧知州。甫一年，改任澤州。見萬曆《福寧州志》卷八《歷官》。

賀潘兵憲新任啓

招搖南指，閩天覲斗極之光；節鉞高臨，臬府凛霜棱之肅。不暇有佐，無競維人。恭惟台下地望穹隆，天材敏卲。生來聚姚江之秀，東南竹箭無雙；少小探禹穴之藏，山斗文章爭重。含香蘭署，十年依帝座之雲；薦寵楓宸，萬里泛仙槎之月。天眷閩海，爰假干城。節鎮漳江，遙司鎖鑰。北門借寇准，清霜飛列柏之台；中國有姬公，逆颶卷九龍之水。山川生色，寮寀傾心。某海島鯫生，風塵俗品。資身無策，空勞雙足之馬牛；舐鼎有緣，幸屬八公之雞犬。望旌旄於日下，赤動傾葵；瞻棨戟於風前，青回偃草。敬馳下力，代肅荒詞。用慶得輿，聊申賀廈。伏願文武殿邦有道，横襟樹不朽之勳名；天地鑄物無私，洗耳聽維新之號令。

箋〇【潘兵憲】潘陽春，余姚（今屬浙江）人。萬曆二十六年（1598）進士。萬曆三十七年（1609），分巡漳南道。見道光《福建通志》卷九十六《明職官·總轄》、乾隆《汀州府志》卷之十六《職官一》。

迎陳撫台啓

九天騰翥鳳芳名，風撼長安；萬里擁鳴騶玉節，芒寒海若。佩安危而注意，合文武而兼資。望切溢陬，歡盈寮寀。恭惟台下擎天一柱，横海孤舟。氣韻欲仙，餐梅嶺蕭壇之沆瀣；聲光如斗，焕落霞秋水之文章。恢恢試牛刀，白下之桃花殆滿；行行避驄馬，閩中之棠樹猶新。吴國久藉爐錘，雨化振關西之譽；冏伯爰正左右，天開空冀北之群。司出納於虞廷，允媲夔龍之美；數威名於麟閣，誰當召虎之雄。惟帝念功，自天有命。於皇節鉞，遙天紓南顧之憂；旖旎旌旗，真氣應東行之度。況繡斧經遊之地，可不勞問俗於無諸；乃幨帷載鎮其邦，更懸知折衝之有道。軍民雷動，共欣吾父之重來；道路風傳，仍喜我公之未老。某風埃末品，濩落餘生。自分牛溲，曾備藥籠之一物；漸高馬骨，惭叨敝帚之千金。負十年國士之恩，久懷未報；望五夜使星之動，真喜欲狂。我獨有二天，戴帡幪而心折；士伸於知己，瞻襆被以神飛。伏願鳳翅高翔，龍光早齎。胸中甲兵數萬，允張北門鎖鑰之猷；眼前桃李三千，永藉東魯門牆之庇。

箋〇【陳撫台】即陳子貞，見上《迎陳撫台啓》。

賀陳方伯端午啓

五陽日永，紫薇對榴火以爭妍；九奏風清，玉琯□薰弦而播爽。有醴斯設，撫景咸熙。恭惟台下龍德正中，鴻儀直上。太和元氣，調盾日於皆春；方嶽旬藩，轉堯天於正午。茲逢端節，美度芳辰。萬井歡聲，盡入蓮舫棹歌之曲；三山爽氣，徐來槐堂樾蔭之涼。矧在甄陶，曷勝鼓暢。某自慚下乘，幸際昌期。宦跡托東溟，剝黍吊魚龍之簸影；臺光瞻北斗，寒皋擬鸜鵒之傳歡。酌蒲酒而醉心，潦倒拜未央之澤；泛蘭湯而浴德，優遊同於變之休。趁此化日舒長，齊獻崗陵於彩縷；願言太丘道廣，永依長養於朱明。

箋〇【陳方伯】應指陳邦瞻，字德遠，號匡左。高安（今屬江西）人。萬曆二十六年（1598）進士。萬曆四十年（1612），以本省按察使遷右布政使。見張德信《明代職官年表》第四冊。

【優遊同於變之休】於變，語出《尚書·堯典》：「百姓昭明，協和萬邦，黎民於變時雍。」

校○【玉琯□薰弦而播爽】底本原脫一字。

胡太尊端午啓

朱陸麗芳辰，玉律動五陽之管；黄堂彌瑞氣，薰風入雙指之弦。撫景咸熙，望塵遙慶。恭惟台下胸涵雲漢，才名擅東箭之奇；手握璣衡，擘畫妙郢斤之運。政成渤海，年來之暑雨無諮；臥理淮陽，境内之炎氛盡掃。兹逢令節，共暢良辰。梅雨疏疏，忻為霖之未歇；蒲風獵獵，歌解慍之方調。居然壽考作人，續命懸千門之縷；久矣鯨鯢遁跡，辟兵笑一尺之符。睹宇下之咸和，覺眉端之生色。某自憐濩落，過荷栽培。嗟兩鬢之星星，況孟浪希毛之候；賴二天之款款，得徘徊永日之中。感已極於高旻，喜倍濃於佳節。顧恩慚蚊負，即競渡悲彩舫之不前；而情阻皇趨，未侍側效玉舟之親倒。敬修先庚之牘，遙薦端午之觴。愧不腆之荒儀，效無涯之遐祝。令德歌成肆夏，與堯天之午同；刺史入為三公，有漢家之制在。

箋○【胡太尊】指胡爾慥，見上《請胡州尊啓》。

又太尊啓

南訛著令，五陽傳永漏於沉沉；北斗瞻台，百里領薰風於習習。頻年競渡，童謡入桂棹之歌；此日褰帷，公芨遍棠陰之蔽。驅馳小乘，稟仰太和。感榴花之垂丹，喜傍微薰於永日；對蒲筵而切玉，願修壽斝於中天。雙舄阻凫，趨貢縷戀朱轓之側；五雲占燕，喜飛麻下金闕之章。

箋〇太尊，指胡爾慥。見上。

孫太府端午啓

奇峰布景，璚雲麗朱鳥之纏；澤國凝和，皋月照飛熊之軾。如日斯永，與物咸熙。恭惟台下昭夏偉人，南天柱國。握八郡循良之長，迎薰獨競南風；播三山樂利之休，入夏寧諮暑雨。惟茲端午，喜屬昌辰。蒲酒盈卮，引滿賡周詩於既醉；蘭湯芳沐，褰帷快賈治之逾新。某殘蠹迂生，夏蟲淺識。舉頭近日，曾分浩影於中天；滿腹飲河，幸挹餘波於鄰國。久沾厚德，慶際皋陽。撫節序以搖魂，莫效切玉包金之獻；裁荒詞而布悃，聊將瞻雲就日之誠。

箋○【孫太府】指孫大壯，福州知府。見《問月樓文集》之《重刻〈文苑英華〉序》。

迎范守道啓代作

龍檢霞新，玉笥斑聯行省；麟符日耀，紫薇花對清垣。海嶠生光，僚屬胥慶。恭惟台下擎天一柱，横海孤舟。龍圖老子之雲孫，居然濟其世美；鳳閣舍人之魁宿，望而知為吉人。家傳數萬甲兵，駕部擅孔璋之檄；疇若上下草木，虞廷媲伯益之勳。爰敷聲教於滇南，夙仰高風於斗北。詩書化娵隅之俗，天令變乎侏離；吟詠落洱海之波，人競傳於款乃。士兮樂只，咸願依洙泗之宫牆；帝曰休兹，乃移授閩藩之節鉞。夜來使星如斗，熒煌映太姥之墟；道旁香火連車，鼓舞迎生佛之瑞。矧叨怙冒，曷任瞻依。某樗櫟微生，枌榆末品。才慚梟舄，謬分海曲之花封；夢破鵷行，喜傍公家之門戶。敬馳役介，代候車塵。望雲宇以流神，吮月毫而展愫。采葑及菲，幸驅車鑒下體之微誠；惟梓與桑，將引領徼化工之私覆。

箋○【范守道】范允臨，字長倩，號長白，直隸吴縣（今屬江蘇）人。萬曆二十三年（1595）進士。萬曆三十二年（1604），以雲南提學僉事遷福建參議。見同治《蘇州府志》卷八十四《人物志·宦績九》。道光《福建通志》卷九十六《明職官·總轄》誤作『范永臨』。

請方道尊巡城啓

佳氣入金城，曉色來鬱蔥之望；青春照玉節，霜威重鎖鑰之司。位峻寶驄，光籠彩雉。恭惟台下當世斗山，清時柱石。胸蟠萬卷，甲兵壯老子之猷；掌玩四夷，中國有姬公之聖。丹宸勤南顧，方拊髀而諮萬里之藩屏；紫氣喜東行，乃挺身而任一方之保障。雲横太姥，高臨睥睨之牆；月浸長溪，光印闉闍之堞。玉關威肅，鐵甕春環。共傳海不揚波，盡屬柏臺之鎮壓；趁此天末陰雨，敢忘桑土之綢繆。願假星軺，時巡雲壘。城頭鼓角，歡欣節鉞之輝煌；馬首旌旗，點綴金湯之景色。先期清道，肅迓臨城。披鄧禹之輿圖，按巒豎雲台之烈；借張良之前筯，干城開天柱之霜。

箋〇作於萬曆三十七年（1609）春。

【方道尊】即方學龍，見上《送方兵道入賀啓》。

請閲操啓

春回烏府，揮戈映牛斗之光；海宴鯨波，秉鉞賴風雷之重。安危並注，文武兼資。恭惟台下無競惟烈，有開必先。老稚識威名，胸中之甲兵百萬；山川歸指顧，天邊之劍氣千尋。漳海專符，洎疆理乎南國；長溪擁節，爰鎖鑰乎北門。當此維新號令之時，正屬克詰戎兵之始。柳營春滿，三軍超距以爭先；玉壘雲屯，萬馬驕嘶而賈勇。光生武弁，喜溢轅門。如某菲才，喜克下乘。書生安能料敵，慚懸半臂之符；帷幄喜見折衝，盡吐萬殊之氣。敬迓前蹕，俯蒞西郊。親按轡而閲軍容，敢借籌而資妙略。元戎十乘，撐東南半壁之天；太階六符，轉宇宙更新之象。

箋○見上。

殷太尊生子啓

太乙照雙轓，東郡遍龔黄之頌；長庚浮五夜，中台降申甫之祥。色豔閨雲，歡烘海日。恭惟台下盤根仙種，綴葉神符。奕世箕裘，地望侵敬亭鳥翼；滿腔雨露，波光抱閩海驪珠。二千石漢室，惟艮自膺多福；一再傳于門，必大果協昌期。忽報郤林，重生珍幹。投來彩鳳沖雲，本丹穴之雛；畫入飛熊憑軾，動黃堂之喜。共說孕山靈於太姥，藍溪玉並藍田；此時應道長於初陽，玉律春回玉燕。地因人傑，慶如日升。某鶴嶺枯株，蠹帷滯品。雲山修阻，摳衣切奉教於門牆；星漢昭回，占象激追斑於湯餅。何處一聲，華祝聽多男輿頌之歡；漫裁半幅，獐書笑下士趨承之拙。荒儀不腆，伸賀未央。翹佳氣於遙天，歌舞滿霍童之嶠；感慈風於下里，瞻依等赤子之懷。

箋〇【殷太尊】即殷之輅，福寧知州。見《問月樓詩一集》七古《殷刺史稚堅以先大人行略見示，為賦敬亭山長歌》。

接方道尊啓

奎宿亙瑤空，閩海光移南北；霜台明絳節，長溪瑞繞山川。夙深仰斗之私，將藉垂雲之庇。望塵心激，負弩神馳。恭惟台下天上文昌，人間真宰。清溪仙系，靈鍾彩雉之葱英；文苑宗工，勁拔玉麟之紱角。試牛刀於花縣，弦歌滿華蓋之城；含雞舌於蘭臺，明允播圜扉之頌。是用擁朱轓而臨漳海，駕熟車輕；遙聞照蠟炬而燃重淵，風恬波晏。公言名世舍我其誰，豈止二千石循良之寄；帝曰鎖鑰非准不可，宜闡數百萬甲兵之雄。簡命薦膺，仙旌遙鎮。一溪藍水，行將同河瑞以占清；千仞摩霄，會見下山靈而擁彗。蓋無襦逢范叔歌來暮者，詎獨漳南；而有道若夷吾賀得天者，更深江左。傾心已久，翹首為勞。謹走吏於三山，代遠迎乎六傳。伏願星軺早齎，憲節高臨。造物無私，拭睹兩間鳶魚之化；神山可托，願隨八公雞犬之緣。

箋○作於萬曆三十六年（1608）八月，見上《送方兵道入賀啓》。

賀楊海道啓

絲綸春曉，麟符分卿月之暉；牙纛霜寒，烏府占使星之燦。紫氣郁葱於閩海，丹心傾注於寮儕。恭惟台下鳳穴振儀，虎林毓秀。聲華擅一鶚，文爭天目之高；家學重三鱣，世濟關西之美。漢朝循吏，曾留舄影於青峰；虞佐祥刑，載播鸞和於粉署。鬩逢司選勝之役，洵梗楠杞梓之靡所遺；斗勺握太運之衡，亦風雨露雷之無非教。惟公懋德，自帝念功。爰下北闕之新麻，遙指南閩之繡斧。海島之鯨波萬疊，雲旗橫鎖鑰之威；樓船之組練三千，夜帳掃欃槍之影。允一方之保障，為百辟之儀型。某無路請纓，有緣憩樾。仰柏臺而拱宿，心切依烏；瞻玉節以揚輝，魂隨賀燕。謹裁短啓，代肅孤悰。恭祝崇扉，誕敷明德。中國海波不起，甲兵壯老子之全猷；大曆相業重光，騶樂減令公之半部。

箋〇【楊海道】楊廷槐，字祖植，號元蔭。錢塘（今浙江杭州）人。萬曆二十三年（1595）進士。萬曆三十六年（1608）十一月，以刑部郎中升福建右參議兼僉事，見《明神宗實録》卷之四百五十二。道光《福建通志》卷九十六《明職官·總轄》作『左參議』。

迎沈憲長新任啓

濂溪井映青春，仙旆揭蓬萊之島；閩海星隨紫氣，龍光射貫索之城。慶師表之得天，合寮儕而就日。恭惟台下塡胸學海，匯五湖吞浪之聲；破竹文鋒，邁八詠倚樓之嘯。花城閑制錦，後先頌江右之循良；晝省淨含香，夏秋聯卿班之清異。典棘圍於五羊之國，濟濟士無留良；參薇政於兩浙之藩，恢恢刃有餘地。風猷夙茂，寵命洊加。霜署飛烏，夜半占使星之動；雲旗繡虎，海濱持殿臬之宗。八郡傾心，萬殊吐氣。某東陬末品，下邑微員。半臂青編，踧踖鵷班之侶；繞枝素影，瞻依鳳幕之春。適值大君子之登庸，不勝小丈夫之距躍。謹馳下役，代迓台旌。臺前之柏樹千尋，蓊鬱待捲簾之日色；宇下之河流九里，沾濡藉鄰國之波光。

箋〇【沈憲長】沈涵，號石鶴，德清（今屬浙江）人。隆慶五年（1571）進士，萬曆間任福建道監察御史。見道光《福建通志》卷九十六《明職官·總轄》。

接張驛傳道啓

芝檢泥封，綸綍重八閩之寄；薇垣花紫，風雲擁六傳之馳。海島春回，僚儕喜溢。恭惟台下龍德發祥，虎林孕秀。五百年應期名世，才名撼強弩之靈潮；九萬里乘風圖南，家學擅青錢之妙選。共推峻望，累陟清階。雞署淨含香，斗畔之太微夾日；螺川清握玉，漁陽之秀麥如雲。帝嘉西漢之循良，秩進中州之柱石。霜飛洛水，既奠鼎於遊螭；月度邗溝，復建麾於跨鶴。生佛萬家之香火，福星一路之歌謡。惟英茂之薦隆，斯絲綸之特布。銜音閩海，擁節藩垣。披王程官驛於圖中，實駕輕車熟路；握尺籍伍符於掌上，行飛紫電清霜。百辟之型範攸存，三臺之調贊在望。攜來二十四橋之月影，函谷先輝；聞道百千萬姓之歡聲，香盆久待。伏願華旍速蒞，玉節遙臨。就日瞻雲，亟慰壺漿玄黃之望；置郵傳命，永清潢池赤白之氛。

箋○【張驛傳道】張鳴鶚，錢塘（今屬浙江）人。萬曆十七年（1589）進士。萬曆間任福建按察司僉事，後升右參政。見道光《福建通志》卷九十六《明職官·總轄》。

候梁明府啓

恭惟台下水國奇珍，詞林哲匠。鳳苞五彩，雲章擅美錦之華；鶴畔一琴，月色瀉冰弦之響。惟茲鄞江天幸，三見潘令之桃；至今㴽水陰濃，勿剪召公之芨。某蓬生末品，匏落散材。愧荷嗜痂，謬蒙策蹇。撫芸篇而雪涕，别來增馬骨之高；望綦履以雲停，想去抱騂顏之赤。伏聞道範，更迪清安。結雅伴於東山，知此老勝情之不淺；留高名於北斗，恨吾儕瞻企之徒深。

箋〇【梁明府】應指梁元禎，南海（今屬廣東）人。萬曆三十三年（1605）任寧化知縣。見乾隆《汀州府志》卷之十七《職官二》。

迎汪别駕署邑篆查盤啓

星明棨戟，千秋賡康海之謠；春透江皋，百里迓度關之氣。歡聲遍徹，瑞彩遥騰。恭惟台下三臺望重，五事兼長。譽溢南金，宛水傳驚人之謝句；名依北斗，閩都推展驥之龐才。半虎分符，久播黄堂之績；全牛遊刃，頻分赤縣之光。瞻雲素激於驅塵，過雨喜隨乎行部。玉田歌麥秀，沭河潤九里而遥；鶴嶺報梅音，幸廈庇二天之下。某夙叨培植，更切依歸。丙夜戴星，愧催科之最政拙；庚籌紀日，徒錢穀之有司存。仰藉清稽，佇迎蒞止。望龍光之伊邇，天邊轉斗極之招摇；忻熊軾之鼎來，谷口領陽春之消息。

箋○【汪別駕】見上《賀汪別駕元旦時攝閩縣》。

賀兵道元旦啓

星紀轉寒芒，閩海普陽和之化；雲墟開罨畫，烏台增霄漢之光。與氣同休，衰時多祉。恭惟太宇凝和，化工在手。握斗杓於掌上，融融水國生溫；數蓂莢於階前，脈脈園林有喜。恭逢首祚，更集新祺。玉帳熙春，綺景麗千門之柳；彩株剪勝，純禧入兩鬢之華。某廁品爐錘，鼓心駘蕩。枯根培植，快觀梅嶺之先春；暖律吹噓，遙慶柳營之增色。敬修荒啓，恭祝永年。南山十有，願賡君子樂只之章；北斗七星，長握天下皆春之柄。

復興化晏四尊啓代作

藻苑聲喧，玉節握招搖之柄；蘭陂瑞靄，彩華麗貫索之纏。捧魚素而欲狂，卜鳳書之將下。恭惟門下填胸學海，震百川吞浪之聲；破竹詞鋒，森萬丈倚天之劍。仙品合臨勝地，湖山結赤鯉之清班；哲人斯有祥刑，旦暮傳神雀之盛事。恢然霜刃，試肯綮之有餘；快哉風塵，將扶搖而直上。惟是蘭台一片地，虛左為誰；請看瑤空五色雲，大行先兆。某天邊伴侶，宇內散材。負大任而心慚，誤觸南台之豸；夢舊遊而色喜，聞獲西狩之麟。訝來燦絢遙天，法星似斗；想到綢繆尺素，臭味如蘭。惠焉投我以夜光，何以報之青玉案。丁寧驛使，一函寄冒雪之梅；勉旃大夫，萬里望摩霄之翼。

箋〇【晏四尊】晏日啓，新喻（今屬江西）人。萬曆四十一年（1613年）進士，興化府推官。見道光《福建通志》卷之九十八《明職官·興化府》。

復陶登州太尊代作

鶴立雞群，連袂冠南宮之選；熊飛駱轡，褰帷表東海之風。懋績升聞，朋紳喜躍。

恭惟五雲英邁，兩漢循良。出世雄姿，滿掇菁華於醉李；驚人好句，曾傳御柳之飛花。粉署淨含香，諮若予草木鳥獸；黄堂高擁節，爰貢爾蠙珠暨魚。地屬多艱，功勤坐鎮。開倉賑粟，知汲黯之不薄淮陽；買犢解刀，羨龔遂之用安渤海。遇盤根而別利器，才華奪蜃市神奇；賓出日而宅嵎夷，忠悃切之罘嵩祝。卜帝心之簡在，欣吾道之大行。某驥尾駑駘，鷯班斥鷃。倚蒹葭於片玉，深慚知己之差池；享敝帚以千金，重辱故人之獎借。開函錦雲斐若，拜賜瓊玖菌如。蚊負何堪，徒望遐天而引睇；魚烹有素，幸憑歸牘以輸忱。伏願茂薦異勳，增光同藉。天子詔公卿於西漢，前驅五馬班頭；君家插羽翼於天門，並葉千秋夢譜。

箋〇本篇應是崔世召代老師張南翀作。

【陶登州太尊】陶朗先，字元暉，秀水（今屬浙江）人。萬曆三十五年（1607）進士。萬曆四十一年（1613），任登州府（今山東蓬萊）知府。見雍正《浙江通志》卷一百三十三《選舉十一》。

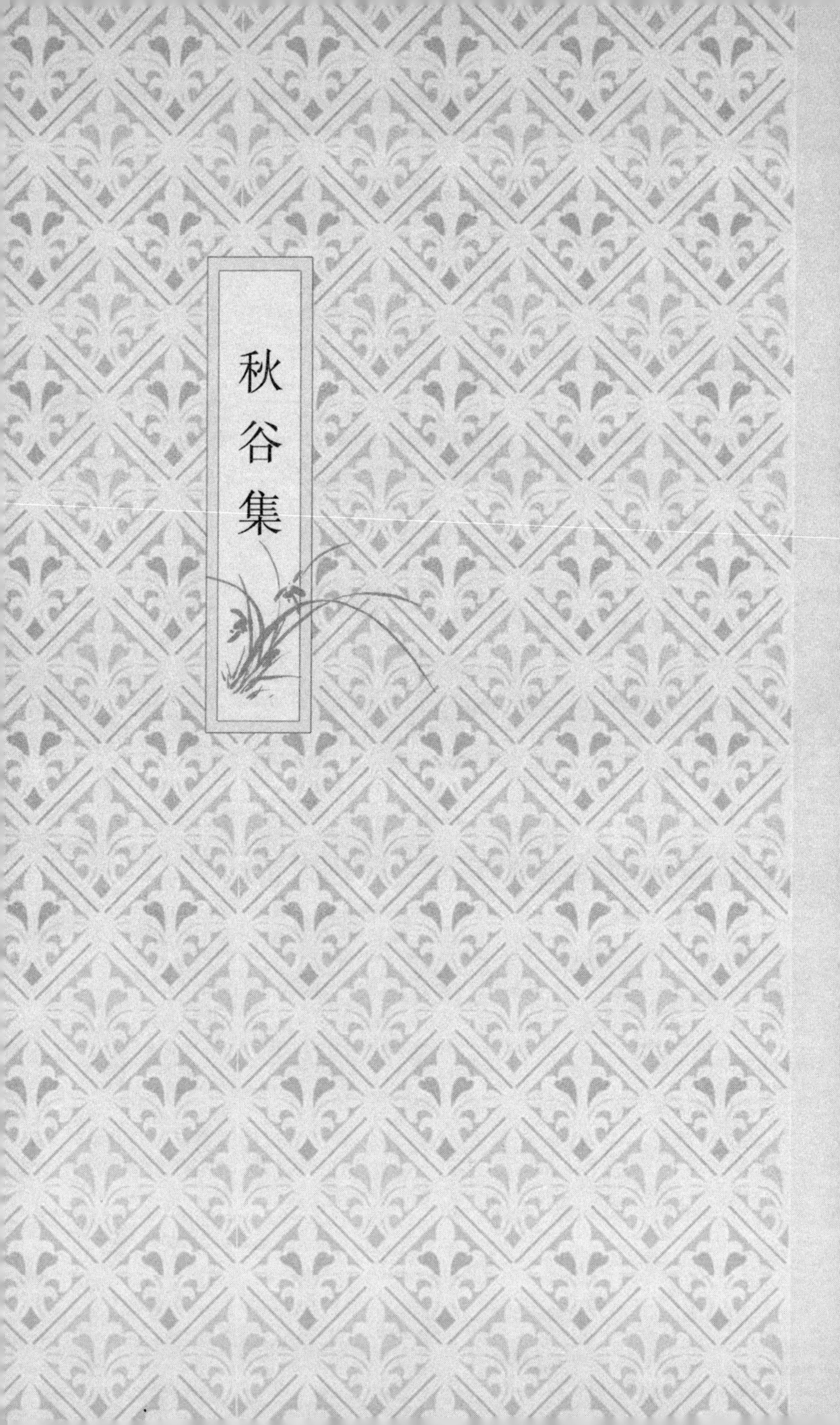
秋谷集

《秋谷集》序

崔徵仲使君示余《秋谷》新詩，如見《間氣》《鍾靈》等集，較之《問月》初編，神更完，韻更遒，格局更昌大，真騷壇之飛□。

使君筆如風雨，咳唾之頃，□□珠琲百斛，顧不肯為逆祠出手一字，且怒斥之，因此猝得蜚禍，從巴山令逮繫入都。巴人遮道痛哭，使君慷慨直前，旅次長吟，絕無侘傺。幸遘□□□□，當陽之日□□□□□，賜環楚徼。宦跡所涉，復與浯溪、濂溪相近，其惠愛亦若符節。近視鹺吾浙，□□絕四知，篋中惟詩箋一束，□照耀湖山耳。

使君家在霍童之陽，靈島飛虹，名山駐鶴，雲入囊而化彩，石煮釜而可抄，即上玉清平之天，仇池小有之室，亦不是過也。軺車雖出，歸夢常縈，其惓惓以《秋谷》名篇，蓋有卷舒自如之意。

余戲語徵仲：『子大夫兩仕劇邑，率羸馬懸魚而歸。今日孤山梅樹下，亦用清水點清鹽耶！詩日益富，友日益貧，恐谷底秋成，未是公垂簾點易時也。』徵仲歎曰：『爾不憶爾家先公作令吾邑時乎？嘗時嚼出菜根有宮商金石之聲，徹骨家風，我與若無有之。我則強項，子徒攢眉，雖然風風雅雅，航玉海，禪貝林，墳有三而丘有九，架有十乘而庫有五兵，亦長安富貴兒所傲睨而不得爭者也。子不能療子之貧，我亦不能廢我之吟，青山白髮、膏肓針砭皆在於是，詎畏黔婁入社哉！』余曰唯唯，因紀其語，為《秋谷》詩序。

通家社弟韓敬撰。

箋○崇禎四年（1631），崔世召由桂東知縣升任浙江鹽運副使，時韓敬以庚辰科場案事發，閒居在家。見《明史·列傳第一百二十四·孫振基傳》。韓敬，字求仲，見《問月樓啓集》之《李邑侯去思生祠記》。

【如見《閒氣》《鍾靈》等集】《閒氣》指《中興閒氣集》，二卷，唐人高仲武編選。《鍾靈》指《河岳英靈集》，宋本上下兩卷，明本三卷，唐人殷璠編選。

《秋谷集》自序

秋谷者，西叟蒙難匿隱處也。西叟生負骯髒，冷闊自好，白石為骨，清泉為神，與秋谷宿緣不淺。烟霞性重，遂使軒冕心輕。倏而衣以長官之服，如徂隕跳躍不能定，唯是興致所寄嘔為韻語，俗耳，腐鼠嚇之。

有為逆祠購詩者，持尺幅相苦，西叟曰：『嚄，是安得汙我清泉白石耶！』峻拒之，坐中其螫毒，有詔逮崇仁令於淮，鋃鐺困辱，瀕死矣。

叟幸不死，會新天子放歸秋谷。山中猿鶴相慶，讶主人歸，婆娑飛舞，叟亦自老，無意人世。不謂賜環命下，復之楚遊，半通墨綸曳於巖烟嶂月之墟。日三竿，撾鼓坐堂皇，頃之散衙，鋤菊圃，濯足方池，假寐匡床，一覺聽奴輩楸枰聲，喀喀可喜。暇則讀靖節先生詩，頹然取醉，以此度日則已耳。

嗟乎，西叟雖別秋谷，顧枕上所遊，謖謖松風，亂崖飛瀑之趣，何時不掛叟夢魂哉！無情世態能窘我以折腰，不能使我眉頭不揚，舌本不靈。蓋自蒙難以前，起廢以後，都此一副肝腸，學楚客悲秋語而已，因弁之曰《秋谷集》。

歲在庚午近重陽，西叟崔世召書于桂署菊籬邊。

箋〇作於崇禎三年（1630）九月，時在桂東知縣任上，六十四歲。

秋谷集上

霍童徵仲崔世召著
關中仲詔米萬鍾較

古樂府

擬鐃歌曲十二篇

朱鷺

朱鷺於飛，鏟鏟兕皮。皇武張兮，羽林馳。魚鹿紛披，疾不可支。勖哉，如虎如貔，漸於逵。

思悲翁

何思何思，矍鑠是翁。吾為之伐，建鼓撾神鐘。抉浮雲，扶桑東，憤發其為天下雄。昔周渭水漢先零，悲哉悲哉將無同。

艾如張

林有翳，有鳥招之。雄來求雌，羅斯張，使我五步之内不得飛翔。唶，福兮禍所伏，慎爾戈矛生輦轂。

上之回

上之回，陟崔嵬。玉露湛，輕雲開。火狼淨，天馬來。堯舜當陽，五臣六相。槐棘成行，皇帝千萬壽無疆。

戰城南

戰城南，空漠北。將軍老矣，不絕兵革。飴雖甘，何如蘗。敵國外患天所責，忠臣良臣子自擇。

巫山高

巫山高，接青天。誰謂登無趾，躡雲為梯將朝企。上有萬頃之仇池，千年玄鶴浴其巔。神聖所居，不厭高高而聽卑，可奈何。

上陵

上陵一何杳，宛在西山椒。鬱鬱葱葱，佳哉聖朝。春陽杲杲，秋露瀼瀼。金根為車玄為裳，明發不寐日重光。上陵九侑樂，下陵萬年觴。

將進酒

將進酒，呼群靈。南郊薦肅，北郊薦馨。曰唯皇上，帝厥後土，來格來歆。余小子，我酒既旨，臣言則苦，調而進之神其吐。

君馬黃

君馬黃，臣馬白。君馬昂驤，臣馬蹀躞。太平宮中樂事多，金絡籠頭玉鞍澀。䏻如打五更，皂櫪聞悲泣。東邊催還鋒，西郵飛赤白。長安馬骨高於山，臣精已亡臣力竭。

芳樹

芳樹何累累，朱實臨春並。朝褰洛浦衣，夕擁蒼丘駕。梧桐挺崗巔，樉梓郁叢下。

鳳凰巢高棲，楝樑珍奇價。君有好賢心，其樂不可禁。妒人之子安相侵，嗟我綣矣芳樹林。

雉子班

斑斑雉子，哀求其母。乃在山之梁，河之滸，將有人施罾張弩。子學飛，母終哺。聖明在上，機械不生，津梁按堵。嗟，雉子免此苦。

遠如期

遠如期，仙人至。昆侖懸圃，西去數萬里。中有不死之藥，長生之餌。力為覓獻君殿陛，願君之年匹天地。遠如期，仙人至。

續地驅來歌

月明光光，星露墮。欲來不來，早語我。脱衣欲臥，反覆顛倒。忽夢到歡邊，歡心的的可，雞聲譙鼓故相惱。

折楊柳歌

上馬折楊柳，枝弱不堪折。春澌凝未流，硬心輕抛別。長堤風駛駛，鳥聲慰愁耳。儂欲折柳枝，恐驚鶯兒起。

銅雀臺

西陵寂寂烟，空餘銅雀在。臺上六尺床，黄昏宿幽怪。不聞歌舞喧，唯聞長吁嘅。君王有情癡，賤妾盡老憊。酸風慘困人，酒脯徒陳祭。歿者不復生，妾意詎敢懈。

提壺鳥

提壺貰酒，把盈在手。阿兄田中耕，阿嫂廚中臼。小姑理箕帚，征吏敲門，急如擣非。君莫驚我，堂上老姑，籬邊雞狗。且提壺，為君壽。

打春謠

爭打春，鞠春語。汝從何處來，汝從何處去。年年為春忙，空鞭一堆土。春作答，莫打呆。我自有時去，我亦有時來。爾曹不惜春，於我何罪哉。

猛虎行

深山伏猛虎，藜藿為不采。浮雲掩白日，耿懷抱塊壘。賤妾事君子，綢繆甫兩載。井臼閱苦辛，雞鳴云靡怠。上堂奉姑嫜，下堂調饋醢。閉戶佩女經，潔貞惟恐浼。中途忽棄捐，萋菲亦曰殆。君愛固以衰，妾心終不改。天道洵好還，讒夫一朝敗。皎皎東方光，下照妾無罪。投以白玉環，晶瑩發餘彩。明月有虧盈，藏納歸大海。殷憂罹百艱，感恩當萬倍。致身以從君，捐縻何所悔。

鬥雞篇

朔方凜勁氣，每每事豪舉。寶馬走長楸，赤雞鬥荒墅。三月風力柔，逢場博歡侶。初放即鼓翼，望色仍延佇。雄冠射日光，毦尾拂風翥。高鳴發先聲，對敵秦與楚。健矯超游龍，猛捷過搏鼠。或以少得勢，勝彼多多許。或以佯匿形，低回若處女。排擊固有神，量戰豈輕禦。問誰為此戲，季郈昔相詛。擣沙介其羽，黃金飾其距。鄴都築崇臺，石虎競餘緒。至今俠少年，行樂較心膂。觀者如堵牆，拍掌各矜詡。妙技以物傳，五德亦何處。濁世盡鬥場，機鋒角相拒。仲尼誠方剛，所累在才謂。守雌養候全，達哉木雞語。

昔昔鹽

妙舞低垂手，聽歌昔昔鹽。閨人雙淚迸，遊子五湖淹。水餞春澌去，階延月影潛。嬌鶯藏樹澀，弱柳覆堤纖。西舍征簫板，東鄰豔鏡奩。燈孤光漸剔，被冷夢難懨。雁過衡陽斷，雞催鼓角嚴。碧桃花又落，蒼蘚徑仍添。帶減鶯投玦，釵塵罷捲簾。腿紅傷指甲，綯玉入眉間。聞道黔江賈，還疑瘴海痁。從來音耗杳，怕問卜書占。昔昔曾相約，頻將舊語拈。

校〇

【嬌鶯藏樹澀】藏，乾隆《寧德縣志》卷九《藝文志》作『存』。

【燈孤光漸剔】光，乾隆志作『煤』。

【腿紅傷指甲，綯玉入眉間。聞道黔江賈，還疑瘴海痁】乾隆志闕此二韻。

【腿紅】應作『退紅』。南宋陸游《老學庵筆記》續一卷：『唐有一種色，謂之退紅。蓋退紅若今之粉紅。』

鞠歌行

酌金罍，促哀弦，檀槽急羽飛上天。問明月，幾時圓，頹陰曀魄輪光慳。縱有酒，注如泉，安能飲滿到百年。伯樂死，良馬騫，九阪詰曲憂相煎。王子喬，何翩躚，乘凫驅霧挾遊仙。梧桐老，霜花鮮，莫惜秉燭夜流連。

結俠少年行

五陵輕薄兒，白皙美且都。羅紈盈廣袖，第宅臨通衢。十五工舞劍，誓志鳴昆吾。自言生稟異，不與世同趨。叱吒輕宿將，詩書嗤腐儒。弱冠雜訊譽，結客盡豪粗。門前車馬喧，與君詎云殊。坐談擬虎帳，馳騄勒龍駒。珠袴競蹴踘，金丸恣樗蒲。一諾散百萬，殺人如剖瓠。夜宴何繽紜，耳熱呼烏烏。華燈高照天，日倒十石壺。彈箏燕趙女，擊築荊高徒。獵霜剪撲朔，醉月臥氍毹。九州一何渺，百歲安所須。人壽匪金石，草露朝可虞。綺筵徹飣餖，清音雜蟪蛄。撫榻淚成霰，客散虛堂孤。嗟彼白楊道，一丘溷賢愚。寄語遊俠子，珍重七尺軀。

大姑小姑曲

大姑住湖頭，小姑住湖尾。獨宿不嫁郎，秋風長蘆葦。一解。大姑遺鳳履，小姑墮鴉髻。步步踏淩波，月明照佳麗。二解。大姑歌白苧，小姑唱青溪。苦苦喚石尤，不如儂獨棲。三解。二姑相與語，情癡多兒女。笑煞瀟湘姬，淚染一江雨。四解。

東方日漸高

東方日漸高，北風日漸短。六龍驅轡不可挽，雄雞一聲天地旰。須臾空倩魯陽戈，蒜髮老人對悲懣，人世茫茫傳舍館。不如飲酒讀離騷，一枕松風流雲緩。無情曙鳥喚窗前，笑煞征輪僕夫痯。

五言古體

送賈觀察

巨靈奠四鰲，斗杓良獨尊。淼淼東南隅，玄氣昔雲屯。雁峰敞孤巘，大海砥其閫。夫子稟飛姿，絳節浴朝暾。匡時無流涕，著草有至言。一覯霱雲爛，再披明霜繁。桃李盈且興，荊棘芟當門。樓船數凱還，鯨鯢殊遙奔。休茲鎖鑰動，鐘鼎孰與論。曰帝眷東顧，廉訪晉崧垣。赤霄振芭鳳，南池徙神鯤。若行揚芳徽，下吏黯消魂。白鹿繞車旁，山靈亦攀轅。高舉信莫滯，道範久彌存。岱宗君所履，雁宕皆兒孫。願言遠垂蔭，女蘿縈深根。短詠附輿人，銜恩永弗諼。

箋○【賈觀察】賈允元，字善長，一字方蕘，無錫（今屬江蘇）人。萬曆三十八年（1610）進士。天啓元年（1621），以禮部祠祭司郎中轉福建巡海道副使，旋改浙江按察司副使。見《明熹宗實録》卷之九，雍正《浙江通志》卷一百十八《職官八》。道光《福建通志》卷九十六《明職官·總轄》缺。

夏日登淩霄樓喜北門新成

赤靈罨天末，芳樹鋪高深。飄飄仙界蹤，屏矚矚層岑。遙峰擁青至，斗柄於低臨。佳哉鬱蔥霞，對之生玄心。回焱扇塵土，丹氣滋珠林。鐘撞百籟曉，凴憩千畝陰。井裏有新韻，巾裾無俗侵。吏態牛馬勞，片晷成孤吟。好風自南來，直北吹我琴。慰此綢繆願，胡為戀華簪。故園渺霄漢，猿鶴應招尋。

箋○天啓五年（1625），崔世召謁選江西崇仁知縣。次年，捐俸二百兩，倡士民大修北城（又稱官城、上城；另有南城，又稱民城、下城）。見同治《崇仁縣志》卷二之一《建置志》。另崇禎《撫州府志・藝文中》引丘兆麟《崇仁縣重修城垣記》，見附録。

【淩霄樓】即北城北門城樓，一作拱極門樓。見雍正《崇仁縣志》卷之二。

校○詩題，雍正《崇仁縣志》卷之二作《夏日登拱極門樓喜新成有賦》。

【赤靈罨天末】赤靈，雍正志作『赤雲』。

【回焱扇塵土】回焱，雍正志作『回飆』。

【巾裾無俗侵】巾裾，雍正志作『巾車』。

【故園渺霄漢，猿鶴應招尋】雍正志無此二句。

游壽昌寺謁無明師寶塔因知與西竺禪師俱崇仁人徘徊成賦

曉秋飛涼雲，空林白淼淼。梵磬出梢遲，倦客紓至止。上堂謁嚴相，塔影隱光起。山圍慧日長，從衲食千指。摩挲憨山碑，知出巴陵氏。法輪轉不住，西竺前生是。古讖兆重興，同姓復同里。彌天廣長舌，吸盡西江水。我昔令巴陵，父母慚孔邇。云何籬壁間，二師皆部履。寶水界空烟，山川貯靈始。巴人殊瞶侗，杳未談及此。正覺豈入俗，搜奇乏野史。與君有宿緣，頂禮親瞻企。低回良久之，頗悟無生理。兩載信婆心，一難幸不死。度厄藉佛力，冥冥或有以。燈前一炷香，願容為弟子。淒淒行邁心，呼穎成清紀。

箋○作於天啓七年（1627）九月，以熹宗晏駕，蒙恩赦歸。

【壽昌寺】在建昌府新城縣（今江西黎川縣）黃龍峰下。唐咸通間，僧泉南桂琛始建。北宋治平間，賜名壽昌院。見嘉慶《大清一統志》卷三百二十一《建昌府二》。

【無明師】指慧經禪師，崇仁裴氏子。主壽昌寺法席數十春秋，足跡不履城隍，竿牘不近豪右。萬曆四十六年（1618）正月，圓寂於壽昌寺內，塔葬寺側山旁。博山元來、晦台元鏡、鼓山元賢，皆其法嗣。見明釋德清《憨山老人夢游集》卷第二十八《新城壽昌無明經禪師塔銘》。

【西竺禪師】本來禪師之號。元代臨濟宗高僧，崇仁裴氏子。見僧元賢《繼燈録》卷六，僧超永《五燈全書》卷五十八。

舟過昭武千金陂感賦

一金聚民膏，千金築陂堰。長虹障古流，遙峰眉棱偃。波明浩無際，台高擬襄峴。誰鞭東海石，勞勞謀逸遠。銅犀礪角昂，不敢回頭轉。夜半作人言，洞迸春澌泫。當年悲築愁，萬夫足垂繭。水府費金錢，天吳課褒貶。郡乘有司存，歲歲役更踐。自從海不揚，豈覆命車輦。溪漲驚懷山，鬼工欺涊澳。危塍石齒齒，未絶者如綫。不聞麻姑言，蓬萊幾清淺。斜川榁風號，落日犀魂碾。東方民力枯，王事須黽勉。

箋◯作於天啓七年（1627）秋，蒙恩赦歸途中。

【昭武】指臨川，唐乾寧間設昭武軍，故名。

【千金陂】又名華陂，古代撫州著名水利工程。唐上元間，刺史渤海李公始建。萬曆五年（1577），知府古之賢重修，湯顯祖為之作《金堤賦》。見雍正《江西通志》卷十五《水利二》。

戊辰述懷

男兒具氣骨，揮斥健如虎。掉臂射生蜺，張頤橐千古。當其失意時，力不搏一黍。毛髮感秋蓬，顔面化灰土。五更捫心笑，壯士胡自苦。日月有薄蝕，周孔歎舛迕。時危多國殤，獰猰驅鹵簿。丘郊麟鳳枯，陽九歎黨錮。惋彼皇甫規，殿奔與其數。萬死揖波臣，嘘風送吳楚。紫垣忽無光，欃槍墜如雨。行行淮陰道，不受胯夫侮。舉頭瞻新陽，普天頌神武。吾党鬚眉伸，小臣亦安堵。提攜上天去，手擊登聞鼓。君恩老難酬，士窮節乃豎。簪紳何足論，清平得死所。嘯月秋空高，酌以太平醽。

箋◎作於崇禎元年（1628），時年六十二歲。

其二上薛司理

晏相解越石，鮑叔脱敬仲。出諸囚役中，千秋誼高控。古人死知己，哀哀生我共。誰全七尺軀，念之腸摧痛。君居浙水西，我家霍林洞。相望泥隔雲，車前竊餘俸。一見感綢繆，倚君如梁棟。大難忽墜淵，汲引勞抱甕。有如壑中鱗，泳波相縱送。超超國士恩，報豈等儔衆。鴛湖秋水平，興朝佇大用。月明西掖門，高棲碧梧鳳。佩璫聲珊珊，聽履肅嘩哄。我有隋侯珠，永報以為奉。彈冠此一時，茅茹氣蒸動。

箋○【薛司理】指薛振猷，字爾嘉，號黼臣，平湖（今屬浙江）人。天啓五年（1625）進士。授江西撫州推官。凡七年，恩威宣著，撫民立祠祀之。傳見光緒《撫州府志》卷三十九《名宦》。

夢　詩

五更理殘夢，斷續雞聲中。魂胡不惡疲，九招殊未終。曉起梳短髮，醒夢將無同。鏡裏窺幻影，因之悟虛空。有如影問形，誰者窮與通。不見邯鄲枕，浮生疾轉蓬。提醒東道眼，達哉五柳翁。昨夜游西谷，牽衣山花紅。即此是夢理，冥志揖高風。

箋○作於崇禎元年（1628），遇赦將歸。

束馬還初給諫

日餘逢多難，裹袖匿深谷。鋤烟種術苓，絶意看除目。腓草初陽蘇，松風忽吹轂。行藏與時移，脆柔從所托。瞻彼霄漢間，渠渠有夏屋。庭影蔭維桑，晨光絢若木。絳帳覺後知，銅柱標遐族。以茲樽俎儒，兵垣典奏牘。帝命往欽哉，嘉言無攸伏。一疏出諸懷，偲偲而諤諤。察君遇巷心，所盟在幽獨。匪夷沽虛聲，罘罳行躑躅。言伸道乃尊，牖納棐彌篤。獲上以信友，血性頗置腹。古人覽章奏，知必秉鈞軸。擔當世界者，不示人以樸。朝報東西殷，羽書宵迅速。矧此兵與餉，王言屢敦復。兵既無日汰，餉以何時足。豈惟富萬方，而乃窘邊幅。竭津良有因，流馬疲轉逐。願君清其源，全盤計盈縮。大法小臣廉，片語生滲漉。與為豐年玉，寧作荒年穀。眷言釋杞憂，俾爾康茀祿。軒紳豈余戀，所願國多福。餘甘倘可分，終焉返林麓。

箋○【馬還初給諫】指馬鳴起，字伯龍，號還初。龍溪（今龍海市）人。萬曆三十八年（1610）進士，授湖廣道御史。天啓初，抗疏言客氏六不可留，奪俸一年。崇禎初，擢左通政。傳見光緒《漳州府志》卷二十九《人物二》。明王忠孝《王忠孝公集》有《與通政馬還初書》。

【給諫】明代為六科給事中之別稱，馬還初未任此職。見乾隆《龍溪縣志》卷十六《人物》。明初罷諫院，設六科給事中，掌侍從、規諫、補闕、拾遺、稽查六部百司之事，與十三道御史職責相當，或因此而稱。見《明史·職官志三》。

南二太司徒招飲私宅

達人秉曠懷，拈花而度世。山水有遐情，悠悠獨忘勢。夫子神仙姿，天闕表靈異。謝安領時望，蕭相裕國計。彌天煉石手，萬宇牣匡濟。勳大道以尊，心虛顔逾霽。眼殊屬所青，屣不棄其敝。春事報新晴，開樽招宿契。座客盡風騷，塵談心幽邃。清響肉兼絲，玉缸面浮翠。燈燼尚飛觴，曲翻重把袂。憶昔天晦冥，賢者多匿避。狼虎晝縱横，一副英雄淚。感此春光清，連茹引鳴曳。松古撐漢高，草勁亢風厲。木疆同性成，菌莖悲貿脆。浮榮杯酒間，丈夫矜骨氣。西華卓几前，景行以自誓。

箋〇崇禎元年（1628），朝廷起復南居益為户部右侍郎，總督倉場。同年夏，崔世召北上補選，次年冬赴任桂東。此詩當作於此期間。

題沙縣黃太母節孝詩為其孫武、皋兩明經賦

沵沵沙之陽，黃氏鼎華族。朝籍既聯翩，閨門亦雍穆。昆季擅才名，山川萃清淑。風流大小蘇，文藻機雲陸。和音塤以篪，拜璧蒲與穀。都市偶相親，年誼洵交篤。示我節孝篇，灑淚唏噓讀。幽貞本性生，遠識惟母獨。存孤甘茹荼，保業凜集木。世庇其徽

柔，天報以戩福。感茲冰玉操，詒爾朱丹轂。亢宗有孫謀，陳情擬奏牘。旌書表古阡，筓櫛司世軸。劍水光燭天，可封化比屋。

箋〇【武、皋兩明經】黄武，字堯工，天啓五年（1625）貢生，長樂訓導。黄皋，字堯弼，天啓四年（1624）貢生，授通判。見民國《沙縣志》卷之七《選舉》。

呈黄鶴嶺柱史

大風表東海，若木開林霏。瞻彼女姑山，綽約而崔巍。真人擷靈秀，千仞振其衣。觸邪驚豸角，夾日從龍飛。抗疏淩霜力，折節藹春暉。輕身先匹大，此誼今所稀。汪汪萬頃波，一見悟百非。滌慮飫玄渺，忘分屏等威。玉瓚以流黄，舍斯誰與歸。日出東方高，罔不被光輝。谷風既薦爽，朱草應爭腓。獨憐濩落者，邅回將憑依。

箋〇【黄鶴嶺柱史】名宗昌，字長倩，號鶴嶺。即墨（今屬山東）人。天啓二年（1622）進士，時任山西道監察御史。生性耿直，天啓間授清苑令，值魏閹勢盛，生祠遍三輔，獨清苑無之。見雍正《山東通志》卷二十八《人物三·明代》。

【女姑山】在即墨縣西南四十里。有明堂遺址，相傳漢武帝所建。見同治《即墨縣志》卷一《方輿·山川》。

冒雪送考校甚以八面山為處次早天大開霽志喜偶用王季重華嚴老人居韻

頭顱強半枯，觸景輒悲壯。沖雪遠行邁，馬足黯西向。亂舞入千林，變幻非一狀。晶沙爭激射，玉山儼依傍。頓使旅魂搖，豈但詩魔愴。危坐卯色天，忽報東曦放。偶爾測陰晴，倏然忘得喪。天意若憐余，百里亦足王。陶翁與喬仙，夢中相揖讓。寒骨老梅知，鐵莖撐孤嶂。薄暮清磬冷，定心發空悵。

箋○【八面山】在桂東縣西。有山八面，故而名之。地勢險峻，人馬難越。崔世召在任，重修嶺路。邑人德之，鐫石銘曰『崔公路』。見同治《桂東縣志》卷之二《疆域·山川》。

【王季重華嚴老人居韻】王季重名思任，字季重，號遂東。山陰（今浙江紹興）人。萬曆二十三年（1595）進士，袁州推官。魯王監國，授禮部右侍郎。清軍破紹興，絶粒而死。《入華嚴老人居》古風，見朱隗《明詩平論二集》卷一。

橘井蘇耽遺跡，在郴郡西

郴水多異人，最著者蘇仙。曰孝以成道，騎鶴飛上天。活世豈刀圭，但酌橘井泉。

仙去橘已枯，玄津誰復傳。我來客其土，瞻謁重淒然。荒壇宿古雲，眢井生冷烟。野月墜石欄，日暮咽哀蟬。仙魂不可返，撫檻歎變遷。昔人涉滄海，頃刻成桑田。矧此一勺水，安得長涓涓。吾將呼仙子，把袂拍其肩。烟霞稟痼疾，酌水詎能痊。不如飲美酒，爛醉井邊眠。

箋〇【橘井】在郴州城東蘇仙宅內（今湖南郴州一中）。相傳蘇耽得道仙去，語其母：『明年天下疾疫，庭中井水、橘樹能療。』後果然。開元間，唐玄宗賜名『集靈觀』。見東晉葛洪《神仙傳·蘇仙公》、雍正《湖廣通志》卷七十九《古跡志·郴州》。

游石鼓書院和韓昌黎公碑中韻

天奠一拳石，江流環右左。歲月喧擊撞，風沙噀咳唾。朝宗祝融君，鼓吏職翼佐。群峰印紫烟，烘若聚萬貨。孤亭抗其巔，目送飛鴻過。遠趣不可窮，雄心詎能挫。拂蘚讀韓碑，郢音洵寡和。酌酒以酬之，字如飛個個。磨蝎守生宮，文人多坎坷。裴回發浩歌，晞髮欲長臥。所懷在伊人，對景成清課。放我於江湖，淼宕孰如那。隱隱石鼓鳴，百代起衰懦。誰作漁陽撾，奇響四邊播。虛往實以歸，餐霞療饑餓。長揖古洞仙，拱手遥相賀。際此元首明，豈復股肱惰。勉旃躡層樓，與雲爭席座。橫看爽氣流，只覺愁顏破。安得蹈波心，雙足濯塵涴。

箋○【石鼓書院】在衡州府（今湖南衡陽）城北石鼓山。原為唐代李寬中讀書處。宋景祐二年（1035），仁宗賜『石鼓書院』額，遂以此得名。宋初為天下四大書院之一。見雍正《湖廣通志》卷二十三《學校志·衡州府》。書院內唐初建有合江亭，韓愈過此，留有古風《合江亭》，即崔世召所步韻者。

初夏往郴州參謁雨過八面山

楚地梅雨多，烟霾簸千頃。矧茲岦嵂峰，更覺滂沱猛。濕鳥逋林藪，倦旅絶笭箵。何為乘華軒，亦復度危嶺。作吏爨勞薪，奉身決贅癭。但學工逢迎，寧知顧首領。筍輅遠於邁，騶從半以屏。空濛攀崩崖，歷落掛虛警。五步只聞聲，對面不辨影。叱馭不敢前，息鼻那能逞。愕如緣木末，瞥爾墜深井。泥泑石逾高，途修日倍永。牛喘與夫呻，蝸縮長官頸。薄暮窮山根，賀拜離死境。哀哉七尺軀，罹此百憂迸。始恨官為祟，相憐醉未醒。多難歷塗辛，苦吟坐夜丙。因之悟人情，到處皆畏景。欹枕夢林園，平野任馳騁。風雨莫相催，猿鶴久徯請。三復北山文，悠然發深省。

箋○作於崇禎四年（1631）四月，時年六十五歲。

游蘇仙巖

昔人銘陋室，山有仙則靈。茲山稱福地，豈必淩高冥。城闉隔籬壁，郴溪相緯經。上有飛升崖，下有洞石扃。洞門靄深碧，鹿乳猶存腥。化鶴千年歸，詩留彈者聽。長松號亂烟，瑤草鬱蔥青。遺蹤詎可覓，荒碣蝕殘銘。言陟嶺上巔，歸酌臨崗亭。憑弔懷伊人，天半風泠泠。我有雙飛舄，附君白玉翎。矯首入霄漢，高吭振洞庭。何處古香來，如聞橘水馨。吾生好棲托，仙宅為居停。

箋〇【蘇仙巖】即蘇仙山，又名馬嶺山。位於郴州城東北，為西漢蘇耽修真之所。見前詩《橘井》。

【茲山稱福地】道家尊奉馬嶺山為第二十一福地。見北宋張君房《雲笈七簽》卷二十七。

蕭太真贈余癭木魚塊然魚也狀如結癭生成空竅擊之聲清越幼兒佞佛寶焉，賦詩示之

大道無蠢靈，物物具禪理。萬竅怒號聲，刁刁畏佳裹。可知八音中，木與金終始。

空山墜老魚，怪形胡乃爾。若磊砢贅疣，若刑餘胥靡。天然枵其腹，不假工倕指。摩挲卷以光，結束古而美。一敲微風生，再擊遏雲起。經輪一串珠，奇音吼未已。想其受病時，擁腫成癭子。一病轉通靈，作魚泳春水。視疾老維摩，相扣發禪喜。如人攻憤悱，一旦豁然始。蚌痾吐朗珠，石勒出函史。中虛乃傳聲，物理本如此。

箋○【蕭太真】莆田人。见《問月樓詩二集》五律《仲春蕭太真、柯無瑕鳳山小集，得方字》。

【幼兒】指崔嵸，世召五子，字殿生，號五竺。

中秋懷西谷拈避園便韻二首

故園富竹石，秋老雲氣濕。紅泉掛月光，渴虹奔澗急。主人猶未歸，誰作觀濤集。夢與月同遊，徑荒杖仍澀。食諸負青山，駟馬豈能及。吸月倒十千，高歌以當泣。

其　二

宦海載胥溺，飄零不得岸。壯哉乘槎客，乃復薄清漢。月語桂以東，杳如隔天半。

老松與瘦鶴，夜夜相招喚。歸興徒渺茫，吏情何漶漫。愛此月輪孤，只恐歌聲散。髮短不勝簪，科頭任松亂。妻兒那解愁，空香撩長歎。

箋○【西谷】指秋谷。

題高車橋新成有序

桂東之有高橋，古也；高車，非古也。閩人崔令以其名不韻，增而顏之者也。一邑群溪亂流，至此而匯，砰砰下瀉神女橋，兩崖對踞受之。橋横而跨水上，望若龍門飛沫，故曰高也。橋創於何年不暇考，至今而剝破者半。邑豈無令，傳舍匆匆，未聞過而問焉，視溱洧乘輿之惠，抑又遠矣。崔令每停車，輒惻然作津梁想，乃割如水之俸，鳩工庀木，不日告成事。爰易以高車而系以詩，夫亦喟焉，於山水盛衰之故也耶，萬里橋以司馬長卿『高車』一語，豔名千古，桂東雖小，豪傑生不擇地，後有作者，當以余一字之增為地讖矣。

一宦夢鷗情，兩載弄鷗水。萬壑爭奔雲，合流西駛駛。古橋障其瀾，去邑不數里。驅馳遞輕軺，詎云了公事。剝落行者悲，風雨靡寧止。前轍能不忘，即已習為吏。枝傾庸鬻名，王政首攸始。下臨青石峒，上鎖丹霞氣。我顔以高車，題柱或可擬。尺沫起飛鱗，勉旃都人士。

箋◯【高橋】在桂東縣南三里。正德間，縣尉龍昇建。分巡道張勉學改名『回瀾』。崔世召重建，改名『高車』。見嘉慶《桂東縣志》卷之三《建置》。

望湖亭遠眺因過復愚上人静室不遇賦用空同先生舊韻

孤亭抗天際，昔賢聚墨妙。騁望安所窮，憑欄扼居要。青嵐五老遊，碧漢二丸跳。彌天白浪高，有客踞淩峭。古碧紀神奇，江心眼光耀。大蘇躅難追，北地譽豈釣。懷古罡風來，撫秋哀鴻叫。伊人在一方，寂寂孫登嘯。有東坡《石砮記》。

箋◯【望湖亭】在今江西永修縣吴城鎮境内。面朝鄱陽湖，修水、贛江於此交匯。始建于晉代，歷代題詠不絶。李夢陽《望湖亭》古風，見於《空同詩集》卷之十二。【東坡《石砮記》】蘇軾有《吴城順濟廟石砮記》，作於建中靖國元年（1101）四月，時自儋州北歸，舟經吴城山。

七言古體

弋陽途中口號時初蒞崇仁

殘秋間走弋陽道，一尺矮松寸莖草。危石沙茜胭脂紅，苦篁對客語酸風。山空薄暮鳥聲絶，遠梢早掛如鉤月。小吹村烟獵隊昏，山犬嗷嗷半掩門。蒙頭溪女爭偷瞰，車上官人愁黯黯。檄書絡繹督逋糧，蠻峒虎踞華山鄉。天子空遺臣三尺，茅鬼盈車行不得。頭上進賢小如豆，十夜不眠沈腰瘦。僧舍遽廬五更醒，臥聽寒鐘心骨冷。

箋〇作於天啓五年（1625）九月，時年五十九歲。赴任崇仁，道經弋陽。

【車上官人愁黯黯。檄書絡繹督逋糧】天啓時期，遼東糧餉連年劇增，各省州縣積欠嚴重，朝廷又加大增收力度，地方官員深以爲累。後期崔世召被拘禁，所定罪名即爲「充運遼糧未完」。

【頭上進賢小如豆】進賢，指進賢冠。原爲儒者所戴，唐時百官皆戴用，以冠上鐵卷梁數量定品級。明代改稱梁冠，六品、七品官俱爲二梁。見《明史》志第四十三《輿服三》。

效長吉體為龍吏部太公頌

雲彤彤，波潑潑，八龍噴空江水闊，夜抱老珠弄明月。千年龍江磨霜鏡，化作異人亦龍姓。讓節不並延陵高，俠心盡起翳桑病。柳州道上口碑闐，寺門村中烽塵淨。天遣西江片雲滃，座上為霖真龍種。馬鬣一滴土膏湧，槐堂枝古於門聳。眼見旌書下天寵，為君但添海籌屋。倒盡千缸致華祝，鼎湖不放白日速。氍毹長醉龍涎馥，臥看龍江水花綠。

箋〇【龍吏部太公】龍文光，字中黃，號煥斗。柳州馬平（今屬廣西）人。天啓二年（1622）進士，時任吏部稽勳司主事，進吏部考功司員外郎。見清徐鼒《小腆紀傳》卷第三十五。

題方孟旋太夫人壽

青峒萬尺摩天立，石室雲空富霞笈。上有仙人吹鳳笙，大嘯蒼茫露花濕。名山副墨不勝收，帝遣六丁守其側。出世聊為毛檄歡，著書半注蓼莪葉。我來傾蓋若平生，杯酒咄嗟相對吸。為言奉母暫南還，堂北春秋過八十。儀郎日日舞萊衣，手授丐言書一帙。

客子霜帆不得停，江楓冷落催舟急。舟中促刺漫焚香，讀君裡言長跪揖。阿母聖善世所稀，恐君自疏猶難悉。煌煌內則衆人母，祝者盈門頌盈邑。生兒命世蔚大儒，翟茀霞章寵光錫。人代繁華何足矜，西方差許神明接。尼珠一串佛千聲，白雲冉冉瑤池徹。海上青鸞寄素書，天邊玄兔擣靈屑。太姥酡顔尚未央，百歲萱容祇瞬睫。願言移孝答君恩，何獨承歡供子職。北辰沖主正宵衣，東閣詞臣虛左席。朝補媧天五色紋，夜餐莖露一杯汁。壽國壽母同是觀，詩云孝乎思維則。

箋○【方孟旋】名應祥，字孟旋，號青峒。衢州西安（今屬浙江）人。萬曆四十四年（1616）進士，授南京兵部職方司主事，轉祠部郎中，提督山東學政。母喪歸居，旋逝。見錢謙益《牧齋有學集》卷二十九《方孟旋先生墓誌銘》。

壽王六瑞兵科尊人六十王諱鳴玉

楚天連空暮烟紫，控鶴仙人掠雲起。蕊宮紅影翻瓊樹，百城家擁青箱富。生兒能受五千言，趨庭況復環瑶琨。鈴索花明鸜鵒啧，西掖近天剛咫尺。舞衣新帶御爐香，華堂衎衎樂且康。我歌大椿送霄漢，六十春秋日方旦。眼看鸑鷟翔江左，浮拍百齡天地老。

箋○【王六瑞兵科】王鳴玉，字六瑞，湖廣景陵衛（今湖北天門縣）人。天啓二年（1622）進士，時任刑科左給事中。王父名道宏，以子貴贈朝議大夫、隴右道參議。見乾隆《天門縣志》卷之九《封蔭》。

謁華仙

柔春廣縫暖雲峙，神弦拍曲樂仙祉。貝闕障空石齒稜，銀榜照天爐烟紫。傳聞蛻骨洞深寒，虹橋路斷不可攀。無數金身棲日觀，有時玄棒擘雷壇。四方絡絡進香者，大叫衆仙返真駕。茅龍朝吼空霧巔，蒼兕夜宿繩床下。九萬罡風吹我衣，眼光四射江山微。帝座只疑通呼吸，仙班似許學騫飛。披圖讀罷玉蟾賦，先年曾住霍童塢。今古逢君宿世緣，烟霞與我舊知故。山下風塵愁殺人，山中坐愛桃花新。何當覓取桃源種，開遍塵凡滿縣春。

箋○【華仙】華蓋山，又名大華山，在崇仁縣西南（今屬樂安縣）。西漢元帝時期，浮邱真君在此傳授王、郭二仙『三五飛步術，九一上清法』，焚修練丹，得道飛升。唐大曆四年（769），撫州刺史顔真卿撰《華蓋山王郭二真君壇碑記》。天啓七年（1627），崔世召編纂《華蓋山志》八卷。見宋樂史《太平寰宇志》卷一百一十、雍正《崇仁縣志》卷之二《提封志六》。

校〇

【柔春廣縫暖雲峙】廣縫，同治增訂本《華蓋山志》作「滿山」；暖，作「復」。

【神弦拍曲樂仙祉】樂仙祉，山志作「仙樂起」。

【有時玄棒擘雷壇】擘，山志作「擊」。

【四方絡絡進香者】絡絡，山志作「落落」；者，作「罷」。

【茅龍朝吼空霧巔】空，山志作「碧」。

【九萬罡風吹我衣】九萬，山志作「九方」。

【仙班似許學鶱飛】學，山志作「不」。

【披圖讀罷玉蟾賦，先年曾住霍童塢】讀罷，山志作「愛讀」；曾住霍童塢，山志作「曾在霍童住」。

【山中坐愛桃花新】愛，山志作「看」。

送戴吉甫還里

山城潦沙苦泥人，古殿濕礎生苔塵。溪頭塔影客心老，遙嵐滴露澆詩神。詩成一句一拍手，腸斷倚閭如霜首。故人猶子劇相憐，割得俸錢佐卮酒。此時荔子參差殷，孤月夢香明家山。麻姑壇下馬蹄疾，曳衣丹氣隨君還。君還九曲木蘭水，銀浦雲流蠟光紫。老兒負米從西來，百拜婆挲祝遐紀。

君不見，擔中一幅御母圖，閱盡千林烏夜呼。

箋○【戴吉甫】莆陽人。見《問月樓詩一集》五言律《王景聖廣文招同郭環洲、沈中如、戴吉甫、陶汝觀集龍山草堂，得長字》。

【麻姑壇】又名麻姑山、丹霞山，在江西南城縣城西。為道家第二十八洞天，第十福地。顏魯公有《有唐撫州南城縣麻姑山仙壇記》。見前蜀杜光庭《洞天福地嶽瀆名山記》。

題白虞鄰恤刑扇頭秋景

銀空露濕半山影，馬蹄香墮桐花冷。誰貌一痕樹末秋，蕭蕭幻作人中景。仙人倚烟翻奇書，曉帷帖妥承明廬。帝命六著遊清虛，灑林甘澍隨仙車。香山派接梁溪水，秋曹醉吟白雲起。西江馬祖選佛場，度人無數拈花喜。眼邊秋色轉淒清，蟾蜍碾玉團繁笙。圖將山川報天子，千巖落葉陽春生，會見錦甸玉宙待阿衡。

箋○作於天啓七年（1627）秋。【白虞鄰】指白貽忠，字虞鄰，直隸武進（今屬江蘇常州）人。萬曆四十一年（1613）進士，時以刑部主事恤刑江南。見《明熹宗實録》卷之六十。

午日宴集浣繡樓喜賦

溪頭紅迸榴花水，隔岸巴雲分睥睨。朝靄暮靄八窗明，沖簾燕掠新泥喜。不須更唱黍離離，千古繁華今日始。誰將錯繡浣晴川，柱笏支頤看旖旎。山河亦有廢興時，如女為容媚悦己。長官醉酒兒童喧，西來之氣浮棐几。保障曾聞尹鐸言，屍祝何似庚桑壘。為記他年競渡辰，密樹樓中歌樂只。

箋○作於天啓七年（1627）端午。【浣繡樓】指崇仁北城西門，舊名來爽，正對百花洲。見同治《崇仁縣志》卷首「北城之圖」。

校○詩題，雍正《崇仁縣志》卷之二《創設志上·城池》作《來爽門新成午日偕諸寅丈宴集》，同治《崇仁縣志》卷九之六《藝文志·文征》誤為李紹春作。【朝靄暮靄八窗明】八窗，同治《崇仁縣志》誤作「入窗」。

【西來之氣浮棐几。保障曾聞尹鐸言】雍正《崇仁縣志》闕此二句。

重九章江門守風有賦時將逮淮

暗雲照空秋氣昏，章江城外逆水渾。封姨南面吹江豚，招招舟子亦銷魂。酒罷問天天不言，野雞午叫黄花村，誰家買醉登高原。我已掛冠君落帽，短髮蕭蕭應共論。

箋〇作於天啓七年（1627）九月，時年六十一。遭閹黨構陷罷職，由撫州押解淮獄（今江蘇淮安）途中。詩亦見於朱彝尊《明詩綜》卷六十五。這首古風與《秋谷集》下七言律詩《將發昭武贈丘冏卿》同韻，似同贈一人。丘冏卿，即丘兆麟。见下五律《送丘毛伯侍御》。

【我已掛冠君落帽】天啓六年（1625），丘兆麟以太僕寺少卿辭官家居。

校〇

【暗雲照空秋氣昏】暗，《明詩綜》作『黑』。

【封姨南面吹江豚】南面，《明詩綜》作『鼓浪』；吹，作『掀』。

【短髮蕭蕭應共論】此句，《明詩綜》作『擢髮數罪難具論』。

初秋途中述懷

白帝已徂秋，赤輪尚投轄。驛路千盤野湟枯，老木吐烟蟬喙渴。輿中土偶坐遽除，日暮吟魂呼軋軋。郵亭慣送遠遊轂，獨憐西叟愁如粟。天遥地遥夢不遥，枕坳夜夜遊秋谷。新荷水淺懶沖泥，溪橋但厭松陰覆。無錢買鶴巢尚孤，有淚聽猿聲斷續。人言為官意欲飛，我但談之愀不樂。雖有進賢冠，何如碧筍籜。雖有數尺腰間圍，何如百衲黄絛服。山中佳景最難枚，爛取丹青千萬幅。只消懸虹一片流，洗盡塵凡榮與辱。所戀屺岵泉下親，清時不得徼恩綸。以兹破暑乘秋去，八月槎浮天漢津。眼見瑞烟照抔土，天風夜半嘶麒麟。了將墮地生前事，便作藏春塢裏人。

箋〇作於天啓七年（1627）七月。詩中所記「鶴巢」「懸虹」俱秋谷景物。

【藏春塢】北宋刁景純所構別業。見北宋蘇軾《蘇軾集》卷七《寄題刁景純藏春塢》。

過樵川四十里有郵名龍斗，亟問土人云宋時有雙龍鬥於此其說近誕然有其傳之想亦莫須有耳，余奇其名而賦焉

少年學易稱龍德，變化乘虚遊八極。天空地莽自卷舒，雲滃雷崩妖魂匿。有時懶睡

頷珠圓，夜深月墜黝潭黑。所以至人說猶龍，知雄守雌兌其穴。胡然龍亦有殺機，鐵鬣銀牙獰相拒。此地千年古戰場，玄黃之血應漂杼。為問誰者戰勝肥，黃德正中威不怒。野人稗說固荒唐，吊古郵亭狂起舞。方今君子正道長，時事傳奇堪抵掌。天上真龍炬眼光，水底妖蛟血膏莽。我來挾劍過延津，潭靜不聞雙龍響。鐃歌戰罷碧霄清，祝爾天飛看直上。

箋○【樵川】邵武之別稱。龍斗，在邵武城西北，今屬水北鎮。明清時期設鋪遞。見光緒《重纂邵武府志》卷之十三《驛遞》。

雙節卷短歌為葉機仲題

我聞湛盧峰，高高拂燭龍。烟深不老幹霄石，霜重難摧跨澗松。石有貞心松逼古，精靈應萃葉家母。仃伶相吊婦與姑，兩世存孤遺一縷。煢煢一縷系千鈞，幽孀之氣淩青旻。之子名成文且武，返哺差慰未亡人。人曰未亡性不朽，礪石摩松天地久。為歌雙節呼山靈，湛盧酹爾一杯酒。

箋○【葉機仲】指葉樞，字機仲，松溪（今屬南平）人。天啓元年（1621）武舉人。慷慨有大志，入南居益幕府為參畫。傳見民國《福建通志》總卷三十九《福建文苑傳》卷六。張燮有七律《葉機仲索題雙節卷蓋其大母及母云詩以應之》作於同時，見《群玉樓集》卷之十五。

震澤故無蓴鄒舜五佹得采之遂為湖中第一公案作采蓴歌

平生未渡太湖水，夜夜神游夢商綺。平生不聞太湖蓴，一朝譜出秋風新。秋蓴張翰動歸興，千古江東佳話柄。何年移種洞庭陰，楨莖吹浪香沉沉。風流鄒子談天口，向人誇得未曾有。冰盤剪出珊瑚枝，座客狂叫盡如癡。傳得吳兒好事者，拏舟如雲采盈把。蓴乎顯晦合有緣，震澤湖光為爾鮮。山中木奴恐見妒，霜後拖烟隱深塢。莫漫臨風喚客歸，我家亦有故山薇。秋來薇老稚根澀，不及蓴羹一杯汁。安得扁舟從君遊，太湖采采蘆荻秋。

箋○作於崇禎元年（1628）秋冬之際，時謁選京師。

【鄒舜五】名斯盛，南直隸吳縣西山（今屬江蘇蘇州）人。初山中人未知食蓴，食之自鄒舜五始。清王應奎《柳南隨筆》：『太湖采蓴，自明萬曆間鄒舜五始。張君度為寫采蓴圖，而陳仲醇、葛震甫諸公並有題句，一時傳為韻事。』崔世召賦《采蓴歌》與此有關。

贈薛聖從七十

姑蘇台畔鹿麋走，金閶門外星如斗。中有高人披鹿裘，仰看長庚雪盈首。袒裼胸盤五嶽圖，遨遊肩拍十洲叟。去年騎馬入長安，筆掃西山不停手。老作楊雲幕裏賓，讀盡秘書窮二酉。歸家恰恰過清明，澀舌雛鶯棲淡柳。聽鶯行樂度春秋，黄花倏忽月逢九。閑尋洛社倚東籬，臥學羲皇開北牖。君家原有苜蓿盤，急辦茅堂觴客酒。不見人生泡影身，七十從來古稀有。祝君歲歲佩茱萸，充棟詩篇垂不朽。

箋○【薛聖從】蘇州人。

送蔡達卿明府之任盧氏

長安三月春如綺，百丈遊絲賣花市。陌上關情黄鳥啼，橋邊送別紅塵起。紅塵那肯絆征輪，去去鶯啼不住春。柳條似惜耽詩客，草色偏隨得意人。人生得意能幾許，曠達好懷孰如汝。金鑒千秋祝帝齡，銅章三錫承天語。銅章佩去路悠悠，遥指雲山古豫州。馬蹄踏處桃花滿，熊耳山前洛水流。羡君輕車走熟路，今日南河昔東魯。調鶴閑鳴焦尾琴，放衙自種紫茄圃。茲行何必異登仙，攬轡敲詩春可憐。盡將帝里繁華景，譜入驪歌贈別筵。

箋〇作於崇禎二年（1629）三月，時客京師。

【送蔡達卿明府之任盧氏】蔡達卿時以平陰知縣起復，補授盧氏。見《問月樓詩一集》七言律《蔡達卿為其祖崇德令遺事求詩卷用原韻賦》。

【熊耳山】在盧氏縣。

題何海若默詩齋

長安地主新安客，半畝蓬蒿環堵宅。填枕圖書作四鄰，閉門風雨閑雙屐。科頭長醉不願醒，逢人唯聞笑咯咯。爛搗隃麋潑素綃，掃盡烟霞罩水石。快情終不言所以，傳神都在阿堵裹。十幅吳綾朗月裁，四聲沉韻微風起。此時觀者各酣歡，歌亦非詩聽非耳。披圖跳入輞川莊，按拍同遊浣花里。讀君齋顏洵足快，賒君品題未償債。贈以丹粉無言詩，報之推敲有聲畫。從來山水即清音，塵鞅何曾一絲掛。兩人相視手重搖，剝琢到門但長拜。

箋○【何海若】新安（今安徽黄山市）人。工詩畫，名聞一時。謝三秀《雪鴻堂詩搜逸》卷二有《題何海若長安寓舍用壁間韻》。

壽曾蘭若方伯三月念五日誕辰

滄海不可測，河源不可窮。仙人攬轡馳八極，昆侖以西扶桑東。神虬夜吼玄鶴舞，一粒爐砂足千古。丹氣偏鍾不老身，玉皇親注長生譜。君不見安陵城下水悠悠，十里爛漫桃花洲。雞峰山頂月輪曉，問仙洞裏霞光浮。月輪霞光天不夜，中有真人號蘭若。傳家金笈駐蒼顔，到老瑶華娱緑野。誰言子固不能詩，君今説詩解人頤。燕遊蜀道題盈篋，品石編巖墨滿池。年年春光八十五，閲盡桃紅第幾度。回首浮名一芥輕，屈指韶華百齡富。請看壽字漢鐫文，石古苔深若為君。東方再謫歲星老，南極長擎夜月分。有客登登揖仙子，洞口芝莖掛弧矢。一杯對爾祝大年，八千春秋今日始。

箋○【曾蘭若方伯】曾紹芳，字世德，號蘭若。永興（今屬湖南）人。萬曆三十五年（1607）進士。天啓四年（1624），授四川布政司右參議、分守川東道，告歸。見雍正《湖廣通志》卷三十三《選舉·進士》。

柬曹舜臣廣文雅州人

君家有寸儲八斗，馬蹄西蹴筆花走。平羌夢裡月輪高，蒯緱腰畔龍精吼。一氈青青殊等閒，招提半榻伴蒼山。朝朝冷面笑攬鏡，漚川之水清人顔。

箋○【曹舜臣廣文】名鳳池，雅州（今四川雅安）人。時以貢生任桂東儒學教官。見乾隆《雅安府志》卷之九《選舉》。

寄寧愚公

便縣本是蘇耽宅，勾引王喬下雙舄。一溪霞氣不辨紅，兩岸雲峰相對碧。使君卧理桃花城，日日燒丹煉白石。仙郎況復饒文雅，汗血之駒渥窪馬。北方學者或未先，南國詞人豈相下。秘書子駿韋元城，子善為裘父良冶。我來邂逅把其臂，屬酒登堂講世誼。拔劍磨措發素光，揮麈窮搜到玄邃。佩君喬梓情太殷，相過肯辭百回醉。

箋○【寧愚公】名養初，愚公其字。北直隸永年（今屬河北）人。萬曆二十二年（1594）恩貢生，崇禎四年（1631）署興寧知縣。見光緒《興寧縣志》卷十一《秩官》。

嵷兒寄憶山中老松引用韻口占

老龍連蜷拏枝樛，新暑粘溪凝不流。石上仙人吹鐵篴，古香幽栗喧高秋。控弦十萬矢鳴括，摩頂颼颼風梳髮。小橋屐齒踏磬聲，山叟未歸誰結襪。且將清夢寄髯翁，幻作顛狂和銀瀑。楚客枯喉學郢歌，盧郎痛飲讀離騷。鶯舌已老宓琴冷，怒寫松風驚飛濤。

箋〇秋谷之口有古松數十章，松邊伐石為橋，鐫李開芳篆書『聽松』二字。見附録《秋谷乞言》。

登衡山歌

衡山高，拂燭龍。乃在震旦之炎服，大楚之南封。千萬億年真日月，九十二片青芙蓉。帝命司氏曰祝融，紫烟丹氣羅峰峰。天子望秩拱黄琮，六甲飛符禮赤松，瀟湘萬里奔朝宗。蓮華何秀絶，瑤草何豐茸，願言采之不可從。劍銛岣嶁玉為鋒，上有神禹蝌斗之文章。青螭赤鳳守前沖，石鼓浪花兼天春。清都不與塵寰逢，所以雁翅飛仍壅。東岱西華相追蹤，大哉元氣涵九重。我來鞭罡風，考靈鐘，長嘯峰頭吸華濃。玉衡星斗盤心胸，豈獨野次一軫為先容。嗚呼噫，衡山之高拂燭龍。

五言律詩

宿三摩庵謁黄貞父先生像

千頃陂難濁，三摩手自書。宰官君不朽，傲吏我何居。磬度閑雲外，詩敲細月初。塵沙埋馬腳，對爾暫軒渠。

箋○【三摩庵】在新建縣（今屬江西），祀觀音大士。明南京兵部尚書陳道亨曾避暑於此，著有《三摩筆記》。見明陳宏緒《江城名跡》卷一《考古》。【黄貞父】名汝亨，字貞父，錢塘（今浙江杭州）人。萬曆二十六年（1598）進士，江西布政司參議。湯顯祖《玉茗堂詩集》卷五有《東館別黄貞父》。

宿西關公館和壁間韻

暝氣滿林薄，輕寒逗太和。秋光燈畔老，鄉緒枕邊多。問俗余戎莽，勞生逐馬坡。誰憐行役者，對酒不成歌。

箋〇【西關公館】在南昌。

同蔡宜黄會審聖容寺有作

案牘何能離，烟霞乍可當。旃林親大士，秘草出中郎。眼為千山豁，眉才半日揚。村沽須痛飲，明發又塵忙。

箋〇天啓五年（1625），崇仁任上。【蔡宜黄】指蔡懋廉，華亭（今屬上海市）人，時以舉人任宜黄知縣。見崇禎《撫州府志》十三卷《官師表下》。【聖容寺】在崇仁縣三十九都，晉太康間僧宣建。見同治《崇仁縣志》卷二之四《寺觀》。

是日聖壽夜出寺宿民房

朝瞻龍是誕，晚踏鷲為峰。偶爾清凡夢，依然想聖容。梟飛雲際舄，犬吠月深松。遽廬天未曙，猶戀五更鐘。

箋○見上。熹宗萬壽為十一月十四日，見《明熹宗實録》卷一。

送丘毛伯侍御

薄宦妨詩趣，鳴琴恐未能。破風蛩叫壁，殘雨鼠窺燈。髮為憂時秃，眸因媚俗懵。忽焉聞緒論，天漢快飛鵬。

箋○【丘毛伯侍御】丘兆麟，字毛伯，號太邱。臨川（今屬江西）人。萬曆三十八年（1610）進士，官拜雲南道御史、河南巡撫。與湯顯祖齊名。傳見雍正《江西通志》卷八十二《人物十七》。

南峰卓秀

佳勝忽然開，當窗翠湧回。豹文新七日，鹿斗舊三臺。水繞廉村嶺，薰迎宓邑臺。樽前皆樂地，吾道本南來。

箋○【南峰】指南阜山，在崇仁縣南郊二里，有南阜亭、投壺台古跡。見同治《崇仁縣志》卷一之四《山川》。

西爽支頤

晨光分睥睨，爽氣愛蕭森。野色攻人俗，山雲悅我心。雙眸眈遠近，萬壑自高深。欲問西來義，蓬居費講尋。

箋○崇仁城西有羅山、石塔、南塔諸山，峻拔奇偉，宋吴曾謂之『跨洪撫吉三郡之境』。見同治《崇仁縣志》卷一之四《山川》。

和戴吉甫端陽詩

積雨驚時序，清狂賴爾存。草荒僧舍冷，蒲泛客杯溫。俠氣懸長鋏，詩腔湊雅塤。荔園歸夢好，花滿一堂萱。

箋○作於天啓六年（1626）或天啓七年（1627）五月初五。

贈丘毛伯冏卿

昔避乘驄使，今參伯冏班。胡然龍性擾，偏得馬曹閑。碧眼空千古，奇書貯一山。

媚人雙鶴舞，吾對欲忘還。

【箋】丘兆麟時以太僕寺少卿辭官家居。

再集浣繡樓分賦得樓字

怒溜攻沙下，濤聲欲上樓。地靈回蕩漾，天意許綢繆。醉眼千村繡，涼襟五月秋。君來殊湊趣，新景佐清遊。

箋〇作於天啓七年（1527）五月，見上七古《午日宴集浣繡樓喜賦》。

集擬峴臺

自有真佳境，如何擬峴山。空台誰墮淚，遠浦縱開顔。水氣龍鱗縠，霞容雉堞環。狂吟千古意，肯放酒杯閑。

箋〇【擬峴臺】在今撫州市撫河畔。以其山溪之形擬乎峴山，故名。北宋嘉祐二年（1057），知撫州裴材建，曾鞏有記。見乾隆《大清一統志》卷二百四十六《撫州府》。

薛黼臣司理招集諸縣令飲春臺臺名東閣

東閣招賢地，西江吸水濱。騶呵千市月，鳥喚一台春。霓羽俳場韻，蓬壺我輩人。燈前容散吏，任意吐花茵。

箋○作於天啓七年（1627）春。薛黼臣，見上五古《其二上薛司理》。【春臺】原為撫州東門城樓，後城垣擴建，遂改為閣，並設更樓。見崇禎《撫州府志》地理志三《邑里記》。

蕭太真客居景雲觀相傳蕭子雲曾過此書『景雲』二字太真因作二律見貽，用韻和之

慣客耽幽境，繩床宿冷雲。筆搖玄草賦，琴擁猗蘭芬。瘦鶴眠壇畔，孤蟬咽夜分。風埃愁冉冉，呼酒夕陽曛。

箋○【景雲觀】在崇仁縣城北門外道堂嶺。始建于唐中宗景雲年間，故而得名。一名玉清觀。見同治《崇仁縣志》卷二之四《建置志·寺觀》。商梅有七律《到巴陵崔明

府邀止玉清觀》《玉清觀燈下雨坐》，見《那庵詩選》卷三十六。

其　二

椽筆歸蕭氏，遺書昔所聞。何來身後蜕，重判景中雲。吏隱能知我，仙遊孰似君。瘦魚敲夜月，檀鼎爇氤氲。

又和彭次嘉韻

香積牽秋思，明蟾正可中。游攜盧杖短，響斷宓琴終。撥悶呼歡伯，敲歌誚惱公。山山皆副本，誰不歎才雄。

箋〇【彭次嘉】名曾（一作會），新建（今屬江西南昌）人。徐興公《紅雨樓文集·鰲峰文集》第八册有尺牘《寄彭次嘉》。

彭次嘉見貽留别四首率率用韻和答

新城收浩翠，有客費摹臨。伸出雲林手，消開案牘心。秋聲行處渺，月意坐來深。佳況能如此，牽衣附短吟。

其二

僧寮淒冷地，竹色為君清。筍載腹中富，鐘飛天外聲。酣題龍腦魄，引佩馬蹄蘅。誰道塵間吏，風流不世情。

其三

自隨雙舄至，冷卻一生詩。說劍逢人少，庭囂見客遲。讀君稽古韻，累我出塵思。此意終幽邃，官場未許知。

其四

浪遊殊落穆，說別覺乖違。手眼愁無伴，神情逼欲依。千山隨馬跡，萬慮付鷗機。醉臥秋雲裏，天邊有少微。

中秋昭武客舍紀事時以忤璫被逮

有懷愁見月，無興瀝空巵。落魄如憐我，清光欲對誰。雞呼盧枕夢，雀侮翟門詩。

一夜西江影，流沙迸淚時。

箋〇作於天啓七年（1627）中秋，時被逮押解抚州獄。

曹能始作文送余歸秋谷並惠扇詩用韻和謝二首

拋將烏帽去，帶得紫烟還。相對石倉水，因懷盤谷山。移文謄九錫，捧檄舞雙鬟。拄杖頻搔首，前峰月影閑。

其二

灼龜甘曳尾，倦鳥自知還。况復與清黨，其如倚泰山。林猿翻露葉，溪女出風鬟。拍掌初衣客，逢迎水石閑。

箋〇天啓七年（1627）腊月，崔世召遇赦由西江返里，過會城，曹學佺贈《送崔徵仲歸秋谷序》，並以題扇詩贈之。見曹學佺《石倉三稿文部》卷之三《序類下》。

雨中望瀑

好雨搴山韻，狂添匹練懸。穿雲寒響碎，掛樹碧光鮮。塵洗斛中胃，詩垂筆上涎。

寸心無所用，拜石可猶賢。

箋○作於崇禎元年（1628），家居。

竹林寺為瑞巖上人題二首

不識橋西路，潭烟抱化城。地仍前代勝，門對此君清。片月窺香入，千巖擁瑞平。誰招玄度侶，載筆踏莎行。

其　二

信手栽修竹，平空振劫灰。僧疑浮葦至，客競入林來。萬玉圍寒磬，三珠逗法臺。逃禪清絶事，肯使鶴猿猜。

箋○見《問月樓詩集之一》五言絶《過竹林寺訪瑞公作》。

四月朔日溪雲閣重開絳桃一枝得先字

不謂春歸去，炎風一日先。枝頭紅未了，池畔影相憐。晛睆留黃鳥，稀微下絳仙。

玄都多少樹，得似半枝妍。

箋〇作於崇禎元年（1628）四月初一，時隱秋谷。

和超上人韻

結廬人境外，所愛水聲珊。石勢連天媚，潮光候汛看。風勤雙耳磬，月領一層巒。相伴團焦語，孤龕夜夢寒。

題待興上人高寄室

十年飛錫杳，一榻擁爐薰。朝發雞鳴水，夕眠鷲嶺雲。龕孤延竹韻，鼎凸褻峰紋。古寺憑高寄，中興應待君。

箋〇【待興上人】即大興和尚，法名真隆，字大興。莆陽涵江（今莆田涵江區）人。見咸豐《支提山華藏萬壽寺宗譜·祖房長幹明字行派》。此詩亦見於崔嵸《寧德支提寺圖志》卷之五。

【高寄室】即高寄靜室，又名高寄庵。在寧德十二都（今屬霍童鎮）報雨峰下。天啓六年（1626），僧真隆建。見《寧德支提寺圖志》卷之二。

喜嵷兒偕石懶入秋谷讀書用翁壽如韻

能令人卻夏，所以谷名秋。溪訟松爭吼，池商月到遊。癡兒了甚事，老宿樂斯丘。夜半詩當偈，橋邊石點頭。

箋○【翁壽如】指翁陵，字壽如，建安（今建甌市）人。工山水人物，善詩，尤精篆隸小楷。周亮工《讀畫録》：『間遺老書畫家，必首推壽如。』同時林垐有四言古《夏日病暑，翁壽如為畫蘭谷寒泉，置之壁上，肌骨間侵生微涼，非畫能已病，已病之道如是也》，見《居易堂詩集》。另見今人陳子奮《福建畫人傳》。

為先人卜襄事於麒麟寨喜賦

屺岵終天事，麒麟卜瑞年。閑身明主賜，識地土人傳。列嶂圍青幕，雙溪夾翠烟。忽焉靈氣動，龍吐壟頭涎。

箋○【麒麟寨】在寧德四都（今屬金涵鄉），以山形逼肖麒麟而得名。世召父母合葬於麒麟山（寨），見民國《寧德東井崔氏族譜》。

鶴巢初構

一區棲鶴地，經始為營巢。飛革深松護，盤囷苦竹交。芝田鋪砌曲，緱嶺枕巖坳。寄語乘軒者，山中有客嘲。

箋○鶴巢，秋谷名勝。見輯佚崔世召《秋谷乞言》。

水樂

隱隱空中韻，疏柃側耳聞。暗流通地肺，清響遏溪雲。帶雨穿花切，敲風落葉分。鈞天餘夢罷，休勒北山文。

箋○崇禎元年（1628），時隱秋谷。

翁壽如之兄壽承复至訪余秋谷以詩見投用韻答之

築呼燕市月，花老建溪秋。世事幾行淚，時名第一流。錦囊詩殆滿，玉案句先投。

啜茗重傾倒，君休念滯留。

其二

習隱逃深谷，高人躡屐過。風掀蝴蝶喜，露浥鸛鴿多。孤鶴巢偏穩，雙龍礜豈阿。不勞嘲小草，詩品定如何。

箋○壽承，見《問月樓詩集之一》五言律《送翁壽承之通河》。

阻風

多難驅車後，舟行夢未安。如萍飄浪久，似葉拗風難。水怒皆秋氣，山顰作暮寒。封姨何太橫，明月耐相看。

箋○作於崇禎元年（1628）初秋，奉詔北上補選。

再過謝埠

津雲頻問渡，沙鳥慣迎人。地豈殊今昨，山如學笑顰。帆前東逝水，天畔北征塵。

拍馬沖烟去，行藏又一新。

箋○【謝埠】即謝埠渡，在南昌城東南，通撫州大路。見雍正《江西通志》卷三十四《關津》。

淮安舟次中秋病起獨酌感賦

秋容隨處滿，病骨帶愁看。近水光應倍，臨風影覺寒。普天明主照，湛露逐臣餐。惆悵淮陰市，銜杯淚乍乾。

箋○作於崇禎元年（1628）中秋。

露筋貞女廟

尋常拋一死，靈氣至今存。勁草餘貞性，荒蚊避烈魂。霜寒碑額蘚，雨暗水心村。佑客焚符過，淮流日夜奔。

箋○【露筋貞女廟】又稱露筋祠，俗稱仙女廟。故址在今江蘇省高郵縣城南三十里，附近有貞女墓。見唐段成式《酉陽雜俎》續集卷之四。宋米芾有《露筋廟碑》。

甘羅城

阿童佩相印，亂草驀燒天。壽夭邙山土，興亡石火烟。空壕陰鬼號，荒塚老狐眠。獨有枵楊岸，年年系客船。

箋○【甘羅城】在淮陰縣治（今淮安市淮陰區）北。相傳為秦甘羅築。或云寶應有甘羅廟，此爲其葬處。見馬麟《續纂淮關統志》卷十二《古跡》。

重九日至京

兼旬疲馬力，剛罷夕陽鞭。似訂黄花節，來瞻玉柱烟。官慚陶令隱，老怯孟嘉顛。最喜登臨處，高高尺五天。

箋○作于崇禎元年（1628）重陽，謁選至京。

神廟己酉元旦立春四之日交夏七夕逢秋十旬值冬每節日月並應四序皆晴，今上御極改元亦復如是，新安黄成象有紀瑞詩用韻和四首

正月元日春晴

五位龍飛日，千官虎拜辰。層陰良以淨，綺景忽然新。酌此辛盤酒，迎來子夜春。神孫繩祖武，又作太平人。

四月四日夏晴

春意餘三日，炎天次第長。堤殘楊柳夢，水試芰荷裳。瑞麥施中野，輕羅賜上方。乾坤逢大瘠，行樂醉為鄉。

七月七日秋晴

此夕云何夕，牽牛歲一經。忽飄梧井露，偏渡鵲橋星。楚客休悲氣，秦樓漫乞靈。新看毛毻候，着意養修翎。

十月十日冬晴

玄冥何巧合，剛湊浹旬初。雪漸欺孤枕，寒才憶故廬。晴思朝曝獻，瑞紀曆殘書。所愛如春世，彈冠夢不虛。

箋〇【黄成象】名化龍，古歙（今安徽歙縣）黄村人。萬曆四十三年（1615）武舉人。見道光《歙縣志》卷七之三《武科目》。工詩，劉侗《帝京景物略》卷三《城南内外》録其《報國寺古松行》。

長至日同王元直訪葛震甫留飲席中分韻送鄒舜五先歸洞庭山得文字，時震甫將之官雲南

此晤良非偶，千杯不覺醺。飛葭驚節候，說劍動星文。客夢滇池夜，鄉心震澤雲。因添愁縷縷，驪唱那堪聞。

箋〇作於崇禎元年（1629）十一月初七冬至日，時客京師。

【王元直】閩縣庠生，見《問月樓詩一集》五言律詩《發白下同王元直舟中賦》。

【葛震甫】名一龍，號罳園居士。吴縣洞庭山（今屬江蘇蘇州）人。以縣學生入國學，屢試不售。万历四十七年（1619）赴京援例謁選，得與崔世召相識，見民國張慧劍《明清江蘇文人年表》。錢謙益《列朝詩集丁集》第十四有傳。《秋谷集》下卷爲其所校。葛氏《矯禍吟》有《長至夜送鄒舜五先還洞庭分得章字》，作於同時。

臘月朔日長安見樹介同葛震甫、王元直賦限五言律

樹氣何先動，升平非所宜。斜粘寒葉亂，幻壓並枝垂。甲重風難舞，條封月到遲。天清應見晛，離照正當期。

箋○作於崇禎元年（1629）十二月初一。葛一龍有《樹介》五律，見《葛震甫詩集》卷十七《矯禍吟》。

十日復見詩以破怪

咄咄寒飛霰，兼旬兩見之。天邊嵩祝切，意外杞憂癡。馬踏銀泥路，鴉啼玉樹時。東西聞解甲，不損萬年枝。

吴門葛震甫神交有年矣戊辰冬同補選京師因王元直投好遂若平生之歡，時之官雲南作詩送之得四首

萬里入蠻天，新詩處處傳。君行殊壯矣，吾別獨淒然。洱海春波凸，薇垣曉樹妍。蓮花清從事，家本葛洪仙。

其二

卻憶神交久，翻憎面晤遲。投來詩數種，酌以酒千卮。遠徼雲深處，輕舟月上時。隨君魂亦往，計日到滇池。

其三

宦況何寥落，豪心自慨慷。武夷緣未了，黔國夢初長。雪湊悲歌趣，梅收驛路香。獨余知己恨，引滿注離觴。

其　四

王子清狂士，逢君數十春。奚為獨後我，應愧不如人。交臂仍相失，離懷較認真。勉旃行役者，白首莫如新。

箋〇作於崇禎二年（1629）初春，葛一龍選授雲南布政司理問，將行。

孟春燈節後王元直、鄒舜五主社集張園，共得張園二字五言律詩

春到花欄早，城隅即遠村。柳枯魂欲醒，鳥懶語初喧。勝侶蓬瀛集，高談碣石存。世氛揮不去，吾意夢丘園。與舜五。

其　二

結伴燕丹里，言尋宋玉莊。春過燈市月，星應客廚張。命酒呼中聖，將詩較盛唐。從君頻看竹，匿笑老而狂。與元直。

箋〇【張園】又名張家園，在京師南隅泡子河（今北京市火車站一帶），見劉侗

《帝京景物略》卷二。宗臣《新鍥宗先生子相文集》卷之十一有《張肖甫初至七夕同諸子酌之張園》。葛一龍有《探春張園》五律，見《矯褐吟》。

和米仲詔扇頭勺園之作

石怪烟長偃，門幽晝不關。鶯囂憎聒耳，鶴孝藉怡顏。只覺千林並，誰云一勺慳。客來周歷遍，沉醉米家山。

箋○【米仲詔】名萬鍾，字仲詔，號友石、勺海亭長。陝西安化（今甘肅慶陽市慶城縣）人，徙居宛平。萬曆二十三年（1595）進士，官至太僕寺少卿。見孫承澤《畿輔人物志》第十四卷。《秋谷集》上卷為米萬鍾所校。【勺園】故址在今北京大學勺園大樓北側，為米萬鍾『米氏三園』之一，意取『海淀一勺』。

偶步吳山過蘇長公遺跡有『去年崔護若重來』之句悵然懷古

了不關人事，尋常感慨偏。草荒吳岫徑，烟蝕宋朝鐫。片石題同姓，前生悟宿緣。老坡呼不起，若個是行仙。

箋○作於崇禎二年（1629）十月，時由京師赴桂東任上。【蘇長公遺跡】指感花巖，在杭州吴山寶成寺旁。相傳蘇東坡賞牡丹于寶成寺，有感于唐人崔護於此『人面桃花』經歷，題七律《寶成院賞牡丹》，刻於崖壁。明宗室朱術珣據拓本重刻，並題額『感花巖』三字，今存。【去年崔護若重來】宋蘇軾《留别釋迦院牡丹呈趙倅》：『去年崔護若重來，前度劉郎在千里。』

梅花嶺吊古迷樓

下馬且行樂，興亡莫辨真。玉樓歌舞散，寶騎劫灰塵。雪作廣陵月，梅横庾嶺春。入林花歷亂，難道不迷人。

箋○【梅花嶺】在揚州廣儲門外。迷樓故址在其附近蜀崗東峰觀音山，為隋煬帝所造。見《大清一統志》卷六十七《揚州府二》。

將發都門蘇穉英招飲百花館觀劇

萬里將歸客，匆匆匹馬鳴。偷閒過酒市，雜演上花棚。每到離亭齣，難禁勝友情。

逢場官是戲，行矣愧班生。

箋○作於崇禎二年（1630）秋，將赴桂東。【蘇稱英】莆陽（今莆田市）人，見《問月樓詩二集》五言律《集吉甫齋頭，同黄若木、蘇雉英、林伯珪、戴昭甫、綽甫分賦，得周字限五言律》。

用石懶韻贈張文弱

奕世推家學，皋比擁講經。藻分池畔碧，氈映漈南青。鸛羽占三鱣，蟾光可一庭。醉來濡渴筆，片語也通靈。

箋○【張文弱】指張繼纓，字文弱，番禺（今屬廣東）人。崇禎三年（1631），以舉人任寧德教諭，署縣篆。博學能文。傳見乾隆《寧德縣志》卷之三《秩官志》。蔡世寓《西園集》有七律《和張文弱先生社集先月臺》，葛一龍《旅聲集》有七律《送張文弱署教象山》。

和聞文石大尹扇頭二韻

自哂非奇士，翻疑事事奇。虎狼探穴日，風雨渡淮時。蒙難嗟強項，銜恩愧朵頤。

感君題箑意，知己有鍾期。

箋○【聞文石大尹】名一言，號文石。湖廣英山（今屬湖北）人。萬曆四十年（1612）舉人。天啓五年（1625），授寧德知縣。崇禎三年（1630）調署羅源。徐興公《紅雨樓文集·鰲峰文集》第一册有《賀寧德邑侯文石聞公榮膺台薦序》。

校○【風雨渡淮時】時，原誤作『事』，依韻改正。

其二

讀罷王褒頌，彈冠此一時。梟飛同茂宰，驪唱惜深巵。桂樹千山路，棠蔭萬里思。神京天日麗，鵷鷺若為期。

常興宿田家

林深稀見日，路澀易黄昏。野店全依水，農家半掩門。階前驕犢臥，床下乳雞喧。賴有峰頭月，相憐伴夢魂。

感懷

枉自通莊旨，逍遥事事非。畏人擎手板，媚世耗心機。蚼徑枯槎臥，旋空怪鳥飛。早知生坎壈，悔不老漁磯。

過永興縣柬寧令君

歷落窮山路，沙明忽見溪。舳艫銜尾下，巖壑列眉齊。有石皆徧景，無崖不合題。風流歸茂宰，何以慰攀躋。

箋〇寧令君，見上《寄寧愚公》。

晚行

澹日半銜山，棲棲老客顔。橋危防石怒，路暝覺溪彎。古驛昏雞澀，空林凍鳥還。籧廬堪此夜，惡夢可能删。

曉　行

晨炊促五更，推枕恨雞鳴。霧幕魚鱗重，霜花馬首明。山貧無片緑，溪懶不聞聲。薄命勞薪是，欺人白髪生。

肥江道中見小澗數舟上下悠然有致賦此

去去肥江路，川雲瘦亦佳。一灣流是帶，片棹小於鞋。岸狹和烟泊，天空唤月偕。安能從釣叟，倚榜簡詩牌。

箋○【肥江】又名淝川，東出於永興縣侯計山，注入耒水。見酈道元《水經注》卷三十八。

過來陽宿小庵中

行役豈云憚，悲歌在此程。水喧牙口渡，雨暗石梅城。假榻一僧影，打窗何處聲。平明天漸老，雪逐鬢華生。

箋○來陽，即耒陽（今屬湖南）。

再入衡州喜袁稺圭亦至

澀路兩驅車，雄風賦楚餘。衡山封岳古，藩國剪桐初。水凍魚蝦貴，官忙卷帙疏。憐君非臥雪，客興問何如。

箋○【袁稺圭】名伯瓛，郴州人。天啓間歲貢生，授宿遷知縣。見清鄧顯鶴《沅湘耆舊集》。

花藥寺為王郭二仙采藥得名雨中紀遊

煉藥成仙地，拈花選佛場。將雲籠下界，倩雨洗塵忙。木末一聲磬，階餘半夜霜。但攜幽興往，何處不翱翔。

箋○【花藥寺】在衡陽城西南花藥山，又名報恩光孝寺。南宋寶祐五年（1257）建。相傳為晉黃葛二公煉藥處，王郭為黃葛訛音。見康熙《湖廣通志》卷七十九《古跡·寺觀》。

登寺後山亭遠眺

雙江界山影，一郡半王城。危磴摩胸上，虚亭縱目斜。僧雛陳酒品，客騎逗烟霞。乞得醫王藥，皈依禮法華。

箋〇【後山亭】指擷翠亭，臨高可俯視全城。崇禎間，中書舍人張同敞顔其亭『嶽屏秋碧』。見乾隆《衡州府志》卷三《營建》。

憩庵新成和黄素翁韻

何年悲廢址，小憩忽新庵。溪抱霞千片，山藏月一龕。寒爐嘘梵唄，老木遲征驂。六度津梁事，唯君可共參。

箋〇【憩庵】應指桂東八面山小烏溪茅庵。世召修八面山大路（下路），並重建茅庵，供來往旅人憩息。見同治《桂東縣志》卷之二《疆域·山川》。

【黄素翁】名華應，字素翁，應天（今江蘇南京）人。天啓年間以舉人任桂東教諭。見嘉慶《郴州總志》卷之二十六《職官》。

余鄉人有姓許者客郴江喜而贈之

久不聞鄉語，郴江晤所親。三山真快士，五載未歸人。䳓鳩催行酒，青蚨費買春。宦遊吾漸老，為爾慨風塵。

觀音巖在永興縣三里

誰琢青山骨，懸崖十笏寮。落迦微具體，晝壁掛單條。夜唄驚龍夢，溪聲學海潮。平生耽采勝，肯不暫停撓。

箋〇【觀音巖】在永興縣西十里。壁立瞰江，巖上有天然石龕，可設三四席，中設觀音。巖下有石象、石獅，皆天成。見光緒《永興縣志》卷之六《山川》。

校〇

【停撓】即停橈，同音通假。

中　洞

在桂東四十里，向不知名。偶有導余遊者，幽奇古邃，得未曾有。豈山靈有待，今日始發皇耶。因作詩紀之。

雲氣老千年，溪藏小洞天。似曾棲鶴地，來引跨鳧仙。張口斜拖白，枵中幻作烟。鈎深奇不了，約略紀巖巔。

箋〇【中洞】又名中洞天。在桂東零四都環水，今洞壁尚存崔世召篆書石刻『石窗生白』四字，光緒《桂東縣志》作『石室生白』。附近有碧洞，崔世召題其洞口曰：『和風噓冷谷，旭日照寒崖。』命工鐫於壁。見光緒《桂東縣志》卷之十《古跡》。

校〇

【張口斜拖白，枵中幻作烟】嘉慶《桂東縣志》卷之十八《藝文下》作『峭石生虛白，重門閉宿烟』。

【鈎深奇不了】此句，嘉慶志作『深幽窮不及』。

【約略紀巖巔】紀，嘉慶志作『幾』。

八月十一日過永興寧明府招同甄宜章集飲問仙洞，是夜宿庵中

秋色為誰好，清緣未肯慳。盈雖遲四夜，光已遍千山。入洞鎔仙韻，侵杯澡客顏。感君投轄意，夢領水雲閑。

箋○作於崇禎三年（1630），時年六十四歲。寧明府，見上《寄寧愚公》。【甄宜章】名尚曾，汾陽（今屬山西）人。天啓元年（1621）以恩貢任宜章知縣。見康熙《郴州總志》卷五《秩官》。【問仙洞】在永興縣東雷壇下，邑人曾介辟。見乾隆《永興縣志》卷之一《封域志》。

再過鋤雲洞

神巧眩難定，虛摹作錦窠。篡雲鋪碧簟，埋月裹青螺。玉嵌天俱碎，砂酣水不波。奇蹤牽懶夢，豈厭百回過。

箋○【鋤雲洞】在耒陽東南大義鄉。相傳西漢張良曾隱於此，故又名張良洞。一名直釣巖。見雍正《湖廣通志》卷十一《山川志·衡州府》。

得三城恢復報二首

聞道王師利，天驕遁赫連。捷應同六月，克不待三年。燕雀尋巢舊，鯨鯢築觀堅。聖明還旰食，屢詔敕安邊。

其　二

十年勞遺將，一旦可銷兵。祖廟歆鐘簴，漁陽絶鼓聲。勇須憑大纛，險豈在長城。流涕民膏盡，邊儲何日清。

箋○【得三城恢復報】崇禎三年（1630）五月，兵部尚書孫承宗以祖大壽、馬世龍等為主將，接連收復被後金占領的遵化、灤州、永平三城（實際還包括遷安），史稱『遵永大捷』。見谷應泰《明史紀事本末》補遺卷《東兵入口》。

放衙後自鋤小園種菊數十本未至重陽先放萼，作詩喜之情見乎詞

一官彭澤似，種菊滿東籬。按譜删繁蕊，鋤烟護並枝。招同叢桂隱，香許猗蘭知。酬酒花邊醉，悠然且賦詩。

箋○崇禎三年（1630）九月，作於桂東縣署。見自序。

庚午立冬示桂東鄉紳

大塊無停軌，開冬閱曆書。迎寒撾鼓候，測影應鐘初。夜柝嚴長漏，霜花試短裾。何如暄趙日，煦煦度居諸。

箋○作於崇禎三年（1630）十月。

喜嵸兒至

孺子至何暮，依依繞膝憑。睜來欺世眼，共此苦寒燈。骨肉嬉相慶，鬚眉老可憎。奇詩隨意述，怪爾太憑陵。

立春後一日喜晴宿中洞公館

昨日春風轉，晨征首重搔。官稱牛馬走，面益雪霜毛。新鳥賒詩料，狂湍侮酒豪。微聞香冉冉，洞口發春桃。

箋○【中洞公館】即中洞鋪，為明代桂東十鋪遞之一。見萬曆《郴州志》卷之九

《創設志下·鋪舍》。

舟泊觀音巖下曾方伯結庵處

十里且維舟，春宵細月流。誰人開碧墅，即此是丹丘。水濺浮獅怒，雲招老鶴幽。辛官超悟處，鐘鼓五更頭。

箋○曾方伯指曾紹芳，見上《壽曾蘭若方伯三月念五日誕辰》。

歲晚得張海月老師書志喜二首

夜夢勞長水，經年擲短封。緘開惟燕喜，老幸未龍鍾。成我恩深重，為官興已慵。但存一腔血，夜雨拭芙蓉。

其二

折去梅花久，遲遲滯遠音。雖然虛苒荏，賴不付浮沉。讀罷寒暄語，增來俠烈心。吳江與楚水，相憶到於今。

箋○【張海月】即張鯤修。見《問月樓詩一集》七言律詩《寄莆郡守張海老座師》，另見《問月樓文集》之《屠繡虎〈制藝〉序》。

阻風

翻疑天苦惱，作意逗輕舵。戰水驚風伯，遮江拜浪婆。下流移寸步，白晝失前坡。且泊孤村醉，閑聽小史歌。

過梧桐寺

先年有直指修行其地，壁上所相十八尊者皆出丁南羽筆。

曉寺停橈入，梧桐露未晞。春生獅子座，江浣水田衣。遁跡棲玄度，真圖繪令威。頭毛何用剃，禿叟已忘機。

箋○【丁南羽】名雲鵬，南羽其字，休寧（今屬安徽）人。工書法，畫技精湛。尤以佛道得吴道子筆法，最負盛名。見清徐沁《明畫録》卷二。

元宵宿路口公館

虛度可憐宵，寒雲伴寂寥。馬芻崩岸驛，雞語隔溪橋。剪跋存燈意，敲詩當酒條。撩人村鼓動，夢入玉樓遙。

箋〇【路口公館】即兩路口公館，為郴州鋪舍之一。見萬曆《郴州志》卷之九《創設志下·鋪舍》。

過祁陽贈丁明府

君是丁威仙，褰帷入楚天。當春栽錦樹，對客理冰弦。鶴漱浯溪湛，犀明鏡石懸。湖南多少縣，若個着先鞭。

箋〇【丁明府】指丁永祁，字宛懷，南昌舉人。崇禎三年（1630），任祁陽知縣。有德政，傳見民國《祁陽縣志》卷之四《名宦》。

用韻送魏克繩歸閩

之子饒風味，狂來號麯生。耽奇長作客，玩世不通名。水鳥供朋侶，巖花遞送迎。能無嗤小令，淒冷萬王城。

箋○【魏克繩】福州府古田（今屬寧德）人，工山水花卉。名見於徐興公《紅雨樓集·鰲峰文集》第三冊尺牘《寄江公子、陳葵若》。【萬王城】在桂東縣東五十里，相有萬王者寓此，今存遺址。見李賢等撰《大明一統志》卷六十七《桂東縣》。此處代指桂東縣。

清明送嵸兒游中洞歸呈二首

節屆桃花水，山雲富麗時。吾能開秘洞，爾復好探奇。丹竈噓藏火，幽龕發野吹。歸來驕不盡，歷落兩篇詩。

箋○作於崇禎四年（1631）清明。

游兜率洞大蘇曾遊此，在興寧縣

兜率人天境，崆峒斧鑿龕。如何遊可罷，似覺夢曾諳。石扮珊瑚紫，崖酬玉乳甘。老坡留墨處，安置一枝庵。

箋○【兜率洞】又名兜率巖。在興寧縣南三十里，下臨桂水，迂回曲折數十里。「兜率靈巖」為「興寧八景」之一。見光緒《興寧縣志》卷之三《疆域》。

別桂東

頻年猜惡夢，此日卸危途。亂壑傾寒影，哀螿生夜呼。草肥秋未老，溪暝月來孤。去去開心眼，笙歌西子湖。

箋○作於崇禎四年（1631）九月，升浙江鹽運同知。時年六十五歲。

和黃素翁扇頭韻並以留別

久矣賦停雲，平安隔歲聞。空齋寒馬帳，何地掃羊裙。對月秋仍滿，臨風思欲焚。

乍逢隨握別，悲喜總因君。

和葛震父過楚寄懷詩

冉冉隙駒過，飄零奈爾何。滇池天際水，震澤夢中波。擊楫浮龍國，敲詩和鳳歌。書來不忍讀，大抵説愁多。

箋○葛震甫贈詩見附録，出自葛震甫《佛客齋集》第十九頁。

重九野泊

短棹滯江干，蕭蕭古廟寒。雞聲斜日澀，鵲首咽風酸。岸柳如人瘦，籬花何地看。不須論落帽，吾暫學彈冠。

題浯溪石鏡

片石揩雲古，光含水一灣。饒他寒照膽，對我淨開顔。天日明虚白，烟霞任往還。倚欄舒冷笑，誰肯負青山。

箋〇【石鏡】又稱『鏡石』，在湖南祁陽浯溪之崖。方二尺許，為當地名勝。見弘治《永州府志》卷之三《古跡》。

讀中興頌山中石刻甚多可憎

何罪黥山面，苔封處處悲。獨存唐代頌，不朽魯公碑。人品千秋定，溪光一鏡知。摩挲看榻本，醉月解舟遲。

箋〇【中興頌】唐人元結，曾任容管經略使，後家祁陽，以肅宗平安史之亂，撰《大唐中興頌》，屬顏真卿大書，刻之浯溪。見宋祝穆《方輿勝覽》卷二十五。

客遂溪過張永甫體仁春舍悵焉空返

小築儉溪濱，空齋署體仁。數弓閑貯月，半榻寂藏春。蓴鱠慚先譜，蓬蒿笑遠臣。悔攜幽興往，誤殺看花人。

箋〇【遂溪】即遂川縣，與桂東接壤，時屬江西吉安府管轄。

金灘守風

艤舟膠客夢，三日尚江皋。老樹皆狂偃，癡龍亦夜號。扣舷防酒罄，堅壁論功多。轉悟行藏理，安眠聽怒濤。

箋○【金灘】又名三曲灘、三顧灘，在吉水縣西北十五里。下灘三折，故名。為商旅來往泊舟之所。見道光《吉水縣志》卷之五《山川》。

過廬陵白鷺洲

秋水碧於油，空明映遠洲。人家烟樹杪，釣艇古灘頭。振鷺衣冠盛，迷鶯欅柳稠。講壇淒冷處，風伯若為留。

箋○作於崇禎四年（1631）九月，赴浙江鹽運任上。【白鷺洲】在吉安東面贛江中，取李太白詩意而名之。南宋淳祐元年（1241），吉州太守江萬里在此建白鷺洲書院。見康熙《江西通志》卷九十《人物二十六·江萬里傳》。

舟次滕王閣下閣中余舊題聯尚懸無恙，念昔年前被逮亦在此時，為之惻然有賦

茫茫章水白，又復近重陽。舊恨魂猶壯，悲歌夢不忘。傷秋嗤楚客，瀝酒酹滕王。題柱何年筆，誰憐故態狂。附舊題閣聯：當筵詞客安在哉，只留得秋水落霞點綴江山，千古文章歸故郡；此地閱人亦多矣，誰倩來寒雲潭影招邀冠蓋，一時歌嘯付深杯。

箋〇見上。

校〇崔世召滕王閣聯，劉家謀《鶴場漫志》卷下所記多有不同，附録於下：『閣中帝子安在哉，只留些孤鶩落霞點綴江山，萬里文章歸故郡；此地閱人亦多矣，要惟是閑雲潭影迢遙冠蓋，一時談笑付春杯。』

彭次嘉同乃婿夢得王孫過舟中以所刻明七言律傳見示賦贈

江頭秋意老，有客到孤篷。豎義存王跡，刪詩擬國風。憑將雙眼力，掠盡七言工。冰玉皆清潤，能無笑冷楓。

箋〇【所刻明七言律】徐興公舊藏有彭曾《明七言律傳》五卷，見徐氏《紅雨樓書目》。【夢得王孫】朱統鉦，字夢得，一字四嶽，號蔚園。新建（今屬江西）人。寧藩王

朱權八世孫，弋陽輔國中尉。崇禎七年（1634）進士，授行人。徐興公《紅雨樓集·鰲峰集》第三册尺牘有《寄朱夢得》。

龍沙寺同湛如、不疑二上人看竹卻贈

最喜影纖纖，幽雲簇短簷。香傳人面古，翠染客衣粘。了不疑塵掛，真如湛理拈。禪心與竹意，爭上筆峰尖。

箋〇【湛如】生平不詳，明博山元來《無異禪師廣録》卷第十八有《示湛如禪人》，徐𤊹《慢亭集》卷六有《都门逢湛如和尚》，似指同一人。【龍沙寺】又名龍光寺，原址在南昌德勝門外龍沙崗。始建于晉代，萬曆年間重建。萬曆四十年（1612），豫章文士結『龍光詩社』於寺中。見萬曆《新修南昌府志》卷二十三《寺觀》。

望五老峰

浮天峰歷歷，竟日過遲遲。矍鑠哉五老，盤桓非一時。帆飛周面背，湖展見鬚眉。酬爾以杯酒，浩歌共解頤。

箋〇【五老峰】在江西廬山。

望九華山

倚棹招山色，遥光醉眼醺。劈來青九片，看去繡千紋

落日澹偏好，飛霞幻不分。神游古佛地，仿佛戒香聞。

箋〇【九華山】在安徽青陽。

瀦溪遣悶

陽鳥攸居地，瀦溪紀禹功。云何天作苦，尚怪水為洪。野店三秋暮，孤篷一月風。

愁心那得寫，詩卷酒杯中。

箋〇【瀦溪】瀦溪渡，在星子縣。見康熙《江西通志》卷三十四《關津》。

舟中臨帖賦

苦風愁雨處，伸紙吮豪時。水瀫通書法，波漚擬墨池。神交千古友，杯引八行詩。

偏自成佳話，維舟未覺遲。

過白下弔傅遠度四首

天生君不偶，胡即賦仙遊。吐鳳才無敵，騎鯨事已休。空花同失路，真夢到藏樓。七幅庵中月，誰當問酒籌。所著有《藏樓》《失路》《七幅庵》等集。

其　二

吾交半天下，斯人未識荊。傳家原將種，厭世學君平。每讀帳中草，空留身後名。寒雲愁黯黯，怕過石頭城。

其　三

咄咄千秋韻，詩名冠白門。幽奇通鬼語，笑罵任人言。擊水猶靈氣，臨風屢斷魂。埋憂地下客，灑酒坐黃昏。

其　四

異物何能久，天公亦忌才。草荒桃葉渡，秋冷雨花臺。蓬島應添伴，笠篌不住哀。亦著有《笠篌集》。誦詩聊論世，為爾且徘徊。

箋○【傅遠度】指傅汝舟，字遠度，江寧（今屬江蘇）人，國子生。有詩才，顧起元《客座贅語》稱之『奇思灝氣，高出一世』。有《藏樓》《失路》《七幅庵》《笠篌》諸集，見於黃虞稷《千頃堂書目》卷二十六。

校○其三，底本誤作其二。【吾交半天下】天下，底本誤作『天半』。

龐居士墓相傳在石鼓山半崖

居士藏真處，巉岈不可尋。梵鐘皆故宅，石鼓或知音。萬棹千燈夜，長江片月心。招魂歌楚些，多只在空林。

箋○【龐居士】名蘊，字道玄，衡州人。嘗參謁石頭希遷，頗有領悟。遺有《龐居士語録》。石鼓山，見上《遊石鼓書院和韓昌黎公碑中韻》。

青草橋出衡州五里

愛此橋名古，非春草亦青。王孫行處路，帝女望中靈。色靚高低樹，芳連遠近汀。風塵何太苦，車馬不曾停。

箋〇【青草橋】在衡州城北一里。南宋淳熙十三年（1186），知州薛伯瑄建木橋。嘉靖二十四年（1545），毀於大火，分巡道姜儀改為石橋。見康熙《衡州府志》卷三《橋梁》。

五言 排律

九日邀陳伯禹、陳子學、阮靖伯小集馭曦門城樓紀事十四韻

夜雨驚敲枕，晨曦忽駐驂。難逢秋正九，不速客來三。禮豈為吾設，心應對爾談。相將桑土慮，暫借菊花酣。補綴低飛雉，辛勤老繭蠶。愁牽千古緒，夢破一生憨。計日

營荒度，何時弛負擔。闔閭民力普，保障已功貪。倚檻城烟湊，傳杯野意含。樓懸天上下，樹隔水東南。白髮風中感，玄心世外參。征詩醫吏俗，度曲釋林慚。丘壑終當隱，簪裾恐不堪。青天搔首問，吾已足幽探。

箋〇作於天啓六年（1626）重陽，時年六十歲。

【阮靖伯】名光寧，寧德五都漳江（今漳灣鎮）人。國學生。阮鑛子。參見《問月樓文集》之《從大母阮孺人九十敘》。

【陳伯禹】疑即陈希舜，寧德人，為溪雲社員。見《問月樓詩一集》七言律詩《己未清明日同張叔弢、陳伯禹、延祖、倚玉、趙宗卿集飲靈谿寺分得虞韻》。

【陳子學】名希敏，寧德人。見《秋谷集》卷下《題陳子學約春樓》。

【馭曦門城樓】崔世召重修北城，四門重新命名。東曰馭曦，西名來爽，南曰躍鯉，北曰拱極。見雍正《崇仁縣志》卷之二。

校〇題目，雍正《崇仁縣志》卷之二《創設志上・城池》作《重九馭曦門初成招集諸詞丈紀事》。同治《崇仁縣志》卷九之六《藝文志・文徵》作者誤作李紹春。

旅中喜丁康伯見過因和扇頭韻喜贈

杜門甘旅寂，倒屣喜賓迎。褒袖文章伯，高談子墨卿。詞鋒攻漢魏，學笈秘周程。十載芝城淚，雙星寶劍精。飛舄仙令杳，失馬塞翁明。月暗生花夢，霜寒落葉情。西山行樂地，北海喝盧聲。何物陶彭澤，千秋獨擅名。

箋〇【丁康伯】《問月樓詩二集》有七律《饒江九日丁伯康招飲寶姬家席中賦贈》，疑即同一人。

校〇

【飛舄仙令杳】飛舄，底本誤作『飛鳥』。

上顏同蘭給諫廿韻

望氣占雲物，趨晨叩玉墀。堯天初霽日，漢室中興時。牛斗纏奎宿，龍夔集鳳池。班誰雙掖貴，才是八閩奇。霜力明青瑣，冰心練素絲。疏排長孺闥，書法魯公碑。海嶽當胸蕩，乾坤隻手持。歲寒堅柏幹，風裁老梧枝。觸佞神羊勇，埋輪國猰悲。忠唯徽主眷，德不使人知。東海濡枯鮒，南山拾落箕。談餘簪筆事，夢裡賜環期。蚊負恩彌重，蛇甦報恐遲。慨慷須我輩，文雅信吾師。桃李欣成徑，參苓樹務滋。詞壇容抵掌，畏路忽伸眉。成我同生我，無私似有私。千鈞提舉鼎，一局覆殘棋。失馬已如此，飛鳧任所之。願將依岱意，先獻及門詩。

箋○【顔同蘭給諫】顔繼祖，字同蘭，龍溪（今屬龍海）人，萬曆四十七年（1619）進士。崇禎元年（1628）正月，以兵科給事中論工部冗員及三殿敘功之濫，汰去加秩寄俸二百餘人；又極論魏党李魯生、霍維華罪狀；御史袁弘勳劾大學士劉鴻訓，錦衣張道浚佐之。繼祖言二人朋邪亂政，非重創，禍無極。帝皆納其言。見《明史》列傳第一百三十六《顔繼祖傳》。

崇禎元年仲冬長至恭遇聖駕郊天喜賦排律廿二韻

氣候偏占瑞，朝家正考祥。天心來是復，月紀至為長。律動飛灰應，時調化瑟張。圜丘仍舊址，對越喜新皇。太史占雲物，休徵報雨暘。肇修殷禮秩，遠跨漢郊章。風伯清馳道，星官擁法場。貔貅團億陣，鵷鷺列千行。管吹春如度，庭暉夜未央。六龍扶輦過，九鳳揭旌翔。器重匏陶古，尊羞鬱鬯香。依微天共語，清切帝同堂。玉牒升衷赤，紫燔達彼蒼。欃槍驚避匿，鳥獸率趨蹌。夙夜欽鴻典，明禋眷聖王。誰非聞且見，俾爾熾而昌。綵線添多壽，深宵炫景光。是星皆拱極，無樹不生陽。羈旅微臣祝，康衢小頌狂。老愁寬馬革，隱恨釋貂璫。舞蹈興朝慶，鬚眉令節揚。願將一介意，齊獻萬年觴。

正月八日梅社再集限排律六韻共得飛字，時余未赴

總為梅開社，寒香屢襲衣。條風春作意，穀日曉初晞。老態從年長，慵心與世違。涎垂浮蟻碧，燈想火牛暉。窗月私相伴，爐烟懶不飛。劇憐多勝韻，落唾盡珠璣。

箋○作於崇禎二年（1629）。葛一龍有五言排律《谷日梅社再集共用飛字》，見《葛震甫詩集》卷十七《矯褐吟》。

題陳比部祖母旌節卷十四韻

白璧懷貞質，青齡歎早孀。鳳離簫不韻，鸞舞鏡無光。殉節何難死，存孤忍未忘。賢應同柳母，德復並共姜。化閫皆慈孝，名家萃善祥。筠堅寒谷操，桂噴郤林香。已識三株樹，還培二蕙芳。爽鳩朝近日，烏鳥夜啼霜。一疏陳情切，千秋表宅揚。楓宸貤寵渥，萱夢葉憂忘。母範貽弓冶，孫雲拜典章。澤流巫峽水，星聚潁川堂。太史書彤管，黃姑理繡裳。涪州溪畔月，長照柏舟航。

箋○【陳比部】指陳藎，字濟宇，涪州（今重慶涪陵）人。萬曆三十四年（1606）舉人，刑部浙江司主事。與父致孝，兄直（陜西湄縣知縣）事祖母趙氏甚孝，盡歡盡禮。見民國《續修涪州志》卷十一《人物志一·鄉賢》。

遊問仙洞洞與雞峰相對皆曾蘭若所辟排律十八韻

聞說雞峰勝，乘春到上頭。倩山醫俗吏，掃石散羈愁。野望吟方就，溪行興未休。烟粘遊子袖，風遞列仙樓。西漢奇先辟，東方字尚留。巖有元封二年東方朔壽字。天開雲闕曉，境闢古臺幽。毛竹圍青靄，金芝滿碧洲。九仙環玉佩，兩部奏天球。堂下聞龍吼，階前恣鹿遊。洞門雲啓閉，江影月沉浮。蓬島將無是，丹砂或可求。山川應有主，麯蘖亦封侯。地以人為重，詩多醉裏收。五丁勞斧鑿，二酉結菟裘。事業高千古，閑身置一丘。好山歸謝傅，韻客過王猷。黄鶴吾家賦，飛鳧若個儔。題崖思曼倩，副本擬之眾。

箋○【問仙洞】在永興縣，見上五律《八月十一日過永興，寧明府招同甄宜章集飲問仙洞，是夜宿庵中》。

直釣崖鋤雲洞廿二韻在耒陽上六十里

何代開靈境，危巖抱古潭。彌天供大士，隨地設精藍。幻擁溪之畔，奇標浦以南。住山垂釣叟，出世善才男。雷擘蛟龍窟，天刊月水庵。泥封函谷老，津忽武陵探。秘界千秋現，檀那一衲擔。鋤雲通邃洞，倚石結孤龕。燃炬深深入，捫崖歷歷含。皴痕森作態，脂乳亂懸甘。護法狻猊立，降心魍魎慚。居然排絡傘，卓爾豎魚籃。地骨凝雲髓，山顱訝玉函。怪形無數狀，通體有真曇。塔井旋仙鼠，經廚醉老蟫。丹疑勾漏覓，緣許普陀參。解纜艤官舫，披衣趣野嵐。騶從皆叫絶，里父背私談。甚處塵中吏，來停世外驂。宿因當不淺，佳勝似曾諳。骨豈神仙類，慵如老宿憨。願言麾俗累，水石了清酣。

箋○見上五律《再過鋤雲洞》。

贈郴守趙質夫六月誕日廿八韻並以留別

炎節南離是，清宵北斗芒。榴舒江岸火，桂孕石門香。馬嶺罡風健，郴林化日長。褰帷成保障，懸矢射扶桑。松竹排千雉，烟霞富七襄。蜃樓嘘甲第，龜佩曳丁璫。庭烏司書案，山花賀筆床。箕裘開錦閥，圖籙積青箱。海樹蟠桃熟，廚芝玉露瀼。六螭雲外駕，五馬柳邊颺。橘井傳仙訣，鉅篇測吏贓。鸞笙吟洞浦，峨雪瀉平羌。光動西纏宿，威行六月霜。乾坤逢大悟，珠履錯歡揚。賈島羞詩瘦，平原結俠揚。鵷班聯下屬，風羽翼遐方。見即精神洽，渾於禮數忘。不因寬跼蹐，何以傍翺翔。趙日和偏照，蘇天倚未央。願斟三峽雨，聊獻九霞觴。樂只歌君子，些音奏女皇。霏談祛夏暑，惜別念秋涼。老大續貂尾，沾濡飽鼠腸。瞻雲齊若木，臥蔭有甘棠。煮海才何及，呼嵩遠可望。函牛歸鼎鼐，烹鯉憶瀟湘。去路江初白，分衣酒數行。西湖一片水，安得羨汪洋。

箋○崇禎四年（1631）六月，奉詔遷浙江鹽運副使，將行。

【趙質夫】名士直，四川人。以歲貢任郴州知州。見康熙《郴州府志》卷五《秩官》。

秋谷集下

霍童徵仲崔世召著
洞庭震甫葛一龍較

七言律詩

都門承龔明府扇頭依韻和答送之韓陽

鵾鳩聲殘歎式微，亚雲淹客半思歸。朱明岸柳迎新綬，彩筆江花射落暉。天地支撑吾黨在，風塵邂逅寸心違。漢家渤海君家事，宸水從今霽日威。

箋〇作於天啓五年（1625）晚春，謁選京師。

【龔明府】名立本，字淵孟，江南常熟（今屬江蘇）人。萬曆四十四年（1616）舉人，天啓五年（1625）任福安知縣。見光緒《福安縣志》卷十六《職官》。

和葉機仲詩並留别二首

射虎將軍搨兔尖，才華誰得似君兼。腰横紫電光難掩，賦取青山橐不廉。眼底封侯追定遠，樽前愛醜刻無鹽。莫愁岐路孤鴻冷，老去雄心對月添。

其二

驛口空山片月啣，秋江如練照征帆。推窗野色全歸樹，隔岸人家半隱杉。楓冷五更勞夜夢，梅開萬里發春椷。風塵不繡昆吾劍，傍爾雞鳴着舞衫。

箋○葉機仲，見《秋谷集》卷上七言古體《雙節卷短歌為葉機仲題》。

晚步滕王閣呈賴南昌龍新建二寅丈

散屐登登起暮烟，浦雲山雨望依然。誰令帝子名千古，只為王童序一篇。秋老江帆盤浪急，日斜水鳥抱沙眠。管弦不斷風流地，才到雙凫便是仙。

箋○作於天啓五年（1625）晚秋，時初任崇仁。詩另見於明李嗣京《滕王閣續集》

卷十一，題目作《晚步滕王閣呈賴嵩葵龍煥斗二明府》。

【賴南昌】賴萬耀，字天熙，號嵩葵。英德（今屬廣東）人。天啓二年（1622）進士，時任南昌知縣。見康熙《廣東通志》卷四十六《人物志》。

【龍新建】龍文光，見《秋谷集上》卷七言古風《效長吉體為龍吏部太公頌》。

校○

【散屐登登起暮烟】登登，《滕王閣續集》作『登樓』。

【管弦不斷風流地】管弦，《滕王閣續集》作『弦歌』。

九日葛陽邸中賦

佳節年年客裏過，空山鳥道夢蹉跎。勞薪似與野烟狎，浪梗其如秋色何。彭澤官同誰送酒，魯陽日短漫揮戈。穿雲亦了登高事，莫為愁心廢嘯歌。

箋○作於天啓五年（1625）重陽，時由京師赴崇仁任。

【葛陽】即弋陽縣，設于後漢，隋開皇十二年（592）以失印改名弋陽。

祝文柔大行出使山西查馬政歸浣

向來消息邈天涯，少壯恩深刺史家。召伯久留棠作茇，阿咸今喜筆如花。霜寒邊塞安胡牧，秋淨鄱湖泛漢槎。潦倒一官重握手，為君瀝酒頌皇華。

箋〇【祝文柔大行】指祝徽，字文柔，號懷復。臨川（今撫州市）人。天啓二年（1622）進士，時任行人司行人，奉命巡按山西馬政。見康熙《江西通志》卷八十二《人物十七·撫州府》。

為蔡尉題母節卷

綱常應系百年身，素節書來泣鬼神。歲月銷殘長恨夢，風霜老護未亡人。門前海色明肝膽，爨下琴聲咽苦辛。有子梅仙能戲彩，加餐為爾祝芳辰。

箋〇【蔡尉】指蔡時新，溧州（今江蘇溧陽）人，時任崇仁典史。見同治《崇仁縣志》卷六之一《職官志·文職》。典史，即宋元時期之縣尉。

題張青林孤山時長郎君報鄉捷

占斷秋風一片霞，湖光四面老梅斜。虹橋擬設曾孫宴，鶴塚長鄰處士家。捷到淝江應折屐，夢回閩海憶乘槎。與君同聽霓裳曲，喚起豪心萬里遐。

箋〇張青林即張蔚然，見《問月樓詩一集》五言古《贈張維城明府誕日》。長郎君應指張光球，字穉青，參見《問月樓文集》之《張粤肱〈制義〉序》。按《秋谷集》作品時間排序，此詩應作於天啓五年（1625）秋，則張光球在是年中舉，但按雍正《浙江通志》卷一百四十一，張光球爲崇禎六年（1633）癸酉科舉人。天啓四年、七年有鄉試，五年無之，四年錢塘籍張姓登科者有『張錫丁』『張圭章』，七年秋崔世召獲罪，故不可能作於是年。詩中有『捷到淝江』語，雖用謝安石典，似又與桂東任上有關，然崇禎六年，崔氏已在連州。其中情由，因資料不足，姑且存疑。另光緒《福安縣志》作張光球爲『萬曆二十五年（1597）丁酉科舉人』，亦不確。

陶重父師八十初度時客泗洲寺衆比丘誦經祝延因賦為壽，时立春後二日也

弧懸古刹正春新，佛頂毫光護法身。鉢裏曇花開莢甲，盤中桃實近椒辛。五更露浥金莖掌，百里星圖寶水濱。坐聽僧雛翻小品，漫隨鐘磬祝芳辰。

箋○作於天啓六年（1626）正月十一。

【陶重父】即陶宗器，見《問月樓詩一集》七言律《冬至前一日陶重父先生席中賦得「山意沖寒欲放梅」》。

送陶師歸建水

君從彭澤賦歸來，松菊蕭疏滿徑苔。家傍白雲春寂寂，囊餘彩筆興恢恢。攜來九曲歌仙棹，不放雙瞳看世埃。去矣片帆芳草路，莫逢人說剡溪回。師晚年失明，故云。

箋○陶宗器官終廣西洛容（今廣西鹿寨縣）知縣，以目盲致政歸，卒年八十有四。見民國《建甌縣志》卷二十六《列傳》。建水指建安（今福建建甌），為陶宗器故里。

贈張夢澤憲長壽誕誕日乃二月初九也

崇臺雲物敞西山，劍氣雙龍倚佩環。天畔法星明似斗，鼎中靈藥赭如顏。花朝引滿芳辰近，柏府封題白晝間。乞得華仙金掌液，因風遥獻祝玄關。

箋〇作於天啓六年（1626）二月初九。

【張師繹】字夢澤，武進（今常州市武進區）人。萬曆二十六年（1598）進士，時任江西按察使。見雍正《江西通志》卷六十一《名宦五·臨江府》。

望華山

絶頂尖紋翠作堆，香風冉冉引崔巍。疑同漢畤封山古，忽指胡麻逐水來。勾漏有緣堪問藥，河陽無事且登臺。如聞簫管聲相迓，漫紀尋真第一回。

箋〇華山，即華蓋山。見《秋谷集上》卷七言古體《謁華仙》。

校〇

【絶頂尖紋翠作堆】絶頂，雍正《崇仁縣志》卷之二《提封志六》作『絶嶺』。

【疑同漢畤封山古】漢畤，崔世召《華蓋山志·紀詠志二》作『泰畤』。
【忽指胡麻逐水來】忽指，山志、雍正縣志均作『忽訝』。
【河陽無事且登臺】河陽，山志作『河南』。
【如聞簫管聲相迸】如聞，山志作『如開』。

傅右君中翰惠扇頭詩用韻答之

清時誰不羡雄才，北斗星樞映上台。詞賦久傳明月社，神仙原注閬風臺。芝眉天際當春晤，柳眼郊垌對酒開。一箑新詩青玉案，贈言何必論輕財。

箋〇【傅右君中翰】指傅朝佑，字右君。臨川（今屬撫州）人。萬曆四十年（1612）解元。天啓二年（1622）進士，授中書舍人。傳見《明史》第二百五十八《列傳》第一百四十七。

暮春之望邀傅右君中翰小集步韻和答

有客攜將劍氣雄，追歡何幸挹清風。花籌拍酒春如許，檀板催更月可中。鳳閣文誇官樣貴，雞壇詩媿野情豐。郊遊日日從公邁，不管巾裾掛宛童。

箋○作於天啓六年（1626）三月。

用李惟中扇頭韻賦以贈之

超然高舉自丹丘，把酒相看鬢已秋。三徑花深彭澤隱，片帆春老剡溪遊。升沉世套雲同幻，瀟灑詩情月共流。千尺釣綸歸夢遠，思君多在碧江頭。

寄壽從母八十為仲愛弟書

婺光如斗亘南天，雪鬢當筵舞袂妍。萱老瑤池春八十，桃酣度索歲三千。溪雲橋擁曾孫幔，古佛龕依大士蓮。珍重封題猶子意，江干瀝酒未央年。

箋○應作於天啓六年（1626），預祝黄孺人丁卯正月壽誕。見《問月樓文集》之《從母黄孺人七十序》。

答鄧太素刺史用韻

烟水何年罷勝遊，移家晞髪俯江流。樽開三徑誰歌鳳，賦就千秋足汗牛。郢曲雲深同調迴，齊紈風送異香浮。塵勞強作賡酬語，噴飯應知滿案頭。

人。

箋○【鄧太素】名文明，字太素，新建（今屬南昌）人。萬曆十三年（1585）舉人。天啓元年（1621），任廣東連州知州。見康熙《江西通志》卷五十五《選舉七》。

聞買西山喜賦

聞道西坰已買山，小溪危石曲潺湲。古雲碧拖半巖影，朝海青分衆壑顔。地亦有緣知己遇，天將留意放人閑。菟裘老足千秋事，好種桃花待我還。

箋○天啓五年（1625）冬，崔世召于崇仁任上，囑兒輩在寧德縣城西門外購得山園一區，作為終老之所。見附録崔世召《秋谷乞言》。

臘月新春喜徐與公至巴陵貽詩扇面和韻答之

匹馬寒沖六出花，相逢剪燭話三巴。從來下榻唯徐稚，不信鳴桊似伯牙。歲逼辛盤天外酒，夢回子夜枕中家。溪頭梅擁游仙路，待爾摩崖譜太華。

箋○天啓六年（1626）十一月，徐𤊹應崔世召之邀，抵崇仁。至次年四月始返家。徐氏《紅雨樓序跋》：『余訪崔徵仲大令，至撫之崇仁。』另參見附録尺牘《寄崔玉生》。

臘月春後五日邀徐興公小集躍龍門城樓分得溪字限七言律

雪晴新沐樹尖齊，寶水沙明似剡溪。春過女牆人輻輳，樓鄰仙闕客攀躋。滿城簫鼓催行樂，一日山川重品題。笑指斗邊龍氣旺，酒闌沿路聽銅鞮。

其　二

臘裏東風逐馬蹄，登樓舒嘯萬峰低。提壺並送呼春鳥，鎮水新橫不夜犀。遂有神仙吹玉笛，相將人世度金鎞。穠華仿佛弦歌地，浮拍春流在碧溪。

箋〇作於天啓六年（1626）十二月。躍龍門即崇仁北城南門，見同治《崇仁縣志》卷二之一《建置志·城池》。

校〇詩題，雍正《崇仁縣志》卷之二《創設志上·城池》作《臘月立春後二日同社大集躍龍門城樓分得溪字》。

【雪晴新沐樹尖齊】新沐，雍正志作『初沐』。

【樓鄰仙闕客攀躋】攀躋，雍正志作『扳躋』。

【穠華仿佛弦歌地】仿佛，雍正志作『恍惚』。

【浮拍春流在碧溪】浮拍，雍正志作『浮泊』；在，作『任』。

贈丘毛伯兩郎游泮時正上元

東風何意昵名家，燈影芹香勝事賒。兩部塤篪春是海，一門機杼筆為花。鶴因數和喧霄漢，駒本驄生湊渥窪。好句掀髯題不盡，剩流秋興紀清華。

箋〇作於天啓七年（1527）正月。丘兆麟有子四：而旭、而昶、而煜、而鼎，見臺灣影印《明代登科録彙編》所收《萬曆三十八年庚戌科序齒録》。

校〇丘毛伯，原誤作『毛丘伯』。

仲春喜鄧太素送子入泮過訪用韻和答

便欲排雲叩帝閽，積薪爭歎後居尊。朱幡乍卻一麾影，白雲閑招六出魂。池上鳳毛能濟美，腰間龍劍總酬恩。君來卻好桃花候，似約春光到縣門。

箋〇作於天啓七年（1627）二月。

賀吴養台郡伯七旬初度三月廿七日也

黑髮抽簪茹紫芝，懸弧休問歲何其。欣看管咽金喧宴，恰值紅肥緑膩時。春杪剩留三日景，山中未了一枰棋。何當共聽黄鸝語，斗酒晴郊佐著詩。

箋〇作於天啓七年（1627）三月。

【吴養台】名學周，字養台。崇仁石莊人。萬曆二十年（1592）貢生，官至温州府同知。見同治《崇仁縣志》卷八之二《人物志·宦業》。

春仲招鄧泰素徐興公小集署中觀河陽雜劇共得雲字而余詩後成殊媿砂礫

竭來空谷足音聞，未許春風與俗分。彩筆座中千象緯，清歌天畔學流雲。豪華邑靳桃花趣，潦倒杯從竹葉醺。到底簿書拈韻澀，驪珠雙顆總輸君。

箋〇作於天啓七年（1627）二月。

仲春安仁宗侯以訪徐興公至貽余詩箋用韻和答

碧桃春水漲臨衙，負卻輕舠遠看花。訪舊不論冬泛雪，尋仙應許曉餐霞。囊攜白社千秋業，杖倚丹台九轉砂。正是王孫芳草路，夢殘蕭寺漫思家。

箋○【安仁宗侯】名統鉦，明宗室。見《秋谷集》卷上五言律詩《彭次嘉同乃婿夢得王孫過舟中，以所刻明七言律傳見示賦贈》。

清明後二日鄧泰素刺史、吴應今司馬、徐興公雨中集宴得肴字，時司馬七句也

風雨連宵濕燕巢，人家插柳尚新梢。座延杖國三壬壽，地有行仙六甲庖。曲度深杯容懶慢，詩鬮險韻費推敲。對君世味真堪斷，玄屑霏霏足酒肴。

題陳子學約春樓

憑誰約得早春來，謔柳盟花眼乍回。信使書函新鳥訂，嘉朋樓對好山開。風傳軟節

數聲笛，月度深更一石醅。我有藏春招隱塢，約君先寄隴頭梅。

箋〇【陳子學】名克敏，字子學，號石壁。寧德一都金嶠（今蕉城城區北門街）人。邑庠生。為崔嵸岳丈。見新修《寧德金嶠陳氏族譜》。

和安仁扇頭韻

豈有琴聲帶月彈，知音逢爾締交歡。香沉古寺苔痕沒，詩振空林樹色寒。勝事行隨青帝滿，旅懷愁破碧天寬。分攜不作尋常別，迸寫相思落筆端。

箋〇朱安仁，見上《仲春安仁宗侯以訪徐興公至貽余詩箋用韻和答》。

徐興公還三山寄懷邵劍津大行

十載交歡恨太遲，豹園遙憶數行詩。林邀使節干雲珥，屐轉仙丘抱月規。白簡久虛簪筆位，青門應及熟瓜期。南州有客能通問，歷亂春山寄夢思。

箋〇邵劍津，即邵捷春。見《問月樓詩二集》五言古體《吳相如豹園同邵見心大行小集即事用韻》。

送蕭太真還莆

隨身三尺古紋琴，流水高山處處音。白墮半酣牛首夢，錦囊全貯馬蹄吟。雙鳧縣裏炎風午，九鯉潭邊落月陰。散盡黄金歸自好，送君不必淚沾襟。

箋〇作於天啓七年（1627）初夏。蕭太真，莆田人。見《問月樓詩一集》五律《仲春蕭太真、柯無瑕鳳山小集，得方字》。

王觀生寄扇頭詩和答

君才隨處擷春芳，文苑循良兩擅場。官舍有山宜吏隱，臣心如水不波揚。真人遠作雲天想，中聖狂添歲月忙。但使身名分皂白，笑看塵世鬥雌黄。

箋〇【王觀生】撫州人。早從湯顯祖遊，後隨湯賓尹。《湯顯祖詩文集》第四十七卷《玉茗堂尺牘之四》有《及門人王觀生》。

校〇

【臣心如水不波揚】波揚，底本誤作『揚波』，依韻改。

送管午懸還就試兼懷丘毛伯冏卿

遠笈蕭蕭歎滯淫，逢人莫漫說知心。衰年未割華歆席，薄俸慚分鮑叔金。結夏禪扉天似水，看山歸騎月當林。名園響閣冰清甚，助爾秋光送好音。

箋〇【管午懸】臨川人。

徐興公自立春至巴陵越暮春言歸以詩留別用韻送返三山

少微星野亙天南，方外銓曹信可堪。粘筆烟霞成我癖，滿囊山水笑君貪。閑隨僧磬敲時六，浪泛仙舟度月三。歸去故園生計好，短籬搖玉綠毿毿。

箋〇作於天啓七年（1626）四月。

彭次嘉遇訪用筆頭韻和答

未必山川似永嘉，高人到處絕囂嘩。采風空憶中牟異，譜雪慚編下里巴。次嘉匯《明詩輯韻》，多采余詩。青火夜分司起草，金飆秋色罷看花。後堂一接彭宣話，滿袖仙香佩綠霞。

箋○【彭次嘉】名曾，新建（今屬江西南昌）人。見《秋谷集上》五言律詩《又和彭次嘉韻》。

小誕前數日喜商孟和至巴陵相見慰勞因畫松並詩為余壽走筆用韻和之

同是烟霞半老身，天涯良晤趁雌辰。秋驚流火剛初度，客喜披雲未浹旬。雞黍漫陳盤似水，虬松親寫筆如神。猛焉想到秦淮事，二十年來意氣真。

箋○作於天啓七年（1627）七月。商孟和名梅，見《問月樓詩一集》五言律詩《寄商孟和》。

誕日招次嘉同孟和宴集淩霄樓分得茶字

十頃畦雲帶郭斜，憑欄拈韻散仙葩。山皴粉本牛毛畫，水戰瓷瓶蟹眼茶。男子桑弧虛歲月，道人竹帛在烟霞。笙歌撩亂賓從樂，不管秋林准暮鴉。

寄壽秦刺史九月初二誕辰

秋聲萬樹黯思鄉，引領天南蔽芾長。甓社蚌珠家翰墨，山陽熊軾漢循良。簾垂藍水仙風起，節近黃花壽斝香。笑煞癡兒猶乳臭，漫勞伸手入門牆。

箋〇【秦刺史】指秦士楨，字木成，號貞予，蒙陰（今屬山東）人。天啓二年（1622）進士，時任高郵知州。見嘉慶《高郵州志》卷之八《秩官志》。

仲秋懷蔡朝居用和前韻

雪鴻飛跡五經年，夢繞天涯思黯然。我自蒙頭拈彩筆，君憑焦尾按朱弦。山凹樹抹停雲亂，夜半窗窺片月娟。寄語千秋公案在，烏紗能值幾文錢。

其　二

身世勞勞度百年，天荒地老興飄然。風欺旅館盧生枕，雨濕江城宓子弦。北海無人同麯糵，西山何日看嬋娟。應知鑷白虬髯減，倚杖秋籬數錦錢。

箋〇作於天啓七年（1627）八月。

【蔡朝居】名世寓，號西園，朝居其字。寧德四都蔡洋（今屬蕉城區金涵鄉）人，縣學庠生，居於縣城。為溪雲社主要成員。朝居《西園集》有《寄候崔崇仁明府兼謝所與》，見附録。

丁卯仲春喜商孟和過訪巴陵貽詩四首走筆和答

秋風掠鬢賞心難，鎮日銜杯強自寬。但得嚶鳴來好友，莫論列宿映郎官。舟横剡水情無極，屐著蓬山夢乍安。往態清狂君記否，百年肝膽剖相看。

其　二

半生身逐懶雲閑，客路飄零踏蘚斑。夜月勾歌過郢里，秋烟和夢入廬山。知名到處流風韻，掩淚頻年備苦艱。留得一枝椽筆在，許君同醉竹林間。

其　三

拍手詩成笑咄嗟，斗邊精氣識張華。征車露重穿花畔，官舍雲生傍水涯。傲骨猶餘千古勁，顛毛如許半霜加。暫時棲憩朝真地，拄杖秋山處處家。

其四

臨風偏得好懷伸，客裏秋光愛殺人。四百亂峰歸作手，十千沉湎領閑身。真形鍛煉幾成鶴，王路驅馳愧有駰。尺只仙源圖小史，桃花應說武陵春。

箋〇作於天啓七年（1627）。

【商孟和】名梅，侯官人。見《問月樓詩集之一》五言律詩《寄商孟和》。

校〇丁卯仲春，誤。詩中所題皆為秋景，另據商梅《彙選那庵全集》（陳慶元編著）附録五《商梅年譜》：『天啓七年七月底，商梅抵崇仁訪崔世召。』故『仲春』當作『仲秋』。

聞南昌彭刺史以『畫棟朝飛南浦雲』試士，漫賦一首呈上

亭亭如鬥落霞妍，簷角平分鳥翼騫。東擁咸池迎曉日，南辭遠浦亂秋烟。香行絶代文人筆，響遏當年帝子弦。獨有懶雲粘不起，勞君吹送到林泉。

箋○【彭刺史】指彭期生，字觀民，海鹽（今屬嘉興）人。萬曆四十四年（1616）進士，時任南昌知府。見康熙《浙江通志》卷一百六十三《人物二・忠臣一》。賦得『畫棟朝飛南浦雲』為詩社社課，同社朱統鉎、朱統鍠俱有詩，見《滕王閣續集》卷十三。

將發昭武呈丘冏卿

寂寂幽棲晝掩門，不堪蕭瑟怕黄昏。呼兒共對爐頭甕，何客能過江上村。北闕天高寬論死，西風秋老唱招魂。從來多難皆文士，愁説邗溝怒水渾。

箋○作於天啓七年（1627）秋，與《秋谷集上》卷七言古體《重九章江門守風有賦》同韻。【丘冏卿】指丘兆麟。見《秋谷集上》五言律詩《贈丘毛伯冏卿》。

宿謝埠舟中

衰颯酸風咽樹巔，斷鴻寒攬五更眠。虚看雙斗闌干夜，難叩孤蓬只尺天。拍岸濤聲應共怒，隔窗人語似相憐。朝來淺醉騎驢去，怪事書成亦可傳。

箋〇謝埠，見《秋谷集上》五言律詩《再過謝埠》。

秋杪龍沙寺次丁太史壁間韻

誰唱沙籌繞化城，團團玉堵幻生成。就中豈可容思議，此理唯應着眼明。佛說恒河龍沫合，天教淨土雪花平。殘荷冷裏逢開士，一嘯臨風澹世情。

箋〇作於天啓七年（1627）九月。

【龍沙寺】見《秋谷集上》卷五言律詩《龍沙寺同湛如、不疑二上人看竹卻贈》。

【丁太史】應指丁幹學，字天行。山陰（今浙江紹興）人。萬曆四十七年（1619）進士，授翰林院檢討。天啓四年（1624）典試江西，發策刺魏忠賢。忠賢矯旨鐫三秩，復除其名，憤鬱而死。傳見雍正《浙江通志》卷一百六十四《人物二・忠臣二》。

又用韻贈湛如禪師

天風寒起舞飛沙，歸定禪扃寶藏遮。古讖雨埋碑上蘚，高僧雲擁缽中花。秋過半日親香積，手授千言轉法華。眼見龍堆淩睥睨，贈君唯有白牛車。

人看竹卻贈》。

箋○【湛如禪師】南昌龍沙寺僧，見《秋谷集上》五律《龍沙寺同湛如、不疑二上

泊東溝偶贈邸舍宋隱者

宋玉家風司馬壚，坍江高臥月明孤。半窗花草雙遊屐，四壁圖書一唾壺。桑海幾驚清淺夢，楓宸聞賜泰平租。看君鬢髮蕭蕭老，猶說當年事棄繻。

箋○作於天啓七年冬，遇赦南返。

【東溝】在儀征縣（今屬江蘇）西南四十里，爲儀真、六合之交，值黄天蕩與長江衝要之處。見清顧祖禹《讀史方輿紀要》卷二十三《南直五》。

過鄱陽湖

顛風悶櫓下鄱湖，戰浪翻空膽漸粗。雲裏參差攢五老，帆頭大小拜雙姑。寒烏渺渺愁予落，陽鳥淒淒嬲客呼。烟暝天窮何處泊，無情漁火出前蕪。

題禹卿宗侯深柳讀書堂

風流張緒韻飄淩，春到幽扃擁浪層。系馬問奇頻有客，啼鶯對語冷如僧。絲纏香霧侵朝幌，縫漏疏星伴夜燈。我亦歸家尋五柳，紙窗讀罷看魚罾。

箋○【禹卿】朱禹卿，名謀瑀，寧藩王後裔，居南昌。名見於清朱彝尊《静志居詩話》卷一。

訪鄧泰素觀古玩不遇悵然小坐有賦

名園鎮日貯烟霞，雙鶴司門老樹斜。池面墨痕皆草法，石邊詩料有梅花。生涯只寄毛錐子，寶氣全歸古董家。寂寂客來休怪問，主人行矣泛仙槎。

箋○【鄧泰素】即鄧太素，見上《答鄧太素刺史用韻》。

送鄧泰素北上補選

朔風五兩指天都，客裏歌驪叩唾壺。謝傅亦難終遠志，陶潛偏自賦貧驅。雲閑古柳春鶯慣，月落疏籬露鶴孤。送爾之官兼大隱，袖中長閲輞川圖。

上何太瀛憲長

東國才人久擅名，持衡天上泰階平。法台柏幹拏雲古，詩閣梅花鬥雪清。五老遥峰供彩筆，千官湛露醉金莖。何當乞取西江水，一沫枯鱗傍化生。

箋○【何太瀛】名應瑞，字至符，大（太）瀛其號。曹州（今山東菏澤）人。萬曆三十八年（1610）進士，時任江西左布政使。見康熙《江西通志》卷四十七《秩官》。

送謝韶台觀察蒞任東粤

楚天雲夢蕩玄襟，謝傅名高翰墨林。玉筍斑頭閑曳履，紫薇花下對高吟。春開梅嶺蠻烟薄，風散榔香嶂月深。萬里瞻雲勞夢想，可忘他日少原簪。

箋○【謝韶台】有誤，應作謝韶石。韶石名璉，字韶石，監利（今屬湖北）人。萬曆四十四年（1616）進士，天啓七年（1627）以江西布政司參議升廣東按察使。見康熙《江西通志》卷第四十七《秩官二》。

留别豫章諸社丈

相持别袂各愀然，况值深寒臘雪天。人世風波時十二，家山縹渺路三千。滕王閣共敲詩上，陶令巾唯漉酒眠。歸去西園明月夜，眼光何處望青蓮。

箋○作於天啓七年（1627）臘月，時將返里。

【滕王閣共敲詩上】天啓年間，以南昌名士舒曰敬與臨川傅朝佑為首，在滕王閣中創立『滕王閣詩社』，前後共得二十二人。一月一聚，並有詩集流傳於世。舒曰敬有《滕王閣社業初集序》《滕王閣社業二集序》，見李嗣京《滕王閣續集》卷二。另宗室朱統銍結有詩社，活動地點亦在滕王閣，朱統銍有《滕王閣留别同社》，見清陳田《明詩紀事》甲簽卷二下。崔世召所指同社應是後者。

臘月客南昌禹卿宗侯招同鄧泰素刺史、彭次嘉太學集詠雪館坐雪，各賦七言律分得宜字

同雲勝友兩相宜，歲晏圍爐共一巵。脱羽亂添孤鶴韻，鮮葩香壓老梅癡。乍疑沬剪

天潢水，尤喜花裁玉葉枝。怪得閩人難見此，酒酣狂掃八行詩。

箋○作於天啓七年（1626）腊月。

留别薛爾嘉司李

春臺曉，棠樹斜鋪廣陌陰。獨愧陶潛成隱癖，笑拚身老碧溪潯。弄珠樓畔有龍吟，帝命西江用作霖。羊角風程搏九萬，熊轓雲擁影千尋。法星高映

箋○【薛爾嘉】名振猷，撫州推官。見《秋谷集上》之五言古風《其二上薛司理》。

林懋禮秋谷霞光韻走筆和謝

世路艱危早賦歸，對君如逐卿雲飛。春盤五日輕分袂，秋谷千巖老拂衣。霞醉林塘甘寂寞，鳥喧松磴坐熹微。隴頭忽寄梅花韻，潑眼濃光射夕暉。

箋○作於崇禎元年（1627）元春，時客三山。

【林懋禮】名叔學，三山（今福州）人。曹學佺《石倉十二代詩選》作『福清人』。與徐興公、曹學佺為社友。曹學佺《桂林集》有五言律詩《寄懷林懋禮》。

重過蘆花館為懋化題

亂竹蕭森半榻開，蘆花休問有無栽。但留野意溪烟住，勾引多情嶂月來。水咽危橋防峻阪，鳥呼荒圃繡深苔。頻參大士茶槍熟，消盡春遊一甕醅。

遊靈溪寺

枯藤隨意踏春青，喚客鶯聲不肯停。曉徑乍驚過虎跡，晴天只合恣鴻冥。行邊巖草皆生韻，別後溪光覺倍靈。只尺老松秋谷裏，隔林疏磬側風聽。

箋〇作於崇禎元年（1627）春，時歸里。靈溪寺，見《問月樓詩集之一》七言律詩《己未清明日同張叔弢、陳伯禹、延祖、倚玉，趙宗卿集飲靈溪寺分得虞韻》。與秋谷別業僅一牆之隔。

謝劉漢中明府惠書並志別

歸來學得把春鋤，珍重劉公一紙書。北闕彈冠勞勸相，西山曳履自居諸。銜恩雨戀輪前鹿，勵節時懸壁上魚。眼看鳩飛難借寇，隔江榴火正愁予。

箋○作於崇禎元年（1627）春，家居。

【劉漢中】名允繩，嘉興（今屬浙江）人。萬曆二十二年（1594）舉人，官至廣東廉州府同知。見雍正《浙江通志》卷一百四十一《選舉》十八、雍正《廣東通志》卷二十八《職官志》。李日華有《答劉漢中》，見《李太僕恬致堂集》卷之三十二。初任福州長樂教諭，同時曾異撰有《送長樂諭劉漢中先生教授廣信序》，見《紡授堂文集》卷之一。

浴佛後四日閬庵新成偕社諸子集為石懶上人賦，限七言律得二首

可是天開選佛場，忽焉巖谷有輝光。精廬乍納千峰色，浴水還留四日香。梅雨山中尋鶴伴，閬風臺畔放凫翔。倦遊與爾同棲息，促塵敲玄月滿床。

其　二

買山一半與僧分，瀨響松風聒耳聞。乞盡瞿曇新沐水，書成支遁卜居文。孤庵靠石雲初敞，古鼎燒嵐鳥共薰。肯使塵埋閑屐齒，幾灣秋爽盡輸君。

箋〇作於崇禎元年（1628）四月十二，時隱居秋谷。

浴佛日社集送博山禪師歸，共限東韻七言律

名山到處拜宗風，喝水巖頭看日紅。會滿龍華生佛笑，座傾塵尾聖僧通。隨緣竹杖方銷夏，摩頂松枝忽指東。自是空門無去住，不須蹤跡雪泥鴻。

箋〇作於崇禎元年（1628）四月初八。

【博山禪師】名大艤，一名元來。俗姓沙，龍舒（今安徽六安一帶）人。福州鼓山湧泉寺第六十一代住持。見清黄任《鼓山志》卷四《沙門》。

【喝水巖】鼓山名胜，相传昔有僧神晏诵经於此，恶水声喧轰，叱之，西澗乃涸，逆流于東澗。見明黄仲昭《八閩通志》卷之四《地理·山川·福州府》。

病中書懷

痼疾烟霞屢自矜，病魔何意苦相仍。微官豈是傷心熱，短檻聊將瘦骨憑。半榻支離親藥鼎，五更憔悴厭篝燈。獨餘一副詩腸在，灑灑如泉湧不勝。

寄懷何無咎

微官落落歎勞薪，一網收殘漢黨人。魚服渡江無限淚，鷃冠歸隱未亡身。陶潛柳徑秋堪老，何遜梅花賦轉新。汲古堂中孤嶼月，共誰呼酒醉仙椿。

箋○【何無咎】名白，字無咎，永嘉（今浙江樂清）人。有詩名，以布衣終老。見錢謙益《列朝詩集》卷十五。

【汲古堂】何白書齋名，遺著有《汲古堂集》。

送翁壽如應雍履和將軍雁宕之招，時余將北行

送子東遊我北征，撩人客思妒崢嶸。雲皺雁宕詩中畫，月瀉龍湫枕上聲。白社蓮辜知己賞，碧油幢共故人情。天涯欲寄西風眼，里鼓遙聽不住程。

箋○作於崇禎元年（1628）六月，將赴京師補選。

【雍履和將軍】疑即雍鑾或其一族。雍鑾，直隸全椒（今屬安徽）人。萬曆間，襲福州左衛指揮使。見萬曆《福州府志》卷之四十一下《官政志四》。

赴闕補選至三山諸社友合餞寥陽殿賦詩得一先韻留別

看君楚楚即群仙，復向仙臺敞別筵。拂袖久拚深谷隱，彈冠應笑死灰燃。松風午撼收殘暑，楓露朝盈叩遠天。為問王喬飛舄後，寥陽淒冷幾千年。

箋○作於崇禎元年（1629）七月。

初秋至順昌假寓分司獨酌紫薇花下感賦

幽人何意問官銜，客裏停車日未斜。自笑重來成卷土，莫論往事中含沙。溪招新月秋將好，色有淳風晝不嘩。最喜家家沽美酒，數杯傾對紫薇花。

富屯寓張上舍文甫水樓賦贈

當年挾策帝京遊，十載閒情寄水樓。人是八龍家學重，文甫有八昆仲。名從一鶚國旌求。烟含浦樹堪留客，月濯溪沙更可秋。隔岸為君圖畫意，剩栽楊柳貌風流。

箋○【富屯】為順昌之別稱，以富屯溪而得名，境內有富屯街、富屯驛。見民國

《順昌縣志》卷三《城市》。

寄懷張文弱廣文

才名俠骨總無雙，老我離心為爾降。臂一交時秋別袂，腸千結處夜添缸。氈寒拼縱花邊醉，路澀孤敲馬上腔。盤谷水聲應不厭，頻遊如共話西窗。

箋〇【張文弱】張繼纓字文弱，寧德教諭。見《秋谷集上》五律《用石懶韻贈張文弱》。

兄徵伯嘗夢葉相國贈扇中有『看看汝貌似田郎』之句其事甚奇，余以田真實之續成一律

看看你貌似田郎，玉樹臨風耿夜光。夢裏封題丞相句，囊中卻老少君方。青山杖履隨雲住，白社詩篇逐歲忙。趁取紫荊花下月，秋清相伴對飛觴。

箋〇【葉相國】指葉向高，見《問月樓詩集》下五律《浮山堂和福唐葉相公雨中眺詠四韻》。

校〇伯徵，有誤，應作徵伯。

王臺館黃文學惟甫訪其兄郡丞昭武一路聯舟作詩投予，依韻走答

壯游知不歎間關，側耳仙人聽佩環。橫槊江帆雄作賦，吹塤郡邸笑開顔。天高我自呼閶去，秋盡君應稛載還。回首越王臺畔閣，何年重過紀青山。

箋○【王臺館】指王臺驛站，在南平縣西天竺里。設有公館，明知縣伍偉立。見民國《南平縣志》卷四《城市志第五》。

【越王臺】在王臺驛站附近，相傳爲漢時越王所築。見民國《南平縣志》卷四《名勝志第六》。

【郡丞昭武】指黃夢瑞，延平（今南平）人。萬曆二十二年（1594）舉人。崇禎二年（1630），任撫州同知。見崇禎《撫州府志·人道志·官師表上》。

過河間府柬余起潛司馬

二十年來彩幰開，龐眉父老拜重來。鶴呼城郭人如舊，馬踏關河首重回。有客秋過桑梓誼，多君雲古豫章材。清時莫漫論雌伏，只尺星辰上嘯臺。

箋〇【河間府】今河北河間市。

【余起潛司馬】名文龍，字起潛。玉田（今古田）人。萬曆二十九年（1601）進士，時任河間府同知。見乾隆《直隸河間府志》卷之七《郡官表》。余文龍孫女尊玉，適崔世召之孫。

戊辰元日立春是為今上元年社集徐二宅分賦

綺日歡呼率海濱，當筵不厭酒千巡。龍飛恰值辰為歲，鳳曆奇頒朔是春。多難重逢蓮社友，太平歸老竹林人。徐卿有子兼孫慧，剪勝裁詩事事新。

箋〇作於崇禎元年（1628）元月，時客福州。徐二即徐𤊹。

三山除夕集陳長源宅看春分得十一尤

江湖萬里夢初休，藉爾芳樽破旅愁。一歲風波隨臘盡，六街羅綺逐春遊。浮名老我成蕉鹿，好景同人看土牛。待取辛盤明日醉，不須投轄夜深留。

箋〇作於天啓七年（1627）除夕，時客福州。

【陳長源】侯官（今屬福州）人，見《問月樓詩二集》五言律詩《陳長源招同商孟和、陳叔全集飲據梧齋待月，時長源病新愈》。

秋晚寄懷石懶上人

秋老山中寒掩扉，草庵徑仄行人稀。孤烟二六木魚吼，斜照一雙林鳥飛。紫邏只愁月欲墜，碧桃無恙春當肥。拈詩啜茗能憶我，鄉夢勞勞何日歸。

箋○作於崇禎元年（1628）九月，赴京途中。

寄社中諸弟

山齋日日聚氤氳，半雜清詠半論文。洗墨恐渾溪上月，篝燈應倩嶺頭雲。烏紗苦戀增余俗，彩筆遥緘賴爾聞。轉憶習池驪唱夜，秋高天畔悵離群。

過東阿舊縣

淒淒殘壘古東阿，瘦馬盤跚黯渡河。齊政封烹追霸跡，漢廷黨錮歎風波。覆盤能照孤臣恨，擊壤聊賡野父歌。極目五雲天不遠，驅車莫漫歎蹉跎。

箋○【東阿舊縣】遺址在今山東省東平縣舊縣鄉。北宋開寶二年（969），因避黄河水患，縣治由濟州東阿縣城遷於此。見民國《東阿縣志》卷之一《輿地志》。

柬米仲詔先生

乘騘半為看山遊，每到奇峰嘯不休。萬里匡廬澆墨瀋，一時元祐錮清流。樽開北海賓從滿，石點南宫洞壑幽。只尺玉墀雲氣曉，肯容高卧老丹丘。

箋○作於崇禎元年（1628），時至京師。

京中送蘇稚英歸沙陽

馬蹄頻踏帝京塵，季子歸貂不道貧。過眼浮名蟬翅薄，到頭佳境鳳毛新。酒隨客路斟寒雪，梅喜人歸報早春。旅邸送君愁撥動，可堪留滯遠遊身。

箋○作於崇禎元年（1628）冬，時客京師。蘇稚英之父蘇眉山晚年僑居沙縣（今屬三明市），見謝肇淛《小草齋集》卷之十八《新會令蘇公暨配盧孺人合葬墓誌銘》。

贈廖而上年兄司馬四明

客舍霜花擁被愁，除書新喜慰雙眸。一時兄弟推先達，兩浙山川記舊遊。春老括蒼棠樹芟，月明鑿曲木蘭舟。知君滿路迎生佛，何必朝真大海頭。

箋〇【廖而上】名鵬舉，安溪（今屬福建）人，與崔世召同科舉人。崇禎二年（1629）任寧波府同知。見道光《寧波府志》卷之十六《職官上》。

柬林玄之國博

曾於古寺共聽鐘，賦得梅花第一峰。筐上淋漓珍什襲，年來顯晦隔千重。神鯤欲徙初辭水，振鷺于飛本自癰。莫以積薪妨酒趣，歲寒請看後凋松。

箋〇【國博】指國子監博士。

【梅花第一峰】應指九華山之梅花峰，在展旗峰西。五石挺峙，有枯株含萼之象。見民國《九華山志》卷二《形勝門》，參見《秋谷集》之上五言律詩《望九華山》。

述懷示王台麓别駕

幽情唯許旅人知，呼酒圍爐欲雪時。醉簡奇書閑作伴，愁尋好友共敲詩。乾坤扮戲逢場是，丘壑移文與夢宜。何事關心涼月落，兩三聲過曙鴉悲。

題林比部祖母旌節卷

鸞孤照水影沉沉，玉潔閨貞説到今。九鼎一絲懸兩代，青霜翠柏學丹心。陳情烏孝孫謀重，表宅龍章主澤深。況復平反推比部，總傳慈訓入詞林。

上蔣八公年兄太史二首

鑾坡只尺侍龍顔，供奉名高霄漢間。日上花磚推枕起，天清木閣較書閑。金甌轉眼看三錫，丹鼎移時熟九還。羞殺風塵同籍者，願隨雞犬入仙山。

其　二

朝罷銜杯醉乍醒，玉堂香氣透疏櫺。毫端神化龍爲種，腹笥淹通鶴有經。小判傳呼鈴索院，高秋對影古槐廳。知君草制更深後，定見藜光丙夜青。

箋○【蔣八公】名德璟，字申葆，八公其號，泉州福全衛（今屬晉江）人。天啓二年（1622）進士，改翰林院庶吉士，授編修。崇禎初，遷少詹事。與崔世召同科中舉。傳見《明史》卷二百五十一《列傳》第一百三十九。

秣陵别唐君俞十餘年矣重遇都門以詩畫箑見投感而賦謝

十年烟水斷飛鴻，握手驚疑是夢中。作客難禁知己淚，對君真見古人風。秦淮冷落雞壇散，燕市悲歌驥櫪同。一箑樹雲深寫意，耐寒應不笑江楓。

箋○【唐君俞】名獻可，南直隸武進（今屬江蘇常州市）人。唐順之四世孫。擅書畫，能詩文。見康熙《御選明詩·姓名爵里》第七卷。

同諸詞客集飲米友石先生齋頭共賦來字

拜石齋頭綺宴開，深更歌板恣徘徊。堂薰香霧霜威減，簾卷中天月色來。忘分座容蒙吏達，征詩人擅建安才。不知暖閣梅花發，何客追歡倚嘯台。

題卷為葉機仲下第賦

半生牢落勝雄心，弧矢生涯翰墨林。自識虎頭投寸管，誰能駿骨市千金。引杯醉裏頻看劍，買賦狂來欲破琴。笑爾敝貂風雪冷，對人白眼只孤吟。

和蔡達卿平陰署中得男詩

相逢莫惜杖頭錢，好事酣歌劇可憐。仙令政成飛舄日，細君家報弄璋年。生花為筆開詩底，明月如珠着膝前。可是多男民祝驗，共傳東魯即堯天。

箋○【蔡達卿】名可升，閩縣人。見《問月樓詩一集》七言律詩《蔡達卿為其祖崇德令遺事求詩卷用原韻賦》。

和達卿誥封尊人詩

袍笏三山閥閱新，佳兒黴寵世稱臣。丹砂駐就雙瞳碧，烏帽籠將兩鬢銀。舊業青箱誰鬥富，滿籬黃菊莫辭貧。覃恩我亦沾綸典，祝壽難同獻罼頻。

臘月十八日集梅花社待月余以寓遠先歸賦得灰字

當場豪爽未全灰，歲晏追歡共看梅。月姊遲來生魄後，花神招得醉魂回。枝如愛客盤旋待，蕊為催詩火速開。笑帶暗香歸馬疾，一輪寒影獨徘徊。

箋○作於崇禎元年（1628）腊月十八。葛一龍有《梅花社待月得先字》五律，作於同時，見《矯褐吟》。

喜蔡宣遠以粵東藩司齎捧至賦贈

攜手霜高朔地寒，襟期瀟散似君難。帳中秘草中郎出，爨下焦桐單父彈。粵嶺薇花遙對紫，鑾坡楓影近披丹。古來崔蔡原同調，莫厭敲詩到夜闌。

箋○【蔡宣遠】疑即蔡達卿。蔡氏傳世《行書自作詩》，見於北京匡時國際有限公司2015年迎春拍賣會，落款押有「宣遠」朱文方章。

長安偶遇王季重先生賦贈

塵胎脫盡類名僧，君衍蘭亭幾葉燈。大口飽吞秦望海，奇書鑿破禹山陵。顛危虎穴嗟多難，斗絶龍門許一登。想到避園難避也，燕臺風緊伴呼鷹。

箋〇【王季重】即王思任，見《秋谷集》卷上五言古體《冒雪送考校，甚以八面山為慮，次早天大開霽，志喜偶用王季重華嚴老人居韻》。

臘月廿五日觀廟市因赴葛震甫招集水塘庵席中即事

風急雲愁欲暮天，家家打鼓送殘年。人喧廟市忙堪笑，客到禪房靜可憐。酒政三章嚴俗話，詩盟萬里惜清緣。感君病裏猶投轄，剪燭飛觴不忍眠。

箋〇作於崇禎元年（1528）冬月。葛一龍《矯褐吟》有五律《十二月二十六庵寓夜酌賦得共此燈燭光》，應作於同時。

【水塘庵】在京師金城坊（今屬北京市西城區）。以庵外兩旁餘地有注水池通溝洫，故名之水塘庵。一名圓通庵。見乾隆《欽定日下舊聞考》卷五十《城市內城西城一》。

戊辰除夕招蔡宣遠、龔玉屏、陳中明小酌館中

燈花如綺向人繁，高館圍爐酒數行。泰運龍飛週一歲，深宵蛩語過三更。桃符笑換明朝色，梓里親同此夕情。相對不須論守夜，枕邊客夢本難成。

【箋】◯作於崇禎元年（1628）。蔡宣遠、龔玉屏、陳中明，俱閩人。

【龔玉屏】名懋塀，一字克丹。侯官人。以國子生考職吏郎，授郴州州同。終湖廣行都司經歷，署上津縣事，死於賊。贈湖廣按察司僉事。為曹學佺内兄。見嘉慶《鄖陽府志》卷五《官師志之三》。懋塀，乾隆《欽定勝朝殉節諸臣録》卷七誤作『懋澤』。

【陳中明】名學隅，中明其字。連江人。以例仕授河間主簿。見民國《連江縣志》卷十四《選舉》。

己巳元旦朝罷集飲馬達生給諫宅看梅花賦

去年元日可憐春，今喜班聯草莽臣。綿蕞朝瞻雲五色，椒盤夜醉酒千巡。座同桑梓愁心破，人比梅花勁骨新。共慶彈冠逢聖主，袖中封事許頻頻。

箋○作於崇禎二年（1629）元日。此詩一見於民國寧德《延陵吴氏族譜》，作者爲吴國華，有誤。

【馬達生給諫】名思理，達生其字。吴航（今福州長樂區）人。天啓五年（1625）進士，時任刑科給事中。見乾隆《福建通志》卷四十三《人物一·福州府》。

為弢文鄭子壽母

長溪水漾柏舟閑，堂北靈萱老駐顔。青鳥曉傳王母信，白雲春起太行山。天為苦節添籌屋，膝有森枝簇舞斕。萬里稱觴遊子意，願風吹送綺筵間。

箋○【鄭弢文】福寧州城（今霞浦）人。

正月春前八日同葉機仲觀西海榜人以絙系木板牽行冰上遍觀虎城諸處心甚樂之，賦得四首

少年曾頌帝京篇，一睹皇居意豁然。雲入苑西鋪作海，春環斗北辟為天。樓臺合沓金閶勝，虎豹馴娱鐵甕堅。三尺小舠容泛泛，誇人歸自女牛邊。

其二

人間何意到天河，玉蝀橋邊問路過。仙闕半空槎是渡，周家全盛海無波。沿堤眠柳將舒眼，拜爵髯松不改柯。感慨賜環逢解凍，春澌流澤樂如何。

其三

九天樓閣鬱青霄，木筏層冰首重翹。蜃氣微茫疑海市，蓬萊清淺有仙橋。西連豐鎬同文圃，北委腥膻陋宋朝。忽向呼嵩山下過，雲間仿佛聽簫韶。

其四

橋南橋北碧漣漪，豈數凝香太液池。臺沼固宜賢者樂，山川偏麗聖明時。宸遊玉輦勤無暇，將作金錢省不貲。身際升平何以頌，聊書寓目畫中詩。

箋〇作於崇禎二年（1629）元月。

【西海】即西苑，又称太液池，位于紫禁城西面，故名，即今之中南海。見乾隆《欽定日下舊聞考》卷三十五。

【虎城】在太液池（北海、中海、南海之統稱，明代為皇家西苑）西北隅，以蓄養老虎而得名。見《京師坊巷志稿》卷上。

壽顔同老給諫三月初四誕日時皇太子正彌月也

疏草匡時獨擅名，高崗彩鳳碧梧聲。承家淡泊傳簞食，報國艱難計水衡。瑞紀三春修上巳，樽開五夜祝長庚。歡騰少海星初耀，尚父丹書早已成。

箋○作於崇禎二年（1629）三月初四。

【皇太子】指朱慈烺，明思宗長子。

【顔同老】即顔同蘭，見《秋谷集上》五言排律《上顔同蘭給諫廿韻》。

壽吕參軍七十

黑髮抽簪卧剡溪，高風直與古人齊。非熊遲爾十年夢，凡鳥寧誰一字題。怡老庭階朝玉樹，迎歡子舍夜青藜。東皇親注長生録，肯放扶桑白日低。

箋○參軍，明時對三司、五軍都督府，以及府、衛首領官的尊稱，即經歷、照磨、理問一類低級武官。

【呂參軍】疑即呂振遠，嵊縣（今浙江嵊州市）人。明萬曆間以行伍授舟山把總。見道光《嵊縣志》卷七《選舉》。

閏夏芒種米仲詔招集勺海堂，同鄧泰素、謝于宣、王元直、馮足甫、周承明、王秩甫、王心之共賦得居字限七言律

四圍青靄水為居，玉埒金鋪恐不如。客許賞花池面酒，鳥催布穀曆頭書。蜃樓海幻疑成市，畫舫橋通別有渠。自比黄楊逢厄後，願將枯朽待吹嘘。

箋〇作於崇禎二年（1629）閏四月。

【勺海堂】在勺園北面，為園中正堂。見明鄭元勳《媚幽閣文娱》所收録孫國光《遊勺園記》。

【謝于宣】字句鶴，鄞縣（今屬浙江）人。崇禎九年（1736）舉人。崇禎十六年（1643）中進士，授行人。見清計六奇《明季北略》第二十二卷《附記》。

【周承明】名光祚，長洲（今江蘇蘇州）人。與陳函輝、陳欽結『年評社』，見陳函輝《年評社集》。明鄧原岳《西樓集》卷七有《答贈周承明山人》。袁宏道《袁中郎全

集》卷之九有《秋日同梅子馬、方子公、周承明飲北安門水軒》。

新安何海若廿年交好矣余以遭逆璫之難天幸生還相見悲喜每過必觴，余金盤露盡醉而返因為漫題其卷以贈之

君滯長安我賜環，各驚牢落鬢毛斑。倩將傅粉風流手，貌得堆藍曉黛山。天壤只容雙白眼，人間那得再紅顏。貪看萬幅淋漓畫，不盡金盤露不還。

箋○【何海若】新安人。見《秋谷集上》七言古體《題何海若默詩齋》。

過淮安訪杜九如擬擕雙鶴歸詩以索之

荷滿淮陰湖嘴西，艤舟猶記岸痕齊。年來別爾經寒暑，難後為官任笑啼。招隱似宜叢桂邑，題詩羞向浣花溪。喜看雙鶴毰毸甚，相對長鳴白日低。

箋○【杜九如】淮陰（今屬江蘇淮安）富商。好蓄奇玩，事蹟見於明末姜紹書《韻石齋筆談》卷上。

值九如不遇亦無鶴悵然賦此用前韻

臨風惆悵古淮西，寂寂連天密柳齊。有夢應難尋鶴侶，無情空憶到雞啼。風傳短笛閑緱嶺，興盡扁舟過剡溪。我自雙鳧能濟勝，任拋清唳海雲低。

瓜洲期登金山值雨不果

南風如箭送將歸，瓜步灘頭望翠微。十載仙山天外夢，一江烟水雨中違。靈鼉伐鼓迎官舫，石燕巢雲滯客衣。海曲蓬瀛還可遇，呼童先掃釣魚磯。

箋〇作於崇禎二年（1629），赴桂東任上。

過無錫東陳石夫明府

共說風流令是仙，家聲況自太丘傳。名高華蓋三千仞，清賽梁溪第二泉。浪跡憐余披霧近，盤根念爾戴星賢。勉旃率土征催急，青瑣誰人敢著鞭。

箋〇【陳石夫明府】名其赤，石夫其字。崇仁人。崇禎元年（1628）進士，授無錫知縣。見光緒《無錫金匱縣志》卷十五《職官》。

過樵川與阮堅之刺史

雲天高誼亙難忘，博雅風流總大方。鳥篆竹書窺石室，鹿銜花影上高堂。閩山社冷瑤華席，樵水波瀠碧海鄉。應念孤吟行役者，秋烟和夢問瀟湘。

箋〇【阮堅之刺史】名自華，號澹宇。桐城（今安徽樅陽）人。萬曆二十六年（1598）進士，時任邵武知府。萬曆三十一年（1603）任福州推官，與屠隆、曹學佺、趙世顯、林古度等人社集福州烏石山之鄰霄台，結鄰霄大社（又名神光大社，社址應在神光寺）。見民國陳衍《福建通志》卷十八《職官志·明·邵武府》、清初吳肅公《明語林》卷十一《任誕》。

【瑤華席】指瑤華社，見《問月樓詩二集》七言律詩《同黃若木集吉甫齋頭贈》。阮自華《霧靈山人詩集》卷四亦有《林天迪農部瑤華社集分得何字》。

和張文弱廣文韻寄别

穩狎輕鷗碧水湄，出山翻使野翁疑。王程不放深秋晚，宦況唯應澹月知。石瀿南飛鸞海夢，衡陽西望雁峰移。未行先作蓴鱸想，為爾遐思寄楚籬。

箋○【張文弱廣文】見《秋谷集上》五律《用石懶韻贈張文弱》。

再過壽昌逢閔然上人和余詩甚捷喜而贈以律

溪雲扶杖夕陽開，又是劉郎一度來。握手喜聞三昧偈，賡詩殊訝八叉才。溥溥甘露圍蒼柏，冉冉深秋老碧苔。總道西江多選佛，玉毫光起古蓮台。

箋○【壽昌寺】在江西黎川。見《秋谷集上》五言古體《游壽昌寺謁無明師寶塔因知與西竺禪師俱崇仁人，徘徊成賦》。

將至桂東道中

捧得新綸去旆遙，飛鳧原是舊王喬。董宣也笑空強項，陶令還嗤再折腰。斗邑萬山藏拙地，孤臣雙淚報恩朝。為憐中野鴻聲急，豈憚前途鳥道遥。

箋○作於崇禎二年（1629）秋。

過八面山

浪説人歌蜀道難，揭來身竄暗雲端。去天絶頂寧多路，拔地空崖不記盤。似有鬼啼秋慘澹，杳無鳥度曉高寒。始知叱馭真豪爽，十日招魂夢未安。

箋○【八面山】在桂東。見《秋谷集上》五言古體《冒雪送考校甚以八面山為慮，次早天大開霽志喜偶用王季重華嚴老人居韻》。

祁陽途中重九

風塵驅馬意蕭然，賒得秋山處處烟。倦客可堪衰草候，誰人不醉菊花前。峰回雁影難傳帛，路過烏符怕問仙。且辦村沽酬好節，溪橋斜月竹扉眠。

箋○作於崇禎二年（1629）重陽。

贈寧永興北直人

楚楚鬚眉偉丈夫，九苞下覽宰名都。空來冀北天閑馬，化去湖南日畔鳧。封事頻年書卓異，餘波鄰國待沾濡。生逢盛世真堯舜，白石豪吟興不孤。

箋○【寧永興】名養初。見《秋谷集上》七言古體《寄寧愚公》。

女孫繡天十五能作佛相為描大士一幅遺余攜供楚署中賦詩一律

少小能於筆硯親，休將道藴等閨人。黄庭細檢長生帖，翠竹恭摹不壞身。鸜鵒曉喧天是繡，旃檀夜爇月如銀。阿翁為供軍持水，官舍纓幢一倍新。

箋○【崔繡天】名宜端（民國《崔氏族譜》作宜錫），字繡天，號圓通使者。世召三子嶢女。生質聰慧，詩字俱工。尤精水墨，好畫羅漢、大士等像，細若毫髮。見清徐沁《明畫録》、乾隆《寧德縣志》卷之八《人物》。本詩作者，劉家謀《鶴場漫志》誤作崔嵷。

中秋夜至中堡

危途擁炬送宵行，愁殺車輪石齒聲。蒼莽只疑通鬼國，簡書殊畏緩王程。秋孤好景明蟾度，曉厭空林並鳥鳴。聞説官衙寒對水，漚川惟酌一盂清。

箋〇作於崇禎二年（1629）中秋。

【漚川】桂東别稱，以境内漚江而得名。

為先人請得贈典歸家焚黄拜墓

賜環身際聖明君，乞得龍章灑淚焚。客歲粗營幽宅地，郎星偏照夜台墳。人喧簫鼓千林曉，天設雲霞五色紋。塚上麒麟如作語，此回佳氣滿氤氲。

箋〇崇禎二年（1629），朝廷詔敕追贈崔允元為文林郎、桂東縣知縣。見附録。

贈袁穉圭二子皆明經

渥窪自昔產名駒，倚馬相傳世業殊。眼底衡山胸五嶽，楚中才子蜀三蘇。家鄰橘井饒仙訣，詩詠梧崗引鳳雛。海内幾逢同調者，莫辭沉醉夜呼盧。

箋○【袁稚圭】郴州人。見《秋谷集上》五律《再入衡州喜袁穉圭亦至》。

署中初見霜懷徵伯老兄

女牆三尺抱斜陽，天老秋深夜有霜。百丈橋邊青石隕，萬王城畔緑筠荒。寒塘久斷西堂夢，春社誰同北里觴。記得麒麟溪上别，一回悵望一沾裳。

箋○作於崇禎二年（1629）深秋。

米仲詔先生新開漫園與同社賞菊醉月作詩寄余因效其體和之

漫郎擬古為園適，佳客留歡與菊知。暖到小春花著色，嬌生中夜月當姿。腕神偏以臨池瘁，心賞頻因拜石移。一篴悠然勞悵望，五雲隊裏想參差。

箋○【漫園】在京師德勝門積水潭之東，與勺園、湛園合稱『米家三園』。見乾隆《欽定日下舊聞録》卷五十三《城市·内城西城四》。

仲冬朔日為黄廣文素翁誕辰適以雨中詩見投走筆用韻為壽

不妨身寄水雲邊，桂影聯椿祝大年。鳳朔周家當歲首，鱣堂楚國正弧懸。風流終作金門客，雨過頻參玉板禪。是日遺余冬筍。一曲新詩敲枕畔，雞聲清切五更天。

箋〇作於崇禎二年（1629）十月。

【黄廣文素翁】黄華應，桂東教諭。見《秋谷集上》五律《憩庵新成和黄素翁韻》。

雪後得晴有感

夕擬藍關㲋馬蹄，朝扶紅日喚雞棲。梅如沖雪開眉笑，鳥亦欣晴任口啼。掃盡陰霾添酒力，剪將寒意入詩題。可知世路升平後，見晛天青萬壑齊。

長至憩興寧祝聖節

瓊樓高處曉寒開，萬里孤臣夢乍回。綿蕞粗陳三祝罷，琯葭輕撥一陽來。飄零瘦骨餘詩篋，潦倒肥冬但酒杯。吟苦程程牛馬走，笑人溪畔數株梅。

箋〇作於崇禎二年（1629）十二月二十四日。【祝聖節】明思宗朱由檢生於萬曆三十八年（1610）十二月二十四日，見清汪楫《崇禎長編》卷之一。

和易坦坦山人

大楚才名久擅奇，翛然方外米顛姿。人稱絶代詩壇聖，字逼中興古頌碑。白眼乾坤容骯髒，青蓮文酒恣淋漓。袖間懷有零陵石，不肯狂飛九尺墀。

和黃素翁半泥庵詩

浮生到處雪鴻泥，雪裏鴻蹤路不迷。羨爾詩成吟謝柳，令人口爽嚼哀梨。沖烟過雁旋峰歇，凍樹寒鴉近水棲。一副青氈何足問，修途乍可試霜蹄。

嘉平月朔為陳景玄奉常誕辰兼得三男賀詩一首有序

桃筵初度，桂蕚添香。八千歲春秋，總葉朔臘新陽之會；五百年名世，預瞻南橋北梓之傳。小吏緣深，喜廁木天珠履；太丘道廣，宏開東閣門牆。竊效蛙吟，用紓燕賀。和既難於郢調，爰求大匠之斤；籍倘隸于太常，聊備伶工之響，云爾。

擎天南嶽楚雲高，申甫鍾靈戴巨鰲。駒自渥窪龍是種，雛生丹穴鳳為毛。清霜不老台前柏，繡臘長幡海上桃。千古潁川星聚處，酒酣歌度鬱輪袍。

箋○作於崇禎二年（1629）十二月初一。

【陳景玄】陳宗契，字禖生，號景玄。衡陽人。萬曆二十九年（1601）進士，時任太常寺卿。見雍正《湖廣通志》卷三十二《選舉志》。

為吳萬為別駕誕辰壽臘月初八日也，是月將立春

朱幡寶馬五驂驔，霜度郴江鏡月涵。官閣梅花開臘八，賓筵桃實獻偷三。扶桑懸矢東方曙，衡岳分符北斗南。不獨治年稱第一，仙齡遮莫並蘇耽。

其　二

專城千騎漢循良，家住滄溟海屋旁。青鳥遠銜三島信，晝熊剛守九仙鄉。東風臘裏春相勸，南極天邊夜未央。安得丹砂勾漏熟，濫吹璈管祝霞觴。

箋〇作於崇禎二年（1629）十二月初八。

【吳萬為】名文憲，字萬為。海鹽（今屬浙江嘉興）人。崇禎元年（1629）以選貢授衡州府通判。見康熙《衡州府志》卷九《秩官上》。

臘月廿四日立春正值聖誕舞蹈之情見乎辭

麟經開卷重春王，天上人間慶未央。百室土牛喧紀歲，五雲丹鳳祝當陽。梅勻烟水晴光好，彩剪寒花臘意長。小縣也隨春色鬧，何妨雙舄滯風霜。

箋〇作於崇禎二年（1630）十二月二十四，是日為明思宗萬壽。見上《長至憩興寧祝聖節》。

元日

曉看晴霞紫翠浮，早棲衙舍轉清幽。家筵夢裏拋婪尾，老蒂花猶學並頭。萬里班行瞻鹵簿，一年春事祝甌窶。閑來何物關心者，狼籍詩篇晝不收。

箋〇作於崇禎三年（1630）元月。

桂東俗元宵競以龍燈為樂有賦

滿城燈火瑞烟濃，簫鼓喧闐擁燭龍。睡醒驪珠疑電閃，蜿蜒麟甲有雲從。無勞禹步吹伸縮，豈復南陽臥懶慵。只恐月明飛去也，星橋隊裏影重重。

箋〇桂東風俗，元宵自十一起至十五日止，城鄉皆剪紙作龍獅魚蟹花鳥各樣燈式。金鼓笙歌，喧闐往來，以元夜最為盛。見同治《桂東縣志》卷之九《風俗》。

和徵伯兄寄懷韻

別來泉石罷探奇，曼浪那堪世羽儀。山邑只宜筋骨傲，家鄉唯許夢魂隨。獨憐擊築鷗江畔，誰和吹塤鶴嶺嵋。春草池塘今正好，總憑詩句寫相思。

校〇

【誰和吹塤鶴嶺嵋】嵋，應作「湄」。

聞南路復開志喜用兄徵伯韻

遥聞佳氣亙天南，刊木通衢播美談。車馬復由周道砥，山川應解宋朝慚。烟開方笏林光動，月湧輕舟海色含。共説飛梟來往處，横空雲路酒杯酣。

箋○崇禎三年（1630），寧德庠生楊文炳以白鶴嶺路有傷地方風水，具申有司塞之，重開朱溪舊路（南路）。見乾隆《寧德縣志》卷之二《建置志》。

寄黄新會明府

一從帝里滯雲泥，五載星霜逐馬蹄。愧我賜環仍墨綬，看君鳴佩到金閨。寒梅庾嶺春難寄，烟樹衡陽雁屢迷。請向摩霄峰頂望，年來佳氣滿長溪。

箋○【黄新會明府】指黄師夔，福寧州城（今霞浦）人。天啓五年（1625）進士，時任廣東新會知縣。見道光《新會縣志》卷五《職官》。

遊永興雞峰巖

絶肖江南燕子磯，一堆紺色浸溪微。台臨流水琴生韻，身近高冥鳥欲飛。隔岸九仙雲洞緲，住山孤衲石龕依。祝雞地主風騷甚，點綴遊人澹不歸。

箋〇【雞峰巖】又名雞公巖、雞公山，在永興縣東。明方伯曾紹芳辟為名勝。見乾隆《永興縣志》卷一《封域四》，另見《秋谷集上》五言排律《遊問仙洞，洞與雞峰相對皆曾蘭若所辟，排律十八韻》。

三月晦日

為問春歸何所之，東風欲去行遲遲。不睡但憂曉鐘到，多情唯聞山鳥悲。落紅餞水那能住，亂綠牽愁無限時。古人秉燭良有以，大醉且翻春盡詩。

箋〇作於崇禎三年（1630）三月三十日。

郴州有同姓諸生來謁乃故少司空君瞻公之後也作詩以贈之

吾宗著姓自唐年，黄鶴高名壓楚天。詩派博陵慚遠祖，家聲郴水有先賢。雲邊綠野司空宅，身後青箱太史編。著意庭階紛玉樹，秋風看爾挾飛仙。

箋○【少司空君瞻公】君瞻，應作「民瞻」，指郴州人崔巖。巖，成化十七年（1481）進士，累官至工部侍郎。見明李賢《大明一統志》卷六十六。

寄何太瀛方伯山東人

翠柏青霜握玉觚，紫微新月對冰壺。天文早應魁三象，國事難窮魯一儒。聚米燕山虛武庫，飛芻藩鎮富雄圖。安危到處隨知己，肯放孤臣愛髮膚。

箋○【何太瀛】見上《上何太瀛憲長》。阮大鋮有《寄何方伯太瀛》，見《詠懷堂詩集》辛巳詩卷上。

和蔡朝居征君詩卻寄

雲樹停停日未西，思君拄杖浣花溪。逢人老伴山中局，懷友詩成紙背題。屐亂郊烟秋草合，簾掀海月晚峰齊。狂來便欲抽簪去，傍爾清言笑突梯。

箋○蔡世寓《寄崔徵仲復令桂東》，見附録。

送宋廣文之蜀

楚客悲秋去路遥，一鞭斜照冷蕭蕭。馬沖八面危峰度，鶴報三鱣喜事饒。巫峽天高消雪水，錦城花麗妒風標。多情到日知相憶，怯過陽安折柳橋。

箋○【宋廣文】宋某，桂東縣學教官。

漚川初度和黄素翁韻

羨君落筆掃雲烟，朝日團團中聖賢。俠氣傾同雙劍合，雌辰老愧一弧懸。空拖墨綬縻升斗，誰度青牛著五千。歌罷豳風三日滿，小山招隱桂香傳。

箋○作於崇禎三年（1630）七月二十八，是日為崔世召六十四歲生辰。漚川，桂東別稱，見上《中秋夜至中堡》。

和周縈我韻

卿雲天外漫輕颺，忽擲新詩卜考祥。犬馬齒增秋色老，斗牛光借劍精芒。未聞青鳥傳朝信，慚學飛鳧下夕陽。為飲醇醪心自醉，竹窗高臥到羲皇。

過興寧陳尉國常攜酒榼署中對月分賦得奇字

相憐宦跡楚江奇，客舍秋光共一卮。我自陶潛甘吏隱，君如梅福抱仙姿。貪斟琥珀澆風雅，笑逼蟾蜍湊月規。待得桂輪圓滿後，高峰遙隔獨敲詩。

箋○【陳尉國常】指陳國常，名憲，字國常。當塗（今屬安徽）人。時任興寧典史。見康熙《郴州總志》卷之五《秩官志》。

陳尉雅擅武藝是夜酒酣為余舞數具顧盼自雄宿將不及也有才如此而令之屈下僚余甚壯而悲之，時方入覲因作詩以贈又得風字

寶刀如雪泣秋風，起舞當筵氣射虹。韻客不徒工繡虎，明王終是夢飛熊。朝天萬里浮湘遠，捧日孤臣伏闕同。此夜悲歌看送爾，月明腰畔劍花雄。

為徐錫餘明府題太夫人節孝卷

叩閽一疏大文章，乞得新恩棹楔揚。表宅應同天共老，報劉今喜日彌長。臣傳祖母廉茹檗，邑頌神君愛護棠。早晚聖朝諮卓異，碧梧威鳳看飛翔。

箋○【徐錫餘明府】名開禧，南直隸昆山（今屬江蘇）人。崇禎元年（1628）進士，時任臨武知縣。見康熙《臨武縣志》卷之八《秩官志》。

九日招黃素翁登鳳凰山小飲得勝寨因作詩送北上

官閑載筆陟崔嵬，萬里天風拂面來。紀節事傳鴻雁候，淩雲人到鳳凰臺。且將泛菊

東籬酒，預擬看花上苑杯。況喜峰高名得勝，勞君露布馬頭裁。

又用前韻

連朝烟雨妒層嵬，天許晴曛載酒來。何代干戈傳勝寨，一時簫鼓閙歌台。閑攜謝朓驚人句，漫唱陽關送客杯。醉任松風吹落帽，曲江冠冕有新裁。

箋〇作於崇禎三年（1630）重九。

【鳳凰山】為桂東縣治主山，一名德（得）勝山。見民國《桂東縣志》卷之二《山川》。

讀萬為別駕郴江詠和韻五首卻寄

雙旛如火照寒潭，官韻林光共月涵。作賦才推曹步七，除苛政擬漢章三。蘇仙汲井澆丹鼎，謝守春山綴玉簪。滿數花籌添幾百，謳歌聲裏勸清酣。

其二

蹇帷行遍楚湘潭，水滿郴江瀸澤涵。鶚薦剡中空鷙百，斗杓天畔應魁三。緱山欲和孤仙笛，蓍野寧忘少婦簪。總道千秋能臭味，醉人公瑾玉醪酣。

其　三

熊軾霜花冷鏡潭，捲簾丹影碧霄涵。龍嘘劍氣沖星兩，鶴伴琴聲對月三。山水供君呼彩筆，頭顱笑我負華簪。相憐獨有詩筒在，折寄梅花佐酒酣。

其　四

摩空鶴背度澄潭，萬壑笙聲古洞涵。刺史從來乘馬五，先生自此集鱣三。風行樹杪驚傳檄，雪綻峰尖擬盍簪。為問郴林誰手植，棠陰處處樂郊酣。

其　五

伐木寒林怯石潭，竭來元氣曉渾涵。詩成沉詠樓傳八，政紀中牟異有三。小邑總歸君賜履，清時未忍獨抽簪。狂依險韻推敲罷，大叫蒼茫一醉酣。

箋○【吴萬為】衡州通判。見上《為吴萬為别駕誕辰壽》。

彭次嘉過訪用韻和答

何曾人世厭君平，千里間關賦遠征。舟到剡溪難盡興，盟深蓮社合多情。僧廚榾柮寒相伴，客枕潺湲雪共清。詩思為君挑不住，磬聲未了韻先成。

次嘉以詩贈嵸兒和韻

出門便許領潺湲，夢裏詩魂亦不閑。寒磬敲殘千嶺月，古囊吟破五更天。貧來驅馬愁應劇，老去聞雞興未刪。笑煞癡兒耽怪句，江頭淒冷落楓間。

次嘉過署中小集與嵸兒談詩竟日用韻

溪喧古寺客衾寒，訪舊來紉楚澤蘭。背郭有山唯月澹，開門無地不風酸。但逢我輩歌長恨，常恐兒曹覺損歡。茶冷晚烟人散後，莫將孤鋏夜深彈。

又和韻

千古誰人似子期，評山品水較相宜。尋仙謾說丹砂熟，閱世難辭白髮悲。床下竹香供客夢，杖邊梅韻與僧知。悠然新霽溪頭雨，野碓春雲散步時。

題次嘉明詩輯韻

可是詞林第一流，珊瑚片片袖中收。千秋伯仲徐高士，四韻摩挲沈隱侯。太乙夜分持火至，少微天畔倚雲浮。從來盛世多麟鳳，肯與三唐讓校讐。

和次嘉僧房飲酒之作

莫論酒美與肴嘉，座有雲烟筆有花。淡節不煩安邑餉，蠻鄉誰煮芥山茶。夜渾殘籟驚寒豹，風急歸心准暮鴉。尚憶滕王江畔月，何年重與弄清霞。

送次嘉返洪都用其留別韻

溪雲伴客對斜曛，興致飄然絶不群。梵榻清飛天外夢，曉鐘閑簡雪中文。馬嘶澀路南州近，鶴叫空山北道殷。莫歎歸裝輕似水，較於題鳳勝三分。

寄廖而上司馬兼懷黃元公司理得烟字

霜花亂綻一溪烟，歲晏懷人苦月前。南海宿因親大士，北窗臥理傲神仙。燕臺雪共屠蘇酒，魚腹寒烹尺素箋。寄語西江黃叔度，壽昌應結此生緣。

箋〇【黃元公】名端伯，字元公，號迎祥。建昌新城（今江西黎川）人。崇禎元年（1628）進士，時任寧波推官。事蹟見清吴偉業《鹿樵紀聞》卷上。【廖而上】見上《贈廖而上年兄司馬四明》。

除歲前二日詠雪同嵸兒用坡公韻

漫天飛屑舞廉纖，鵝鴨池邊夜戒嚴。眩眼牆拖銀鎖鏈，饕腸盤茹水晶鹽。魂依玉樹明空砌，夢與梅花覆短簷。呼起老坡重理韻，淋漓題遍萬峰尖。

其　二

寂寂闌干下凍鴉，仙人姑射御冰車。庭翻謝女階前絮，筆綻江郎夢裏花。穿塚老狐應墐戶，盤山歸鳥盡迷家。雛兒預辨屠蘇酒，薄醉詩成手八叉。

箋○【坡公】指蘇東坡。東坡有《雪後書北台壁二首》，見清高宗乾隆《御選唐宋詩醇》卷三十四。

校○

【雛兒預辨屠蘇酒】辨，應作『辦』。

辛未元日祝聖退衙賦時五日立春也

暫餘簿領未閑身，抱郭溪光到媚人。土鼓寒撾詩思亂，老梅香引酒魂新。瞻天隨例三呼祝，聽甬攻愁薦五辛。報導江南消息近，山城又度一回春。

箋○作於崇禎四年（1631）元月。

人日度八面山

起看新晴纈曉紋，山山如沐路痕分。暫將踏影過人日，豈必耽奇似子雲。霜破樹尖斜墜日，泉鳴巖縫細流薰。平生冒險皆佳話，恨不淋漓掃練裙。

箋○作於崇禎四年（1631）元月初七，桂東任上。

過熊羆嶺和馬霖汝方伯韻

滿路晴霞照客車，櫻桃花發感春初。熊羆到老難投夢，蟫蠹成仙只嗜書。絶嶺天風雙舄健，浮空湘水一杯虛。千秋國士慚知己，讀罷鐫題慰起予。

箋○【熊羆嶺】一名黄羆嶺，在祁陽縣北三十里。古為衡州通往永州要道，祁陽、祁東兩縣於此分界。見清顧祖禹《讀史方輿紀要》卷八十一《湖廣七》。【馬霖汝】名人龍，字霖汝。直隸太湖（今屬安徽）人。萬曆三十二年（1604）進士，時任湖廣布政司右參政。見康熙《江南通志》卷一百四十六《人物志·宦績八·安慶一府》。

漫言效長慶體

空林夜半叫於菟，魂夢顛危囈語呼。蒙難多因詩作祟，趨膻未免膝為奴。河流淹沒投金瀨，春色長留賣酒壚。且問青山與碧水，可曾分得俗人無。

箋○【長慶體】即元白體。唐元稹、白居易二人作詩，旨在平易，宋人稱之『元白體』。見南宋魏慶之《詩人玉屑》卷二《滄浪詩評》。

花朝小集南城樓

鳥語詩魂逐逝波，春光九十半蹉跎。山妝綺會酬蝴蝶，溪帶歡聲佐叵羅。青畝省耕田畯喜，玉街撾鼓女姨歌。城頭草色年年好，得似風流載酒過。

箋○作於崇禎四年（1631）二月。

【南城樓】又名煥文門，即桂東縣城南門。明嘉靖十四年（1535），知縣陳席珍築。見民國《桂東縣志》卷之三《建置·城池》。

上巳集飲文昌閣

宦情吾已付青山，小閣移觴白晝閑。花徑曉鋪三月錦，雲林晴罥半通綸。蘭亭想像遺巾舄，帝座依微聽佩環。醉裏歸騶天欲暮，銅鞮聲徹板橋灣。

箋○作於崇禎四年（1631）三月。

五日衡陽得遷報

江頭擊鼓亂紫烟，隔岸榴花紅可憐。倦馬馱人愁日暮，遷鶯傳語來雲邊。萬里乍辭南嶽夢，一官聊結西湖緣。且泛菖蒲醉佳節，眼底競渡誰爭先。

箋〇作於崇禎四年（1631）端陽。時得邸報，將升兩浙鹽運同知。

桂陽邑西有白石崖空洞容百人州回乘興觀之寺僧云洞為先達砌閉遂空返悵焉

貪看此地有丹梯，芳草連天仄徑迷。欲覓崖房千歲液，誰封洞口一丸泥。驧呵僧夢黑甜午，馬系空林白石西。也是半椿官韻事，斜陽山鳥數聲啼。

箋〇【白石崖】又名白石巖，在桂陽縣西。內有平坡，可容千餘人。見同治《桂陽縣志》卷之六《山川》。

季夏飲西禪寺即事時兼攝桂陽兩月，將歸

半是為官半酒狂，不辭褦襶禮空王。湖南老罷栽花事，河朔閑追避暑觴。風絮松陰流梵唄，日斜竹影上俳場。闌珊醉魄池光白，消盡人間兩目忙。

箋〇作於崇禎四年（1631）六月，時兼攝桂陽縣事。

【西禪寺】應作棲禪寺，在桂陽縣城東北里許，唐時建。見同治《桂陽縣志》卷之二十二《方外》。

七夕游七祖巖

一官泛泛天之涯，石角忽罥頭上紗。古傳七祖埋窣堵，誰令五丁開峆岈。飛淙欲化赤日冷，秘洞不許紅塵遮。便當脫衣此中臥，明河仰看雙星斜。

箋〇作於崇禎四年（1631）七月初七，時離任赴杭州。

【七祖巖】禪宗七祖懷讓墓塔，在南嶽衡山磨鏡臺側，又稱七祖塔。見清李元度《南嶽志》卷十五《仙釋二》。

留別吴萬為别駕

峋嶁山前旆影高，莫非王事獨賢勞。許國更誰擎柱礎，醉人真似飲醇醪。别因恩重愁難譜，詩為官閑興轉豪。料得西湖寒月夜，思君不忍讀離騷。

其二

鹽官水國是君家，我作鹽官傍水涯。藿食安能謀煮海，矆胎惟有學餐霞。盟心斗北龍文合，回首峰南雁帛斜。世路難行應猛省，功成早泛漢江槎。

留別蔣自澹吏部

前身疑是古濂溪，多少門牆待品題。羊仲暫容三徑入，鳥飛聊借一枝棲。朝思安石東山重，士仰昌黎北斗齊。想到六橋吟眺處，停雲長繞楚江西。

箋〇【蔣自澹吏部】名向榮，字自澹，一字澹心。永州零陵（今屬湖南）人。萬曆四十七年（1619）進士，授大名知縣，遷吏部主事，官至吏部郎中。魏璫專政，乞歸。見雍正《湖廣通志》卷六十三《孝子志·永州府》。

再宿問仙洞

去年八月此銜杯，今度劉郎又一回。宦跡羞看牛馬走，秋風愁説雁鴻來。次日社。溪聲咽石終長往，洞鑰粘雲亦懶開。寂寂仙魂何必問，行藏應自夢中裁。

箋〇作於崇禎四年（1631）秋社前一日。

【問仙洞】在永興縣，見《秋谷集上》五言律詩《八月十一日過永興，寧明府招同甄宜章集飲問仙洞是夜宿庵中》。

留別寧永興並別駕河東

摩空雙翮附鶱飛，南北之官萬里違。煮水海濱唯斥鹵，窮河槎杪望依微。清風久庇蘇天重，畏景欣寬趙日威。郴守姓趙，甚嚴刻。把酒臨岐須努力，秋高莫羨鱠魚肥。

和史觀察桃花洞詩二首

人間別有武陵源，津口桃花許並論。黝壑直愁窮地肺，懸崖何異透天根。自從仙史留雙韻，頓令衡山失獨尊。東去扶桑萬余里，何來弧矢掛朝暾。是日賤辰。

其　二

劃然長嘯有心哉，為愛湘流濯足來。洞古何年施鬼鑿，花深此處擁仙台。一拳危石通靈地，千仞雄風作賦才。小吏漫追高屐後，肯教短髮負秋杯。

箋○作於崇禎四年（1631）七月二十八。

【史觀察】名啓元，字藎卿。直隸江都（今屬江蘇揚州）人。萬曆三十二年（1604）進士，時任湖廣按察副使，備兵衡永郴道。見雍正《江南通志》卷一百四十四《人物志·宦績六·揚徐二府》。

【桃花洞】在湖南邵陽南郊，『桃洞流香』為古『邵陽八景』之一。內有史啓元『桃花流水』題刻。見隆慶《寶慶府志·地理考》第三《上·山川》。

過郵佛庵贈若隱上人偶用王馬石大令韻時候風吳城也

灌木陰陰擁化城，尋僧岸幘踏莎行。山雲闃若招高隱，水月真如漾太清。鐘磬半回匡阜夢，干戈幾度谷陵更。人生與佛同郵寄，不管江風打浪聲。

箋○吴城，在江西永修。

【王馬石】名士譽，字永叔，馬石其號。湖廣桃源（今屬湖南）人。天啓五年（1625）進士，授建安（今建甌）知縣。見雍正《福建通志》卷二十五《職官六·建寧府》。

七言排律

葛震甫以詩别余用韻再送之滇南

百年身世泛虚舟，一片牢騷散酒樓。老我流光淹客舍，泥人春色到皇州。梅知湊趣供何遜，竹亦開門待子猷。五字偶題持扇嫗，千杯自霸醉鄉侯。炎方驅馬應閒恨，冷局聞鶯也解憂。勾漏覓丹仙是裔，葛坡攜杖仕而優。花明薇省翻緗帙，月掉滇池着紫裘。别後但憑雙雁足，萬山雲樹慰離愁。

箋○作於崇禎二年（1629）春，見《秋谷集上》五言律詩《吴門葛震甫神交有年矣戊辰冬同補選京師，因王元直投好遂若平生之歡，時之官雲南作詩送之，得四首》。

閏四月芒種集勺園同鄧太素、謝于宣刺史、王元直、馮足甫太學、周承明、王心之山人拈居字，仲詔先生賦七言排律廿韻用韻和之

風流卻笑太侵漁，杖倚西山海作居。萬頃烟波歸一勺，八窗圖史富三餘。淹通腹笥供人叩，瀟灑眉峰對客舒。梅雨乍收勞拆柬，麥秋重見看扶鋤。樽呼勝侶清如許，燈綴名園語不虛。先生制有米家燈。岸柳千章藏小塢，山紋四面匝荒渠。當門怪石爭迎徑，貼水么錢亂點蕖。幽忽有天遊錯落，入疑無路步趑趄。狂心似約嵐雲起，詩料全需海月儲。授簡阿誰才倚馬，憑欄聊且樂知魚。盤羅水陸杯無算，人聚蓬瀛玉不如。薄醉竹邊同晉代，豪吟松畔到華胥。遙聞宣室虛前席，預卜磻溪屬後車。曳履暫容農稼日，賜環方拜聖恩初。名高北斗靈文重，緒纘南宮宿望紓。我拜下風成偃草，君稱先達快連茹。憐才籠底收溲渤，忘分舟中薦酒蔬。遠壑來青雙鬟合，深杯浮白一時醵。共拚盛會交歡洽，未許衰齡興致疏。向晚過橋騎馬去，月明猶自戀花輿。

箋○作於崇禎二年（1629）閏四月，見上七言律詩《閏夏芒種米仲詔招集勺海堂，同鄧泰素、謝于宣、王元直、馮足甫、周承明、王秩甫、王心之共賦得居字限七言律》。

排律十八韻贈馬霖汝先生

大雅聲華不脛馳，岣嶁山下曉褰帷。白眉良著名家譜，絳帳經傳漢代師。旗鼓騷壇誰是長，鳳麟聖世若為期。方瞳相士驪黃外，朗鑒衡文水碧時。維楚有才歸冶鑄，自天申命轉疇諮。泥封北闕絲綸重，節擁南湖鎖鑰奇。古柏淩霜呵凍筆，寒梅鬥臘課新詩。乘春攬轡參衡嶽，卜夜燃燈讀禹碑。錦瑟空中聞帝女，銅鞮街上拍童兒。三千桃李成蹊滿，十萬貔貅挾纊嬉。勁骨不為藩國屈，玄心惟許祝融知。威行蠻徼狂烟淨，被覆鴒班湛露滋。忘分獨憐寬禮數，填詞無計獻敲推。自慚強項蒙多棘，喜借棲身逗一枝。峻阪猿攀啼魍魎，空庭烏語雜侏離。飛梟半折雲間翼，老驥長鳴櫪下悲。搔首蘇天揮涕淚，摳衣程雪步追隨。太湖蕩漾波心月，願乞餘光照酒卮。

箋〇【馬霖汝】名人龍。見上七言律詩《過熊羆嶺和馬霖汝方伯韻》。

正月十六日為永嚴史觀察華誕壽三十韻

春雲如綺麗瑤天，節入傳柑景倍妍。太乙下觀噓火宅，長庚偏爛落燈筵。月明奎宿初生魄，風揭簾鉤好遇仙。有美青牛真氣度，相將玄鹿異書傳。廣陵濤擁桃花暖，蓬島班參玉筍先。東壁文章歸巨伯，西昆詞賦控中權。家聲周史箕裘遠，選籍山公冰鑒懸。十載雞香依帝座，一雙龍劍射星纏。題詩市貴長安紙，把筆神輸夢境椽。客到玄亭皆問字，官如玉局半談禪。淋漓寫遍羊欣練，書畫堆成米芾船。騷雅當行蓮社長，風流邁古竹林賢。東山總為時艱起，北闕還膺主眷偏。半壁楚天諮鎖鑰，大邦薇省借旬宣。帆飛湘水旌旗閃，節鎮零陵保障堅。石鏡江涵雙眼碧，月巖山映寸心圓。甲兵老范胸中富，淮海維揚枕上旋。廿四橋橫清吹夜，八千壽紀大椿年。銀花合還前宵滿，珠履繽紛此日闐。百萬貔貅歌玉帳，兩三鸞鶴駕青田。籌添海屋神洲頂，曲度瀟湘帝女顰。九點疑峰嵩共祝，千官鳴佩邑充員。飄零傲骨存孤影，曼浪饞唇酌一川。斗畔喜瞻南極照，山陬差足北窗眠。趨蹌列縣甘人後，潦倒稱觴知己前。勾漏難成丹鼎敗，冰盤聊薦彩霞鮮。香階衣染旃檀馥，良夜歡隨火樹燃。正學親承周子脈，中興重頌魯公鐫。弧懸日表欃槍掃，幬覆天邊雨露延。到底此身依大廈，願言詩補白雲篇。

箋○【永嚴史觀察】即史啓元。明楊嘉祚《廣陵濤尺牘》卷之三有《答史永嚴》。見上七言律詩《和史觀察桃花洞詩二首》。

校○

【東壁文章歸巨伯】壁，應作『璧』。

壽陳太常太夫人八十初度排律十四韻

寶婺中宵爛不收，蓮花九品座光浮。長生真録鍾南嶽，世德家聲聚太丘。霞擁木天歌燕喜，月明蓬島報添籌。黄姑結伴年為日，金母生身兑正秋。八十星臨懸帨宅，三千花醉廣寒樓。班衣繡斧燈前舞，檀板瑤池宴裏稠。大士傳經紅拂尾，小鬟分墜玉搔頭。蟾蜍老竊千齡藥，獅子歡抛五色球。帝命太常張禮樂，天教佳樹綴箕裘。湘江作釀杯無算，花藥成丹樂未休。不信井梧驚墜葉，始知萱草解忘憂。巡階鶴夢雲霄遠，捧軸親章日月悠。報國有心同壽母，承歡此日薄封侯。門前珠履填應滿，漫擬雲謠助獻酬。

箋〇【陳太常】指陳宗契。見上《嘉平月朔為陳景玄奉常誕辰兼得三男賀詩一首》。

五言絶句

着棋峰以下華蓋山五景

君來爛柯山，攜得積薪譜。罡風落一秤，勝着自千古。

校○

【罡風落一秤】秤，應作『枰』。

捨身巖

學道本無生，丹成坐空靄。誰令血肉軀，投崖説屍解。

五雷壇

風際捋龍鬚，雲前驅鶴駕。玄載寂無聲，一怒安天下。

古松澗

何代種龍鱗，盤雲暮山紫。洞口閉深苔，長卧赤松子。

紫玄洞

石室生虚白，瑤壇署紫玄。可知真色相，不礙染雲烟。

箋○五景絶句，《華蓋山志》缺之。

【着棋峰】華蓋三峰之一，上有石枰，傳為二仙對弈處。見《華蓋山志·勝跡志》。
【捨身巖】在着棋峰右，種子亭上方。見《華蓋山志》卷首《華蓋山圖》。
【五雷壇】在啓明崖下。見《華蓋山志·建置志》。
【古松澗】在藏書巖下。見《華蓋山志·勝跡志》。
【紫玄洞】在第一峰右，巖石上下相懸，洞隱其中，無路可通。相傳白玉蟾得《三仙檢閲圖録》於此。見《華蓋山志·勝跡志》。

茶洋公館詠壁間韻詠竹

風香曉砌生，月碎夜枝弄。蘧廬對此君，夢入淇園種。

箋〇茶洋公館，即茶洋驛，在延平府城（今福建南平）東金沙里。宋時設，原名金沙驛。見乾隆《福建通志》卷十九《公署》。

舟次望麻姑山

古岸鎖長橋，啼鴉喧建武。一水隔蓬山，無由叩仙姥。

其二

溪烟濕蒲帆，神山不可遇。願借南罡風，吹我上天去。

其三

買得麻姑酒，愁心不成醉。欲將酹星壇，古香墜空翠。

其四

一宦江以西，衙傍仙家側。碧渚空招摇，檣頭看山色。

箋◯麻姑山，在江西南城縣。見《秋谷集上》七言古體《送戴吉甫還里》。

過宿遷湖二首

風日鬥寒光，莽蒼天一片。不見黃河流，唯聞白浪戰。

其二

滿眼愁萑苻，千艘呼邪許。長空無鳥飛，巨浸有龍怒。

箋〇宿遷湖，即洪澤湖。

夜行道中

屏息驀驅車，空山踏明月。群動寂無言，但聽溪聲咽。

石鼓書院禹碑榻本最古而模糊難辯，詢為榻工塗飾殊不足寶吾輩存其意可耳

墨繡幾千年，巋然靈光殿。寄語賞鑒家，當作追蠡見。

其二

鳥篆既難明，鴉塗出誰筆。解道岣嶁碑，不及泰山石。泰山有無字碑。

箋〇石鼓書院，在衡州（湖南衡陽市）石鼓山。見《秋谷集上》五言古體《遊石鼓

書院和韓昌黎公碑中韻》。

七言絶句

舟下寶唐雜詠四首

崩沙怒雨挾灘流，佐吏喧撐似葉舟。行過打魚村塢處，無人知是小諸侯。

其　二

浪説栽花一縣官，倒持手板向人難。頹城敗屋蕭蕭景，那復傳籌夜角寒。

其　三

厭聽溪腔鼓吹聲，破雲篩露夜深行。嘈嘈卻讓朝仙客，細管輪金到五更。

其　四

夾岸橋橫水氣蒸，至今遺郡說巴陵。妖蛟水底南山虎，為問周侯斬未曾。

箋○【寶唐】指寶唐水，以源於崇仁寶唐山故而得名。見《明史》志第十九《地理四·四川、江西》。

葛陵仙人橋

何年驅石劃中分，頂上奇拖一片雲。可是虹橋移此處，令人遥憶武夷君。

箋○【葛陵】指葛陽，即弋陽縣。見上《九日葛陽邸中賦》。【仙人橋】在弋陽龜峰山靈芝峰南，天然巨石堆砌，形似石橋。

青蓮庵偶成二首

一池空水浸珠林，天畔飛霞掛樹深。我到鶴眠呼不醒，日長未許片塵侵。

其二

才出郊坰即遠村，徑斜消盡馬蹄痕。籬邊好種玄都樹，留與河陽一樣論。

箋〇青蓮庵，在崇仁縣五十四都。見同治《崇仁縣志》卷二之四《建置志·寺觀》。

鯉魚石

縱壑松濤圉圉初，桃花春水記居諸。琴高一去無消息，烹腹誰能寄素書。

定風石

狂花塵世疾於風，艮背仙人不易逢。片石寒山差可語，危巔長護蕊珠宫。

獅子石

兀坐千年臥碧苔，舐丹身傍列仙台。天花落處毛蟲伏，長吼一聲風雨來。

試劍石

丹成先授石函書，寶匣新型切玉初。鬼火不燃山月白，劍光猶射斗牛墟。

箋○以上四首所詠皆為華蓋山名勝，見《華蓋山志·勝跡志》。

淮上喜接新詔

淮水湯湯浪打渠，江南逐客覓空書。沿街傳寫升平詔，聞道希夷笑墜驢。

箋○作於天啓七年（1627），時系獄淮上。

歸過燕子磯

孤拳燕子著鋃鐺，日日江頭送遠航。認得昔來遊客否，相看眉眼較飛揚。

箋○作於天啓七年（1627），時遇赦南歸。

【燕子磯】在南京市東北，北臨長江。

寄龍光寺湛師

寒風沙冷講經台，為問梅花幾樹開。昔日封題應抹殺，莫教劖破碧金苔。

箋○龍光寺，又名龍沙寺，在南昌。見《秋谷集上》五言律詩《龍沙寺同湛如、不疑二上人看竹卻贈》。

同石懶上人晚坐松下

近水烟雲分外濃，長廊茶罷坐高春。山僧啖飽翠微色，跣腳門前獨看松。

其二

松邊有石懶於人，似聽松風傲世塵。人比石頭還更懶，年年破衲送殘春。時三月晦日也。

箋○作於崇禎元年（1628）三月三十，時正家居。

盆中榴蒂杜鵑花三首

三月千山鬧杜鵑，獨教榴蒂殿春妍。相憐恰值榴花候，焰火輕風一樣天。

其二

殷勤香水浸鮮葩，亂綠嬌分蒂上霞。若使女裙偷一覷，休教移妒石榴花。

其三

好事機先草木知，去年零落黯花枝。臨妝不用榴爭豔，數顆腥紅獨醉時。

箋〇作於崇禎元年（1628）三月。

題畫竹贈郭竹谷

風流與可竹成胸，谷裏吹笙戲蟄龍。倩得此君標氣色，野雲深處助扶笻。

四月打魚謠八首

金鱗布子趁潮喧，簇簇桅牆擁海門。共說魚冬今歲熟，不勞三老聽深痕。

其　二

何如巨鹿戰蚩尤，蟻聚蜂屯陣陣舟。乞得魚羹呼酒去，等閒人指凱歌遊。

其　三

粗豪市子太鴟張，亂逐漁舟截浪狂。報導潮來爭拍岸，就中忙殺擢船郎。

其　四

人喧魚吼辯難真，簫鼓無端動地震。秋谷松濤長攪夢，只今猶是夢中身。

其　五

鮮黃射日羨江魚，十換枯金赤不如。信手網來君莫訝，從來富者穴金居。

其六

一葉孤舟撞海涯，乍疑處處有鄰家。始知泛宅玄真子，得趣烟波釣晚霞。

其七

海上安榴四月開，年年石首踐更來。他時老健重觀海，記取榴花第幾回。

其八

新皇御極太平年，販海魚郎不計錢。不是鷗波留暫住，幾乎辜負看魚緣。

箋◎作於崇禎元年（1628）三月，時正家居。劉家謀《鶴場漫志》卷下録其第四首。

【四月打魚謡】寧德東南瀕海，三都青山下有官井洋，每年立夏、小滿前後，有石首魚（黄花魚）至。諺曰：『金鈴開，石首來。』故稱此階段為『黄花季』。是時，寧德、福安、霞浦三縣漁者蜂至，皆以竹筒插水，驗其聲下網，得魚則吹螺以招買者。魚盛時，土人各刺舟至官井洋，謂之看黄花，必買魚而歸。見劉家謀《鶴場漫志》卷上，另見民國郭白陽《竹間續話》卷三。

立秋二日

入山不易出山難，進退山將冷眼看。昨夜秋風梧葉響，杳無意下碧欄杆。

箋○作於崇禎元年（1628）孟秋，將赴京。

途中田溝荷花盛開

野塘無主水泱泱，門綠夭荷亂夕陽。馬上夢香魂欲醉，豔妝惱殺老蕭郎。

箋○作於崇禎元年（1628）秋，赴京途中。

阜城觀魏璫殺處

毒霧漫天七載昏，阜城密柳罥妖魂。猶聞野店餘腥在，猛恨鞭屍白日奔。

箋○【阜城】在今河北衡水，明時屬河間府。天啓七年（1627）秋八月，朱由校駕崩，閹黨遭到清算。十一月，魏忠賢被發往鳳陽安置，行至阜城，與同夥李朝欽自經于南關客氏旅店，詔令磔屍示衆。見明谷應泰《明史紀事本末》卷七十一《魏忠賢亂政》。

程參軍民章出寧遠用韻次四首送之

雪花如掌撲氈衣，壯士行邊願不違。領取胡塵三避舍，碧油幢裏月明歸。

其二

書記翩翩筆陣功，漫勞廣武歎英雄。今宵一尺牛頭醉，明日千山馬首東。

其三

莽莽寒沙別路難，獨隨驃騎出長安。袖中知有平遼策，照水霜棱鼓角寒。

其四

鼙鞭喧中大纛横，君家刁斗寂無聲。但看三坌河邊月，偏向書生劍匣明。

箋○【程參軍民章】程民章，見《問月樓詩一集》七言古體《為程民章太學題椿萱卷》。

題張二水相公畫

黃閣揮毫自有神，一團墨氣染清真。品題拈得千秋手，多是雲林以上人。

其二

從來草聖屬君家，未必青山迸筆花。我亦山中曾作相，攜歸秋谷弄烟霞。

箋○【張二水相公】指張瑞圖，字長公，號二水，晉江（今屬福建）人。萬曆三十五年（1607）進士第三人，官至禮部侍郎、建極殿大學士。以書畫名於世，與松江董其昌、順天米萬鍾、臨邑邢侗並列。見《明史》卷三百零六《列傳一百九十四·閹黨》。

題畫四幅

峰頭杲杲曉曦紅，小艇看山東復東。幾樹桃花深綠裏，閑聽黃鳥喚春風。

其　二

鐘聲逗出亂雲邊，極浦繁陰水竹連。溪閣不知天正暑，坐談塵世有神仙。

其　三

半山黄紫點清秋，兩兩漁舟自在流。釣得江魚齊買酒，月明相約過前洲。

其　四

凍嶼寒澌凝不開，為誰沽酒過橋來。哦詩忽憶江南客，嗅得巡簷一樹梅。

晚秋途中

躡磴身穿灌木中，何來幽鳥叫虚空。眉尖不盡停車興，十分青山九分紅。

箋○作於崇禎二年（1629）秋，赴桂東任上。

雪途雜詠十首

瀰天六出蹴花飛，雞豕家家盡掩扉。獨有灞陵驢背客，貪拈詩料不曾歸。

其　二

美酒紅爐貂鼠衣，雪花飛不到重幃。開簾忽見四山白，買得佳人匿笑微。

其　三

郎腰如沈頻寬圍，那復危途犯雪威。愁到衡陽無個雁，誰將半臂助郎衣。

其　四

長須老僕怨睽違，雪壓氈衣帶淚揮。跪語主翁何自苦，不如歸采故山薇。

其　五

清緣韻事久拋違，掃雪烹茶夢已非。憶得月明秋谷夜，茫茫銀漢釣船歸。

其　六

豈無杯酒敵寒威，畏路盤跚酒力微。縱使有才能賦雪，詩成雙淚亦堪揮。

其　七

銀海無波玉屑霏，空山暴富石頭肥。不知號歎祁寒者，多少行人忍肚饑。

其　八

助虐西風撲面威，困人淒緊坐車帷。蒙頭學得蝸牛縮，縱有雙鳧亦懶飛。

其　九

誰云宦轍有光輝，垂老勞勞賦式微。歸夢不知寒雪苦，西山傲殺釣魚磯。

其　十

山邑寥寥試士稀，誰當映雪下書闈。我來剪取瓊瑤瓣，助爾生花筆陣飛。

箋〇作於崇禎二年（1629）冬，見《秋谷集上》五言古體《冒雪送考校甚以八面山爲慮，次早天大開霽志喜偶用王季重華嚴老人居韻》。

袁稺圭見招不赴詩以謝之四首

飛來手柬勸持螯，客裏涎流壓酒槽。未到君筵心已醉，支離扶病強抽毫。

其　二

廉頗老矣矢三遺，日晏繩床病骨支。閑殺梨園歌兩部，寺門深鎖雨絲絲。

其　三

爲懶琴孤事事非，官銜淒冷飽山薇。故人休問囊多少，盡得寒烟滿載歸。

其　四

負卻雞盟騷雅壇，何曾相餉有豬肝。貧交不用嵇康絶，已辨拋簪着籜冠。

校○

【已辨拋簪著簭冠】辨，應作『辦』。

稺圭復以詩來約次韻許之

與爾千秋世外交，每於佳句破蓬茅。不緣多病翻成俗，誰倩楊雲為解嘲。

其二

相看如雪是肝腸，來往詩篇背錦囊。頭上進賢殊誤我，十年夢不到平康。

其三

□□行徑落風塵，難比維摩病裏身。兩度相呼都不應，江州也笑折腰人。

其四

連朝梅雨帶烟嵐，劇喜高齋捉麈談。分付花欄多著色，有人攜杖徑三三。

送文山人隨之歸用留别韻

生來骨帶烟霞瘦，到處詩題筆墨新。寄語風流文與可，胸中成竹肯輸人。

途中見野花豔甚樹高無葉花皆累累下垂中有黄英嬌美可人土人呼為櫻桃實非櫻桃也初春即開亦一佳種，作詩定價

野色嫣然媚殺人，一杯雪裹酹花神。玄都多少芳菲樹，獨與寒梅鬥早春。

其　二

倦眼俄驚亂燒高，空山旖旎學櫻桃。春風剛度愁無限，借爾殷紅壓酒槽。

其　三

不道偷春趁早開，為誰濃抹賣桃腮。滿林香粉無人拾，只合臨窗傍水栽。

苦　雨

苦雨斜風打面寒，下灘還比上灘難。更聞宦海波濤急，一日魂飛一百盤。

途中漫興

木蘭香伴典刑梅，一路櫻桃帶笑開。折向擔頭春意鬧，人人都道看花回。

肥江公館

荒林緑染一江肥，古驛殘雲謔客衣。怪道風塵君獨瘦，為誰辛苦減腰圍。

箋◎【肥江公館】在永興縣。見《秋谷集上》五言律詩《肥江道中見小澗數舟上下悠然有致賦此》。

晚過桂門

晚風獵獵桂門西，隔浦雲歸古道迷。喚客鷓鴣□有意，亂烟深處一聲啼。

箋○【桂門】指桂門嶺，在郴州北五里。山勢崎嶇，鑿石通道如門。見康熙《欽定大清一統志》卷二百八十八《郴州》。

書憩庵壁二首

□□盤躄幾回山，凍草炎花亦縐顔。為問庵成□憩否，忙忙牛馬可能閑。

其　二用前韻

浪説鳴琴宓子閑，於今長令盡奴顔。青天難上千盤路，莫訝庵前八面山。

箋○桂東八面山茅庵，嘉靖三十一年（1552），邑人周瑛建。崔世召在任重建，並題庵聯，見附録。詳見民國《桂東縣志》卷二《疆域》。

催花詩三絶

未遂填詞歸去來，官閑且就菊花杯。金風處處能招隱，好囑東籬次第開。

其　二

幽情瀟灑付黄花，費盡工夫湊錦霞。報導枝頭紅數點，剩將秋色鬧官衙。

其　三

花前羯鼓擊闐闐，香韻先開最可憐。早晚重陽□爛漫，媚人三徑是秋天。

輯軼

五言 古體

支提禪房與寶藏上人夜坐

安禪參物理，元志抗塵鞅。知希我所珍，永夕發幽賞。矧茲天冠都，蘭若復虛敞。暮鐘送妙音，露蟬激清響。支公夙好道，共證非非想。旁及儒道書，風致乃直上。所累惟綺語，談詩技忽癢。偈草爛以披，舌本不閑強。我與探智炬，三千著一掌。掣猱洵可避，揮塵爭自長。床頭劍星明，耳畔松風爽。明發過虎溪，大道在林莽。

箋〇見於崔嵸《寧德支提寺圖志》卷之五、乾隆《寧德縣志》卷之二《建置志》。

【支提】指支提寺，在十二都霍童（今屬霍童鎮）。北宋開寶四年（971）建，正德十六年（1521）毀。萬曆間，由高僧大遷重建。見乾隆《寧德縣志》卷之二《建置志》。

【寶藏上人】法名真心，字寶藏。禮大遷弟子明泰為師。見咸豐《支提山華藏萬壽寺法派宗譜》。能詩，有五律《自支提歸霍童静坐》，見崔嵸《寧德支提寺圖志》卷之五。

校○

【旁及儒道書】儒道書，乾隆《寧德縣志》作「儒者書」。

大巖洞

言陟眠牛崗，坐據蟠桃石。飛梁巨鰲肩，闞洞鬼斧劈。石扇峭以紓，虚窗忽然白。殘椽半倚崖，古龕不盈尺。澧蘚上佛衣，流雲逗香積。乞食僧乍歸，守關鶴一隻。而我披霞蹤，與君漱露液。但覺塵鞅空，寧知仙凡隔。洞口散豪情，詩腸轃奇癖。太姥雖千秋，余懷寄雙屐。人世一何悲，長途徒逼仄。

箋○作於萬曆三十七年（1609）二月，時與吴航謝肇淛、莆陽周千秋同遊太姥，以下太姥諸篇大多作於此時。詩見於謝肇淛《太姥山志》卷下、萬曆《福寧州志》卷十三、民國卓劍舟《太姥山全志》卷之一《名勝》。

【大巖洞】又名石巖洞，一名石門關。在太姥山玉湖庵之背。越絶澗重岡，詰屈可五里。見謝肇淛《太姥山志》卷上。

校〇

【坐據蟠桃石】坐據，萬曆州志作「坐處」。

七言古體

霍童山歌

君不見，山川湧湧東南奔，白鶴峰前雲氣屯。碧海微茫望蓬島，清都隱約桃花村。桃源十里記津口，霍童高突衆山走。三三溪水繞其根，六六洞天此居首。松撼寒濤隔浦秋，蓮開太華如船藕。無數名峰拂燭龍，有時仙子呼茅狗。當年駐藥誰者名，華陽籍滿仙魂輕。丹成九轉留金鼎，霞起千秋接赤城。雞犬雲中應不返，瑤華洞口空相生。仙家縹緲已如此，世態莽蕩殊難平。憐余夙抱烟霞癖，骨法煢煢眼雙白。囊裹長無買賦金，擔頭粗有登山屐。以兹短杖淩嵯峨，一望靈區轉空碧。三千世界興可收，四十亂峰青堪摘。呼嗚，霍童之山何崔嵬，海風颯颯彤雲堆。洞天既已名先播，大地何當脈不回。君且飲，酒中杯，聽我歌罷愁顏開。與君試卜東南美，白日呼鷹臨高臺。

箋○見於崔嵸《寧德支提寺圖志》卷之五。

國興寺

野風吹雲暮烟濕，躑躅離離山鬼泣。子規啼歇寺門紅，半頹孤塔撐遺跡。寺門荒莽雜樵路，樵子能說前朝譜。繡幢寶冊金銀宮，昔日繁華今塵土。始信昆明有劫灰，我來吊古空徘徊。石柱摩雲百楚楚，欲墜不墜生蒼苔。國興賜名本唐代，此寺才興國旋改。青山閱盡往來人，幾度桑田變成海。請君不用長歎嗟，芭蕉樹下夕陽斜。何日黃金重布地，蓮臺依舊蘸春花。

箋○見於謝肇淛《太姥山志》卷下、民國卓劍舟《太姥山全志》卷之二《寺宇》。【國興寺】在太姥山玉湖庵後三里許。一名興國寺，俗呼下院。唐乾符四年（877）建，有石塔、石柱、石池尚存。見民國卓劍舟《太姥山全志》卷之二《寺宇》。

為黃烈婦冰玉閨貞卷

君不見寒風吹水水欲裂，銅壺片片春冰潔。又不見昆崙山中半為玉，白虹掩落光相燭。此物由來謝涅磨，誰將浩氣淩山河。世間萬事隨仰俯，惟有烈婦節最苦。道旁老翁涕沾襟，自道能言烈婦心。吁嗟烈婦林家女，十八嫁與黄氏子。誰知兩載事已非，東風吹折連理枝。連理枝頭聲蕭瑟，天日黯作琉璃碧。鬼伯夜呼蕙帳霜，菱花塵掩埋新粧。沉湘枯眼淚成血，回頭幸有呱呱泣。拭淚呼兒夜織纑，陰房慘澹形影孤。自言天幸續夫嗣，所願恩勤善哺字。一朝烽火逼賊軍，翻身投璧甘自焚。夜台掩淚見夫面，握手依依玉一片。一死綱常重泰山，百年豈必悲辛艱。君看七尺丈夫子，碎節偷生孰如此。嗚呼往事成新愁，我歌烈婦雙淚流。元堂别後愁對月，春冰為神玉為骨。當日存孤若有神，於今雛鳳早成人。兒能成名孫復顯，黄家鼓吹迎旌典。歌詠淋漓事可書，斷髮殘形總不如。精魂千載憑幽島，炯炯芳名天地老。

箋○見於乾隆《福寧府志》卷之四十一《藝文志》，乾隆《寧德縣志》卷之九《藝文志》。

【黄烈婦】崔世召妻黄德彰之祖母，生員黄熄妻。寧德八都（今八都水漈村）人，居於縣城。林氏年十七歸熄。十九，夫故，一子甫兩月，誓志不二，泣血幾喪明。及倭變，赴火自焚。世召外祖龔邦卿亦有詩贊之。見乾隆《寧德縣志》卷之八《人物志·烈女》、同治《水漈黄氏族譜》。

【冰玉閨貞卷】林氏赴火自焚，時當途諸公僉贈旌額『冰玉閨貞』，遠邇能詩者俱詠述其事。集之成帙，名《冰玉閨貞卷》。見同治《水漈黄氏族譜》。

五言律詩

憨石贈墨牡丹風竹各一卷賦答

不惜拈花手，攤箋寫鬱葱。烟行姚魏譜，風亂渭川叢。旖旎通禪意，淋漓奪化工。便將蘿薜館，編入蕊珠宫。

箋◎見於乾隆《寧德縣志》卷之九《藝文志》。

聞張烈女旌表再詠

落日沉寒井，酸風打翠幃。為郎拼薄命，誓死當於歸。聖主旌芳稧，貞魂慰闈微。九原應不朽，文鳥化雙飛。

箋◎作於崇禎九年（1636），見於乾隆《寧德縣志》卷之九《藝文志》。

【張烈女】應指張坤娘，福寧州城人。庠生張瑎女，許聘盛問智。未婚夫亡，氏不食，死，合葬於西郊山下。崇禎九年（1636），有旨旌其門，當道建坊。閩之士大夫哀之，有《貞閨磁鐵集》。見乾隆《福寧府志》卷之三十一《人物志·烈女》。

玉湖庵

石磴曲通寺，山雲巧到門。慧猴緣樹狎，靜鳥抱沙喧。古木青攢漢，新茶翠點園。俗僧煞風景，蘚合玉池痕。

箋○見於謝肇淛《太姥山志》卷下、民國卓劍舟《太姥山全志》卷之二《寺宇》。

【玉湖庵】在太姥山麓，不知建於何年。庵前有湖，澗水傾瀉，後為寺僧所塞。今廢。見民國卓劍舟《太姥山全志》卷之二《寺宇》。

白箬庵

洞繞層雲路，春深白箬房。霞容分石戶，露色滿繩床。拂蘚碑難辨，穿崖樹屢僵。歸途風冉冉，一帶玉蘭香。

箋〇見於謝肇淛《太姥山志》卷下、民國卓劍舟《太姥山全志》卷之二《寺宇》。

【白箬庵】原名午所庵，後僧玄成易瓦以白箬，故名。萬曆三十四年（1606）重建。見謝肇淛《太姥山志》卷上。

五言排律

題不系園

浮家生計好，寧復問津涯。卷幔邀雲入，飛觴泊月遲。空勞騎馬客，不費買山資。快事誰能共，輕鷗或有之。樓臺無隙地，烟水有餘姿。行樂聊應爾，乘槎疑若兹。洛神來信宿，仙鶴許追隨。蕩漾梅花夢，孤山處士知。

箋〇作於崇禎五年（1632），時任浙江鹽運副使。詩見於明汪汝謙《不系園集》。汝謙字然明，號松溪道人，先世徽州歙縣人，移居錢塘（今浙江杭州）。見乾隆《江南通志》卷一百六十七《人物志·文苑三》。

【不系園】汪汝謙嘯傲湖山，制一舟，陳眉公先生題曰『不系園』，縱情詩酒，來往湖上。自題詩云：『種種塵緣都謝卻，老耽一舸水雲間。』又作《不系園記》。見清陸以湉《冷廬雜識》卷七。

校〇

【洛神來信宿】原作『洛來神信宿』，誤。

五人墓二十韻

禧廟年，權璫告密，有詔逮周銓部，姑蘇五人率眾撲殺緹騎，遂死之。鄉縉紳及里父義而合葬於此，五人得死所矣。余過而傷焉，傷乎余之被璫難時，不得五人之一憤也。然余幸以璫敗不死，歸而吊五人，悽楚交頤，低徊不能去。因作詩哭之。

忍說吳儂血，牽衣化碧年。斯民三代也，有友五人焉。焰煽貂璫虐，罔焚玉石連。頻興無間獄，欲墜不周天。博浪椎爭下，要離劍作緣。輕身拋一死，含笑入重泉。勁骨埋荒草，幽魂共墓田。酸風青女嘯，堤月白公妍。相伴遊長夜，如聞快拍肩。騷朋追贈句，過訪競焚錢。一曲些歌壯，千秋郡史傳。憐余蒙難者，對爾倍潸然。觸鼻捫豐碣，傷心羅穢膻。微官曾被逮，薄命幾沉淵。憶昔驚當局，誰為解倒懸。英雄難出世，頂項幸生全。以此悲秋淚，難禁吊古泫。牛羊坡下沒，狐兔塚同眠。死者如可作，吾將願執鞭。寸衷存骨骾，庶可質前賢。

箋○見於乾隆《寧德縣志》卷九《藝文志》。

【五人墓】在蘇州閶門外山塘街。五人指顏佩韋、楊念如、馬傑、沈揚、周文元，皆反抗閹党而死者。張溥撰《五人墓碑記》，傳誦至今。見清吴楚材《古文觀止》卷十二，另見雍正《江南通志》卷三十八《輿地志·壇廟二·祠墓附·蘇州府》。

【禧廟】應作『熹廟』，指明熹宗朱由校。

七言律詩

金燈精舍呈天恩法師

亂雲堆裏擁浮屠，乞得黄金布給孤。遂有馬鳴來説法，即看龍刹隱跏趺。空林古木何年化，佛火神燈永夜俱。便欲辭家尋惠遠，寒潭聊作虎溪圖。

箋○見崔嶷《寧德支提寺圖志》卷之五、郭柏蒼《全閩明詩傳》卷三十九。

【金燈精舍】在支提山金燈峰下。明萬曆三十一年（1603），法師真受建。見崔嵸《寧德支提寺圖志》卷之二。

【天恩法師】法名真受，汀州清流吳氏子。萬曆三十六年（1608），于福州芝山開元寺開講《法華》等經，皈依座下恒千餘衆。徐熥、謝肇淛、陳薦夫皆持弟子禮。見崔嵸《寧德支提寺圖志》卷之三。

同樊別駕區明府游支提二首

神仙領郡馬蹄閑，地主河陽並轡看。萬片烟霞開寶刹，一時車馬駐雕鞍。任教度曲玄心澹，尤喜憐才禮數寬。更靜夜闌金磬冷，獨吟清偈紀盤桓。

其　二

石門古路晝冥冥，萬壑松笙絶可聽。仙掌斜擎秋露白，佛頭爭向晚峰青。鐘虚樓影雲生袂，偈落簷花水在瓶。詞客勝遊原有數，題詩應以答山靈。

箋〇見崔嵸《寧德支提寺圖志》卷之五。第二首另見於郭柏蒼《全閩明詩傳》卷三十九，題曰《支提寺》。

【樊別駕】名維價，雲南永昌衛（今雲南保山）人。萬曆七年（1579）舉人，福州府通判。《寧德支提寺圖志》存其七律一首。見雍正《雲南通志》卷二十中《選舉》、道光《福建通志》卷之九十七《明職官·福州府》。萬曆《福寧州志》卷八《歷官》无之，疑以福州府通判署任。

【區明府】指區日振，時任寧德知縣。見《問月樓啓集》之《候區郡丞老師啓》。

紫芝靜室呈大安上人

夾道蟬聲送短筇，盤陀林盡始聞鐘。地當三品平臨突，天造雙童捧侍重。海色乍扶紅日上，禪關每倩白雲封。與君遙采神芝去，倚嘯歸途下夕舂。

箋〇見崔嵸《寧德支提寺圖志》卷之五。

【紫芝靜室】在支提山，原為茶亭。萬曆三十七年（1609），住持禪師明啓建。知州方孔炤題額『初歡喜地』。見崔嵸《寧德支提寺圖志》卷之二。

【大安上人】法名明啓，建陽江氏子。為支提中興祖師大遷大弟子。謝肇淛稱之『薰持護法，禪家龍象』。見咸豐《支提山華藏萬壽寺法派宗譜》。

辟支巖贈樵雲律師

萬木攢空細路藏，巖頭新放玉毫光。松風度錫青蓮地，蘿月篩金白箬房。亂石鬼工懸臥佛，半龕禪影對空王。真僧早晚聲聞果，更載牛車入上方。

箋〇見於崔㟧《寧德支提寺圖志》卷之五。【辟支巖贈樵雲律師】見《問月樓文集》之《辟支巖募壂香燈疏》。

由墜星洞入竹園

怪石穿雲一徑通，洞門長日午陰濃。天開別界斜拖白，星墜虛巖暗度紅。寒玉萬竿搖谷口，水簾萬道瀉園東。從來塵足希遊地，倚竹高歌興轉雄。

箋〇見於謝肇淛《太姥山志》卷下、卓劍舟《太姥山全志》卷之一《名勝》。【墜星洞入竹園】墜星洞即落星洞，在太姥墓附近。兩旁峭壁如巷，長十餘丈，中有井。竹園，在落星洞內，修竹千竿，故名。見謝肇淛《太姥山志》卷上。

龍井

玉華翳井蟄龍蟠，石角藤蹤百級難。曲竇雲依僧火下，澄潭霜逼客衣寒。仙姑頌咒降秋水，野老呼雩上灌壇。坐許忽疑風雨動，驪珠隱隱照飛湍。

箋○見謝肇淛《太姥山志》卷下，明王應山《閩都記》卷之三十三《郡東北福寧勝跡》、卓劍舟《太姥山全志》卷之一《名勝》。

【龍井】指太姥大龍井，一名白龍潭。下臨百仞，險峻異常。旱時多於此取水禱雨。見謝肇淛《太姥山志》卷上。

小巖洞

躡履披荊興不禁，山僧指點恣登臨。洞因歲古沖嵐入，路忽雲迷傍險尋。亂徑老狐眠竹暝，荒壇啼鳥訴花陰。漫遊不用深懷古，一嘯長風出遠林。

箋○見謝肇淛《太姥山志》卷下，卓劍舟《太姥山全志》卷之一《名勝》。

【小巖洞】在太姥山大巖洞上三里許，有二巨石對峙如門，洞內高廣。見謝肇淛

《太姥山志》卷上。

太姥墓

曾傳神姥此藏舟，蜕骨雲封土一丘。紺氣久無留藥鼎，藍烟猶自抱溪流。霜噓鬼火荒壇冷，月閉禪燈古洞秋。惆悵碧桃花畔路，空山春草夢悠悠。

箋〇見謝肇淛《太姥山志》卷下，卓劍舟《太姥山全志》卷之一《名勝》。【太姥墓】在太姥山，相傳太姥乘九色龍仙去，里人神之，虛為墓於此。見謝肇淛《太姥山志》卷上。

謝水部招集黑龍潭

水部風流白接䍦，黑龍潭畔共金巵。沙明野色雲千頃，風約池痕月半規。柳黛正肥鶯漸老，荷香未透客先知。獨餘一種清狂在，爛醉從教兩鬢絲。

箋〇見謝肇淛《北河紀餘》卷二。謝水部即指謝肇淛，萬曆三十九年（1611），以工部都水司郎中督理北河，駐節張秋（今屬山東聊城）。

【黑龍潭】在張秋鎮城北半里許，一名平河泉。泉流地中，匯而為潭。見謝肇淛《北河紀餘》卷二。

題《海國生還集》

昔年九死托蛟黿，雪浪春天欲斷魂。劍氣已甘沉瘞土，刀環何意返南轅。飄零短髮青氈苦，骯髒豪心白日奔。更喜老來機事泯，陶然身世對芳樽。

箋〇見於蔡景榕《海國生還集》附《海國生還曆遊贈詩》。蔡景榕，字尚秀，號同野，寧德四都蔡洋（今屬蕉城區金涵鄉）人，蔡世寓父。萬曆八年（1580）貢生，授興化府訓導。嘉靖四十一年（1562）為倭寇擄往扶桑，幸得生還。傳見乾隆《寧德縣志》卷之七《人物志》。

入三山聞歐五修志瑞巖寄懷

江城荔月點新秋，徙倚庭陰憶舊遊。書著青山人隔樹，興孤綠酒夜登樓。石壇清夢羈猿鶴，寶劍寒光逼斗牛。名勝攜來須寄我，一時流覽遍丹丘。

箋○見於明歐應昌《瑞巖山志》，另見俞達珠《福唐詩注》。【歐五】即歐應昌，字世叔，號遵于居士。福唐東瀚（今屬福清）人。明諸生。著有《瑞巖山志》《萬石山筆嘯》二卷。

讀方禹修刺史《松江府志》賦贈

東吳信史昔編年，多暇搜羅手自箋。著作固應熙世事，風流誰似使君賢。千秋谷水開生面，滿架琅函宿古烟。盡道文翁興俗後，年來桃李倍鮮妍。

箋○作於崇禎五年（1632），時任浙江鹽運副使。見於乾隆《寧德縣志》卷九《藝文志》。

【方禹修刺史】名岳貢，字四長，禹修其號。湖廣谷城（今屬湖北）人。天啓二年（1622）進士，崇禎元年（1628）授松江知府。治郡十二年，以廉能著。《明史》卷二百五十一有傳。

【松江府志】《松江府志》五十八卷，明崇禎三年（1630）刊本，上海圖書館藏。明方岳貢修，陳繼儒纂。

發鳴鶴至龍頭場山名伏龍

馬頭寒雨客魂銷，迢遞川原祇寂寥。鳴鶴松聲遥隔水，伏龍山勢盡趨潮。青青麥浪鋪空野，黯黯梅風度短橋。安得故園初服遂，秋崗明月聽吹簫。

箋○作於浙江鹽運副使任上。詩見於乾隆《寧德縣志》卷九《藝文志》。

【龍頭場】指龍頭場鹽課司，在定海縣（今浙江寧波市鎮海區）伏龍山西十里，南宋開禧元年（1205）設。為該縣五大鹽場之一。見清顧祖禹《讀史方輿紀要》卷九十二《浙江四》。

【鳴鶴】指鳴鶴場鹽課司，在慈溪縣（今屬浙江）西北六十里鳴鶴山下。見光緒《慈溪縣志》卷六《輿地一・山》。

留別林和靖處士

十錦塘坳處士家，擬將棲托老烟霞。一官難系登山屐，萬里終歸泛漢槎。無復清緣過鶴塚，不禁寒夢到梅花。獨吟短句留亭子，付與閑雲懶月遐。

箋○作於崇禎六年（1633）冬，時將赴廣東連州知州任上。詩見於乾隆《寧德縣志》卷九《藝文志》。

【十錦塘】一名孫堤，即白沙堤，在西湖斷橋下。萬曆十七年（1689），司禮太監孫隆修築。堤闊二丈，遍植桃柳，一如蘇堤。見明張岱《西湖夢尋》卷二。

上符夢閣

雲際誰當俯落暉，罡風扶杖踏層巍。潮光夢裏真同幻，僧伴山頭是也非。半偈石龕君且住，滿江丘鶴我將歸。虎溪一笑還攜手，為約明春筍蕨肥。

箋○見於清杭世駿《理安寺志》卷二。

【符夢閣】在西湖南山理安寺。明萬曆間，佛石禪師重建寺宇，辟松巔閣、且住閣、符夢閣。見清梁詩正、沈德潛《西湖志纂》卷四。

訪法雨大師賦贈

占斷烟林翠一圍，湧泉巖畔老苔衣。鳥窠雪擁松巔穩，龍藏雲封樹縫微。客倩磬聲通介紹，佛憑石室逗鋒機。雙跏趺處千山寂，獨許寒猿叩短扉。

箋○見於清杭世駿《理安寺志》卷八。

【法雨大師】法名仲光，字法雨，號佛石山農。錢塘戴氏子。萬曆間重興理安寺。見清彭希涑《淨土聖賢録》卷五《往生比邱第三之四》。

余于己巳楚游偶步感花巖讀壁上子瞻詩忽忽有感茲復官此地豈重來之句是其讖耶，因作詩以紀之

撫石看詩歲已徂，君王復許賜西湖。風流未必同崔護，感慨依然憶老蘇。渴筆巖空勤拂拭，短筇人醉強支吾。前生或恐求槳者，笑問桃花事有無。

箋○作於崇禎四年（1631），時於浙江鹽運副使任上。詳見清陳景鍾所編《清波三志》卷中《紀事》。另見陳玉海、陳仕玲主編《蕉城歷代詩詞拾遺》第63頁，題目為《重過感花巖》。

【感花巖】在杭州吴山。見《秋谷集》卷上五律《偶步吴山過蘇長公遺跡有「去年崔護若重來」之句，悵然懷古》。

校○

【撫石看詩歲已徂】撫石，《清波三志》作『拂石』，與第六句『拂拭』字重，依

《蕉城歷代詩詞拾遺》改之。

【君王復許賜西湖】賜西湖，《蕉城歷代詩詞拾遺》作『長西湖』。

【感慨依然憶老蘇】感慨，《蕉城歷代詩詞拾遺》作『感激』；老蘇，作『大蘇』。

仲冬閏月同聞子將、王昭平、繆湘芷泛湖晚步放鶴亭探梅分得蒸韻

湖光千頃綺霞蒸，放艇橋西又短藤。尚友風流呼處士，微官牢落似孤僧。淒涼滿眼悲無限，詞賦當場謝未能。恍惚巖頭歸鶴唳，冷雲扶醉助軒騰。

箋〇作於崇禎四年（1631）閏十一月，浙江鹽運副使任上。詩見於明汪汝謙《隨喜庵集》。

【聞子將】名啓祥，子將其字。錢塘人。萬曆四十年（1612）舉人。外服儒風，内修禪律。崇禎時入復社。見清吴山嘉《復社姓氏傳略》卷五。另見錢謙益《牧齋初學集》卷五十四《聞子將墓誌銘》。

【繆湘芷】名沅，錢塘人。天啓七年（1627）舉人。崇禎十年（1637）進士，授禮部主事。見計六奇《明季北略》卷二十二、雍正《浙江通志》卷一百四十一《選舉十九》。清黎遂球《蓮須閣集》第七卷有七律《至武林嚴印持子岸喬梓見招聞子將從山中

特至羅文止乍病不赴，予復以曹木上、錢般求、繆湘芷三子邀向湖上不得往因寄以詩並懷同集沈昆銅、張天生、馮千秋諸子》。

觀瀾亭

誰鑿清泓瀉碧涯，尋源不用泛張槎。自標天澤存千古，乞取瓢樽汲萬家。如砥石能盤地肺，猶龍雲欲潠巖花。官閑恣意編幽壑，灑酒新亭坐月斜。

箋〇作於連州知州任上。詩見乾隆《連州志》卷十一《藝文三》。【觀瀾亭】在連州北山寺側，與燕喜亭相鄰。崔世召詩碑立於亭前，大書『崔公泉』三字。見乾隆《連州志》卷六《古跡》。

五言絶句

集放鶴亭與陳槎翁、楊若木、徐仲陵、趙雪舟、顧霖調、崔非石限字分韻得五言古

卻似花時媚，幽塘進暖航。騷台荒臥柳，萋藻擁寒床。

箋○作於崇禎五年（1632），時捐俸重修西湖放鶴、湖心二亭。詩見清鄭方坤《全閩詩話》卷八，題目為編者所加。

【陳槎翁】陳梁，字則梁，號槎翁。鹽官（今浙江海寧市）人。復社成員。與方以智、冒襄交情甚深。余懷稱之『人奇文奇，舉體皆奇』。見吳山嘉《復社姓氏傳略》卷五。明末魏學洢《茅簷集》卷五有《陳則梁稿序》。

【楊若木】名瑞枝，若木其字。秀水（今浙江嘉興）人。萬曆間國子生。見清沈季友《檇李詩系》卷十八。

【徐仲陵】方以智《博依集》卷六作『徐中崚』，陳繼儒《重建放鶴亭記》作『徐仲麥』。疑即徐天麟，字陵如，號退谷，嘉興（今屬浙江）人。崇禎四年（1631）進士，復社成員。見《復社姓氏傳略》卷三。同時又有舉人徐天麟，錢塘舉人，曾任四川邛州知州。未知同屬一人否。詩見汪然明《不系園集》。

【顧霖調】錢塘人，生平不詳。曾與張遂辰、李太虛、馮雲將、汪然明結『西湖五老社』。見清吳慶坻《蕉廊脞録》卷四。明《雪關禪師語録》卷之十一有《與顧霖調居士》。

【趙雪舟、崔非石】俱閩人。

七言絶句

一綫天

巨靈劈石自何年，絶扇平分小有天。遥指一痕空外影，好峰片片洞門前。

箋〇見謝肇淛《太姥山志》卷下、民國卓劍舟《太姥山全志》卷之一《名勝》。

【一綫天】在太姥山滴水洞上，兩石對立約百餘丈，中辟小徑，僅容一人。見謝肇淛《太姥山志》卷上。

校〇

【巨靈劈石自何年】劈，卓劍舟《太姥山全志》作『擘』。

天源庵

樫杉曲曲抱溪環，竹榻疏籬冷不關。托鉢僧歸天又暮，獨敲清磬和潺湲。

箋○見謝肇淛《太姥山志》卷下、萬曆《福寧州志》卷十三、嘉慶《福鼎縣志》卷八、民國卓劍舟《太姥山全志》卷之二《寺宇》。

【天源庵】在太姥山摩霄峰後，清泉環匯，竹木幽勝。見謝肇淛《太姥山志》卷上。

玉湖庵

百疊青峰過雨痕，蒙茸草樹出雲根。山前不見湖光繞，惟有溪流咽寺門。

箋○見萬曆《福寧州志》卷十三、嘉慶《福鼎縣志》卷八。謝肇淛《太姥山志》卷下、卓劍舟《太姥山全志》卷之二《寺宇》作周千秋作。

【玉湖庵】在太姥山麓，今廢。庵前有湖，澗水傾瀉，狀如珠簾，後為山僧填塞。見卓劍舟《太姥山全志》卷之二《寺宇》。

王乳山太史來西湖居不系園余未與相識太史臨去題絶句不留姓名，余以西湖佳話遂步其韻二首

年來蕭索寄西湖，只有群鷗狎可呼。客至任教頻下榻，多君題壁姓名無。

雲集園亭客滿湖，星占太史喜相呼。漫從桂楫多蹤跡，莫向烟波説有無。

箋○見汪汝謙《不系園集》。

【王乳山太史】名文企，字子及。乳山其號。歙縣（今屬安徽）人。雍正《湖廣通志》作『江陵人』。崇禎元年（1628）進士。授吏科給事中，官至太僕寺丞。見雍正《江南通志》卷一百二十三《選舉志·進士五》。

文

重刻《石堂陳先生文集》後敘

蓋余邑自宋時尤彬彬多文學之士，維時後先鵲起，為世儒宗，顯者無慮十數家，而石堂陳先生實為吾寧嚆矢。先生蓋考亭正派，語在傳中。明興，以經術取士，士非朱氏學不傳，而先生遺言以故多採入《大全注疏》，有目者共睹之矣。

不佞束髮粗誦先王，吊古豪傑，獨雅嗜先生書。間輒焚香披讀，風啾啾四起，庶幾眉宇見之。然竊有感於斯道興替之故也，作而歎曰：『道術之裂，所從來久矣。景響者沿流而不返，摽詭者入郢而面冥山，於是枝指駢拇至不可數，然千百年來不朽者，獨心神耳。孰使秦火不煨，晉佛無壞，竹書壁簡至今揭日月而行者，非心耶！孰使漆園吏、列丈人、鬼谷、屍佼、淮南孽公子之流，不獲與玄聖素王方駟而駕者，非心耶！儒者以心盛道，而斯文載而行之，則不朽之業也。』

今先生之書俱在，上迨六經，下及星官曆算之事，靡所不備。至於井田之疏，斷史之詠，雋永乎言之也。蓋牆宇重峻，吐納自深，即其辭不盡澤於繁弦之響。要以根極神理，據依原本，發大寶之輝光，曉生民之耳目，辟之天雞始鳴，曜靈啓途，司車南指，萬里分岐，其有功於來者大矣。今天下都人士，童習師訓，既白弁髦，彼將論於繩墨之外，自開戶牖，竊一二餖飣以為奇。故誦方術之書則北面矯首，惟恐臥而讀宋箋，輒不終篇，鼾鼾睡矣。嗟夫，六經之要領猶茫，漢臣之附會成痼，不有濂洛關閩數夫子鼓吹于前，先生輩羽翼于後，而任操戈之徒，浸淫雍蠹，吾道不將冥冥窀穸哉！大都世變綿邈，心精不磨，孔壁金聲，越百餘年而一振，古人載道之言，藏之名山，必有鬼物護呵，以俟述者。先生之書一厄於元，再厄於辛酉之燼，而茲復大行。斯道替興，運有必至，何足懼焉。

是集也，邑先輩企泉薛君手自校讎注釋，付之殺青，集未行而齎志以沒，而其子夢蘭實矢志成之。捐資鬻產，家四壁不顧也，孝可知矣。夫先生之集不朽，而重興是集者，亦不朽。若薛子者，豈惟不墜先志，其亦先生之功臣。

邑後學需役子崔世召撰。時萬曆歲在旃蒙大淵獻題。

箋○見於萬曆乙亥薛孔洵刻本《石堂先生遺集》卷末。日本内閣文庫、國家圖書館、南京圖書館均有收藏。

【摽詭者入郢而面冥山】語出《莊子·天運》：『夫南行者至於郢，北面而不見冥山，是何也？則去之遠也。』

【需役子】需役，出於《莊子·大宗師》：『聶許聞之需役，需役聞之於謳。』

【時萬曆歲在旃蒙大淵獻題】指萬曆三年己亥（1575），是年崔世召九歲。此序爲崔氏手筆無誤，石堂遺集雖薛孔洵所注釋，而付梓實出於其子夢蘭之功，成書亦在十餘年後。集中有薛孔洵、阮鏷兩序，皆作『萬曆乙亥』，然阮序有言，薛孔洵『從遐方得舊本，筆研窮年，繕寫成帙，考核訓釋，實殫精力』，其子庠生夢蘭『祇成厥志』，崔敘更有『是集也，邑先輩企泉薛君手自校讐注釋，付之殺青，集未行而齎志以沒，而其子夢蘭實矢志成之』，付梓之期，企泉已下世多年。夢蘭感乃父注釋不易，用心良苦，遂泣奉遺願，一切悉遵舊轍，『捐資鬻產，家四壁』，故崔徵仲歎曰：『孝可知矣！』

《擊缶集》序

有目懾嘲儒者曰：『儒生舌上滲花耳，咄咄何關人事？』此大不然。夫空谷藏響、太音希聲無論，搦管湛然，吮毫盤礴，可令工倕無巧。即如長歌嘯詠，拍月敲風，傳神在阿堵之中，托意於騷壇之外，大擊大鳴，小擊小應，未可謂英雄語徒欺人也。

異哉！陳先生之以擊缶自命也。先生以博學名於世，為吾邑文獻之望。居邑以東，逍遙川上，遂營菟裘，老焉稱為東川先生云。先生少故貧，四壁蕭蕭，恬然好學不顧也。嘗讀書山舍中，輒慷慨擊缶自豪。與之求田問舍，則曰：『男子墮地，貴自豎耳。蘇季子寧有二頃田哉？』先生惟不苦於貧，故得游心今古之觀。意氣所寄，名理轉劇。時邑當陽九，不獲大用，賚志廣文可惜也。乃先生謂『廣文不負吾，吾何負廣文』。始之太和，則志太和，語在集中。繼之碭山，則志碭山。都人士濯濯如對玉山行，不作尋常苜蓿先生狀。然先生固自埋暗淡，不為逢迎披棘之術，不知何緣得當道賞鑒，薦章交上，遂擢會同令。為會同令未逾年，賢聲大振，稱海南治平第一。先生顧念『吾束髮治經術，晚就一令，稍行吾志，附名卓魯足耳，寧忘山舍擊缶時耶？』遂解綬乞歸。會有丈田之役，當道檄諸有司，條陳便宜，海南吏無一應者，當道廉得先生賢名，度非先生不可，力留先生，始行原丈疏。為令復賈餘勇，為他邑均辦。海南一方，民賴以不龜瘃者，先生之力也。論功法宜首薦，而先生歸志益篤，竟棄功去。歸家二十年，頤養天和，往來烟水，謝鯤邱壑，自謂過之。生平著作甚富，季子于明抽其大都，如定廟譜則灑灑漢叢，修邑乘則煌煌遷史，議東湖則楚楚禹經，諸不下十數篇，皆其較著者爾。詩歌則宗盛唐，如所補訂《鼓吹》，似不求工，而神與意會者。集以『擊缶』名，蓋不忘烏烏舊時語也。年九十終，季子謀壽諸梓，季子與予善，而以余屬先生戚末，來問序焉。

嗟呼！先生豈誠烏烏學秦聲哉？古人經綸局陳，往往有所托，嵇康嗜鍛，東山嗜彈棋，雖南面王樂不易也。嘗試撞千石之鐘，擅大鏞之鼓，點綴無序，瀏洌摻摻，又不若擊缶之自適矣。《易》不云乎『有孚盈缶』，夫缶莫質而可盈言，孚之貴也。即使手腕之間，可以得志，小擊何害？蓋吾邑霍童嶙峋之氣，大海之所沃蕩，結而為人，代不數得，得之未嘗徒作英雄語也。有客於此吹劍，首拍空掌，激楚哀歌，比之鼓缶，抑又下焉，彼惡知其胸中宿物哉？太史公謂『虞卿非窮愁不能著書』，先生非少貧則燭照不深，亦安能以《擊缶》自見於世哉？

箋〇見乾隆《福寧府志》卷之四十《藝文志》、乾隆《寧德縣志》卷之九《藝文志》。大約作於萬曆二十年（1592）前後。《掔缶集》為邑人陳琯所著。陳琯，字諧卿，號東川。寧德縣城東門人。隆慶二年（1568）貢生。官江南太和訓導，升廣東會同知縣。祀會同名宦、寧德鄉賢二祠。乾隆《寧德縣志》卷之七《人物·宦哲》有傳。

【季子于明】陳雲鷺，字于明，陳琯次子。見《問月樓文集》之《〈燕遊紀日〉敘》。

新刻《陳石堂先生選集》敘

憶余髮覆眉，從漳江阮先達學作古文詞，於是《石堂先生集》刻成，試余跋，手輒跋之，娓娓數百言粗成句讀，至今念之猶隔世也。蓋是時人尚實學，家師戶塾以六經為衣食，以注疏為功令，旁及史鑒，歷代興亡之故，掌中可指。至於宋儒性理一書，尤所綜繹，亦其本業應爾，故讀先生書者，嘗喜其煩，而惜其逸，時使然也。去此十餘年，學士家遁；而之諸子百家，又十餘年遁；而之乾竺津津，禪悅浸假遊騁，亡。是公之門，乃嗤宋傳為古宿腐牙跳出鑿空語，必悖叛之以為賢，而先生之書遂與宋儒俱詘矣。

嗟夫，宋儒安可詘也。六經如水行地，秦漢以來，博士傳經之言，穿鑿異同，板蕩懷襄，數百年至宋諸儒，刊隨排決，方入於海，則行所無事之神智也。如今世學士家，大都以鄰國為壑者耳，安望其發禹穴，受玄夷使者金簡哉！今試呼薄先生書者而叩之，若能如先生博極群經，送難諸千言，驪之不得者乎？能精步渾天儀，配卦氣，推算十二管，無遺解乎？能師意制滴漏銅壺，製成令草木皆枯乎？能斷史種種，摽新理，不襲常譚乎？吾固知其皆不能也。

先生所居唐山，石屋獅峰之勝，回合八景，深山大澤，實出蛇龍。朱晦翁曾卜其地：『數十年後有賢人讀盡天下書』。而先生七歲能詠白鷺，詩云：『青天無片雲，飛下幾點雪。』隱隱逗出機鋒。此殆天授，豈後人所能及耶，而吾所以異先生者，又不止此。先生生宋理宗之朝，長學已成，不幸而宗社既屋，觸鼻腥羶，屢卻州縣之辟抗，先生從容倡道，陰提宋祚于七十餘年之間，與漢陳咸不用新莽伏臘，晉陶潛著書但紀甲子，兩君子千載同聲，謂非吾東閩山川之靈氣所鍾，可乎！讀先生書，欲作如是觀，則喜其煩而惜其逸也。固宜是選，蓋從阮君靖伯意也。靖伯為漳江阮公伯子，好學仗大義，有父風。將入成均，乃暨余裒選其約略，以充行笥。先生全集不盡于此，而伯子善學先生之意盡於此。

天啓三年癸亥邑後學崔世召撰。

箋〇《選鐫石堂先生遺集》四卷，為天啓三年（1623），邑人阮光寧選刻本。見清永瑢、紀昀撰《四庫全書總目提要》卷一百七十四。現藏於清華大學圖書館。崔世召之敘見於卷端。

【阮君靖伯】名光寧，字靖伯。五都漳江（今漳灣鎮）人。見《秋谷集上》五言排律《九日邀陳伯禹、陳子學、阮靖伯小集馭曦門城樓紀事十四韻》。崔世召之敘系陳希舜草書。希舜疑即伯禹。

《華蓋山志》序

神仙棲廣漠之都，是為無處所，而有處所者鸞軿鏘鏘，供奉于危巖冷壑，久與人世辭矣。

大江以西，匡廬、麻姑、閣皂、玉笥諸名山，壇爐相望，仙跡勝流多不勝書，而崇之華蓋，半在隱顯間。何以故，山去邑治百二十里許，濩落村墟雞犬中，依雲結屋，殊太淒絶也。獨以王郭二仙傳襲浮邱老仙之精詮，大播靈通，威福人代。於是四方頂香禮拜之眾，肩摩踵藺於途，幾與岱宗、武當爭勝。噫！亦盛矣。予讀舊志，所載雷壇霹靂之威，與夫祈禳之眾，答應如響，凜然猶有生氣。竊謂仙人，敻絶世緣，一切世間因果業報何關，乃公事而偲偲不倦，若此理固有不可知而可知者。上帝靈爽無所不寄，假令浮邱伯為老，更為王郭二真為執法司隸，驅使神將奔走下土，所謂聖人以神道設教者乎。

巴陵為負山邑，民之悍樸，固自不少，縣官不敢問，惟神是怵。每歲魃鬼為災，土膏盡赤，油然沛然，雨我公田。惟神是禱，吹噓清淑，地靈人傑，碩儒賢輔，後先為烈；惟神是誘，其大有功於崇，又不獨威福驚愚己也。塵緣小吏，不識前身，何似憶二仙撒手華蓋，而吾霍童洞天，乃其煉氣入林之始稱維桑焉。越數千年作令茲邑，復與仙遇，既已關情人世，虹橋如有宴，殆將呼我為曾孫耶。嗟夫，枕上邯鄲，笑仙魂之不返；山中付墨，恐文獻之無傳。故不揣于戴星之暇，隱括舊文而編次，以付殺青焉。

天啓七年華蓋遊人霍童居士崔世召撰。

箋〇天啓七年（1627），崔世召修《華蓋山志》八卷，刊行於世。見雍正《崇仁縣志》卷之二《創設志上・城池》。

【巴陵為負山邑】崇仁別稱巴陵。以南朝蕭梁間分新建、西寧二縣設巴山郡，隋開皇九年（589）廢郡設崇仁縣，故而得名。見北宋樂史《太平寰宇記》卷一百一十《江南西道八・撫州》。

《太姥志》跋

謝在杭先生既志太姥成，移書托召曰：『余之遊太姥，蓋有四奇焉。不腆之行李，笻杖孤琴，款段蕭蕭，則以胡孟修刺史為東道主。刺史，余舊知，雅千里道故，杯酒壯行，足添吾遊興十倍，奇一；而是時梅雨且劇，潦潢沒膝，計高山長薄，中饒嵐霧，對面無有睹者。自驅車出郭門，天日為我開朗。沿溪踏莎，直抵摩霄巔。首為九面，滄海一杯，甌閩一粟。白雲冉冉，微香襲人，庶幾太姥駕鸞鶴仙衣下垂。甫下山，而雨師迓余道中矣。奇二；自太姥名播震旦，遊客冠蓋相望，山僧視為畏途，相誡埋匿佳境不語客，令山靈短氣。而吾儕覓一快僧與俱，歷歷指點。凡幽洞花源，雲床玉竇，及蛤蚜黝黶，神龍出沒之處，靡不寄足。先是伯全陳太史遊歸，傲余不知，余今且挾二三拾遺驕語之矣，奇三；烟霞緣慳，勝伴難偶。是役也，不穀主盟，喬卿掌山史事，憲周按圖，而徵仲以扣武夷君追躡至。次第韻語，左舉右拍，差盡此山之勝，是四奇也。』

不佞召蓋深擊節斯言，夫人重山川，山川亦重人。太姥自秦代歷漢，醮祠齋宮，迄今閲人已多百千春秋，遊蹤勝事，俱陸沉於暮烟春草間，不可復記。即山下主人豈無操如椽者，而竟留以待先生，景物遇合信有時哉。雖然，先生鼓山長也，志鼓山既爛然，而復賈其餘勇，並吾太姥而掩之，先生搖筆亦太橫矣！而余觀從古江左諸賢，若幼輿邱壑，安石東山，元暉宣城，康樂永嘉，青山彩筆，種種屬謝家故物。他日先生五嶽游成，將到處借靈文，何況太姥。昔李白登太華落雁峰，以『不攜謝朓驚人句』為恨，茲志傳千載而下，風華映人，當與太姥爭奇矣。

霍童山居徵仲崔世召撰。

箋○見於謝肇淛《太姥山志》、乾隆《福寧府志》卷之四十《藝文志》、民國卓劍舟《太姥山全志》卷之三《志目》。

【太姥志】萬曆三十七年（1609）二月十七，謝肇淛偕崔世召、周喬卿、張憲周同遊太姥山。同時應知州胡爾慥之請，成《太姥山志》三卷。卷首收録胡爾慥序、謝肇淛引言，卷末附崔世召跋文。是志有萬曆首本、清康熙二十三年（1684）郭明遠刻本、嘉慶三年（1800）王氏慕園書屋刻本三種，今所見者多為康熙本。

【喬卿】指周喬卿，名千秋，號一蚯。莆陽（今莆田市）人。去俗為道士，文雅能詩。見清董天工《武夷山志》卷之十八《方外》。

【憲周】指張憲周，名世烈，一字繼勳。福寧州城（今霞浦縣）人。萬曆間以貢生任順天檢校。見萬曆《福寧州志》卷九《例貢》、雍正《福建通志》卷四十《選舉八·

明貢生》。

潭汭橋記

去邑三里東北，金溪上流而西，出百丈龍潭之汭，有橋在焉。形家言：『邑治左臂水下瀉，法不利。』橋障其流，故有『橋成兆元』之讖。以意推之，金溪橋既成，益以潭汭，法不更利倍耶。

顧自有此溪，閱人幾千百代，未聞有起而橋之者，何也。鶴巖之水，懸瀑千尺，建瓴而下，過潭汭東，為金溪，勢稍殺，故橋之易；至潭汭則怒濤方張，桃花雨至，如馬如象，是以難也。余少時讀書瑞跡山中，每涉此必驚歎是者，奈何使天吳長為政，千秋萬歲間，豈無濟川男子哉！今吾言已數十年，溪猶是溪耳，誰鞭江石而作中流砥柱。

忽竹林僧如喜持疏來請，必興此橋。余曰：『戇哉僧，使蚊負山，精衛填海，無以為也。』如喜曰：『否，時間一切物，不戇不成，居士第為之。』余壯其言，乃偕諸同事臨溪而觀之。難者曰：『此非舊圮故址耶！厥水湯湯，我與水爭，靡費幾何，是安得橋。』余躍起曰：『前事之敗乃可師也，愚公移山為亦若是，是安不得橋。』

歸而謀諸邑父老薛君、張君輩，歲癸亥七月吉日，攻位於溪南之沚，告於神。是日，天大雨如注，衆患野祭不成禮，比余至則忽開霽，日曈曈映溪光如鏡。祭甫畢，天復雨。余曰：『神許我矣！』乃募工興始，民大和會，時有十一人與俱，授以責任之意，必無怠若事。而薛君則素稱淨行，長者張君佐之。朝夕董其役，冒寒暑，親水石間，手皸瘃不顧也，此亦幾于王屋愚公矣。蓋歷經始之日，不十餘月而橋成。橋為楯者六，門各三丈有奇，兩岸相距一十九丈。楯上下水坳深塞平之，護以石，交戟松井，以防狂溜。橋上豎屋凡若干楹，遠望如飛虹。題曰『西爽橋』，致足支頤柱笏也。

是役也，費鏹千數，予出枯囊十之二，邑士民助者十之五六，佐以西村斗粟尺縑之末，旁及古田近地，聞而來施者十之三。拮据鳩工，可謂綦難，而歲餘已覩厥成，微神助之力不及此。嗟乎，以千百代未創之事，千萬人齰舌不敢興之役，一旦底有成績，天下事亦患無有心人耳。精誠所到，溜石可穿，操蛇之神，可迫而徙，又何有於斯橋。夫學何莫由是也。邑諸父老，咸有事茲役者例得並書。

箋〇作於天啓甲子四年（1624），時年崔世召五十八歲。是記見於乾隆《福寧府志》卷三十九《藝文》。

【潭汭橋】又名西大橋，一名鄒公橋。在四都（今金涵鄉）。明萬曆間，知縣鄒用章建，後圮。見乾隆《寧德縣志》卷之二《建置志》。按文中所示，此處『未聞有起而橋之者』，兩址似非一處；鄒、崔二公造橋之時相近，又似同屬一事。崔文鑿鑿有據，邑志亦云北門外舊有《鄒公芨憩碑》，懋績昭然。何故相悖，姑且存疑。

重修連州學記

連州雖古粵地，北聯桂郡，西界蒼梧，而距羊城反數百里而遙。山崇地曠，半為徭蠻中分，故昔時遷客多判處此。蓋自韓退之、劉夢得、張南軒遞遊其地，文章風雅翕然，師學幾與中邦爭雄，豈非尼父聲教，無遠弗届也耶！

余夙覽輿圖，志意為王陽九折之阪，而邇年盤犬錯行，愕非靜土，受命重藺，怵於東西南北之義。歷險之官，首謁先師，見青青子衿，雍然大方，心竊喜焉。仰視廟貌，風雨翹翹，則又有故宮之歎矣。

居無何，而殿前楹簷俄焉摧毀。雖先余吏者，聊且傳舍，以至今日而失，今不修，余何所逃罪。乃亟出不腆之俸，佐以矢金，爰付首事者若而人，夙夜奔走，修葺靡懈，舊貫雖仍，而輝華過之。

櫺星門外地逼側而襟水，餘氣差縮，乃鳩工具畚鍤，聚土石，臨坻築延丈許。一盼泮流盤湿，若雲路凝碧煥焉，壯觀中逵。更樹木屏左右，翼以欄楯，勿使乘輿馬者，突而馳過，廟必趨人望而知敬矣。

是役也，不動官帑一錢，不虛役民間一力，未數月而告竣事，系惟博士弟子員之勃起，里父老之樂趨，使不敏坐而觀厥成，其何功與有。而余閲郡乘，學自國初屢遷，歷武宗、世廟、神宗，郡守屢修葺，三百年興廢之會，似亦有待其人。當吾世而過孔氏之門，綿綿若存聊且傳舍之罪，夫亦愈知免矣。

吾讀《詩》，至《思樂泮水》之章，匪直媚噦噦之鸞聲而終之。獻馘獻功，淮夷卒獲，始知文事武烈，相需有成，吾道大明，群醜自屈，今之矯矯虎臣，伊何人耶？而蠢而傜逆，懷我好音，使得從容而治。櫰桷門牆之役，此陰陽消息之定理，不可謂非先聖之靈所式臨而賜之今日也。夫子之牆數仞，或得其門而入焉，仰瞻而俎豆輝煌，外眺而山川蔥郁，富美之觀，當無逾此。試以巾峰為東岱之登，以湟川為洙泗之派，而以傜蠢為夾谷歸田之露檄，猗與道之將行自今日始矣！多士其勉乎哉。

箋◎作於崇禎八年（1635），時在連州任上。是記見於乾隆《連州志》卷之十《藝文》。

【連州學】原在連州城內東南隅，北宋咸平間始建。洪武三年（1370），屢遷至城東三里巾峰山下。見乾隆《連州志》卷之三《建置·學校》。

《西園集》小引

西園者，蔡朝居君招隱別業也。睥睨當窗，蓬蒿滿徑，不林不郭，朝居吟弄其中，倏然作濠濮間想。去吾閭庵差一里許，時時策杖尋僧，往來不絶也。

而余會東粵之行，暫返秋谷。相與握手道故，今數十年筆研舊友半化異物，猶餘吾兩人，若巋然魯靈光。日月幾何，有不相憐愛者，非人矣。因得讀其《西園集》，而心儀之。君若曰：『吾非工於詩者，興致所到，春水綠萍，秋空老月，即城頭嚴柝，皆足助我推敲，我自用我法耳。』夫蔡君自有其詩而不有其詩，余讀蔡君之詩，而或疑以為唐人宋人之詩，猶之乎不有蔡君之詩也。君有西園之詩，吾有秋谷之詩，總用我法而已矣。乃為之草數語，書之，鐫以示人，更不得效君家中郎秘諸帳中焉。

友人西叟崔世召書。

箋〇作於崇禎七年（1634），時赴廣東連州任上，順道旋里。小引見於蔡世寓《西園集》手抄本。

【蔡朝居君招隱別業】按文中所示，西園當在寧德縣城崇順門（西門）外，與秋谷相距僅在咫尺。

義贈射圃呈

按鄉志云『射圃在縣內南門外。萬曆三十三年，知縣區日振以門生謀，將城外官地變置，以充學田。都御史觀公諸裔孫捐金捌兩，當公贖回，仍為通學射圃。』此義舉也，時書之。

為恪遵美意，曲全重典事：恭逢仁侯蒞任，加意育材，士類傾心，儒林生色。邇將城外官地變置學田，定價八兩，隨開有關射圃批發。稽查總是留心學校，意念倦倦，但學田誠所當興，而射圃亦不可廢。考志書，則州縣俱載；詢士論，則謀議僉同。況仍有射，師尊朱票可據。林等世傳詩禮，代沐冠裳，既荷育材之有地，忍睹觀德之無方。願出價金，祇充地契，金為學田之具，地存射圃之場。庶不廢朝廷之重典，亦不虛父母之盛心。

箋○作於萬曆三十三年（1605），見民國《𪨗源林氏族譜》。

【鄉志】指明代林良璞所撰《𪨗源鄉志》，今佚。良璞，邑庠生，寧德𪨗源（今蕉城區七都鎮）人。

【射圃在縣內南門外】寧德縣學射圃原在南門內橫路，成化十年（1474），知縣江偉徙於南門外山川壇旁。即今址。見乾隆《寧德縣志》卷之二《建置志》。贈都御史林觀子孫世居其旁，射圃之前舊有『少保坊』，為林觀子、刑部尚書林聰立。亦見《建置志》。

自嘲文

爾身短小，類郭翁伯；爾性癡狂，類禰鸚鵡。爾無奕奕之品，何以能朗來照人；爾無便便之腹，何以能飽飫今古。雙瞳似醉而意殊醒，瘦貌似饑而神殊不沮。人亦有言，窮愁解憂，天其玉成。去此為蛇為龍，或虎或鼠。吾不知其所終，第知撚須微吟，匠心握管，可謂良苦。因之曰：

咄咄此子，形抑氣揚，色淡內武。狂饒舌千言，悟到楞嚴半部。歸結此身，不在金華殿上，則在藏春花塢。世非舉肥，或取此語。

箋〇見於民國《東井崔氏族譜》。

爾時大還師奉命南來，重興支提山也，四方弟子，山中雲臻，而大安者實稱白足云。神宗朝以衆推知識，受敕書為住持長老，戒律精嚴，不讓古宿。今華藏殿金碧輝煌，皆安公拮据力也。

募天巖静室開山疏

寺據萬山古木亂烟中，真苦行孤絶處所。嗣後，説法開士日盛，各各選勝辟静居焉。西有那羅、辟支巖，東有安溪、法華、獅子窩，南則金燈精舍、東湖、南峰庵、天冠坪，而北紫芝庵，則安公最先肇基壇場也。

庵為茶亭舊址，瓢笠相望，遊屐之所必經，皖城方仁植刺史額其處曰『初歡喜地』。師意欲以接衆勤行，自翻經華藏中，而令一比丘常住煮茗，以供遊客，數十年於兹，亦可謂疲於津梁矣。一日，有異人告以芝峰之左鑿得淨土，拉師同往觀之，得未曾有。峰石卓然天際，與大小童為鄰，中藏蒙茸幽洞者兩。攀緣其頂，則大海蒼茫，如天門觀日，俯對九仙、甘露諸峰，皆膝下兒孫耳。師大喜曰：『異哉！是《山經》所謂天巖者也。按天下有五大名山：天、地、水、火、風，支提實天冠勝場，巖之名豈偶合耶？百千年神靈之跡如出沉埋，吾將老於此矣。』於是發願别開静室，而問於居士，居士唯唯。吾固疑紫芝非師撒手處也。

古之學道者，入山惟恐不深。以師數十年接眾，功行亦既廣庇，天其令善息食報相茲巖乎？因憶三山曹觀察能始向與予言：『吾輩未生，各具一種佛性。今現宰官身，當為世間一切比丘讚歎作佛事。唯是嶺以南吾主之，嶺以北君其主之。』余亦欣然領此言。顧能始不腆廉稾，尚堪割捨，使三山諸古刹道場一時並新；而余則蕭然老措大，徒以筆舌寥寥行勸世語，念之短氣。所幸安師古宿道行，業已取信人間世，必不土苴吾言。片鏹尺帛，聚腋成裘，當有如響共襄法緣者。予將焚香禮斗壇，呼於天冠之靈呵護天巖之勝，願安師於此面壁成功焉。

箋○見於崔嵸《寧德支提寺圖志》卷之五。天巖靜室，在支提山天巖。查崔嵸《寧德支提寺圖志》『寺庵』條無之，恐倡而未建。

【而北紫芝庵】即紫芝靜室，在支提山紫芝峰下。見上七律《紫芝靜室呈大安上人》。

【安公最先肇基壇場】安公，指明啓。萬曆二十二年（1594）繼任支提法席。見上七律《紫芝靜室呈大安上人》。

秋谷乞言

乙丑冬，敕兒輩買山一區，預作菟裘，為終老計。去邑西僅一里許，饒有泉石之致，引泉鑿池半畝，構亭其間，顏曰『秋谷』。蓋秋屬西，又取秋成之義，為主人抽簪湊趣也。

谷口古松數十章，松邊伐石為小橋，入谷有石丈許突起，立橋側，似傾耳聽松風者，因鐫李伯東『聽松』二篆字于石上，應得一拜過橋。沼澗數十武有石，卓峙如門，命曰『雲扃』。入門瀑布淙淙，如松濤爭響，刻其壁曰『懸虹』。峽左巨石苔蘚甚古，架亭石頂，曰『泉屋』。谷之右構『嘯閣』，東向面大海，遠嶼漁燈，歷歷几席間。下有軒曰『鶴巢』，鶴山邑主峰，名曰『鶴巖』，復買鶴一雙，實之。客至，輒命以舞，差不似公羊家禽耳。傍曰『煮石齋』，白石可爛，西山亦可粲耶？亭下畦，廣種千葉荷，樓臨水面，曰『醉香谷』。雖秋名，兼宜夏也。山體差大如斗，不堪多設位置，為崖略景概若此。

居無何，山主人遘權璫之厄，以非罪廢歸。似山靈移文檄之來意，季鷹秋風之感，興致相當爾。悲哉！秋之為氣能挽人入林，猶幸此時谷風習習，為可捧腹嘯歌耳。谷不負余，余殊負谷，願得丐先生之文，送歸秋谷。如昌黎送李願歸盤谷故事，以答山靈。山主人別號西叟，遠愧李願，獨秋谷不愧盤谷，況先生今之昌黎，以片言當九錫之命，願少留意焉。

箋○作於崇禎元年（1628）元月，時將歸隱秋谷，過福州石倉園，索序於曹學佺。見陳慶元《曹學佺年表》。此文見於乾隆《寧德縣志》卷之九《藝文志》。

【李伯東『聽松』二篆字】李伯東名開芳，永春（今屬泉州）人。萬曆十一年（1583）進士，萬曆間授江西廉憲。崔世召任職崇仁之時，李開芳已逝于南太僕寺卿任上，故『聽松』二字非李氏手贈，乃得於摹刻。舊時南昌龍沙寺有『聽松』二隸字，亦李伯東手書。

遊山記

大江東盡，靈鍾篁竹之區；真氣南翔，秀絕溫麻之境。青鸞驂而白鶴駕，金仙招而玉女迎。爰有霍童，實開洞府。按道經三十六洞天，茲為第一。歷人代百千萬億劫，永謝三元。司馬承貞燒丹煉藥之都，玉蟾仙子乘蹻題詩之處。群靈顯化，望縹渺以何年；列岫孤標，揭嶙峋而出世。向來笙管，尚餘緱嶺仙蹤；別有芝苓，猶駐嵩邱道氣。蓋桐官之醮時，望秩居先；抑化人之披圖，品題特重。固已名驅震旦，奇壓神州矣。乃若地協精靈，天開圖畫。桃紅十里，元都觀裏春秋；蓮滿平田，太華峰頭日月。曲水紆其環繞，長松鬱乎青葱。路入元州，山鄰碧落。溪雨埋千竿之烟火，不聞人哭人歌；層雲渺一粟之滄溟，休記潮來潮去。巖上仙蹤不返，猶存金剎芳名；林中鶴馭歸來，曾迓玉皇絳節。甘露零而清梵杳，錦雲爛而片屏横。籟發河東，彷狻猊之一吼；彩聯巖畔，矯鸞鳳之雙飛。或策杖行歌，吊仙魂於鞭石；或捫蘿長嘯，傳神響於空巖。好峰片片飛來，丹灶熒熒未改。逶迤支策，磊落披襟。仗一劍以摩天，從九仙而問道。言參菩薩之嶺，行覓袈裟之巖；則有瀑布飛流，搗米餘韻。雙髻毛女，招邀呼大小之童；合掌維摩，頂禮連左右之弼。爾乃攀峭壁，臨青冥，穿雲藤，吸露井。石盤柯爛，依稀一局初收；爐篆香飄，仿佛疏烟未散。紫帽之雲霞嫋嫋，赤城之雞犬依依。海魷龍涎，司井中之晴雨；石牛神糞，合座上之旃檀。摘仙菜以齋心，欣雪花之如掌。豈初平子之幻化，石點羊樹；抑齊威王之唾餘，峰遺雞跡。吾將撞懸鐘而謁帝，借車筆以書空。俯世界之三千，觀於象外；吞雲夢之八九，羅之胸中。可謂天地有窮，心目無際者矣。至於仙壇轉盡，佛土宏開，溯白猿指道之年，越錢鏐冶聖之地。天冠千會，寶蓋輝煌；神界孤懸，金燈灼爍。聖主紫泥賜詔，內官黄帕函經。傑藏千秋，叢林百葉，蔑以加矣，洵斯盛焉。若夫五龍潭畔，化成隱隱浮屠；百道泉流，說法蒼蒼石屋。紫芝妙剎，白足高禪。辟支聚五百天人，那羅湧千函佛藏。此皆支提護法之禪宮，而洞府供遊之勝概也。嗟夫，神因地靈，物以人重。呼群真而舒嘯，休移猿鶴之文；覽千仞而振衣，誰作山川之長。不佞生來厭世，壯復耽元。日月居諸，恐負浮軀七尺；乾坤渺小，僅容蠟屐一雙。雖向平婚嫁，願猶未酬；而司馬遨遊，興亦不淺。所幸山靈未遠，福地非遙。居傍丹邱，總云籬壁間物；生逢佛土，敢謂羲皇上人。彼海上之三島十洲，只以供其浩漫；即閩中之武夷太姥，猶難擬其嵩崧。豈可使眼底名山湘縑弗録，海濱淨土竹帛無傳者乎？昔陳思之詠泰嶽，目盡寰中；孫綽之賦天臺，心遊物外。各有所托，非苟而然。用是托賦短章，以答山靈之響；載編實録，無辜地主之司。奏法曲於人間，恐驚里耳；脫凡胎於俗土，或比仙遊。非敢藏山，用命付墨。

箋〇見於崔嵸《寧德支提寺圖志》卷之五、乾隆《福寧府志》卷之四十《藝文志》，府志題目作《遊支提山序》。

楹聯

湖南桂東縣八面山小烏溪茅庵

峰高八面路何崎，鷲嶺中分一壑；佛在寸心修即是，普陀遥指諸天。

箋○見於同治《桂東縣志》卷之二《疆域・山川》。

湖南桂東縣碧洞飛烟

和風嘘冷谷；旭日照寒崖。

箋○見於同治《桂東縣志》卷之九《古跡》。

福安縣十八都穆陽桂林王氏宗祠

數百年穆水源長，由來派衍韓陽，面面溪光環玉帶；二千石卿雲瑞靄，自是恩承魏闕，遥遥地望擁青螺。

箋〇見於民國《開閩桂林太原王氏族譜》。自署『年弟崔世召贈』，乃應同年舉人王九韶之請。王九韶，見《問月樓詩集之二》七言律詩《長至過歸化訪王子樂年兄時已北上，悵然有賦》。

附録

乾隆二十九年（1764）修《欽定大清一統志》卷三百三十四《福寧府》：崔世召，字徵仲，寧德人。領萬曆鄉薦，任巴陵令。以忤璫削籍歸，尋擢浙江運副，再擢連州知州。以詩著名。

清乾隆二年（1737）修《福建通志》卷四十八《人物六》：崔世召，字徵仲，福寧人。領萬曆己酉鄉薦，任巴陵令，以忤璫削籍歸。尋擢浙江運副，再擢連州守，州多傜寇，世召濟以德威，傜衆弭伏。未幾，致仕歸。

清道光九年（1829）修《福建通志》卷之二百十一《明・良吏》：崔世召，字徵仲。萬曆己酉舉人。天啓間，授巴陵知縣，詩名震一時。有屬為魏璫頌德詩者，峻拒之。遂被逮入都下獄。崇禎初釋還，補桂東。尋遷浙江鹽運使，厘清宿弊，葺湖心、放鶴二亭，與東南詞客嘯詠其中。晉連州知州，州多瑤寇，世召濟以德威，瑤人弭伏。嘗浚天澤泉，引溉田畝，去官後，民於泉旁築亭，碑之曰『崔公清德泉』。祀連州四賢祠。

清乾隆二十七年（1762）修《福寧府志》卷之二十二《人物志・忠節》：崔世召，

字徵仲。領萬曆己酉鄉薦，任巴陵令。以忤璫削籍歸。尋擢浙江運副，再擢連州守。州多猺寇，世召恩威並濟，猺眾懾伏。終以不附魏黨，罷歸。民立四賢祠祀之。今祀忠義祠。

清乾隆四十六年（1781）修《寧德縣志》卷七《人物志・忠義》：崔世召，字徵仲，號霍霞，別號西叟。丰姿俊秀，學問淵博，詩名震一時。萬曆己酉舉於鄉。天啓乙丑，授江西崇仁縣令。滌煩苛，剔奸蠹，邑人德之。時群奸為魏璫構生祠，索詩於世召，峻拒之，遂忤璫意，削職，被逮入都下獄。及璫敗釋歸，日以歌詩自娛。未幾，上用台省言，還原職，補湖廣桂東縣令。辛未，轉浙江鹽運使副使，釐清宿弊。葺湖心、放鶴二亭，與東南詞客嘯詠其中。癸酉，升廣東連州知州。州多猺寇，世召恩威並行，猺眾懾服，州俗以熙。致仕歸，連民遮道涕泣，如失怙恃。崇祀連之四賢祠內祀麻城李公、南軒張公、端甫林公，與世召而四、名宦祠，本邑祀忠義祠。著有《西叟全集》《秋谷集》《湖隱吟》《半囈吟》《腋齋遺稿》行世，藏版毀無存，僅存《湖隱吟》下卷一本，《秋谷集》抄稿一本。次子嶢，嶢子海麒，即崔神童也；四子崔嵸，自有傳。

清雍正十二年（1734）修《崇仁縣志》卷之二《創設志上・城池》：（崇仁）北城，天啓六年，令崔公世召大修。先是，崔公世召捐俸薪二百兩，糾勸邑中好義者助修。自是雉堞更新，載《崇城中興録》。改題東門曰馭曦，西門曰來爽，南門曰躍龍，北門曰拱極。四門皆有題詠。

《明熹宗哲皇帝實録》卷之八十六： 總督漕運太監崔文昇糾參不職官員，得旨覽奏。力挽運漕，盡心國儲，深體廠臣，帷幄籌邊，至意勤恪，可嘉。奸詭插和，勢豪勒揹，漕例甚嚴，這崔世召、楊日顯、何大顯都着先行削籍為民，追奪誥命。

清雍正十一年（1733）修《雲南通志》卷二十九《藝文之三》録明何可及《題復漕臣科臣疏》（節選）： 其一為原任江西崇仁縣知縣崔世召，拮据服官，頗著能聲。該縣漕米亦以征貯水次，只以免運遼糧。不饜官旗之欲，捏稱未完，然六月初旬已報開行。崔文升漫無稽查，輒並糾參削奪，既非其辜提問，禍且未已矣。

至崔世召、何大進，雖僅么麽邑令，而受折有據，處非其辜奪者。予之死者恤之，匪獨昭曠蕩之皇仁，亦所以信漕之功命也。

伏乞皇上省覽，將楊廷槐即與優起，崔世召酌量議復，何大進仍恤以原官，並免提問科臣陳希昌等。乘時擢用楊棟朝，應同不拜祠諸臣，揚其風節。或起以南垣，或優以北省，統祈勅下該部施行。

清雍正十一年（1733）修《湖廣通志》卷四十六《名宦》： 崔世召，福建人。天啓中以舉人為桂東令。培植士□，撫字黎民。文學政事，兩擅其優。

清同治五年（1866）**修**《**桂東縣志**》卷之五《**疆域**》：邑令崔世召修（八面山）路，題庵聯云：『峰高八面路何崎，鷲嶺中分一壑；佛在寸心修即是，普陀遥指諸天。』兩邑賢者咸佩德，鐫石於爛柴坑，顔曰『崔公路』。

國學周予高訪知荒田壟有田數畝，系明崔令捐買，被寧邑土豪據占，具控兩邑會勘，斷豪償價銀壹拾捌兩五錢，另買鍾宗儒西水中洞田租三担，糧三升，為節年修路費。

清同治五年（1866）**修**《**桂東縣志**》卷之十四《**名宦**》、**光緒**《**桂東縣志**》卷之十四《**名宦**》：崔世召，福建人，舉人。天啓間知縣事。持身清白，疏通明敏，勤於治理。培植士子，撫字黎民，以實心行實政。見八面山鳥道崎嶇，捐俸辟途，至今人呼為『崔公路』。喜讀書，公餘吟詠不輟。策杖遊山，所在留題。《湖廣通志》稱其『文學政事，兩擅其優』。祀名宦。

清雍正九年（1731）**修**《**西湖志**》卷九《**園亭**》：放鶴亭，在孤山之北，宋和靖處士林逋故廬也。元至元間，儒學提舉余謙既葺處士之墓，因植梅花數百本，構梅亭其下。郡人陳子安以處士妻梅子鶴，不可偏舉。乃持一鶴放之，遂構鶴亭，後與梅亭並廢。明嘉靖間，錢塘令王釴重建，曰『放鶴亭』。崇禎壬申，鹽運副使崔世召新之。

明汪汝謙《不系園集》、清丁丙《武林掌故從編》：魏璫以老魅盜國，湖山淨土幾化為腥穢不韻之場。雖聖明掃蕩餘氛，而先輩凋零，名園芳墅垂剝，斜陽衰柳間不可復跡矣。一日，與閩中崔徵仲使君雅集湖上，慷慨興懷。客有謂方内多虞，催征檄如風雨，窶兒奔命，富室逃名，為游觀者何為者。余曰：『不見蘇長公救荒歲築堤乎？』使君唯唯，因解帶倡緣，首葺湖心亭。余喜從事，不三月煥然一新，詳載韓太史記中。使君復念孤山梅魂無寄，鶴夢難通，繼起放鶴亭。余補種梅花，以存舊觀。陳使君記其事。

清鄭方坤《全閩詩話》卷八：槎翁陳梁記曰：崔徵仲使君以限字韻箱見貽，既立約之次日，為鶴亭載功之始，集予寓。是役也，使君賞幽，首輸俸錢為之，同社徐仲經理焉，皆處士知己也。而崔長君非石暨趙雪舟，恰以是日來自閩；楊若朩恰以是日來自禾；顧霖調恰以是日訪使君於湖上，咸集予寓。既飯，命舠往謁處士，遂攜限字箱試之。使君、雪舟、若朩、仲陵各得五言古，霖調得七言絶，非石得五言絶，予得四言古。使君有『卻似花時媚，幽塘進暖航。騷台荒臥柳，萋藻擁寒床』之句，雪舟有『征驂經麓始，命屐擬為誰。覓岸呼漁艇，鉤鱗過硯池』之句，若朩有『押韻索紆險，披荊憐寢竹』之句，仲陵有『冷岫懷偏治，孤岑筆鬥奇』，及『香滿雲蒸眼，妝蕪雪著眉』之句，霖調有『望舒孤嶺愜玄暉，登臺響結九皋飛』之句，非石有『欲甜先坡美，移軒赴鶴汀』之句，予有『主客雅泛，興仰梅叟』之句，雖倉率一時，字有限制，而各如情事，亦復勝彥，書以記之。

清雍正元年（1723）修《馬龍州志》卷十《藝文》録明阮元聲《重修龍王堂記》：汪然明氏為湖上寓公，主盟風雅慨焉。疢中既與崔徵仲使君飭圮湖亭，種梅孤嶼矣。復割冰橐，繕龍王堂而新之，兼祠白蘇二公。令登眺湖堤者並知緣始，非徒侈盛事已也。

清陳景鍾《清波三志》卷中《紀事》：寶成寺之後，有感花巖，石壁間刻蘇子瞻《寶成院賞牡丹》詩。予兒時過其地，尚有石亭依巖穿架，覆此詩於亭中。周遭有石欄石凳，以供遊人徙倚，三十年來傾圮無存，今巖下已成荒圃。戊午初冬，與友人薛鴻淇遊此，捫壁間更得小字數行云：『《余于己巳楚游偶步感花巖讀壁上子瞻詩忽忽有感，茲復官此地豈重來之句是其讖耶，因作詩以紀之》：撫石看詩歲已徂，君王復許賜西湖。風流未必同崔護，感慨依然憶老蘇。渴筆巖空勤拂拭，短筇人醉強支吾。前生或恐求漿者，笑問桃花事有無。』後書『崇禎辛未冬，閩人崔世召識』。辛未，崇禎十四年也，距今一百有八載矣。俯仰古今，不勝憑弔之感。時載有筆硯，因倚石次其韻云：

『光陰百歲似水徂，崔君猶記官西湖。壁字模糊蝕蟲蘚，花欄迸坼生雞蘇。轉頭勝事成古跡，潑眼好懷非故吾。江雲海色任變幻，獨有浩氣清如無。』

箋○【辛未，崇禎十四年也】有誤，辛未為崇禎四年（1631）。

清同治十年（1871）**修**《**連州志**》第五卷《**職官·名宦**》：崔世召，字徵仲，福寧人。萬曆己巳舉人。知連州，時適傜為害，世召濟以德威，傜衆貼服。居恒清廉自守，嘗浚天澤泉，引為溉田之利。去後，州人於泉旁築亭，碑之曰『崔公清德泉』。

校○

【萬曆己巳】誤，應作『萬曆己酉』。

清陳夢雷《**古今圖書集成·職方典·廣州府部匯考**》：龍涎峽，按《（連）州志》在州南五里。俗呼牛溺峽，判官佘勉學改龍頭，郡守崔世召改今名。

民國十九年（1930）《**寧德縣志**》卷之二十三《**祠祀志**》：崔大夫祠，在城內東井堂。祀明連州刺史崔君世召。

明徐𤊹《**筆精**》卷四、**明鄭方坤**《**全閩詩話**》卷八：崔孝廉徵仲貽余新梓《問月樓詩》，中多雋語。《贈州同王九皋》云：『笑我無魚歌幸舍，憐君有蟹領監州』，《送劉之罘將軍》云『射虎功高偏不賞，雕龍才老竟如斯』，《贈陶嗣養》云『鳥留書法皆成篆，龍是文心不用雕』，《贈王藎卿再舉子》云『搗盡元霜原得偶，捧來明月本成雙』，《吊謝皋羽》云『魂隨宋寢冬青樹，墓傍嚴陵古釣磯』。鍛煉工巧，詞壇之射雕手也。

民國二十二年（1933）修《東井崔氏族譜·世召公傳》：公字徵仲，號霍霞，別號西叟。生平學淹墳典，品抗松筠。幹濟惠廉，朝野旌頌。由廩生，以書經中萬曆己酉第二十一名舉人。天啓乙丑歲，授江西撫州府崇仁縣知縣。丁卯，以不詩逆祠，忤魏璫，削奪原職。及璫敗，崇禎己巳，諸科道交章薦舉，敕授湖廣郴州桂東縣知縣。辛未，轉浙江鹽運使司副運。癸酉，升廣東連州知州。丙子，致政。歸時，連民紳士遮道攀轅，為建生祠。並崇祀四賢祠、名宦祠，本邑入忠義祠。

著有《西叟全集》《湖隱吟》《半囈吟》《腋齋遺稿》《秋谷集》《問月樓詩集》。藏版毀於倭寇，僅存《秋谷詩集》下卷、《問月樓詩集》《湖隱吟》，均系抄稿。其生平行實，已見邑志及《鶴場漫志》。

自營生壙於西山秋谷，構亭其間，有鶴巢亭一名鶴巢軒、秋谷亭、醉香亭、浮鷗亭、媚樵亭、沽酒處、鐵崖亭、雲扃、泉屋、嘯閣、閬庵、腋齋、煮石齋、懸虹亭一名懸虹峽，景甲寧城。外郡騷人詞客多題詠，以紀其勝。自家出遵化門外，至西山約二三里，數步一亭，凡三十六亭。春秋佳日，載酒往遊。倡和溪雲吟社，把臂入林，皆一時英妙士。上元夜，三十六亭悉張燈，自書其詩，每夕輒換之。電轉珠輝，觀者如市。

《明詩綜》及《全閩詩話》多刊選公詩。

箋〇『藏版毁於倭寇』有誤。寧德倭患在嘉靖間，應毁於清初戰火。

明徐𤊹《紅雨樓集·鰲峰文集》冊八《寄陳士業》：崇仁令崔君徵仲博雅名流，非作吏風塵俗品。

《紅雨樓集·鰲峰文集》冊八《寄彭次嘉》：崔令君乃敝社中稱文章意氣兩絶者，一行作吏，此事稍廢。前後著作甚富，此中僅攜得問月樓一種，今遣役送上記室。

明謝肇淛《五雜俎》卷三《地部一》：萬曆癸丑四月望日，與崔徵仲孝廉登張秋之戊己山。酒間，征以支干命名者。徵仲言：『有子午谷、丁戊山、二酉室。』余言：『秦有子午臺，見《拾遺記》。楚有丙穴。漢有戊己校尉，又有庚辛之枋、甲乙之帳，丙舍、子夜，甲第、辛盤。』徵仲言：『有屈戌、午道、白丁、壬人。』余言：『尚有乙榜及呼庚癸者。』時徵仲下第貧乏，大笑而已。歸途馬上思唐詩，有『午橋群吏散，亥字老人迎』，亦可補一闕也。

清朱彝尊《明詩綜》卷六十五、**《静志居詩話》**卷十七：崔世召，字徵仲，寧德人。萬曆己酉舉人，知連州。有《秋谷集》。

崔君令巴山，有為魏璫請頌德詩者，峻拒之。遂被逮，入都下獄。崇禎初釋還，補官桂東。尋司浙中鹾務。詩頗清澈，無塵坌氣。

清郭柏蒼、楊浚編《全閩明詩傳》卷三十九《萬曆朝十》：崔世召，字徵仲，寧德人。萬曆三十七年舉人。天啓間，授巴陵縣，下獄。崇禎初釋還，補桂東，遷浙江鹽運同知，晉連州知州。卒，祀連州四賢祠。有《秋谷集》《問月樓詩》。

清劉家謀《鶴場漫志》卷下：邑志，崔刺史世召撰有《西叟全集》《秋谷集》《湖隱吟》《半虀吟》《腋齋遺稿》，《明詩綜》載《秋谷集》，郡志載《腋齋遺稿》《問月樓詩集》《湖心亭別集》，互有異同。版毁無存，僅餘《湖隱吟》下卷一本，《秋谷集》鈔稿一本。余從其族孫挺新借得《湖隱吟》，則上下卷俱在焉，又《問月樓啓集》下卷一本。世召交吾郡曹能始、謝在杭、徐惟起諸公，詩亦沿晉安風雅派，與竟陵遊，不染楚氛，可稱矯矯。録其《發江口大雪》一絶云：『别酒盈盈照客顔，閲人江水浪兼山。白頭已絶重來夢，不似靈潮日往還。』蓋邑志所未采者。

續訪得《問月樓詩集》鈔本六卷，披榛采蘭，足充紉佩。《過分水關》云：『山勢中天斷，溪流兩地分。遙看蒼靄處，只隔一重雲。』《蠶婦吟》云：『西壟漫持筐，桑條葉未長。妾饑寧自忍，夜半為蠶忙。』《藕居》云：『結廬傍幽池，貪香不知暑。夜半月明中，荷花作人語。』《暮行道中》：『秋山寂寂暝雲深，立馬斜陽澤畔吟。歸鳥不知行客恨，數聲殘響落空林。』《河口開舟暮至貴溪》云：『南風如箭逐輕帆，一刻飛過十里巖。纔聽弋陽聲未了，貴溪山影已斜嵌。』

又《三友墓詩序》云：『三山徐振聲、吳叔厚、林世和，成化間隱君子也。三人盟死友，徐、林先歿，叔厚鳩金買山城東桑溪，乃闢越王流觴故址。共營宅兆，同穴而葬，時呼「三友墓」。徐君之曾孫興公索詩於余，率爾賦此。』此事吾鄉鮮道者，今桑溪亦無三友墓。嗟夫，翻雲覆雨，變態須臾，何論百年後耶。三君者，可以風矣。按此事，亦見《硯雲甲編》，鄭仲夔《耳新》。

《秋谷集》鈔本，僅存下卷。録其《四月打魚謠》云：『海上安榴四月開，年年石首踐更來。他時老健重觀海，記取榴花第幾回。』

刺史官浙江運副時，葺湖心、放鶴二亭，與東南詞客嘯詠其中。韓求仲太史為作《西子豔粧記》，李君實太僕、陳眉公徵君為作《放鶴亭記》。詳崔嵸《湖隱吟》跋。然余兩過湖上，鮮談及者。陵谷之感，詎獨征南耶。

刺史家遵化門內，問月樓在焉。湖心亭，在登瀛門外。又於西山自營生壙，構亭其間，曰『秋谷』。有雲扃、泉屋、嘯閣、煮石齋、懸虹峽、醉香谷、鶴巢軒諸勝。見世召所撰《秋谷乞言》，案乾隆四十六年採訪稿：『世召墓在西山，有「秋谷十景」。又有鶴巢亭、秋谷亭、醉香亭、浮鷗亭、媚樵亭、沽酒處、鐵崖亭、泉屋、閬庵、嘯閣、腋齋、煮石齋、懸虹亭，名目與此稍異。蔡世寓字朝居，撰有《西園集》詩所云『澗水遠澄巖下月，松風恰傍石邊橋』也。自家出遵化門外，至西山，約二三里，數步一亭，凡三十六亭。春秋佳日，載酒往遊。倡溪雲吟社，陳大經有《溪雲社修禊記》，見邑志。採訪稿：『溪雲閣，在小東門外，去城濠僅百武。倚山環溪，草木蒼翠，崔秀才世棠別墅也，閣後有廢庵。萬曆己未三月，仿蘭亭故事，集諸名士修禊賦詩，有《溪雲社集》一卷。』今庵、閣俱廢，邑人罕有知其處者。世棠字仲愛，世召從兄也。把臂入林，皆一時英妙士。上元夜，三十六亭悉張燈，自書其詩，每夕輒換之，電轉珠輝，觀者如市。綺羅畢兮，池館盡；琴瑟滅兮，丘壟平。僕本恨人，心驚不已矣。

『問月樓』匾，為徐𤊹八分書。後樓毀，匾歸葉氏，今歸王氏。刺史有滕王閣楹聯云：『閣中帝子安在哉，只留些孤鶩落霞點綴江山，萬里文章歸故郡；此地閬人亦多矣，要惟是閑雲潭影迢遙冠蓋，一時談笑付春杯。』邑人喜誦之。然不若其《五人墓》詩云：『斯民三代也，有友五人焉。』當時亦取以為聯，尤簡當。

道光初，有優人寓遵化門外，夜見豪僕數人，招之行數里。高堂廣廈，列炬如晝，上坐貴官，命之唱。天迄不得曉，皆倦睡矣。旦視之，則西山也，崔刺史世召墓在焉。嗚呼！刺史風流，數百年未泯耶。

清謝章鋌《賭棋山房詞話》卷三：明代詞學，譬諸空谷足音，而海濱朴習，更無有肄業及之者。芑川居寧德，撰《鶴場漫志》，采先輩遺著數十家，而長短句無聞焉。近人則惟蔡笏山明紳明經、崔松門挺新秀才，頗有涉筆。而秀才詞尤清折。《醉花陰》云：『繡陌和風收宿雨。簇簇霞千縷。時節正花朝，嫩綠嫣紅，都藉春為主。一尊醽醁斟芳圃。看日高葩吐。撲鼻清香，十二闌干，蛺蝶爭飛舞。』秀才為秋谷世召刺史裔孫，刺史與先方伯在杭先生稱詩友，秀才一見余，諄諄以古誼相砥礪。余歸，復以詩文寵余行，其言俱極鄭重也。余酬以絶句云：『俯仰乾坤共歎嗟，崔郎家世自清華。樓頭好月依然在，知有文章繼霍霞。』霍霞，刺史別字，刺史有《問月樓稿》。

箋○【秀才為秋谷世召刺史裔孫】有誤，崔世召屬勇房昱公（鑒公次子）派下，崔挺新屬勇房昌公（鑒公三子）派下，同宗不同支。劉家謀《鶴場漫志》稱『族孫』無誤。

唱酬贈答

詩

中秋集鎖瀾橋和崔徵仲

蔡世寓

秋風揚皓魄，節候古今佳。貴擁三千客，豪飲十二釵。爭期明似晝，不覺樹蒙霾。天意酬人願，清光煥水涯。金波澄寶鏡，銀影入苔階。踴躍賡新調，嚶鳴拉舊儕。淩潮迎浩浪，撫影散高懷。袁宏驕倚馬，蘇晉醉長齋。濡筆題橋柱，看花檢玉牌。登壇齊鼓吹，呼酒吸江淮。汪洋天與地，渾漠拙與乖。過市蓮隨步，尋人戶掩柴。途歌皆綺麗，巷嘯或屠埋。皎皎塵無點，由由眾與偕。韶華飛電火，夜色恍天街。後會知誰地，詩郵信使差。

崔徵仲以逆璫被逮秣陵懷賦　　前　人

我友豪吟客，西江吏治新。可堪沙射影，遂作浪遊人。聖代恩無限，天涯德有鄰。秣陵何日返，凝望欲沾巾。

崔徵仲枉顧用扇頭居字　　前　人

短鬢銀絲似，青袍色色如。逢人疑強項，適性合幽居。移菊將開候，烹茶喜熟初。忽看門剝啄，平仲適吾廬。

寄候崔崇仁明府兼謝所與　　前　人

意氣周旋三十年，多君才藻自天然。人疑秘府隨鵷鷺，帝重名都借管弦。巴水停雲時炯炯，鶴山涼月夜娟娟。應知貴後無忘賤，遠謝廉金剩酒錢。

集崔徵仲明府新築山亭得二簫　　前　人

好景遲人歲月遥，結廬醉客喜今朝。樽前鳥拂千山翼，天外帆歸萬里潮。澗水遠澄巖下月，松風恰傍石邊橋。寄言地主開三徑，竹裏頻過莫待邀。

崔徵仲明府還家　前　人

賢書已薦世知名，令尹曾聞政自平。攘攘途中羞捷足，勞勞亭下謝羶情。歸來花鳥娱清詠，老去文章有定衡。杯酒好酬樓上月，西山泉水逼人清。

寄崔徵仲復令桂東　前　人

使君飛舄楚雲西，有客耽空守舊溪。每拂仁風仙令篴，長吟明月帝京題。欒巴善政應無讓，杜父賢名早與齊。欲報賜環褒寵渥，此中馳驟起階梯。

崔徵仲明府浙江轉運　前　人

桂川三楚推賢令，當寧焦勞足國難。暫借仙才分運政，故將勝地屬騷壇。湖中風月東坡句，座上人文北海餐。迅速又當趨奏對，相思握手路漫漫。

詠秋谷寄聲崔連州　前人

官清剩得買山錢，秋谷今成小洞天。風入松濤千樹韻，沙留鶴跡一溪烟。渡橋遊客迷歸路，到院高僧不問年。為語分符新太守，羅浮行部儼神仙。

溪雲社修禊　崔世棠

東風吹雨入楊柳，小榭平橋剛半畝。有客言尋修禊盟，無人不屬烟霞友。狂來展卷恣揮毫，興劇呼盧頻問酒。喚起當年曲水賢，今朝得比蘭亭否。

溪雲社修禊　陳克勤

名園雅集客如雲，結社探春快論文。繞榭鶯花供笑語，隔簾水石解歡欣。輕衫各帶烟霞氣，斗酒兼盟鷗鷺群。從此山川增勝事，詩成好報霍童君。

送崔徵仲　謝肇淛

桂棹沙棠枻，送子長河湄。東風吹綠蕪，楊柳何依依。四海既無家，再別寧足悲。

而我方陸沉，宦情良以微。麋鹿有遠志，魚鳥無還期。且登掛劍台，感歎路徘徊。鳴鳥出幽谷，心知空自哀。俯仰待來茲，努力塵清徽。

同崔徵仲周喬卿張憲周飲瑞巖寺　　前　人

城東十里皆海色，合還群峰散空碧。千村槐樹瘴烟青，一片梨花曉雲白。曉雲微雨東風冷，歷盡平疇復高嶺。曲澗時聞暗瀑聲，小橋斜度行僧影。琳宮碧瓦敞諸天，法堂流水環平田。半藏金經殘貝葉，千年石柱繡苔錢。萬竿寒玉大如斗，老榕盤空根未朽。四圍山色倒溟濛，坐覺清涼遠塵垢。春日遲遲曖不流，嬌絲急管調箜篌。紅妝一曲浮雲卷，落葉瑟瑟疑高秋。秋去春來旦復暮，富貴還如草頭露。高歌痛飲騎馬歸，瞑鴉啼上冬青樹。

送崔徵仲下第　　前　人

東風三月花如錯，下第還家亦不惡。柳外新鶯曉語嬌，壚頭少婦春裳薄。黃金用盡壯心違，半生俠骨尚依依。霍林高處試回首，滿眼風塵多是非。

與崔徵仲孝廉飲黑龍潭　前人

天吳驅雷雲冥冥，昆侖西下建高瓴。一泓灌盡沃焦土，枯槎猶帶龍涎腥。神物千年睡不起，銀盤堆起空青裹。十里芙蓉五里苔，花落花開藕根死。與君共醉臥漁磯，苔色荷香滿素衣。梁山日落孤城晚，探得驪珠照乘歸。

贈崔徵仲茂才　前人

旅館逢君興不孤，風塵十載困潛夫。家鄰白鶴時餐玉，手探驪龍早得珠。洞府丹梯春蠟屐，高陽斗酒夜呼盧。淩雲未賦雄心在，猶自悲歌擊唾壺。

李將軍招飲籌海樓作同喬卿崔徵仲歐全叔　前人

百尺高臺臺上樓，鼓鼙烽火似邊州。鯨波已定降王檄，雉堞猶傳控海籌。平楚風烟臨水盡，亂峰雲氣抱城浮。時平無事將軍醉，笑倚紅妝卜夜遊。

別崔徵仲　　前人

山城花發早鶯聞，無奈逢君又送君。孤館一尊聽夜雨，摩霄半榻共春雲。燃犀已探驪龍穴，掃石曾窺玉簡文。此去霍林知不遠，未應閑卻白鷗群。

謝修之明府崔徵仲孝廉過小齋賞蜀茶得佳字時有微雨　　前人

三徑春深色自佳，高軒相對愜幽懷。誰將西蜀名花種，移向東山小草齋。香逐微風穿繡幄，豔含殘月妒金釵。只愁一夜淋鈴雨，零落紅衣緑滿階。

逢崔徵仲與王元直還家相過坐月　　商梅

相逢俱我友，羨爾得偕行。留此菊花好，坐當秋月明。艱辛商去路，晤語示歸情。且止武林夜，前途有定程。

至崔徵仲家　　前人

衡門臨小巷，知子善幽居。入徑寒松老，横窗野竹疏。山光來枕席，海物當園蔬。

若使身能隱，棲遲事有餘。

晚坐問月樓遂題其上　　前　人

登樓山色好，薄暮更相宜。半榻月光入，隔牆花影知。客情添澹遠，時事感盈虧。且待重來醉，因君再問之。

暫别崔徵仲往秦川兼有太姥之遊　　前　人

復有客中事，訪君隨所之。雖然信宿别，猶訂再來期。好友令人樂，名山隨我思。秦川行不遠，言念亦遲遲。

寄徵仲兼約同游支提　　前　人

乍見豈能别，寄言唯獨愁。松聲知滿徑，月色尚高樓。地已成君福，山須伴我遊。計程才百里，魂夢已相求。

到巴陵崔明府邀止玉清觀　前　人

寧辭跋涉遠相親，暫息風塵慰故人。昨夜江干眠有月，今朝觀裏坐如春。升沉不計心何古，毀譽渾忘道乃真。且與天人同止宿，敢云宫館便隨身。

與崔明府　前　人

客態棲棲那得閒，相逢相慰鬢俱斑。文章困我應求友，貧賤驅人且出山。一日談詩稱獨快，三年保障肯辭艱。欣然笑語皆鄉土，忘卻飄零遠道間。

江水十章有序　前　人

江水，唁崔令也。崔在巴陵得民也，遇謗出城，江上民望而哭之。商子感焉，述民之言，為之賦《江水》。

江之水，清且漣兮。胡為乎天，禍我土而奪我賢兮。皆我民之愆兮。薄言往愬天怒，庶乎其不還兮。

江之水，只東注兮。今我下民，疑且懼兮。高高蒼天，朝與暮兮。不與我言，而貽我怒兮。不知其故兮。招招舟子，從此路兮。

江之水，秋風判兮，高者岸兮。今我父母，未有畔兮。以陰以雨，忽使我佇立而不見兮。吁嗟乎，我田我廬，我妻我子，安得而晏晏兮。

江之水，不可涉兮。風太急兮，心懾懾兮。今我父母，舟且楫兮。我稻我粱，我黍我稷，安得而食兮。望江水而涕泣兮。

江之水，木葉吹兮。風蕭蕭兮，雨霏霏兮。我心傷悲兮。凡百其身，可代而歸兮。嗟嗟蒼天，善不可為兮。路遠且長，胡不翼我而飛兮。左之右之，勿使其寒且饑兮。

江之水，流不平兮。淒淒者聲兮，而不忍聽兮。我餱我糧，相與而偕行兮。天明明兮，惠我仁人。而返我城兮，心則寧兮。

江之水，鳧且鷗兮。今我父母，若棄我而不我留兮。復不與我謀兮，置我於城之隅，江之洲兮。瞻望弗及，淚長流兮。添江之水寒，江之秋兮。

江之水，露且霜兮。父兮母兮，胡養我不卒，而各一方兮。日月有臨而有光兮，竟不照於此鄉兮。昊天蒼蒼兮。

江之水，日以寒兮，其流潸潸兮。今舍我而去，何時還兮。陟屺陟岵，復望于江之間兮，惟與我歸來而團團兮。

江之水，望迢迢兮，聞蕭蕭兮。葉且凋兮，不似昔時，而江上乎逍遥兮。福昨日而禍今朝兮，天乎天乎，鑒賢者之劬勞而尾燋燋兮，庶昏昏者而昭昭兮。

別友兼寄秋谷　前　人

乍別即為別，臨行聊與論。雲猶封竹徑，花不送柴門。來去每相慰，懷思自有存。寄言秋谷裏，誰與共晨昏。

崔徵仲遊鯉湖歸見訪送歸寧德　徐　𤐰

支筇探九漈，躡屐上壺公。山水惟君得，烟霞幾客同。一身沾藥氣，滿袖挾松風。歸莫誇名勝，門前有霍童。

望夜過崔徵仲問月樓次韻　前　人

度嶺入鄰封，尋君策短筇。城低環似雉，樹古矯於龍。肅客開三徑，推窗納衆峰。把杯同問月，露坐及晨鐘。

春日同謝修之、崔徵仲、周喬卿、鄭孟麟集謝在杭積芳亭賞蜀茶花得六魚

前人

芳園群卉惠風初，蜀國名花映日舒。香氣凝當重碧酒，冶容開傍草玄廬。何如漢苑新妝後，不比隋宫剪綵餘。妒殺文君衣縞袂，枉將顏色惱相如。

同陳伯禹集崔徵仲問月樓

前人

危樓結構白雲間，客到欣然即啓關。海近先來當戶月，窗開全露隔城山。圖書適意還同賞，筆硯酬名未得閒。向夕憑高堪理詠，一樽相對卻忘還。

寄崔徵仲孝廉讀禮山中

前人

麻衣如雪掃新墳，且向家山臥白雲。二仲屐聲三徑入，兩童峰色半樓分。蘭生謝砌香堪挹，楓落吴江句每聞。好待慈恩題姓字，榜開龍虎首崔群。

送崔徵仲守連州　　前　人

新典名州到嶺西，參差五馬躍霜蹄。兩崖束峽危難棹，四面環山峻可梯。前守風流追夢得，古碑零落問昌黎。此邦過化多詞客，公暇詩成處處題。

寄題崔孝廉徵仲問月樓四首　　熊明遇

樓對空山月有情，金波夕湧照孤城。欲從玄兔分靈藥，天宇如聞杵臼聲。

其　二

秦女簫中鳳欲鳴，陳王閣上賦初成。素娥有意憐詞客，桂子開時分外明。

其　三

小閣憑虚逗翠微，書堂窈窕護柴扉。彈琴不覺銀河曙，把酒寧知玉漏希。

其四

團團明月倚天看，彩矚軒宫號廣寒。借問津河清淺處，仙人遥指碧雲端。

三山耆社詩敬述　曹學佺

老人有星，在狐之南。王者有道，明顯斯臨。皤皤黄髪，覃厚於天。或出或處，聿言同心。一言一動，民式以欽。帝其念之，逸我於林。秩秩初筵，以酒為箴。夙敦其會，匪云自今。司馬君實，六十有四。耆英之社，固與其次。予丁兹年，恰與相值。德位莫崇，敦云攸企。惟是諸公，不我遐棄。用以祓塵，觴行舉觶。往者不追，來猶可冀。斯文在天，共扶罔墜。

是日與會者，王伯山文學，年八十四；陳惟秦居士，年八十三；陳振狂秘書，年八十二；董崇相司空，年八十一；馬季聲州佐，年七十七；楊稚實督學，年七十六；崔徵仲刺史，年七十一；徐興公鄉賓，年六十八；予學佺為最少云。直社芝山龍首亭自不佞始，願與諸公歲歲續兹盟焉。崇禎丁丑八月之十三日。

中秋夜招集諸子泛舟山池因宿夜光堂分得五言排律体四豪韻　前人

客為陳汝翔、陳振狂、王粹夫、張維成、崔徵仲、徐興公、高景倩、陳叔度、趙子含、李明六、吳明遠、張粵肱、爾瘖上人。

由來翫賞地，難得並風騷。白露秋居半，青松月上高。巖深時露火，水闊可容舠。蟾魄映波滿，虬枝扶岸牢。村童喧逐獺，詞客醉持螯。入洞雲方闔，聞泉夜益豪。藤蘿牽若綬，桂子落方袍。豈必枚乘賦，遙觀八月濤。

仲夏朔日西湖觀競渡喜崔徵仲刺史歸自連州各賦十韻　前人

舊興發湘潭，詞場喜盍簪。天中逢令節，林下豈虛談。出郭逢俱隘，登臺戰乍酣。群龍猶作陣，五馬已辭驂。標見城頭赤，帆傾水面藍。急流誰肯退，少卻亦懷慚。泛蟻喧中駛，盟鷗靜裏探。蘭橈聚仍散，蓮唱北過南。水月眠堪拾，金銀氣不貪。詩豪劉禹錫，今古幾人參。劉中山任連州，稱詩豪。

崔徵仲過石倉以其隱處秋谷要余作序，時徵仲為權瑺所厄乍得脱歸　前　人

昔時稱死友，今日乍生還。何必談秋谷，此中皆故山。桃花嬌水態，石氣澹烟鬟。為問林棲樂，長如鶴夢間。

龍首亭同崔徵仲少集　前　人

人是霍童家，尋真駕鹿車。坐來山際雨，談擷海東霞。弈思禪機透，詩情酒趣賒。夜觀河漢際，機杍任横斜。

崔徵仲有長汀之行薄暮走訪即别　前　人

長汀訪舊去，短棹歲將殘。不出閩關内，亦多風雪寒。僧居巖壑老，鶴寄水雲餐。睠此林園勝，徒勞秉燭看。

送邱平子之霍童訪崔徵仲　前　人

微霜應後夜，余暖尚初冬。之子發遊興，支提當幾峰。澗流多作瀑，樹隱但疑松。

為語崔亭伯，良朋好過從。

送鄭孝直游支提兼寄崔徵仲　前　人

頻年不赴霍童期，把筆空題送客詩。笠影幻傳浮海濕，茶烟香娲出林遲。遨遊蹤跡何當少，雅俗胸懷便得知。谷口倘逢西叟問，躬耕尤與子真宜。

送崔徵仲北上　前　人

系馬三山別友生，村居聞信副心旌。王程正及新秋思，隱谷還尋舊日盟。漢室循良稱繼響，皇家臨照喜重明。近傳召對平臺上，首及民間疾苦情。

送崔徵仲往任桂東　前　人

選人親謁聖明君，朝政更新日異聞。冢宰獨留排衆議，群工申飭戒虚文。賜環僅得攜湘佩，制錦猶堪映楚雲。郴桂亂山圍斗邑，衡陽歸雁已紛紛。

寄崔徵仲　　前　人

鹺署多羶爾獨清，寄銜惟在武林城。賜環未見優強項，前席虚勞問賈生。三竺每聽僧梵遠，孤山時看鶴來輕。浮沉吏隱猶堪樂，漫道閒居遂稱情。

送崔徵仲之任連州　　前　人

君今適粵豈浮湘，州境依然在桂陽。燕喜亭光連洞壑，楞伽峽影倒洽涯。伏波路戍聲名壯，新野胡公德澤長。此是三遷異三黜，聽猿何必斷愁腸。

答崔徵仲效擊壤作　　前　人

乞休猶易乞閑難，不得閒時悔棄官。門禁常開無早暮，人來逼近少遮闌。只須淡話尋僧了，莫把衰顏買妾歡。谷水入秋作何狀，杖藜仍許瀑簾看。

耆社五老挽詩·崔徵仲　　前　人

方州刺史初遂衣，秋谷盤桓賦采薇。七秩生雛如歲壯，三山跨鯉入雲飛。霍童地勝今誰主，禹錫詩豪也息機。莫是預知將永訣，臨行堅索序文歸。

南中丞初度招飲銜齋同汪明生、徐興公、崔徵仲、鄭以交及壘兒在坐用中丞韻　張燮

由庚逢勝序，雄甲及佳辰。寶露秋明閤，香風曉度振。斗牛占倍朗，笙鶴奏還親。卻笑扶笻者，何當入幕賓。摩空收勁翮，傾海出潛鱗。徼外霜戈奮，軍前露布新。松峰朝遠翠，花塢駐長春。士氣溫如纊，王言出似綸。玉雞行受瑞，蠟鳳早還馴。杯到清皆聖，劍於合有神。興文元整暇，愛士自清真。所以舟同郭，因之御到荀。行觴移法從，起舞盡騷人。忽漫逢青鳥，來從何限垠。

鄭以交攜酌于山偕徐興公崔徵仲二首　前人

湖色入山樽，秋聲當午供。日日款衣裾，惟偕求羊仲。

其二

為續焚枯約，微聞伐木丁。征雲遲客意，隨葉逗孤亭。

徐興公招同崔徵仲陳泰始集緑玉齋壘兒偕賦共用平字　　前　人

護徑青嵐帚，高低屐轉清。忽疑披小酉，兼許及長庚。燒葉山爐沸，編荷野製成。慚無機石至，何以問君平。

馬季聲招飲醉書軒同徐興公、崔徵仲、陳泰始、鄭與交、陳叔度、高景倩及壘兒在座同用開簧二字　　前　人

徑仄壺中人，翳然林水隈。攜將新釀熟，傳得賜書來。芰以焚枯折，花因夢筆開。相期酣韻事，漫遣玉山頹。

詞盟廣詠・崔徵仲大令　　前　人

徵仲志四方，獻策阻見收。麗事多異聞，搖扇登車遊。作令項推強，忤璫璫所仇。身屈道常伸，恥彼曲如鉤。

讀《華蓋山志》有賦　丘兆麟

宇宙名山殆非一，我慚登覽十未七。魯惟泰嶽與崆峒，豫僅嵩高之少室。陟岱升華竟未能，即到桃源亦草率。況乎生平大缺陷，家有蓬瀛亦坐失。于崇吾得見大華，竟未摳衣一登涉。偶逢霍童崔縣侯，談及此妙每竟日。更復貽我新志書，俱經侯之親手筆。披閱我時為臥遊，頗能前與少文匹。仙源尚不論唐虞，近代漢晉何足述。皇邱既為皇帝兄，王郭詎止方平侄。考定別有一源流，要非世人聽得詰。固宜山川發秀靈，何難法相為光裔。我恨人生若白駒，又歎世間如黑漆。不應身世作蝸蠅，豈能禁人為蚌鷸。要須安閒覓一邱，風月領承無忌妒。敬與浮丘他日盟，一官腐鼠我能斥。振衣芙蓉又蒂間，雲霞為衣天為質。千秋萬歲無毀頹，下視世人真若沒。

寄崇仁令崔徵仲　周之夔

聲氣交歡十五年，風流共指霍童仙。苦吟不讓投金瀨，茂宰仍逢種玉田。顏峻諸兒狂孰及，山濤雅度老相憐。時艱處處多鴻雁，知爾能調單父弦。

送崔徵仲之官桂東　陳一元

兼葭秋色正蒼蒼，楚水閩關別夢長。日下近承新賜詔，花間仍綰舊銅章。郴山奇變連仙嶺，程醽清甘出桂陽。邑小官閑堪嘯詠，可無佳句動三湘。

入楚疆懷崔明府徵仲　葛一龍

此地復來過，相懸路幾何。雲平峴首石，天東洞庭波。公事閑花治，民情入棹歌。衡東書雁斷，心遠夕陽多。

崔徵仲使君重葺湖心亭二首　韓敬

誰向蒼茫結蜃樓，重開壯觀壓湖邱。雪豪最喜千林護，月靚惟宜隻舸留。傑閣名曾傳四照，層台額好署三休。御池莫作金明擬，麗矚難方此勝遊。

其二

亭成記就勒曾無，亭比瑤台鏡比湖。堤劃兩方香澤水，橋開六幅晚妝圖。鷗鶯波館曾相識，仙到樓居安可呼。預擬憑欄占烟景，此人端合有菰蘆。

孤山放鶴亭落成因集同流各補梅一枝　汪汝謙

古樹空香別有群，更添疏影逗輕雲。詩人漫寫寒酸句，水部風流有使君。梅花題詠斗清新，麗句還輸鐵石人。愧我孤吟難屬和，卻將輕艇泊為鄰。

崔徵仲使君重葺湖心亭余喜從事和韓太史寄題韻二首　前人

千頃湖光百尺樓，鶴汀鳧渚勝丹邱。秋風應憶張騫到，夜月偏宜庾亮留。信有使君能解帶，豈無高士為停舟。從來佳事多重整，況復烟雲彩筆收。

其二

點綴西湖久已無，老坡重現在西湖。玲瓏傑閣生蓬島，掩映長堤列畫圖。一水空烟隨意度，雙峰高髻宛堪呼。更將放鶴亭扶起，始信孤山轉不孤。

贈轉運崔使君　　陳子龍

閩嶠青霞天外開，陸離珠珮照樓臺。賦才新益敖波句，博物應知貢珀來。南楚䶗䶕歸傲吏，東吳賓客擁奇材。明時莫上輸邊策，轉運猶無中使催。

仲冬閏月同聞子將、王昭平、繆湘芷陪崔徵仲使君泛湖晚步放鶴亭探梅　　王大章

鎮日尊罍畫舫中，漫聽元塵座生風。吟呼影似依梅鶴，聚散蹤如踏雪鴻。疏柳蕭蕭霜影澹，平湖漠漠水烟空。回看夕照山多紫，尤喜西泠映玉虹。

黃若木客湖上崔徵仲使君招集晚泛分得春字　　繆沅

相逢憐歲暮，對酒晚逾親。客盡才名久，寒分詩思新。遠山烟寫韻，疏影月傳神。留滯尋芳客，來看滿樹春。

八月八日崔徵仲喬梓招同藍田叔、顧霖調、陳則梁、徐仲麦、顧山臣、傅野倩、吴今生、張幼青社集湖舫兼欲修放鶴亭共得秋字

方以智

八月風吹楊柳秋，朝搴杜若回芳洲。倦客將歸怨石尤，主人置酒沙棠舟。湖心擊楫何悠悠，中流簫管間箜篌。嫋嫋餘音難久留，少年紗縠過長楸。珊瑚為鞭馳紫騮，俠士安得東平劉。願為隱者歸山丘，我思古人誰與儔。宋有高士山之幽，故跡荒蕪不可求。墓旁藉草悵夷猶，仰視大火已西流。誰言作賦可封侯，且當潦倒六橋頭。

崔連州掛冠志喜郤寄

陳衎

松陰極目閉衡門，七十懸車古道存。海角流民懷刺史，山中芳草戀王孫。謝公少女多才技，柳氏諸郎擅討論。太姥峰前家慶集，玉笙瑤瑟醉金尊。

題崔徵仲七十初度冊

邵捷春

才名年少駕詞壇，老至專城薄一官。鹽鐵宦成原味淡，貂璫禍脫本恩寬。大夫此日應扶杖，仙吏於今已掛冠。何事長生尋秘訣，霍童霞彩近堪餐。

崔公路在桂東八面山　鄧華楚

人愛愚公愚，能使操蛇懼。力精山為開，誇娥感誠素。我憐八面山，天險誰能度。烏鳶拍翅遲，攀陟猿猱怒。有仁者崔公，戚然深民慮。墾壤披荊榛，叩石破烟霧。五丁來效靈，行道喜奔赴。常恐年久湮，置產修牢固。迄今二百年，攀緣非故步。君看蔭途松，盡是甘棠樹。

登樓望海依枚如韻　劉家謀

舊日林保童崔世召亦異才，千年霸氣沒蒿萊。憑欄坐惜寒潮影，似我無端自去來。

草堂丈談東洋舊事成五絶句選一　前　人

問月樓傾剩舊題，鶴巢軒亦草萋萋。我來不見詩燈影，兩度元宵醉似泥。

問月樓在小東門外，崔西叟世召刺史築。今樓廢，匾亦他屬。秋谷在城西里許，亦刺史別業，有雲扃、泉屋、嘯閣、煮石齋、懸虹峽、醉香谷、鶴巢軒諸勝。刺史嘗於元夕作數十燈，自書其詩，每夕更之，觀者如市。余來寧兩歲，元夕皆遇雨，閉門獨醉。

舊事　前人

風流舊事說溪雲，寂寂吟聲斷不聞。三十六亭秋草遍，眼中留得可兒墳。崔西叟墳在秋谷，有三十六亭。西叟嘗與同人結溪雲吟社。

與崔松門挺新論詩有贈即以留別　前人

竺庵嘯谷派重開，西叟秋墳骨未灰。寂寂溪山三百載，揮毫應許繼鶖崔。崔西叟刺史有《問月樓》諸集，其子五竺明經有《竺庵集》，孫星野秀才有《嘯谷草》。《鶖崔篇》，陳函輝為五竺作。

一自　謝章鋌

海内談詩小草齋，曹徐里社自分題。東來踏月支提下，尚有崔郎共馬蹄。先方伯在杭先生到寧德，與崔西叟刺史稱莫逆，同遊太姥、霍童。

禊日感作　前人

刺史文章亦出塵，溪雲閣下更無人。持杯便有滄桑感，此意何由問水濱。溪雲閣，崔西叟修禊處。

春日雜詩　前人

當日崔州守，登壇意自豪。文章寧可恃，池館亦徒勞。所就雖如此，吾生惜不遭。承禎煉丹處，風雨況悲號。崔西叟家靈溪，建亭三十六，元宵張其詩於壁，每夕易之。太姥有司馬承禎丹井。

感懷漫書　前人

鸞鶴無聲天際來，海邊駿骨久蒿萊。鄭虔苜蓿嗟何極，楊僕戈船事愈哀。宮府誰關天下計，山川苦憶古今才。飄零文字猶如許，崔蔡應知泣夜台。明崔西叟、蔡同野，俱以詩鳴於寧德，今遺集多不可問矣。

留別諸同人　前人

樓頭問月畫圖開，海國生還匹馬來。姓氏誰尋名士傳，文章應望後賢才。當時縞紵通詩卷，此日烟霞换劫灰。我本芙蓉舊園主，登臨吊古不勝哀。

箋○第一句小注『崔刺史西叟』。第二句小注『蔡同野學博』。第七句小注『在杭先生與刺史甚善，作《小草齋詩話》，並及學博遺事。又修《支提》《霍童》二志』。【又修《支提》《霍童》二志】有誤，謝肇淛所修為《支提山志》七卷、《太姥山志》三卷。

念奴嬌·東洋學山閣壁　前人

愁塵萬斛，看沉埋，一帶江山如許。太白騎鯨歸采石，知道此間難住。大是無聊，藥爐丹灶，苦把神仙數。霍君應笑，神仙究竟奚據。　見説問月亭邊，宵深有鬼，猶唱秋墳句。鬼也於今凋零盡，剩得淒風疾雨。我本羈人，只宜酣醉，否則歸家去。長年作客，獨行獨坐何趣。問月亭，崔刺史世召别業。相傳刺史歿後，猶能召梨園宴客，詳芑川《鶴場漫志》。

文

崔徵仲像贊

謝肇淛

君於吾有一日之長，徵仲與余同年同月而先一日。而余於君有知音之賞。余已白首為郎，君且青雲獨上。自此以往，王事鞅掌。亦復憶龍井緺藤，摩霄策杖。姑志君之像，作丘壑間想。

崔徵仲《半嚶稿》序

前　人

博陵崔徵仲髫鬌攻舉子業，每戰輒屈其鄉之長老。稍壯，攻古文詞，上溯左馬，下迨二氏百家之言無不窺。又工為詩，禘漢而宗唐，才情宛至，非驚人語不出口也。余嘗登霍林，歷四十八峰，愛其山川紆環峭絶，意其下必有詼奇骯髒隱君子焉。入闤闠而訪之，果得徵仲。徵仲方困諸生，篷樞甕牖，臥牛衣中。妻孥鵠伏，至不能庀饔餐，不問也。顧益咿吾丙夜，攻聲詩古文詞不輟。都人士攘臂睨之，見其貧且困，則謂此道為作祟，曰：『夫夫也，魘且久，胡不寤？』而徵仲亦以『半囈』名其集。余笑顧謂：『若囈耶，子雲之鳳也，文通之錦也，退之之篆而處訥之鏡也，安所不從囈中得之？夫聲詩古文詞者，世之所棄也，彼且以為蕉鹿，以為鐵杵，故坐而視子囈，若夢棺而得華曹，夢糞而獲阿堵，則閧然競起爭之矣。若枕之不暇高而顧得囈耶。』

己酉之春，余與徵仲策杖太姥絕頂，憑虛望遠，雲氣英英起足下，嗒然長嘯，有遺世獨立之想，而余亦以蜉蝣玄外之旨微廣其意。無何，而徵仲舉孝廉，計偕之京師矣。昔昌黎氏謂『窮苦之言易好，而歡愉之詞難工』，故文章之作，恒發於羈旅草野，至王公貴人氣滿志得，非性能而好之，則不暇以為。今之入官服政者，其崇聲詩古文詞而共棄之甚於諸生，其所心棄而陽羶逐競爭之甚於棺與糞，而子之心計粗矣，席不暖矣，求向之囈不可得已。徵仲曰：『有是哉！吾固已言之，以其半者應世，而以其半者存故吾也。請弁吾子之言，以質諸異日。』

崔徵仲像贊　　鍾惺

子處閩，天萬里。子來燕，既見止。共長安，數見難。披子像，意亦歡。吾是以遲遲其題，而不子還。

溪雲社修禊記

陳大經

萬曆己未三月三日，修禊溪雲閣。蓋是修禊起於西晉，風流世代相距，蘭亭滅沒，墟莽猶存。居恒約二三知己，攜雙不借，直抵會稽，叩山靈而問諸，覓所謂修竹茂林、曲水流觴而吊之。隨景寫態，踞石嘔心，令逸少輩千秋下有生氣。固其念者，苦無杖頭錢，徒托於宗文之遊，以了夙願已。

吾邑崔孝廉徵仲同有此癖，讀禮中步履艱出，欲仿芳躅為善步，語余曰『白鶴可以山陰，溪雲可以蘭亭』，遂走蒼頭飛刺竿牘多通。適夜郎守秦川張叔弢屏蓋蠲輿，慕霍童之靈而至，悉為大會。越五日，三山王玉生始至。先是發書郵之明日，一遭颶潦，無諸隔弊地，險峻阻絶，兼之溪流暴漲，故驂止不前，後先共得一十七人。溪雲閣者，文學崔仲愛讀書處也，雖無崇山峻嶺他固，然自溪雲一倡，塵襟俗氛易以騷雅，一時都人士彬彬乎有古意矣。是皆崔孝廉渡之茲航也。

祭崔徵仲同社合奠，己卯四月

徐㶿

神廟中年，風雅大盛。翁起霍童，少嫻賦詠。主盟藝苑，結社三山。詩筒文牘，不間往還。筮仕西江，政聲籍籍。忽罹璫殃，被逮褫職。今皇御宇，鑒翁樸忠。特旨召用，仍令桂東。再晉司鹺，宦遊兩浙。修葺湖山，名垂豐碣。一麾出守，拜命連州。踟躕五馬，繼軌韓劉。投牒乞休，棲遲秋谷。元亮高風，允追芳躅。年來九老，會締耆英。翁年逾七，力健神清。飲酒賦詩，不減少壯。蔗境悠遊，善飯無恙。今春乘興，脂轄會城。倡予和汝，舊好尋盟。無何告歸，形色無異。一豎忽侵，倏然仙逝。嗚呼哀哉，天不憖遺。老成凋謝，凶訃遙聞。曷勝驚訝，英英賢嗣。正待高騫，秋闈伊爾。翁竟溘先，遠寄生芻。靈前一酹，存歿與悲。臨風有淚，尚享。

崇仁縣重修城垣記

丘兆麟

今世之所為稱吏治者，每為不得已之談曰『安靜為福』。夫以安靜為福，則必以多事為禍，然究味其不得已而談之意，亦固曰『舉事大難』。其或不給，並不藏，愈其多事無寧安靜，蓋亦深慨乎。天下之庸吏多，而豪傑之吏少耳。即如縣之得名，無不以城者，城而任圮，寧復有城乎；縣而無城，寧復有縣乎。而況乎歷年多且久矣，則崇邑之城是已。

崇亦巖邑，人民、財賦、縉紳不甚遜他邑，而顧煩上人蒿思，一則曰『傾壞異常』，一則曰『城久不修』，幾於無城。甚至勘報七門無不倒塌已盡，即欲猝考其舊跡不能，何以故？勞慳於簣土，而細忽於蟻堤，當其始令茲土者，亦不過妥。希夫安靜為福之名，令待一令，年復一年，夫何得而不至於今日，而竟不知其後，遂至於不可措手。則前是為令者安靜，果福乎，禍乎？果庸乎，豪傑乎？

善乎，邑侯崔公之能為崇也。甫下車，即肯擔任是事；甫任事，即能算計其本末始終。東西南北門，若干圮壞；若干牆，若干圮壞；修宜若干，磚石土價若干。捐修者倡不過百金，而風可興起，士紳耆老至若子來，而唯恐後。竣事總會不過甫年，不過千九百余金，而利可貽垂千祀。使崇人民、財賦、士紳，臥始帖席，而無他慮。費曰千九百余金，未甚巨也，倡而百姓且子來，亦未甚難，感動也。而前令固盡諉之，侯固獨享之，何也？計算以智，肩任以膽，判付以精神，而其勞其怨其謗，總無足以撼我，是乃所謂豪傑也。

今天下東南西北皆多事，即宸居鼎建尚煩長吏搜刮捐助，長吏有束手攢眉者，幾人而侯？顧於此不加賦，不勞民，而用饒雍融儒雅，坐能使國事亦了，邑事亦了，身事亦了，前人事亦了，則朝廷邊陲之間，特患無侯輩數人，秉度支而司營繕，何憂財乏，又何有憂時詘哉。

侯得余語，踧踖不敢當，曰：『是役也，按臺曹公主之，守道莊公倡之，合邑士紳耆老子弟助之，余惟是居中調護，以督于有成，余一人烏乎功。』若此者，侯之所自道，固宜爾。爾若余就崇言，崇則惟知侯之為崇者而已，則惟知侯之為崇者，能為豪傑而已。作崇邑重修城垣記。

送崔徵仲歸秋谷序

前人

人行白鶴嶺上，望見寧德縣城墟井咫尺間。及至其所，亦須登頓，窮十里而遙。問所謂白鶴山者，西去縣僅一里，故知為嶺之支也。

俗但名西山，山之下有谷焉。余友人崔徵仲令崇仁時，預敕其子買山一區，為歸隱地，因顔其谷曰『秋谷』，蓋取西山及秋成之義。主人歸時，年六十有一，遂頽然號稱西叟矣。或問於余曰：『西叟之欲歸其故山也，何亟歟？山為叟所得，未及再期，而又何以故稱曰「西叟」？』『雖仕而心常在巖谷間。叟雖未履秋谷一步，而谷之未嘗不以神許交于崔令也。谷未得，則令固亟亟於是山；谷既得，則是山又日夜望其主人歸也。』或曰：『仕為令，如轍之初適途，何以遄返車？既躓矣，豈能免於涔淖而遂谷之藏也。』曰：『崔君令崇仁，崇人德之，愛戴如父母。然令縱速遷，崇人惟恐其不以三年淹也。

令之去，非出意外者哉！而獲歸於秋谷也，又非大出於意外者哉！』

丙丁之際，以虐璫董漕政，其於江右之屬縣，若風馬牛之不相及。令不意誤觸其鋒，陰怒毒螫，取旨如寄，而令之身不免，寧僅解邑云爾。然根批株連，為禍未已，令曰：『寧斃我，毋累崇人。』乃速身就道，以聽處分。二臺使深知令冤，亟欲為令白一言，尚躊躕未決，而鼎湖之劍已藏，湯林之網遂解。彼虎而冠者，皆厭刀俎之餘矣。令於是惻然曰：『吾之有茲身也，而吾之身有茲谷也，豈非荷明主之賜！吾寧為谷飲樵爨之民，以歌帝利於何有？』爾谷曰：『子之歸也，其不我辱也。吾谷之喬然者，松也；冽然者，泉也；蓊然者，雲也；嵬然者，石也。其不為子辱也。』曹子與崔子善，而其歸也，有類於崔子，因為文以送之。

崔徵仲詩序（節選）　前　人

愚嘗以書喻詩，而禪家又以書喻禪也。谷隱之言曰：『此事如人學書點畫，不效者工，效者拙。蓋以其未能忘法耳。當筆忘手，手忘心，乃可也。』愚嘗以弈喻詩，而禪家又以弈喻禪也。遠録公之言曰：『若論敵手知音，當機不讓，輸贏即不問，且道黑白未分時，一着落在甚麼處。』夫繇是二者觀之，書以忘法為工，而詩之果能廢法乎？抑有以法法而不泥者乎？弈以當機為要，而詩之果能昧機乎？抑有以當機而忘機者乎？故必以書喻禪而書始妙，又必以書喻詩而詩始工；故必以弈喻禪而弈始神，又必以弈喻詩而詩始巧。

要之，又必以禪喻詩，而詩始有入處；又必以禪而通於書與弈以論西叟之詩，而始知叟有入處。何則？叟固工書者也，又善弈者也。佛法，百法門中不舍一法，叟何以書與弈而分其神思為病？乃叟之詩，則有不見一法而未始不見叟之法者。問擬豈不是類，直是不擬亦類，此叟之所以善學古人處。謂叟之詩不得於禪，不可；而謂其以禪資詩，則非但病詩，且病禪矣。何也？眼中著不得沙礫，亦著不得珍珠也。謂叟之詩不並通於書與弈，不可；而謂其以書、弈而妨詩，則非但惑詩，且惑書、弈矣。何則？須彌固納芥子，芥子亦納須彌也。

重建放鶴亭記

陳繼儒

宋承五代餘，至咸平景德，朝廷始無事。能容二三隱君子點綴太平，如陳摶、種放、魏野以及孤山之林逋是已。

余嘗讀其詩，因考其世，有賜帛勞問者，真宗也；賜諡和靖先生者，仁宗也；建延祥觀詔徙諸墓，而和靖墓獨留者，高宗也。生而唱和，出俸錢而新其廬者，太守王隨也；歿而服緦麻，哭喪於廬側，刻臨終絶句納於壙者，太守李諮也。

林翁本布衣，逗漏聲光，漸漸為朝野所物色，粟帛軒車，責相望於巖穴，豈不婚不宦人之始願哉！計無以留客，則放舟於山青水碧間，而家童縱鶴報之，不得已復還矣。予嘗笑童不解事，而又多事。山不深林不密，加以三百六十樹梅花，如桃源引入漁郎，而和靖烏能拒客也。雖然，今有司迫於功令，埋沒催科中，公署膠庠，不蔽風雨，和靖山澤臞，誰暇過而問焉。

吾曾由西泠策杖訪之，遇老僧叩曰：『揭曼碩建處士橋安在？』曰：『但見斷溝耳！』『王庭書「和靖先生墓」五字，王眉叟、張伯雨作祠堂、庖偪安在？』曰：『久蔓荊榛中，皆零星殘碣耳。』『李祁結巢居閣於群木之表，安在？』『僅存數武壇壝耳。』『余謙構亭，亭圮而李端、李鉞新之，有是乎？』曰：『非其故址矣。』『郡人于冕、沈恒種梅繞墓，陳子安送一鶴為山中司墓，無恙矣？』曰：『梅枯鶴化，遊者寂寂矣。』若是則孤山真孤，隱士真隱，而吾度和靖之靈，尚有不安於此中者，非恨其太寂，恨邇年西湖之太喧，又太垢也。

魏瑺祠初建第一橋，與孤山鄰近，一片潔淨地，罨為毒霧腥烟。雙鶴有知，必且銜和靖之衣而遠去之，以餘膻不及為幸。一朝璫敗，往時士大夫喪心塗面，稱功頌德者，亟欲僕穹碑，鏟去官爵、姓字不可得，獨處士骨雖朽而名香。梅與鶴無一存，而圉圉皆有生氣。孤山如故，冰山竟安在哉！

崔使君重建放鶴亭於暗香疏影之內，直將湖山邇年之遺穢蕩滌而祓除之。雖謂崔使君為和靖招魂可，為和靖招隱亦可，為和靖起懦而廉頑亦可。如此韻事，豈容復留以遜後人也？崔使君初宰崇仁，不肯作魏祠詩。借漕事中傷，遣緹騎提鋃鐺逮至淮。四日聞熹宗晏駕，得生還。今皇帝賜環未久，分司浙中。操守峻，而詩文潔。和靖快心於使君，將無邀蘇、白諸公拍肩把袖而還，嬉於此亭之上下乎？若種梅籠鶴，歌詠而流傳之，代孤山拾遺補闕，則有使君之子殿生、徐仲麥、陳則梁、顧霖調、汪然明、吳今生，在皆鶴背上人也。是不可以無記。

重修放鶴亭記

李日華

昔人次第隱逸，以聲光泯絕，邈不可追，如披裘石戶，推居太上。余曰：『此程品之論也，是亦憎夫借徑終南，佐命句曲者耳。』夫隱品當程，隱材尤當核。璞唯引虹，是以貴其不雕；劍惟犯斗，是以惜其終掩。彼碌碌錚錚者，何煩標目。譬如猿蹲樹杪，轂飲澗阿，頑然有生，一無表見，則真深山野人，何從覓幾希之異，而命之隱君。

林和靖先生者，宋嶔崎歷落之士也。應制科不第，退隱錢塘明聖湖。初亦婚娶，生子洪，著有《山家清供》一編，每稱先人和靖先生非不妻而妻梅、不子而子鶴也。祥符天聖間，二虜日驕，韓范之略未能綏靖，群臣忠佞揉雜。丁夏之黨，互為水火。鴟尾之帛，甘以國狂。汾岱之行，有同兒戲。先生呷吟漆室，紆軫於衷，良多恨恨，故發其遺書，有曾無封禪之句，所齎之志概可見矣。當日有繪湖景裝軸，鬻錢湖上，得一本於林麓，端標數字云『林君復放鶴處』。先生喜曰：『世亦知有老逋耶！』後人想像其處作亭，非先生自亭也。

先生一日倚杖柴門，得句云：『夕寒山翠重，秋淨雁行高。』吟諷滿意，抵掌曰：『平生讀《武侯傳》，未嘗不心折其鴻樹，然視余今日鏖句於翠綠中，覺神韻孤上，番似過之。』過之者，軼之也，亦驁之也。先生未嘗忘世，世亦不能忘先生。想見點雪沖虛，條鏇不設，八瀛照影，指縱由心，飄蕭塵埃之表，先生與鶴，其俱在耶。

閩崔徵仲先生，沉滲耿亮，丰采毅如。生平宦轍所經，惠澤煦若春霖，風稜凜於霜鍔。一觸璫焰，幾燎昆墟，幸霈新恩，大節昭布，來佐鹺司，賁我邦國。回翔湖山之間，狎主騷壇之盟。真品真材，與和靖先生而兩。雖其顯晦阻夷，判乎各遭，然深思之，林以五字鍛奇，思摩臥龍之壘；崔以一言不假，竟料乳虎之頭。皆金玉其音，而糠秕萬有者也。

崇禎壬申嘉平月，友人陳則梁書來云：『崔使君割廉標勝，孜孜未替。前月一新湖心亭，藍山人田叔監之，韓太史求仲記之。今又新放鶴亭，徐文學仲麦監之，先生應記之。』余謝不敏，既而曰：『是誠在我，余慕崔使君品望，未得通顏，每坐馳明聖湖頭，即胸中若著兩和靖，而生平因詮次隱逸，所耿耿欲吐如是也，敢附見之。』

箋〇見於李日華《李太僕恬致堂集》卷之二十三、清李衛《西湖志》卷九《園亭》。

校〇

【是亦憎夫借徑終南】清李衛《西湖志》缺『是』字。

【彼碌碌錚錚者，何煩標目】《西湖志》缺『何妨標目』四字。

【而命之隱君】《西湖志》作『而命之隱君哉』。

【林和靖先生者，宋嶔崎歷落之士也】《西湖志》作『宋和靖先生，嶔崎歷落之士也』。

【群臣忠佞揉雜】《西湖志》作「忠佞揉雜」。

【鴟尾之帛，甘以國狂。汾岱之行，有同兒戲。】《西湖志》缺。

【良多恨恨】《西湖志》缺。

【得一本於林麓，端標數字云「林君復放鶴處」】《西湖志》作「於林麓，端標數字云「林君復放鶴處」」。

【先生喜曰：「世亦知有老逋耶！」】《西湖志》作「先生見之曰……」。

【八瀛照影】八瀛，《西湖志》誤作「入瀛」。

【閩崔徵仲先生】《西湖志》誤作「閩崔君仲徵」。

【回翔湖山之間】《西湖志》作「回翔湖山之上」。

【真品真材】《西湖志》作「其品與才」。

【雖其顯晦阻夷，判乎各遭，然深思之，林以五字鍛奇，思摩臥龍之壘；崔以一言不假，竟料乳虎之頭。皆金玉其音，而糠秕萬有者也】。《西湖志》作「雖其顯晦夷阻，判乎各遭，然皆金玉其音，而糠秕萬有者也」。

【友人陳則梁書來云】《西湖志》作「友人陳則梁以書來云」。

【先生應記之】《西湖志》作『吾子應記之』。

【余慕崔使君品望，未得通顏】《西湖志》作『余既慕崔使君之品與材』，缺『未得通顏』四字。

【而生平因詮次隱逸，所耿耿欲吐如是也，敢附見之】《西湖志》缺『因』『也』二字。

尺牘·十通

徐𤊹

寄崔徵仲萬曆三十八年（1610）

公車自北而南也，獨不一過我，令人興離群之歎。言念高懷，曷其有極。霍林為吾閩第一洞天，在君家為籬壁間物，而弟汩汩紅塵，不能一措足，俗可知也。在杭氏方梓山志，時取讀之，以當臥遊，又不無天際真人想耳。

順昌盧君熙民久客榕城，雅善繪事，至於點染水墨花草，在道復祿之之匹。茲以事之福安，道經貴邑，渴慕荊州，冀一識面。倘許其把臂入林，則曹丘唇舌，大有榮施矣。草草布衷，臨楮蘊緒。

寄崔徵仲崇仁天啓五年（1625）

夏間得兄京師手札，且悉雅情。林異卿歸，述動定詳細。中秋於建溪，逢陳四遊，知雙舄以中秋後蒞任，此時懸銅墨稱神君矣。崇仁善地，又得兄烹鮮之手，鸞鳳暫棲，驄馬有待耳。

弟受南中丞公知遇極厚，屢索弟所著拙稿五十萬言，發之書坊校梓，值建缺令，而別駕鄭署印，乃廣西人。初以撫公注意，十分催要，承上人之歡。及弟送撫公至武夷歸，而別駕遂無意終局。弟留建溪者兩月，僅刻四冊，更十六冊付之空言，世情冷暖可發一歎。雖覆瓿之具，無足重輕，然負中丞一片盛心，不無扼腕。

建溪去江右甚近，初擬從鉛山至南昌，訪張夢澤廉訪；隨訪瑞州二守吳仲聲，然後取道從撫州回，尋兄一彈短鋏。偶山陰興盡，且返棹抵三山，卒歲。明春有興，當作豫章之遊，以口腹累安邑也。張廉訪詞苑名公，向守武陵時，弟一把臂便已投合。後轉臺州巡道，兩以書見招，弟未之赴也，而饋遺之禮，時時不絕。且大參陳季琳先生亦與弟為三十年之交。明春謁此二公，便為兄作文字藝壇之謀，不獨私為潤槖計也。

若明年三月出門，則從邵武、龍津先到貴治一面，而後抵豫章，未審得遂此行否？兄幸有以命之小孫，今年四月，僥倖入泮，年才十六，筆下頗不庸俗，書香有托，私心甚慰。恃知己敢以相聞。

兄素有夆望於詞壇，一行作吏，人人皆思就食。仁祖毋論相知之深者，垂涎食魚，即交一臂者，亦皆想望豐彩，譬若嘉鹿美姝，無不人人願結綢繆。建溪滄洲社楊生叔照，曾於溪上識崔先生，雖蹤跡暌違，而深情未嘗不端往辰。以走光澤謁翁令公，去臨川一水之便，敬持刺奉謁。知初政戒嚴，必有謝客榜文，循新官套數。然楊生溫恭馴雅，而丹青之手，足為吾閩第一流。兄簿書之暇，令其作各體山水或長條小幅，片楮尺縑，無不入神。他日張之問月樓中，亦一段清玩。若楊君為人狂躁，如李玄同輩，弟不必薦也。惟兄知弟敢以相囑，此君恬淡亦無甚過，望於長者耳。弟近況楊君能道之，筆不盡意，尚容嗣布。別托事，明春寄上，或歲裏有便亦先送至也。

校〇【兄素有夆望於詞壇】夆望一詞費解，或為『夆望』，多望也。録于此，以俟高明者正之。

答崔徵仲天啓六年（1626）

近日次君過三山，枉顧。備悉福履清吉，匆匆別去，未展情悰為歉。差役來，得手書殷殷，辱承雅貺，足仞記存，謝非言喻。復蒙惓惓見招，尤見仁丈知我貪欲，為我糊口計。弟車生兩耳，出門有礙，委蛇班竹林中，箕踞磐石上。閑則展古人書，倦則臥藜床紙帳，頗覺自適。

閩溪高灘小艇，跼蹐不堪，坐此逗留不決耳。況曹能始屢屢招弟為桂林之遊，且三載矣，竟不果行。非自負清高，不肯干人，但得一日過一日而已。張夢澤廉訪與弟以文字知交，承其惓惓寄聲。弟非有胸無心者，亦當一訪之。

弟四月欲為小孫送聘，過此或買棹西行。又恐天氣炎蒸，不耐驅馳耳，弟未敢堅訂何日出門也。所囑代買諸物，束香此時頗貴，且不甚佳，碎者更好。以為羔雁送人，只宜如此，要選上品者，價愈高矣。

《禮經制藝》弟去歲以一部送廉訪公，吾郡《禮記》名手盡在是。今再購兩部，並新科窗稿數種，葛公所選《三山問業》，而兄丈亦有一首在內耳。棕、笏亦可送人，頗有剩銀為兄購之。但弟習見居官者每逢上司、郡伯有喜事，下屬俱用土儀，開呈二三十件，吾鄉亦有漳州物件可以伴禮，計兄一歲間亦須二三十金之物，何僅僅只買些微勾用不勾用乎。真金扇偶缺，遍覓始得，此物江西省城甚多，價比三山，每把更減二三分。後次買扇，須遣人至省為便也。

泰始朝夕聚首，今在烏石山園起居。所教郭中丞先容，弟謂做官自有地方清議，百姓口碑，況泰始在今日為不合時人，東林一脈摧折殆盡，當局者畏東林二字如虎。愚意不必托之，即有，先容反敗乃公事也，何如？唯再示之鉛具，製成兩件，附往此照式為之者，弟費藥物鍛煉頗多耳。南中丞《瀑園志》二冊附覽，尊作發刊時，弟僭為改竄數語，比前稿稍葉和，毋訝，其為大匠斫也。□旋草草奉復，余容嗣布。

寄崔玉生天啓七年（1627）

客崇仁三閲月，承尊翁厚情有加，一言難盡。中間景況，想石壁丈能詳道之。且尊堂、令弟，暨令伯視如至親，俱欣然留款，此情此誼，如何可諼耶！尊公尚留不佞觀刻

《華山志》，偶值仁齋公至，遂與同發。途中冒寒，生一便毒，痛楚不可忍，醫藥罔效，日惟呻吟床笫間，不知何日可平復耳。偶小力有寧德之行，附上家信，乞查入。伏枕口授小孫代筆，幸祈垂諒。諸容文駕入省，面盡不一。

寄邵肇復崇禎元年（1628）

武生周良器行，修一函恭問興居。餘情前書已悉，兹所白者，崔徵仲去歲無端爲漕當參糾，已甘罷斥，歸，隱霍童。近漕撫并江省撫按累疏昭雪，蒙旨下，復其原官。死灰復燃，實出望外。今特往京候補，幸逢臺丈秉銓，機緣湊會，撥雲見日，正在此時。崇仁至今未補，似有所待。第地瘠民頑，雖地方有還珠之望，而徵仲實不樂再蒞是邦，敢稽臺丈平昔之雅，擇一善地，而近如浙之金温，廣之潮惠，江之建信，稍豐腴易治者以處之。徵仲定效涓埃之報，不敢負大德也。倘果錫之美缺，俾弟再爲臨邛重客，嚮日佳作見贈，談笑歸來，探橐金，徵仲又當佩服斯言耳！爲徵仲地，亦所以爲弟地也。一笑笑笑，統惟茹鑒，不盡所談。

寄崔徵仲崇禎七年（1634）

馬福生還，知宦況清嘉，足慰遠懷。孟和長遊，而不我告，有缺修候，徒有此心而已。弟老病侵尋，杜門寡出，興致索然。近復患瘧，伏枕閲月，氣血衰耗，覽鏡自驚。緬想尊兄驅五馬，佩緋魚，猶然壯夫行徑，健羨之。

謝在杭往矣歷官三十餘年，宦槖如水，諸郎僅僅糊其口。而仲甥肇湘不幸物故，獨季甥肇澍，猶能振家風以不墜。年來為其姊丈所累，盡罄田屋，以償夙逋。今賃屋以居，貸粟而炊，情甚可憫。

舊冬，弟已面托尊兄濡沫之，曾承許可。舍甥向未作客，且粵地艱危，難於獨往，茲同令表陳生白共載。知尊兄篤念在杭，必不薄於其愛弟，倘鋏中有魚，即弟身被之，豈獨在杭結草於九地哉！

舍甥尚欲走西粵，訪劉容縣，凡百路途，惟尊兄指引之。至於生白與兄至戚，知必用情。古云『疏不謀親』，非弟所當饒舌也。臨楮神往。

寄崔徵仲崇禎八年（1635）

奉别兩載，音耗杳然。商孟和行，而弟不知，未獲修候。馬福生歸，備悉佳況。當今流寇騷動，時事不可聞，仁兄以懸車之年，猶逐逐於仕途，夜行不休乎。秋谷一丘，盡堪嘯詠，明年看令郎領賢書，亦是快事。元亮高風，想仁兄不厭薄之也。逆耳之談，毋罪狂瞽。

令坦歸，弟未相面，只對小婿康某云，欲命弟索陳四遊一函，達蕭使君。弟即索之，付小婿。孟和尚未到家耳。小婿為元龍庶子，周歲而孤，分產涼薄，百端艱辛，依弟以居。不幸小女早喪，母氏淪亡，獨有一妾，亦復□□，□孫四口。弟衣食之遭際良苦，欲糊口他方，無□□□。計惟仁兄篤念元龍負才不售，妄意走謁，乞為曲處，稍蘇涸鮒，即弟身受明賜也。

去年舍甥謝肇淛與陳生白相約奉訪，以事阻，蹉跎不果。兹偕小婿結伴而行，蓋粤地難行，且三人皆非慣遊者，隨仁兄用情，各不敢有所過望耳。陳謝尚有粤西之行，小婿獨歸，更當慎重，惟仁兄為畫歸途之策。至禱。言不盡意，統惟慈照。

答崔徵仲崇禎九年（1636）

虜警頻仍，中丞、兵憲督師入援，此非太平景象。江北一帶，黄巾擾動，而吾閩差為偷安，苦今歲米貴如珠，興化連漳泉一路白晝劫商，頃承示寧陽亦有此異，天下從此多事矣。垂老之年，何處可避。弟欲謀隱武夷，擇一處田園幽奥，須百金可購，年收子粒廿金，又屋可居，弟空囊莫辦，為之奈何！緬想兄秋谷絶勝，可以終老，羡之。《廿一史》南京板不甚善，一時難覓，容覓得奉報。樊宗師集須悉。諸容嗣布。十月初九日。

寄崔玉生兄弟崇禎十二年（1639）

不肖三月中抵舍，陡聞尊公凶問，不勝驚愕。初猶以為訛傳也，及面黄光潛言之甚確，不覺涕淚交頤。然尊公今春至三山，與同社盤桓累月，精神強壯，無異平時，胡乃倏然物化，誠天道之不可推，人事之不可測者也。

本擬單車度嶺，一吊靈次，乃離别經年，長行萬里，舟車勞頓，才得休息。宿草當哭，請俟他日。先賦挽詩一章，生芻一束，薄申哀忱。而同社諸公僉謀舉奠，但通時閩俗多循虛套，往往反擾喪家，弟為概辭，只相知數君，合作祭文一軸，名香百炷，省昆玉欒欒之際，又增一番酬應也。

尊公壽不滿德，然尼山聖人、考亭夫子皆年七十三而化，以大聖大賢，但符此算。而尊公自有不朽大業，流芳百世，生榮死哀，夫何尤哉。惟昆玉節哀自玉，以慰尊公在天之靈。是禱。餘情嗣布，不一。

寄崔殿生崇禎十三年（1640）

尊公化一年所矣，每每於夢寐見之，儼然生前笑語，不知有幽冥之隔也。耆社九人已去其五，芝焚蕙歎，能無懼哉。

去秋偶作漳游，吊顏中丞，即於漳中。度歲四月，始抵舍。有為我作曹丘於署州王公處，擬為太姥遊。方值炎蒸，不能遠度白鶴，或秋涼後過秋谷，拉兄同作游侶，一傾倒耳！

倚玉曾歸否？聞薛當世客死虎林，令人感悼不已。豚兒近刻二種，附呈教正。秋時或偕曹尊老行，相晤不遠也。餘，不一。五月望日。

家族文獻

崔偩世召曾祖《游霍童山》

崔嵸《寧德支提寺圖志》卷之五

笑破人間有四愁，虛名直似水中漚。拂衣不受天王寵，攜笠閑從仙子游。桃實松笙餘十里，芝田丹灶自千秋。我家亦有棲真處，潮滿橋東月滿樓。

允元公世召父儒官給照

民國《東井崔氏族譜》

福寧州為公務事，寧德縣崔春元世召伊父崔允元，原系在學年久，見其子孫在學，自行恬退，年逾八十。查得飽飫經書，娱情烟水，誠曠達不羈之士，有樂易好施之風。齒德俱尊，鄉評素重，相應給予冠帶，遵例儒官，以示優崇。申明院道批允訖，為此給帖付照，即便冠帶榮身，預請大賓。施行須至帖者。萬曆三十七年十月　日給。

允元公贈文林郎、湖廣郴州桂東知縣敕命 民國《東井崔氏族譜》

奉天承運皇帝敕曰：士奮跡詩書，輒思以功名顯，其有行琬琰文丹者，鮮不顯者。不然亦必伸於其子，即與身貴無異也。矧朝廷賜數，畀以五花。斯尤有不忘者矣。爾生員崔允元，乃郴州桂東縣知縣世召之父，儒為隱碩，俠以義彰。揮金美仁里之稱，抱玉謝名場之譽。高文雲煥，元略風馳。捐資殫力，以全城屠羊卻賞；酌史焚膏，而訓子治燕流祥。家存著述之多，道葉幽貞之吉。爾子向罹逆黨，幾泯德於無閑；近奉新綸，遂標芳於有永。是用覃恩，贈爾為文林郎，郴州桂東知縣。式服龍章之寵，永增馬鬣之榮。

崇禎二年　月　日。

蔡景榕《題崔陵溪四望樓》允元字陵溪 蔡景榕《海國生還集》

數載烽烟已息休，重將台榭起瀛洲。花梢日動三台曉，松蔭寒生六月秋。竹溜泉聲清別洞，石裝山勢壯危樓。知君興發頻登眺，也似先公泮渙遊。

徐興公《祭寧德崔太母文》

《紅雨樓集·鰲峰文集》册十

嗟嗟太母，竟違吾徵仲之養耶！夫徵仲弱冠補諸生，文名大振，時太母偕太翁齒方壯盛，咸謂徵仲之才，必早取高第，揚歷仕路，以為父母榮。詎徵仲淹抑場屋三十載，迨己酉始薦賢書，則二尊人春秋高矣。徵仲三試禮闈，又復弗偶。戊午，方整北轅，而太翁仙逝。猶冀母尚強健，聿觀徵仲策名天府，享有三釜，服榮名以不替也，何期太母竟違吾徵仲之養耶！

母之德孚於壼，以内外實媲太翁而助之。子如徵仲負名世才，竟不及膺煌煌翟茀之寵，而天之所以裨母者，誠不可得而推矣。雖然壽逾八旬，已目擊徵仲舉孝廉者，數十載文名鼎盛海内，賢其子，必推其母，矧孫枝森森玉立，皆待時以鳴。五花追贈，他日稠疊而至，豈必身沐褒封，而後為顯榮哉！

嗚呼，蘭苑香存，星沉石在，徵仲行將圖石室鐫母儀型，子名不朽，母亦不朽，區區鼎養，又安足為母惜也。某輩誼叨同社，與徵仲聯兄弟之雅，敬奠而告焉，母亦可以少尉於地下矣。尚享。

崔世聘世召胞兄《登華蓋山》　　崔世召《華蓋山志·紀詠志二》

螺髻嵯峨近九天，峰頭縹緲度飛仙。金盤滴滴凝清露，玉竇泠泠瀉孔泉。顏碣莫尋音綠字，白詞長壓紫元巔。扶笻高陟風生腋，願乞餘丹謝俗緣。

徐𤎖《崔徵伯像贊》

丘壑情深，烟霞疾痼。生長於霍林洞天，游思於藻園毫素。即古稱箕潁之畸人，何必遠而有所慕。往往夢葉西堂，雅有池生春草之句。

世召公贈授文林郎敕命　　民國《東井崔氏族譜》

奉天承運皇帝敕曰：漢循令與強項令並稱，然真強項必真循吏也。朕起潛邸，知東南民力竭，又重以吏之善湲，故常擇其有風操者，使為民牧。非特輕車熟路，亦以其素征之也。爾湖廣郴州桂東縣知縣崔世召，學淹墳典，品抗松筠。自領賢書，早蜚文譽。迨綰西江之綬，遂騰交薦之章。於凡葺學繕城，治梁課賦，饒聞幹濟，並著惠廉。兩載以來，一塵不掛。而屬澧璫擅威福之日，致無辜入羅織之中。蕙折蘭摧，聞者憤歎。比還爾舊秩，移楚南偏矣。且拜官闕下，特許覃恩，用授爾階文林郎，賜之敕命。桂地連江粵，雖小而巖，古衛颯、欒巴、周敦頤皆彼中名守令也。爾於江右以強項聞矣，朕撤璫後，中外多舉，爾應詔書，其何以治桂。俾遐方有膏雨乎懋哉，無愧曩徽，則顯陟爾。

崇禎二年　月　日

校〇

【自領賢書】自領，乾隆《福寧府志》卷之十九《選舉志·封蔭》作『幼領』。

【迨綰西江之綬】綬，原作『袖』，據乾隆《福寧府志》卷之十九改之。

【並著惠廉】並著，府志作『兼著』。

【聞者憤歎】憤歎，府志作『交憤』。

【比還爾舊秩】府志作『比欲還爾舊秩』。

【桂地連江粤】桂地，府志作『桂東』。

【朕撤璫後】撤璫，府志作『懲璫』。

【其何以治桂】何以，府志作『用以』。

【則顯陟爾】則，府志作『而』。

世召公德配黄氏封孺人敕命　民國《東井崔氏族譜》

敕曰：士當綰綬領魚之日，一心營職，固其砥礪素哉。而瞻星示儆，以無煩内顧者，誰襄之也。則治閫與治官，功相毗矣。爾湖廣郴州桂東縣知縣崔世召妻黄氏，稟規女史，儷美名儒，宜家雅協桃蕡，風高桓及佐葉。長甘虀茹，志勖薰帷，至曳縞以從官，仍求衣之夙戒。處華不汰，在貴尤沖。爾夫剖竹專城，表風徽於四履；爾亦疏榮駢賜，昭静好於二南。是用封爾為孺人，祇佩金泥，益光石窌。崇禎二年　月　日。

子孫遺玉

崔從，字殿生，號五竺，别號西竺村童、竺庵、白鶴生。世召五子。著有《續修寧德縣志》《寧德支提寺圖志》《竺庵集》《瑤光集》《衡廬合詠》等。

五言古體

游嶽麓書院

寥落春風中，楚雲悵羈客。言涉湘水西，倭遲芳草陌。訪古仰高山，周道憶疇昔。昔賢此開創，敕書賜藏籍。朱張二夫子，皋比崇道脈。一時集英流，講論多縫掖。巍煥儼宫牆，縹緗盈几席。鐘鼓彷虞庠，莞弦奏孔壁。修陰環茂林，文藻蕩霞帟。玟墀帶草叢，巖壑縈芝赤。大器若萬繩，遺文泐金石。正學溯淵源，名儒代煇奕。鹿洞與嵩陽，視此同規䂬。何年廢棄之，堂廡成瓦坼。頹垣薜荔纏，殘碣苔衣齸。山禽故亂唬，溝泉嗚號號。日夕遊子悲，對花增歡惜。寺觀多輝煌，此焉狐兔宅。吁嗟儒教衰，乃不如老釋。嶽麓四時青，湘流終古碧。安得洞鋼傳，荒林更重辟。

陳孝廉、梁至鉉、黄尊士諸道盟自嶽峰回泊舟湘岸月中同過寺寓瀹茗劇談夜分別去

久旅衡山雲，有懷隅湘水。鴉定叩昏鐘，我友偕至止。雲至岳峰來，祝融遍徙倚。後先雲氣開，望日如盤几。眼界窮微茫，衣襟擷霞紫。坐觀蝌蚪碑，探奇信堪紀。幽人山水情，高士冰霜矢。我昨岳遊歸，重逢詰山理。僧茗同一燈，鄉思共千里。遠道賴良朋，愁聽風波詭。吟詩散旅懷，竹露驚禽起。是日湘月明，緩步踏江涘。清晨看古松，暫別蘭舟艤。

劍津聞笛吟

斷崖懸釣磯，帆拾溪峰暮。芙蓉頹晚烟，灘吼斜飛雨。誰截湘娥調，驀向蘆花訴。舟客今夜情，涼風發幽素。石壁弄清江，潭中驚龍嫗。

五言律詩

岳遊雜興四首

連朝溪影裏，綠暗但疑春。采藥逢雲母，題蕉憶酒民。群峰迷瀑練，萬竹罩山巾。野鹿籬邊過，呼他菊道人。

其二

嵐烟遊弗倦，奇興破蒼冥。峰巘爭瑜亮，山花泣尹邢。䞓霞翔鳥路，綠蘚帶虬腥。那復捐塵務，來翻貝葉經。

其三

峰晴不可問，客思但蕭騷。山霧埋青䐹，溪篁送碧濤。曉音知鳥倦，䞓尾識魚勞。是處多征戍，空村哭石壕。

其　四

駕言訪洋光，來往涉霞水。清梵振天機，野樵測山理。懸巖拾紫梨，隔塢鋤蒼耳。瞑樹霜禽呼，孤烟石樓起。

雲岳宫

來謁清虚景，烟蘿不世情。雲霞生杖底，鐘鼓和松聲。道骨高峰立，元風古觀盈。三花特地現，岳頂最崢嶸。

寒夜入武夷止宿道家

仙犬護幽澗，林扃誰為開。奇峰高士館，寒夜故人杯。竹雪冷猿夢，松濤墮鳥毰。可能呼月出，長嘯共登臺。

僧樓晚同戴而玄坐雨

萬事息僧樓，樓間氣自秋。叢篁時起籟，小雨日啼鳩。雲重山容失，泉添石語幽。

一燈相對坐，靜裏似無求。

僧樓晚同戴而玄坐雨

萬籟結僧樓，霏霏綠雪秋。埋雲思隱豹，餐雨妒啼鳩。梵葉蟲書古，箐林石語幽。
一燈聊對晤，山磬雜溪飀。

再游圓通寺同王素毳、陳則見

青衫濕翠微，風景尚依稀。難得元官老，共能曳杖歸。澗松當几翠，石竹滿籬肥。
浩蕩乾坤裏，休令心想違。

雨憩圓通庵

一杖垂猿徑，青衫濕翠微。荒涼殘碣在，辛苦老僧依。石古苔衣腐，烟深兔竹肥。
晚風溪上起，盡挾雨花飛。

五言绝句

宿道林寺聞子規

疏籬雲影靜，月伴竹床眠。客夢五更裏，空林啼杜鵑。

七言绝句

藍輿遇雨

葉香亂打冷霏霏，輿夢尋秋雁影稀。烟雨滿溪行不了，渡頭持傘一僧歸。

舟　行

春到江心掃碧天，漁船不系入孤烟。開窗疑展維摩畫，水鴨呼寒宿柳邊。

遊大悟室

乘興攜笻訪幽谷，千峰徑繞萬竿竹。隔溪何處木魚聲，知是雲深有僧屋。

壬寅七夕內子制彩蝶綴之帷間為賦

今夕何夕烏鵲飛，花枝無數照冰幃。更思瑤圃風光好，劇上春駒較獵歸。

贈妙英女冠移居

葉老山寒不改秋，香塵翠幕舊秦樓。朝朝聊對旃檀禮，為祝蓮花許並頭。

七言律詩

游辟支巖

萬城削玉幻祇林，綠樹交藤劈澗陰。盤磴偶憐鐘磬路，看泉各證佛禪心。雲封鳥姓幽苔閟，月署僧寮古洞深。多少悟猿傳梵句，雪溪投足對峰吟。

洞庭秋二首

烟水雲帆一幅圖，秋風長嘯滿菰蘆。雨過湘浦餘斑竹，龍去軒轅剩鼎爐。自有波濤回漢沔，至今舟楫遍荊吳。客心不盡離鄉恨，何處青山叫鷓鴣。

其　二

奔流萬壑此中央，浴日吹濤水氣颺。篳路開疆全澤國，砮丹厥貢自荊方。每從鶉尾占星漢，思駕鼉鰲作石樑。縱讓強秦誇飲馬，只今湘樹幾滄桑。

文

陳母尤氏節烈傳（按：題目為編者所加）

吾邑多雄觀，枕峰襟海，地脈與羅川通。代產偉人，至笄珥名流，傳芳邑乘者不乏，然未有如陳母孺人德烈最著者。

陳母，羅川尤氏部郎子輝公少女，在和州任所生。幼通書史，稍長失怙恃，貞守懿訓，資性慧順，儀容端莊。十六歸吾寧陳龍津公，公為同鄉陳次巖先生長嗣。孺人恭事舅姑，克盡婦道，飪臼必親，略無富貴嬌養意，處華閱貴族，其操勤飲淡，與荊布無異也。龍津公夙樂義好施，以文名噪當時，守禮謙沖，邑人以盛德歸之。其得為賢君子者，孺人與有力焉。賢而逮下，有樛木風，鞠撫庶出如己出，罔貳心。居家婉娩淑靜，肅雍有禮，雖古陶陸鍾郝無以過焉。

天啓間，公以明經恩薦，迨崇禎甲戌，乃得銓補和之江防同知。明年春，孺人自寧抵和。至臘月，流寇數萬攻城，時公奉旨同參將鄭、把總劉防守裕溪等處。賊黨自含山來攻和，四面布搭雲梯，晝夜圍攻。忽夕，天地慘冽，風雪大作，官兵潰亂。賊縋城上，焚掠慘殺無算，烟焰燭光，屍血填溝。孺人與男女僕婢數人，哀號震恐，莫知所出，乃忍淚言曰：『汝輩當投生路，無徒令母子家人同作逆賊釜中魚也！』賊至，倉皇間出，賊刃縱横塞路，遂被執。賊挾以利刃，孺人乃抗聲罵賊。賊怒，先傷其兩臂，後復砍膊間數刃，暈僕而亡。賊壯其烈，取土掩屍去。乙亥臘月二十八夜也。

於時，公防鎮江，賊勢獗，聲不得通。及賊稍定，公乃單騎入州城，撫恤破殘。途遇老婢同執者，泣告以孺人死節處，公慟哭，乃從老婢裹其遺屍。訃音至鄉間，聞者莫不酸泣傷悼云。

公有丈夫子八人，其二人從孺人死於難。竺叟崔嵸曰：『予讀《唐史》，心壯顏常山罵賊死，嗟乎！此特鬚眉男子，讀書知大義，負正氣烈腸者能之。至於蛾眉具俠骨、粉黛有英風者，處危變，臨禍難，幸而為李侃婦之效力完城，不幸而為秦氏之捐軀死節，實曠世所希聞，今復於孺人見之。』《易》曰：『牝馬貞吉。坤至柔而動，剛至靜而德。方地道也，妻道也，臣道也。』其孺人之謂歟。

募慧日庵疏引

按舊志：『慧日庵者，元泰定間，林茅洋居民黃、柴二姓因感夢兆，捐舍與支提德杲禪師為靜修蘭若，並施山場。』是為支提下院也。志載：『始誅茅時，東方未曙，林間有光，赫如晨曦，因名慧日焉。』

蓋從來天冠演法，現無量光，開智慧眼，因知此地環繞三千法界，盡佛寶所，隨處曼陀花燦，瑞磬聲長，盡人皈依，為淨信地，故不獨霍童、辟支咫尺祇林也。迄明鍾奎之誣，庵同寺廢，業浸民間，而茲地屢現光芒，時多神異，居民咸訝曰：『此伽藍舊跡也。』仍結茅延僧以居，既而僧復他往。

康熙元年，柏容長老與徒無畏上人，募都督吳公贖回庵址、田產、山場，小構精舍，依然菩薩淨土耳。但念一片袈裟，僅足以培香草；數椽茅屋，未堪供奉金容。兼之雲遊者眾，而荒畦石田，聊充晨昏祝誦，外此則遠離市塵，無處托鉢，苾芻輩將以荷衣御寒、木食當餐乎？將以梵聖不必莊嚴，諸天不必供養乎？雲來之眾可卻掃，燈香之資可少缺乎？而無公勤修善行，茹苦自甘，不欲效世俗僧望門持簿者。余因為請曰：『若是，則黃面如來所設之應器何用，毗沙長者之金板奚為？愚意世有宰官給孤其人者，則請以如來願行普化世間，弘發善信，拔除慳癡，隨其願海布金，輸誠捐粒。將見樓閣弘開，香台頓現，此即宰官說法，檀施給孤等也。』無公首肯，乃持疏去結歡喜緣。

時康熙己酉仲秋日撰。

崔海麒墓誌

阿侄海麒，為鷲嶺仲兄長兒也。生而靈慧，母氏臥見流星入懷而孕，幼神明朗朗照人。稍解語，即喜持筆向阿姐繡天案頭學字，間作蝌蚪形，輒大喜。仲兄時以黃鶴樓句調之，亦成誦。

五歲時晚坐軒井，仰見空中飛一赤方牌，驚呼汗流，能記牌中，歷歷為阿婆道之。六歲入塾，日誦百言，塾師試以占對，或至二十字，立應聲如鷙子。由是慧名噪於外邑，每出遊阿姐家，觀者匝市。爭以巧對試之，有神童之目。不知者曰：『此誰家兒，語驚人乃爾。』

七歲，即解說書，了大義，非久能文矣。崇禎丙子七月，忽病，數日而亡，邑人俱彈指惜之。死之前夕，嫂氏方醒，臥聞有異香滿室，良久方散。噫，奇矣，此神天豈許久頓人間耶！所作長短句數十聯，家君以其幼慧可傳，命付諸梨棗。並命與其生母合葬焉。

生母鄭氏，石堂人，秉性秀靜不凡，仲兄納焉。年十八，故於崇禎己巳，卒之夕，即麒侄既生廿日也。傷哉，今合葬於西山古庵之後，為秋谷左側，舊植盤松三株其前。殉以小鐵如意、玉蜍水注，並雜冊數帙，皆平時所愛玩者。因表松鬣以志之，令後人游此山者，知為崔氏神童合壙也。為之銘曰：（中有脫落）志誰為爾，樅叔別字五竺。

時在丁丑嘉平月勒石，三山林寵書。

白鹤生传（存目）

崔衍湄，字星野，族譜作星海。樅長子。邑庠生。建安黄晉良以杜宗武喻之。著有《嘯谷草》，今佚。

望海亭

登高載酒共徘徊，極目滄溟萬里開。天外鯨波浮島嶼，日邊蜃氣幻樓臺。不聞漢使乘槎去，無復秦人采藥回。東望神仙惟咫尺，不知何處是蓬萊。

岸船

百尺峰巔泛木橈，渾如天半亙虹橋。險過三峽遍停棹，勢壓千江好射潮。恍惚靈槎齊架壑，分明飛閣倚淩霄。此中有可通河渚，何必乘流探斗杓。

游雙童峰

奇峰雙峙望崔嵬，呼吸通霄帝座開。俯壓萬山窮日出，遥看一綫自天來。楸枰局散同桑海，爐灶烟消化劫灰。惆悵仙人在何許，幾時重返白雲堆。

同亙心、知密二上人游高寄蘭若

老僧結屋孤峰頂，日午柴扉尚未開。有伴豈應嫌路僻，無人知是看山來。崖飛古瀑疑殘雪，鶯囀新聲似落梅。更上層巒最高處，浮雲萬里共徘徊。

余尊玉，古田人，江西兵備道余文龍孫女，崔崧子媳。疑即崔衍湄妻。著有《綺窗迭韻》一卷。

秋　夜

遙天霽色淨如冰，菊影籬邊玉露凝。蛩笛聲聲螢火亂，月明光映夜窗燈。

蝶　影

玉翅蹁躚反照清，隔溪翻動惹魚驚。水中兩兩乘風舞，花下雙雙對月明。半掛枝頭添有色，全隨夢裏本無聲。幾回欲撲過牆去，粉落深宮似葉輕。

七夕

愁心淚滴滿滄浪，鵲報佳期改故妝。此夕乍逢相樂少，一年來會獨憂長。銀河寂靜張新幄，玉露燭殘泛舊觴。靈匹成梁遙一水，豈堪星悵淚千行。

雁字回文詩

風敲竹影鳥穿籬，寂寂秋聲草色姿。叢菊茂開偏映水，豔花嬌吐自臨池。東樓舞葉觀琴弄，北塞飛鴻對笛吹。空寄遠書傳信去，融光淡月落浮巵。

陳海嵩，自號霍童幽史，崔世召外孫女，參政陳勛曾孫女，適庠生彭如播。見乾隆《寧德縣志》卷八《人物志》。

清明後二日

一徑花香蛺蝶飛，禁烟初過柳依依。憐他村婦多辛苦，采罷新茶帶月歸。

春　盡

棲鳥啾啾夜月沉，倚欄無語晚風侵。等閒一任紅辭樹，寂寞幽窗草色深。

病中秋眺

梧桐葉色正看濃，底事秋風損翠容。幾日心慵階下立，池邊一片墜芙蓉。

雨後登樓

雨後山光樹色清，西風吹拂薄羅輕。伊誰逗出悲秋句，遠遠寒蟬不斷聲。

春　日

九十春光不盡奇，庭花旖旎最相宜。深閨凝睇緣何事，為恨無情燕未歸。

睡

半鉤新月照幽軒，冷落殘燈睡正昏。可是撩人無限處，數聲蟋蟀復消魂。

崔世召年表

崔世召，字徵仲，號霍霞，又號西叟。自署半㠥居士、霍童山長、華蓋遊人、霍童居士、霍童山居、需役子。福建福寧州寧德縣一都東井境人。

清乾隆版《寧德縣志》卷七《人物志》。崔世召《謝皋羽〈晞髮集〉序》。崔世召《〈華蓋山志〉序》。謝肇淛《〈半㠥稿〉序》《〈太姥山志〉跋》。明薛孔洵刻本《〈石堂先生遺集〉後敘》。

始祖提舉公，宋明道壬申（1032）自崇安來巡感德鹽場。居延日久，樂其風俗之醇，甘其土宜之贍，遂卜居於鶴峰東井境居焉。

民國《東井崔氏族譜》。

傳十三世，至崔鑒，字克明。宣德九年（1434）貢生。官至直隸鎮江府同知。公為世召五世祖。

嘉靖版《寧德縣志》卷四《人物志》。民國《東井崔氏族譜》。

崔鑒生崔昱，昱生俌，俌生廷益。

民國《東井崔氏族譜》。

祖父廷益，字自裕，號瞻元。例授本縣醫學訓科。天性純孝，執禮尚義。父喪居憂，柴毀骨立。守制三年，杜門不出。

祖母左氏淑儉，衙前街左廷倫女。

繼祖母黄氏李姑，南門人。

民國《東井崔氏族譜》，瞻元，作『瞻源』。乾隆版《寧德縣志》卷之三《秩官志》。

外祖父龔邦卿，字良諫，號思瀛。嘉靖三十九年（1560）貢生。早負奇才，數奇不遇。官壽州訓導，遷衡王府教授。著作甚富，尤長於詩。

乾隆版《寧德縣志》卷之七《人物志》。一九九五年修《武陵郡龍首龔氏族譜》。

父允元，字從仁，號陵溪。好學尚義，由庠生例捐授儒官。飽飫經書，娱情烟水。誠曠達不羈之士，有樂易好施之風。齒德俱尊，鄉評素重。

母龔氏愛姑。

合葬四都麒麟山。

民國《東井崔氏族譜》。民國《東井崔氏族譜·允元公儒官給照》。乾隆版《寧德縣志》卷之七《人物志》。

身短小，類郭翁伯、晏平仲。雙瞳似醉而意殊醒，瘦貌似饑而神殊不沮。

崔世召《自嘲文》。蔡世寓《崔徵仲枉顧用扇頭居字》。

髫鬌攻舉子業，每戰輒屈其鄉之長老。

謝肇淛《〈半巙稿〉序》。

弱冠補諸生，文名大振。

徐興公《祭寧德崔太母文》。

領萬曆己酉鄉薦，任巴陵令。以忤璫削籍歸。尋擢浙江運副，再擢連州守。

清乾隆版《福寧府志》卷之二十二《人物志·忠節》。

結溪雲社，塵襟俗氛易以騷雅，一時都人士彬彬乎有古意矣。

陳大經《溪雲社修禊記》。

先後入三山瑤華社、西江豫章詩社、三山耆社。在莆陽，與黄光、柯士璜、戴吉甫相識，盤桓數月；在京師，與米萬鍾、王元直、葛一龍結詩社；在錢塘，與方以智、聞子將、汪汝謙交遊唱和。

《問月樓詩集之二》七言律詩《同黄若木集吉甫齋頭贈》有注：『若木與余結社瑤華二十年往。』《秋谷集》卷下《留别豫章諸社丈》。

詩頗清澈，無塵坌氣。

清朱彝尊《明詩綜》卷六十五、《靜志居詩話》卷十七。

文學政事，兩擅其優。

清雍正十一年（1733）修《湖廣通志》卷四十六《名宦》。

既工書者也，又善弈者也。

曹學佺《崔徵仲詩序》。

平生所著，按時間先後有《半囈窩集》四卷、《問月樓策集》若干卷、《問月樓集》四卷、《秋谷集》二卷、《湖心亭別集》一卷、《連嘯集》一卷、《湖隱集》二卷；晚歲自選，結為《西叟全集》。另有《腋齋遺稿》若干卷，為後人所輯。任崇仁，輯《華蓋山志》八卷。

乾隆版《福寧府志》卷之四十二《藝文志·書目》。徐㶿《問月樓集序》，崔世召《問月樓集自敘》。乾隆版《寧德縣志》卷之七《人物志》。道光版《福建通志》卷八十一《寧德縣·明經籍》。黃虞稷《千頃堂書目》卷二十六。

《四庫未收書輯刊》（第六輯）。

與從弟世棠集諸名士修禊賦詩，有《溪雲社集》一卷，今亡。

劉家謀《東洋小草》卷四。

有兄一，名世聘，字徵伯，號霍嶽。邑庠生。

民國《東井崔氏族譜》。

姐妹二，長惟秀，適北門金嶠陳克敬；次惟清，適南門潭底生員陳良聘。

民國《東井崔氏族譜》。

娶本縣八都水漈里黃德彰，耆賓黃城女。

同治《水漈黃氏族譜》。民國《東井崔氏族譜》。

任連州，置有一妾，且生有子。

曹學佺《答崔徵仲效擊壤作》有句：『只須淡話尋僧了，莫把衰顔買妾歡。』《耆社五老挽詩·崔徵仲》有句：『七秩生雛如歲壯，三山跨鯉入雲飛。』

子五人，長崑，次崙，三嶢，四岑，五嵷。

民國《東井崔氏族譜》。

女五，長德初，適南門湖濱（學邊）生員陳學周；次德和，適同縣江頭村薛一新；三德棄，適後場街彭守端；四德善，適北門金嶠陳希旦長子陳沂；五德秋，適南門潭底廪生陳良鼐。

民國《東井崔氏族譜》。

孫男九人：湫山、晚山、景山、海麒、崑湖、衍江、衍湄，佚名者二。孫女三人：宜寧、繡天、瑞姐。

民國《東井崔氏族譜》。新修《寧德金嶠陳氏族譜》。

明穆宗隆慶元年丁卯（1567）一歲

七月二十七日，生。

《問月樓詩集之二》五律《客三山初度》小注。另作七月二十八日生，見謝肇淛撰《崔徵仲像贊》。

是歲，繼祖母黃氏四十歲。父允元三十三歲。母龔氏三十二歲。胞兄世聘四歲。妻黃氏兩歲。

是歲，謝肇淛生。蔡世寓生。

隆慶二年戊辰（1568）二歲

四月二十日，伯曾祖崔傳、崔廷復父子受朝廷封典，進階征仕郎。宇內諸名公皆有賀詩。

隆慶四年庚午（1570）四歲

是歲，徐㶷生。

明神宗萬曆二年甲戌（1574）八歲

是歲，曹學佺生。

是歲，入塾。

萬曆三年乙亥（1575）九歲

是歲，習舉子業。

萬曆四年丙子（1576）十歲

從邑五都阮鐄習古文。

萬曆五年丁丑（1577）十一歲

是歲，應縣試。人皆異之。

是歲，隨父往福州，道經連江丹陽里，為里人陳仰峰所重，收為義子。

萬曆十年壬午（1582）十六歲

補縣學諸生。

萬曆十五年丁亥（1587）二十一歲

是歲，長子崔崑生。

萬曆十七年己丑（1589）二十三歲

十月十三，伯祖崔廷復病逝，時年八十九歲。

萬曆二十五年丁酉（1597）三十一歲

是歲，《問月樓策集》刊行。

萬曆二十九年辛丑（1601）三十五歲

四子崔岑生。

萬曆三十年秋壬寅（1602）三十六歲

秋，遊九鯉湖，過三山，徐興公以詩送歸。

萬曆三十一年癸卯（1603）三十七歲

中元節前後，應徐興公之薦，入三山瑤華社。

萬曆三十五年丁未（1607）四十一歲

冬，李時榮蒞任寧德，為作《請李新尹啓》。

萬曆三十七年己酉（1609）四十三歲

正月，謝肇淛偕周千秋遊太姥，道經寧德，遂獲訂交。

二月十九，與謝肇淛、周千秋、張世烈遊太姥山，五日方歸。

三月，謝肇淛、周千秋游霍童歸，夜宿世召齋中，具雞黍以待。

秋，應鄉試，以書經高中第二十一名舉人。

冬，福安表親劉廷冠應崔允元、世召父子之請，重修東井崔氏家譜。兩閱月告竣。

萬曆三十八年庚戌（1610）四十四歲

二月，初應會試，不第。

是歲，識商梅於南京。

是歲，李時榮調任莆田知縣，為作《請李邑尊啓》。

萬曆三十九年辛亥（1611）四十五歲

春，五子崔嵸生。

是歲，侯官吳爾施游霍童、太姥，過訪。

萬曆四十年壬子（1612）四十六歲

春，入會城，與謝修之訪謝肇淛於小草齋。又與諸友集積芳亭。

是歲，為福寧知州王所用題《海邦永賴卷》。

是歲，作《辟支巖墾募香燈疏》。

萬曆四十一年癸丑（1613）四十七歲

二月，再應會試，不第。

晚春，在京師，同諸詞客遊天壇。受商梅之薦，結識鍾惺。四月，南返途中過張丘訪謝肇淛。望日，同登張秋戊己山，飲於黑龍潭。

是歲，為吳爾施《柳塘詩草》作序。

是歲，從大母阮氏九十壽，作《大母阮孺人九十序》。

萬曆四十二年甲寅（1614）四十八歲

四月，三友墓重修，應徐興公之征，作古風二十韻。

萬曆四十三年乙卯（1615）四十九歲

夏，與知縣郭用賓小集堂弟崔世錦涵影亭。

冬，知州殷之輅入覲京師，世召以會試與友人唐君淳隨行。

萬曆四十四年丙辰（1616）五十歲

二月，三應會試不第，偕王元直南返。

八月，客采石磯，謁李太白祠，會白元升山雨樓。偕安仲逸南歸，舟中有賦。

重九，受福唐何璧之邀，與王元直、郭中天、畢撝之、畢康侯集金陵雨花臺。

九月，過杭州，與王元直同訪商梅。

十二月中旬，始返家。

臘月，往州城訪張大光。同應北路參軍何斌臣之邀，集於水雲亭、彼岸閣。

是歲，謁師張鯤修於檇李，不遇。

是歲，下第，偕王元直南返，訪施鵬於河西務舟中。

萬曆四十五年丁巳（1617）五十一歲

仲春，客連江。

五月，以海倭捷至，邀郭用賓集溪雲閣。

秋冬間，徐興公往福安，途經寧德，與邑人陳伯禹訪世召于問月樓。

是歲，從母黃孺人七十壽，撰《從母黃孺人七十壽序》。

是年，築問月樓於所居之東。

萬曆四十六年戊午（1618）五十二歲

八月，刺棹入福安訪知縣張維誠，過朝旭堂謁薛令之。客郭時鏘東皋草堂，時鏘重刻《晞髮集》，為之序。九月始返家。

九月，建州兵擾邊，有詩紀之。

是歲，將應會試，父允元卒，壽八十四。遂與兄世聘守制，讀書霍童山中。徐興公有詩送之，中有句『二仲屐聲三徑入，兩童峰色半樓分』。

萬曆四十七年己未（1619）五十三歲

三月初三，崔世召與三山王玉生、秦川張大光、同邑陳大經、蔡世寓、陳克勤、崔世棠等共十七人，結溪雲社。

清明日，與張大光、陳伯禹、陳延祖、陳倚玉、趙宗卿集飲靈溪寺。

立秋後一日，與溪雲社諸友集溪雲閣古佛庵。

八月，至會城訪友。與曹學佺、徐𤊹、陳鳴鶴等六人飲於高景松雲館。

中秋，集曹學佺山池，主客共十四人，夜宿夜光堂。

中秋後一日，再集高景倩松雲齋，談遼事。

萬曆四十八年（泰昌元年）庚申（1620）五十四歲

九月十四，徐興公應邀往福安修志，便道過問月樓，並為新梓《問月樓集》作序。

九月，熊明遇移鎮建南，以詩送之。

天啓元年辛酉（1621）五十五歲

正月四日，受崔世棠之邀，與訓導紀嘉諫、蔡世寓雅集溪雲閣知魚檻。

三月，母龔氏卒。

五月，遊莆田，謁师张南翀任上，遇陳鴻、鄭邦祥於途，遂同行，并與鄭邦祥遊九鯉湖。

夏，在莆田，偶過同年葉天陛之父葉九節静者居。受國子監祭酒林堯俞之邀，集南溪草堂。

七夕，在莆田，同趙珣集蕭太真齋頭，步月城上。

七月，將返里，有詩贈別林堯俞、陳元藻。過福州，與商梅、鄭邦祥、柯憲世、廖淳之集於山野意亭。

八月初十，寓會城，與王宇、鄭邦泰、林寵、臧煦如、徐𤇆集野意亭。又應陳長源之邀，同商梅、陳叔全集飲據梧齋。

九月，受福寧知州方孔炤之邀，飲於州城東庵、龍津館。

十一月，往長汀，過福州訪曹學佺。

十一月初九冬至日，過歸化縣，訪王九韶不遇。遊長汀霹靂巖，清流玉華洞。又與廖淳之泛舟九龍灘，重游永安桃源洞。訪郭時鳴、李惺初、郝華箕。

十二月，由汀州返，舟經水口，訪商梅不遇。

立春，在福州，社集高景倩木山齋。

是歲，過建陽訪江仲譽，不遇。

是歲，張大光卒，有詩悼之。

天啓二年壬戌（1622）五十六歲

四月，商梅往福寧訪別駕史羽明，道經寧德，過問月樓。

五月十四，入三山訪陳一元，以詩賀其初三日之誕。

八月十六，与王宇、鄭邦泰、林宠、臧幼惺、徐㶿集野意亭。

八月中秋後，訪同年友於鄱陽。不禮，賣車而歸。順途過崇安，遊武夷山，訪先族無果。道經分水關、鉛山河口、貴溪，泊延平化劍閣下，所經皆有留題。

秋，應福寧知州方孔炤之邀，赴州城，盤桓數日而歸。

十二月，曹學佺起復廣西右參議。逢其誕日，世召以詩送之。

天啓三年癸亥（1623）五十七歲

春，戴吉甫母壽，再遊莆田。同黃光、蘇叔雋、林元霖及戴氏伯仲，集吉甫齋頭，得周字限五言律。同翁壽如、陳師蕃、柯爾珍社集蕭太真齋頭待寅郎至，賦得『隔牆花影動』。

二月初十，在莆田，同諸师友登鳳山寺塔有賦。

二月，與蕭太真、柯無瑕小集鳳山寺。

三月，由莆返里，过三山，鄭邦祥随曹学佺往粤西訪谢肇淛，以詩送之。

七月，應四都竹林寺僧如喜之請，集董事十一人興建潭汭橋（東大橋）。歷十餘月告竣，親撰《潭汭橋記》。

天啓四年甲子（1624）五十八歲

五月間，張燮由漳州往吳門，過三山。五月十七日，世召與張燮、張于壘父子及陳一元集徐㶿綠玉齋。南居益生辰，招飲署中，題詩贊南氏瀑園別業。又與徐興公、鄭汝交雅集於山。受馬欻之邀，與徐㶿、陳一元、鄭邦泰、陳叔度、高景、張燮父子集於醉書軒。

七月二十七，客三山，初度。

是歲，謝肇淛卒。

天啓五年乙丑（1625）五十九歲

三月，謁選京師，龔立本赴福安知縣任，以詩送之。

八月，謁選江西崇仁知縣。

冬，命子嶢置山園於西門外，以作歸隱之所。

天啓六年丙寅（1626）六十歲

十一月，徐興公抵崇仁。

是歲，大修崇仁北城。又於養濟院對面增造『嘘春所』，安插其衆。

天啓七年丁卯（1627）六十一歲

正月，徐興公訪世召於崇仁任上。詩酒盤桓，三閱月始回閩。

春，往返撫州四次，又往建昌府謁道尊。
七月，誕辰前數日，商梅抵崇仁，以畫松並詩賀。並同遊玉清觀。
八月，忤璫，逮至撫州，又至南昌。
九月九日，押赴淮上。恰值熹宗駕崩，信王朱由檢登基，大赦天下，得以生還。重返西江，道經壽昌寺、千金陂。
十二月，客南昌，與宗室朱禹卿、連州知州鄧文明、太學生彭次嘉集詠雪館賞雪。
是歲，輯《華蓋山志》八卷，刊行於世。

崇禎元年戊辰（1628）六十二歲

元日，在會城，社集徐興公宅。又過石倉園，索序以歸。
四月初一，溪雲閣絳色桃花重開，溪雲社諸子雅集。
四月初八浴佛日，鼓山無異禪師東歸，行經寧德。溪雲社諸成員雅集相送。
四月十二，秋谷閬庵落成，崔世召偕溪雲社友雅集，即席以『石懶上人賦』為題。
六月，送翁壽如應雍履和將軍之招赴雁宕。
夏，北上謁選。重九日至京師。

十二月十九，謁選在京，吴縣葛一龍在寓所爲同鄉鄒舜五餞行，世召與閩縣王元直應邀與會，即席分韻，作詩贈行。

十二月二十五，葛振甫招集水塘庵。

十二月，在京師，見樹介景觀，同葛振甫、王元直賦詩爲記。

除夕，邀蔡宣遠、龔玉屏、陳中明小酌館中。

崇禎二年己巳（1629）六十三歲

元旦，集飲馬達生宅看梅。

正月初八，偕葛振甫應梅社之集。

正月十六，與王元直、鄒舜五等人集京師張園。

閏四月十五，應太僕米萬鍾之邀，與南昌鄧文明、鄞縣謝于宣、閩縣王元直、太學生馮足甫、布衣周承明、王秩甫、王心之雅集米氏勺園别墅之勺海堂。

是年秋，補授湖廣桂東知縣。

崇禎三年庚午（1630）六十四歲

九月九日，同鄉陳伯禹、陳子學、阮靖伯往訪，雅集桂東縣西門馭曦樓。

九月，作《秋谷自序》。

是年冬，幼子崔嵸至桂東，除夕前二日，父子詠雪用東坡韵。

崇禎四年辛未（1631）六十五歲

正月，宿中洞公館。人日，過八面山。

是歲，修八面山路（下路），重建小烏溪茅庵，並捐買荒田壟數畝，作為修繕嶺路之用。邑人感其德，立石曰『崔公路』。

是歲，轉浙江鹽運司副使。

閏十一月，邀杭州府同知王道焜、郡人繆沅、聞啓祥、汪然明、王昭平、黄若木晚遊放鶴亭，探梅。

崇禎五年壬申（1632）六十六歲

八月，招方以智、陳則梁、藍瑛集湖舫，議修放鶴亭。

同年，西湖放鶴亭落成，世召邀徐仲陵、陳則梁、趙雪舟、楊若木、顧霖凋、崔非石等社友，乘坐小舠集於湖上，並以當日雅集為題，限字分韻。

是歲，修湖心亭。

崇禎六年癸酉（1633）六十七歲

冬，升廣東連州知州。

崇禎七年甲戌（634）六十八歲

是歲，商梅訪世召於連州任上。次年歸。

崇禎八年乙亥（1635）六十九歲

是歲，重修連州廟學。

是歲，辭連州守，歸閩。
五月端午，過三山，與曹學佺等觀競渡。

崇禎九年丙子（1636）七十歲

七月，世召手書『枕流』二字，勒於秋谷鐵崖亭下。
是歲，七旬壽辰，邵捷春等人有詩賀之。
同年，州城張烈女旌表，有詩賀之。

崇禎十年丁丑（1637）七十一歲

七月，應曹學佺之邀，集福州芝山龍首亭。
八月十三日，曹學佺倡立耆社，集龍首亭，世召與焉。
十二月，孫海麒（崔嶢長子）夭，葬秋谷左側，崔嵸撰墓誌。
是歲，曹學佺為作《崔徵仲詩序》。

崇禎十二年己卯（1639）七十三歲

三月，病逝，年七十三，葬於秋谷西北。

四月，徐興公作《祭崔徵仲》。

崇禎十三年庚辰（1640）歿後一年

三月，曹學佺有詩挽之。

五月，徐興公致書崔嵸，憶世召。

崇禎十五年壬午（1642）歿後四年

十二月，子崑、嶤、岑立碑於墓。

康熙二十四年乙丑（1685）歿後四十七年

八月中秋，崔嵸以《問月樓詩集》贈福州黄晉良，晉良答以詩。

道光八年（1828）戊子　歿後一百八十年

七月，寧德城北地藏庵重修，城關崔氏後人以崔世召名義，喜捨門橋石六塊，以助工程。

後記

2019年8月，本人完成了崔世召《問月樓集》《秋谷集》的校箋工作，在隨後幾個月，又將崔氏散佚於地方誌、私家文集、家族譜牒等處的詩文進行補録，並于同年9個月完成了這部《崔世召集校箋》初稿。回想2018年7月，崔世召《問月樓集》由日本宮内廳書陵部影印回梓，已歷時一年有餘。

崔世召一生，正如好友徐興公所稱譽『文章意氣兩絶者』，在為政方面也成績斐然，其人其行，充滿魅力，自蕉城區建制以来，似無出其右者。崔世召早年久困諸生，屢試不第，卻能夠安貧樂道，攻聲詩古文詞不輟，在幾近舉家斷炊之時，竟也不改其志。清介自守，不免招來了不解和非議，但以他横溢的才氣、高潔的人品，受到了熊明遇、張南翀等名家的激賞和推許。閩中文壇領袖謝肇淛也曾經登門造訪，欣欣然為他的《半囈吟》作序。厄則不改其志，辱則不變其德，崔世召風骨卓然，讓其子孫引以為榮，也越來越受到邑人的尊崇和讚美。

近人葉德輝《書林清話》說過：『數十年讀書人，必有一部刻稿。』事實上，凡在文學領域稍有成就者，其著作少則三五部，多則數十部。崔世召一生經歷了七十多個春秋，著作更是豐富。僅舉收録於清人黄虞稷《千頃堂書目》者，就有《華蓋山志》八卷，《半囈窩集》四卷，《問月樓稿》四卷，《秋谷集》二卷，《連嘯》一卷，《湖隱草》二卷，此外書目見於地方誌乘的尚有《腋齋遺稿》若干卷、《湖心亭別集》一卷，徐興公《問月樓集序》中提到一部《問月樓策集》，及與從弟世棠編有《溪雲社集》一卷。除了《問月樓集》四卷、《秋谷集》二卷，以及《華蓋山志》八卷至今保存，其餘均已散佚無存。儘管如此，崔世召存世著作之多，本邑歷史名人中能與之相頡頏者屈指可數。

寧德為邑，始於五代。雖斗大之區，然山海兼備，賢能輩出。自宋代以來，著述多達數百種，儘管歷經戰亂變革，目前存世尚有數十種之多。由於政策、觀念等方面局限，地方文史發掘研究進展緩慢，乃至今日，若非地方文化人加大了重視與宣傳，以及崔氏族人的奮力呼吁，大部分寧德人都不知道崔世召為何人；更不可思議的是，官方編纂的《寧德市志》《寧德地區志》，在『人物志』中居然都遺漏了這位大詩人。

延伸至整個福寧地區，文史研究同樣也籠罩著這種頹廢氣象。對於今人，可能通過媒體更熟知霞浦灘塗、壽寧廊橋，可有誰會知道霞浦明代學者黄乾行、張大光？有誰會知道壽寧進士林棟、盧金錡？古代福寧相對全省，無論經濟文化確實有所差距，但也有其輝煌的一面。收録於清代《四庫全書總目》的地方文人著作，僅僅經部，就有寧德王宗傳《童溪易傳》三十卷，福安陳經《尚書詳解》五十卷、楊復《儀禮圖》十七卷、《儀禮旁通圖》一卷，霞浦黃乾行《禮記日録》三十卷、蔣悌生《五經蠡測》六卷，見於史、子、集三部也有十種左右。面對如此豐厚的文化遺產，地方人士卻坐擁寶山而不自知，反生『珠玉在側，覺我形穢』之念頭。

再舉全省，由於古代資訊不通，一些文人學者視福寧為文化荒漠。明人王世懋在《閩部疏》就提出：『連江號有人才，盡此境而北，科甲寥寥矣。』甚至還毫無掩飾地說這些縣份：『觀風督學二使者所不至也！』現今又見學者提出溫麻縣、甘棠港不在福寧地區，狀元余復非寧德人，朱熹也不曾流寓長溪云云。諸如此類，對歷史早有定論者妄加推翻，究其原因，一方面是這些人造詣不深，又好以大言撼人，另一方面也是地方政府不重視對外形象，地方學者人微言輕所致。

針對這種情況，也有外籍文人為之大鳴不平。例如我們前面提到的福州孝廉徐興公，與謝肇淛同為閩中文壇領軍人物，他在寫給好友張大光的信函中說道：『福寧原屬省城，前朝人物日盛，與長、福並稱望邑。成化以後，判為秦越，福興泉漳，人遂比福寧為汀郡，猶齊楚之視藤薛也。竊為不平焉！』正是因為徐興公與張大光、崔世召的深交，以及兩次流寓福寧，深度感受這一方的山水人文，才會留下這番中肯而且客觀的評價。

令人感到欣慰的是，就在這種低迷的情況下，也有一些文史工作者在默默無聞地付出，並做出了成績。老一輩文史學者周瑞光、李懷先等先生，先後點校出版了康熙《寧德支提寺圖志》、民國《太姥山志》《太姥文獻搜遺》《遲園挹翠》等地方史籍，近年來又有《游朴詩文集》《林聰奏議》問世，據悉即將付梓者尚有魏定槲等人點校的《王氏彙刻唐人集》，李志陽點校的《石堂先生遺集》，雖然冰山一角，但已屬不易。

短短一年時間，本人白天忙於生計，只能利用晚上休息時間，邊將詩文輸入電腦，邊加以校對，最後統一作箋注校正，先後查閱了兩百多種古籍文獻，將集子中所涉及的人物，查清身世者十達七八，對發現的訛誤也予以校正，涉及的一些人物地名，未能找到可靠的文獻憑依，或有存疑之處，均不敢妄定，一一注明。其間艱辛，唯有自知，李賀嘔心，無過於此！

在校箋過程中，得到了諸多師友的幫助，寧川崔氏公益事業理事會提供了《問月樓集》影印件，並由崔氏公益事業理事會、秋谷書院文化促進會提供全額經費支持，蕉城區委宣傳部、區文旅局也給予了關心幫助，本書才得以及時面世。據悉崔氏多位族賢爲此慷慨解囊，尤其是秋谷書院文化促進會崔立勇會長及崔立峰常務理事貢獻極大。本書出版之際，向他們致以由衷的感謝。

此外，藍建田、劉永順兩位老師幫忙辨識了兩篇草書序文。特別是李偉、張靈勝兩位後生，文史基礎扎實，前者幫忙查找文獻資料，使工作進展順利，後者利用學習之余幫忙校對。鄭偉兄為本書題簽，楊鑒生博士在百忙之中為本書作序，頓覺增色不少。在後期審校過程中，多蒙李懷湧兄幫忙把關。對於以上這些同仁的無私幫助，本人表示最誠摯的謝意。

在校箋過程中，本人雖不敢有絲毫怠慢，但由於學歷、水平均有限，再兼時間緊促，常有挂一漏萬之憾，疏漏或錯誤之處，在所難免，祈請方家批評指正。

陳仕玲

公元二〇二〇年歲次庚子孟春於抱冰廬